雪拥蓝关

上册

的灰 著

作家出版社

雪拥蓝关

云横秦岭家何在
雪拥蓝关马不前

目录 Contents

第一章　蜈蚣岭

人与人之间的缘分，殊实难料。

偌大北京，九城八条大街，东单西四鼓楼前，纵横五十里，人口二百万，真要想特意拣一人遇着，那是比登天还难。得他不偏不倚，正在某一时辰，某一分，某一秒，出现在某街某个胡同口，您也正好在几十年生命中这个瞬间，准准儿地赶在同一个地方出现，才能撞见。撞见了，也不一定看见，还得就在那个时间，那个地儿，彼此的视线，千钧一发地对到了一块儿，眼里才有了对方的出现。八荒六合，黄泉碧落，得有多少神力在共同使劲儿，才能成全这一次的遇见。

所以老祖宗常说：百年修得同船渡，千年修得共枕眠。

天青不知道是什么神力在使劲儿，让他在民国七年，人生的第七个冬天，一个雪后初霁的下午，经过了草市街的街口。那时候的他，完全没觉得时空中有什么特殊的颤动，只是那个自小见惯的古老而宏阔的京城，只是一个普通的冬天，干冷干冷的，阳光都透着微寒。

草市街街口，是天桥的一个热闹地界，总有不少江湖艺人在这里撂地儿。什么是天桥？早前，在永定门以北，珠市口以南，有座气派的汉白玉桥，乃是天子往天坛祭天的必经之地，得了个名号叫天桥。现时候呢，天子没了，祭天也没了，连当年那气派的汉白玉栏杆也全都没了，变成了五方杂处的大市场，各种卖艺的，杂耍的，东一堆儿西一堆儿，在这儿平地抠饼。那些艺人，也不是白给的呀，个个都得有点儿真玩意儿：唱戏的，说书的，拉硬弓的，耍飞叉的，爬杆的，摔跤的，蹬车的，崩铁链的……只有您想不到的，没有人家办不到的，到处都是画着锅儿的场子，到处都是凑热闹的人群，到处都响着粗犷的吆喝声：

"诸位！先练趟给众位爷瞧瞧，请上眼！"

"带着钱的给扔几个，没带着的给喊个好儿，助助威！"……

天青睁大一双澄明的眼，望着这般繁华景象，两条小腿儿却丝毫不停，捣腾得飞快，在人缝里穿来穿去地前行。他的脑壳剃得光光的，长方的脸儿，面色白净，眉目清朗，肩背挺得笔直。七岁，正是贪玩爱热闹的年纪，但他不是来逛天桥的，是刚刚告假探望了爹爹，打从马蜂嘴的家里，赶回前门外九道湾胡同师父家里学戏。梨园规矩严明，绝不能误了时辰，眼看天色已经不早，天青贴近人少的街边，伸手撩起棉袍衣襟，小心地跳过一堆堆积雪，走得越来越快。

"好！好！嚯，这云里翻！"

奔到草市街街口的时候，一阵喊好儿声传进天青耳朵，让他险些打了个趔趄。云里翻？那是了不得的高台筋斗，天青学戏不久，还没练过这个。他好奇地停了脚，回头一望，只见一个卖艺摊子上，腰扎板带、赤着上身，只穿一条单裤的壮汉，刚从三张叠起的桌子上翻下来，正在众人喊好声中走旋子。周围看热闹的一起帮他数着："……五，六，七，八……"

这看下去可没个完。天青的师父白喜祥，当年旋子连走五十个，脸不红气不喘，至今老人儿们提起还要竖大拇哥。所以啊，师父可不是天桥卖艺的把式，那是喜成社挑班的角儿！天青想到这些，激动得呼吸都急促了点儿。当然了，台上的点滴玩意儿，都是台下的血汗功夫，唱戏这行，不容易，天青自己的旋子，还远远及不上这跑江湖的汉子，要想赶上师父的本事啊，起码还得个十年二十年的磨炼。

就这么一停一看的工夫，街上一片喧哗中，忽然有小孩子的哭声，钻入了天青耳朵。他下意识地朝两旁一望，只见右手边是个细窄的胡同口，里头十分背静，只有个黑瘦汉子正在向里走，穿着破旧的黑棉袄黑棉裤，戴一顶毡帽，抱着个小丫头子。

哭的就是这个小丫头子。乍一看去，只有三四岁的样子，胖嘟嘟的，穿一身亮闪闪的枣红缎子袄裤，趴在黑汉子肩头，一边放声大哭一边手脚乱挣，雪白的小脸掩在凌乱的黑头发里，大眼睛汪着闪闪的泪，望向天青。那汉子回头扫了一眼，伸手捂住小丫头子的嘴："莫吵！"

这个景象一闪而过，天青继续沿着草市街奔自己的路。奔了没两步，他停了下来——那双含着泪的大眼睛，一直在他心里晃。这么漂亮整齐的小丫头子，是怎么落在那个恶狠狠的黑汉子手里的？怎么看也不像是一路人。快过年了，市面乱得很，听爹爹说天桥附近常有拐子出没，难道这是一拐子？天青小小心灵里，懂的事不算太多，但是拐子缺德，害得人家父母儿女不得团圆，这他明白。他是学武生的，平素所听所唱，全是路见不平拔刀相助，这种时候，怎能大撒巴掌一走了之？

他踌躇了一会儿，又跑回去。朝胡同里一望，只见黑汉子已经把小丫头子夹在腋下，飞快地消失在胡同尽头。天青心头一紧，跑回草市街街口，跟路边一个卖糖葫芦的大叔说："大叔，前面那胡同里，好像有个拐子。"

大叔没理会他的话，只热切地指着自己垛子上的大糖葫芦："大糖葫芦来，小小子，扛串儿？"

天青咬着嘴唇，又回头望了望街里，一跺脚，转身朝着那胡同跑去。

这是条曲里拐弯的胡同，天青从没进来过，跑在里头跟捉迷藏似的，听得到前面的人声，却看不着人。猛地一个拐弯过去，天青几乎撞在黑汉子身上，那汉子一只手夹着小丫头子，另一只手捂着她嘴，大概是听到了后面的脚步声，正躲在墙边，小心地朝后头张望。这架势，绝对是拐子无疑了，天青跟他打了个对脸，彼此都吓得一缩。急切间，天青福至心灵，放声大喊起来："师父！师哥！在这儿！"

拐子大惊，喝道："闭嘴，不干你事！"

天青的嗓子，嘹亮响脆，一声声在胡同里回荡：

"师父！来呀！抓拐子！"

拐子转身就跑，天青一边喊着一边在后头追。他人虽小，腿脚却快，几步就追到了拐子身后，蹿上去攀住他手臂。拐子回身给了他一巴掌，打得他眼前金星乱冒，但仍然不肯罢休，抱着那汉子的腰，连蹬带踹，又撕又扯，嘴里不歇气儿地喊着：

"师父！师哥！抓拐子！"

拐子用力掰他手指，打他头顶，都甩不脱，面对如此一个蛮牛般疯狂的小子，还有不知什么时候就会冒出来的"师父""师哥"，心下也自怯了，只得松手丢开小丫头子，拔腿跑了开去，一边跑一边还恶狠狠地指着天青："爷记住你了！下次宰了你个兔崽子！"

天青和小丫头子一起摔在了地上。他不顾自己疼痛，连忙爬起来去看那丫头子，只见她跌在雪堆里，倒是没伤着，但是受了这一番惊吓，这时候哭都哭不出来了，瞪大一双惊恐的眼睛，坐在那里瞪着他。天青轻轻抚摸她的背："不怕！没事了！你爹娘呢？"小丫头子看了他一会儿，仿佛终于清醒过来，忽然放声大哭："哇——"

天青扶起小丫头子，拍了拍她身上的袄裤，捡回落在地上的拨浪鼓儿塞回她手里，拉着她跑回草市街街口。大街上仍然是人来人往，但是，哪里能找到小丫头子的爹娘？两人沿街走了几个来回，根本没人搭理他俩。刚才只凭着一腔血气，意外地救下了这小丫头子，现在可怎么办？耽误了这些时候，晚课都误了，只怕师父会狠狠责罚。天青焦急地挠了挠头，低头看了看小丫头子。她呜呜咽咽地，牵着天青的手儿，一双黑眼睛望望这边望望那边。

"你家住哪儿？"

小丫头子仰头看着他，扁着小嘴儿，不说话。

"得，我带你去我师父家，好不好？"

还是不说话。

"咱们得快点儿走了……来，我背你。"天青俯下身子，蹲到她面前。小丫头子吓了一跳，向后一缩，又是一脸的惊恐。

"不怕，不怕。"天青轻轻拉过她的手，将她的小手合在自己的手心里："有哥哥护着你，不怕！"

白喜祥铁青着脸，背着手儿站在自家院内。他是一个相貌清癯的中年人，高而瘦，五官也像画上的古人一样瘦长着，从头到脚永远一丝不苟，行止之间，有一份自然焕发的气派。身上一件深灰罩衫，整整齐齐，在这四下堆着积雪的小院里，尤其显出庄严和肃穆。他的背后，把兄弟乔三爷双紫正坐在檐廊下的栏杆上，手指在膝头轻叩，口中哼着锣鼓经。北屋书房窗户半开，传来大徒弟玄青、三徒弟竹青诵读戏文的声音。暮色四合，离开晚课的时间已经过去一会儿子了，二徒弟天青却还没到。

"戏比天大"，这是自打徒弟入门第一天，白喜祥就反复教导过的道理。唱戏的伶人，不把时辰放在心上，那还了得？现在能误晚课，将来就能误戏，那是顶要紧的大忌，足以把一个伶人开革。天青素来是个靠谱儿的孩子，为人踏实，练功勤勉，很少出这样的差错，不过这也不意味着他能逃避责罚——白喜祥胸中的怒火随着时辰推移在不断升腾：这小子，等他来了，非叫他跪上半宿不可！

胡同里脚步声响，啪啪啪啪，天青进了街门。他竟然不是一个人，背后还背着一个小丫头子。白喜祥吃惊地睁大了眼，乔双紫也住了锣鼓经，书房里的玄青和竹青，都悄悄地探出头来。

"师父，我误时辰了……您罚我。"

天青撂下小丫头子，扑通一声，直接就跪在了白喜祥面前。剃得溜光的小脑壳上，渗着淋淋汗水，脸上划破了一点儿，身上棉袍更是灰污一片，蹭得一块泥一块雪。站在一边的小丫头子，面孔全然陌生，也是一脸一身的泥雪，她睁大一双眼睛望着院内，看见这么多人，嘴巴一扁一扁地又要哭起来，怯怯地退了一步，躲在天青背后。

"怎么回事？"白喜祥见事出有因，放缓了口气。

"师父，我在路上遇见拐子了，抱着这小丫头子，我看她哭得可怜，好不容易把她救下来。她找不着她爹娘，我没辙了，只得带她一起来。"

"你，你自个儿才多大，就敢出手救人？"白喜祥吃惊不小。

天青抬起头，一脸的认真："师父教的，做人要有肝胆。'路见不平，定要拔刀相助，若遇豪杰，定要把酒论交。'"

白喜祥忍不住笑了："戏文背得不错。你打跑了拐子？"

"没有，我诈了他一下，他吓跑的。"

"好小子。"徒弟的见义勇为，让白喜祥又是喜欢，又是烦恼，"这不是给我出难题么，帮小丫头子找爹娘？算了，你去书房吧。双紫，"他转头对着乔双紫，"找铭翠他娘先给这丫头子照料一下。"

"好。"铭翠他娘就是乔双紫的媳妇儿，孩子们叫她乔三婶。白喜祥的媳妇过世多年了，家中没有女人。

天青爬起身来，急急忙忙冲进书房，坐在玄青和竹青旁边。这也是两个脑壳剃得溜光的小子，师哥玄青大他一岁，四方脸，清秀的丹凤眼，总是微微地蹙着点儿眉；师弟竹青小他一岁，鼓溜溜的圆面孔，圆鼻子圆眼睛。他们面前书案上，摆着三摞铜子，是背戏文记数用的，玄青和竹青已经各自背了有十来遍，铜子移去了不少，天青那摞还分毫未动。竹青悄悄地做着鬼脸："师哥，您这是先唱了一出《蜈蚣岭》？"

"去！"

竹青有腔有调地背起了《蜈蚣岭》：

> 听一言把人来气坏，路见不平拔刀开。
>
> 恨强徒大不该，抢夺民女为何来。
>
> 急忙忙且把山路上，管叫他霎时化成灰……

"别闹！"

师哥玄青开了腔，竹青不做声了。

窗外，白喜祥，还有乔双紫夫妻两个，正围着小丫头子，想方设法地打听讯息。小丫头子一脸怯怯地，老半天都不开口说话。

"乖，你叫什么名儿？"

不应声。

乔双紫和白喜祥无奈地对望一眼:"不会是哑巴吧?"

乔三婶灵机一动,跑回自己房里,拿了块槽子糕出来:"告诉婶子,叫什么名儿,给你吃糕。"

香喷喷、油亮亮的槽子糕。丫头子将一根指头含在嘴里,目不转睛地盯了一会儿,终于说了两个字:

"樱草!"

"……名字呢,小丫头子自己说是樱草。"

白喜祥找巡警报了案。管这片儿的姜巡警跟他很熟,录了文书,说:"救人一命,胜造七级浮屠,白老板不愧是闻名的'白圣人',瞧积的这德!"

"这不是我救的,我徒弟干的事儿。"

"啧啧,要不怎说名师出高徒呢!哪个徒弟啊,顶老成的那个,顶精神的那个,还是顶淘气的那个?"

白喜祥笑了:"顶精神的那个。"

"嚯,我就瞧着那小子不一般!那个眉眼,那个精气神儿!将来准成大角儿。不过我跟您说着:京城这么大,世道这么乱,城里城外,失踪人口多得是,您捡的这个什么樱草,一时半会儿可不容易找着家人。您老先收容着她住几天吧。"

"这个什么樱草",暂时住在了白家。一家人围着她转来转去,拼命逗她说话,喂光了三婶家的所有槽子糕。事实证明,这孩子不但不是哑巴,还是个相当爱说话的小丫头,处熟了之后,叽叽呱呱有说有笑,可惜满嘴里就没个像样儿的人名地名。

"谁是颜大爷,谁是沈妈妈,什么叫'爹娘住在院院儿里'?能说个胡同名儿也好啊。瞧这通身的气派,还不是一般人家,怎么就找不着呢。"白喜祥十分烦恼。

任谁也能看出,小小的樱草,家世可不一般。她那身枣红缎子丝绵袄裤,三镶三滚的繁美花边,缎子织着四合如意的暗纹,连鞋子都是同料同工,绣花镶边。耳朵上戴了两颗珍珠耳环,正宗走盘珠,又圆又润,脑后两只小鬒髻簪着珠花,手上套着一只活口银镯子。银镯子不是什么稀罕物,但是她这镯子,乍看还不觉怎么,细细一瞧,整圈是镂空累丝的一只凤凰,手工精巧至极,凤凰眼睛上镶了一粒小小红宝石,益显典雅名贵。

"哪家银铺有这手艺?"乔三婶啧啧称奇,"却又没打个字号。"

最让人瞧着不一般的,还是樱草的模样。她有一双极其幽深的大眼睛,这么小的孩子,眼神已经让人有点儿惊心动魄之感,又黑又深的眼珠里,仿佛藏了无穷故事。眼角微微向下扫着，线条温柔，显得一张小脸上总是带点儿笑意。偏生她的肤色又那样白，跟玉雕的一样，白得莹润透明，微微地反着光，更衬得整个人明眸皓齿，教人过目难忘。贫寒人家的女儿当然也不乏绝色，但是"居移气，养移体"，这孩子的神情气质，五官面色，显然是富室豪门娇养出来，不是普通的小户出身。

"不如咱们写些招贴，贴去那些大宅门，问谁家丢了个樱草。"竹青兴致勃勃地出着主意。

"京城几十万人家啊！你去贴？"玄青一语截住。

樱草在白家住下的当晚，把所有人都折腾到深夜。乔三婶要抱她去睡，她不肯；安置了被褥要她自己睡，她也不干，无论怎么逗怎么拍怎么哄，都一直哇哇地哭。白喜祥、乔双紫夫妇都扎煞着手站在东厢房南屋里，瞧着这泪流成河的丫头子，全没了主意。最后，住在西厢房的玄青、天青、竹青三兄弟跑过来看，樱草一见天青，忽然住了哭，泪汪汪地张着两手，天青连忙走过去，樱草抱住他的手臂，头往上一靠，一点儿都不哭了。

"这丫头子认人啊。"乔三婶怜惜地叹气，"天青救下来的，就跟天青一个。"

"跟小鸭崽子似的，出了壳见着谁，就跟谁。"竹青插言道。

"去去，你俩都睡去吧。"白喜祥往外轰着竹青和玄青，"天青，留这儿把她哄睡喽！"

天青为难地瞧着自己惹的这麻烦。他也不过是个孩子，如何会哄孩子，尤其还是个小丫头子。他一只手被她抱着，只好用另一只手胡乱拍打着她，嘴里有一搭没一搭地哼着戏文：

> 常言道，人离乡间，似蛟龙离了沧海，
> 似猛虎离了山冈，似凤凰飞至在乌鸦群班。
> 昔日里有一位绝粮孔子，他也曾把麒麟叹。
> 况且圣人遭磨难，何况我韩愈谪边关。
> 唉呀，难捱，难捱，
> 生死有命，富贵在天，发配到潮阳，路有八千……

樱草实在已经哭得疲累，这一抱住他手，安了心，众人都走后，很快就开始瞌睡。天青瞧着她渐渐迷瞪了双眼，眼皮忽闪忽闪的，最后紧紧一闭，睡了过去，仍然不敢抽出手，只歪坐在她身边，倚着墙，慢慢地，也睡熟了。

白喜祥轻手轻脚地走进来。两个孩子都睡着，樱草仍然紧紧抱着天青的手。昏黄的灯光照着她的小脸，脸蛋嘟着，睫毛在脸颊上映出长长的阴影，眼角泪痕未干。白喜祥忽然仿佛被人劈面打了一拳，鼻子无比酸痛，白天对这孩子的焦虑急躁，此刻都化成了满腔怜惜和心底的点点隐痛。

他也曾经有个这么大的女儿，和她娘一起，没了……

白喜祥是唱戏的伶人，家族排行第二，照北京的老规矩，大伙儿称他为白二爷。他是京城最著名科班的头科弟子，早年工武生，后来改工文武老生，当今梨园行里数得着的好角儿，三十八岁上以文武老生挑班，班名喜成社，自任社长，七行七科的伶人和职员一共八十多位，常驻前门外肉市街的广盛楼唱戏。

挑班唱戏，本来正是一个伶人迈上事业巅峰的记认，但是，天有不测风云，没过多久，妻女亡故，白喜祥伤痛万分。凄凉寂寞中，众人都劝他续弦，他坚持不肯，倒是陆续收了三个手把徒弟，半师徒半父子，朝夕调教，以慰老怀。他为他们取了名字，依次是穆玄青、靳天青、董竹青。

梨园行师徒，讲究"一日为师，终身为父"，手把徒弟养在家里，整日朝夕相处，那是比亲父子还要亲。这三个徒弟，乍一看全是剃着光头的半大小子，其实样貌性情，各有特点：玄青沉稳庄重，嗓子好，行内称作"有本钱"，是个唱老生的好材料；天青则是天生的武生坯子，身高腿长，挺拔刚健，卓然一股英气；竹青呢，虎头虎脑，机灵过人，白喜祥还没太瞄好他该归哪个行当，先教他打住基础再说。

三兄弟住在师父家里，生活十分规律。每天早上不到五点就起身，伺候师父用早，然后出门喊嗓，回来练功学戏，下午陪师父去广盛楼唱戏，晚上还有晚课，背戏文、练功、听师父说戏。按梨园规矩，这样的生活，一直要过七年，七年里，师父包办衣食住行，唱戏的收入也都归师父；七年后，关书约满，谢师出徒，正式搭班后，还要将收入再孝敬师父一年，才可以自己赚钱。

白喜祥的家，离广盛楼不远，在前门外大街西面的九道湾胡同。前门，也叫正阳门，在前朝乃是皇帝通行的门户，也是整个北京的门脸儿，高大、雄伟，令人油然而生敬畏之心。前门南面还耸立着一座同样气势雄浑的箭楼，再往南的马路，就是全北京最繁华的商街：前门外大街。

这条大街，走起来那是步步景、声声情，充满着地道的北京味儿。沿着箭楼下的石桥往南，没几步就到了一个大牌楼底下。北京各个城门，原本都建有跨街牌楼，可是只有前门牌楼是"六柱五间"，规格最高，气派最大，朱漆木柱，七彩檐楼，昭示着整条街的不凡风貌。街道以整齐的大条石铺成，两边都是两三层楼的商肆：卖鲜果儿的正阳德，酸梅汤最地道的九龙斋，"八大祥"绸布店里头的瑞增祥、瑞林祥、益和祥，还有热闹的肉市、鱼市、粮市、煤市、草市、珠宝市……

北京城的大街和胡同，虽然相连，但是喧嚣和幽静截然分开，往往一个拐弯，就进到一个不同世界。就在这前门外大街的一片繁华中，在廊房头条西转，进了胡同，外头行人的笑语声，商贩的吆喝声，就全听不见了，只剩了青砖碧瓦的清幽。这里有一条曲里拐弯的小胡同，就是白喜祥住的九道湾。"九道湾"嘛，名副其实，那是一个弯儿接一个弯儿，弯连弯，弯套弯，其实一共十三个弯呢，应该叫"十三道湾"才对，只是国人惯常以"九"来表示最大的数量吧。

白家的小院，在九道湾的第二个弯。街门毫不起眼，开得细细窄窄的，门墩儿也秀秀气气的，一对门扇做深红色，上头有对铜环儿，年深日久，倒是被摩挲得黄澄澄地发亮。进了街门，正对着的，是一道青砖影壁，镶着"花开富贵"的砖雕；街门左手是两间倒坐的南房，一间待客，一间储物，街门右手东南角，是厨房。向前绕过影壁，再进一道垂花门，才是院子。

白喜祥很钟爱这个院子，十几年了，住得舒心顺意。院子不大，方方正正，四面屋子都建着檐廊，中间一块平展展的地面，十字甬道上铺着方砖，青白的颜色，干净整齐。十字交叉处的院心，摆着一口很大的金鱼缸，夏天养金鱼种荷花，现在大冬天的，看不着水，倒是积了不少雪。被甬道划分的四个方块儿，西北种着一棵丁香树，东南靠厨房那边有棵枣树，大冬天的，也都只剩了枝丫。

北面三间正房，白喜祥自住。中间是堂屋，正面挂着岁寒三友的中堂画，设有一张八仙桌，两张官帽椅，是白喜祥会客的所在。西面耳房是书房，窗前一张宽大书案，陈设文房四宝，案前一把圈椅，贴墙都是书架，摆着一函一函的线装书，也有不少薄薄的戏本子，书页都有些发黄了，风尘仆仆的，一看就知道里面藏了不知多少古老的故事。东面耳房是白喜祥的卧房，装饰清简至极，只在南面临窗有一铺炕，炕头有脸盆架子，摆着铜脸盆、白毛巾，周围糊得四白落地的墙上，挂了几幅书画。

院子东面西面，各有一套厢房。西厢房一间堂屋分隔南北，南屋是全家人的饭厅，北屋一铺大炕，睡着前来学艺的玄青、天青、竹青三兄弟；东厢房也以一间堂屋分隔南北，住着乔双紫一家。乔双紫是白喜祥的把兄弟，八拜之交，也是喜成社的打鼓佬，一手出神入化的锣鼓在北京梨园赫赫有名；媳妇邹氏，也就是孩子们的乔三婶，每日里帮着白喜祥洗衣做饭操持家务。他们夫妻俩是住在东厢房的北屋，南屋呢，以前是他们的儿子乔铭翠住，铭翠拜了远房表亲、一位皮货商为师，常年在外头学做生意，不怎么回家，南屋便一直空着，现在给樱草住了。

这个小院的生活，本来十分安逸、静谧，近乎与世隔绝，自从来了个樱草，发生了缓慢的、难以觉察的，却是天翻地覆的变化。

白喜祥不介意多养这么个丫头子。樱草静下来的时候，还真有几分像他早夭了的闺女丹丹，让他看得又是欢喜，又是心酸；但是，说实在的，他可不记得他的小丹丹，曾有樱草这么淘过。

这孩子，模样儿端正漂亮，跟胡同里那些歪毛儿淘气儿完全两样，可是淘起来那本事，给只猴儿都不换。刚到白家的头几天还好，时日一长，被白家这一家人宠得活脱脱地成了个混世魔王，不但爱笑爱叫、能打能闹，还总能想出些异想天开的怪主意，整条胡同没一家孩子比她淘得厉害。

先给了白喜祥下马威的，是樱草和她的羊坐骑。

玄青的爹娘在顺义乡下开豆腐坊，逢年过节进城来看玄青，总会给白喜祥送些豆腐豆干豆浆伍的，今年腊月更送了一头活羊。羊进家的时候，好端端地拴在南墙根的枣树上；白喜祥跟玄青爹娘寒暄了半天，带着三个徒弟送出胡同，再回来的时候，这羊就已经解脱了束缚，在他们眼皮底下蹿出街门去了。它那背上，就像八月节的兔儿爷似的，骑着个胖墩墩的小丫头子。

师徒四个，完全看傻了眼。街坊邻居，都揣着袖筒子站在门口笑。那羊脖子上拴的麻绳还在，拖在羊蹄子底下踩得又是土又是泥，樱草摇摇摆摆地骑在羊背上，两手把着羊犄角，脆生生地吆喝："骑大马哎！"

不知道是樱草降服了这头畜生，还是这羊天生脾气好，它不闹也不跳，就像背上没人似的，心平气和地在胡同里跑。素来稳重的白喜祥也急得高叫了一声："樱草，当心摔着！"羊和樱草都没理会，眼瞅着一人一羊跑到了胡同另一头，樱草快活地扭着头喊："骑大马！"

玄青老气横秋地叹了口气："皇天，这怪不得落到拐子手里去了。"

天青追上去，把羊拉回来，羊倒来了劲，使劲尥了几蹶子，险些踢着天青，也把樱草摔落了地。天青拉着羊跑回院子，蹲在枣树边，重新拴上绳子，樱草跟着也进来了，走到他身前，扁着小嘴儿，眼里泪汪汪地："樱草要骑大马！"

"这是羊啊！"

"樱草要骑羊。"

"羊不能骑。"

樱草拉住他的衣襟："哥哥和樱草玩骑大马。"

天青仔细地拴好绳子："我得去练功了。"

樱草伸开两只小手，扳过他的脸，对着自己："就玩一会儿。"

泪汪汪的大眼睛……

白喜祥带着玄青、竹青进院儿的时候，天青已经背着樱草在院子里爬了一圈，终于逗得小丫头子笑了，这件人骑羊的壮举就此收梢。随后几天，还有一点点儿的余波：竹青偷偷地也想试着骑羊，被白喜祥骂了；乔双紫没敢当着樱草的面杀羊，送去羊肉床子宰了；胡同里的丫头小子们，从此管樱草叫"羊仙姑"。

如果说偶尔当一下羊仙姑还无伤大雅的话，那么樱草有几次折腾，可叫白喜祥损失惨重。

北京的冬天，烧饭取暖，全靠炉子。生炉子是个技术活儿，得先燃柴草，再引燃劈柴，然后引燃煤球煤块，才能笼起火来。每天早上，三兄弟起身后，第一件事就是笼火，烧水给师父沏茶洁面，这活计一天要做好几遍。就这么又脏又呛又辛苦的活儿，偏叫樱草给看上了，缠着三兄弟也要帮忙。

"小丫头子别添乱……"玄青想了个敷衍的法子，"去帮我们捡柴草吧，树枝子啊，草叶子啊，捡来搁南屋柴堆那儿。"

就此，九道湾胡同不用扫街了。樱草捡柴草捡得那叫一个起劲儿，整条胡同里她能够得着的枯枝枯叶，全都被捡了来乱七八糟地搁在柴堆上。这天一早，玄青去取柴草的时候，瞧见新多出一小堆整棵整棵的草棵子，左看右看，有点儿眼熟。

"这，你打哪儿捡来的？樱草！"

樱草喜气洋洋地笑着："师父窗户底下！"

住得久了，她已经管白喜祥叫师父，管三兄弟叫师哥了。"师父窗户底下"，那是白喜祥种在檐廊下，培育多年的一排玉簪花。每年夏秋，雪白的小花朵儿，香飘满院……现在那儿只剩下一排土窝窝。

"这是花啊！你怎么给拔了？！"

"哪有花，连叶子都没有。"樱草理直气壮。

玄青赶紧拿着已经变成草棵子的玉簪花去书房禀告师父，白喜祥见状，大吃一惊，查看了根须，料已回天乏术，气得半晌说不出话来："这丫头子，力气还不小，根子都拔断了！"

"怎么办呢，师父？"

"能怎么办，笼火用吧！"

一旁的樱草，还不知道自己闯了祸，仍然笑嘻嘻地望着师父，嘴角翘成漂亮的小菱角模样。白喜祥郁闷地继续低头写字。别说这根本是别人家的丫头子，打不得骂不得，就算是自家丫头，瞧着她这张眉眼弯弯的小笑脸儿，又能拿她怎样？白喜祥是连徒弟都不怎么打骂的，在梨园同行中，是个少见的异数。他只能暗自祈祷，小丫头子以后别这么热心地帮手干活就是了。

夏天来了，樱草看上了院子里的金鱼缸，开始热心地帮手养金鱼。

"天棚鱼缸石榴树，先生肥狗胖丫头"，这是北京人心目中理想的家园景象。白家没有搭天棚种石榴，但催财化煞旺风水的金鱼缸倒是有的。一口大缸，摆在院子正中，每年风和日暖之后，养几条金鱼，添几把摇曳的水草，赏心悦目，养性怡情。金鱼并不是什么名种，但是自打樱草来后，大伙儿还是多留了一点儿心：

"樱草，鱼不能乱喂啊。不能喂菜，不能喂饭，不能喂肉，不能喂草，不能喂蚂蚁，不能喂槐虫，不能喂'花布手巾'，不能喂'水妞儿'……"

只要有一样儿没说到，就准出事儿。

这天白喜祥一进街门，樱草就跑出来邀功：

"师父，樱草给金鱼喝茶！"

白喜祥心里一沉，撩起长衫，忙奔去金鱼缸看，只见缸水已经微微泛了绿，里头载浮载沉的，除了金鱼，还有茶叶。

"金鱼怎么能喝茶！"

"师父说喝茶身子好。师父都喝茶。"樱草笑眯眯地歪着小脑袋。

"师父不是……你这是倒了多少茶在里头！"白喜祥忽然发现了更严重的问题，"你这是把什么茶倒进去了？"

"罐子里的。画金鱼的罐子。樱草给金鱼喝金鱼的茶！"

书房案子上，画金鱼的罐子敞开着口，空空荡荡，可怜巴巴地搁在那里。这个罐子里装的当然不是什么金鱼的茶，也不是普通的高末，是白喜祥心爱的东鸿记茉莉三熏。

等到秋风刚起，樱草就抱着竹竿把枣树上还未长成的小青枣打个精光的时候，白喜祥一家，已经见怪不怪了。白喜祥进得街门，安然地看着落得满地的枣儿，回头对三个徒弟说："今年没枣吃了。"施施然回房休息，眉毛都不动一下。

"孩儿他大爷，不如您也教樱草学戏得了，给她点儿正经活计干。"乔三婶跟白喜祥念叨，"长得多俊啊，光这扮相就没人能比。"

白喜祥笑笑："不行，伶人本就难做，坤伶更是难上加难，冒蒙儿地教人家学戏，将来人家爹娘不骂化了我。"

　　说起来全是辛酸。但凡境况过得去的人家，谁舍得送孩子学戏？戏台上唱尽风流千古，无非是博台下爷们儿一声彩，高兴的捧你一声"老板"，不高兴的撂一句"戏子"，把你踩作脚底下泥。俗话说：人分三教九流，这九流还分三等，最下等的，那叫下九流，九个行当，排第一的就是戏子，那是和贼盗娼妓撂作一堆儿的，最下贱的地位。纵是成了响当当的角儿，大部分人攀亲道故时，也仍然以家有戏子为耻。白喜祥唱了半生的戏，洞明世事，常以之惕厉自省，也反复教导徒弟要省身克己，谨言慎行，为戏子争这口气。

　　而且学戏那苦，不是贫寒人家出身的子弟，还真难承受得了。进门第一项，撕腿：背靠着墙，脸儿朝外，两腿伸直撕开，髁膝盖绷平，用花盆顶住，一炷香一炷香地耗着；第二项，下腰：两腿分开站稳，上身朝后仰，什么时候练得手能扶着脚后跟了才算成……当初三个徒弟刚进门那时候，就为撕腿这一项，竹青哭得死去活来，一边耗一边嘶哑着嗓子喊："爹啊！娘啊！让我死了吧……"玄青和天青虽然咬牙忍着不出声，眼泪也是噼里啪啦往下掉。

　　现在的他们，腰腿已经柔韧得多了，但是仍然不能懈怠，清晨起身后，压腿、耗腿、踢腿、耗顶、下腰、耗腰、虎跳、抢背……每日都要练足几个时辰。这些功课，要伴随他们一辈子，稍一停歇，功就抽了，"一日不练，自己知道；两日不练，师父知道；三日不练，座上知道"。只要你是干着唱戏这一行，这一生，就得把每日每夜，整个身心，毫无保留地搭在里头。

　　秋后的日头，出得已经很晚，早上五六点钟时候，天还没全亮，暗灰色的天空中，依稀能看着一颗颗的星星。白家小院，照例是早已热热闹闹了，樱草穿一身粉红的夹袄夹裤，蹲在堂屋檐廊底下，傻呵呵地看三兄弟踢四门腿。三个光头跣足的小子，都穿着短打裤褂，腰里紧扎一条板带，两膀端平，围着院子遛圈子，两条腿轮流踢起各种花式：向前踢到额头叫正腿，向侧踢到耳畔叫旁腿，踢到对面一侧的耳畔叫十字腿，划着圈子踢到手掌心叫月亮门腿……三兄弟里头，腰腿最好的是天青，每一踢都能轻松到位，啪啪作响，樱草看得开心，笑嘻嘻地跟着拍手儿。

　　"纯一小棒槌，这也大惊小怪，"竹青嘟哝着，"看小爷我蝎了虎子撩门帘——露一小手儿给你看！"说罢两手一举，深深提了口气，身子向后飞纵，车轮般翻了个"串小翻"。这可热闹了，樱草兴奋得原地跳脚，笑出声来，白喜祥闻声走出堂屋，沉下了脸：

　　"混闹什么？"

　　竹青缩了缩头，赶紧退回去跟着天青和玄青踢腿。

"就你这么个练法，多早晚才能吃上崩虾仁儿啊！"白喜祥蹙着眉道。

崩虾仁儿是上等菜肴，梨园行里算是成角儿的身份象征。三个徒弟里，最让白喜祥操心的就是竹青了，哪有个能吃崩虾仁儿的样子，他自个儿就跟个虾仁儿似的四处乱蹦。

练功有一定顺序，踢完了腿，不能乱翻小翻，该耗顶才是。三兄弟在墙根一字排开，脸朝墙，伸手向前扑出，撑地，两腿一甩，搭到墙上，整个人倒立起来，这叫"拿顶"，要耗到白喜祥数完一百个数才可以下顶。谁知，才数到六十来个，又是竹青，哎哟一声，摔在地上。他吐了。

白喜祥这下子可怒了："你偷吃东西了是不是？"

竹青跪下来，脸红红地不敢出声。

"说多少遍了，练功前不能进食！下腰时候肚子里要是有食，能把你肠子扭断！不受点儿责罚你不舒服是不是？今儿一天都不准吃饭！"

晚课过后，夜色已深，三兄弟回到西厢房里，竹青耷拉着脑袋，一头扑在炕上。

"饿啊！饿死爷了！听听，五脏庙里做着道场呢！今儿个怎么睡！"

天青一跃上炕，蹲在竹青身边："瞧，给你变个把戏。"

竹青抬头一看，只见天青刷地从背后摸出一张烙饼。

"呀！师哥，这哪儿来的？"竹青一把夺过来，惊喜地看了看，饿狼一样塞进嘴里，"还热乎的！"

"当然热乎的，"天青笑道，"怕师父看着，顾不上烫，直接塞后腰里了，都快把我烙熟啦。"

"桌上拿的？"竹青嘴巴塞得满满的，呜哩呜哩地说，"那不是你自个儿的份儿么？"

"我吃一张够了。"

"好师哥，真够义气。"

玄青一边往被窝里钻，一边皱着眉头开了腔："天青，你这可不叫义气。师父叫他饿着，是反省自己的过失，你拿自己的饭食把他填饱了，还反省个什么劲儿？搁我说就该使劲地饿两天。像竹青这个惫懒样儿，搁科班里，长几个屁股都不够打的。"

天青淡淡一笑。竹青翻翻眼睛，嘴巴动了动，到底没敢出声儿。

夜深，人静。忽然，东厢房里传来樱草的号哭声。

"救命！救命啊！"

玄青烦躁地睁开眼睛，踹了踹睡在旁边的天青："又叫你了，快去！"

樱草到白家已近一年，什么事儿都适应了，就是晚上睡觉，依然不叫人省心。她好像是被拐子拐走那次，受了太大惊吓，心里做下了病，隔个十天半月，就要撒一次癔症儿。刚入睡时候，也倒好好的，不定睡到什么时候，忽然惊醒过来，便大哭大叫，说坏人打她了。这种时候，谁来抚慰都没用，就得天青过来哄两句，拉着她的手儿，才能又睡过去。时日长了，她再这么哭闹，别人也就不起身来看了，都是天青的事。

天青睡眼惺忪地爬出被窝，披上小褂，跑到对门去。月光下，樱草已经坐在炕上，瞪着一双惊恐的大眼睛，泪闪闪地哭叫着："樱草不去啊，樱草要回家！"

天青熟练地坐上炕头，握住她的手，轻拍后背："师哥来了，师哥带你回家。师哥打跑坏人了，你看，坏人没有了。"

樱草哆哆嗦嗦地看了天青一会儿，放心地点点头，抱紧他的手，倒下睡了。天青用另一只手，轻轻抹去她脸上的泪，帮她盖好被子，嘴里哼着戏文："常言道，人离乡间，似蛟龙离了沧海，似猛虎离了山冈，似凤凰飞至在乌鸦群班……"这样坐了一阵子，见樱草睡得熟了，才小心地抽开手，跑回西厢房去。

玄青又被他弄醒了，皱着眉头翻了个身："见天儿去给人家当老妈子。"

天青冻得吸着气，脱了小褂钻回被窝里，没搭腔儿。

"这什么时候才是个完？搅得大伙儿都睡不好觉。"

天青闭起眼睛："跟小丫头子计较什么。"

"让她管够儿哭两天，就治过来了。"

"得了，可怜见儿的。"

玄青哼了一声。

"我看你伺候她一辈子！"

第二章　古城会

一辈子是什么？一辈子有多长，怎样算是一辈子，谁是谁的一辈子？这些问题，别说丫头小子闹不明白，就连白喜祥这样的成年人，也永远都搞不清楚。戏台上，抬腿一跨便是千山万水，开腔一唱便是日月如梭，一辈子来得容易去得快，终生事都在方寸间，但在真实的生活里，哪有那么简单？日子要一天天地过，不知不觉地过，"一辈子"这么沉重的字眼，有几个人承担得起。

天青觉得，戏肯定是他的一辈子。

天青是地道的北京人，生在南城马蜂嘴的一个大杂院。那院子破败不堪，里面挤了十几户人家，都是穷到打零工拾破烂的贫苦人。天青三岁那年，娘就过世了，家里只剩了他和爹爹两个。

天青已经不太记得娘的样子。脑海中只留下模模糊糊的一些影子，一些声音，一些笑容，都不知道是真实的记忆，还是只是他的想象。娘留给他的唯一一件东西，是他一直挂在脖子上的小铜牌，上圆下方，四边圈着草龙纹，里面刻了字，一面是"如月之恒"，一面是"如日之升"，拴着一条细细的红绳子。每当想娘了，他摸摸那个牌牌，悲苦的心里，就稍微好受一些。

大院里的其他人家，都喜欢老靳家这个小子。他天性良善，待人温厚、诚朴，单纯如一块透明的水晶，说话做事那个认真劲儿，憨得叫人怜惜。这孩子的相貌，也跟其他在大杂院里长大的孩子不太一样，不仅五官清秀，更有一份轩昂的气派，就算只穿破衣烂衫，挎着小篮子去捡煤核，也如鹤立鸡群，令人忍不住要多看两眼。院里钱大爷跟人说："老靳家那孩子肯定是托生错了，哪里像是个拉洋车的儿子，活脱脱是个宫里的阿哥。"周围大伙儿都点头。

天青那年刚满六岁，听见这话，回家问爹爹："爹，什么叫宫里的阿哥？"

天青的爹爹靳采银，每日起早贪黑地在外面拉车，为着那一份嚼裹，几乎不怎么回家。他听了这话，微微一愣："前清的小皇子吧，怎么着？"

天青把钱大爷的话说了，靳采银也只有苦笑。儿子没福，生在这苦窝窝里，人才再好又有什么用？自己连供他念书都不成。他瞧着儿子端正的眉眼和身架，忽然起了一个念头：

"儿啊，不如送你去学戏？你到戏台上去唱个阿哥，别人还比不了呢。老捡煤核也不是个办法，学戏有个固定的饭食，学好了也能谋个出身。就是听说学戏挺苦的，一般人熬不下来，唉。"

天青不知道学戏是干什么，但是，能有饭吃，能挣钱，就是好事。

"爹，我不怕吃苦。"

靳采银辗转托了人，送天青去见白喜祥。白喜祥一眼就相中了这孩子。他就是传说中那种祖师爷赏饭吃的主儿：有样儿，有嗓儿，两道浓眉如画，一双星目生光，最难得这么小的孩子已经有个不凡器宇，善加调教之后，将来踏了台毯肯定压得住。

白喜祥故意考考他：

"到我这学戏，可有你的苦头吃！天天从早练到晚，不用功就打，不给饭吃，罚跪！"

天青跪在地上，坦然回话：

"我不怕！我肯定用功，往死里练功，师父就不会打我。"

好么，有志气。白喜祥微微笑了一下，收了他入门。

天青正如他自己说的，拼命用功，往死里练功。从小在马蜂嘴捡煤核长大，他拿吃苦根本不当回事，压腿、耗顶、吊毛、抢背……他愿意比师父交下来的功课还做得更多些。他喜欢戏，喜欢戏里的忠孝节义、肝胆气血，喜欢唱戏的感觉，每当听着胡琴锣鼓响起，整个人仿若泡在一缸热水里，每个毛孔都透着舒泰。他知道自己还小，离成角儿的时候还远，不过就算在现在，能够与戏为伴，日子都微微地闪着光彩。

"豪杰生来运不通，沙滩无水困蛟龙。有朝一日春雷动，大鹏展翅上九重！……"

北京透亮的蓝天下，回荡着朗朗的童声。

时光岁月，在胡琴的咿呀声中流过。已经到了民国十一年冬天。八岁的

樱草，随着乔三婶买年货回来，走在九道湾曲里拐弯的胡同里，两只小手帮
三婶捧着个蒲包，手腕上依然还戴着那只活口镯子，在阳光下一闪一闪。

比起四年前刚进白家的时候，她长高了不少，长胖了更多，胳膊腿儿都
圆鼓鼓的跟藕节似的，叫人看着了老想捏一把。头年念了私塾，是个小学生
儿了，但还是梳着两个小鬏鬏，穿小花袄裤，雪白的一张小脸，又亮又深的
一双黑眼睛，眉梢眼角都弯弯地盈满笑意。菱角儿似的小嘴巴里，正哼着新
学的歌谣：

> 平则门，写大字，界壁儿就是白塔寺；
> 白塔寺，挂皇袍，界壁儿就是马市桥；
> 马市桥，跳三跳，界壁儿就是帝王庙；
> 帝王庙，摇葫芦，界壁儿就是四牌楼；
> 四牌楼东，四牌楼西，四牌楼底下卖估衣；
> 打个火儿，抽袋烟儿，界壁儿就是毛家湾儿；
> 毛家湾儿，转一转，界壁儿就是麻状元；
> 麻状元，学问深，界壁儿就是百花深；
> 百花深，卖大糖，界壁儿就是蒋养坊；
> 蒋养坊，吼一吼，界壁儿就是新街口；
> 新街口，按烟袋，界壁儿就是王奶奶；
> 王奶奶，丢花针儿，界壁儿就是北城根儿；
> 北城根儿，卖小盆儿，界壁儿就是德胜门儿；
> 德胜门儿，人家多，界壁儿就是王八窝！

北京到底有多大呢？念了这么多的地名儿，听三婶说，还只是京城北面
的一条线儿。如果把全城都走完，是不是得累折了樱草的两条小腿儿？这么
大的地界儿里，哪里才有她的爹娘，才是她真正的家？

樱草的脑海里，依稀还留了不少关于家的记忆，只是零零碎碎，根本串
联不起来：高大的月亮门，周围镶着砖画儿，有葫芦，有荷花，有笛子，有
扇子；凉亭，假山，盈着墨绿的池塘；炕头的躺箱，墙上的胖娃娃年画，神
像前堆得小山似的蜜供，书案上描着七彩的细颈大花瓶……还有一张张的面
孔：留着两撇大胡子，看起来很厉害的爹爹，绾一只整齐的髻，笑容温柔的
娘；还有长得很漂亮，头上永远插得花花绿绿的几位姨娘；还有老是笑眯眯
的颜大爷，整天都陪着自己的沈妈妈……

是怎么走失的呢？那天是沈妈妈带她出来逛街，起先还挺开心的，后来

沈妈妈怎么就不见了的，是去买什么东西，还是遇见了熟人？樱草怎么想也想不起来这个，只记得走啊走啊的就剩自己一个了，在人群里哭："沈妈妈！沈妈妈！"后来那黑汉子走过来，说带她去找沈妈妈，拉着她的手儿，走了好远，到一个胡同里，把她抱起来，越走越快。旁边都没人了，她害怕，蹬着腿儿要下来，要回家，那汉子狠狠地抽她巴掌……

她记得清清楚楚的，就是正哭成一团的时候，不远处有个小哥哥注意地看着她。站在胡同口，光着头，一身蓝棉袍，疑惑地盯住她。她到现在都记得那双眼睛。她自己的家里，也有个哥哥，跟他差不多大，可没有那么亮的眼睛。小小的心灵里，模糊地觉得这是一点儿希望，最后的希望，于是她哭得更大声……

他救了她。

他没能帮她找到爹娘，只得带着她，到了一个新家。新家里有师父、师哥、三叔、三婶，大伙儿都对她很好，但是四年过去了，她自己的爹娘，到底在哪里呢？这么大的京城，犹如大海捞针，一丁点儿的讯息都没有。起先她还经常想着娘，想得日日都哭，想得夜夜睡不着觉，渐渐地，自己也失了指望，连心里那些记忆，也一天淡似一天。会不会以后就算找到了爹娘，也已经完全认不出来了呢？四年来，她自己的变化，又是那么快，八岁了，都已经是大人了啦，爹娘还能认出她来吗？

"啧啧，真冷啊，'腊七腊八，冻死寒鸦'。"走在樱草旁边的三婶，挎紧手中篮子，把两只手都揣在袖筒里。她是个身材圆胖的妇人，总是梳个圆髻，脸上星星点点的全是小麻子，不算漂亮，但是为人善良，热情，爽利，大人小孩都喜欢她。"这回买全了，回去好好地煮它一大锅腊八粥！白米、红枣、莲子、核桃、栗子、杏仁、松仁、桂圆、白果、红豆、花生……打头天晚上就开始煮，整熬一夜，瞧好儿吧，老佛爷来了都得馋死。想吃不，樱草？"

"想！"樱草开心地响应。

她始终是个开心的孩子，用三婶的话说："喜兴"。她的心里就像她的脸上，无论什么时候，遇到什么事情，都透着喜气洋洋的光儿。找不到自己的爹娘，也没让她的性情有什么改变，她还是那么开心，在白家过得十分快活，喜欢白家的每一个人，每一个人都对她那么好。爹娘应该对她更好的吧？那得好成什么样儿呢？简直都没法想！

"三婶，买这么多的蒜干吗？"

"做腊八蒜呀！剥好了，洗净了，码进大玻璃瓶，倒上醋，封好盖子，一大瓶一大瓶，泡上。正好到过年时候，蒜瓣碧绿碧绿的，辣里透着酸甜，醋里也带点儿蒜辣，蘸饺子吃。你想想，好吃不？"

樱草这回没搭腔。她的嘴巴里头，装了太多口水，就快流出来啦。

"这篮子里头，最想吃啥？"三婶还要火上浇油。

樱草猛咽了一口口水："酱肘子！"

"哟，挺会挑啊，真是个吃主儿！"三婶故意地，越说越带劲儿，"这可是天福号的酱肘子，成年也就买这一回，喷香，酥烂，一咬下去，满嘴流油……"

樱草的口水，终于哗啦啦地流出来了。

太阳西沉，金光如练，洒向河山大地，白家的小院里，也映得一片光辉。

天青只穿单裤单褂，腰间紧束一条板带，斜挎单刀，手持拂尘，正全神贯注，于院中游走。十一岁的少年，矫健如一头小豹子，四下纵跃，做机警探看之势，各式云手、踢腿、飞脚、旋子，劲力沛然，连那拂尘，本是柔软之物，在他的舞动之下，隐然也有风雷之声。头顶短发，都桀骜地竖着，下巴如刀削一般，有着坚毅的弧线。笔直的眉，湛亮的眼，在这认真做戏的时分，不用勒头，眉梢眼角也如戏台上一样高挑入鬓。

樱草跨进街门，看见天青，惊喜大叫："天青哥回来了！不是后天才回来吗？"

"嘘，你师哥练功，不要捣乱。"三婶连忙叮咛。

直待天黑下来，天青才收了式，额头脖颈都是隐隐汗光。樱草独自坐在檐廊下的栏杆上，早已按捺不住："天青哥，天青哥！"

天青转头望见她，高兴地笑了，露出一口雪白的牙。他擦擦汗，将刀和拂尘整齐地插回把子架，走到檐廊下，坐在樱草身边。樱草快活地拉住他的手：

"天青哥，你这是练什么？"

"《蜈蚣岭》里的'走边'。武松扮成头陀，夜上梁山，路上救了一个被坏人抢去的民女。"

"真好看。"樱草没太听懂，也无心细问，忙忙道，"你怎么这么早就回来了，师父不是给了假？"

"家里没事。"天青笑了笑。

快过年了，白喜祥照例给了三个徒弟几天假期，让他们回家帮忙打点家事。天青家里只有他和爹爹两个人，靳采银过年时候也要到处拉活儿，忙得很，爷儿俩仍和平时一样，整日见不着面，靳采银觉得，让天青早点儿回师父家也好。

"还能多跟师父学点儿。你在家我老挂着你，拉活儿也不安心。"靳采银狼吞虎咽地喝完稀粥，边抹嘴边念叨。

"是，我听爹的。"

靳采银叹口气，望着已经长成少年的儿子。"你娘要是还在，就好了。咱一家三口虽然贫苦，总还是个囫囵个儿的家。"

天青低头喝粥，不说什么。自己胸前，薄薄的小褂里头，他感觉得到娘留给他的那个铜牌牌……

这些事，天青当然不会对小丫头子细说。樱草毫没察觉他的简略，喜滋滋把口袋翻出来给天青显摆："你瞧这个！"

"哟，这么多糖。哪儿来的？"

"嘻嘻，铺子里熬灶糖呢，大婶单给我包了几块。天青哥，你先挑。"樱草兴奋得满脸红扑扑的。

"你吃吧，我不吃。"

"不嘛，我已经吃过了。你挑，你一块，我一块。"

"我是师哥，怎么能吃师妹的糖。"

"你再不吃，我不理你了！"樱草扭过了头。

"不理也不吃。"天青也把头扭向另一边。

过了一会儿，伸过来两只小胖手，是樱草，硬把他的脸扳过来，对着自己笑眯眯的脸："天青哥，我理你。我喜欢你嘛。我就是想跟你一起吃糖嘛。你吃一块糖，我唱曲子给你听。"

天青无可奈何，只得拿了一块。樱草欣喜地拍了拍手，仰头想了想，亮开嗓子唱道：

"常言道，人离乡间，似蛟龙离了沧海……"

天青听着这荒腔走板的歌唱，寻思了好一会儿，才回过味儿来，噗的一声笑，几乎被嘴里的糖呛住："这是戏啊，你也会唱戏了？"

樱草有点儿茫然："是吗，我怎么会的？好像在梦里学的……这是什么戏？"

天青忍住笑："《雪拥蓝关》，徽调戏，师父最拿手的一出。"

"你会唱？"

"我也就会这几句，听师父唱，听会了一点儿，整出的戏，师父没教我们。玄青师哥求了好几次，师父都不肯教。"

"师父最拿手的戏，怎么会不教哪？"

"他说，不到时候。"

天青的眼前，浮起了白喜祥当时的神情：

"戏讲究的不光是技艺，还有戏情戏理。有些戏，你得活到一定年纪，有了一定阅历，才能懂得戏里的情致，唱出戏里的真玩意儿。像《雪拥蓝关》这样的戏，讲的是韩愈韩昌黎被谪贬潮阳途中，历尽磨难，喟叹红尘的故事，这里头的人生况味，你们小孩子哪里懂得？我二十八岁那年才蒙我师父'三老爹'传《雪拥蓝关》，三十多岁上才敢亮，不过，要真正懂得这戏的味道，还得在四十岁以后。"

当时的白喜祥，不知想起了什么，凝神良久，方轻轻吟道：

> 一封朝奏九重天，夕贬潮阳路八千。
>
> 欲为圣明除弊事，肯将衰朽惜残年。
>
> 云横秦岭家何在，雪拥蓝关马不前。
>
> 知汝远来应有意，好收吾骨瘴江边。

他抬头望天，缓缓叹了一口气：

"人这一辈子，就是一场磨难。这样的戏，我盼着你们永远不懂得。"

那首韩昌黎的诗，还有当时师父说的话，天青都不甚明白，他只知道要听从师父的吩咐，所以尽管深爱那段唱腔，也未敢求教，只是闲时哼哼而已。樱草呢，全然不知道这是自己撒癔症时天青唱来哄她睡觉的，心头只觉熟悉，便不管不顾地缠着天青：

"我喜欢这出戏，你教我唱。"

"我自个儿也不会啊。"

"教嘛教嘛，就教这几句。"樱草又伸手扳过他的脸，"你看，我笑一个给你看，你就教给我，好不好？"她弯起眉眼，做出一个笑得五官都融化的表情。

天青拗不过她，只好开口哼唱起来：

> 昔日里有一位绝粮孔子，他也曾把麒麟叹。
>
> 况且圣人遭磨难，何况我韩愈谪边关……

清冷的冬夜，一丝云彩都没有，天还未完全暗下来，已经升起一弯皓月，晶亮得透明。两个无忧无虑的童声，在寂静的小院儿里一唱一和：

> ……唉呀，难挨，难挨，
>
> 生死有命，富贵在天，发配到潮阳，路有八千……

"就剩这几天啦，过了小年封箱，晃眼儿又是一年。"白喜祥感叹道。

冬日中午的太阳，晒着还挺舒服，路又不远，他和乔双紫，带着玄青、天青、竹青，不紧不慢地穿过前门外大街，向广盛楼走去。

广盛楼在肉市街里面，特繁华的一个地界儿，周围挤满了各色店铺：估衣铺、毡帘铺、馄饨摊子、干果摊子……街口竖着一个威武的牌楼，两边方柱上分别写着"吉祥新戏"和"风雨无阻"，正面三个盘花大字："广盛楼"。走过这个牌楼，向里百十来步，有个大院子，进了院子门，绕过一面砖影壁，穿过一片空地，才是二层戏楼。唱戏的伶人还要再绕过这座二层楼向里面走，到楼的后身，沿着一道低矮的小楼梯上到后台。

"二爷来啦，二爷辛苦！"

"黎爷辛苦！"

"崔爷辛苦！"

喜成社领班黎茂财、管事崔福水在过道里跟白喜祥相互招呼。黎茂财长得白白胖胖，精明、世故，很有个外场劲儿，见人总是带着讨好的笑；崔福水则干巴黑瘦，脸上的皱纹恰如千沟万壑，就算是笑的时候都不展开。这两位爷在喜成社里，可算是白喜祥的左膀右臂：领班黎茂财主管外务，迎来送往，财务人事之类，管事崔福水主管内务，主要是演出上的提调。

戏园的后台，是个奇妙的地方。时空交错，鱼龙混杂，千百年来各种知名的不知名的人物，英武的文秀的猥琐的庸俗的良善的恶毒的忠贞的放浪的男的女的老的少的善终的惨死的万古流芳的不知所终的，全都在这里集聚，摩肩接踵地穿梭，你方唱罢我登场。广盛楼的后台很大，最里面有一排五个扮戏房，大小不一，大间是普通伶人通用的，小间则是单给挂牌的角儿预备的。其中有一间是白喜祥专用，摆着精致的小桌，缎面靠背椅子，桌上有小屉子柜，雕有回纹花边的大镜子，还有带锁的彩匣子，墙边还有衣架子、脸盆架子，搭着雪白的毛巾。

白喜祥气定神闲地净了面，坐下，打开彩匣子。揉红脸，勾墨纹，蚕眉凤目，端肃威严。今天他唱的是红生戏《古城会》，去关羽——梨园人的习惯，唱哪个人物，都说"来"或者"去"。

玄青、天青和竹青三兄弟穿着一式的深蓝棉袍，屏声静气侍立一旁。玄青已经十二岁了，比童年时候更加沉稳，两道浓眉总是习惯性地攒着，笑的时候都带一点儿深思熟虑的神情，身姿也总是带着老生的工架，微微弓一点儿背，显得比实际年龄成熟许多。与他相比，天青虽然高挑挺拔，却是一脸的稚气。竹青呢，个子不高，结实壮健，腿脚异常灵活，大圆脑壳依旧剃得精光，光线照射下闪闪发亮，眉毛粗重，眼睛也是大而圆，眼珠儿时常滴溜溜地转动着，仿佛装了一肚子的鬼主意。

白喜祥熟练地勾完了脸，站起身来，在水衣外面套上胖袄，搭护领，换彩裤，蹬上厚底靴。衣箱师傅早已候在旁边，为他穿上箭衣，扎起绿地儿绣金龙软靠，盔箱师傅为他勒好头，戴上夫子盔，拿过他的私房髯口袋子，取出长近三尺的真人头发做的大黑三绺髯口，仔细帮他挂在腮边。

红生戏，兼跨老生、武生、花脸三个行当，唱的是关羽、赵匡胤这样勾红脸的活儿，唱做俱繁，工架稳健大气，最考功夫。尤其关羽，梨园尊称为"老爷"，那是头等尊贵的一个人物，唱的听的，都得如敬神一样毕恭毕敬，丝毫轻慢不得。白喜祥的红生戏独步京师，有"红生大王"之誉，打扮就绪之后，完全就是一个活"老爷"，整个后台都肃穆地不敢与他交言。

时辰已到，大轴开场。白喜祥走出扮戏房，来到上场门，门边上倚着那把关老爷专用的青龙偃月刀，足长六尺五，刀头嵌金色行龙，口衔红珠，刀背缀一缕红缨，神气非凡。此时的刀头上覆着一面黄绫，刀把前面摆了供果和香烛。白喜祥凝立刀前，照着唱"老爷戏"的特殊规矩，对刀拜了三拜，恭敬地将黄绫揭开。

台侧的乔双紫鼓槌一扬，锣鼓丝竹响起，白喜祥微微瞑目，丹田运气，长腔破空：

> 离却曹营奔阳关……

震天价的喝彩。锵锵锣鼓声中，一众英雄美人登场。

> ……日行夜宿哪得安？
> 过黄河斩秦琪路遇文远，一路来斩六将闯出五关。

那关二爷辞别曹营，奉嫂寻兄，得知兄长进驻古城，急往见之，却被三弟张飞误会，阻于城下。桃园结义之情，眼看付之流水，英雄气短，含泪剖白：

> ……今日里在古城我们弟兄会了，三兄弟全不念我们桃园结交。
> 罢罢罢忍耐了，弟兄恩义就一旦抛。
> 下得马去把头所，桃园失义在今朝！

台侧目不转睛的三个孩子，玄青、天青、竹青三兄弟，全都热切地渴慕地，盯着师父的一言一动。其实广盛楼已经相当残旧，门窗破破烂烂，气味难闻，灯光也昏暗，但只要师父在场上，整个园子就是明亮的、优雅的、华丽的、无可匹敌的。台上的失义或团圆，他们并不关心，小小心灵里只装着师父的过人风采，那是"角儿"，是一位伶人追求的至高境界，是世上最富丽的画卷，最威武的神话，最为辉煌灿烂、夺魄勾魂的美梦。

年节到了。传说"年"本是一头巨兽，过年就是纪念打败这头巨兽的意思，真的吗？谁知道呢，在每年这个时分，整个京城倒像是一头苏醒了的巨兽，一改平日的安宁静谧，于寒冷的空气中抖擞精神，瞪大双眼，尽情纵跃咆哮，焕发出无限的生机来。

大清早儿，三兄弟练完了功，结束停当，在堂屋里垂手伺候。樱草在他们中间穿来穿去，兴奋地雀跃着。白喜祥出来了。他一早儿已经答应了他们，让三个徒弟带樱草一起去逛庙会。

"给，一人四大枚，买点儿自己喜欢的吧。带好了师妹。"

住在九道湾，逛庙会再方便不过，往西走几条胡同就是厂甸。京城里的庙会其实不少，但在孩子们眼里，哪个也没有厂甸庙会大，哪个也没有它好看。从延寿寺街开始，就是连绵不断的商铺：年画、花灯、玩具、小吃、文房四宝、针头线脑……几乎是能想到的东西，全能找到。樱草拉着师哥们的手，挤在缕缕行行的人群中，眼睛灼灼放光地只盯着吃食：

"我要糖葫芦，呀，我要枣儿糕！呀，豌豆黄儿也要！呀，梨膏也要……"

宝石珠子一样的大糖葫芦，亮晶晶、红闪闪、冰冰凉凉、酸酸甜甜；红红黄黄的枣儿糕，又香又软；一小块一小块的豌豆黄儿，晶亮、软糯，透着甜香；驴打滚儿、酪干儿、炒豆儿、芝麻酱烧饼……好吃的实在太多了呀。樱草口袋里的四大枚，一霎时就花光了，两只小手抓得满满的，左一口右一口地往嘴里塞。天青劝阻不住，只能摇头：

"这才刚开始逛呢。"

樱草笑嘻嘻地，将糖葫芦递到三个师哥嘴边：

"师哥吃，一人一个！"

她的热心，常成灾害，三人都被蹭得一脸的黏糖，忙不迭地躲了开去。竹青抬起衩袖抹着糖，顺便抹去嘴边的口水：

"妈呀，受不了了。栗子摊儿跑哪儿去了？爷今年就是馋糖炒栗子！"

竹青的父亲早就亡故，家中一个寡母带着他和一对姐妹，穷得揭不开锅，一年到头，没有什么机会吃零嘴儿。只是他比樱草大两岁，稍懂得一点儿花钱的道理，手里的四大枚，攥得紧紧的，要单买自己最喜欢的东西。

　　天青被卖鬃人的摊子迷住了。那是一座座小小的戏装偶人，胶泥扣的头和座，秸秆扎的身子，脸上勾的画的、身上穿的戴的，全和扮起来的伶人一模一样，只是座底粘了一圈的猪鬃。摊主拿个铜茶盘子，把几个鬃人放在上头，小槌一敲铜盘，鬃毛颤动，鬃人就绕着圈子跳了起来，刀对刀来枪对枪，真像是一群兵将开打。天青不能花钱买这个，只有蹭看的份儿：

　　"做得太好了，真在行。看，师哥，这个秦琼，像不像你？"

　　他身后的玄青，并没有凑上来：

　　"别拿我跟这个比啊。这就是拿咱们唱戏的当玩意儿呢，小槌一敲，傻儿咕咚地乱跳，耍猴儿一样。我一瞧见这些东西，气就不打一处来。"

　　天青笑了笑。他没想过那么多。唱戏归唱戏，玩意儿归玩意儿。

　　竹青和樱草头凑头地挤在纱灯铺子前，喜欢得挪不动步。这里挂满五光十色的纱灯："麻姑上寿""天官赐福""状元及第""百鸟朝凤"……还有好玩的油纸灯笼：竹皮架子糊高丽纸，涂上漂亮的颜色，做成小鸡、小鸭、青蛙、鲤鱼……里头点起蜡烛，拎在手里，像一个个小动物的精灵在冬日凛冽的空气里游。有个小兔子灯，特别漂亮，胖鼓鼓的头，两只长耳朵，一对圆眼睛，背上画着绿叶红牡丹花，樱草盯着它，看了又看，看了又看。

　　"竹青哥，你看，多好看。"

　　"好看，像你！掌柜的，这灯多儿钱？"

　　"六大枚。"

　　"什么？贵到姥姥家去啦。"

　　掌柜从一大面子的纱灯里探头出来："那你有多少？"

　　"爷只有四大枚。"

　　"得，今儿还没开张，半买半送吧。小子，四大枚拿去！"

　　竹青犹豫一下，看看樱草垂涎欲滴的小胖脸儿，手在口袋里攥了一会儿，终于豪迈地摸出那四大枚，买了这个兔子灯："喜欢不是吗？师哥送你了！"

　　樱草欣喜若狂，接过小兔子灯，拉住竹青的手儿使劲地摇："竹青哥，你真好！"

　　竹青拍拍自己的胸膛："你才知道啊！"

　　忽然鼻端嗅到诱人的香味，猛一抬头，是糖炒栗子摊。大铁锅里头，黑砂子，黄饴糖，正翻得带劲儿，一颗颗大栗子油亮油亮，热气腾腾地滚动着，香味儿蒸腾四散。卖栗子的汉子一边挥着铁铲，一边嘹亮地吆喝：

　　"新出锅的栗子来，甜香！"

　　竹青一低头，从人堆儿外头绕过去。走了没几步，天青赶上来：

"给。"

一包热乎乎的糖炒栗子。

"啧啧，师哥你……那你呢……"竹青捧着小包，在两手间倒过来倒过去，仿佛烫得拿不住似的，"来，一人一半！"

"你吃吧，瞧你哈喇子都淌脚面子上了！"

玄青跟着走过来，两手揣在棉袍的袖筒里，庄重地蹙着眉头："就知道吃。"

竹青不服气地撇撇嘴："那你买什么了，师哥？"

"我什么也不买，留着将来攒行头。"玄青一扬脖，"角儿都不用官中的行头，用私房的，你们知道置全套私房行头要多儿钱吗？五千大洋。我打从入行就开始攒了……"

"得了吧，师哥，"竹青剥开栗子，往嘴里塞着，"这么四大枚四大枚地攒，几辈子才能攒出五千大洋啊？钱不是攒出来的，得挣出来。好好练功学戏，赶紧成角儿，一场戏的份子钱就一两百，唱个几十场，就出来了，哪在乎这几个栗子。"

玄青笑了一声："我倒看你怎么挣出来！师父都不要你……"

"师哥！"天青急忙阻住，但竹青已然瘪起了嘴角。

白喜祥前几天刚跟竹青说了，要他改工花脸。

竹青当时就急了："师父，我惹您生气了？您，您不要我了？"

"咳，你还是我徒弟，但我教不了花脸，得荐你去花脸行的师父门下学戏。"

"我不要别的师父，就要您！"竹青眼泪狂涌。他这眼泪，一向来得最急，比樱草还爱哭，"您是不是觉着我练功不勤勉？我好好练！"

"你练功不错，跟这个没干系。生旦净丑，各有所长，伶人工哪个行当，要看整个人的资质、相貌、身段、气质、性情，都要计算在内。"白喜祥耐心解说，"我仔细掂量过了，你身子虎实，性情机灵跳脱，嗓子宽亮，不适合生行，该往净行走，工大花脸，更有前程。"

"我舍不得您！"竹青扑通跪下来，抱住白喜祥的腿，用那宽亮的嗓子开哭，"我！不！离开您！"

白喜祥忍不住笑了，叹了口气："别搞得生离死别似的，我还是你师父啊，我也指着咱爷儿俩的情分，不会因这个改变呢。"

一想起这些，竹青嘴里的栗子也顾不上嚼了，泪水哗哗地流了满脸。天青急忙搂住他肩："别哭，师父说了，生行净行，都一样出大家。'千生百旦，一净难求'，只要咱们好好练功……"

　　玄青摇了摇头："那话儿呢，也就是唬唬自个儿吧。成角儿挑班，还得是老生和旦角。别的行当么……"他瞥瞥哭得满脸画魂儿的竹青，怜悯地放缓口气，走过来也拍拍竹青的肩，"算了，也别太难受，祖师爷赏不赏饭吃呢，这是不能勉强的。我答应你，等我成角儿挑班了，邀你跨刀，成了吧？"

　　竹青抬起头，用劲儿抹了抹泪："其实我早想明白了，成不成角儿呢，那没关系，只要能和师父和师哥在一块儿，怎么都成。"

　　樱草连忙挤上来，将小兔子灯塞在竹青手里："竹青哥，还有我！给，不哭，咱们要一直都在一块儿！"

　　"嗯。"竹青破涕为笑，攥紧了手中的兔子灯：

　　"和我师父、师哥、师妹，一直都在一块儿！"

　　孩儿的脸和三月的天，那是世上变得最快的两样东西。三月的北平，乍暖还寒，风刮得成日成夜，有时剧烈，似乎要把整个古城连根拔起；有时轻软，拂得人身上心里都痒丝丝的。春日艳阳下，到处都有风筝在飞：袅袅婷婷的美人风筝、威风凛凛的英雄风筝、下山猛虎、出海蛟龙、蝙蝠儿、沙燕儿、拖着三色彩尾的凤凰、一节节老长老长的蜈蚣……

　　乔双紫坐在九道湾白家院子里，给孩子们做风筝。只见他那小胡萝卜一般粗大的手指，灵巧地翻动着，把竹竿子劈成一根根的竹篾，削尖，削细，燃火烤出弯弯的弧线，用线绳扎出形状，糊上薄薄的绵纸……素白的风筝架就像变戏法一样在他手里逐渐成型。

　　乔双紫是个奇人。他比白喜祥小四岁，看起来却像是比他大许多，肤色粗黑，胡须浓重，下巴一颗大黑痦子上还长着黑毛，脸上身上的肌肉，都一道一道地横横着，挣得长衫的线条都横横起来，看着活像一山贼。平时在家里，他手里把玩的，不像白喜祥那样是一柄温雅的折扇，而是一支长长的烟袋锅，动不动就蹲在地上抽一阵子，惬意地吐着烟圈，城郊的农民也没他那样一副土相。

　　但就是这样一位看起来土头土脑的中年人，却是京城里有名的好鼓佬。一双鼓楗在手，往台上一坐，他整个人，就在刹那间脱胎换骨，身姿端凝，气韵高洁，全身都似笼罩着一层光晕。那鼓打得，点子绝准，尺寸绝稳，几百个鼓套子稔熟于心，连打十数场戏，牌子都不带翻头的，帮衬得台上的伶人那戏唱得，又精神又过瘾，好似三伏天喝了一大碗冰酪般痛快淋漓。鼓佬，本是整个场面的领袖，一台之主，整出戏的节奏、气氛、尺寸、格局，都在他的掌控之中，喜成社的场面上有了乔三爷，就是有了个有胜无败的定盘星。

　　所谓"场面"，说的就是为一出戏奏乐的师傅们，有文场和武场之分，文场是胡琴、月琴、弦子，武场是鼓、大锣、小锣。乔双紫之所以成为顶尖的好鼓佬，还在于他六场通透，丝竹锣鼓样样精通，一手胡琴也是出神入化，平日里帮白喜祥调个嗓儿什么的，轻松拿得起来。白喜祥自成名以来，就一直与这位乔三爷如影随形，戏台上、生活里，配合得极为默契，至于他俩是怎么认识的，怎么结的缘，当事人从未说起，外人不得而知。

　　既然一双拿惯了烟袋锅的手，能打得一手好鼓，那么糊上个把风筝这样的小玩意儿，根本就不在话下。在四个孩子欣喜的注视下，风筝架很快就扎好了，乔双紫取出笔墨，在绵纸上勾画起来：眼窝、鼻窝、嘴岔儿分明，印堂如火，眉分双钩，靛蓝的脑门儿和脸蛋儿。金色盔头，缀满绒球光珠。气派的鹰斗熊褶子，闪着蓝汪汪的光……

　　樱草等不及地问："这谁呀？"

　　"这都不认得呀？嘻，"竹青蹿起身来，亮相，"铁面雄心胆包天，英雄四海美名传，只恨不遂心头愿，数载的冤仇……"他跳上堂屋前的台阶，做个掏翎口的身段："挂！心！间！——某，姓窦名尔敦，人称铁罗汉哪！……"

　　改工净行没两个月，他已经活脱脱是个大花脸了。

　　风和日丽的下午，三兄弟带着樱草，喜气洋洋地奔去前门西河沿，拣块空地儿，亮出他们独一无二的窦尔敦大风筝。竹青在前头牵着线儿，天青在后头举着风筝跟着跑，玄青陪着樱草，站在太阳底下，手搭凉棚遥望。

　　"加把劲儿啊，就差一点点儿了！"

　　风筝飞起来了，靛蓝靛蓝一张大脸，带着红黄黑相间的花纹，辉煌灿烂地上了天，河边路过的人都停下来，指指点点地赞叹。四个孩子心里头，别提多美了，樱草更是高兴得又拍手又跳脚：

　　"飞哟，飞哟，病啊灾啊，都带走！好事儿都留下，不好的事儿，全带走了哟！"

　　忽然一群小子斜刺里跑过，手里正放着的一只大老鹰风筝，顿时和窦尔敦的风筝线绞在了一起，分也分不开。

　　"留点儿神！"玄青急着喊。

　　那群小子簇拥着一个少年，穿一身织锦夹袍，罩了件八宝坎肩，翻着灰鼠领子，衣饰丽都，显然是富贵人家子弟。他抄着手儿，自己不放风筝，只是吆喝着指挥，看也不看玄青一眼：

　　"跑快点儿，再高点儿，再高点儿！"

　　小子们径自向前跑去，用力拉拽着线绳，天青和竹青来不及绕开，一扯两扯，他们的线绳断了，风筝遥遥地沿着河边飘走了。

"我的窦尔敦——"竹青一溜烟地追了出去。

"你赔我的风筝!"樱草迸出泪来，飞跑上去对着带头那少年跺脚。那少年比樱草高一头，圆胖的大脸，下巴略有些突出，一脸蛮横神情，对她啐了一口：

"赔？阻了二爷我放风筝的清兴，你赔我呀？"

樱草咬着嘴唇，上前还待争辩，被他一把推开，一个跟头跌倒在地。天青飞奔而上，扶起樱草，急切地上下看了看，转头怒视那少年：

"给我妹子赔礼!"

那少年被他气势所慑，退后一步，瞄着天青。眼前这个小子，跟自己年纪相仿，虽然身高膀阔，看起来挺威风，可是毕竟只有一个人，怕他怎地？少年回头扬了扬手，把带来的小子们都聚到身后，转过身来，倨傲地冲天青晃着下巴：

"怎么着，找茬啊？她脏了爷的衣襟，我还没叫她赔我衣服呢，小杂种……"

天青没再多废话。他箭一样地冲上去，凌空一个飞脚，登时把那少年摞倒在地。少年尖声号叫起来，身后的小子们发一声喊，全都扑上来围住天青厮打。去捡风筝的竹青跑了回来，见此情形，毫不犹豫地加入战阵，一时间尘烟四起，杀声震天，玄青护着哇哇大哭的樱草，急得在圈外猛喊："不要打了，不要打了，师父说了不要生事!……"

最终还是那富家少年带着手下节节败退，向着城里逃跑，天青还要追赶，被玄青喊了回去。那少年本是乘车来的，慌张之下，车也不要了，一直奔出两条街，望着背后没人追来，方才气喘吁吁地停下了脚步，对着身边小子喝骂道：

"都他妈的孬种! 爷养你们是白吃饭的吗？"他恼怒地抹着嘴边的血迹，"把爷打成这样! 几个人及不上那一个小子! 都给我去死!"

"小的不对，让二爷失了威……"几个小子小心翼翼地哈着腰。

"失了威？哈，那倒也不见得!"少年又晃起了下巴，"我可没让他们全身而退! 叫他们美，哈!"

他扬起手，张开给小子们看。

阳光下，明晃晃的，是个银镯子。樱草戴在腕上的银镯子。

第三章　四郎探母

接连几日，天青得空就在西河沿附近转悠，寻找那天的少年。

打架挂了点儿彩，没什么。回家被师父罚了半宿的跪，那也没什么。倒是，把师父气成那样，心里着实过意不去。

"叫你们带好师妹，叫你们散散心，不是叫你们打架！梨园子弟学功夫，是为了打架吗？"

白喜祥气得，手直哆嗦。孩子们自知闯祸，个个都不敢抬头。小脑袋瓜上、身上，全是混沌的灰土，樱草的衣服扯破了，天青和竹青，更是一塌糊涂，满脸青一块紫一块，嘴角带血。

"都给我跪院子里去！晚上不许吃饭！"……

不吃饭，也没什么。

但是樱草的镯子丢了。

"怎么丢的？"天青连忙捋起她的袖子查看，雪白的小手腕上还有擦破的血痕。这绝不是自个儿脱落的。

"我也不知道，好像是那个人推我的时候，撸了去了。"樱草拼命忍着眼里的泪。

天青拧紧了眉。他知道这个镯子对樱草的意义。它一直戴在樱草腕子上，从他救下她的那天起，到现在，已经四年，从未离身。镂空累丝的一只凤凰，眼睛上镶了一粒小小红宝石……镯子是活口的，随着年龄增长，手腕渐粗，镯口也渐渐拉开，就快戴不下了，但是那是她对自己可能永远都找不到了的爹娘，最后的一点儿记认，一直珍爱地带在身边……那该死的灰鼠领小子！自己什么都有，却撸去人家小姑娘的一只银镯！

天青焦躁地在河边转悠，眼睛扫着地面，扫着路过的每个少年。在地面上找到的机会，基本没有，还得着落在那少年身上。打架过后，已经快一星期了，他指望着那少年能拉队回来报仇，没想到那个孬种，就此销声匿迹，连风筝也不再来放。却去哪里找他？连樱草的爹娘，找了四年，都没见一点儿消息！天青把护城河边经常出现的面孔，都记了个熟，就是不见他想找的那个少年。静水深流，城门高大壮丽，蓝天白云下，一个个大人小孩，喜乐地遛着弯儿，放着风筝，就他一个人，眼睁睁地，盯着路过的每个身影。

这几天来，河边多了个四十多岁的中年人，瓜皮帽，马褂，蓝缎子夹袍，穿得挺体面，却也跟天青一样，不看景，只看人。这天一早，他盯上了天青，上上下下地打量他。

"小小子儿，"他走过来，亲热地招呼，"你找什么，丢东西了吗？"

天青一惊。回头望去，中年人和善地笑着："你是不是找东西？"

"是。您捡着了？"

"咳，你先说，丢了什么？"

天青心里掂量来掂量去，犹豫了好一会儿，方说："一只镯子。"

那中年人，眼睛猛然一亮，伸手按住了天青的肩，像怕他跑了似的："什么样的镯子？"

天青向后退去，挣脱他的手："银镯子，累丝凤凰的。您捡着了？"

"嗯，我捡着了。"中年人凝视他一会儿，从怀里掏了件东西出来。

小小的银镯子。镂空累丝的凤凰，眼睛上镶了一粒红宝石。

一阵狂喜，旋风一样席卷了天青全身。他高兴得手都有点儿抖了，伸开双手来接："我谢谢您了这位爷！"

那中年人却一缩手，又把镯子收了回去："你先告诉我，这镯子的来历，我看看对不对。这是姑娘家的物件，你不是物主吧？"

"不是。这是我妹子的，头些天丢在这儿了。"

"谁给你妹子的？"

"一直就是她的。"

"你亲妹子？"

天青有点儿怕了。这中年人眼睛灼灼发着亮光，脸急切地探在他面前，每说一句话都向前凑一点儿，逼得天青步步后退。他的小心灵里，开始胡乱设想各种危险的可能，但是他不能跑，樱草的镯子还在这人手里呢。

"不是，收养的。打拐子手里救下来的。这镯子是她的，还我吧，大爷，您要什么报偿，咱们可以商量。"

那中年人目光灼灼地打量他半天，说："我不能给你，得直接还给你妹子。"

天青警惕起来："你见我妹子干什么？人家女孩子家家的。"

中年人蹲下来："我认识她。她叫樱草，今年九岁了，对不对？"

中年人姓颜，名佑甫，是西城麻状元胡同林府的管家。

林府的祖上，出过一位赫赫有名的人物，名唤林树棕，浙江宁波人。林树棕本是个读书人，屡试不中，愤而入伍，旋以武功得到上司赏识，荐为把总。到了雍正朝，浙江一带海贼作乱，林树棕率军剿灭，升为守备，随后，又一举平定江南三省白莲教之患，以生擒敌首的大功封侯，子孙世袭。

汉人封侯，有清一代，屈指可数，林门望族，可谓显赫一时。之后数十年，林家历经官场倾轧，削爵降职，逐渐没落，但仍有一定势力。到了宣统年间，嫡系传人林墨斋，早年从军，后来在善扑营任职，清亡之后赋闲在家，今年五十四岁。

虽已失去了官爵，不复有当年的权势，但是绵延上百年的望族，非同小可，林家家门依然豪富，麻状元胡同周围一大半的房院，都是他家地产。林家自住的宅第，前后五进院落，东西各带跨院，纵横数里。只是林家的人丁，始终不甚兴旺，林墨斋娶妻之后，又先后收了三房姨太太，总共也只生了五女二子，珍爱的大儿子，又不幸患病早夭。现在唯一的指望，就是老二林郁苍，这孩子，三房所出，从小顽劣，书读得极差，到今年十二岁了，整日就知道带着小厮遛鸟玩鹰斗蛐蛐儿。眼看得一窝女儿，早晚都是外姓人，唯一的儿子，又根本不是个成材的料，这日子过得，令林墨斋烦心不已。

这天傍晚，林郁苍带了一众小厮呼啸而回，在街门外撒了一番小钱给大伙儿分了，自己由小厮玉鹃陪着，大摇大摆地进院，走向三房自己的家。娘正和什么人在房中叙话，林郁苍也懒得去拜见，径自回到自己房内，玉鹃和奶妈丫环们，里里外外张罗着伺候他歇息。

"我的鸟儿呢？"

"都遛过了，今儿换了鸟食后，您那小百灵，叫得分外响亮呢。"玉鹃比林郁苍小一岁，是个相貌清俊的小子，很会察言观色，哄得林郁苍相当舒服。

"鹰呢？"

"四爷说还得再熬一阵子。"

"蝈蝈儿给我！"

玉鹃从怀里取出焐得热乎乎的蝈蝈罐子，双手呈上来。

林郁苍和众多清朝遗少一样，没学到祖上的本事，却学足了祖上的架势，借着家中余荫，纵情享受，四体不勤五谷不分。连玩耍之事，他都不愿亲力亲为，全由仆从代劳，自己只是揣手看个乐儿。今天放这趟风筝，对他来说，是了不得的运动了，尤其后来一口气从前门往北跑了两条大街，打小儿没跑这么累过，现在四肢百骸的哪儿哪儿都疼。

他让玉鹃给捏着肩背，欣赏着蝈蝈响亮地叫，就手儿掏出衣袋里的银镯子看。镂空累丝的凤凰，眼睛上镶了一粒红宝石。银制的东西，本来值不了几个钱，但这镯子的手工实在太精致，看样子又是一个老物件儿，让他一眼就留上了心。当然了，他自个儿身上戴的，随便摘一件都比这个贵重，但是摘别人的物件，那多有便宜味儿啊，尤其一想到是从那个野丫头身上摘来的，回头肯定能让她和那个架势势的小子都着一番急，心里更是痛快。那个小子，穿得灰扑扑的，人倒精神，盯着他时候，冷冷的眼神，刀子一样，让他现在想起来都觉得透心凉。改天得叫颜大爷找几个力壮的大人，去找着那小子，狠狠揍一顿！得揍得他满地找牙，对，得叫他乖乖地打自己裤裆底下钻过去，喊几声大爷……

"郁哥儿，郁哥儿，你回来了？"娘在院子里叫。

真懒得搭理，但是娘在那里叫个没完，他也只好站起来，拉好衣襟，摇摇摆摆走出去。娘正送一位女客出来，站在檐廊下。

"郁哥儿，张婆婆来了，还不快见个礼儿。"

张婆婆是大娘的陪嫁老妈子，今年六十出头了，林郁苍出生时候，她已经在林府做工多年，是看着他长大的。四年前大娘搬回山东济南府老家居住，张婆婆也跟着去了，一年回来个一两次。老仆半主，合府都对她客客气气，唯有林郁苍不怎么爱搭理她。下人就是下人啊，讲究个什么劲儿，就算大娘亲自来了，他郁哥儿也没兴致拜会。

大娘迁去济南之后，一直没回来过。林郁苍已经不太记得她的样子了，大约年纪四十出头吧，总是梳个低低的髻，头上脸上，都十分素净，不戴什么首饰。身上也是素净的缎子袄裙，手上时常握着一串佛珠。她信佛，吃素，脾气特好，虽是大房，却不管事儿，家务都交给二姨娘，为人呢，一点儿架子都没有，说话时候，语声低低的，头也低低的，生怕吓着了谁似的。林郁苍很好奇她为什么自己一个人搬回老家去住，这么决绝地，几年都不再回来……

"给郁哥儿请安，大小伙子啦，真是壮健。"张婆婆喜滋滋地打量他。

"也给您老请安。"林郁苍草草躬了躬身。

他手里拿的镯子，随着这一躬身，在房门透出的灯光下，闪了两闪。

张婆婆的视线，被这闪光所带，无意地扫向镯子，看了一眼，又看了一眼，旋即眼就直了：

"郁哥儿，您手里拿的什么？"

林郁苍低头一看，连忙藏在身后："捡来的小物件儿。"

张婆婆伸出手来，指着他背后："是个银镯子？给我看看！"

"这有什么可看的。"

"您……给我看看！"

林郁苍的娘，也怔在那里了。张婆婆已经坐了一下午，这阵子要离开她家回房，都快出门了，随便叫出郁哥儿见个礼而已，怎么忽然跟小孩子较上了劲儿。她忙挥着手帕子，招呼林郁苍："快给你婆婆看看！闹什么幺蛾子。"

林郁苍撇着嘴，漫不经心地伸开手，将那镯子亮在掌心。

张婆婆颤巍巍走过去，盯着那镯子，慢慢抬起手，把镯子拿起来，捧在眼皮底下看。门口的昏暗灯光下，只见她那混浊的老眼，忽然亮得异乎寻常，专心地、渴盼地、全神贯注地盯着那只银镯子，手指轻轻地摩擦着镯子上的花纹。

"您打哪儿捡来的？"张婆婆的声音都变了。

"我今儿个……"林郁苍有点儿被吓住了，居然没敢说谎，"我遇着一丫头子，从她……她手上……掉下来的。"

"什么样的丫头子？多大？"

"我，我没仔细看。挺小的。"

张婆婆忽然迈上两步，一把抓住了林郁苍的手腕，劲力大得惊人，疼得他哎哟一声。林郁苍的娘吓了一跳，上前拉住，张婆婆不肯放手。

"你好好想想！"张婆婆的眼里，绽出了泪花，"是不是你樱草妹子？还记得她的模样吧？"

林郁苍的脑海里，混乱一团，他连叫唤也忘了，面前张婆婆的眼神，像一把刀子一样在他记忆里乱挖，是，他想起来了，他有过一个妹子，大娘生的，当时年纪还小，见得不多，但是略有印象，胖胖的小脸，雪白的皮肤，眼睛很黑很大，眼角弯弯的……这张小脸，渐渐幻化出一双带泪的眼，瞪得大大的，冲自己扑过来：

"你赔我的风筝！"

玄青、天青和竹青三兄弟，挤挤挨挨地坐在檐廊下的栏杆上，都使劲竖着耳朵，希望听清堂屋里的对话。

堂屋里，八仙桌旁，白喜祥的对面，坐着登门拜访的颜佑甫。晚冬和初春之间，天气还有凉意，但白喜祥已经执着一柄折扇，一边耷头听着，一边频频地扇。

"……亏得张妈认得，这镯子还是前清皇太妃赏给我们祖上的，宫里的手艺，打小儿给五姑娘戴着。老爷听了禀，就叫我带郁哥儿去他放风筝的地方寻访，指望能找到五姑娘的踪迹。我家那郁哥儿啊，咳，总之吧，第二天就不肯跟我一块儿去了，就我一个人，找了这些日子。还好天可怜见儿，你家小爷也去找了。两下里一对，知道真是我们走失的五姑娘……"

颜佑甫说着，也歔欷起来：

"都四年多啦。四年前，是我们家沈妈带着五姑娘出门，结果丢了。当时正赶上我们四姨奶奶没了，老爷心情不好，我陪着他在南方游历，和这边没通上音讯，根本不知道这事儿。我们太太吧，本来身子就弱，丢了闺女，病得汤水不进的，掌家的二姨奶奶吧，不怎么……嗯……找得没什么章法……等我们老爷回来，早就临秋末晚，黄花菜都凉了。咳，京城这么大，这么长时间，谁想到还能遇上？这是老天爷保佑林家呀！听那位小爷说，是从拐子手里救下来的？"

白喜祥点点头。

"想来真是险哪，这要是带出了京城，只怕再也找不着了。"

白喜祥道："我们也帮她找爹娘来着，也报了官，但是一直没音讯。今儿个能遇见，确实是……"他停了一下，"是樱草的福分。"

"姑娘现在呢？"

"去街坊家玩了。这早晚也该……"

街门开了，一阵脆亮的笑声灌进院子，顿时搅得整个家里都热闹起来：

"我回来啦！看我得了什么好东西！师哥，你们干吗呢，听窗根儿？"

颜佑甫蓦地起身，对着白喜祥深深一揖。白喜祥明白他的意思，虽然心里酸楚，也微笑着伸手向屋外一让。

颜佑甫撩起夹袍，掀开帘子，迈步出门。还未站到檐廊下，只见一个笑眯眯的小胖丫头，已经奔到面前。两只小鬌髻，顽皮地翘着，一身花样简单但是剪裁可体的蓝布夹袄裤，小布鞋的鞋尖绣着两只彩蝶。雪白的小脸上，脸颊反射着夕阳余晖，一双大眼睛，在这样的光线下，显得像葡萄珠一样透着深紫，嘴巴翘成弯弯的菱角尖儿，满盛着开心的笑意。

颜佑甫做人家管家这么多年，早已习惯了喜怒不形于颜色，但在这种时候，也禁不住连嘴唇都颤抖了。他蹲下身来，直视着樱草的小脸：

"五姑娘，我的姑奶奶，您还认得我不？"

樱草歪着头，盯着他看了一会儿，脸上的笑容，渐渐消失，换成了愕然，惊异，不敢置信。她抬起一只手指，支在胖嘟嘟的脸蛋上，想了又想，想了又想……

她认得他，认得！打从她出生起，他就一直在她面前出现，陪着爹爹，陪着娘，也陪着她，带她玩，逗她笑，为她做各种事务，她的脑海里，有他！

"颜……颜大爷……?"

颜佑甫张开双臂。樱草一头扑了上去。

白喜祥站在他们身后，望着这抱头痛哭的爷儿俩，转头看了看坐在檐廊下的三兄弟。师徒四人，都白着脸。

是，他们一直在尽心尽力地帮樱草找爹娘，四年多来，从未放过任何音讯。他们盼望着樱草合家团聚，盼望着这可爱的小丫头子终于父母双全，但是，事到临头，人家的家人认上门来，为什么心里竟然不是轻松坦然，而是无尽的恓惶？别说那三个小子，就连白喜祥自己，一瞬间也认不清自己的心。心是什么呢，心是情之所系，情是漫长的时日里，一丝丝一缕缕编织出来，紧密相连，牢不可破。四年时光，一千多个日子，樱草就是他们自己的家人，她早已成为他们的女儿、妹妹，亲生的、血肉相连的，大家都早已习惯了这样，以为一生都会这样过了，没想到，她毕竟是别人的女儿、妹妹，亲生的、血肉相连的……

颜佑甫终于抱着樱草站起来，抹了抹眼角：

"白爷，我先替我们老爷和太太，谢谢您了！改天再来重谢！我今儿能带姑娘回家去不？赶明儿还得送她去济南，见见太太！咳，我们太太自打丢了闺女，瞧见府里什么物件都伤心，自己个儿搬回济南老家住了，一直身子不好……"

白喜祥怔了片刻，拱拱手：

"当然，当然！那是没说的！"

他望着埋头在颜大爷肩上，正哭得稀里哗啦的樱草，想伸手抱抱，又停下来，只说了句：

"樱草，你……回家吧！"

"金井锁梧桐，长叹空随一阵风……"

广盛楼的丝竹声中，三兄弟照例守在后台，伺候师父唱戏。但是今天他们不似往日兴奋，没有了以前总想着窃窃私语、在后台到处窥探的劲头儿，三个人都有点儿怔怔的，眼睛盯着粉墨登场的师父，心里各自想着不知什么心事。

樱草走了五天了。

五天来，白家小院里，全没了往日的欢声笑语。师父郁郁寡欢，老在堂屋呆坐着，望着庭前的丁香树。三叔倒是像往常一样，从早到晚各种乐器翻来覆去地操练，但是无论是锣鼓还是铙钹、胡琴，奏出来的乐韵，声声都是凄凉之音。三婶呢，干脆整天都挂着泪。三兄弟都静默地练功，静默地背戏，静默地吃饭睡觉，连竹青都不大出声。

这都不是最大的变化，最大的变化是，院子里没了那个吵吵闹闹、到处闯祸的丫头子。她在的时候，常搅得大伙儿不得安宁，巴不得她消失一会儿，给大伙儿一点儿清静；现在她走了，院子里清静得可怕，仿佛一片叶子掉到地上都能让人一惊。天青明白那位颜大爷说的，说樱草的娘自打丢了闺女，就不愿意在家里住了，他明白这份心思，因为他现在也是，院子里任何物件都让他想起樱草，看到枣树想起她大喇喇地骑着羊的疯样子，看到金鱼缸想起她那闯祸后依然无忧无虑的笑脸，看到檐廊下的栏杆，就想起她和自己并肩坐着，伸手扳他的脸："天青哥！我就是想跟你一起吃糖嘛！"

一切一切，都如万箭穿心。天青搞不懂自己是怎么回事。从小到大，他一直当樱草的开心就是自己的开心，樱草的伤心是自己的伤心，结果现在樱草终于回了自己的家，应当是开心了，他呢，这心里头，怎么搞的，刀剜似的全是洞洞，一点儿都开心不起来？甚至，一想到樱草以后永远幸福生活在自己家里头，陪伴着自己的爹娘了，心都痛得受不了。这太自私了，不是吗，怎么可以这样？她不是你的妹妹呀，她是那个，那个恶少的妹妹呀！

"师哥来了，师哥在，不怕，不怕……"

四年来，他重复了多少遍的话，那样的坚定，那样的有底气，他认真地把这个麻烦的小丫头子护在自己臂弯下，他的心里，早已认定，自己理所当然地是这位小师妹的保护神。但是现在，樱草竟然从他生命里走出去了，走到自己够不着、看不到的地方去了，怎么办，怎么办？和那个恶少生活在一起，她得被欺负成什么样？谁再替她出头，谁再帮她打架？她受委屈的时候，有没有人帮着她，陪着她？

> 我好比笼中鸟有翅难展，我好比虎离山受了孤单。
> 我好比南来雁失群飞散，我好比浅水龙困在沙滩……

师父的声音，中气十足，韵味醇厚，在戏园里久久回荡，赢来阵阵彩声。今天的戏码是《四郎探母》，那杨延辉流落番邦一十五载，不能还家，忽然得知母亲佘太君出征北塞，拼死也要出关一见。是啊，戏里反复唱的，都是忠孝仁义的人间至理，"事父母尽孝道定省晨昏"，这样的伦理人常，做伶人的从小耳濡目染，理应比旁人更明白。人是应该跟自己的娘在一起的呀，哪有别人可以替代？天青的娘，已经不能得见了，如今樱草能和亲娘团聚，难道不应该为她高兴吗？

台上的母子，终于相会，佘太君起了一个"哭头"：

> 娘只说我的儿不能在，延辉！我的儿啊！哪阵风把儿吹回来？

《见娘》这一段，天青每次听到，都心如刀割。如今这样的思绪，更是激荡难忍，他狠狠地攥紧了拳头。

> 娘啊！

杨延辉拜下身去，磕了三个头：

> 千拜万拜也是折不过儿的罪来。
> 多蒙太后的恩似海，铁镜公主配和谐。
> 儿在番邦一十五载，常把我的老娘挂在儿的心怀。
> 胡狄衣冠懒穿戴，每年间花开，儿的心不开。
> 闻听得老娘征北塞，乔装改扮过营来。
> 见母一面愁眉解，愿老娘福寿康宁永和谐无灾……

儿和娘，永生永世难解的牵挂。

身边一声很大的抽泣，天青转头看去，是竹青。天青伸开手臂，搂住他的肩。竹青抬起头，眼泪汪汪地望着他。

"师哥，你说樱草能去见着她爹娘，咱们应该为她高兴才对，是不？"

这小子，合着跟他想的是一样的心事。天青点点头。

"可是咱们以后还能见着她不了？她去济南看她娘，还能回来不？杨延辉探完了母，最终还是回辽国了，她能吗？咱们顶多是个哥，不能跟铁镜公主比，对吧，她能为咱们回来吗？"

天青答不上来。

玄青开腔道："她就算回来，咱们也见不着她。听说她家门口都有八个家丁把门的，客人得在门房候着，先递上帖子，人家老爷准了，才让进去。"

"她要是看着是咱们的帖子，准能让咱们进去。"天青说。

"嘿，真把自己当棵葱了，谁拿你蘸酱呢。"玄青斜他一眼，"人家是侯爷的千金，你是拉洋车的儿子。竹青家里，缝穷的；我家里呢，开小豆腐坊的。"他自嘲地笑一声，"咱们这样的苦瓠子，攀不上人家大户人家。"

天青没想过这些。他不觉得深宅大院里的五姑娘樱草会变成什么不同的样子，他心目中的樱草，始终是一张笑眉笑眼的小胖脸，傻乎乎老是闯祸，让人特不放心的一个小丫头子。

"她家是她家，她是她。"他淡淡回答。

"就是，"竹青说，"她到了儿都是咱们的妹子！"

"你们懂不懂点儿世事……"玄青摇摇头，不再理会他俩。

天黑了，白家院子里，早早就熄了灯火，大家都闷声不响地睡下。天青都快忘了，在樱草到来之前，他们是怎么过的？她本就不是他家的人，为什么，来了一番又走了，给每个人心里，挖出这么大的一块空缺？

"救命啊！救命！"

半梦半醒之间，天青猛然惊跳起来。他听到东厢房南屋的一阵哭喊。玄青被他弄醒了，翻身问道："怎么？"

天青爬出被窝，披上小褂："樱草叫我。"

玄青皱着眉："你睡迷了？她早回自己家了。"

天青茫然站住。不对，他听到她的哭声啊。

犹豫了一下，还是拔脚走出了屋门。

春夜，这么寒凉，月光清清朗朗地，照得院子里水泼一般的明澄。东厢房里，一片静寂，北屋还有三叔的呼噜声，南屋简直静得可怕，一点点儿的人声都没有。天青蹑手蹑脚走到窗前，那窗户都没有关，因为里头已经不住人了。月光照着黑暗的屋子，空荡荡的地面，空荡荡的炕，炕上还叠放着樱草的几件小衣裳。

确实是他听错了，那哭声只在他的脑子里。

他静静站在窗前。

无声地，哼了起来：

> 常言道，人离乡间，似蛟龙离了沧海，
> 似猛虎离了山冈，似凤凰飞至在乌鸦群班……

记忆是多么奇怪的东西，仿若一个深不可测的海，盛载了成千上万的碎片，呼啸着，卷动着，把这零零星星，一片一片，撕得更散，搅得更碎，随着时间的推移，更加无法辨识。大部分碎片，终此一生，也未见得需要想起，但它就是在那里浮沉着，翻卷着，永远都不会忘记。

回到了自己的家，樱草终于把浮沉在她脑海中的许多碎片，一片片地找到了出处。比如那高大的月亮门，原来里头就是娘带着自己住的院子；那周围镶的葫芦、荷花、笛子、扇子，原来是八仙过海的图案；那凉亭、假山和泛着绿萍的池塘，原来是后院的一座大花园……点点滴滴，如今都重新相见，心头的感觉，奇妙难言。连那炕头的躺箱、墙上的胖娃娃年画、神像前堆得小山似的蜜供、书案上描着七彩的细颈大花瓶，各种各样的细节，也全都回到了眼里，脑海中空失了这么久的轮廓，如今都被完美地填补起来。樱草的心里，充满了激动与好奇，她简直像是一个重生的人，在寻找自己前世的记忆。

娘还在济南，暂时不能相见，但她见到了爹爹，还有其他的亲人。这回她牢牢地记住了，爹爹名叫林墨斋，是个留着两撇大胡子的胖子，气度十分威严。回来见他那天，他穿一身家常宝蓝夹袍、黑缎马褂，端坐在堂屋太师椅上，正捧着个茶碗喝茶，见颜佑甫带着樱草进来，仍然气定神闲地又喝了一口，才放下茶碗，凝视着樱草。那目光，炯炯如箭，樱草有点儿被吓住了，只会呆呆地站着。他的身旁，八仙桌另一边，端坐着一个盛装美妇人，三十岁上下，笑眯眯地望着樱草，樱草好不容易才依稀想起来：像是二姨娘。

"没个规矩了。怎么不跪下？"林墨斋缓缓开口。

背后的颜大爷，忙对樱草低语："跪下呀，给爹爹和二姨娘请安。"

樱草如梦初醒，战战兢兢地双膝跪地，磕了个头，叫道：

"樱草给爹爹请安，给二姨娘请安。"

林墨斋站了起来。他并没有像颜大爷那样，冲上去激动地抱起樱草，而是背着手儿，气度俨然地踱到樱草身前，弯下腰，俯视着她，脸上好不容易地起了笑意，两撇大胡子随着笑容的绽开，向上弯翘起来。他伸出一只手，摸摸樱草的小脸，轻轻拍了拍：

"长大了。比原先可更胖了啊。几年没管教，跟个野丫头似的。"

樱草没敢出声。爹爹的身躯太高大，面相太凶猛，就算微笑着，也仍然硬邦邦的，连那两撇大胡子，都写满了威胁。好像小时候，她就不经常见到他，父爱这回事，在她的记忆里，极其有限。现在的他，目光炯炯地瞪住自己，神情之中，有点儿疼爱，有点儿怜惜，但更多的是像打量一个豢养的宠物似的，带着理智的审视与掂量。樱草不知道自己该做什么，反正不敢扑到他怀里去就是了，只好老老实实地跪在那里，瞪着一双紧张的小眼……

二姨娘没有起身，只是温柔地笑着，从八仙桌上端起茶碗，一手掐着碗盖，轻啜了一口："能找回来，就是福气了。听说是在戏班子里找着的？"

"回姨奶奶，是在一个唱戏的家里。"颜佑甫恭敬地躬着身。

林墨斋皱着眉，转头向他："老颜，你确定不是那家戏子给拐去的？"

二姨娘接口道："是呀，要是他们下的手，得禀明官府，治他们的罪。要按大清律例，诱拐王侯之女，这得满门绞决呢。"

"回老爷，应该不是。"颜佑甫赔笑道，"五姑娘对当时情形记得挺清楚，她自己也说，是那家的小子打拐子手里把她救下来的。"

林墨斋眯了眯眼睛，回到椅前坐下："好吧，咱们恩怨分明。老颜，你再找个时间去一趟，厚厚打赏。四年没把她送回来的事，就不再计较了。"

"是，老爷。一帮戏子，也难为了他们。"

"给五姑娘好好选几个下人，仔细调教调教。怎么从头到脚的野气。这要是让别人见了，叫我把脸往哪儿搁。"林墨斋的手指在椅子扶手上轻叩着，"太太那头儿，怎么样了？赶紧安顿好了，送五姑娘去济南见她娘。"

"回老爷，听张妈说，病是愈发地重了。不过五姑娘去后，母女团聚，保不齐的能好起来。太太这病，还不是因为五姑娘落下的。"

"她心思太重。搁我说，有什么的，多生几个儿子才是要紧。"

二姨娘放下茶碗，脸上绽出一个甜美的笑："是呀，姐姐就是想不开。这一去济南，眼见着是不想为老爷再生了，可有点儿失了本分。颜爷，五姨奶奶和六姨奶奶的事，您紧着点儿，选个日子，办了吧。"

"是，姨奶奶。"

林墨斋捋着唇上的大胡子，瞟了她一眼："你倒挺上心。"

"老爷的子嗣，哪敢不上心呀。"二姨娘低垂着眼帘，"谁叫我肚子不争气，人家大姐生了大爷，三妹生了二爷，就我进来这些年，只生丫头子。唉，赶紧再收几个妹妹，给老爷添丁进口。"

林墨斋露出满意的笑容，随即又叹了一口气：

"别提我那两个小子了！"

颜佑甫给樱草安排了院子，选了一个丫环黄莺，一个老妈子朱妈，还有好几个使唤的下人，整日围着樱草。黄莺只比樱草大两岁，倒是个乖巧的丫头；朱妈呢，四十多岁，脸上瘦瘦干干的永没个笑意，远不似当年沈妈那么温和慈祥。她对樱草管束极严，一举一动都要依足规矩，稍有出格就吓唬着要禀告老爷。

"不许宽了夹袄！"

"不能再往外走了！"

"走路不许跳！"

"笑不露齿！"……

樱草悄悄问黄莺："沈妈妈哪里去了？"

"姑娘不知道么？当年把你丢了，回来后关在省身房里……"

"省身房？"

"咱家关人的地儿。"

"咱家还有个关人的地儿？关人干什么？"

"不听话的，犯事儿的，都要关啊，等着发落啊。合府光下人就上百口子，没个规矩怎么成。沈妈关进去当晚，自己吊死啦。"

樱草惊跳起来："死了？为什么？"

"丢了五姑娘呀！不自己寻死，等老爷回来了，保不齐的也要打死。咱家里跟外头不一样，老爷和姨奶奶，治家都极严的，平素待我们，都还和气，一旦犯了事儿，可就不是玩的。"

樱草想着沈妈妈的慈祥笑脸，不自禁地红了眼圈："这么严，你还在我家做事，多委屈，快回自己家吧。"

"您看您这话说的。我娘我爹，我祖上，都是您家的奴才，别看前清亡了，咱家里的日子，还是跟从前一样地过。我就生在这府里，打从懂事儿就伺候四姑娘的，四姑娘嫁人了，落闲过来伺候您。我没别处可去，在您家，有吃有穿，挺好的。就是求您，行事稳妥着些，千万别惹祸，千万别有事，不然我们全完了……哎，我这都说的什么话，该打嘴！"

黄莺惊觉言多有失，慌忙跪下，伸手就朝自己脸上打去。

樱草连忙拉住她："咱们不论这个！你比我大，是我姐姐呀，以后不要跪我！"

"姑娘，您这笑话，我们做奴才的，当不起！千万别告诉朱妈！我以后不乱讲话了，好好伺候您！"黄莺磕下头去。

这里的生活，跟白喜祥家里，完全两样。倒是有点儿像乔三婶给讲的故事里的，古时候什么帝王将相的那种生活，樱草曾经以为跟自己没有一点儿关系，没想到如今真真切切地落到了眼前。樱草搞不清爹爹到底是做什么的，肯定不是帝王将相，现在早就没有帝王将相了不是吗？却不知为什么，在这深宅大院里，过的还是古时候的日子。就连穿的衣服，也跟九道湾的不一样，领子很高，衣襟很宽，料子硬实光亮，穿在身上，撑得脖子直挺挺的，肩臂也放不下来。下身还要穿盖住脚面的裙子，步子都迈不开。

"这才像个小姐样儿。可惜现在都不缠足了，这大脚片子可真难看。"朱妈遗憾地念叨。

樱草的哥哥林郁苍，也正如乔三婶故事里讲的，是那种蛮横无理又一事无成的少爷秧子。他倒不经常在家里，但是只要遇见樱草，就恶狠狠地盯着她，那架势，若不是樱草身边一群用人，他都能捋起袖子把她揍一顿。

"野丫头。"他凑上来，晃动着突出的大下巴，"滚回你家去。"

樱草气得脸都红了："这就是我家！"

"呸，这是我家！爹根本不想要你，知道吗？村里村气的野丫头。你知道你姐姐都许了什么样的人家？你呢，瞧着吧，准没人要。要么你赶紧滚去找你娘，要么回戏子窝去算了。"

樱草没受过这样的委屈。她伸手要揪住林郁苍，被他轻轻巧巧闪开，高声笑着走了。

朱妈和黄莺紧紧拉着她：

"走吧，回房去，二爷可惹不得啊！"

四月，阳光暖洋洋地洒在窗前，院子里各处花草含苞欲放，檐廊下挂着的鸟儿，啾啾地唱着歌儿。一辈子被关在笼子里，怎么还有兴致唱歌呢？樱草不懂。她以前见过的鸟儿，都是自由自在地飞在天上，偶尔落下来，吃你一口小米，那神气儿骄傲得，像是它施舍了你一样，小脑瓜子一甩，啾的一声，重新飞回蓝天……

"姐姐，趁朱妈妈今儿不在，咱们出去玩吧。"樱草缠着黄莺。

"姑娘可改了吧，我是您哪门子的姐姐？朱妈一会儿就回来啦，咱们走不远。您想玩什么，我陪您在房里玩。"

"我想爬树，掏鸟蛋，翻筋斗，骑大马……"樱草的小胖脸上，充满了向往。

黄莺扑哧一声笑了："不是我说您，姑娘，过去这四年，您到底怎么过的？出落得野小子似的。准定吃了不少苦吧？"

"我回家来才吃苦。"樱草扁起了嘴……

架不住樱草的软磨硬泡，黄莺终于还是带她出了院子，去后院花园玩。樱草想出大门到街上去，那可就无论如何也不行了，逢年过节还罢，在平常日子里，林家女眷，根本是连二门都不能出的。不过这后院花园，也相当大，够玩一阵子了：一丛丛的林木，正冒着新芽，林间小路铺着卵石，拼成各色吉祥图案。荷塘里的池水，早化了冻，微微漾着碧波，夏天时候，荷花盛开，想必是极好的景致吧。荷塘中间，曲曲折折地有道小桥，通往塘中小岛，岛上有假山，有凉亭，汉白玉砌成的栏杆里头，还围着姿态峻异的太湖石。

"这石头怪漂亮的！"樱草提着裙子，颠儿颠儿地从栏杆上翻了进去，"还这么高！爬到顶上，能看着院子外头吧？"

"这可不能爬呀，姑娘。"黄莺紧着在后头追。

"一个洞儿一个洞儿的，爬起来多带劲儿，比爬树好玩。"樱草把碍事的裙子撩起来，已经手脚并用地爬上去了："你也来呀，莺儿姐姐！"

"不行呀，姑娘，被看着了就完了！"

"哪有人呀！"

带洞洞的太湖石，果然好爬，樱草三下五除二，就骑在了石头的最上头。极目望去，花园外头，层层叠叠的都是屋顶，但是，这石头还是不够高，再怎么挺着身子望，望见的也还是林府的宅院，望不见大街上的情形。老远的天边，泛着一层沉沉雾霭，不知道是山、是河，还是涌动的风沙。师父的家，应该在哪个方向？如果站得再高一点儿，能不能望见曲里拐弯的九道湾胡同，门前的大槐树，院子里的丁香和金鱼缸？师父还在和三叔调嗓吗，三婶在厨房里做好吃的吗，还有三个师哥，在练功吗，还是在背戏，或者在放风筝，他们的日子里，还会再想起樱草吗？

蓝天，绿草，鸟语，花香，一切都是这么的好，只有樱草不好，过得一点儿都不好。颜大爷说，过几天还要去济南，快去吧，有亲娘在，准会爱她的吧，不像爹爹，拿她当个小摆设一样，还有笑得怪里怪气的二姨娘，还有……

"嘿，死丫崽子！"

一声叫喊，把樱草吓得差不点儿摔下来，连忙伸手抱紧了面前的石头。低头看去，是二哥林郁苍来了，站在花园月亮门边，叉着腰，咧着大嘴冲她笑。

"你胆儿肥啦，丫崽子，敢爬太湖石？这石头可比你值钱呀！黄莺，你就让她这么爬？瞧我告儿二姨娘去！走，玉鹞，给我做个证见！"

跟在他身后的玉鹞，一脸踌躇，看看樱草，又看看黄莺。黄莺急得跪了下来，连声叫：

"二爷，二爷，饶了我们吧，我给您磕头了！姑娘小，不懂事，您别跟姨奶奶说！"

"嘿，新鲜，你求我就成啦？"

樱草从太湖石上爬下来，拼命拉着黄莺："别理他，咱们回房去。告就告呗，大不了罚我饿饭。"

"不是的，哎呀，姑奶奶，您可不知道厉害！"黄莺嘴唇都白了，"二爷，您饶了这一回吧！"

林郁苍得意得满脸放光，把手中的蝈蝈罐敲得啪啪地响，里头的蝈蝈准定已经没命了："嚯，咱妹子，真硬气，还跟我劲儿了味儿了的！就这么着，别反悔！"

他转过身，摇摇摆摆地走了，玉鹞看了两个小姑娘一眼，微一跺脚，也转身跟了上去。黄莺呆呆地跪在原地，樱草拉她，她没反应。

　　黄莺说得没错：樱草不知道厉害。

　　二姨娘派人来传樱草和黄莺的时候，樱草还硬撅撅的，边走边鼓着一肚子的气。爬个石头，算什么？她在白家，就算真闯了什么祸，也是认个错儿就没事了，最不济就是饿一顿饭。这一回，她没弄坏任何东西，没惹乱子，没伤什么林家的面子，被那二哥哥告个恶状，能怎样？爬石头不应该，那认错呗。大不了，狠点儿，挨顿打！樱草绷紧了小脸。好汉做事好汉当，这是天青哥常说的话，不怕！会打哪儿呢？打手心，打屁股？哼，都忍住喽，可不能让二哥看了笑话去。

　　二姨娘房里，一片静寂，打起帘子才知道，里头一屋子的人。二姨娘和每次见她一样，端坐在椅子上，满脸堆着笑，甜得跟蜜糖一般。一身袄裙花团锦簇，头发抹着厚厚的油，发髻盘得一丝不乱，精心插着首饰。要说漂亮，她真漂亮，比乔三婶漂亮多了，但是樱草总是觉得说不出的别扭，宁愿被乔三婶打一顿屁股，也不要见一次这位笑眯眯的二姨娘。

　　"樱草给二姨娘请安。"

　　樱草按照朱妈这几天教的，规规矩矩地将两手叠在腰侧，微微蹲下，福了一福。抬眼偷偷瞄去，二姨娘身后和两侧，站满了丫环老妈子，还有两个壮健的大叔，全都面无表情。二哥林郁苍挺着肚子坐在二姨娘下首，满脸止不住的幸灾乐祸的笑。玉鹋侍立在他身后，紧紧抿着嘴唇。

　　"五姑娘，你去花园玩了？"二姨娘开了口，声音轻软温柔。

　　"是，二姨娘。"

　　"你爬到太湖石顶上去了？"

　　"是。樱草知错了，以后不敢了。"

　　二姨娘的目光，转向樱草背后的黄莺。黄莺不知什么时候已经跪下了，低头伏在地上。

　　"黄莺，你带五姑娘去花园里，爬太湖石，我没弄错吧？"

　　黄莺没能应声。她伏在地上，全身如筛糠般颤抖，一句话也说不出来。

　　"二姨娘，是我……"樱草梗着脖子，想辩解几句。就在这时候，二姨娘轻轻一摆手，站在她身边的一位大叔，脸上身上，都如太湖石一般硬邦的大叔，立时走上前去，拉起黄莺，给了她一个嘴巴。

　　樱草惊得傻住了。

　　大叔那个巴掌，比黄莺的脸盘儿都大，这一掌下来，开碑裂石一般，登时把黄莺打得跌向一边。樱草眼看着鲜血从黄莺嘴里飞溅出来，"二姨娘！"她尖叫一声，话音未落，那大叔反过来又是一掌，打在黄莺另一边脸上，啪的一声响，黄莺倒在地上，动也不能动了。那大叔还不罢休，抓住她头发揪起来，啪啪，接连又打了两掌。

樱草没见过这样打人，这往死里打的架势，连想都不曾想过。她早就撑了一胸腔的气，预备着挨打，但是怎能想到，这样的大巴掌挥下来，打的并不是她，而是无辜的、被自己连累的黄莺……她两手冰凉，满心满身的冰凉，双膝一屈，跪了下来，吸着气，语不成声地说：

"二姨娘……求您……"

二姨娘笑得，花朵儿一般。

"五姑娘，今儿谅你是初犯，就这么算了。国有国法，家有家规，我代大姐教育子弟，可不敢敷衍了事。五姑娘身子娇贵，那是一个指头都不能碰的，但是没把姑娘调教好，做下人的不能免责。姑娘回去，好好思量思量。有什么过失的，自己个儿改了才好。"

樱草也哆嗦得，一个字儿都答不上来。好半天，才勉强挤出字眼：

"是，二姨娘。"

傍晚，朱妈办完事回来，樱草伏在黄莺的小床前，哭得眼睛跟两个红桃儿一样。黄莺已经从昏迷中醒来，两边脸颊，惨不忍睹，都敷着药棉。

"以后可改了吧，我的姑奶奶！"平时一派生硬的朱妈，也心疼得嘬着牙花子，"姨奶奶眼里，不揉沙子！谭五孙六那两条汉子，原本是善扑营里的扑户，当年给皇上玩摔跤的，功夫了不得，掌起嘴来，真能打死你！你们这些小祖宗，就知道瞎闹腾……"

"错是我犯的，跟莺儿姐姐有什么相干？"

"这叫杀鸡给猴看，懂不懂啊？"朱妈朝窗外望一眼，压低了声音，"打黄莺的脸，就是打你的脸，打太太的脸！姑奶奶啊，你长点儿心，保不齐的下次就轮着我了！……"

"莺儿姐姐，我对不起你。"樱草哭道。

黄莺勉强睁开眼睛，握住樱草的手：

"姑娘，您有这个心，我知足了。跟着您，是我的福气。上次二爷在家塾里顶撞先生，姨奶奶险些没把玉鹋打残了，都没见二爷掉一滴泪。隔天儿他还去偷先生东西，玉鹋跪了求他，他也不理会……"黄莺的眼圈红了。

"我以后乖乖听你们的话。"樱草哭得抬不起头。

夜深了，坐在自己的绣房里，樱草依然含着满眼的泪。宽大的绣房，精致、漂亮，整套紫檀家具，镶着螺钿，绣帘纱帐层层低垂，缎子被褥上都绣满了花。朱妈伺候她宽了衣服，换上睡袍，柔滑的丝缎贴在皮肤上，光闪闪、凉浸浸，和这屋子里所有物件一样，透着一股子华丽而生冷的气息。不像白喜祥家的那间小屋，土炕烧得暖暖的，每晚临睡前，三婶来给她讲故事，脸上笑眯眯的，声音沙沙的、软软的，她猫在被窝里，棉布小褂温暖地裹住全身……

月亮也是那样冷冰冰的，慢慢爬上天空。林家大宅，庭院深深，连个狗叫都听不着。

忽然间，西院里起了喧哗：

"救命啊！救命！"

睡在外间的朱妈，慌忙扑进房去。只见樱草在床上声嘶力竭地叫喊，被子全踹在了地上，两手四处抓挠，帐子都扯下了半边。朱妈上前按住她手，被她狠咬一口，疼得哼了一声。

"救命啊！我不走！我要回家！"

朱妈抓住她的肩，大声叫唤："姑娘！五姑娘！您睡迷了，这就是您的家呀！"

樱草挣开她，缩在床角，依然尖声惨叫："救命啊！救我！"

黄莺也捂着脸跑了过来，朱妈又叫来两个小丫环，四人一起出手，从床上打到地上，终于把樱草彻底打醒。樱草惊惶地望着四周的一片凌乱，不知所措。

"这怎么了？"

朱妈没好气地说："您睡迷啦！快回去躺着。"

樱草哆哆嗦嗦地爬回床上，重新躺好。她的脑海中，还浮现着令人惊恐的黑影，那黑汉子恶狠狠地冲她瞪着眼睛："莫吵！"她拼命地挣扎、撕咬，被那汉子夹在腋下，捂住嘴巴，快步奔跑起来，她完了，没人能来救她了，黑影将她彻底笼罩，她拼尽一切力量蹬着腿儿，嘶声大叫……

"有完没完啦，我的姑奶奶！"朱妈用力摇晃她。

"我，我怎么啦？"

"您又喊救命啦！"

樱草放下帐子，坐在床角，不敢再睡。黑暗中，她的整个身心，急迫地想抓住一点儿什么东西，一点儿她自己都不太清楚的东西，让她安定的东西……是什么呢？脑中模糊地想起，这种情形，以前发生过，这黑汉子不止一次地侵入她的梦境，撕扯她，折磨她，最终总会有什么东西，保护她，守卫她，将她拯救出来，重新回到安宁的梦乡。是什么呢？

她闭起眼睛，仔细地在脑海中寻找，一点点儿地，混乱的碎片飘过来，渐渐拼合起来，一双亮晶晶的眼睛，一只温暖的手，一个熟悉的声音……

常言道，人离乡间，似蛟龙离了沧海，

似猛虎离了山冈，似凤凰飞至在乌鸦群班……

樱草猛然睁开了眼睛。

两行泪水，不听话地流下脸颊。

"老爷，打赏的礼单备好了，请您过目。"

"知道了，送去就是。"

"那什么，还有个请求，不知当不当讲。"

林墨斋眼睛一眯。

"五姑娘想一起去。"颜佑甫赔着笑。

"她去干什么?"

"她说想回去看看，顺便道个别。过几天不是就走么。毕竟在那里四年多……"

林墨斋两道浓眉，紧紧地拧成一个结，寻思了会儿。

"好吧，叫她守好规矩，不许乱说乱动。你尽心照看着点儿，别让外人看了笑话儿。就此一次，下不为例，以后少跟那些戏子打联联儿。"

"是，是。"

这天一早，九道湾胡同口围满了人，居民们都站在街门外头看着，小贩连生意都不做了，撂了挑子挤在人群中。世代封侯的林府，造访这小小的胡同，可不是一件常有的事。胡同实在太小了，车队都进不去，一队穿着白衣黑裤制服的车夫，拉了擦得锃明瓦亮的车子，整整齐齐地依次停在街边，只有一辆前帘封得严严的车子，勉强挤进了胡同，停在白喜祥家门前。白喜祥和三叔三婶，带着三个徒弟，都出了街门相迎。

"白爷!"

"颜爷!"

走在前头的颜佑甫，跟白喜祥相互见礼。随后，后面的车子上来，直接堵在白喜祥家门口，两旁一群丫环老妈子拥上，打起帘子，搀着车里的人下车，飞快地送进了街门。前后看热闹的人群，谁都没见着这位客人的脸，只依稀地瞧着身影是个小姑娘。大伙儿窃窃议论着：

"挡得叫一个严实!"

"要不怎么说大家闺秀呢，平时都不出二门的。"

"真特性，那么有钱，不坐汽车坐洋车。"

姜巡警在人群前头，维持着秩序，也有一搭没一搭地扯着闲篇儿：

"没驾个骡车来不错了。人家林府是有名的老派。"

"为嘛来拜访白老板?"

"不知道,白家好像最近出了什么事,家里人都不爱说话。"

街坊邻居谁也不会想到,这位声势浩大地迈进白家小院的客人,就是前几年骑着小羊满胡同撒欢儿的"羊仙姑"。就算他们正面见着了她,可能也认不出来了:整齐的一条辫子梳在背后,头油抹得锃亮,鬓旁插着珠翠花朵,耳上戴着两颗碧绿的翡翠坠子,一身浅湖绿的织锦长袄,泛着道道丝光,深绿大缎绣牡丹马面裙,正掩住鞋尖彩凤。这通身的气派,不仅邻居难认,连白喜祥一家,也都怔住了,师徒几个,跟这穿得像戏台上花旦似的小娃娃面面相觑,一时间谁都没有出声。

"师父!"樱草望见白喜祥,两边嘴角向下一抽,就向他怀里扑去。

"见礼儿,别乱来。"身旁的朱妈,轻轻拉她一把。

樱草站住,又抽了抽嘴角,方将两只手叠在腰侧,规规矩矩地福了一福:"樱草给师父请安。"

白喜祥都不知道该怎么应对了,手臂张着,连连说:"客气了,客气了,快请里面坐。"

堂屋八仙桌旁,白喜祥坐了主位,朱妈、黄莺等一大群人拥着樱草坐了客位,侍立在樱草身后。玄青三兄弟也进来,侍立在师父身后。颜佑甫坐在樱草下首,三叔三婶分别端了凳子,坐在白喜祥下首。小小的堂屋,登时满满当当。客位的官帽椅十分宽大,樱草坐在上面,只占小小一团,看起来颇有些滑稽,但是她小脸清清冷冷地不言不笑,两手交叉搁在膝前,笔直端坐着。

"白爷,"言辞应对,都是颜佑甫的事,"我们老爷说了,能找回五姑娘,合府感激不尽,这回呢,备了点儿薄礼,小小心意,还望白爷笑纳。"

他摸出礼单,恭敬呈上,却被白喜祥轻轻挡了回来:

"林大爷客气了。路见不平,拔刀相助,乃是我辈分内之事,怎能收取回报。再说我们能救下五姑娘,共度这四年多的时光,也是缘分,求之不得。如今雏凤还巢,合家团聚,我也了了一桩心愿,只希望以后五姑娘福泽深厚,健康平安,我们就很满足了。"

"白爷,这是我家老爷和太太的一片心意。您若坚辞不受,我回去不好交代呢。"

"颜爷,请您务必体谅,助人而求回报,于我一生名节有损……"

反复推让几次,颜佑甫见白喜祥意甚坚决,只好收起礼单:"咳,只好是恭敬不如从命了。这次呢,一是致谢,二也是拜别,五姑娘过几天就去济南了。"

白家人全都一惊："这么快?"

"嗯，太太身子不好，五姑娘得赶紧前去侍奉。我们姑娘也是重情重义之人，这次非要跟我一起来不可，想跟各位恩公拜别。"

大家都望向樱草，只见她依然端端正正地坐在椅子上，小脸绷得紧紧的，眼里却闪着泪光。

白喜祥叹了口气："尽孝是应该的。五姑娘，这四年多的离散，你娘准定想念得紧，务必好好侍奉。希望你们母女平安，早日合府团聚。"

樱草躬身施礼："谢师父吉言。"

颜佑甫拱了拱手："白爷，天色不早，我们该告辞了，打扰了这会儿子，还请白爷别见怪。"

白喜祥站了起来，也拱手还礼："颜爷客气了。"

樱草在朱妈和黄莺搀扶下起身下了椅子，走到白喜祥身前，又福了一福。白喜祥心中酸痛，微微弓下腰来：

"樱草……"

樱草抬起脸，两只大眼，泪水盈盈，已然控制不住，忽然叫了一声："师父!"扑通一下双膝跪倒在白喜祥面前，磕下头去。白喜祥连忙伸手搀起，樱草迈前一步，张开胳膊，抱住白喜祥的腿，哇的一声大哭起来：

"师父，我想您，我舍不得您，我这几天做梦都梦着您!"

白喜祥也禁不住老泪纵横了，摸着樱草的头发："师父也……"

朱妈和黄莺一左一右上来拉樱草："姑娘，莫丢了规矩。"

樱草蹬着腿，紧紧抱住白喜祥："我不管，我不要规矩，我要师父!"

白喜祥蹲了下来，为樱草擦着眼泪：

"不哭了，樱草，你去见你娘，这是好事，师父为你高兴呀。等你娘身子好了，你陪她一起回来，开心过日子，到时候有了空闲，再来看看师父。"

樱草抽抽搭搭地答道："师父，您不知道，我在家里头……"

"五姑娘!"朱妈和黄莺齐声叫了一句。

樱草停了停，抽着嘴角，重又开口："师父，您也要保重身体，以后没有我给您添乱了，您要健康长寿。"

白喜祥笑了，爱抚地抚开她脸上的乱发："好，师父答应你。"

颜佑甫在一旁赔着笑："五姑娘，还真得赶紧走了，老爷在家等着回话呢。您这次耽搁太久的话，以后更不好出来了。"

樱草努力收了眼泪，转身向三叔三婶拜下去，各磕了一个头，引得乔三婶也哭了一场。随后又拜玄青。玄青和樱草同辈，可不能随便受她这礼，赶紧也跪下来，对拜下去。紧接着就拜到了天青。

天青在旁边站这许久，所见所闻，早已让他心乱如麻，眼见樱草拜下来，连忙也跪下，对磕了一个头。樱草抬起脸，望见天青的眼睛，清澈明亮的眼睛，充满怜惜、关爱，从小熟悉的、依赖的、让她安宁踏实的眼神……忽然之间，满腹委屈难以抑制，樱草的泪水汹涌而出，伴随一声声的呜咽：

"天青哥，我想你！我睡不着，做噩梦，还有我哥他……"

天青心里轰然一声巨响，什么东西崩碎得无法收拾。他张开双臂，膝行向前，一把抱住樱草。朱妈赶紧上来拉开："姑娘，别乱讲，该走了！"

樱草挣扎着又对竹青拜下来，竹青号啕大哭，比樱草哭得还响，一边磕头一边叫："樱草，我们也舍不得你呀！你可经常回来看看我们！我陪你去逛庙会、放风筝，你想干什么，就陪你干什么！你别忘了我！……"

两个孩子，哭成一团，两边人各自拉起来，哄劝不成，朱妈只好直接抱着大哭不止的樱草向外走。车子已经迎在街门，朱妈和黄莺好不容易把樱草塞了上车，这边颜佑甫与白喜祥相互拱手施礼，也送了出来。忽然天青飞快地冲过众人身边，直奔到门口，朱妈阻拦不及，他已经掀起了车帘：

"樱草，这个给你。"

他从颈上扯下一条红绳，上面挂着个小铜牌，上圆下方，一面刻着"如月之恒"，一面刻着"如日之升"。

"这是我娘留给我的，护身保平安。你戴着它，就像师哥陪着你一样，晚上好好睡觉，什么也别怕。"

他将红绳围到樱草脖子上，仔细地帮她系好。

樱草的一双黑眼睛，深幽幽、亮闪闪，不知盛了多少的泪：

"天青哥！……"

车子起步了，越走越远。九道湾，曲里拐弯的胡同，伫立再久，也很快就看不见。

第四章　金钱豹

如果人生都像一出戏，该有多好啊。起承转合，精心计算，戏开戏散，皆有定时，兴致高了，贴它几天的连台本戏，轰轰烈烈地热闹一场；兴致尽了，只选折子来唱，分分秒秒，全是最华美的瞬间。

只可惜再出色的伶人，也没法把自己的人生唱成一出戏。不知它是怎样开始，更不知它会怎样结束，只能在猝不及防的时刻，仓皇无措地前行，没人给你设计唱念做打，没人愿意配合你的把子工架，锣鼓跟不上，胡琴托不住，戏台是个随时都在变幻的空间，而台下看客，倏忽来去，几乎没一位能陪到剧终。你以为才唱了开场，不想终场曲牌已经吹响；你以为到了大轴，其实才刚刚打了三通。最要命的是，无论能不能唱，想不想唱，爱不爱唱，肯不肯唱，都得把它唱完，直到曲未终，人已散，就剩你一个人在台毯中央，亮住一个孤独的相。

春去春又来，白喜祥已经过了他的天命之年。他不知道自己这出戏是唱到哪里了，只是以一向以来的严谨，每个字音字韵，每下举手投足，都踏实地唱着，不管前台后台起着什么样的动荡。民国十五年了，北京已成张大帅的地盘儿，南方战火频频，时局一团混乱……不过，这与一个伶人，又有什么关系呢？对于军阀混战，政权倾轧，老百姓原都没有太深的了解，在他们朴实的视线里，城还是原来的城，人还是原来的人，戏还是原来的戏，锣鼓丝竹一奏，叫人心里踏踏实实的，都还是原来的声音。

白喜祥知道自己老了。每每对镜扮戏，只见两鬓头顶，越来越多地飞着白霜。五十三岁，对老生行来说，还是壮年呢，但他的身体一直不太好，时常胸闷，气短，发病时几乎喘息不得，因此常年吃药。嗓子倒保持得还不错，唱戏依然可以满宫满调，但是不像年轻时候可以连日出演了。还能唱到什么时候？谁知道。戏就是一个伶人的命，能唱一天是一天，多唱一天，生命才延长一天。

好在，三个徒弟都已经冒头，小笋尖似的，飞快长大，让他欣喜地看到未来的期望。三人陆续满师后，已经不再住在师父家里，但是师徒情分深厚，还是整日随侍在师父身边。玄青十六岁了，扮相老成，嗓音清润醇厚，果然一块老生行的好材料；天青呢，多年扎实幼功，终于见了正果，唱念做打，都令人眼前一亮，尤其身上，极其漂亮，等闲年轻武生比不上；竹青改工花脸后，受了几位前辈名师点拨，开窍得很，在新一代伶人里头，也是数得着的好苗子。

"白二爷这是怎么教的，个个都成材！您应该开个科班，多多栽培桃李。"同行们恭维白喜祥。

"老啦，不中用啦。"白喜祥笑着摇头。他对这三个徒弟用的心血，岂是普通教师可及，别说开科班，就是让他再收三个，也没精力这么日复一日年复一年手把手地教了。近年他再收徒弟，都只是偶尔说戏而已，最深沉最周到的心思，全都用在从小带大的这三个徒弟身上。

广盛楼，宏大气派的戏园子，依然日夜开锣，千秋万代情义恩怨，周而复始地上演。这晚的戏码是天青的《石秀探庄》，虽然已经唱过多次，白喜祥还是亲自来为徒弟把场。锣鼓打过开场三通，白喜祥一身青布夹袍，缓步踱出，往台侧椅子上一坐，名伶气派，顿时赢得台下猛一阵喝彩。

> 箬笠芒鞋打扮巧，英雄自古学渔樵。
> 凭俺斗大姜维胆，虎穴龙潭走这遭！

十五岁的天青，已经出落得高大雄壮，登得台来，目光如电，英气勃勃。今次的他，是那奉命窥探祝家庄的拼命三郎，扮成个樵夫模样，以一条担着柴捆的扁担，飒飒地舞着棍花。笛声中，他朗朗唱出《折桂令》牌子：

> 进庄门道路周折，走巷串街脚步蹀躞，
> 早又是红日西斜，并无个音耗消息！

扶住柴担，亮一个漂亮的骑马式。
座上爷们儿高喝了一声"好"！

　　京城里的演出，五花八门，像西洋话剧那些，座上时兴整齐地鼓掌，但是在戏园子里，还是喊好儿居多。台下的爷们儿，微闭着眼睛，随着台上板眼，手指在身边一叩一叩，听到得劲儿的根节处，猛喝一声："好！"那是戏园子里独有的一道风景。喊好的学问，也大了去了，要正喊在劲头上，喊在点子上，喊得满座心有戚戚，让台上伶人，也精神一振，更加卖力十分。若是听得不得劲儿了，喊声"嗵"，那叫"倒好儿"；若是不问情由不讲时机地乱喊，那叫"邪好儿"。

　　正如白喜祥当年相准的那样，天青这孩子，天生有个台缘。初登台时倒也罢了，现在唱得多了，风度气魄，越来越罩得住，每每根节处的好儿，都能要下来。白喜祥坐在台侧看着，心里满意，脸上可纹丝不露。——什么时候真正成角儿了，每每台帘一挑，靴底一亮，刚在上场门现个身，顿时台下就是好儿声一片，那才叫境界呢。那种好儿，叫"碰头好儿"，是对一个伶人，极大的尊崇。白喜祥年轻时候，足唱到二十来岁，才能保准每场都有碰头好儿，天青这才刚刚出道，路途还远着呢。

　　台上台下，精神相长，伶人越唱越出色，台下越喊越热烈，成就一台精气神十足的圆满好戏。竹青的杨林，玄青的钟离老人，在这出戏里都是二路活儿，配角，也各自做足功课。此起彼伏的叫好声中，白喜祥在台侧看着这三个徒弟，神色不动。

　　完戏了，进了后台，三兄弟顾不上卸妆，先围着师父聆听教诲。白喜祥点着天青：

　　"石秀跟武松不一样，他这探庄，是去侦察的，除了有气魄有胆量，还得有精明、仔细、随机应变的机灵劲儿，不能一味刚猛……玄青你扮的是个忠厚老人，听信了石秀的话，你瞧你呢，满脸的嫌弃样儿……竹青的双刀太懈，拖泥带水……"

　　最后又加了一句："功夫还是不够，瞧这一头一身的汗。差得远了，再练吧。"

　　三个徒弟唯唯有声。

　　白喜祥转过身来，微微一笑。这一次的表现，他还是满意的呀。孩子们都还小，不能捧着，得使劲煞着，天长日久，方成大器。

　　夜晚的肉市街，依然灯火通明，小贩吆喝叫卖声，交织在清凉的微风里。三个徒弟簇拥着白喜祥出了广盛楼大院，缓步踱回家去。京城的生活，总是慢悠悠地，周而复始，几乎察觉不到什么改变，几十年了，每天都是这样。但是时光永远是停不住脚的，草会发芽，花会盛开，人的年岁和情怀，都在这飞逝的时光里悄悄变化。

天青站在鸿发车铺门口，目不转睛地盯着一字排开的洋车。

爹每日拉的车子都是从车行赁来的旧车，从棚子到轮子，全都灰扑扑的，就是个拉脚的家伙什儿而已，绝不会让人想多看一眼，但是这里的车不同，个个新得闪亮，新得气派，新得耀武扬威。厚实的雨布大帘，闪亮的黑漆把手，车灯和喇叭都是地道黄铜，上面锃亮地映着天青的影子。天青小心地伸出手来，摸了一下，霎时留下一个指印，他连忙用祆袖子使劲揩干净。

"这位爷，买车啊？"车铺伙计殷勤地跑出来了，和车子一样通身新崭崭的，这样的大夏天，也整齐地戴着瓜皮小帽，长衫翻出雪白的袖口。凭借多年站铺面的经验，他先从头到脚瞄了一眼面前的客人：嚯，好个精神的小伙子！高高的个头儿，宽肩细腰，浓密的黑发剃得精短，脸上轮廓分明，笔直的浓眉，高挺的鼻梁，尤其一双眼中的神采，让人过目难忘。站在那里的样子，无意之中，也带着挺胸拔背的工架，自有一份迫人气势。

这人绝不是拉车的！不像个照顾主儿。伙计迅速做出了判断。但是，做生意嘛，上门都是客。他堆出满脸笑容，照例卖力地展示他的车：

"您来看，过来看！要说咱这车，满京城里，您就找不着更好的了！瞧这弓子，多软！这钢条，铮铮儿的！您拉一圈试试看……"

天青盯着车子："这辆车，多儿钱？"

"一百五！实诚价儿！咱不费那个劲儿嘎噔价钱。"

"便宜点儿的呢？"

"最少也得一百。"

天青沉默了。

他现在，每唱一出大戏，只挣一块大洋。

伶人唱戏，收入分两种，早先都是拿包银，按月或是按年给；近些年流行拿戏份，按唱戏的场次给。每场的戏份呢，又按伶人的级数，各有差异：头牌好角儿如白喜祥，一出戏可拿六十到一百大洋；最末路的龙套，只拿几吊钱的也有。天青刚刚搭班喜成社没多久，早前一直跑龙套，最近才开始"站当间儿"，唱一出大戏给一块大洋，相当多了。他爹爹靳采银拉一整天的车，都挣不上几个铜元。

"爹，我拿着戏份子了！"还记得第一次拿到戏份儿，天青不歇气儿地直接奔了回家，郑重地将红纸包呈给爹爹。

"好，好，我这是得了济了！"靳采银抹着眼角，不住念叨，"我儿子成人了，挣钱养我了。苦日子可算出头了！唉，孩儿他妈要是还在，该多好啊……"

　　不是亲身经历，难以想象车夫的苦。"车夫哭，车夫哭，骨瘦如柴容貌枯。可怜终日勤奔走，衣衫褴褛食不足"，这首歌谣就是像靳采银这样车夫的生活写照。北京车夫，数以万计，多数都极困苦，成年到头起早摸黑，用脚板心丈量京城每一寸土，收入却极低极廉，维持生活都勉强。靳采银年纪大了，体力已经不足，日日挣命一样地拉车出门，晚上回家时候，那精疲力竭的模样，让天青看在眼里，痛在心上。

　　"爹，我会好好唱下去，等我成角儿了，您就不用拉车了，我让您整日躺在家里享福。"天青蹲在爹爹膝前，年轻的脸上，满是向往。

　　靳采银笑了，爱怜地拍拍儿子的肩：

　　"你呀，要是真成角儿了，给爹买一辆自己的车子拉就好了。这整天租车行的车子，挣那几大枚都不够交租的。我就是想要一辆自己的车子，就算将来不拉车了，也买一辆放在家里头，瞅着爽快！"

　　站在鸿发车铺门前，天青悄悄地盘算着。一百大洋。不吃不喝的话，一百场大戏。

　　"师哥，你当初第一次拿着戏份儿，怎么用的？"

　　广盛楼后台，竹青兴致勃勃地追问玄青。竹青今年十四了，正是开始长身体的年纪，个头没蹿太多，腰膀可阔了一倍有余。白喜祥说得一点儿都没错，他更适合花脸，一张脸天庭饱满，地阁方圆，勾起脸来那叫一个宽绰，说起话来张张扬扬的架势，更是充满了大花脸的豪爽。

　　"还能怎么用，留着置行头。"

　　玄青仔细整理着新买的彩匣子，没转头。玄青这人，活脱脱一个"出窝老"，仿佛是十来岁时候就把一生的模样长定了，至今也一直像小时候那个样子，攒着眉，弓着背，老是带点儿深思熟虑的神情。

　　"没孝敬你爹娘？"

　　"扮戏了，嗓声。"

　　玄青摆好彩匣子，开始扮戏，不再理会竹青。按照他们自小儿背熟的《梨园条例》，扮戏时候不能聊天说笑。

　　普通伶人用的扮戏房，比角儿用的单间大得多，狭长的，走廊似的一道，生旦净丑挨挨擦擦，挤在那里对着贴墙的一整面镜子化妆扮戏。镜子底下没凳子，只有一排长桌，上面乱七八糟地摆着五颜六色的化妆碟子、盒子、罐子，很多地方都蹭着油彩。竹青拎出自己的靴包，大喇喇地撂在桌上，那是一个伶人必备的家伙什儿，里面包着各自的随身用具：靴子、水衣、粉墨油彩……竹青还没置自己的彩匣子，扮戏用的笔啊刷啊、瓶瓶罐罐，都用他娘给缝的小布袋子裹着。他一边打开袋子，一边嘴里还不肯闲着，又转向天青，悄声道：

"你呢，师哥，第一次的戏份儿，怎么用的？"

天青正在脱下长衫，换上贴身水衣子，系好斜襟的系带：

"给我爹了。"

"我也给我娘了，她高兴得什么似的。然后又还给我了，叫我自个儿买吃的！哈，我可好好地祭了祭五脏庙。涮羊肉、酱烧饼、灌肠、爆肚，吃了好几天！"

"你也太没算计了，一下子全花了？"

"头回拿戏份儿嘛，抠儿搜儿的干吗？以后再好好攒，留着娶媳妇。我姐已经出了门子，就快轮着我了。"

天青啼笑皆非："你啊……得，别说了，好好扮戏。今儿个师哥头一回贴《定军山》，咱俩可得铆上。"

老生行扮戏，淡淡抹层胭脂就成；武生行扮戏，要体现年轻武人的英俊和血气，略为繁复一点儿。只见天青熟练地净面，拍底油，抹胭脂，眉间画上高挑的一道殷红，那是"英雄气"，行内称作"蜡钎儿""通天"。油彩之上，敷一层薄粉，取笔蘸黑锅胭脂，三下两下挑出两道浓眉，一对眼角斜飞的乌亮眼线，又蘸了红胭脂抹唇。

戏真是一样奇怪的事儿，它能把一个生活中的人，用粉墨，用衣装，用程式，用功夫，用唱念做打、手眼身法步，转瞬之间，就变成了跨越千古的英雄美人。天青描画已毕，两手按着额角，把眉梢眼角都向上挑起，双眼一睁，对着镜子端详一番，满意地收起瓶瓶罐罐，开始换彩裤，穿厚底靴。坐在他旁边的竹青呢，得"勾脸"，比生行的"俊扮"繁复得多，刚刚才垫好白粉底，抹了眼窝鼻窝，正在对镜勾画印堂十字纹。

"好不容易才记住这些谱式，还得找好自己的扮相……"竹青一边勾一边自言自语，"前些天师父带我去拜会郝二爷，蒙他指点我说，同样是'十字门脸'，夏侯渊这是个大惊的相儿，张飞那是个大笑的相儿，项羽是个大哭的相儿，姚刚是个大怒的相儿，勾的时候，得和自己个儿脸上的骨骼筋肉贴合，才能出相儿……我更喜欢张飞，笑眼窝笑鼻窝，就算不笑时候，脸上也有笑意，透着喜庆，透着招人喜欢……"

忽然传来一个严厉的声音：

"竹青，你像不像个样子，勾脸还管不住自己的嘴？"

师父白喜祥不知什么时候到了，正沉着脸站在扮戏房门口："好好拢拢神，待会儿台上起劲儿去！别在这儿瞎嘟嘟。"

声音不大，却充满威严。扮戏房里顿时鸦雀无声。

"二爷，二爷！"

一阵喧哗自过道里传来，打破这份庄重的静寂。白喜祥皱着眉转过身，只见领班黎茂财跌跌撞撞冲进扮戏房，胖得圆滚滚的脸上，一层油汗，一边抹着，一边慌里慌张地对白喜祥禀告：

"出乱子了，二爷，您知不知道，咱们社里，被清和社挖角儿了？"

白喜祥长眉一轩："挖了谁，慌成这样。"

"吴缁尘啊！"

白喜祥也怔住了。

吴缁尘，二十八岁，喜成社当家武生。十年前他从天津来京时候，还是个寂寂无闻的少年，无亲无故，流离失所，白喜祥看好他的资质，留他在喜成社搭班，还帮忙和广盛楼经理说情，将广盛楼院子里一个旧仓库整理出来给他住。吴缁尘感激涕零，虽然未入白喜祥门下，也一直称白喜祥为师父。

白喜祥的眼光不错。这个少年，确实天赋异秉，刻苦用功，又蒙白喜祥点拨，成材飞快。他擅唱的戏中，有一出《金钱豹》，这是一出大武戏，里头的人物来自《西游记》，戏文却又不是《西游记》，讲的是妖精金钱豹强娶民女，被唐僧师徒四人降服的故事。金钱豹早前是武花脸应工，现在大多是武生应工了，勾金脸，使钢叉，威风凛凛，虽是反角儿，却十分受看。

吴缁尘的金钱豹，表现出众，白喜祥非常赞赏，特地帮他将本子增益头尾，改编成一台俏头十足的大戏，贴出之后，名动京师，成了吴缁尘的看家之作。广盛楼每贴这出戏，必定爆满，全城老少爷们儿蜂拥而来，欣赏这位大武生的飞叉绝技。白喜祥十分欣慰，一力主张将吴缁尘提升为社里三牌，仅列于挂头牌的白喜祥本人与挂二牌的当家青衣庄赤蓉之后。戏份儿呢也翻了倍，一出大戏给四十大洋，以他的年纪和资历，独占当时年轻武生的魁首。之后的日子里，白喜祥与吴缁尘，情逾父子，因彼此信任，每年的搭班契约都只是口头约定。不想如今，他连个招呼都未打，突然背班投了清和社，还把几出戏的秘本都带过去了。

清和社，一个新组的班子。北京戏曲昌荣，大小角儿云集，纵然班社极多，也能各自为战，井水不犯河水，似这等毁约背班、偷戏挖角之事，为正经班社所不齿。但是清和社唱戏的君乐戏园就在大栅栏，与肉市街近在咫尺，和广盛楼争座儿争得很厉害，若不是白喜祥一再容让，几次几乎火并。喜成社老生有白喜祥，青衣有庄赤蓉，武生有吴缁尘，其他行当也各有好角儿，连配角里子都硬，一向占着上风，不想这清和社正面应对不成，竟然做出临阵挖角这等下三滥的事来。

"怎么办，二爷？他们已经贴了戏单子，日内上演《金钱豹》！这是明摆着跟咱们打对台啊。虽然咱们戏码也硬，但是他们卖这个新鲜，看客肯定都奔他们去啊。咱们仓促之间，可拿不出什么响亮的招数来。这个风头一挫，弄不好以后都不能抬头了。"黎茂财不断地擦着油汗。

白喜祥蹙着眉：

"您帮我约缁尘，当面聊聊。"

"是是是。"

黎茂财连约数次，吴缁尘自觉理亏，避而不见。还是几日后在前门外大街迎头碰见，实在躲不过去，才不得不跟白喜祥一起进了茶楼。

"恭喜吴爷，贺喜吴爷。"就座后，茶碗一端，白喜祥开门见山，"清和社肯定是给了更高的价钱？"

"略多一点儿。"吴缁尘赔着笑，"师父莫怪，我得养家啊。两名小犬……"

"这话就不对了。喜成社可也没亏待了您。纵是您嫌戏份低了，没法养家，提出来，咱们都好商量，这样一声不响地走了，社里的乱子，不算小啊。"

"我知道，师父，我这儿对不住您。社里几个武生兄弟，老的老，小的小，最近刚残了一个，病了一个，都是您养着，您不容易。我理应跟您先说明喽，等您约了新角再走，但是，清和社这儿也是机会难得啊。他们就是想趁您最近……"吴缁尘觉出失言，连忙转弯，"人往高处走啊，师父，他们给的价码，换谁都得动心。"

白喜祥听着，心里大致已有个数。他饮了一口茶，缓缓道：

"那么高的价码，您没觉得有点儿不对味儿？"

"嘿嘿，师父，现大洋能拿到手，就是真的。"

"缁尘，你这么年轻，将来的路还长。为师诚心奉劝一句：'仁义礼智信为高'，这戏文你也常唱。梨园行是个讲规矩的地界儿，毁了声名，比毁了技艺更糟。若仗着一时本钱足，行这等背信弃义之事，被人戳脊梁骨，堵的是自己的路。将来成不了大器，后悔晚矣。现在回头，喜成社还是以贵客相待。戏份的事，我们也给你涨。"

"师父，怎么就算是背信弃义了？"吴缁尘脸上挂不住，皮笑肉不笑起来，"你我之间，并没有什么文书契约。"

白喜祥双眼一睁，目光如电，在他脸上扫了一扫，吴缁尘再硬的头皮，也禁不住脸红了。白喜祥没再说什么，又饮了一口茶，翩然起身：

"话已至此，各自珍重。"

吴缁尘还未想好应对之辞，白喜祥已经径自向外走去，黎茂财小跑着在后头跟着。走到门口，白喜祥又站了站，没有回头，说：

"吴爷，这'师父'二字，以后休要再提了。"

他撩起长衫，快步出门。

"怎么办呢，二爷？他们已经贴了《金钱豹》，这卖得个好座儿！咱广盛楼这边，都快空了。行内虽然对他们有些微词，但是背地里也没少了幸灾乐祸的话儿。"

白家堂屋里，黎茂财抓耳挠腮地坐也坐不住，不断在地上走溜儿。崔福水一边喝茶一边叹气。白喜祥双眼微闭，摇着手中折扇，沉吟不语。他的背后，玄青、天青和竹青垂手侍立，随时端茶倒水递手巾。

"怪我未做防范。"白喜祥开口道，"早该签个契约的。这孩子，看着也挺忠厚，谁知道是这样的人。"

"根本就是个白眼狼！"黎茂财气愤愤地，"他忘了他在别的班里跑龙套、当筋斗虫的事儿了！要不是您给他踏台毯的机会，他能有今天？他的戏全都是您给归置的，如今连个招呼都不打就拿走！"

"且不说那个了。当前的事，实得想个办法。我来贴几出平常不露的拿手戏，挡一挡吧。"

"二爷，"崔福水道，"莫怪我直言，您一梨园前辈，这样直接站出来跟一个后生小子打对台，太失身份。就算争回座来，咱们也输了这局。"

一阵沉默。帘外丁香花正在盛开，香气弥漫整个院子，和那嗡嗡蜂鸣混杂在一起，简直有点儿闷人。白喜祥放下折扇，皱起眉头，伸手轻轻揉按左边胸膛。

"师父，徒儿有句话，不知当讲不当讲。"

背后的天青，担忧地望着神色痛楚的师父，犹豫了又犹豫，终于开腔。

白喜祥依然双眼微闭："讲。"

"若说长辈不方便出面，让我们晚辈来好了。"

"晚辈？咱们年轻一辈里，没有能跟他《金钱豹》对抗的戏。"

"他们不就是要打对台么，咱们……咱们奉陪，也贴《金钱豹》，成不？"

"谁的《金钱豹》，咱们谁还能贴《金钱豹》？"白喜祥惊讶地转头看他，"你周师哥伤了脊梁，现在炕都不能下了……"

"我……我能。"天青微微红了脸，但仍然昂首回答。

黎茂财也停止了走溜儿，站在地当间儿，呆呆地看着天青：

"你？金钱豹？你是孙悟空啊！"

"我会这个活儿。"天青深吸一口气,"这出戏我不光会孙悟空,所有人的唱念做打,我都记得。金钱豹也是我的本工,每次吴师哥唱的时候,我仔细跟着他学,他的一招一式,每个身段,我都能做出来。如果社里实在没别的办法……"

"天青,话可不能说大了。"白喜祥凝视他,"孙悟空当然也要一等一的功夫,咱们最近贴《金钱豹》都是你来这个活儿,出色当行,没什么讲的。但是金钱豹的要求更高,那是大武生,讲的是工架、气魄,可不是会开打就成。你年纪不到,气度不够,招式身段做得再好,也及不上他。"

黎茂财忽然插言道:"二爷,这倒是个主意!天青是年纪轻点儿,不过,刚才崔爷说的是,打对台也是拼辈分,咱们就打童伶名号,让座儿上看看,喜成社初出山门的小子能唱到什么样儿!"

"着啊,"崔福水一拍大腿,"这是个法子!"

白喜祥看看他俩,又看看天青,仍有些不敢置信:

"天青,金钱豹你真能拿下来?飞叉你也会?缁尘教你了?"

"没有,我跟他请教过,他不肯讲。但是我自己个儿咂摸出来了。"

白喜祥霍然起身:

"你演给我看!"

一班人拥出堂屋,来到院中。天青宽了长衫,就手儿从把子架上掂了一杆荷包枪当作钢叉,从容不迫地演将起来。只见这柄"钢叉",在他手中上下翻滚,"筛糠""抱月""纺线""云翻"……一招一式让人眼花缭乱,时而滚背过肩,像粘在身上一样;时而高抛出手,活龙一般准确地蹿出去又蹿回手中。至于旋子、前扑、锞子这些身段技巧,一向就是天青的长项,走得又高又飘,挥洒自如,最后一记出手,接住飞回的"钢叉",左腿弓右腿箭,气势雄浑地亮相。

院子里一时鸦雀无声,所有人都呆看着。天青收回荷包枪,有几分不好意思地走到白喜祥身前,叫了声"师父",大伙儿才从惊讶中缓过神来。竹青最是欢喜,鼓掌大叫道:"师哥,你真行!太有相了,这叉简直神了,我觉着你比吴师哥强!"玄青抿紧嘴唇,一脸的艳羡。黎茂财和崔福水相互点着头说:"工架上还弱点儿,但是活儿是真不错呀!"

白喜祥盯着天青,却不住摇头。天青紧张地望着他,半晌,白喜祥才说:

"想不到啊,想不到。没实授的戏,可以学成这样。你为练这个受了多少伤啊?"

天青松了口气,难为情地说:"还好。未得师父允准,本不该私学的,可是跟着吴师哥唱这么久了,见了他的好处,忍不住就记在心里头。"

"不错不错，好学是正道！"白喜祥合起折扇，在手中轻拍，"毛病还是有不少，不过，底子在这儿，再好好调教调教，登台没问题。呀，现在豹子有了，猴儿又没了。天青来金钱豹，谁来孙悟空呀？"

崔福水道："秦月明成不？"

白喜祥凝神思索："他翻跌功夫不错，但是金钱豹和孙悟空的'双桌飞叉锞子'，他拿不起来。"

天青爽快地应道："师弟想学的话，我教他。接叉的时机，主要在个配合，多练就成。那三个元宝锞子，要摔得又高又不伤着自个儿，得懂得运气，在哪个节骨眼儿运气，往哪里使劲儿，我告诉他。"

白喜祥看着天青，眼光闪亮："不藏私，难得。这可都是自个儿摔过几千几百遍才摸着的门道儿啊。"他转头向满脸兴奋的黎茂财和崔福水：

"就这么定了，合社操演起来，咱们也贴《金钱豹》！"

喜成社与清和社的对垒，以喜成社大获全胜而告终。他们贴出了两个童伶主演的《金钱豹》，靳天青十五岁，秦月明十四岁，都是搭班不久的孩子，但功夫之老到，叫看客惊讶。座中纷纷议论：

"喜成社可了不得了，小孩子都这么跟劲。"

"到底是人家自己的本子。清和社的《金钱豹》，吴缁尘虽强，班底和调度上可就差多了。"

"这位靳老板才十五岁么？旷世奇才啊！"

天青的金钱豹，一举成名，比吴缁尘当年还要火爆十分。他去的金钱豹，金面獠牙，尖角的黑眼窝，下撇的嘴叉子，威风煞气兼具，出场一套定场诗："虎头豹面獾眼装，红梅山前自为王，洞中小妖千百对，烈烈轰轰站山岗！"念得穿云裂帛，气贯全场。飞脚连过三桌的功夫，接连五十个的旋子，轻捷得叫人目眩。最精彩的当然还要数他的飞叉了，不仅舞起来圆转如意，连声音随心所欲，一忽儿把叉上的钢环耍得哗啷啷满台震响，一忽儿只见钢叉飞转而鸦雀无声……报纸上的戏评云："靳天青把一柄钢叉，耍成了'活玩意儿'！"

金钱豹与孙悟空的开打，也令人叫绝。武生小兄弟秦月明这回下了死功夫，在天青帮助下，日日苦练，硬是练成了高难的"元宝锞子"：跃起落地之时，全身蜷成弓形，只凭腰背着地，极尽触目惊心。每次戏台之上，金钱豹将雪亮的钢叉高高抛起，哗啷啷一阵脆响中，孙悟空翻下两张高桌，空中接叉，元宝锞子落地，整个广盛楼里，准定响起炸窝的喊好儿声。

喜成社童伶名震京城，连武生宗师杨老板都惊动了。这日下午，杨老板带了从人，到广盛楼观看《金钱豹》，白喜祥亲自出迎，相偕入场，两位梨园泰斗一起坐在台侧。台下看客见状，激动得几乎骚乱，戏还没开锣，喊好儿声已经响彻肉市街。整出大戏，杨老板看得专注，听得入神，完戏后还意犹未尽，主动提出到后台见见天青。见面之后，他倒也没有多言，只是端详半晌，点头道：

"后生可畏啊！"

白喜祥心中大喜，忙道："可抬举后生小子了。《金钱豹》是您的拿手名作，当世第一，能否劳您给后辈指点一二？"

杨老板谦和地拱拱手："二爷谬赞，实不敢当。戏已经相当不错，只是有一点，与小兄弟商榷：那个'地滚叉'，似乎不必走了。技巧当然炫目，但是满地打滚，降了身份，把豹精演'小'了。"

天青如醍醐灌顶，不禁满头冒汗，恭敬地深施大礼：

"谢前辈指点，晚辈受用不尽！"

杨老板亲自赞赏一句"后生可畏"，更让喜成社《金钱豹》红透半边天。黎茂财不断地到清和社去探听消息，回来喜滋滋地禀告白喜祥：

"可把那边撅了个对头弯！打不过咱们，改贴别的戏了。吴缩尘那孙子，见我都不敢抬头。听说清和社当时给他提高戏份，也就是勾钓他这一回，现在又降下来了。他想投别的班社，人家一听他这人品，都不肯要他。哈，他也有今天！"

白喜祥叹道："不必再提了。梨园本是一家人，戏到底是切磋着提升的才好，若不是被逼到不得已，咱们也不会出此下策。"他对天青说："你莫要觉得自己已经大成，翘了尾巴。还是那句话：金钱豹是大武生，你的功力，还差得远。此番占了童伶身份之利，不算真本事，以后的路，还要踏踏实实地走。"

天青恭恭敬敬地拜道：

"是，师父，徒儿明白。"

"不过你这回挺身而出，以一己之力，扭转整个喜成社的颓势，实在功不可没。"白喜祥微笑着转向黎茂财，"黎爷，我看天青确实技艺过人，极能叫座儿，正好缩尘离开之后，咱们社里还缺个当家武生，我有意提升天青的位置，正式挂个五牌，排在我和他三位师叔伯之后，您看如何？戏份呢也涨涨，每出大戏十块大洋，怎样？"

"得嘞，这当然听您的！"黎茂财讨好地笑道，"十块大洋是不是少了点儿？吴缩尘在的时候，唱一出《金钱豹》可是四十大洋。"

"亏您还是领班，那能一样吗？"白喜祥心情甚佳，一直微笑着，"天青毕竟还是孩子，一下子开太多了，对他不是好事。你明白师父的心思吗，天青？"

天青一听自己不但挂了牌，且戏份足足涨了十倍，惊得不轻，连忙道："师父，您太抬举了，我当不起！为社里尽点儿心力是应当的。何况还有那么多长辈呢。"

白喜祥笑道："别推辞，就这么定了。你没听么，黎爷还嫌给少了呢。咱们唱戏的，就是凭本事吃饭，这是规矩。要是硬按年头资历排，几吊钱几吊钱地涨戏份儿，大伙儿没个劲头。"他站起来，爱惜地拍拍天青肩头，"别辜负了大伙儿的期望啊，天青。但愿你用功不懈，技艺精进，早日成个名副其实的大武生，师父这辈子的苦心，也都算没白用。"

天青心中激动，跪倒在地：

"师父！徒儿不知该如何报答您！"

"师哥，真挂上牌啦？十块大洋的戏份？"

"嗯。"

清晨的广盛楼，离开戏还早，天青、竹青和几个小兄弟在后院里轮候，等着社里号称"牛一刀"的牛师傅给剃头。生旦行可以留头，净行呢，七彩脸谱得一直勾到头顶心，所以必须把前脑门子剃得光溜儿的。竹青剃头是家常便饭，最少隔个一两天就得刮一遍；天青因为最近总唱《金钱豹》这出勾脸武生戏，索性也把精短的寸头剃光了。

两人坐在后台门口边等边聊天，竹青尚未从天青挂牌涨份的大新闻里惊醒过来，一惊一乍地念叨着：

"真服了你了，嘿，这以后可就是数得着的头路角儿啦！我后悔小时候没跟着你好好练功啊，那'元宝锞子'，你追着要教我我都不肯学……"

"现在再学也不迟啊。不过你正倒仓，这阵子倒不方便多练功，当心碍着嗓子。"

"嗐，哪壶不开提哪壶。你说我什么时候才能过仓口呢，太难受了。你当初怎么过的？"

倒仓，也就是十几岁男孩的变声，男伶成长过程中必经的一个关口。少则数月，多则数年，嗓子如小公鸭子一般，没法唱戏。其实，光是倒仓期间倒也罢了，怕的是没倒好，一辈子都喑哑了，可就彻底毁了前程。天青仔细回想了一下自己的倒仓……他似乎没怎么倒，就过去了。

"我那时候，有一阵子嗓子不太得劲儿来着，个把月才好。"

"你那也叫倒仓？"轮到竹青剃头了，他围着块布坐到板凳上，不顾头顶上牛师傅的剃刀明晃晃飞舞，依然手舞足蹈地叫嚷着，"可真是天生吃戏饭的主儿。我这都半年多了，还像电喇叭似的，鸣里哇啦地乱出声儿！"

"我的小爷，"牛师傅板着脸，"您轻点儿动弹，我这刀子招呼着呢。"

"好好好，剃亮点儿，要能反光儿！"竹青说着，又哀叹起来，"大花脸真是惨哪，就为了勾这个脸，到老儿都得剃光头。人家小姑娘家家的，看我这样儿，还寻思我帮里的呢，哪能娶着媳妇？"

"你长足了没啊，就想媳妇！"牛师傅哼了一声。

剃完了头，时候仍然还早，天青和竹青进了后台，各自整理靴包。天青摸出两个小纸包来，塞给身边的竹青："这个给你，这个给你娘。"

竹青忙忙打开："给我娘？这什么，咦，三块大洋？"

"昨天发的戏份儿。"

竹青愣住了："哟，师哥！这是从哪里说起……"

"你娘一个女人，拉扯你们姐弟三个，太不容易。"天青认真解释，"我也帮不上你什么大忙，这正好涨戏份了，咱们分着用。我还想赶紧给我爹攒钱买车，先不能给你太多了。以后咱哥俩一块儿使劲儿，让家里都过上好日子。"

竹青的大眼泪，哗哗地涌了出来：

"师哥，不带这样的，你这就是惹我哭呢！"

"谁让你这么爱哭！快擦了泪，笑死人。"

"这包给我的又是什么，不许再惹我哭了！"

"这个肯定不惹你哭，惹你笑！"

是早上刚买的铁蚕豆。

竹青喜得啊，满脸和大光头一起放着亮光儿。这时候门帘一掀，玄青来了，竹青忙喊：

"师哥，快，来吃豆儿！你听说了没，天青师哥挂上牌了，多给咱们弟兄长脸！戏份儿也涨了，十块大洋呀！"

玄青自顾自放下靴包，没搭理这茬儿。竹青自己乐呵呵地嚼着蚕豆，又凑上去：

"还不快来，过会儿我可吃光了。"

玄青冷冷瞟他：

"人家挂牌涨份，你凑什么热闹。"

说罢，飘然而去，没有看天青一眼。

第五章　风云会

古人说得好：不患寡而患不均，不患贫而患不安。

玄青本来一直对自己的戏份相当满意。他天资聪颖，挑帘红，都没怎么经过跑龙套的阶段，几乎是一搭班就"站当间儿"唱上了主戏。如今的戏份，已然挣到每出大戏三块大洋，社里好些比他年长的都没他挣得多。虽然不是每天都有戏唱，但是一个月能唱上三四出大戏，挣十来块，日子已经很宽裕了呀。九道湾的姜巡警，看着一身制服挺体面的样儿，街头日晒雨淋一个月，也不过才挣六块大洋呢。

要不怎么大伙儿都吃着苦、挨着打，拼了命地学戏呢？戏子虽然下九流，挣得还真是不少，真要成了挂头牌的名角儿，随便唱一出戏，那戏份儿都够买个四合院。像师父白喜祥，一出大戏一百大洋，就算是小折子，也在六十大洋以上，应堂会或是跑码头的话，还要再翻番儿。玄青什么时候能唱到这个份儿啊？来日方长，慢慢熬炼吧，师父十六岁时候，也还没挣到每出三块呢。

谁想到，师弟天青，一夜暴红，初出山门的毛头小子，居然直接挂上牌了，戏份呢，也从一块大洋，一下子飞跃到十块大洋的惊人数目，唱一出戏，顶玄青唱三出还要多！

叫他这个当师哥的怎么处？

从小到大，没输得这么惨过。

玄青自小儿，生长在顺义县的一个小村庄，爹娘开着一家小小的豆腐坊，在村里算是富户。爹娘对这样的日子很满足，一心想让作为长子的玄青继承祖业，然而玄青志不在此，他有更远大的心胸。富户又怎样呢？爹娘每日半夜爬起身磨豆腐，一年到头熬不尽的辛苦。爹挑着豆腐担子四处找主顾，为着一文两文小钱，卑贱得如水塘里的泥；娘在家门口摆了摊子卖豆腐，整日打情骂俏地应付那些调戏豆腐西施的无赖；两个弟弟，傻笑着在生黄豆的腥臭里打滚……

玄青看不起他们，厌恶他们，觉得整个家里尽是屈辱，让他也生长在屈辱之中。自打北京的表叔带他进了城，托人送到名角白喜祥家里学戏之后，顺义县那个小村子，他就再也不愿踏足一步。亲朋乡里，都说他"充大个儿"，但是也不得不承认，这孩子有充大个儿的资本。"红生大王"白喜祥首开山门收徒，那规矩得有多严？多少孩子都被挡在门槛外头了，只有他穆玄青，一试过关。那个精气神儿、身子骨儿，让白喜祥一眼就认定是个学戏的好苗子。在那之前，白喜祥也教过不少学生，但是正式收徒，穆玄青是第一位，他是真正的白门首徒，工师父的行当，以后要承接师父的衣钵呀。

他没辜负自己的好资质。认真学戏，努力成材，日日苦练功夫，处处恪守规矩，还尽着大师兄的职责，帮师父管教那两个不成器的师弟。二师弟天青，练功倒是刻苦，但是，或许武生戏唱多了，有点儿桀骜不驯，特好打抱不平，到处乱出头，经常捅娄子；三师弟竹青，滑得像条鱼一样，眼睛一眨就是个鬼主意，一天到晚都不消停……

这样的认真，这样的努力，这样的尽心尽责，最后自己一出戏挣三块，师弟一出戏挣十块。这世上还有天理吗，师父这心偏得，还有个边际吗？玄青也曾含蓄地跟师父表述心中不平，师父只微笑着问他：论卖座，社里现在还有几个人卖得过天青？论技艺，社里还有哪个武生赛得过天青？

玄青答不上来。

只能把这块冷年糕，硬生生吃进肚子去。

扮戏房里，明亮灯光下，玄青对着镜子，怔怔地瞧着自己。多好的角儿坯子啊，脸型方正，眉眼传神，勒上头，挂上髯口，活脱脱就是沈蓉圃的戏画。怎么可能不成角儿呢，什么时候才能成角儿？学戏已近十年，自负技艺不差，但一直还没能出头。京师藏龙卧虎之地，好角儿太多了，老生行又是戏里的首要行当，身负绝艺的名老生，数一个时辰也数不完，只怕得数上一年半载，才能轮得上他穆玄青。在喜成社，只要有师父在，就没有他挂头牌的日子；去搭别的班社吧，一切都要重打鼓另开张，他不甘心；自己挑班吧……唉，起码现在，没有那份儿……

"玄青，怎么还没扮上呢？马前点儿！"监场的米师傅急切地来催。

玄青沉着脸，草草描了两下眉。今天要唱的是《两将军》，又名《战马超》，双雄会聚的精彩大戏，但他不是这双雄中的一个，他只是个旁观的配角刘备，那两个师弟天青竹青，才是站当间儿撒欢儿的马超和张飞。刘备这个人，真够乏味的，名义上是五虎将尊崇的兄长和主公，实际上在戏里头，经常都是给他的兄弟们跨刀：《长坂坡》《汉津口》《古城会》《伐东吴》……玄青不喜欢这样的戏，他只想唱真正属于自己的主戏，满场喊好儿声只属于他一个，没任何人能掩住他的光彩……

师父来了。走过来看了看玄青的神色，关切地问：

"玄青，今儿不舒服么？"

"没有，师父。"玄青掩饰地咳了一声。

"嗓子怎么了？"

"还好。"

"唱两句我听听。"

玄青不情不愿地站起身，拉开嗓子，收起满腹重重的心事：

"……俺对苍天来祝告，相助刘备收马超！"

民国十七年秋，天青终于攒够一百五十大洋，为爹爹靳采银买了属于自己的新车。厚实的雨布大帘，闪亮的黑漆把手，车灯和喇叭都是地道黄铜，上面锃亮地映着人影……

比起天青第一次来看车的时候，物价其实已经涨了不少，但是鸿发车铺掌柜见这小伙子三天两头跑来看车，有那么一点儿感动，依然给了他当初的价钱。再者说了，现在这世道，做成一单生意也不容易啊。这年夏天，国民革命军北伐成功，张大帅在皇姑屯被日本人炸死，国民政府定都南京，北京又变回了北平。几个月来，公务部门及官商富室大举南迁，市面明显冷落，失却了数百年皇权积荫的骄傲与热闹。人心惶惶，买卖也萧条，除了天青这样执着的顾客，谁愿意赶在这个节骨眼儿上置办新营生。

"儿啊！爹爹是哪世修来的福气啊！"

靳采银躺在炕上，望着摆在门口的车子，喜欢得又用袄袖子不住擦拭眼角的泪。

他已经不能拉车了。

去年入冬，得下了痨病，天青四处延请名医，花光所有积蓄为他诊治，也未见好转，几个月来身体每况愈下，吃喝拉撒睡，全靠天青伺候着。

"爹，等您病好了，也不用拉车了，咱就照您说的，把它摆在家里瞅着，爽快。您还想要什么，我都给您买。"

"我要不了什么了啊，天青。爹没多少日子了。"靳采银爱怜地望着坐在身边的儿子。

"您这怎么话说的……"天青咽下心底的泪，笑道，"咱爷儿俩的日子，还长着呢。我去找地方租个好点儿的房子，咱们搬去住，好不？您想住哪儿？"

"别搬了，我就想住这儿。"靳采银抬头看了看四下漏雨的房顶，"要是病好了，你请人把这屋子修修吧。我不能走，你娘就在这屋里没的，要是搬了，她的魂儿回来，找不着我了呢。"

天青下意识地抬手摸了摸胸口。

那块牌子已经不在他的胸口了。

这些年，它在他心里。

如果人的记忆是一幅画，天青和他的爹爹一样，心头那幅画上，永远有他的娘，尽管模糊却无尽温暖，尽管遥远，却始终努力珍存。十几年了，早已习惯没娘的日子，但是这血脉相连的牵挂，不会随着时间流逝而稍减，反而是越来越厚重，越来越明晰。如果每个人终将化作亲人记忆中的一幅画，是不是眼前的生离死别，都变得不再可怕？

画中还有个小小的身影呢，是个胖胖的丫头子，清晰得，时隔这么久，仍然历历在目。分别那天，在师父家门口，她坐在车上，满脸泪水横飞，一双大眼睛望住他，眼里映着他的影子，映着留也留不下的过去、抓也抓不住的将来，她受着那么大的委屈，又不敢哭，呜咽着说：

"天青哥！……"

都是他那么想去爱，想去保护的人啊，却都渐渐地离他远去，到了他无法触及的地方。那块心爱的小牌牌，亲手系在她的颈上，在她被黑暗笼罩着的梦里，有没有帮到她一点点儿？牌牌上刻着："如月之恒，如日之升"，天青并不是很明白这句话的意思，反正是永恒的意思，持续不断的生命力，是吧？这是娘对他的祝福，也是他对娘，对爹，对樱草，对所有自己爱的人，最由衷的祝福。人生无常，在有涯的生命里，有一份无限的心意，虔诚，温暖，柔软，绵长。

"爹，我听您的，咱们不搬。"天青端过熬好的热粥，轻轻喂给爹爹，"等您好起来，我请人把它修得整整齐齐、漂漂亮亮的，咱爷儿俩在这儿，快快活活地过一辈子。"

一场又一场的秋雨过去，靳采银并没有好起来。

"你爹还有什么心愿，赶紧帮他办了吧。就这几天了。"大夫对天青说。

炕上的靳采银，微微张开眼睛："儿啊……你给我买的新车，我还没坐过呢。"

天已经冷了，暮色中的京城，灯火迷离，每个人都行色匆匆。天青拉着崭新的车子，轻轻在前门外大街奔跑。他跑得那样慢，那样稳，车身仅有微微的颤动，像摇篮一样，保护着躺在车里的靳采银。车子前帘并没有放下来，靳采银要看着外头，看看他跑了一辈子的北平城：马蜂嘴、天桥、珠市口、前门……还有儿子的背影。十七岁的天青，已经这样健壮结实了，宽厚的肩背，坚定而端正，轻快的步伐，稳重，踏实，落地无声。

"儿啊……"

靳采银安详地，闭上了眼睛。

"清明了，打明儿开始，喊嗓再早一个时辰。"

"是，师父!"

又是新的一年，新的时节，又一段新的周而复始。

为爹爹烧了"头七""末七"，祭了"百日纸"，做了"半年道场"……再大的悲恸，也只能随着时光流逝，深深埋在心里。天青的日子，又回到了自小熟悉的生活轨迹上：喊嗓、练功、学戏、唱戏。

喊嗓，伶人每天必做的功课。四功五法，唱为最重，有嗓子才是有本钱，嗓子怎么来的？是天生的，也是练出来的；怎么练出来的？是调出来的，也是喊出来的。每天清晨，找个没人的地方，虚领顶劲，气沉丹田，喊出高高低低的咿啊之声，清音正韵，养气炼喉，只要方法得宜，日久必有所成。喊嗓的时辰，越早越好，趁那大地正在苏醒，万象更新之际，借天地灵气，成就全身精神；喊嗓的地界儿呢，当然是越偏僻越好，要是大清早的在自家院子里瞎喊，还不得被街坊骂个仰壳。

白喜祥师徒喊嗓的地界儿，一向在南城天坛。以前是三个徒弟伺候师父起身用早，再一起走到坛根儿来，现在师徒不在一起住了，白喜祥不要他们大清早地跑去伺候，四人就直接在坛根儿聚齐。这个地界，离他们师徒四人的住处都不远，清静，偏僻，地广人稀，高高的坛筒子拢住回声，正是个喊嗓的好去处。

清明时节，气清景明，万物皆显。天青来得太早，空气寒浸浸的，太阳还未升起，天空于墨蓝中透着一点儿瓦灰。在这样的时分，北平模糊了岁月的界限，更像是以前的皇城，清的，明的，元的，平静而古老。已经破败得连坛筒子都开始豁口了的天坛，此时也显出庄重与威严来，祈年殿的尖顶，黑沉沉耸立在夜空中。天青沿着坛筒子走了半圈，舒展开筋骨，在惯常喊嗓的东南角立定，双手叉腰，放开喉咙：

"啊啊啊啊——!"

一股丹田之气，破空而出，清凉的空气吸进喉咙，镇得全身畅快。

再换一口气："咿咿咿咿——!"

玄青、竹青陆续都到了。三人一起拉着长声："呜呜呜呜——！"

几番回环之后，嗓音开了，开始练习唱念。玄青朗声念起定场诗：

> 口似悬河语似流，全凭舌尖压诸侯，
> 男儿何得擎天手，自当谈笑觅封侯！

竹青羡慕地嘀咕着："师哥真带劲儿。我什么时候才能过仓口啊。"

他小心地念段歌谣：

> 出东门，过大桥，大桥底下一树枣，
> 拿竹竿，去打枣，青的多，红的少，
> 一个枣两个枣三个枣四个枣五个枣……

"音要准，字要清，嗓子位置要找对。"白喜祥来了，指点着，"对着墙，不能冲风喊，当心吹着嗓子。"

他自己也喊上一番，念上一段：

> 明亮亮盔甲射入斗牛宫，缥纱纱旌旗遮住太阳红，
> 虎威威排列着明辅上将，雄赳赳胯下驹战马如龙！

太阳被这师徒四人喊醒了，懒洋洋探出脸来，天边一片金黄与橘红交织，光芒如箭，射上长空。师徒四人喊完嗓，沿着坛筒子遛弯儿，走到西面昭亭门，进去，茫茫的都是松林。这在当年，就是皇上祭天的路线，现今都成了荒地，杂草丛生。前方祭天台上，空空荡荡，周围石栏，沉默地暗藏着几百年的辉煌。

"师父，站在台子中间那儿喊嗓，好大的回响。"竹青指着祭天台说。

"回响太大了不适合喊嗓。"

"可是好玩呀。感觉好像八荒六合、天上地下，都能听着似的。我去喊句话，给老天爷听。"竹青嘻嘻笑着，几步蹿上台子，找到最中间的位置，高喊了一声：

"爷——要——吃——爆——肚儿——！"

回声果然悠长，传至四面八方："爆肚儿肚儿肚儿肚儿——"

白喜祥笑着摇了摇头。竹青跳下来，拉住天青："师哥，你也来，最想要什么，喊出来！"

"谁像你……"

"喊声试试，老天爷真能听见。"竹青顽皮地眨着眼睛，推他上去。

三层石台，并不很高，也不是太大，但是站在中央，极目四望，天地四合，真有唯我独尊之感。天青抬头望去，只见太阳已经升起，天空转成碧蓝，月亮仍然淡淡地挂在天边，清明的寒风，湿润地吹拂着脸。宏阔的天穹，这样的高，这样的幽远。整个世界仿佛都在倾听他的心声。

最想要什么？

天青心头，起了莫名的酸楚，喉头有些哽住。十八年岁月不算长，经历却已不算少，他曾经觉得自己什么都有了，也曾经以为自己什么都没了，茫茫人生路，有还是没，得到还是失去，哪里由得自主？脑海中，各种明晰的、模糊的身影，深深浅浅、纷纷杂杂的情感，一时都交织在一起，叫他心里一片茫茫的乱。

他仰起头，闭上眼睛，轻轻念道：

"如月之恒，如日之升！"

天坛的人，渐渐多起来了。这是一个星期天的早上，上班的上学的，都闲着没事，走出来做些活动，遛鸟放鹰，打拳压腿，拉琴说书，唱歌唱戏……

"前儿那出戏，你们三个，还是不够地道，再给你们说说。"

白喜祥带着三个徒弟，折返回家。刚踏进九道湾街门，只见乔三婶正从厨房出来，捧着一碟果子，往堂屋去。看见师徒四个，三婶停下脚步，满脸放光：

"哎，你们可回来了！猜猜谁来了？"

"谁？"

堂屋门帘一掀，一个人笑盈盈站在门口：

"师父！师哥！"

师徒四人，都愣在了当地。

这是一个十几岁的女孩子，身材修长，两条黑油油的辫子搭在胸前，月白色的修身短袄上，小小的大襟立领，七分袖口，温婉的弧形下摆，掩着黑色过膝长裙。脚上一双黑色扣襻皮鞋，露出雪白的棉袜。

这一身，本是京城里所有女中学生都用的制服，但是穿在这女孩子的身上，仍然有一种醒目的光彩，不知道是气质、姿态，还是纤美的身形，让她是这样地与众不同，教人看得发呆。太阳已经升得很高了，在她身上脸上，镀出一道金边，她歪头望着师徒四人，刘海微微斜向一边，露出额头精巧的"美人尖"，加上一张雪白的小圆脸，尖尖的小下巴，正勾勒出一个可爱的小桃子形。脸颊在阳光下近乎透明,玉一样闪着莹白的光,晶莹发亮的黑眼睛,盈着温柔的笑意,像两泓深潭,里边藏着说不完的故事……

"天哪,是樱草?"

竹青首先大叫起来,冲上前去,喜悦地拉住她的辫子,扯了两扯:"你回来啦!这长得眼光娘娘似的,都认不出来啦!"

樱草的嘴角,依然如小菱角一般弯翘着:"竹青哥,你还是那么皮!"

"哎呀,这丫头!一直惦着你哪!"白喜祥惊喜万分,"这么多年,怎么过的,都在济南吗?唉,站这儿干什么,进去说!"

樱草跑上来,亲热地抱住白喜祥的手臂,扶他一起往堂屋走去,回头笑眯眯地跟后面的玄青和天青招呼:"玄青哥,天青哥!"

她的视线,在天青脸上停留良久,俏皮地眨了眨眼睛:

"天青哥,你可真高,要在街上碰着了,简直不敢认!"

天青的胸中,震荡未平,一时间只憨笑着,完全做不得声。他不敢认她才是真呀。穿了校服的中学生樱草,和当年那个胖墩墩的小丫头子判若两人,眼前的她,端庄、雅致,像一朵小小的莲花,精美得不可置信。令他安心的是,她不再是临走时候那个泪汪汪委屈屈的模样了,一张小脸上,透着明朗快活的光彩,如初升的阳光,照耀着整个院子。

"我上个月就回来啦。给拘在家里,不能出门,憋死了简直。"

一家人坐在堂屋里,樱草叽叽呱呱地说开了:

"正好该转学了,好说歹说,总算求着爹爹给我转了英华女中,能住宿的,不用再住在家里。师父呀,您可不知道,我家里跟前清皇宫似的,规矩多得不得了,都不能想象民国还有那样的生活!"她的小脸阴了一瞬,马上又灿烂起来:

"现在好了,第一次有了自由的日子!我这星期刚刚住校,星期天放假回家,这不,先过来看你们。敲门时候我都快哭了,见着你们真好。六年了……呀,我又忘了规矩了,这么久没见了,应该给师父磕头呀!"樱草轻快地跳起身,"也真奇了怪了,我在自己家里,一点儿都不想守规矩,到了咱们家,就想依着规矩!"说着,双膝一弯,就要向白喜祥拜倒。

白喜祥赶紧拉住:"得了樱草,你的心意,师父领了。念洋书的人,别磕头了,快坐下快坐下。你爹娘都好吗?"

樱草扁了扁嘴:"爹爹还那样。我娘……没了。"

"呀,怎么回事?"

"身体不好,一直病着。我去了之后,好了一阵子,后来还是不行。今年二月没了的。为她老人家办了后事,济南那边的家业都结了,我就回北平来了。"樱草一双眼中，不自禁地盈满了泪水，"娘是为我病的，我对不住她。总算，陪了她这最后这程。我们娘儿俩，过了六年开心的日子。"

乔三婶拉着她的手，泪汪汪地："苦命的丫头子！叫人怎么疼都疼不够啊。今早你敲门进来，真不敢认你，瞧这气派，当年可怎么比得了呢。出落得这么俊，又这么有出息，将来肯定能念大书，做大事，你娘在天上也乐着呢。以后星期天就来家里吃饭吧？三婶给你做好吃的。呀，对了，我这就去买天福号的酱肘子！"

樱草连忙拦住："谢谢三婶，我得走了呢，偷跑出来的，还得回家。我爹不让我到……不让我随便串门儿。"

白喜祥怔了一下："这么快就走了？"

樱草咬咬嘴唇，又绽开了笑容：

"下次放假了我再来，肯定来！我都等不及了！"

一家人送了樱草出门，一直送到胡同口。

"师父，三婶，别送了，这怎么当得起，以后我常来的呀！"

"师父，三婶，别送了，我们三个送就成啦！"竹青笑嘻嘻推了二老回去，转身对樱草神秘地竖起指头，"这么长时间没回北平，好多新鲜玩意儿，都不知道了吧？走，先带你去坐当当车，坐过当当车吗？"

当当车就是电车，跑起来当当地响，北平人都叫它当当车。北平在三年前铺下了第一条当当车轨道，起点就在前门，九道湾胡同往东走不远就到。三兄弟一齐送了樱草去车站，整一路上就听见竹青在不停讲话：

"……玄青师哥第一出大戏是《乌盆记》，大伙儿都说唱得挂味儿。天青师哥现在红得不得了，每次贴他的戏，那座上啊，都海海的。我最近在跟郝二爷学戏，工架子花脸了，嗨，不知道架子花脸？花脸分铜锤、架子和武花嘛！对了，你在济南，知道我们这儿评'四大名旦'吗？皮黄现在可越来越火了，听说要改名叫国剧呢。可惜你不能来看我们的戏，广盛楼还是不接女客，也不知什么时候开禁。真是的，民国这么多年了！你们学校没有男生吗，全是女生？也这么不文明呀，不是洋学校吗？师范附中都男女合校！你们学校在哪儿，我能去看你不？什么，进不去门，得在门房见？那不成探监了吗？……"

说着说着就到了车站。四个人都希望车子不要太快地来，偏偏没站一会儿，就听见当当作响，车子远远地驶来了。樱草回头看了看三兄弟，恋恋不舍地笑道：

"我走啦。下星期再见。"

天青凝视着她的小桃子脸。这张小脸上，早已没了儿时的胖嘟嘟，线条清俊，显得眼睛特别大。

"回家好好休息，多吃点儿，樱草，你比起小时候，可瘦太多了。"

樱草深深地望着他，眼神中闪过一丝忧伤。

"说真的，天青哥，我不愿意回家。我那家里，跟冰窖一样。"

西城，麻状元胡同，林府。

算起来，在樱草十五年生命里，先后有十一年时光，没能在这个家里生活。樱草不知道该为此遗憾还是该庆幸。如果一直就在这里长大，她会是什么样子？会循规蹈矩吗，会温文尔雅吗，会像姐姐们一样，笑不露齿行不露足，见人就低头，整日说不到三句话吗？樱草觉得，她很可能根本都长不到循规蹈矩的年纪，就已经闷死了。在这个家里，她一口气都透不过来。

还好有娘，还好能够远离这里，去济南陪娘度过了后来的六年。失散后这么多日子的魂牵梦萦，多少的离痛伤怀，终于在相见一刻烟消云散，娘痛哭着抱住跪到病榻边的樱草，母女俩一瞬间两心相通，分都分不开。济南的家里，远不如北京这边豪富，但是和娘在一起，自由、舒心，仿佛又回到了九道湾的快活日子。

娘还是走了，没能让樱草侍奉更多。临别那天，已经说不出话来，仍然紧紧拉着樱草的手，眼睁睁地看着女儿，眼里满是不舍。

"娘！娘！娘！……"

"姑娘，快准备装裹吧……"黄莺抹着眼泪，劝着哭得气噎喉干的樱草。

可怜的娘，一生多蹇，早年为林家生的大儿子，还未成人，便夭折了，后来生下樱草，刚刚四岁，又失了踪。悲恸之余，一病不起，那掌家的二姨娘乘势更加欺凌，甚至不准家人报官寻找五姑娘……搬到济南之后，爹和二姨娘他们，再不过问，只有府里几位老仆伺候着，好不容易母女团聚，她又……樱草每想起这些，心中的绞痛，不知怎样才能抚平。

收拾了家业，也收拾了心情，回到北平麻状元胡同。樱草惊异地发现，阔别六年，家里有了很大变化，虽然宅第还是原先的宅第，但是许多熟悉的东西和人，都不见了。

"花园西边那个跨院，整间房都空了，原先不是摆满了瓶瓶罐罐的？还有李四爷、胡三爷他们，年纪不大呀，怎么就打发回家了。"

"这算什么呀，姑娘不知道，整条胡同的地产，都卖个差不离儿了。"朱妈悄悄告诉樱草，"不怕跟姑娘直说：坐吃山空啊。这些年，一点儿进项都没有，合府都在吃祖上的本钱。"

林墨斋还在努力维持着从前的气派，整日带着谭五、孙六那一伙子善扑营的旧人，出去骑马射猎，闲时在家里把玩祖上留下来的老物件儿，会客清谈，抽大烟。他已经过了花甲之年，仍然忙于生儿育子接续香烟，接连又纳了三房姨娘，可恼天不遂人愿，一直没生出第三个儿子来。对女儿，他仍是威严有余，慈爱不足，不过现在樱草大了，不再在乎这些，很多时候，看着爹爹那样煞有介事地延续着古色古香的老讲究，甚至觉得爹爹有点儿可怜。他始终还活在他的时代里，那个早已被民国打到棺材里的、带着一股子陈腐味道的时代。

二姨娘、三姨娘，都还是原来的样子。三姨娘一直温良得懦弱，掌家的二姨娘，还是那么笑里藏刀。不过现在樱草成年了，又是洋学校里念书的学生，二姨娘对她，多少忌惮着些。只有二哥林郁苍，照例是一见樱草就要生事。

"没了娘的野丫头，"他笑嘻嘻地凑过来，"又赖到我们家来了？"

樱草猛地回头，吓得他向后一缩。他比樱草大三岁，个子却没高多少，胖得满脸横肉，小眼睛闪着蠢钝的光。

"二哥，你还真是不成器。"樱草冷笑道，"快二十的人了，还只会说这几句？变点儿花样好不好？你以为这样能伤着我了？"

"你，你，"林郁苍一时想不出什么反击招数来，"死丫头，走着瞧，别犯在我手里。"

"哟，可把我吓死了！"樱草仰头大笑而去，剩下他自己恨恨地呆站着。

她已经长大了，一颗心，整个人，都生得活泼而强壮，这点儿小伎俩，伤不到她。生活中的阴影，终于被她一点点儿地扫尽，就连困扰她多年的噩梦，也早就灰飞烟灭了呢。说来也奇怪，这桩癔症之所以治好，竟然不靠医，不靠药，靠的是天青哥那面小铜牌。分别那天，他亲手将它系在她的颈上，从此，一直都贴在她的胸前。每晚她攥着它，就可以带着充足的信心入睡，像吃了传说中的定心丸、安神散、护身符，心里一片踏实安定，那拐子的黑影，从此再也没能前来侵扰。

"如月之恒，如日之升。"

樱草反复读着这铜牌上刻的字。她学过《诗经》，知道它来自一篇祝颂的祷词："如月之恒，如日之升。如南山之寿，不骞不崩。如松柏之茂，无不尔或承。"——像月亮圆满，像太阳东升，像南山稳固，像松柏常青，强大的永恒的生命力，千秋万世地传承。永恒，这是人生最深切的期待了吧？无论尘世间多少喧扰困苦，都执着地祈求身心安康、岁月宁定，永远焕发着勃勃生机。短短几句话里，蕴涵了多少期盼与爱，是以一颗怎样的炽热之心，面对这纷乱无定的人生。

小小的铜牌，已经被摩挲得黄澄澄地发亮。天青哥说，这是他娘留给他的。自打她认识他起，就一直见他贴身戴着，好像是他娘留给他的唯一一件东西了，但是分别那天，他摘了给她。"如月之恒，如日之升"，他将娘给他的祝福与庇佑，连带他自己的关心与爱护，都传了给她。有这样一位大哥，樱草觉得，再飘摇的生活，都能落脚，再恓惶的心，都有依靠。

> 昔日里有一位绝粮孔子，他也曾把麒麟叹，
> 况且圣人遭磨难，何况我韩愈谪边关……

夜色已深，樱草朗朗哼着戏文，笑微微地遥望绣房帘外的月亮。有那样一份情谊揣在心底，别说什么拐子的黑影了，就算是所有妖魔鬼怪一起袭来，都不怕。

"你喜欢读诗吗？"

英华女中宿舍里，同学程黛螺带着一脸狡黠的笑，问樱草。她是个容长脸儿、细眉细眼的女孩子，比樱草大一岁，聪明、成熟，与樱草十分亲密，两人吃饭上课都在一起。

"喜欢呀。小时候念的是家塾，老先生教了不少诗。"樱草埋头在床前写着笔记。

"旧体诗啊，现在早就不流行了。你看，大伙儿都在读这个。"黛螺从枕头底下抽出一本书，翻开来，念道：

> ……你愿意记着我，就记着我……

樱草好奇地凑上去，高声朗读起来：

> ……要不然趁早忘了这世界上有我……

黛螺捶了她一下："嘘，不要被舍监听见了！"

两个女孩子凑在一起，低声地念：

> ……爱，你永远是我头顶的一颗明星，
> 要是不幸死了，我就变一个萤火，
> 在这园里，挨着草根，暗沉沉的飞，
> 黄昏飞到半夜，半夜飞到天明，
> 只愿天空不生云，我望得见天，
> 天上那颗不变的大星，那是你，

但愿你为我多放光明，隔着夜，
隔着天，通着恋爱的灵犀一点……

　　樱草惊喜地瞪大了眼睛。这首诗，跟她以前读过的"迢迢牵牛星，皎皎河汉女"什么的不一样，这样直白，这样浓烈，猝不及防地直逼面前，让人简直有被冒犯了似的不安；但是，又这样鲜活，这样坦率，比起古诗的含蓄，另有一番动人之处呢。她翻回诗集封面，轻轻读出来：
　　"《翡冷翠的一夜》，徐志摩。"
　　她一把抄起诗集，跳回到自己床上："借给我看吧！"
　　"就是借你的，"黛螺笑道，"瞧你这个毛包劲儿。当心别让舍监看着了！"
　　樱草就读的英华女中，是一所修女会办的学校，在西城西什库教堂后身。学校位置幽静，环境恬然，三进院落井然有序。院子里头，宽敞明亮的两层教学楼，设备齐全的实验室，还有舒适的操场和宿舍，无论是环境上、师资上，还是课程的开设上，都相当先进而开明。不过，再开明的学校，也还是有严格的纪律，公然传阅爱情诗集，准定会被没收的，但是也没关系，喜欢新诗的学生们，可以去课外社团。

……人生的冰激与柔情，
我也曾尝味，我也曾容忍；
有时阶砌下蟋蟀的秋吟，
引起我心伤，逼迫我泪零……

　　诗社在北平的大中学校十分兴旺，大家一起读诗写诗，不同学校的诗社之间，也常常聚会交流。自从樱草喜欢了徐志摩先生的诗后，每次聚会都充满热情地朗诵他的诗作：

……我袒露我坦白的胸襟，
献爱与一天的明星，
任凭人生是幻是真，
地球存在或是消泯，
天空中永远有不昧的明星！

　　这天的聚会，在北海公园琼华岛。天气晴朗，气候温和，一丝丝流云随微风轻掠而过，让人神清气爽。樱草和几位女同学，还有外校几位男同学，三三两两坐在见春亭内外，眼前就是著名的"燕京八景"之"琼岛春荫"，湖光山色正是一幅精美的天然山水画。大家一边朗诵着心爱的诗歌，一边观赏北海胜景，真是纵做神仙也不如了。

"您喜欢新月派的诗？"

樱草回过头来，见是一位陌生的男同学，穿青色学生装，梳着整齐的分头，戴一副圆框眼镜，皮肤白净，面颊清瘦，神情是樱草的同龄人不具备的成熟。看出樱草的疑惑神色，男同学连忙笑道："我冒昧了，还没自我介绍呢，我是协和医学院的，我叫陈少湖。"

樱草笑了："我叫林樱草，来自英华女中。"

"好名字。几次聚会都见您朗诵徐志摩先生的诗，是不是很喜欢新月派？"

樱草答："我也不太懂得，只是喜欢而已。诗社里喜欢新诗的同学很多，不过我看他们的诗，与散文也差不多。像徐先生这样，又具清新意味，又有一定的格律美，就特别难得了。"

"您还喜欢哪位的诗？"

"闻一多，'……红烛啊！你流一滴泪，灰一分心。灰心流泪你的果，创造光明你的因。红烛啊！莫问收获，但问耕耘……'"

陈少湖连忙道："对对，闻一多，我更喜欢《死水》，不比《红烛》唯美，却更加深刻，你觉得呢？'这是一沟绝望的死水，清风吹不起半点漪沦。不如多扔些破铜烂铁，爽性泼你的剩菜残羹……'"

琼华岛畔，碧波荡漾，鸟语花香。樱草对《死水》这种风格的诗句全无半点儿感应，但是能这样投入地聊着她喜欢的东西，多么的舒畅与开心。

北平真大。

要找一个人，真难。

天青已经围着西什库教堂转悠了两圈了。周围建筑可真多啊：修女院、育婴院、医院、印刷厂、图书馆……都不是他要找的英华女中。时已五月，阳光和暖，他穿着一身青布夹袍，纽扣扣得严严整整，一路疾行间，不由感觉到了晚春的燥热。西城他不熟，西什库教堂更是第一次来，早听说这是北平最大最古老的天主教堂，当年闹义和团的时候，都专盯着这儿，"吃面不搁酱，炮打交民巷，吃面不搁醋，炮打西什库"。没错儿，真有那么重要，鳞次栉比的一座建筑群，十分宏伟，不像天青原本想象的，只是一座拜神的大殿而已。最醒目的北堂，庄严、秀丽，洁白的墙砖画出清爽的线条，四个尖塔高耸，周围是镶嵌着五彩玻璃的玫瑰花窗。一群群鸽子，在楼顶上和楼前广场上，悠闲地飞。

这附近的行人，跟南城的行人都不一样。个个雍容华贵，服饰丽都，还有不少洋人。北平人的居住，是有地界的，"东富西贵，北贫南贱"，东城是富商豪绅聚集的所在；西城呢，樱草家所在的地方，那都是达官贵人；北城住的是穷苦百姓；南城，白喜祥师徒居住生活的所在，是下九流混杂之地，纵有丰足人家，也都是靠一门技艺吃饭，不被那些所谓的上等人放在眼里的"贱民"。

人分三教九流，没法子。千百年来，中国人就是这样。好在这地界的划分，并不严明，高大的城墙，也挡不住各色人等的流动。天青仍然忍不住要想：是什么样的机缘，让他在七岁那年的冬日下午，跑在草市街的街口？北平这么大，要遇上一个人，多难啊，就像现在，他明知她就在西什库教堂附近，方寸之地，这样努力去找，都难以遇见。樱草本不是会出现在天桥的人啊，在她的一生中，经过草市街，可能总共只有那么一次，但是他遇上了她。

"天青哥！"他的脑海中，时时回响起她脆亮的呼唤。他一向也是个硬气的孩子，执拗、倔强，也不喜欢跟小丫头子打交道，但是从小到大，只有她的呼唤，像是一句咒语，顿时就能让他的心融化，自己都不能控制的一片柔软。这次她回来，变化已经那么大，唯有这声呼唤，还是那么脆亮、轻灵、有魔力，见面时候，她笑着一声叫，令他感觉，自己心里缺失了的一块东西，暖暖地飘回来了，原来他自己都没有发现，心里这块缺口，空了这么久的一段时间。

终于找到英华女中的时候，已经是中午休息时分，这所学校的校门，原来是在一条胡同里，难怪走在大街上看不见。天青在门房登了记，托人进去喊樱草出来。等在门外，只见高大门柱之间，两扇漂亮的黑铁栏门，曲曲弯弯的铁枝，花朵一般盘绕门上。门上挂着巨大的铁锁，似乎平时总不打开，师生都从旁侧的小门出入。越过铁锁和铁栏，可以远远地望见学校里面，教学楼、操场，还有一群群的女学生。

远远跑来了一个女学生，月白的短袄，黑色的过膝百褶裙，黑皮鞋，白棉袜，耳边两条辫子，随着跑动，在背后一甩一甩。莹白的小桃子脸上，一双眼睛闪动着喜悦的光芒，老远就开口喊：

"天青哥！"

天青微笑着看着她，像个精致的小绢人一样一路飘来，飘到他身前。她的额头微微见汗，两颊都起了红晕，嘴巴喘着粗气，仍然不安分地跳着两脚，快活地说：

"天青哥，你怎么来啦？"

"三婶让我把这个捎给你，"天青递过一个蒲包，"天福号的肘子。"

樱草双手接过，笑得弯下了腰："天哪，三婶太宠我了，给我捎肘子呀！"

"她怕你在学校吃不好。"

"哪能呢！师父好吗？"

"很好，昨儿晚上看我们唱戏了呢。"

"唱得合意么？"

"还行吧。你好么？"

"好，只要不在家，怎么都好。你怎么剃了光头？好亮的奔儿娄！"

天青不好意思地摸摸头："唱猴戏，要勾脸，不能留头。"

"猴戏不是大花脸唱的吗？我看竹青哥再适合不过了，他自己就像个猴儿！"

"猴戏是武生、武丑'两门抱'的戏，还真就大花脸不唱。"

"噢！瞧我，什么都不懂。"

"看几场，就懂了。"

"嗯，白认识了你们这么久，一场戏都没看过。不知道你扮起来是什么样？"樱草笑嘻嘻地迈前一步，歪着头仰视他，"会很凶吗？"

"我怎么会凶啊！"

"嗯，你从来都不凶。"樱草笑着，两只脚在地上一踮一踮。

天青站在那里，呆呆地望着樱草。她离自己是那么的近，他都看到她眼睛里自己的倒影了，那双眼总是黑黑的、深深的，笑的时候也是，自己仿佛就陷在那不见底的深潭里。他的心怦怦地跳起来，脸上也发了热，啊，天怎么忽然变得这么热呢？学校门口两侧，绵延不断的是两排大槐树，此时正当花季，一丛丛雪白的槐花开着，清香轻柔地萦绕在空气中。阳光透过树身，一颗颗圆圆的跳跃的光斑，洒在院墙上、街道上，也洒在两个人的身上。天青走了这么远的路都没出汗，现在忽然觉得头顶上一滴滴的汗都在冒出来了。

"樱草！樱草！"远处有人在叫。

樱草和天青都回头看去，只见校园里跑出另一个女学生，容长脸儿，细细眉眼，也穿着校服。"黛螺，怎么了？"樱草喊道。

"老师找你……"那个叫黛螺的女学生奔到近前，猛地停住，打量着天青。

"那我回去了天青哥？常来看我呀！"

"再见啦樱草。"天青仿佛大梦初醒似的，忽地绽开笑容，对樱草摆了一下手。樱草笑着，拉起黛螺的手，两人一起跑回去了，黛螺一边跑一边还回头望着天青。

天青站在那里，看着她们消失在教学楼背后，眼前还是有樱草的笑容，一直地晃着，两条小辫子，一直地甩，飞扬的裙角，在他心里，一直地飘啊飘。

第六章　连环计

林郁苍最近很心烦。

"哎，你成不成啊，干这么多年还抽抽啦，"他趴在榻上，回头呵斥着给他捏背的小厮玉鹂，"一点儿劲儿都没有！爷是叫你给挠痒痒吗？"

玉鹂应着，手上加了劲。

"疼死了疼死了！你这是跟爷怄气？我扇你啊！"

玉鹂轻声道："小的不敢。"停了片刻，又道，"二爷，您心里不顺畅，不如别捏背了，抽一筒吧。"

"哼。给我装上。"

"是。"

玉鹂手脚麻利地摆起银烟盘，点燃擦得雪亮的广式玻璃烟灯，就粉彩描金的小瓷盒子里挑出鸦片膏子，对着烟灯打出圆滚滚的烟泡，摆在景泰蓝烟缸里。在烟榻铺好织锦靠垫，将林郁苍搀上来，躺好，呈上象牙烟枪。林郁苍懒洋洋地接过烟枪，对着烟泡子吸了两口，顿觉四肢百骸，果真舒服了许多。他长长地出了一口气：

"小鹂子，还是你最懂我心意。"

玉鹂坐在榻边，给他捶腿："搁我说，二爷，莳芳馆的事，您也别惦记着了，都这么多回了。她开得再美，不是咱们的那朵花。"

林郁苍翻个白眼："要不是刚舒服着，我非敲死你不可。怎么叫不是咱们的那朵花？头牌有什么了不起，我他妈还真不信有钱买不动的人！"

玉鹂闭起了嘴巴。

他们主仆二人，在百顺胡同莳芳馆，已经耗磨了两个多月。

百顺胡同在南城西珠市口大街北面，名列"八大胡同"第一，是北平最有名的烟花柳巷，胡同里的十数家妓院中，又以莳芳馆为第一。林郁苍自十六岁起出入青楼，仗着家中财势，无往不利，莳芳馆也早就是他手到擒来的猎艳之地，没想到最近莳芳馆出了个新头牌，却让他碰了老大一个钉子。

"二爷，今儿还是找殷姑娘？"莳芳馆的老鸨子茜娘，胖头胖脸胖身子，整个人圆滚滚的，身姿倒是灵巧，每次见着熟客光临，都像看着自家亲人一般亲热招呼。

"对，殷绣帘！爷不找别人了，就找她！"林郁苍棱棱着眼睛。

"二爷呀，我可老早就说在头里：殷姑娘她不是谁都见哪。纵管家财万贯，只要姑娘她本人看不上眼，来多少次都没用。上次您来，老大面子，陪您喝了壶花酒，这换了一般人，花多少钱都沾不上的哪。"

"光喝酒哪成啊？谁来八大胡同是冲着喝酒啊？今儿个让殷姑娘陪我一夜！"林郁苍将头一摆，"鹏子，过来！"

玉鹏应声上前，呈上一个小小的皮箱。

"哟，还是现大洋哪，二爷真是体面人。"茜娘打开箱子，瞧着一卷卷包裹整齐的大洋，眉开眼笑，"得，我再去说说，成不成可不在我。二爷您先坐着，请用茶，慢待啦！"茜娘唤来大茶壶，收去大洋，自己挥着手帕，一扭一扭地上楼。

莳芳馆在八大胡同，只算一个中等院子，但是规模也相当大，二层楼，大堂里四面房间围着一个天井，四周朱漆大柱，红灯高挂，中心一个带太湖石的水池，养着鱼鳖。楼后还有楼，以曲折游廊相连，廊间点缀着处处盆景。此时正是傍晚，院子里莺歌燕舞，一片火热，林郁苍乐滋滋地饮着香片，瞄着楼梯上花红柳绿的人影。

"这次爷可是花了大本钱，不信她不从！"林郁苍得意地对身边的玉鹏笑道，"康熙朝的斗彩都当了，我容易吗？"

正说着，茜娘下楼来了。一瞧她那个欲言又止的模样，林郁苍顿时阴下了脸："怎么着，还不成？她是金子打的吗？"

"二爷，您包涵！她还是只肯陪一壶酒，不过这次能给您唱支曲子……"

"我说您这院子是怎么开的，当妈妈的，管不了手下的姑娘？"林郁苍用力拍起了桌子。

茜娘满脸堆笑："做哪行都不容易啊，二爷。姑娘是得梳拢，但要是梳拢大了，弄出了三长两短的，我不就赔了么？我花多大本钱才把殷姑娘弄到手，别说这百顺胡同，整个北平城里，南北班的姑娘全算上，见过比她更出色的吗？人才好，性情就烈，不能来硬的，只能顺着毛捋。搁我说，您就慢着点儿来吧，上次吃壶酒，这次不就能听支曲儿了么，再多来几次，就凭二爷这一表人才，别说陪一宿，就算是整个人包下来，也都是您一句话的事儿。"

"话说得真好听，鸟儿叫似的。"林郁苍歪歪嘴，"别掂量着我不懂，您这就是拿话儿套我往里砸银子呢。"

"这怎么话说的，对二爷我哪能藏奸呢？真要殷姑娘看好的人，倒贴也说不定！那就看二爷的本事了。"茜娘皮笑肉不笑地继续说着，"怎么着，今儿个？二爷这支曲子，到底听是不听呢？"

"听！孙子不听！"林郁苍梗着脖子站起来，"今儿个爷还听定了！"

蒔芳馆的房间，各有名字，殷绣帘这间，叫作"疏影"。丫环打起帘子，林郁苍迈步进去，只见这屋子十分之与众不同，陈设简单，没多少珠光宝气，倒是四壁都悬了书画，颇有墨香。林郁苍不懂这个，当然无心欣赏，只管一屁股坐到桌前。一直跟在身后的玉鹂，上来倒了一杯茶，林郁苍猛灌一口，饮不知味地用力摇着折扇。

"殷姑娘到。"丫环报了一声。

环佩叮当，帘子一掀，一位女郎缓步而进。

林郁苍虽然已经见过她一面，但是看见她的姿容，仍然直了眼睛。

要说美，她也不一定是有多美。眼睛不是很大，细致的杏核形，眼帘微垂，不给人看到内里的光芒。鼻梁也不是很高，但是很直，鼻尖小而精致，好似白玉雕成。薄薄的唇，轻轻抿着，唇上和脸上，都没有多少血色，整张脸，雪人一般。但就是这张脸，有着一种仕女图中古代美女一般的风韵，叫人一看之下，仿佛灵魂都被吸走，化作笼罩在她身边的一层光晕。

"给林爷请安。"

她福了一福，发髻上插的金步摇，坠子轻晃，微微作响。身上的袄裙乃是大缎镶滚，优雅隆重，她敛敛裙角，在林郁苍对面坐下来，一笑。

林郁苍更加魂飞天外，手里的茶碗倾了，茶水淌下来，直流到夹袍下襟。他也顾不得擦，忽地一下站起，涎着脸笑着，就想伸手过去摸上一把，但是那殷绣帘眼帘微微一抬，瞟了他一眼，稍微提高声音，说了句："给林爷摆酒。"

顿时门外丫环小子流水般地将酒席摆进来，往来人等，川流不息，别说摸一把，连说话也是不能了。林郁苍只好老老实实坐下来，呆望着殷绣帘。

上次就是这样，根本接近不得，只能隔桌相望，欣赏她的美色，听听她那温柔婉转的声音。殷绣帘是唱大鼓出身，音色极美，醇厚如酒，滑润如丝，真如传说中的，让人听闻之后，三月不知肉味。林郁苍周身没半根雅骨，根本也不懂什么曲子好坏，不过，为着这把声音，为着自己的面子，不惜一掷千金，也得听她来上一曲。

酒过三巡，她如事前所约，执起鼓板："给林爷唱一曲《连环计》。"

林郁苍的眼睛，灼灼放起光来："《连环计》？好！我在戏园子看过《连环计》，好戏啊！那貂蝉，'心儿灵来性儿巧，丢下琥珀弄玉箫。''身穿一件红绫袄，白绫裙儿紧束腰。'啧啧！美人啊美人！"

殷绣帘神色不动，开口唱道：

> 大汉将终四百年，董卓专权在朝班。
> 文仗着李儒参谋政，武仗着义子吕奉先。
> 老贼他夜宿皇宫欺圣主，下压阖朝文武官。
> 朝中的张温倒有除贼意，接连袁术把书信下至在汝南。
> 袁公路接着这封书忙把回信写，不料想将书信错下与吕奉先。
> 吕布接书心好恼，好可叹忠正的那位张司空，
> 剑斩在席前，一命就染黄泉……

唱了老半天都还没唱到美女貂蝉。不过这也没关系了，殷姑娘的曲子，哪管唱的是谁？她自己就是最美的美人，随便哪个吐字，都如同天籁。林郁苍盯着她一开一合的樱桃小口，醺醺之心，不可遏制，趁着酒力，晃悠悠站了起来：

"殷姑娘！今儿晚上陪我……"

殷绣帘轻轻停下鼓板，住了音韵，眼帘照旧低垂下来："林爷醉了，送客。"

门外丫环小子，顿时又拥进来，林郁苍还不知怎么回事呢，就被这群人一口一个"二爷"地给拥了出去……

想起这些，林郁苍刚被烟泡燃起的一点儿畅快，顿时又低落成脚底下泥。他狠狠吸着烟枪，对正在捶腿的玉鹚说："爷还不信这邪了！下次再去！"

玉鹚没有看林郁苍，他垂着头，站了起来："时候不早了，二爷歇息吧。我把东西收拾了。"

林郁苍放下烟枪，大力伸了个懒腰，活动活动胳膊腿儿，转过头，视线落在玉鹚脸上。

"你过来。"

玉鹚身子一颤，没动地方。

林郁苍咧开嘴，笑了："跩起来了你！"

他下了烟榻，趿拉着鞋子，走到玉鹝面前，伸指撩开玉鹝额前头发，抚摸他的脸颊：

"爷好一阵子没调理你了，想我不？过来，给爷舒服舒服！"

玉鹝的脸，一片惨白。

"姑娘，您救救我……"

这个星期天，樱草一回家，就被黄莺拉到绣房里，闩上了门。黄莺脸上犹有泪痕，鬓发也有点儿散乱，匆匆检视了门窗，见都已关好，转身朝着樱草跪下来，磕了个头：

"姑娘，我全靠您了！"

"莺儿姐姐！怎么了？"樱草急忙拉她起来，两人一起坐在床沿，"慢慢说，遇着什么事？我肯定帮你！"

"姑娘，"黄莺哆嗦着，牙关相碰，咯咯作响，好不容易才镇定下来，"我都不知道从哪里说起……姑娘您是菩萨心肠，我信您，什么话都敢跟你讲，您可千万别告诉旁人……"

"放心吧，那还用说！"

黄莺垂下头，满脸绯红，半晌儿方又开口："我，我和二爷身边的小子玉鹝，相好有一阵子了……"

樱草一愣，随即开心地拍起手来："这是好事呀！恭喜恭喜，我瞧着鹝子哥哥是个不错的人。"

黄莺的神情，幸福中带着凄凉：

"他很好。我们两个都是咱府里的家生奴才，同年同月生，一起长大的，小时候，不懂事，我就觉得喜欢他，跟他在一起，心里快活，他好像也挺喜欢我。六年前，我跟您去了济南，那时候我们都太小，什么也定不下来，我想着，一去这么多年，他肯定早就有别人了，没承想，这过了六年回来，他还在等我。"黄莺又红着脸垂下了头。

"你也在等他啊。"樱草恍然大悟，"难怪了，咱们家丫环小子，到了十六岁都配婚的，就你，总也不提这事儿，跟你说你都不要听，是因为心里有了人啊，嘻嘻嘻嘻……"

"姑娘取笑了。回来第三天，我和他，找个时机，见上了面儿，他把他的心里话，都对我讲了，他说他这辈子就认准了我，除了我，绝不娶别人。"

"这多好。"樱草高兴地握紧黄莺的手，"我去跟爹爹说，给你俩成亲。"

"老爷不会答应的。"黄莺脸上，又是一片愁云，"我今天请您帮忙想个法子，就是为了这个。”

“为什么不答应？你情我愿的事儿。”

“老爷不许下人私下里相好，要配婚，都得听主子的。您倒是肯帮我说话，但是二爷无论如何不会帮着玉鹞。”

“为什么？”

黄莺低垂着头，一时没有出声，只见一滴泪水，落在她的膝上。

樱草瞪着眼睛，想了半天，猛地站起来：“我明白了，我哥对你有坏心眼子！我早就看他一见着你就贼眉鼠眼地打量！”

“还不止这些……他对玉鹞……也有坏心眼子。”

樱草张大了嘴巴：“玉，玉鹞？他对鹞子哥哥有什么坏心眼子？”

黄莺犹豫着，难以启齿：“他把玉鹞……他一直……姑娘，您年纪小，不懂这个，二爷他，男女都不放过的。”

樱草呆了。

“什么意思？！”

“您就别细问了……”

“他要是做坏事，我去告诉爹！”

“老爷不过问的。”黄莺凄然道，“我听老爷跟姨奶奶说过，家里就这么一个少爷，眼瞅着成材是没指望了，只要他肯传宗接代，别的事老爷都不管。二爷在外头都那么威风，在府里，还不是想要哪个就要哪个。他早就看上了我，也就是忌惮着您，至今还没得手。”黄莺抬起一双泪眼，“前儿个他来个狠的，直接去回老爷，说要收我做小，老爷已经准了。”

樱草急了：“准了？真的？”

“玉鹞告诉我的。他疯了似的，说二爷已经把他祸害了，要是再把我祸害了，他就直接去砍了二爷，大不了大家一起死。”黄莺的泪又流了下来，“姑娘，您帮我拿个主意，好不好？我不想他送了性命，可是我们也没有别的法子。照二爷那意思，近日就要收房了。真要那样，我陪玉鹞一起死了就是。”

“别，不行，咱们想个法子！”

樱草一跃而起，揪着自己的辫子，在屋里走来走去：“爹不管……二姨娘更别提……去报官？也没个依据……莺儿姐姐，不如你们辞工走了吧？现在不像前清那时候了，你们不是奴才，是自由人，何必在我家耗着？”

“姑娘，府里跟外头不一样，几百年的规矩，真的很难改。老爷不会让我们辞工的，这种事，从来没有过。逃也逃不出去，捉回来准定打死。再说就算逃出去了，我们连个正经身份都没有，无依无靠的，怎么活得成？我爹娘早就没了，玉鹞爹娘在城外看守林家祖坟，一向最听老爷话，要是投奔他俩，准把我们捆了送回来。"

樱草甩甩头，走回床边，坐在黄莺面前，直视着她，把她的手握在自己手心里：

"莺儿姐姐，凡事不尽力一试，怎知成不成。你们既然都抱了必死之心，世上还有什么可怕之事？与其被这陈芝麻烂谷子的规矩束缚死，爽性拼个痛快的，冲出去呼吸呼吸外头的新鲜空气，没准儿还有新的生机。民国都十八年了呀，莺儿姐姐，街上的女孩子，旗袍都没了袖子，咱们家还穿马面裙！我现在是还不能走，爹爹在这儿，还得尽孝，你们呢，有什么放不下的？走了吧！天地大得很！"

黄莺被她说得，脸都红热起来。她睁大眼睛："姑娘，您真有见识！但是，怎么走呢？去哪里？玉鹂整天被二爷使唤得不能离身，他怎么走呢？要是马上就被发现了，我们连城门都出不了，就得捉回来！"

樱草蹙着眉头：

"待我想想，想个万全的法子！"

"逃是肯定要逃的。那样活着，还不如死。"

天青也蹙着眉头。

他和樱草，在白家院子里，站在丁香树边，悄悄商量着。这又是一个星期天的早晨，樱草来看师父，顺便将这个大难题，交给她最信任的师哥帮忙拿主意。天青果然跟她想得一样，觉得与其忍辱偷生，不如冒险逃离。

"你是怎么过的，在那样的家里？"天青心痛万分，"我都不知道你这样苦。"

樱草抿嘴一笑："我已经很幸运了，比他们多些自由。我还有你们，有个不一样的天地让我喘口气。我有时候都想，若不是当年被拐出来，可能连自己都不知道是怎么回事儿呢，就闷死在家里了。当然了，光被拐出来可不成，还得被救下来！"樱草俏皮地歪歪头，"最幸运的还是遇着你呀，天青哥，怎么就正好在街口碰见你的？我这辈子所有的运气，都用在那一刻了。"

天青心头，猛然一阵剧颤，望着樱草的眼睛，亮晶晶、黑幽幽的眼睛，一时答不上话来。樱草没有察觉他的怔忪，兀自歪着头在想主意："要逃跑呢，不能光凭运气。光逃到城外是不成，得再远些吧，不然太容易被抓回来了。天青哥，你说要是抓住的话，真能随便处置吗，莺儿姐姐说得怪吓人的，我觉得现在都自由社会了，我家再有钱有势也不敢那么干。"

"那还真难说。"天青认真思索，"像我们学戏时候签的关书，就讲明了，要是受不了学戏的苦，中途逃跑的话，捉回来打死不论。我想你家用人，可能也有类似的契约什么的，真要出事，官府不见得管。"

"吓，你们也这样？"樱草惊了，"你干吗逃跑？不想学的话，师父肯定放你走的嘛。"

天青微微一笑："我师父当然不一样。不过，梨园规矩如此，像师父这样平素都不肯打徒弟的，倒是异数。你们富贵人家里，肯定也有慈善的老爷太太，只不过，你爹爹和二姨娘……"他不便说下去，停了口。

樱草点点头："我摊上特别凶的。我家啊，唉，我现在理解那首诗的意思了：'这是一沟绝望的死水，清风吹不起半点漪沦。不如多扔些破铜烂铁，爽性泼你的剩菜残羹'……"她凝神半晌，又道："我还没太明白，我哥怎么欺负鹞子哥哥了，他到底使了什么坏心眼子？莺儿姐姐不肯跟我细说。"

天青没有做声。

他明白，他知道。戏班子里，这种事儿算是司空见惯。多少有钱的大爷，看戏专为狎弄男旦，有的一时之欢，有的长期包养……喜成社也有位男旦兄弟，被西城一个世家子霸占，每次完戏，不及换装，便被车子接走，虽然平素戏衣头面，豪礼不断，但是其中屈辱血泪，不足为外人知。天青性好打抱不平，每遇着这等事，总忍不住咬牙切齿，白喜祥屡屡训诫：社会如此，世风如此，一个人的力量，又能何为。京城里，连风月无边的八大胡同，都是因男色而起呢：当年徽班进京时候，落脚于八大胡同，男旦之美，名动四方，"人不辞路，虎不辞山，唱戏的不离百顺、韩家潭"，天长日久，成了寻花问柳之地……

这些事情，当然不便对樱草细说。

"还真得逃得远远的才成，到你家追不着的地方去。"天青转了话题。

"但是莺儿姐姐和鹞子哥哥无依无靠的，到了外地，人生地不熟，生活成问题。对了，这个我有法子……"樱草琢磨着，快活地踮了踮脚，"嗯，就这样！"

"你想了什么法子？"

"这个先不告诉你。"樱草嘻嘻地笑。

"那样的话，坐火车走吧。"天青抬起头，望着前门火车站的方向，"只要上了车，你家里的人就追不着了。你带他俩出来，我帮你送去前门坐火车。"

"怎么带他俩出来呢？我自己出来都难。"樱草又蹙起了眉，"难免还得带点儿随身东西，包包卷卷儿的，门房肯定拦着。"

"这样吧，你下星期回家时候，带些宿舍里的衣物，说是换季拆洗，星期一再拿回学校。到时候，叫黄莺带着她的东西出来，说是帮你送去学校，成不？"

"嗯，这成！"樱草高兴起来，随即又发了愁，"但是鹞子哥哥怎么办呢，我哥走哪儿都带着他，一步都走不开。"

天青思索着："我去找你哥，装成一个什么客人，说会儿子话，让玉鹞有机会走。"

"他见客时候也带着鹞子哥哥的。再说了，我哥跟你照过面吧？那次你把他收拾得，就算过了这些年，他都不一定忘得了。"樱草咻咻地笑了。

天青摸了摸头："那……"

忽然，堂屋帘子一掀，探出一个圆溜溜的大脑袋，一双圆溜溜的眼睛，是竹青。"喂，你俩！"他喊着，"叽咕什么呢，饭都不吃？"

"等会儿就去，竹青哥，有要紧事。"

"什么事那么要紧？说给哥听听，我师妹的事，就是我的事！"竹青一步跳下台阶，凑上前来。樱草便把玉鹞的事讲给他听。

竹青想了一会儿，忽然哈哈大笑起来，响亮的笑声把檐下麻雀惊得乱飞。

"这个看我的！包在爷身上！"

林郁苍喜欢逛茶馆。

其实这是准定的。但凡有玩有乐的，没有他不喜欢的。

北平人都爱逛茶馆，只是因身份地位和喜好不同，爱逛的茶馆也不同。像那些以卖大碗茶为主的小破馆子，通常都是车夫、窝脖儿、打小鼓儿的之类的下等人歇脚之地，林二爷可绝不涉足，他去的茶馆是两种：说书馆和清茶馆。

说书馆嘛，有说书先生讲故事，坐那儿喝杯茶，吃块点心，听几段书，是个乐子。还有些专门的落子馆，唱大鼓的，时不时有几个漂亮鼓姬，虽没殷绣帘那个模样吧，可也不像殷绣帘那么难接近，多出些钱，换个笑脸，总成的。林郁苍实在闲得无聊时，在这种地方，一坐能坐个一整天。

清茶馆呢，只在早上去。要按林郁苍的性子，绝不愿早起，起早遛弯儿什么的那是吃饱了撑的老爷子才干的事儿。可是现下他养了几只名贵鸟儿，这就不得不早起了。遛鸟的活儿，当然是玉鹞安排小厮去办，可是拎着鸟儿出去显摆，这得亲自来吧，不然还显摆个什么劲啊。

这天早上，林郁苍不得不又哈欠连天地起身，让玉鹞拎着小厮起大早遛好了的鸟儿，跟自己一起去天桥西华轩。西华轩又叫红楼茶馆，相当有名的清茶馆，馆分楼上楼下，前进后进，宽敞大方，干净清雅，去那儿的都是有头有脸的爷们儿。

"哟，林爷，您老早！快请进来。"逛得多了，伙计自然已经认识他，老远地见着就招呼，"笼子我帮您挂廊下吧？"

"甭价！被那些野杂种传了'脏口儿'，你赔我啊？拎进去！"

按规矩笼子是应该挂到廊下的，可是他林二爷干吗理这茬儿呢？挂廊下还怎么显摆他那名种小鸟儿和新换的鸟笼？新笼子制得那叫一个讲究：上面黄铜提手，澄澄地发亮；下面蒙着锦缎罩子，整整齐齐罩到笼底；里头的梅鹿竹架、古董瓷罐，还有顶漂亮的小画眉，嘿，轻易还不给人看。林郁苍冲玉鹉一摆头，横着膀子就进了茶馆。玉鹉今天神气儿古怪，小脸煞白，慌里慌张的，但仍拎住了鸟笼子，寸步不离地跟在他后头。

"茶！"

"来嘞您哪！"

伙计笑眯眯跑来，接下玉鹉递过的茶包，小跑着到后堂沏茶。林郁苍这才稳稳当当地坐到桌子前头，左右横了一眼，撩开笼罩子，逗弄他的小画眉，打算让他这漂亮的小鸟儿，叫出吸引耳目的一声儿……

"哟，这位爷，养得好鸟。"背后有人说。

林郁苍还未来得及回头，那人已经一屁股坐在他旁边。茶馆里人并不多，空桌有的是，这人偏偏跟他坐一桌，还挨得这么近，不由得让林郁苍呆了一呆。打量过去，只见是个身宽膀阔的壮汉，夹袄敞着怀，露出里头的白褂子，剃得青光的大脑壳闪闪发亮，一双圆眼睛滴溜溜地转着，灵活得异乎寻常。

"我认识你么？"林郁苍耸起一边眉毛。

"您不认识我，我可认识您呀。不是林二爷么？"那人微微侧了侧头，用眼角扫搭着他。

"咦，是我！您怎么知道的？"

"林二爷谁不知道？熬得好鹰、遛得好鸟儿、唱得好曲……做哪行都好手段，还顶会疼人。"那人向桌上斜靠着，一只手支在腮上。

玩过相公的林郁苍，立时就觉得眼前这人不对了。这眼神，这做派，都不是个寻常男人。但是，林郁苍以前遇见的，都是弱柳扶风一般，纤秀得比女人还女人的那种，而眼前这位，几乎比林郁苍还更膀一点儿，结实粗犷，阳刚气十足！这种同道中人，林郁苍还从未见识过，不由得心中一动，试探着问道：

"这位爷，您打哪儿知道我会疼人的？"

"哎哟，这还要问吗，怎么说啊。"那人的眼睛，光闪闪地向他一扫。

若不是亲眼见着，谁能相信这样一个壮汉，能有如此风流妩媚的眼神，简直比戏台上的花旦，还更勾人十分。林郁苍魂飞天外，登时全身都热了起来。他自负威名远播，一个同道中人认识自己，不是什么奇事，心中毫无忌惮，禁不住便将手伸于桌下，向壮汉大腿上摸去。那汉子身子一扭，灵巧地躲开了，但是这一扭的身段，美艳不可方物，简直教林郁苍的口水都流了下来。

他凑上一步，紧贴在壮汉肩头，悄悄问："请教这位爷怎么称呼？"

那汉子没有回头，径自低着头道："林二爷有问，不敢不应。只是此间不是个说话处。"

这说话的语气和腔调，实是林郁苍在八大胡同都不曾领略过的呀。他满心里热辣辣的，忙道："我找个地方，咱们好好聊聊？"

那汉子转过头来，望着他，不说话，只微微一笑。

世间还有这等尤物，真叫我见识着了！林郁苍心花怒放，茶也不喝了，鸟儿也不逗了，忽地一下，拍案而起，拉着壮汉的手就往外走。那汉子轻轻动了动腕子，从他手中滑脱，劲力似乎不小，不过好在，也依然乖乖跟在他身后。茶馆对面就是个旅店，挂了个大幌子写着"福来居"，林郁苍这时候也顾不上清雅不清雅、安静不安静的了，扯起衣襟，飞快地走过去。

福来居的伙计迎出来："这位爷，住店？"

"嗯，给我开间房！"

"三个人？"

林郁苍愕然回头，这才发现除了那汉子之外，玉鹂也提着鸟笼跟在后边。他怒从心头起，恶向胆边生，骂道：

"奴才，你跟来干什么，没个眼力见儿！"

玉鹂神情慌乱，唯唯诺诺地低着头。

"还不快滚！告诉我娘，今儿个不回去吃饭！"

"是，二爷！"

天青坐在西华轩墙下，扮成一个晒太阳的车夫模样，帽子低低地压在额头。他眼见着林郁苍出了茶馆，急匆匆奔向对面福来居，后面跟着竹青，走得一扭一扭的，边走边悄悄地对天青眨着眼睛。再后面还跟着玉鹂，但是跟进去不久，就被林郁苍撵出来了。

天青一跃而起，招手示意："过来！"

玉鹂跑着穿过大街，将手中鸟笼挂在西华轩廊下，紧张地说："靳爷，劳您几位担这风险……"

"别说了，上车！"

天青买的这辆洋车，几乎还是全新，跑起来这叫一个顺风顺水，连车带人呼啸着奔向了前门。这时候才刚刚是早上七点钟，太阳初升，空气清新，初夏微风吹在身上，说不出的畅快，随着火车站渐渐临近，天青和玉鹂的脸上都挂满了笑容。远远的，已经望见车站的尖顶钟楼了，门前小广场上，樱草和黄莺正翘首以待，两人手里，各挽着一个包袱。

"真够快的！"樱草喜道，"你们这是飞过来的啊？"

"是竹青快，我服了他了！师父常说花脸有些做工和花旦相通，也要学习婀娜妩媚之态，他学得可真到家……"天青笑得合不拢嘴，又对玉鹂说："且不说这个，你们快上车吧，樱草把票都买好了。"

玉鹂紧紧搂着黄莺的肩，两人看看樱草，又看看天青，眼里不自禁地都泛了泪花："五姑娘，靳爷！这份恩情……"

"别说了，快走吧，"樱草将手里包袱递给玉鹂，"拿着拿着。"

黄莺忙道："姑娘，这是您的，"她举举自己手里的包袱，"这个才是我的。"

"不，这个也是你们的。"樱草将包袱硬塞到玉鹂手里，"我能偷出来的所有首饰，都在这里头了。真没想到，我也有跟我哥学的一天！哈哈哈……"

"姑娘！这怎么成呢！"

"收着吧，就当是我家亏欠你俩的工钱。"樱草紧紧拉着黄莺的手，"手里没钱，走不远的。这一去时日茫茫，不知哪里安身，用钱的地方多着呢。找个安静的地儿，好好安个家，和和美美过日子。"她抽抽嘴角，扑上去拥抱了黄莺一下："莺儿姐姐，我会想你的呀……谢谢你这么多年照顾我。"

黄莺含着泪，屈膝就要跪下，被樱草死命扯住："快走吧，别露了馅儿！我家起码今天之内不会发觉你们跑了，尽量走远点儿！"

玉鹂和黄莺两个，分别向樱草和天青深深施礼，转过身来，相扶相携地奔进了车站。樱草站在那里望着，远远地挥着手儿，惆怅自语道：

"真羡慕他们呀。"

天青默默凝视她的侧脸，几缕碎发正被微风吹得一丝丝拂在莹白的脸颊。她继续说着：

"……虽然经历了不少磨难，但能和自己深爱的人一起浪迹天涯，多么幸福的事。天底下最美好的，就是两个真心相爱又终于长相厮守了的人。"

她忽然转过头来望向天青，天青措手不及，全身一震，登时红了脸。樱草笑道："天青哥……"

话音被一阵哈哈大笑打断了。笑声从前门外大街一路传过来，笑得街边行人都好奇地张望。樱草和天青也都转头看去，原来是竹青，朝阳映照下光头闪亮，敞开的衣襟迎风飘飞，一边走一边夸张地做着戏里花脸的"三笑"，两只手都高高举向天空：

"哈哈，哈哈，哈哈哈哈哈哈！……"

他走近了，冲樱草和天青做着鬼脸：

"走啦？顺当吧？要不要去看看你哥？他自个儿把自个儿扒得精光光的，我就把他塞柜子里锁起来了，内外衣裳都送给了门口的花子！你打算什么时候叫你家里人来捞他？"

樱草笑得弯下了腰：

"让他在柜里蹲一阵子吧！应得的报应！"

"五姑娘，你房里丫环跑了，你不知道么？"

樱草站在二姨娘堂屋的地当间儿，规规矩矩施了一礼："回二姨娘，刚知道的。"

二姨娘正襟危坐，满脸慈祥的笑："这么说，你哥房里的小子一起跑了，你更不知道了呗？"

"回二姨娘，不知道。"

"贴身丫环两天没着家，你当姑娘的怎么能不知道呢？"

"以为被二姨娘差去做事了，没敢多问。"

"哟，还赖到我头上了。一直拖着不回禀，难道不是为了让他俩跑远些？"

"回二姨娘，樱草不敢。"

"你不敢？"二姨娘冷笑一声，"说着也不烫嘴，你还有什么不敢呢？我问你，你箱子里那些首饰，怎么一件都不剩了？"

樱草一惊，抬头望着二姨娘。二姨娘又恢复了满脸的慈祥："说呀。你不会连首饰丢了都不知道吧？你这两天都光着头呀。"

樱草脸色一沉："您去我房里翻我箱子？"

"哟，这怎么不对了么？家里丢了奴才，还是你房里的，不翻你箱子翻谁的箱子？说呀，首饰都哪儿去了？"

樱草气鼓鼓地："不喜欢，送人了。"

"出手可倒大方呀！只怕是黄莺跑的时候，卷带走了吧？"二姨娘笑着，坐直身子，"这可得报官。没准儿的，人就好找了。"

樱草咬了会儿嘴唇，说："二姨娘，您别冤枉好人。首饰是我送给莺儿姐姐的，将来就算是抓住了过堂，我也敢去作证。"

"闲没事的送首饰做什么呢？还是你帮她逃的，对吧？"二姨娘的笑，只剩了半边，一边嘴角向上牵着，另一边嘴角诡异地耷拉下来，"只怕玉鹡逃走，你也脱不了干系吧？二爷被人骗得，内外衣裳都给扒光了，塞在柜子里头屎尿齐流的，丢的那丑，老爷都不准人提起。谁下的手，什么来历，你知道不？"

樱草轻笑一声："我怎么知道呢，二姨娘，您太抬举我了。这都您告诉我的。"

二姨娘俯过身子，离樱草近了些："五姑娘，别跟我玩这个。咱家的家法，归我掌管。你知道纵容家养奴才背主私逃是什么罪名？"

樱草不搭腔。

二姨娘又坐直了，转头喊小丫环："叫朱妈进来。"

樱草大惊："二姨娘，您又要干什么？"

"干什么？"二姨娘笑着反问道，"你说呢，五姑娘？家里的规矩，你又忘了？"

"有事您冲我来，要打要骂随您的便，别难为朱妈妈！"

"这都什么口气啊，你以为你跑江湖的呢？亏得还是个未出闺门的姑奶奶，真少管教。"二姨娘拿手帕子掩着嘴，小姑娘一样地咴咴笑起来。

说话间，朱妈已经被小丫环带进来了，战战兢兢跪在当地："给姨奶奶请安。"

"得，也不用废话了。你们五姑娘轻狂少礼，黄莺那贱货又背主私逃，你们房里可乱得不像样啦。朱妈，你也算是府里的老人儿了，事情做成这样，今儿个可该算算总账。"二姨娘手帕子一挥，"老谭……"

"谭爷！"

樱草尖叫一声，一个箭步蹿在朱妈身前，挡住正抬脚向前的谭五爷。那谭五魁梧异常，站在那里足比樱草高出一个半头，一条胳膊的袖子卷着，正待挥起巴掌杀向朱妈。樱草略有些哆嗦，但是仍未退缩，叫道："您住手！"

谭五愣了一下，轻轻拨开樱草，又向朱妈扑去。樱草一步跳回来，索性整个人扑在朱妈身上。谭五进退两难，举着大巴掌，呆在了原地。

"怎么着？"二姨娘嘴角都跳动起来，"这是反了吗？老谭，连她一起打！"

"您敢动我，谭爷？"樱草扭回头，没有看二姨娘，紧紧盯着面前的谭五："凭良心，您知道好歹，不会滥伤好人！凭规矩，您是下人，敢打主子？"

谭五身材壮健，头脑却简单，一听这话，更犹豫了，转头望向二姨娘。二姨娘怒气填膺，从椅子上站了起来："我才是主子！老谭，今儿打死这丫头，我给她偿命！"

"你算什么主子！"樱草也转头盯住她，"这么玩下去，别怪我说出不客气的来！我是老爷的嫡生女儿，你不过是个姨娘！这么多年狐假虎威仗势欺人，忍你忍够了！"

"老谭！打死她！"二姨娘颤抖着，伸手指向樱草。

"姨奶奶……"谭五手足无措。

二姨娘将手帕一摔，亲自动手，冲上来对着樱草的脸，扇了一个嘴巴。樱草闪躲不及，啪的一声，打个正着。

"你个贱……"

二姨娘得意的骂声，刚刚出口，说时迟那时快，只见樱草猛跳起来，小手一扬，啪的一声脆响，扇回在她脸上。二姨娘惊得呆了，捂住脸，叫道："你！"

"我什么，我还给你！"樱草大喝一声，回手又是一掌，"这下是替莺儿姐！"回手再一掌，"这下是替鹞子哥！"

二姨娘哪里得过体育成绩拿满分的樱草，跌跌撞撞连退几步，被椅子绊倒，瘫在地上。一众丫环仆人，这才从惊诧中回过神来，纷纷拥上搀扶。没人敢碰樱草。她像个小狮子似的，叉着腰站在地当间儿，厉声叫骂：

"他们走了！你再也动不着他们！这些年你作下的恶，只还你两个巴掌，便宜了你！"……

"老爷，您可给我做主！"

二姨娘捂着脸，眼睛哭得桃儿似的，伏在林墨斋膝前。林墨斋皱眉打量着她，只见她两边脸颊都红肿着，虽然没有破损，可还留着清清楚楚的两排小手指印。

"樱草打的？"

"是！老爷，您这五姑娘，我管不了了！她帮她贴身丫环跑了，还卷走了家里东西，您说不该罚吗，稍稍儿的说她两句，她就动手打人！"

林墨斋不能置信："她一小孩子，怎么敢打你？"

"她说她才是主子，我是下人，是下贱的姨娘！老爷，我这样尽心尽意服侍您，就因为没个名分，被个姑娘家欺辱！太太也没了这些日子了，我什么时候才能安身立命呢，也不负我对老爷的这片心！"

二姨娘情急之下，话可说得不太体面。林墨斋登时拉长了脸："你这是要挟我么？"

二姨娘自知失言，连忙往回扳："老爷，我怎么敢！您看我今儿个落到什么田地，我只是……"

林墨斋阴沉着脸，缓缓道：

"只是一直揣着这么个不安分的心，是吗？你打量自个儿是什么人？祖上贱籍，雍正朝才从良，守城旗兵的闺女，能跟着我，算你一步登天了，还想怎么着？枉我宠你这么多年，还答允你养出儿子就扶正，家里多少人不得意你，都是我弹压着……如此心怀不良，这家也不能交给你了，赶明儿把钥匙都给三房！"

二姨娘红肿的脸，一霎时变得惨白。她挪前一步，抱住林墨斋的腿："老爷……我知错了，再也不敢了，求您看我一向苦心操持家事，饶恕我这一回……"

林墨斋一言不发，自顾自地喝茶。

一旁的颜佑甫见状，轻咳一声，和着稀泥："老爷，姨奶奶也不容易，不如先就这么了了，过些日子再……再看看。"

林墨斋瞟了一眼哭得满脸花红柳绿的二姨娘，哼了一声："还不快滚回去，丢人现眼！"

小丫环连忙上前，搀着二姨娘拜别了出门。呜呜咽咽的哭声，一路出了院子。

林墨斋又喝了一口茶："老颜。"

"在，老爷。"

"五姑娘也太张狂了，坏了家门规矩。拉去省身房关几天。"

颜佑甫大惊失色："老爷，省身房死过人的……"

林墨斋两眼一睁："怎么，怕她寻死？我看我这闺女，性子硬得很，我寻死了她还不会寻死呢！"

"不是不是，咳，老爷，那房子阴气重，都说闹鬼呢。小姑娘家，身子弱，可待不得。"

"叫鬼杀杀她的野气！"林墨斋重重放下茶碗，囔啷一声，"眼看着十六了，该嫁人了，这样子怎么找婆家。虽不指着她传宗接代，起码也得嫁个像样门楣。你少再葫芦搅茄子的，快去办！"

"是是是，老爷。"颜佑甫转身要走，又被林墨斋叫了回来：

"我告诉你，不许玩花样，关黑房就是关黑房，不许给她点灯，不许添家什，不许送零嘴儿，不许任何人去探，若被我发现了，仔细着！"

"是是是。"颜佑甫的一点儿小心思全被林墨斋窥破，不由得出了一头微汗，连声答应着，退了出去。

"五姑娘关几天了？"

"回姨奶奶，五天了。"

"老爷还没有放出来的意思？"

"听说快了。五姑娘学期要结束了，还得回去考试呢。"

二姨娘斜躺在烟榻上，恨恨地抚着自己的脸颊："还考什么试，这洋书念得，越来越不像个人样儿。搁我说，就该关上整个夏天，一股脑儿闷死在省身房里。"又转头叮嘱小丫环："什么时候放出来，仔细打听着，得着消息赶紧告儿我。"

"是，姨奶奶。"

二姨娘轻轻笑了：

"一个星期的黑房。等她爬出来时候，我得在门口迎迎。"

林府后花园西南角，夹了一道小小的窄巷，尽头就是省身房。

这是个彻底的黑房，贴墙而建，完全没有窗户，只有一扇合得紧紧的门，锁上之后，里头伸手不见五指。它离所有住人的院子都很远，整天就是一片寂静，只能听见附近花园里的虫鸣声，更增几分凄凉。因为是惩戒之地，里头陈设也极简单，连炕都没有，只在地上铺了一领草席。门上有个小活板，每天两次，放进水和馒头。屋子角落有个便桶，散发着年久积存的恶臭。

樱草真没想到，自己家里，还有这么个类似监狱的地方。头天被关进来的时候，四顾一望，目瞪口呆，缩在草席一角，颇掉了几滴委屈的眼泪。谁知道，白天还算比较好过了，到了晚上，更加可怕，屋子笼罩着满满的阴气，凉得直刺到骨头缝里。颜佑甫没有完全听从老爷的话，硬给她多预备了一床被子，樱草把被子紧紧裹在身上，还是抵不住那股子彻骨的凉意。屋外，花园里各种草虫，陆续鸣叫起来，时而夹杂几声恻恻的鸟鸣，在这寂静的寒夜里，鬼哭一般，也不知道是什么鸟儿：

"咕！咕咕！"

屋里阴森森的，眼前一团团黑影白影，在空中飞。

樱草闭起眼睛，捂着脸，将头深深埋在被子里。

靠阴森的黑暗来逼人悔悟，这是哪位祖上想出来的高招？林家的家规，有些真是匪夷所思。上百年来，这里到底关过多少人？没人说得出准数，不过大家都知道，这里头有人疯过，有人死过，几乎所有人放出来之后，一提起省身房，都不自禁地打哆嗦。从这点上来讲，倒也是个惩戒有效的法子。

樱草不要疯，不要死，不要打哆嗦。樱草不怕。樱草努力地想着，伸出一只手，紧紧地攥住系在脖子上的小牌牌。小牌牌被她的手焐得温热。整个身心里，唯一的一点儿温热。

这点儿温热帮着她，渐渐沉淀下来，面对这片阴森的黑暗，一道道思绪在脑海中回旋。所谓惩戒，有没有道理呢？依樱草看来，完全就是黑白颠倒。就算应该有这种地方，这种方式，应该被关进来的也是二哥、二姨娘。樱草犯了什么错？打人当然不对，但是，二姨娘先动手的。虽说她是长辈，但是长辈做成她那样，没一点儿值得尊重。民国了，全中国讲的都是"德先生与赛先生"——民主与科学！只有林家，还生活在黑暗的旧世界里。"自反而不缩，虽褐宽博，吾不惴焉；自反而缩，虽千万人，吾往矣"，终有一日，樱草要打破这片黑暗，彻底冲到光明的新世界去！

黑暗，没那么可怕了，小小心灵里，倔强战胜了委屈。樱草使劲抹干眼泪，用手指梳好头发，嘴角照常地翘起来，对自己笑。困了，裹紧被子，睡得呼呼响；醒了，在狭窄的地面上踱步散心，小心地不碰到角落的便桶。暑假将至，都快大考了，却被家里关了黑房，学校里还有哪位同学能遇到这样的事儿吗？樱草瞪着眼前的黑暗，啼笑皆非地想。她在脑子里反复温习着待考的功课，反正四下无人，索性大声背诵出来：

> 红日初升，其道大光。河出伏流，一泻汪洋。
> 潜龙腾渊，鳞爪飞扬。乳虎啸谷，百兽震惶。
> 鹰隼试翼，风尘吸张。奇花初胎，矞矞皇皇。
> 干将发硎，有作其芒。天戴其苍，地履其黄。
> 纵有千古，横有八荒。前途似海，来日方长！……

不知过了多少天，反正有那么一个晚上，樱草缩在被子里，手指在空中虚画，正温习着几个数学公式，忽然，屋外起了一阵阴风吹袭般的怪响：

"呜……呜……"

樱草激灵一下，胳膊上起了鸡皮疙瘩。这不是虫鸣，不是鸟叫，更不是真正风吹的声音，是什么，莫非真有传说中的鬼怪吗？她恐惧地竖起耳朵，仔细倾听：

"樱……草……樱……草……"

樱草惊住了。呆了片刻，渐渐皱起了眉头。

会叫名字的鬼魂？

"我是……沈妈……我……死得惨呀……"

屋外的声音忽近忽远，忽低沉忽凄厉，忽哭忽笑，难听得叫人心麻。忽然，一声尖叫，给所有怪声画了句号：

"哎哟！"

随即传来颜佑甫温和的声音："哟，是二爷。抱歉，对不住，我以为见鬼了呢。踹疼了没？您这干吗呢，大半夜的拱草棵儿里。"

"我，我拉屎！"

"啧啧，睡迷了？院子里有茅房呀。"

"你管不着。"林郁苍沮丧地咒骂了几句。一片窸窸窣窣，踩着草地跑远了。

静了片刻，颜佑甫走到门边来，轻声说："姑娘，您还好吧？吓着了没？"

樱草噗嗤一声笑了："颜大爷您费心。瞧我哥这熊色，跟个五岁小孩儿差不离。"

颜佑甫宽慰地叹口气：

"您没事就好。明儿我再去跟老爷说说，求他放您出来。姑娘，您听我一句劝：回头他要是叫您赔个不是，您别太硬着来。老爷身子也不太好了，气性又大，万一闹得太僵，自家人伤了自家人，不值当。毕竟是亲爹呀，您世上也就这一个亲人了。"

樱草眼圈一红："多谢颜大爷，我记下了。"

"那我走啦，可别说我来过。姑娘好睡。"

"颜大爷慢走。"

第二天，风闻关了一星期的五姑娘要放出来了，二姨娘紧着梳妆打扮，收拾得精精神神儿的，召了一大群丫环老妈子簇拥着，风光气派地来到省身房。省身房的门扇，关得铁紧，门上铁锁，几天没动过，落了薄薄一层灰。颜佑甫去开门时，二姨娘咳了一声，用力挺起胸膛，准备着给吓得半疯或是半死的小丫头子一个好瞧的。

门开了。

樱草眯着眼睛走出来。

她没半疯，也没半死，两条小辫子依然梳得整整齐齐，身上袄裙脏了一点儿，但也不歪不乱。只是，在黑暗中待久了，眼睛完全睁不开，两手捂着眼睛，站了一会儿。

二姨娘冷笑着开口："五姑娘，这回可够受用的吧？"

后面人群一阵骚乱，朱妈不管不顾地挤进来，直奔樱草，眼里绽着泪："五姑娘！老婆子给五姑娘请安啦！我来接您回去好好养身子！"

樱草松开手，扶着朱妈："养什么啊，我好着呢。就是老不洗澡的，有点儿味儿了！"她闻闻自己袖子，又耸着小鼻子向四周闻闻，一直闻到二姨娘的身上去："哟，不是我身上臭，是这里有人臭啊！这谁啊这？"

二姨娘恼怒地一拂手："贱货！"

连周围丫环老妈子都忍不住露了笑意。樱草也笑了："二姨娘，您忒自谦。"她回过身来，潇洒地一摆头："走哇朱妈妈，回房洗干净这个臭气！"

二姨娘的怒视中，樱草拉着朱妈，如飞般向院子外头走去，边走边学竹青那样，仰头向天，一路留下开心的大笑：

"哈哈，哈哈，哈哈哈哈哈哈！"

第七章　八大锤

　　夏日，清晨，九道湾白家小院，樱草倚坐在檐廊栏杆上，静静看着天青练功。

　　这座栏杆，本是她小时候坐惯的地方。每每拿着一块槽子糕，或是一把海棠果，坐在这里悠搭着两条小腿，看三个师哥在院子里练功……"当时只道是寻常"，生活中那么多平凡琐碎的小事，谁珍视，谁记得？都要在岁月更迭、风霜历练之后，才知晓它的宝贵。童年时司空见惯的情形，在如今的樱草看来，都是最幸福最安宁，最值得留恋的好时光。

　　学期已经结束了，虽然在复习备考的紧要关头被关了黑屋，但是樱草的大考成绩，还是名列前茅，这令她很开心。林家没人关心她的学习成绩，对林墨斋来说，或许樱草整日关在家里针黹刺绣更合心意，但是当年在白家生活时，白喜祥时常对她和三个徒弟谆谆告诫：功是为自己练的，书是为自己读的，人生在世，太多事情生不带来死不带去，唯有学问、功夫，修到了都是自己的。这些话儿，至今还牢牢记在樱草心里头。

　　天青也还是像小时候一样，那样聚精会神地练着，都没有察觉樱草的到来。今天天气燥热，艳阳毒辣，他只穿了条扎起裤脚的练功裤，赤着上身，却蹬着一双厚重的厚底靴。左手扣了一对银枪，右手扳起右腿，做一个"朝天蹬"，脚尖直抵头顶，然后又将腿扳向面前，仅凭左腿之力，慢慢曲膝下蹲。蹲到几乎贴地之后，循着原路，慢慢起身，将右脚扳回"朝天蹬"，接着又蹲下去，又站起来……

　　樱草坐在他背后，一直望着他如此循环反复，把这套身段做了有十来遍。完成之后，换另一条腿，又做了十来遍。烈日照耀下，汗水顺着他的脊背滚滚奔流，似一道道银蛇，迤逦闪亮，在脚下方砖上，滴成小小的一汪。那条始终金鸡独立的腿就像是和这块方砖铸到一起似的，牢牢地，稳稳地，钉在地上。

樱草斟了一碗茶，在天青终于收式停下来时，跑上去递给他。天青接过来，兜碗底倒进嘴里，对樱草一笑，一口雪白牙齿在被太阳晒得黝黑的脸上醒目异常：

"放暑假了，怎么不待在家里，还能出来？"

樱草做个鬼脸："整天待在家里头，还不闷死了我？我禀明爹爹说是学校组织活动，嘻嘻……天青哥，刚才练的是什么？小时候可没见过。"

"三起三落。"

"三起三落？我看不止呀。"

"噢，这活儿看的是个'稳'字，特别吃功夫。师父说了：台下起码得练成十起十落，台上才能稳稳当当地三起三落。等会儿他出来查验，若是做得不够稳，还不知要再来几起几落呢。"

"这大暑天的，真辛苦。"

"冬练三九，夏练三伏嘛，要的就是这个劲儿。"

樱草递上绞好的面巾："什么时候有空，也给自己放个假呗，出门逛逛什么的。成年到头就是练功唱戏，一点儿都不见你们休息。"

天青接过面巾，擦着脸上的汗："习惯了。"

"出去逛逛嘛。生活不光有戏，世上也不光有一座广盛楼。"樱草歪过头，"我陪你一起逛，好不好？"

天青手里的面巾，停在脸上，只剩一双睁得大大的眼睛，亮晶晶的，在面巾上头望着樱草。十八岁了，他始终还带着点儿少年人的稚气神情，眼神清澈澄明，透着满腔的认真、诚朴，仿佛未经尘世沾染一般的纯良。樱草见惯了自己兄长的惫懒模样，对天青哥这份清气，尤其地感动起来：同样都是十八岁，相差怎么这么大呢！忽然她想起来：

"对了，天青哥，过两天是我们诗社聚会，在颐和园，我和你一起去，好不？有十几个人，中学生、大学生，年纪都和咱们差不多，大家一起谈诗论诗，顶有意思的。"

天青为难了："诗啊，我不懂呢。"

"我们也不是很懂啊，就是同龄人在一起交流交流，学习、生活、国家、社会，各种的感想。年轻人嘛，要有思想的碰撞，才能产生青春的火花！"樱草很为自己的主意兴奋，两只脚一踮一踮，笑眯眯地仰望着天青，

"一起去吧，我做你的介绍人！没准你一去就喜欢上了，以后总想参加呢！"

天青无奈地摇了摇头。他可不觉得自己会喜欢上诗，但是这小师妹要他做的事，他什么时候拒绝过呢。

在天青小时候，颐和园还是传说中慈禧老佛爷的离宫，皇朝虽已不再，重门依旧深锁。五年前，这座皇家园林辟成了对外开放的公园，当时全北京老百姓蜂拥而去，争相瞻仰盛名久播的佛香阁、仁寿殿、玉澜堂……但天青的生活，整日围着广盛楼打转，还真是从未优哉游哉地逛过公园。如今，在一个无戏的下午，破天荒进了这座宏大园林，满眼花香鸟语，草长莺飞，楼阁成群的万寿山，碧波荡漾的昆明湖……于天青而言，全是闻所未闻的胜景。

快乐地呼吸着山林间芳草的清香，他对身边的樱草频频点头：

"你说得对，世界这么大，这么美，真应该出来逛逛，一畅胸怀！"

尤其，还是和樱草在一起。她正开心地笑着，脸颊上绽着小小梨涡，像小时候那样，一边走一边情不自禁地蹦蹦跳跳。平日里只穿女学生制服的樱草，放假之后，换上了旗袍和绣鞋，虽然总是颜色素淡，花式简单，但是看在天青眼里，都比戏台上天女还要更美十分。今天她穿一件淡青旗袍，窄窄滚了一道同色丝边，衣角绣着小小的嫩黄中带点儿浅绿的花朵。袍身并不像时下流行那样紧紧箍在身上，而是十分宽松，反而显得整个人更加纤细窈窕。

"好看吗？"樱草拎着衣襟给天青看，"我自己做的，花样都是自己画的哪。"

"真好看，好俊的手艺。"天青认真地俯下身子看了看，"绣的什么，海棠花？"

"樱草花呀！我的名字。"樱草得意地笑，"樱草色的樱草花！"

天青不禁又仔细看了一遍："真漂亮！颜色也雅致。"

"能用到行头里不？我家裁缝金爷，祖上在前清宫里做行头的，家传绝艺，等我好好跟他学学，给你做一件樱草色的行头。"

天青笑出声来："我心领了！不过，武生行头可不能是樱草色的。"

"怎么不能呢？"

"行头都有固定形制，颜色花样，各有讲究。颜色只用十种，'上五色'红黄绿白黑，'下五色'蓝粉紫香月，像我唱的戏，通常只穿'上五色'的行头。"

樱草扁扁嘴："好多的规矩呀。颜色只要漂亮就用呗。"

"那哪成，你想，赵云穿一件樱草色的靠，像你这样，嫩生生的，哪还有白马银枪赵子龙的气概？他在所有戏里都只穿白色，这都在讲儿的。"

　　说话间，他们已经走在湖畔长廊，曲径通幽，玲珑剔透，层层叠叠的坊梁上全是彩画。樱草仰头望着，喃喃道："我记得……"突然疾走几步，指着梁间一幅画："看，这是赵云吧？"

　　天青赶上去，凝目一望，那画上是一员白袍将军，持枪挎剑，牵一匹白马，面前一位抱着婴儿的妇人坐在井边。天青又惊又喜：

　　"正是赵云，这是《长坂坡》啊，我会唱这出戏。呀，这长廊上画的都是'戏出'呢，你看，《卧龙吊孝》《武松打虎》《四进士》《八大锤》……"

　　要依着天青所好，莫不如就在这长廊游玩整个下午，方是赏心乐事，但樱草还是拉着他一直赶去长廊尽头，到清晏舫那儿参加诗会。这是一座十余丈长的巨型石舫，壮观的两层船楼，花砖铺地，彩色玻璃镶窗，湖光山色之间，宛若一座宏大而精美的雕塑。船楼上已经聚集了一群年轻男女，远远见到樱草过来，叽叽喳喳地招着手。一个戴眼镜的男生探身到船栏外，笑着喊道："最后一个啦，还不快点儿！"

　　"你们好早！我也没迟到呀！"樱草大声应着，拉着天青，加快脚步走上船楼：

　　"天青哥，这是陈少湖，我们诗社的社长！"

　　"这位就是樱草介绍的靳先生吧？欢迎新成员！"

　　陈少湖穿一件雪白的翻领衬衫，潇洒地卷着袖口，腿上西裤笔挺，皮鞋锃亮，和穿着长衫布鞋的天青，恍若身处不同朝代。他迎候在船楼栏边，目不转睛地盯着天青，老远便伸出右手，见天青已经拱手作揖，也仍然执拗地伸着。天青微微一笑，放下手来与他相握。陈少湖神情略为和缓，转身拍了拍掌，对船楼上一众诗友介绍道：

　　"今天我们诗社有幸迎来新成员，靳天青先生！著名武生，见过报的。"待大伙儿鼓了阵子掌，天青作了个四方揖，陈少湖笑着转向他："靳老板，戏里上山入伙要有投名状，我们的新成员也得有啊。这样吧，您先分享一首您喜欢的诗吧！"又是一阵热烈掌声，倚在四周栏杆上的男男女女，都好奇地望着天青。

　　天青没料到还有这一出，怔了怔，笑道："我只是来长见识的，自个儿却不懂诗。"

　　陈少湖目光闪亮："过谦了靳老板，来参加诗会，怎会不懂诗？选一首让我们见识见识才是吧。大家说好不好？"

　　掌声再起，陈少湖鼓得比所有人都响亮。

　　天青微一思忖，大方颔首：

　　"我是唱戏的，没读过你们说的诗，不过很多戏的戏文，也都是上好的诗句。我奉送诸位一段《铁笼山》里的《八声甘州歌》。"

他微微错开脚步，站个子午相，朗声吟道：

> 扬威奋勇，看愁云惨惨，杀气蒙蒙。
> 鞭梢指处，神鬼尽觉惊恐。
> 三关怒冲千里振，八寨雄兵已成空。
> 旌旗摇，剑戟丛，将军八面展威风。
> 人似虎，马如龙，伫看一战便成功！

势若渊渟岳峙，音如虎啸龙吟，众人都看得呆了。一直以异样眼神打量天青的陈少湖，也不由得在声歇的褪节儿上，低喝了一声："好！"满场"哗"的一声，都跟着猛烈鼓掌。这声好儿，叫得在行，叫得地道，天青不由得注意地望了他一眼，两人目光相接，交换了一个微笑。

诗会正式开始了。男生女生一个接一个地，或慷慨激昂，或宛转哀怨，声情并茂地朗诵一首首诗歌，每首都是天青见所未见，闻所未闻。他认真而困惑地听着：

> ……您的爱给了我才有生的喜悦；
> 可爱的姑娘，请与我怜悯，
> 莫要把人命看同鹅绒轻！
> 您的爱不给我便是死的了结。

这是陈少湖选来分享的诗，他蹲在船边石级上，伸开双臂，仿佛在戏台上一样动情地朗诵着：

> ……假使您心冷如铁地将我拒绝；
> 可爱的姑娘，这您太无情，
> 但也算替我决定了命运！
> 假使您忍心见我命运的昏黑……

朗诵结束了，陈少湖脸上浮现笑容，向大伙儿施了一个西式鞠躬礼，赢得一阵热烈掌声。天青坐在角落里，茫然跟着鼓掌，悄声问樱草：

"他念的是什么？"

"刘梦苇先生的诗《最后的坚决》。喜欢吗？"

天青实话实说："嗓子很好，音正，气足。不过诗里讲的，我不大喜欢。什么'不给我便是死'啊的。"

樱草笑了："我也不喜欢。黑暗，忧郁，太悲苦。我觉得爱情不应该是这样子的。"

天青脸上一热。他从未这样直通通地面对"爱情"这个字眼，但在这样的气氛下，似乎确是可以，应该，很自然地拿出来讨论。他怔了一瞬，望着船楼外的湖水，轻声道："那你觉得应该是什么样子？"

"爱情应该是热烈的、温暖的，带给彼此最完满的幸福与快乐。以死相挟有什么意义呢，爱一个人，难道不应该以对方的幸福为前提吗？得不到的爱就应该放手，不能以爱为名，而行伤害之实。"

樱草的小脸，还是那样青葱、稚嫩，眼神还是那样纯真、热烈，但是，天青头一回觉得，她跟以前，不一样了。她从头到脚，从里到外，从身到心地长大了，不再是以前那个整天跟在师哥后面跑的小丫头子，她现在是个十五岁的大姑娘，文质彬彬的洋学生，身上似乎散发着逼人光芒，平日里聊天并不觉得，但是谈起诗来，这样明朗大方，侃侃而谈，那口吻那用词，于天青而言，陌生得几乎听不懂。他很努力地思考着，半天没有出声，樱草歪起头，笑着问他：

"你说呢，天青哥？"

天青把目光从湖水转回到樱草脸上来，认真回答："我不知道。我没想过这些。我学的都是忠孝节烈、仁义礼智信，'为国家，秉忠心，食君禄，报王恩'……"

樱草笑着摇摇头："那都是旧时代的事了。天青哥，你别老是扎在戏里，真应该走出来，多看看外面的世界。我们都是新时代的新青年，青春、爱情、自己的命运、国家和民族的未来，都要多做思考。戏呢，毕竟是上百年的古董了，它只在廊画里，在戏台上。"

天青蹙了蹙眉："你不要这样说戏。"

"我尊重戏，它很美，很多学问，但是它弘扬的东西，肯定是腐朽的、过时的啊。"

天青的脸色沉下来，几乎要与舫上石砖一般冷硬。戏于他，是神圣的信仰，他不喜欢旁人随意亵渎，就算是樱草。尤其是樱草。一腔闷气，不愿意对这位小师妹发作，停了半天，方说：

"你还没看过戏呢。"

"倒是没进过戏园子，不过，从小就听你们说啊，看你们练啊。"

"你没好好看过，就不懂。戏里的好，不会过时。我就是喜欢忠孝节烈、仁义礼智信，这才是老祖宗千百年来留给我们的真正的做人道理。"

樱草仍然笑嘻嘻："天青哥，你真犟。我不跟你争。你多来我们诗社就好了，听听咱们的同龄人是怎么看世界的。"

天青倔强地昂起头："你多来看看戏就好了！看看真正的中国人是怎么看世界的！"

樱草伸伸舌头，做个鬼脸："生我气了，天青哥？你可从没对我这么凶过。"

天青低下头，不做声。

又是一阵掌声，轮到樱草的诗歌了。她跳起来，笑嘻嘻站到船头上，两手在心口交捧着，曼声吟诵道：

> 我是天空里的一片云，偶尔投影在你的波心。
> 你不必惊异，更无须欢喜，在转瞬间消灭了踪影。
> 你我相逢在黑夜的海上，你有你的，我有我的，方向。
> 你记得也好，最好你忘掉，在这交会时互放的光亮。

柔美的声音，纤妙的身影，微风吹得她的袍角轻轻扬起一点儿，映着背后的青山绿水，美得像一幅画。但是天青心里，如遭雷殛，听着她的字字句句，不由得手心都凉了。

动荡的年代，动荡的心。

仅在北平城景上，就到处都是时空交杂的错乱：西装礼帽和长衫马褂，握手拥抱与作揖磕头，电烫发和元宝髻，水泥楼和四合院，西餐和蜜供，礼拜和庙会，汽车和骡车，电灯和油灯，香烟和鸦片……中国几千年来，变革从未如此之剧，相差几百年几万里的东西，全都毫不客气地拥塞在一起，看着矛盾生硬，却又各自为安。世界几乎每天都在变，生活每天都是新的，新得让人接不住、追不上，心里不知道是该兴奋，还是该恓惶。

喜成社也起了变化了，破天荒地开始接受坤旦搭班，新收了个花旦名叫筱妃红，相当叫座。广盛楼变化更大，入秋后，对戏园内外做了一次全面翻修，漆了柱子，刷了墙，池座中竖摆的长桌长凳全部撤去，改成一排排横向的座椅，以后看客再也不用侧着身子听戏了。更重要的变化是，它终于放弃了坚守上百年的不接女客的规矩，允许女人入场看戏了，虽然还是楼上楼下分席而坐，但总是个了不得的进步。几下里一凑，本就比其他戏园子更兴盛的营业，更是热闹得终日宾客盈门。

　　来广盛楼看戏的女客，一大半都是冲着靳天青。这位年轻的大武生早就名扬京师，但是喜成社不大在其他戏园子唱戏，广盛楼又将女客拒之门外，所以瞻仰靳老板英姿的机会很少，偶有在其他戏园演出，必定一票难求。这回可好，只要靳天青贴戏，楼上女宾席，票必然不够卖的，老早就得关铁门。其实楼上离戏台很远，喊好儿十分不方便，但是女客们根本也不喊好儿，她们是直接尖叫：

　　"靳老板！靳老板！……"

　　戏园子外头都能听见。

　　天青牢记着师父的话："宠辱不惊"。台下的捧，台下的哄，都别太当回事儿，自个儿心里要有一杆秤，专心提高戏艺才是真。他对这些热情的戏迷，周到有礼，却又保持着一定距离，尤其对女客，更加敬而远之。要避开这样的追捧，也真不是件容易事儿呢，有些胆大的女学生，完戏后不肯离开，聚在院子门口等他出来，弄得他经常躲到很晚才回家……

　　其实，广盛楼开禁，天青最大期盼是希望樱草也来看戏，但是开学之后，樱草回了学校，连九道湾也不大有机会来。偶尔见面，两人仍是亲密如初，并没有再就新诗旧戏做什么争执，但是天青总是隐隐觉得，自己与师妹中间，隔了什么东西，远比新诗旧戏的区别复杂得多的东西，让这两颗一直投契的心，有了距离。莫非人心随着成长，总要走到不同世界去吗？莫非是她走得太快而天青走得太慢，或者两人已经不在同一个方向上，令他心惊地，越走越远……

　　深秋的夜，清冷沉寂，天青在人去屋空的扮戏房里挑灯夜读。他悄悄买了樱草常提起的《新月》月刊，认真研诵樱草喜欢的那位徐志摩先生的诗：

　　　　……我守候着你的步履，
　　　　你的笑语，你的脸，
　　　　你的柔软的发丝，
　　　　守候着你的一切；
　　　　希望在每一秒钟上
　　　　枯死——你在哪里？
　　　　我要你，要的我心里生痛，
　　　　我要你的火焰似的笑，
　　　　要你的灵活的腰身，
　　　　你的发上眼角的飞星；
　　　　我陷落在迷醉的氛围中，

像一座岛，
在蟒绿的海涛间，不自主地在浮沉……

夜色寒凉，而天青胸中爆热，面颊滚烫，一时间双手微颤，一把将杂志掷在抽屉深处。没法子读下去，不能再读下去！这样浓烈的倾诉，这样柔软的情感，他从没接触过，也不该接触……在戏的世界里，谈情说爱，那都是小生的事，而他是武生，永远的沙场名将、草莽英雄，没有怜香惜玉，没有缱绻缠绵，"头戴着紫金盔齐眉盖顶，为大将临阵时哪顾得残生？"他以为一辈子就是这样了，和戏台上一样，永远做一棵树、一座山、一块石，刚猛、硬朗、坚毅、端严，渊渟岳峙，力沉千钧……

而现在，一切全乱了。一颗心里，乱得一团一团的，一片一片的，正像那诗里写的：生痛，迷醉，不自主地浮沉。这是……爱情吗？天青说不好什么叫爱情，可如果这份心情不叫爱情，还有什么能叫爱情呢？他的心里，已经满满地装着那个人，时时都想着那个人，练功时候想，吃饭时候想，梦里也想，他想用自己全部时光去守护她，用自己整个生命去爱惜她，想把她好好捧在手心里头，天天陪着她，一起聊天，一起逛公园，一起读诗……只要她喜欢，他什么都肯去做的啊，那小桃子脸上，开心灿烂的笑容，是他生命中最美最温暖的一道阳光。

怎么就变成这样了呢？天青都有点儿怕自己了，不知道这份心情，还要走向哪里？她那么单纯，那么天真烂漫，始终把他当成一个最可信任的大哥哥，除了用心呵护，还能怎么做呢？什么也不能说，什么都不能问，什么都不能表露，什么都不能期待，她就像她自己画出来的樱草花，细致、精美、娇嫩欲滴，让他只能凝视，完全不敢触碰……

想不明白，也不想明白，只知道每当听到她的名字，心里都嘭嘭嘭猛跳好半天。明天又是星期日了，去师父家时，是不是还能遇着她？他期望着师父和三婶多交代自己一点儿东西，时常送去学校给她，又想着埋头躲在广盛楼里，干脆永远都见不着她……

爱，真是天底下最难唱的一出戏啊。

前门火车站的大钟，敲了十二响。天青吸口气，甩甩头，换了衣衫，下楼回家。广盛楼院中已经寂静无人，外面的肉市街上却还热闹。刚刚踏出院门，忽听得一个小小的女声叫道：

"靳老板！"

回头一望，只见院门外路灯下，站着一个女孩子。年纪很轻，大约十六七岁，齐耳短发，披一件时髦的黑丝绒连帽斗篷。难道又是热情的戏迷，一直等到这时候？天青进退两难地停下了脚步。

"靳老板，"那女孩子走过来，带着点儿羞怯，笑道，"还记得我吗？"

天青一愣，仔细打量：容长脸儿，细细眉眼，有点儿面熟，但实在不记得。他抱歉地躬了躬身："对不住。您是……"

"我是樱草的同学，程黛螺。"女孩子羞答答低下了头，"您去学校找樱草，见过面的。暑假您参加诗社活动，我也在，您可能没留意。"

天青恍惚想了起来："真对不住，程小姐。瞧我这记性。您刚才看戏来着？"

"嗯，自打广盛楼开了禁，您的戏，我每场都看。您真是一等一的好角儿，座上都说，要论这一代的武生，没人比您强。"

"您这太捧了，我差得远呢。"

黛螺轻轻拨弄着斗篷的水钻纽扣：

"我说真的。我也看过不少戏了，在开明戏园看的，见识过好角儿。别看我年纪不大，可是老戏迷呢。我喜欢戏。那天在诗会上，您跟樱草说的话，我听着了。我觉着您说得对，戏里的好，是不会过时的，它讲的忠孝节烈，仁义礼智信，才是人间正理儿。"

天青微笑了："谢谢您这么懂戏。您怎么这么晚还不回呢？女孩子家家的，不安全。"

"这就回了。"黛螺抬头望着他：

"我就是想跟您说会儿子话儿。"

人心是最深的海。

黛螺从来没有对樱草说过，那日初见靳天青，自己心里起了怎样的震荡。那个少年，微笑着站在校门口，阳光下一张俊秀得惊人的脸，眉宇清朗，五官如画，神情从容、沉稳，又带点儿天真，有着一份远离尘世的干净澄明。简单朴素的青布夹袍，普普通通的圆口布鞋，这样不经意的一身，也掩盖不住整个人从头到脚透出来的英气。黛螺的父母都是生意人，家里经常宾客云集，英俊的年轻人不是没见过，但是眼前的靳天青，实是把所有人都比了下去，第一眼看见他，黛螺脑海中涌出了小说里见过的所有对一个男人的华丽形容词："神清骨俊""玉树临风""眉目英挺""细致温文"……

她问樱草：

"就是你常说的那个师哥？"

"嗯。"

"唱戏的？"

"嗯，武生。"

"他对你很好啊。"

"嗯！一直很照顾我。"樱草哧哧地笑，"别看他样子有点儿冷冷的不爱理人，可是心肠特好，稍微跟他耍个赖，他就没辙了。"

"长得真俊。"

"哈哈，不丑。"

黛螺不明白，为什么樱草并没觉得师哥长得有多好。可能人的眼光总是惯出来的，再俊的人，再美的事物，熟视了也就无睹了吧。樱草这丫头，读起爱情诗来解说得一套一套的，但根本都是纸上谈兵，对于生活中真正的爱情，懵懵懂懂的一片混沌。黛螺的心思，可比她敏锐得多，她不但一眼就看出这位靳天青不是寻常人，而且，从第一次见面就察觉到，他非常喜欢樱草。他面对樱草的时候，脸上像是马上融化开了一样，看樱草的眼神，满满地盛着喜爱、疼爱、爱惜、爱慕……总之是掩饰不住的钟爱之情。想到这两人本是师兄妹，从小一起长大，到现在仍然每个星期天都能见面，黛螺的心里，酸楚得厉害。

同样是在勾心斗角的大家庭长大，黛螺的性情，与樱草完全不同。她心计深沉、成熟、敏感，老早便懂得为自己争取一切，纵是对朝夕相处的好朋友，也不能轻易地拱手成全。既然情有所钟，就应该做些事情，趁着樱草情窦未开，娇憨烂漫，她得先一步走近靳天青。走近他，说穿了也很容易，不用在学校，也不用在诗社，只要看戏就成。他是唱戏的，三天两头登台，铁门一开，戏票在手，谁能挡得住程黛螺去见他的面？

说起来还真是感激广盛楼啊，仿佛知道黛螺心意似的，飞快地开了女禁。黛螺成了广盛楼第一批女客，也是最忠实的一批，一有时间，就瞒着樱草，去看天青的戏。戏台上的天青，更如天神一般让人倾倒，无数看客是专门奔他而来，每次亮相都是不尽的爆彩。可惜广盛楼是男女分座，女宾席在楼上，离戏台远了点儿，不过这也难不倒黛螺，她每次都坐到第一排，穿得漂亮醒目，身边一左一右两个白衣黑裤的老妈子伺候，别说台上的靳天青了，整个戏园子里，哪个角落的看客，不得对她多瞄几眼？

但是，靳天青啊靳天青，他像个和尚似的，对台下狂热的女客，根本目不斜视，黛螺花了这么大心思，还有意拖得迟迟地退场，在广盛楼门口等着见他一面，他也只是客套几句感谢来捧场云云，再没有什么多余的话。他看黛螺的眼神，跟看樱草的眼神完全不一样，完全都不一样。不知要到什么时候，才能让他对黛螺这片痴心，有一点点儿的动容？……

这天完戏后，黛螺照旧在院子门口逛来逛去，等着靳天青。谁知天青一直没出来，倒有一个男人，踱到她面前，拉长了声音打招呼。

"程小姐。"

黛螺警惕地瞪着他。个子很高，修饰整齐，穿一身黑色西装，头发抹得油亮，肤色白净，双眼炯炯有神，面貌倒是相当端正，只是两条眉毛离得太近了，神情中带点儿阴气，笑得让人不太舒服。

"密斯程，自我介绍一下，敝姓焦，名德利。上次看戏就见着您了，印象很深啊。"

"唔……我不认识您。"

"没关系，我们一起去吃个消夜，你就认识我了，怎样，密斯程……黛螺？"

黛螺一惊："您，您怎么知道我名字的？"

焦德利自得地笑了。黛螺反复探询之后，方才悠然开口："敝人在公安局供职，查访您的来历，轻而易举。这也正说明在下想结识密斯程的诚意啊。"

京师警察厅，随着北京变北平，也刚刚改成公安局了，但是无论警察厅还是公安局，都是普通百姓惹不得的地方。黛螺咬了咬嘴唇，勉强笑道：

"多谢焦先生抬举。时候不早，我得回家了，再会。"

她不等焦德利回话，转过身，飞快地朝着街外跑去。

焦德利神色不动，依然站在原地，从衣袋摸出一只银色烟盒，抽出一支香烟叼在嘴里。燃着火，吸了一口。他对着黛螺远去的背影，吐了一口烟圈，轻轻笑道：

"有点儿意思！"

初冬的一个星期天，北平南城，玄青行色匆匆地穿过马路。一身整齐的灰色罩衫，毛窝子棉鞋，认真地扣好每一个纽子。他从不像社里有些弟兄那样随意裹着裤褂，拿条搭包一扎，趿拉一双鞋帮儿都被踩塌的烂鞋，活像一个打零工的，他瞧不起。他甚至都不像他们那样扣着毡帽，因为会压坏发型，他的头发，永远梳得光洁发亮，发缝笔直如尺子量过一样。

他要去金鱼池，竹青的家。沿前门大街往南，到东珠市口往东，再往南转得几转，就是金鱼池了，挺好听的名字，实际上却是个臭水沟和一汪连着一汪的臭水塘子，垃圾遍地，污水横流，几条街外都能闻着那股刺鼻的恶臭。这里头不通电车，拉洋车的都不愿来，玄青只能用力捂着鼻子，皱着眉，在肮脏的土路上快步疾走。

竹青师弟的寡母又病了。师父得知，筹了些钱，要玄青这位大师兄送来给董妈妈。其实玄青宁愿白唱一场戏，也不愿到这种地方走一遭。这破烂的景象，刺鼻的臭气，总是让他想起、他特别不愿想起的出身地。

玄青的家，那座位于顺义县潮白河边的老宅，屋后就临着个死水塘，终年淤着厚厚的烂泥黑水，那个恶臭，整个村里都能闻见。玄青的童年，就沉浸在豆腥和水臭交织的怪味中。或许因为这个缘故，从小在豆腐坊长大的玄青却特别不爱吃豆腐，到北平后师兄弟们都视老豆腐、豆腐花什么的为无上美食，只有他毫不动心。每次一闻到那个味道，仿佛就又回到那阴暗破旧的家里，就像现在，望着蒸蔚着一层臭雾的金鱼池水塘，不自禁地又想起了前半生所有那些恶心的豆腥气，腐臭气，被人侮辱欺凌轻视蔑视的闲气。

竹青家到了，一间破烂不堪的木板房。玄青敲敲门，有人应声："谁呀？进来。"

门是虚掩的，一推就开，里头光线昏暗，玄青一时也看不清什么，只管忙忙地说："伯母好，身体好些了么？我师父……"

"玄青哥！"

玄青一愣，眯起眼睛仔细一瞧，竟是樱草。她跪在炕上，正与董妈妈一起摆弄着一些破布，精致的小面孔，泛着光泽的青素缎子罩衫，跟这个破烂屋子是那样地不协调。

"樱草，你怎么来了？"

樱草爽快地笑笑：

"串个门儿！"

樱草也是听竹青说起妈妈病了，悄悄跑来送些钱物。董妈妈一向多病，不能出门做工，只在家里做点儿"缝穷"的活儿，就是帮着没有妇人操持的穷人家里，浆洗浆洗，缝缝补补，有时也攒些破布片，缝缀成方方正正的厚抹布，卖给工厂换几个铜板。入冬了，活计稍多一点儿，竹青的姐姐已经出阁，妹妹还小，都帮不上忙，董妈妈正忙得不可开交，可巧樱草来了。她正是个针线上的好手艺，二话不说就坐上炕头开始帮手，一上午缝了一大叠抹布，董妈妈喜欢得夸个不停。

"竹青不在家呀？"

"去郝老板家了。你师父帮他荐的，给竹青说了好几出戏，我也不太懂，就看着竹青乐得呀，梦里都笑出声儿。"董妈妈是个慈眉善目的老太太，模样和竹青一式一样，日子过得如此贫苦，脸上也始终带着笑。

玄青说明来意，呈上师父的钱，董妈妈连声谢着收了，留他坐下来喝口茶。玄青哪有心思喝她家的茶，但是既然樱草在这里，也就勉强挤在炕边坐下。他跟这位小师妹，坐到一起的机会不多。不是他不想亲近她，她那么美，那么活泼可爱，谁不想亲近她？但是，就好像他身边隔了一道看不见的屏障，阻着他与樱草，让他俩始终不大熟络。

"玄青哥，你在哪里住呢？从没听你提起。"樱草一边飞针走线，一边好奇地问。

玄青侧了侧身子，努力坐得自在些，答道："储子营。"

"你表叔家？伯父伯母经常来看你吗？"

"不常。来一次京城太难了。"

"那接他们来一起住呗。"

玄青笑笑："哪有那么轻巧啊。等我将来成了角儿，起一座大院儿，把爹娘接来一起住好了，现在连我自个儿还没处挤着呢。"

"怎样才算成角儿呢？"

提起这个，玄青有点儿动容了："就是像师父那样呗，唱得好，台下爷们儿爱听，挣得多，到哪儿都有人捧着。现在大伙儿常说的'三大贤'：余三爷，梅大爷，杨大爷，那都是神一样的人物，一出堂会上千大洋，梨园行谁不羡慕啊。"

"他们好在哪儿呢？"

"嗨，一戳一站，就是跟旁人不一样。你得看了才知道。"

"你现在还不算角儿么？"

"哪能，我要是自己敢称角儿，还不得被唾沫星子淹死。"

"为啥，你唱得还不够好么？"樱草抬起头看着他，长睫一闪，黑眼睛中释放出来的光亮，让玄青马上躲开了视线。他牵牵嘴角："我比……我还年轻，日子还长着。你以后来看我的戏吧。"

"广盛楼不让女子看戏。"

"现在能看了。社里都有坤旦了呢。"

"戏好看么？讲的全是成百上千年的故古典儿吧。小时候看你们练功是挺好玩的，但是现在……要是真坐到戏园子里，不知道会不会闷得睡过去！"

"哪儿会，热闹着呢。下星期天日场，我的大轴，《八大锤》，可是一出好戏，你来看吧。"

玄青对这出戏，相当有信心。《八大锤》王佐，多少老生名家赖以傍身的大活儿，余三爷、马三爷都唱得红火，满大街人人跟着哼"听谯楼打初更玉兔东上……"玄青也是经师父说了大半年才贴，精良得很。咳，人家马三爷，比自己也大不了几岁，技艺能差多少呢，红成那样！自己只要有机会，也保准能让座儿上好好地震一震。嗯，让这位骄傲得像仙女一样的小师妹，好好地震一震……

樱草的注意力还是在针线上，边缝边问着："大轴就是最后一出吧，最有份儿的是吗，八大锤是什么?"

"八卦紫金锤、梅花亮银锤、青铜六合锤、浑铁轧油锤、擂鼓瓮金锤、宝瓜錾银锤、八棱灌铜锤、生铁一字锤……"

"嘻嘻，我是说，讲什么的?"

"噢，岳飞故事你听过吧? 就是他的部下王佐去说服金将陆文龙归宋那段。我去王佐，天青去陆文龙，竹青去金兀术。"

"你使锤?"

"不是，我是文官。"

"那天青哥使锤。"

"也不是，他使双枪。"

"那竹青哥使锤。"

"也不是，他使大枪。是四个宋将和四个金将使锤，拢共八对。"

樱草听晕了:"这什么名堂啊，这个戏名，跟仨主角一些儿都不相干。"

"看了就明白了。去吧，我师父也是名满京师的大角儿，你算是在他家长大的，连一出戏都不去看，说出来太让我师父没面子。"

樱草放下针线，目光越过玄青，看到屋子外头的阳光里去。她倒不觉得自己不看戏会让师父没面子，但是有一个人，曾经热切地说过，希望她去看戏呀。当她表示没兴趣、不喜欢，那人的脸上，从未有的晴转多云，眼睛里全是伤心、失望，简直比说不喜欢他还要让他郁闷。戏到底有什么魔力，让他用那样的热爱守护着，将自己全部身心，无怨无悔地投入在里头呢? 他说得对:你没去看，就不会懂呀。

樱草用力点点头:

"好，我去看戏，下星期去看《八大锤》!"

"来吧，你会喜欢的。"玄青笑眯眯地放下茶碗。这茶碗在他手里转了许久，里头的茶，一口都没有动。

尽管冬日寒风呼啸，路上行人都缩着脖子，但在有戏的日子里，肉市街总是一样的繁华。街口牌楼上三个盘花大字"广盛楼"，昭示着这条街的灵魂所在。樱草自幼生活在白喜祥家，耳濡目染的早就听熟这个名号，真正身临其境却是第一次，看什么都新鲜。她穿一身不引人注目的墨蓝罩衫，雪白的长围巾裹住头脸，夹杂在川流不息的男女看客里，跟门口卖座的爷们儿讨价还价:

"我想坐楼下，离戏台近点儿。"

"女客只能坐楼上。"

"楼上太远了。台上那都是我师哥，我想看清楚些。"

卖座的咧嘴笑了："您哪，多担待，这是规矩。"

樱草愤愤地嘀咕："还寻思着我爹不开明，闹了归齐，这戏园子更封建！"

"哟，这怎么话说的，换成前些年，女客还不让进呢。"

"那我要楼上靠当间儿的，前边一点儿的座儿。"

"靠当间儿的那都是包厢，包给各大饭庄的，您得去吃饭才能订。两边儿的前面呢，也早给有钱人家太太小姐包去了。"

"那，我到底能坐哪儿啊？"

卖座的拎出两张油印的小纸条儿："就剩旮旯里这俩座儿了，挑个吧您。"

樱草委屈地瞧了瞧纸条儿上的号码："这得踮脚儿看哪！"

"有座儿就不错啦。"卖座的自得地指指院子门口的花牌，"瞧见没，今儿大轴有靳天青，要不是天儿实在太冷，您这时候来，连挂票都捞不着呢！"

真是一场大满堂的戏。樱草进得戏园时，日戏早已开场，台上胡琴拉得正欢，一个老旦拄着拐杖站那儿抑扬顿挫地唱着，从楼上望下去，但见整座园子乌泱乌泱的全是人，除了看客，还有不少小贩灵巧地穿梭于过道之间，托着板匣，售卖瓜子吃食，手势熟练地往座儿里丢热毛巾把儿，热闹得如同庙会一般。楼上的女客，打扮得花枝招展，从背后看去，满眼争奇斗艳的发型和首饰；楼下大池子、小池子、两廊、大墙，挤满一排排男人的后脑勺，前后左右地摇晃着，令人想象得到那一张张陶醉的愉悦的怡然自得的脸。

"茶！"

"来嘞您哪！"

看客和茶房之间，肆无忌惮地大声吆喝。听说以前到这儿来的都是以喝茶为主，看戏是次要的事儿，现在呢，看戏也依然可以喝茶，不过，是在座椅靠背上加了个木框子做茶托，喝茶已经成为看戏时候顺带的娱乐了。附近看客有不少自带茶叶的，茶房殷勤地给沏好，摆正，包茶叶的纸套在壶嘴儿上，又好认，又别致……

樱草正东张西望地看得新鲜，台上老旦已经完了戏，佝偻着身子自下场门退去，走上来一位检场人，举着一只老大的牌牌，在戏台上绕了半圈。牌子上面，红底黑字写着：

"穆玄青，靳天青——八大锤"。

呀！樱草激动地坐直了身子。

来了，来了。

时光一下子流转到南宋，河山风雨飘摇，那尽忠为国的岳飞，率军于朱仙镇力战金兵，麾下四个持锤猛将，杀得金兵大败亏输。唢呐起，金兵点将，四击头锣鼓，闪出一个高大魁梧的金脸元帅：

"将士英雄，军威压众。兵将勇，战马如龙。令出山岳动！"

樱草翘起了嘴角。虽然这脸谱勾得已经面目全非，但她知道，去金兀术的是竹青。平日活泼的竹青哥，忽然变得这样威猛、沉雄、霸气，樱草好不习惯。但是，台上的他，气势慑人，看着看着，也渐渐就是活生生的兀术了：

> ……怎奈岳飞用兵如神，屡次交战，不能取胜，也曾命人回传
> 唤吾儿陆文龙前来助战，未见到来！……

金兵退下，场上静寂片刻，四击头，上场门书着"出将"二字的门帘一掀，里面人影闪动。台下立即轰雷价叫起好来：

"好！……"

樱草第一次见识师父师哥常提起的"碰头彩"，这声势，这威风，真正先声夺人。出来的是一位少年将军，头戴太子盔，雪白狐尾垂挂，两支长翎飞扬，一簇簇绒球光珠闪亮，身穿七彩团龙白缎蟒袍，腰间围一条玉带。这时全场鸦雀无声，只见他抖水袖，整冠，双眼光芒流动，如电般扫向台下，略一亮相，缓缓念道：

"胸藏韬略，英名——"

接着如虎啸龙吟般的一声唱：

"——几时标！"

仿佛有什么东西，像江河，像雷电，忽然咆哮着奔腾着，不由分说地杀进了樱草心里，让她措手不及地，呆在了座位上。

这是她的天青哥吗？

他并没有像竹青那样勾画脸谱，只是略施粉墨，但是发生了什么奇妙的变化，整个人，仿佛放射着异样的光芒，有了一种震人心魄的，不能逼视的神采。

> 奉命不顾征途忙，披星戴月奔疆场。
> 大宋岳飞逞雄壮，灭却宋室保父王！

十六岁的陆文龙，自小被杀害父母的仇人金兀术抚养长大，他不知道宋室才是自己的家国，只管为金兵助战，他意气风发，志得意满，着一袭白龙箭衣，与岳飞麾下四个锤将车轮大战，手上一对银枪，如粘在手心一样，左右开弓，正反回旋，前后翻转，上下抛飞，腰腿的花样，也是目不暇接，踢

腿、扳腿、下腰、涮腰，无不随心所欲。一场战罢，满堂不绝的喝彩声中，他将一条腿扳至头顶，慢慢蹲下，慢慢起身，又慢慢蹲下，慢慢起身……

樱草现在才知道，天青哥曾经持一对双枪，在院子里练的那个"三起三落"，到底是什么，它不仅是一个高难的身段，更是一个无敌小将的耀武扬威。她现在才知道，自己真的是懂得太少了，见得太少了，戏台上那种生龙活虎、声情并茂的美，原来可以这样炫目摄神，夺魂追魄，直击最柔软最纯粹的本心。台上那白袍小将，对战一个又一个的敌人，用这每战不同的身段和枪式，尽现他的青春飞扬，那么多艰难繁复的功夫，举重若轻地收在身上，得意、嚣张、清俊、威武、天真烂漫、锐不可当，都挂在笑容灿烂的脸上。

樱草忽然想到，她从来没有见过天青哥扮起来的样子。是，她只见过他默默练功，默默学戏，在她眼里他一直都是那个单纯耿直又有点儿傲气的少年，陪伴她保护她有时也呵斥她的大哥哥，他老是那么直通通、硬邦邦的，还带着些不可理喻的孩子气，却原来他在戏台上，可以迸发出如此剧烈的光芒。这么远的距离，都能感受到他的精气神笼罩，她的天青哥不知飞去了哪里，台上驰骋的，就是那员神采飞扬力敌万夫的无敌双枪将。

玄青的王佐登场了，他是后半出戏的主角，潇洒开唱脍炙人口的名段："听谯楼打初更玉兔东上……"他也是这么的好呀，比樱草平时认识的玄青哥，温雅得多，正气得多，戏到底有什么样的魔力，能把一个看起来普普通通的师哥，变成形神兼备的古人呢？陆文龙和他对桌而坐，一脸稚气地听他挂图说书，讲那被金兵杀害的潞安州太守陆登的事迹，他不知图画中的陆登就是自己生父，只因景仰这为国尽忠的大将，起身问道：

"我父王拜得，小王我可拜得么？"

王佐忙道："千岁么？可以！哦，正拜，正拜！"

早已知晓真情的乳娘，在一旁含泪掩面："你还要多拜几拜呀！"

这边厢，陆文龙整装下拜，那边厢，王佐意味深长地对着图画说："啊，陆老先生，千岁在这里拜你呀！"……

终于，那一切的谜团，被王佐说破，陆文龙得知自己身世，痛极昏迷，醒来之后，纵声长哭：

> 听一言来珠泪掉——
> 爹爹！母亲！爹娘啊！不由小王恨难消。
> 三尺龙泉出了鞘，斩尽金兵归宋朝！

樱草眼前，一片模糊。周围轰雷价的叫好声，淹没了她止不住的抽泣，什么冰凉湿润的东西，顺着眼角流下面颊。人生事，实难料，樱草不是没有过摧心裂肺的感动，她为《殉情记》哭过，为《呼啸山庄》哭过，为《春明外史》哭过，为《再别康桥》哭过，却怎么也没想到，自己会在这苍老古旧的戏园子里，让这千百年前发生的，早已听滥了的忠孝节义，融化了自己的身心。旁边尖叫着"靳老板"的女客，奇怪地瞄着这个哭得满脸花的女孩子，但是樱草顾不上了，她只使劲眨着眼睛，力图看清台上那白袍人影，一任夺眶而出的热泪，泉涌般洒落在衣襟。

　　小侄归降来迟，叔父恕罪！
　　公子归国，其功非小。一同回营去者！

　　双枪小将，终于反金归宋，终场曲牌响起，暴雷般的喝彩声中，《八大锤》完了戏。

　　樱草怔了一瞬，咬咬嘴唇，猛然跳起身，冲出戏楼奔往后台。后台按例不能让她进去，但是看门的刘师傅、场面的乔三叔，还有台前台后班社里的人，多年来出入九道湾白家小院，全都认识她，也就睁只眼闭只眼了。一个个身穿古装的文官武将的人丛中，樱草找到了师父白喜祥，他正在给三个徒弟说戏。

　　"师父。"

　　白喜祥身边三人都转过身来，一个金兀术，一个陆文龙，一个王佐，穿越千古，奇异的和谐。金兀术最是雀跃，小声道："樱草来了！"

　　樱草微微一笑，站在师父旁边，听他说戏：

　　"……王佐说书，不是真说书，是骗小孩子，玄青你要把握这个尺寸，不能真像书馆先生似的，龇牙咧嘴，满脸跑眉毛。你看余三爷唱这个，眉都不皱，那叫一个松快，你学着点儿。"

　　天青哥就站在樱草身侧，一双黑白分明的眼睛专注地望向师父。咫尺之间，樱草清楚看到他脸上的妆容，揿了盔头之后留下的勒头印子，还有正在顺着脖颈流下的汗珠……天青本就比樱草高大许多，现在穿着一双厚底靴子，高得只有仰头才见，再加上戏中形神未散，整个人身上散发出强大的压迫感，令樱草看得失神。这时白喜祥已经伸手点着天青：

　　"……陆文龙三套行头，拿的范儿不一样，箭衣要看矫捷的身段，褶子要看潇洒和飘逸，蟒袍要看威武凝重，贵胄的气场。今儿穿褶子的行路那节儿，还是滞重了些。竹青，郝二爷的炸音你学得不错，但是倒仓时候，得悠着点儿用，当心毁了夯儿！……"

训导已毕，三兄弟拥着师父出门，方敢与樱草说笑。竹青开心地做着鬼脸："哎！姑奶奶也来看戏啦！您捧了您哪！您多栽培我们兄弟几个！"天青见到樱草出现，喜从天降，一路追问："好看吧？喜欢吧？我就说戏好看，怎么样？"

樱草一时间竟然有些不知如何应对，不甘示弱地答道："好看是挺好看的。可是你说，陆文龙归宋时怎么就把金兀术放跑了呢？"

天青愣了愣："没看戏里讲的么，他正要刺杀金兀术，忽然见他身前幻出龙形，知道他是真龙化身，又感念十六载养育之恩，就放他走了。"

"这多迷信啊，还龙形。我劝你呀，把这地方改一改，只感念十六载养育之恩，就成了。"

"戏哪能随便改呢。再说了，光凭十六载养育之恩，就把家国大仇放了？"

"养育之恩，也是莫大的恩情啊。"樱草仰头思忖，"或者压根儿没打算放，只是一时失手，让他跑了！再大的英雄也有失手的时候嘛。"

天青哭笑不得地看着她，摇摇头："不成。老祖宗留下来的本子，每句都有每句的道理，改不得的。"

"怎么就改不得呢？天青哥，你老是死抱着老祖宗的规矩。"

天青的神色，黯淡了一瞬，微微一笑，扭过头去：

"跟你说不通。"

"樱草，"玄青凑了上来，"你觉得怎么样，我的王佐，还成吧？"

"成，很好，不错。"

樱草忽然满心里都是懊丧，望着天青背影，无心再说其他。她太笨了。跟天青哥争那个干什么？陆文龙为什么放跑金兀术？这压根儿不是她想说的事。第一次看戏，缤纷的锣鼓，婉转的丝竹，满眼的五光十色，惊人的唱念做打，那一向只在书上读读、如今忽然活现于面前的千秋英烈，直击她心底的忠孝节义、爱恨情仇，还有，那个全新的让她都不太认识了的天青哥……她想说的事，本来很多呀。怎么在他面前，忽然就全乱了呢？

玄青凝视着樱草的脸色，腮边肌肉一动，没再开腔。这时白喜祥转过身来："玄青，你们几个，今儿不用送我了，樱草难得来，陪我走一段吧。"

"太好了，师父。"樱草挽着白喜祥的手臂，又忍不住地，抬头望望天青。他正注视着她，一脸的认真、诚朴，眼神中有些失落，更多的还是平时那样，怜爱的、纵容的、无可奈何的神情。

樱草平生头一次，在他的视线里，慌乱地低下了头。

寒风已息，微微飘了点儿雪。回九道湾的路上，樱草忍不住问师父：

"今天师哥们唱得怎样？"

“不错。今儿最让我满意。孩子们都挺上路的。”

“玄青哥唱得不好么？您挑他那么多毛病，我瞧着他挺丧气的，离开时候都不说话。”

“挑他是为他好啊，他懂得。只有他是我真正传人，我对他指望大着呢。”

“那天青哥和竹青哥都不是您的传人呀？”

“行当不同。竹青将来必定要另投净行的师父，天青呢，虽然我也工武生，但毕竟以老生为主，他其实应当再拜一位武生师父，路才好走。”

“那……”樱草动起了小心思，“您可别只偏心了玄青哥啊，得对他们一视同仁才成。”

白喜祥慈爱地望着她：“我偏心吗？我对哪个不是对亲儿子一样？”

樱草含羞一笑，靠在白喜祥身边：“今天的戏真好看，以后我常来看戏。”

“也别陷得太深。”白喜祥缓缓说了句，“记住，戏是假的。‘唱戏的是疯子，听戏的是傻子。’”

到家了，樱草拜别师父，赶回麻状元胡同自己的家。当当车上，她望着窗外，呆呆地坐着，脑海中依然回响着下午的锣鼓、丝竹、戏台上五光十色的画面，还有一个，熟悉而又陌生的人影……

过去那些年，九道湾白家小院共度的那些年，是怎么过的呢？像在梦里一样。一直熟视无睹的、不以为然的、没什么印象的东西，就在这一个下午，忽然就把她击中了。

“戏是假的呀。”樱草喃喃自语，“戏是假的。”

第八章　小商河

明月芦花信缥缈，心中急躁似火烧。

吉凶二字全不晓，不知访问路哪条……

　　樱草哼着戏文，跳下电车，快步奔向肉市街。新年将至，整条前门外大街热闹异常，一路上耳中灌满各式吆喝："画儿来，买画！""街门对儿，屋门对儿，买横批儿，饶福字儿！""卖绫绢花儿来，红石榴花儿！""赛白玉的关东糖！""素焖子来！豆儿酱来！豆豉豆腐来！油炸面筋来！""白糖梨膏，桂花酥糖！"……

　　樱草忍不住停下脚步，买了一小包梨膏糖，喜滋滋含进嘴巴。马上就满十六岁了，儿时贪嘴爱吃的毛病却丝毫未改，听着卖零嘴儿的吆喝就要流口水。其实戏园子里头有那么多卖零嘴儿的，一边看戏一边喊着小贩做买卖，更有乐子，但是樱草每次都在看戏前就把嘴瘾过个够，等进了戏园子，就揣起来不吃了。好戏当前，她可顾不上吃零嘴儿，得不错眼珠地盯着台上呢。

　　谁能想到，樱草这读洋书的女学生，整日只扎在白话诗里的"新时代新青年"，会忽然迷上看戏呢？一得空就往广盛楼跑，跟家里编瞎话儿编得都快没词儿了……生活居然变成这样，连樱草自己也想不明白。一定是戏的魅力，太大了吧？那简单的一桌二椅，难以言传的空灵；那灿烂华彩的袍履，珠光宝气的头面，威武雄壮的盔头，件件精美如锦绣繁花，那流传千百年讲尽中华道义的剧情，那悠扬婉转的胡琴板鼓，那千回百转的唱腔，那咬字饱满独特的道白，闪亮的眼神，繁复的手势，或端凝或柔美的姿态……林林总总，都势不可挡地收服了她的心。

当然，更有，那武功盖世、英武无匹的人……

"怎么才能知道你们贴什么戏？"她问竹青，"广盛楼的戏也不给预告预告，总是撞大运，就只有门口砖影壁那儿挂了个花牌写上伶人姓名，写得还不全。"

"你看那花牌下面摆什么砌末，就知道贴什么戏了。"

"砌末？"

"咳，就是唱戏用的家伙什儿，现在都时兴叫什么来着，道具？"

"噢，那怎么看啊？"

"比方说摆一面鼓，就是《击鼓骂曹》。摆片城墙，就是《空城计》。摆个亭子，就是《御碑亭》。"

"那，天青哥的戏，都会摆什么？"

竹青眉毛一挑，亮晶晶的眼睛瞄她一瞄，笑了。

"《挑滑车》摆一柄大枪，《恶虎村》摆两只酒坛，《八大锤》摆双枪……看多了就知道啦。我天青师哥的戏，你看得够多了吧？怎么不说来看看我的？"

"……哼！"

这些日子，一提起天青哥的名字，樱草心里就如小鹿乱撞，那份说不清道不明的羞怯、忐忑又带一点点儿甜蜜，让她每次都立马语塞，平时的伶牙俐齿，一星儿都派不上用场。天青哥的戏，她是真看了不少了，对戏也不像以前那样懵懂无知，比如说今儿个，看到花牌上面挂有天青的名字，底下摆对儿双钩，就知道贴的是《连环套》，天青去黄天霸。嗯，这可是一出热闹大戏啊，"父是英雄儿好汉，天霸独自来拜山。喽啰与爷把寨门掩，侠义英雄出少年……"

离开戏还早，广盛楼门口没什么人，樱草荒腔走板地哼着戏文，四下里一瞄，竟然见到一个熟悉的人影：女孩子，黑斗篷，戴一顶罩纱小呢帽，头发上一弯时髦的玻璃发卡……

"黛螺！你怎么来了？"樱草雀跃着奔上去，一把抱住黛螺，"你不是不喜欢看戏吗？上次拉你一起，你都不肯！"

"哪有，没有不喜欢。"黛螺见到樱草，神色竟有些慌乱，轻轻挣脱她，扶了扶帽檐，"上次……是真的没时间。"

"你也喜欢看戏，那太好了，以后我们一起来看！你买票了吗？"

"我都是家里订的包厢，不坐散座。你怎么看你师哥的戏还买票呢？"

"买票坐散座，才像个看戏的样儿呀！顶有气氛的。"樱草一边嚼着梨膏糖，一边得意地指了指门口花牌，"你算着来了，今儿正是我天青哥的戏，瞧好儿吧！我上次看他的《八大锤》，印象太深刻啦。"

"我也印象深刻……"黛螺牵了牵嘴角，"你回学校来给我讲了整一星期。"

"真的好看！太让人着迷了，你要是看着了，也得……"

"樱草？"

身后忽然传来天青的声音，慌得樱草险些把梨膏糖整块儿吞进肚子。她回过头，见天青刚刚走进院门，正惊喜地望着她："你……啊，程小姐也在，你们这么早就来了？"

和每次一样，满腹呼之欲出的倾诉，又在面对天青的一刹那消失得无影无踪。樱草涨红了脸，讷讷道："嗯，来早了，正聊你的《八大锤》呢。"

天青认真地站住了："我的《八大锤》怎么？"

樱草一时语塞，不知该怎么说下去。黛螺不慌不忙地接话：

"靳老板的《八大锤》顶好的。按说《八大锤》本是小生戏，十六岁的少年将军嘛，武生唱来，身段总显得粗鲁。就算是杨老板的陆文龙，我觉着也过于威猛刚健，不如小生对味儿。可是我看靳老板的路子，两相融会，既有武生的刚健，又有小生的脆亮，不知道是谁的传授？"

天青饶有兴味地看着黛螺："程小姐真是行家。我的戏艺还差得远，不过路数确是跟别人不同，受过杨大爷点拨，又经师父融入一点儿他当年看过的徐小香前辈的演法。"

"打岳云那处儿的'枪下场'很别致。"

"对，就是那儿。"……

樱草站在一旁，闷声不响，想起自己那句外行到家的"陆文龙为什么放跑金兀术"，只觉脸上热辣辣地发烫。天青留意到她的沉默，转向她，温和地笑道："樱草，你上次说的真龙现形那一处，我仔细想过，禀明师父之后，已经改了。"

"啊，怎么改的？"

"你说得有理，挺好的一出忠义戏，冒出个什么金兀术是真龙，演着看着，都不顺畅。十六载养育之恩呢，在家国大仇面前，也有些说不过去。我改成陆文龙一枪刺他落马，兀术要他看在养育之恩分儿上饶了自己，陆文龙强忍悲泣：'呸！似这样国仇家恨，不共戴天，还说什么养育之恩！休走，看枪！'但这当口四个金将杀来……"

这样平头素服的天青，一旦念起戏文，仍不自禁地带出戏中神采，说到"看枪"二字，两手比个架子，一瞬间如满台灯光聚集头顶，那份英姿，难描难画，两个姑娘都看得屏住了呼吸。天青一语说罢，摸了摸头，又恢复了平素的憨态：

"哎，可不能误戏了，你们慢聊。"

他对她们躬躬身，又忍不住地凝视樱草一眼，转身进了院子。

黛螺的眼神，紧紧盯着他，一直望着他走得不见踪影，才回过头来瞄着樱草。樱草也在遥望天青的背影，小脸红扑扑的，喃喃道："真给改啦……我太……我可……"她转回头，瞧见黛螺的神色，话音顿住，脸彻底地红到了耳根。

黛螺轻声问："你怎么了？"

樱草长吸一口气，手抚胸口，静了好一会儿，才说：

"我不知道……不瞒你说，自打看了他的戏，我好像重新认识了他一样……好像是被戏里的光华，打开了视野，一下子，看到一个全新的人，好得，让我……"她越说越结巴，"黛螺，你说，我这是怎么了？难道这是……难道我一直……"

黛螺亲热地笑了一下：

"别傻了，你看戏看迷了。这么多年朝夕相处，他都一直是你的大哥哥，哪能看了场戏，忽然就不一样了呢？戏啊，是有这个魅力，能让你混淆台上台下，把戏里戏外混成一个人。你这是迷上陆文龙了，跟你师哥没干系，别想太多。改天我请你去看梁老板、王老板，他们的陆文龙……"

樱草依然怔怔地望着院子：

"我觉着不是。这些天我一直在想，是不是我早就看清了天青哥，只是没有看清我自己……"

黛螺莫名地烦躁起来：

"你这样的人……就不应该来看戏！"

黛螺的心里，一清二楚：这丫头是陷入情网了。唉！越是不希望发生的事情，越是会按照它的轨迹发生。天青见到樱草来看戏，那神情跟捡到什么金珠宝贝似的，黛螺这样懂戏的行家，能这样头头是道地跟他聊戏，也比不上樱草那个棒槌更让他上心。在他眼里，黛螺可能跟那些挤在院子门口嚷"靳老板靳老板"的女学生一样，只是一个痴心戏迷，不需要以真情应对，可是黛螺，跟她们怎么相同呢？她模样好，家世好，一向都不乏人追求，比如那位焦德利，也就是在戏园子见了她一眼，就此对她倾心有加，每次看戏遇见，必定殷勤地凑过来，又请吃茶，又请吃消夜！

黛螺不敢答应这位焦公子，也不敢一口回绝，每次只期期艾艾地敷衍着，找借口脱身跑掉。她的心里，有点儿惊惶，也有点儿自豪，还有点儿委屈。说起来，这位焦公子相貌虽比天青差着些，但是也很英俊啊，父亲是北平特别市公安局副局长，自己也身居要职，身家比靳天青高贵得多，可他就

那么会哄女孩子，不像靳天青，石头似的不开窍。靳天青啊靳天青，若你肯
去跟黛螺吃一次茶，那，真是，付出什么代价都愿意……

　　这天傍晚，完戏后，黛螺照例徘徊在院子门口，等着靳天青出现，焦德
利照例又踱过来，笑眯眯地跟她搭话。她正待逃开，眼角瞥见天青出来了，
但他不是一个人，身边还跟着樱草。那丫头绯红着脸，指指画画地也不知在
说什么傻话，天青微笑着一边听一边摇头，脸上有点儿无奈，可更多的，仍
是浓得化不开的宠爱之情。

　　总是这样。总是这样。可能永远是这样。黛螺的心里，升腾着各种酸
意、苦意、恨意。

　　她缓缓将视线转向焦德利，用一种自己都不认识了的声音，说：

　　"焦公子，您不是要请我吃消夜吗？"

　　爱一个人，是应当深藏心底，默默凝视，还是应当勇敢面对，热诚表白？

　　陈少湖已经被这个问题折磨很久了。

　　这是一个冬日下午，寒假已经开始，学生都得了自由，参加诗社的比以
往任何时候都多。本来约定的地儿是中山公园社稷坛，但是从早上开始下大
雪，鹅毛大的雪花飘洒得人跟人对面难见，大家只好嘻嘻哈哈地拥进了公园
南面的来今雨轩。这个茶室里常有文人聚会，伙计对这群高谈阔论、诵读诗
歌的年轻学生见怪不怪，任他们在那里纵声谈笑，窗外大雪纷飞，室内红炉
高烧，茶香满溢，倒是更增了众位诗友的雅兴。

　　陈少湖照例坐在人群中心主持场面，但是全部心思，都系在窗边的樱草
身上。樱草最近几次参加诗会，都有点儿神情恍惚，不似从前叽叽呱呱爱说
爱闹。眼下的她，完全游离于满场热闹之外，只是目光迷离地凝视着窗外雪
景，嘴角含一丝似有似无的笑。

　　　　恋爱到底是怎么一回事？——
　　　　他来的时候我还不曾出世……

　　陈少湖动情地朗诵着徐志摩的诗。窗边的樱草听见了，转过头来，眼睛
望住他，视线却不聚焦，满脸带着一副梦幻般的神情，仿佛透过他的面孔，
看到老远的不属于这个世界的什么东西。

　　　　……太阳为我照上了二十几个年头，
　　　　我只是个孩子，认不识半点愁；

忽然有一天，——我又爱又恨那一天——
我心坎里痒齐齐的有些不连牵，
那是我这辈子第一次的上当，
有人说是受伤——你摸摸我的胸膛——
他来的时候我还不曾出世，
恋爱到底是怎么一回事？……

朗诵完毕，樱草微微颔首，笑着跟大家一起鼓掌。陈少湖松了口气，攥紧手中一个厚厚的笔记本。

告诉她。告诉她。今天就告诉她。

陈少湖从未想到，自己会为一个小自己八岁的小姑娘，纠结成这样。他本是一直意气风发，自信十足，从不被任何困难打倒的新时代好青年啊。父母钟爱的幼子，含着银匙成长的少爷，虽然家境豪富，父亲更贵为北平商会会长，权倾北平经济界，但是他自小儿受到严明教育，并未被这优裕的环境宠坏。半生梦想，是做一个顶天立地的大英雄，投军杀敌，为这动荡的中国奉献自己的青春热血，偏生天资文弱，手无缚鸡之力，近视眼镜老早就蹲在鼻梁，无情扼杀了他的从军路……

他重新思索了自己的前程，转而学医，立志成为一名优秀的外科医生。用手术刀来浴血救人，那也是以苍生为念，为家国报效的正道啊。北平最好的医学院是协和医学院，教育水准直追英美强国，只是对生源筛选极严，多少学子可望而不可即。但陈少湖学业一直拔尖，成功考上燕京大学医学预科，三年苦读后，以全年级第一的优异成绩被协和医学院录取。与他同时报考的燕大同学共五十二位，最终考取的只有十五位，陈少湖是这十五位同学中年纪最轻的一个，入读协和时，刚刚过了十九岁生日。

协和之冠绝医学界，是有道理的。师资力量、硬件条件、教学体系，都极精严，每年都有为数不少的学生被淘汰，能熬过五年寒窗顺利毕业的学生，不到三分之一。这样的压力下，陈少湖们必须夜以继日地埋头在教室与实验室，许多同学被繁重功课压得，终年不见阳光，面色苍白，神情呆滞，彼此戏称为"协和脸"……

但陈少湖又与他们不同。

他从未放弃自己的报国梦、从军梦，还有，文学梦。他关心时事，常读报纸，爱读诗写诗，无论课业多么繁忙，也按时去参加诗社，与北平各校青年朋友热论天下，风雨不改。诗社里他结交了不少好友，男生女生都有，让他感受到志同道合的快乐，酒逢知己的畅爽，但是唯有这位林樱草，给他带来的不仅有相知的愉悦，更有……爱情的烦恼。

相识没多久，他就知道自己爱上她。那阳光般灿烂美好的笑容，读起诗来深情投入的神色，都让他迷醉，让他倾倒，她打破了他"匈奴未灭，何以家为"的信念，把他那先立业后成家的伟大计划，搓揉成团，一把丢进了时光的废纸篓。眼前的她，就是自己梦想中的那个人，勇敢、坚强、乐观、浪漫，有理想，能够理解他，支持他，陪伴他共同投入为时代为家国献身的事业……他不能错过她，不能放弃她，她就是他必须赢得的爱情，必须实现的梦。

"樱草，还没走？"

诗会已经结束，大家三三两两散去，只有樱草依然倚在窗前出神。陈少湖坐到她对面："有什么心事吗？一直在看雪。"

樱草收回视线，望了他一眼，双颊晕红，笑道："没有，只是想起……小时候的一些事。"

陈少湖深吸一口气，将手中一直攥着的笔记本顺着桌面推过去："送给你。"

樱草惊喜地接过本子："是什么，手抄的诗集？呀，这么多。谁的作品呀？"

"我的。"

"你写的？都是你写的？"樱草钦佩地瞄他一眼，轻声念出来：

> 你的心如莲花初绽嫩蕊，
> 那样的馨香，那样的真纯，那样的美！
> 你的眼神如早春的晨露，
> 化开这黯淡人间，所有的霭与雾；
> 你的声音如晚风般温存，
> 暖了我的心，救了我的灵魂！
> 你的笑容如神祇的火焰，
> 带我进入燃点希望的圣殿。
> 我爱，请你接受！
> 一颗心只为你忠诚守候……

樱草品读良久，赞了一声："写得不错。意境上似乎弱着点儿，但是够真诚……谢谢你跟我分享，我捧回去好好学习学习！"

陈少湖没料到精心准备的礼物会带来这样的反应，这天真烂漫的女孩子，还真是让人为难啊……他尴尬地扶了扶眼镜：

"是写给你的。"

雪已经停了。来今雨轩窗外的公园一角，奇木异石琳琅满目，棵棵千年古柏顶着雪冠尤显苍劲，那采自圆明园的青色山子石，白雪掩映下更是如诗如画。而窗前两人，都无心欣赏，陈少湖只热切地盯着面前的樱草，樱草则满面飞红，深深埋头在桌上诗集里，一声不能出。

"你……愿意接受吗？"陈少湖的声音都带着火般炽热，"我的心意……"

樱草心里，乱纷纷的一片轰鸣。惶恐、羞涩、感激、愧疚……搅成交杂错乱的一团，越是急切，越抓不到一丝头绪。本能地想要拒绝，又不忍心伤害这颗坦荡荡交出来的心；若说要接受，实在……又有些不对头。

相处两年，虽然不是朝夕相见，但确是志同道合，她与陈少湖，一直是诗社中最谈得来的挚友，八岁的年龄差，大学生和初中生的境遇相隔，都未影响两人在各种事物上的共鸣，每次和他一起吟诗诵词，交流时事，畅谈人生，都无比的舒心愉悦……但是，是不是就要踏入这火热的爱河中呢？樱草从未想过啊。读了这么多的爱情诗，真到爱情来临时，为什么满心里想的全是逃避？没法面对这热烈追求，没法承受这滚烫心意，只希望这一切根本没发生过，他从来没提起过，仍然还是那个彬彬有礼、和她只谈文学和理想的挚友，是那个成熟睿智、让她敬佩和景仰的兄长，她珍惜这深厚而又纯真的情分，多希望友谊就这样持续下去，就像和她其他几位大哥哥，竹青哥，玄青哥，天青哥……

一想到天青哥，刹那间沸腾的心里更添动荡，樱草慌乱地按住了胸口。她在想什么？真是不希望爱情到来，希望兄长的友谊地久天长吗？如果今天，在这里，袒露心意的是天青哥，又怎样？

眼前顿时幻化出另一个人，高大，英武，眉宇间永远带着轩昂神采，望向她的眼神，永远关切、温厚、纯良，充满纵容和宠爱，今天若是他，坐在这来今雨轩的窗前，对她说："我的心意，你愿意接受吗？"……

一时间，仿佛被一道闪电击中，樱草僵在桌前，心跳得隆隆作响，几乎就要跃出胸膛。是，如果是他，此刻感受会不同，她不会犹疑要不要接受，不会希望这一切根本没发生，不会去向往友谊天长地久，不会去斟酌是不是志同道合，她好像一直就在等这一刻，一生都只为了这一刻，直到彼此托付了这颗心，这一生才算圆满……

这是什么呢？这是……爱啊。这么久的纠结煎熬，此刻忽然变得一片洞明：她是在不知不觉间，陷入了爱情。她爱的不是陆文龙，不是黄天霸，就是一直守护她、爱惜她的天青哥，原来爱情并不像诗里写的那么复杂，真正的爱情来时，根本容不得你斟酌、动摇、疑神疑鬼、患得患失，你会真切地知道就是他，除了他绝没有第二个，他就像阳光照进你生命，让你不顾一切地奔向他、追随他、接受他、融入他……

陈少湖紧张地盯着樱草。面前这张小脸，神情瞬息万变，一时嘴角不自禁地带着微笑，让他的心也跟着狂喜；一时眉宇间又挂满惆怅，让他的心抽紧得绞痛。这神情绝不是他希望看到的默许或接受，她……在想什么？他忐忑地又叫一声：

"樱草？"

樱草恍若从梦中醒来，两颊红热如火，黑亮的大眼睛凝视着他，神色虽然温暖，但是其中却有些什么东西，让他心中一沉。果然，唇间吐出的，是他最不想听到的话：

"对不起，少湖。"

"为，为什么？"

樱草难堪地捂住了脸。该怎么说呢？面对这样的挚友，不想虚与委蛇，更不能矫词欺骗，但是要坦承心中这份动荡，也太……她低下头，看到面前诗集，忽然之间，心中一动，拿过自己带来的纸笔，咬着嘴唇沉吟一会儿，写下了几句话。

陈少湖接过来，费了好大的劲，才镇定心神，看清了纸上的字：

莲花中的嫩蕊，只为一人绽放，
晨露般的眼神，只为一人凝望，
晚风中的歌声，只为一人吟唱，
火焰一样的笑容，只为一人飘荡。
朋友，请你原谅，
一颗心没法子两处儿安放。

陈少湖心中，仿佛被重锤猛击，一时间胸塞气短，半晌说不出话来。过了好半天，方才艰难开口：

"我来迟了？"

樱草稚嫩小脸上，涌起少见的忧伤："不是来早与来迟的事……是命中注定的事。"

陈少湖深吸一口气，昂然道："他是什么人，能告诉我吗？我爱你，也自认为有资格赢得你的爱情，我愿意与他公平竞争。"

"……不可能的。"

"为什么不可能？"

樱草的一双黑眼睛，清澈明亮，虽然带点儿羞怯，但仍然坦坦荡荡地望向他：

"爱情，怎么能讲公平？我的心，已经放在他的身上，就不可能对你公平。"

陈少湖颓然伸手插进头发，把整齐的分头搅成一团鸟窝。事已至此，还能做些什么？纵然聪敏过人，百战百胜，但是在一颗不属于你的心面前，再强大的力量又能怎样……望着眼前这纯真友善的小脸，充满歉意的眼神，他胸中酸痛，掩饰地摘下眼镜擦了擦：

"是我冒昧了，对不起。"

"我很感激你，少湖，你对我太好了。是我当不起这么厚重的心意。"樱草郑重捧起手中诗集，意欲奉还，但被陈少湖举手挡住：

"送你的礼物，留着吧。我这份心思，能够被你珍存，也算没有白费。到你白发苍苍的时候，给你的儿孙看看，哈哈……"陈少湖强笑两声，忽然悲从中来，喉头哽咽，说不下去了。

"少湖，你……"樱草想起那首《最后的坚决》，不由得满心惶恐。陈少湖戴回眼镜，长吁一口气，像是猜到她在想什么似的，笑了一笑：

"放心吧，我没事。爱情这回事，没法勉强，我喜欢刘梦苇诗中的激情，不等于会学着诗中那样寻死觅活。"他两手在桌上一摊，"时候不早了，我送你回家吧？"

来今雨轩门外，大雪没踝。樱草双手互搓着，凑在嘴边呵气取暖。陈少湖已经全然不觉寒冷，长吸了一口雪后空气，轻轻问道：

"你知道'来今雨轩'这名字的来历吗？"

樱草抬头望去，前总统徐世昌亲笔题写的"来今雨轩"匾额高挂门檐正中。"是杜工部的'常时车马之客，旧雨来，今雨不来'？"

"对，今雨，指的是新结交的好朋友。"陈少湖慨然伸出右手，"我们永远都做常来的今雨，好吗？"

樱草笑了，灿烂阳光又回到红扑扑的小脸上。她拉住陈少湖的手握了握："一言为定！"

"靳老板，靳老板！"

广盛楼院外拥挤的人群，忽然爆发出一阵欢呼。是靳天青到了。守候已久的男女戏迷纷纷拥上，争睹这大武生的真容，天青四下拱手致意，好不容易才穿过人群进入院内。身后留下一阵激动的窃窃私语：

"真俊呀，比台上更俊！"

"太喜欢他了，下次还在这儿等他！"

櫻草站在人群最后，默默地望着这热烈场景。她当然不是高呼"靳老板靳老板"的一员，但对这肆无忌惮的呼唤，不自禁地也有些羡慕呢。她本来也是有胆量有气魄，敢于直通通表白的女孩子呀。但是，能够在黛螺面前，在陈少湖面前，都侃侃而谈的爱情，唯有在一颗心儿暗系的天青哥面前，无论如何也说不出口。这些日子以来，积蓄许久的胆量，每次都在与天青视线相触的一刻用尽，慌慌张张地低了头，嘴里说的，全是不着边际的废话。

真懊丧自己变成这样！但是没辙，她的心里，满满的都是怕。本来一向很笃定天青哥喜欢自己、爱护自己，现在却完全没了信心，朝思暮想，盘算来盘算去，只觉得自己是他根本不会喜欢的、只因从小儿一块长大才不得不爱护的小丫头子。茫茫岁月，浩浩红尘，你怎么才能正巧儿地遇见一个被自己热烈爱着，也热烈爱着自己的人？两心相悦的爱情，是如此机缘渺小的一件事，或者它就是只存在于诗里，根本没机会出现在真实人间。

但是，若总是藏在心里，又怎么能知道他的心呢？

櫻草咬咬嘴唇，跺一下脚，飞快地向院中奔去。门房刘师傅看见她了，热情地招呼了一声：

"丫头子，你师父今儿不来！"

"嗯，嗯，我找我师哥！"

櫻草像是不给自己反悔机会似的，一边大声喊着，一边不停步地奔向后院。

从后院小楼梯上楼，走过一条黑黢黢的走廊，就是后台。靠墙放着成排的衣箱盔箱把子箱，诸多伶人正在忙碌扮戏，穿蟒的，扎靠的，勒头的，试把子的，一组组各司其职，每个人都清楚地走着自己的流水，虽然喧嚷，却是忙而不乱。櫻草侧了身子，踮着脚儿，趁没人留意，溜着墙边儿趄向最里面的扮戏房。

原本在大间扮戏的天青，挂牌之后，已经在角儿专用的小间里扮戏了。他刚化完妆，正对着镜子，在水衣外面套上胖袄，仔细将一条雪白的护领绕在颈周，抻平，两边小带系在腋下……眼角一瞥间，猛地望见站在门口的櫻草。

"櫻草？"

"天青哥！"

天青望望她身后：

"你……怎么到这儿来了？"

"我，我来早了，所以……"櫻草见他神色不甚欢迎，心下先自怯了，努力堆起笑容，"来看看你……"

"外人不能随便进后台啊。"

"我上次都……"

"完戏倒也罢了，正唱着的时候，后台是一等一的重地，闲人一律免进。"天青像哄小孩一样挥着手，"快出去快出去，让师父瞧见了准定骂你。"

樱草满腹心事，一下子都结成顽石，硬邦邦地堵在喉咙口。正不知该怎样处，忽然身后传来和气的声音：

"算啦算啦，都已经进来了。"

是玄青走过来，靠在门边，神气儿悠闲："别怕，师妹，师父今儿不来，你随便逛。"

"师哥，"天青讶异地转向玄青，"你怎么了……带头破规矩？戏比天大，唱戏扮戏都是一丝儿错不得的事，外人出出进进成什么话？"

"在师妹面前讲什么规矩？她不是外人！"

"师哥！"

"怎么，你还知道我是你师哥？"玄青冷笑一声。

刹那间，扮戏房里一片死寂，两人视线相撞，仿佛把空气都凝成一团冰。樱草从未见过师哥们有如此争执，一时间张口结舌，呆在原地。玄青微微昂起下巴，两臂抱在胸前。天青沉默片刻，看了看樱草，没再说什么，绕过他们二人，出了扮戏房。

都是自己惹的，都是因为自己冒失，自己傻，自己笨！樱草心里，沮丧万状，恨不得一捧土埋了自己。她低头盯了半天脚尖，也转过身，待要奔出门去，玄青在旁笑道：

"别理会他，樱草，你爱在哪儿待着就在哪儿待着，师父不在，我说了算。"他扫视一下这挂牌角儿专用的扮戏房，眯了眯眼睛，"天青哪，现在是角儿了，份儿大了，毛病多了，拿糖作醋的。"

樱草轻声道："别这么说，玄青哥，是我不对。"

玄青凝视着她，又笑了笑："你们可真都听他的。"

樱草埋下头，一脚高一脚低地走出扮戏房，心乱成一盆糨糊，要努力控制着才不会在后台当众大哭。路过盔箱时，眼角余光，望见火红的人影一闪，鬼使神差地又抬头望去，那是正在勒头的天青。

他已扎好一身硬靠，火红大缎，七彩绣龙，周身一道道闪着金光的海水江牙。戏衣这东西，大多是真丝彩绣，不能洗的，时日一长，难免有些陈旧，但是穿在天青身上，仍然有着一份夺目光彩。他正坐在镜前，全神贯注地按着两鬓，盔箱师傅在他背后，用力将勒头带勒上他的额头，扎紧，套起黑网子，再勒一道浸过水的黑纱，勾出流畅的月亮门形状的发际线。

伶人扮戏的样貌变化，最关键的就在这一步。勒头之后，眉梢眼角都被高高吊起，剑一般飞向鬓角，人显得容光焕发，神采飞扬，平日里练就的精气神，在这一刹那间扩大了几十倍。当然了，勒头的痛苦，不是一般人能承受，若没有成年累月的苦功支撑，勒不了多久就会呕吐，别说唱戏了，开口说句话都是千难万难。似天青这等常年登台的角儿，自然早已习惯，只泰然自若地按按水纱，对镜审视一番。衣箱师傅迎上，捧过插着四面靠旗的背壶，拽起靠绳，为他扎在肩背。盔箱师傅取来高耸的红扎巾、大额子，勒紧在他头上。

一班人马，上下忙碌，终于把这角儿装束停当。天青走到把子箱前，接过把子箱师傅递上的金杆单枪，掂了一掂。今儿要唱的是《小商河》，南宋大将杨再兴大战金兵的戏，此时的天青，已俨然是那位名垂千古的盖世英雄，红盔红甲，英姿勃发，靠旗四面招展，彩绣灿然生辉，一双明亮的眼睛，如电般向周围一扫。

樱草觉得这过道里她待不住了。扮起来的天青，身上、脸上、眼神里，都散发着凛凛光芒，内在的气韵、力量、神采，都在这戏的天地里强烈激发出来，吸引得樱草转不动眼睛，也逼得她喘不过气。就算在边角之地，隔着这么远的距离，都让她感受到了迫人的压力。

她后退一步，低了头，一声没出地贴着墙逃走了。

日戏散场已是黄昏，夕阳斜照，暮霭茫茫。樱草从戏楼出来，一个人在后院踟蹰一阵，留恋地望着小楼梯上重帘深掩的门口。那里依稀传来后台的喧闹，那样美好，那样奇妙，那样生机勃勃，但那不是属于她的世界。晚风袭来，一阵阵的阴冷，她裹了裹衣襟，惆怅地围好围巾，向院外走去。

刚刚绕过楼边，忽听头顶一声呼唤："樱草！"抬头一望，竟是天青。他只穿着水衣子，妆还没卸，伏在楼梯栏杆边，喜悦地唤道："太好了，你还在这儿！"说话间，双手一按，直接从楼梯上跃下来，望了望院门外守候不去的戏迷们，冲樱草招招手：

"你过来，我有话说。"

樱草犹豫着转过身，慢慢蹭回到天青面前。他的额头照例还留着勒头印子，汗水在满脸粉彩上划出淡淡痕迹，顺着脖颈往水衣子里面流。樱草有些心疼。《小商河》是一场唱念做打俱全的大戏，起霸，趟马，鹞子翻身，圆场，摔叉，僵尸……体力消耗相当大，不知道为什么唱完了不休息，竟直接奔出来找她。

"天这样冷，你……"

樱草还未说完，天青开口打断：

"你别生气，樱草。后台有后台的规矩。在家里怎么玩都随你，到了戏园子里头，要尊重戏。老辈时候扮了戏根本是不许再说话的，现在没那么严了，可也不能随意放外人进去说笑。你是我师妹，是亲人，可是在戏班子里头，还是外人。"

樱草这才明白他想说什么，不由得满脸通红："我明白，天青哥，是我不好，以后我不乱来了。我没生气，你别生我气就好。"

天青认真地盯着她：

"没生气？不是吧，你瞧你，都不会笑了。从没这样过吧。"

"我真没生气，我是有点儿……怕你。"

"怕我？怕我干什么？你什么时候怕起我来了？"

樱草怔怔地望着他。他还穿着厚底，这么高，比樱草高出一个头还多，肩也这么宽，能装两个樱草进去，唇紧紧抿着，下巴绷紧着，那双描画得粗黑的眉眼，正目不转睛地凝视她，眼里黑白分明，湛然生光，反射着背后的院墙、夕阳，还有她自己的身影……樱草忽然无措起来。她还从来没有这样仔细地看过天青哥。

"你……我……"她结结巴巴。

天青困惑地歪过了头。樱草最近不知是怎么了。这九道湾里出来的羊仙姑，一向活泼爽朗，比男孩子还要敢说敢干，从没这样吞吞吐吐躲躲闪闪。这些日子，人好像都瘦了，现在站在自己面前，穿着厚棉袍，仍显得这样纤细柔弱，仿佛吹一口气都会摔倒。一双小手用力捻着围巾流苏，脸上红红的，憋了老半天都没说出话来……出了什么事？天青顾不上自己的心事，满怀揣着的都是担忧：到底是遇上了什么特别为难的事，居然连他都不肯告诉？那得是什么样的事儿？

"樱草，你不开心吗？"

"没有啊。"樱草抬头瞥了他一眼，神情略显慌乱。

准是发生什么事了。天青半蹲下来，两手扶住膝盖，盯着樱草：

"若是有人欺负你，告诉我。"

莫名其妙的委屈袭上心头，樱草快要撑不住。再热切的希求，再深沉的心迹，都没有用，在他面前，她始终是那个张皇无措的小丫头子。今儿真是出师不利，时运不济，事情让她搞得这么乱七八糟，还能再说什么呢？她扁扁嘴，努力压住涌到眼圈的泪：

"真的没有，天青哥。"

　　天青看着这随时要哭出来的小师妹，无奈地叹了口气。晚风吹来，他只穿一件单薄水衣的身上，感觉到刺骨凉意，忙伸手帮樱草拉紧围巾，裹住她已经被冻红的小脸：

　　"快回家吧。有什么需要师哥做的，尽管说。"

　　"天青哥……"樱草好似鼓了很大勇气才开口：

　　"明儿没戏，我们一起去颐和园，看廊画儿，好不好？"

　　天青眼中放出惊喜的光彩，刹那间又熄灭了，微叹口气，踌躇道：

　　"明天师父帮我约了去张五爷家说戏，不能误的。下次有时间了再去，好不？"

　　"嗯嗯，不用了，天青哥，好的，我上课去，不不，我回家了……"

　　樱草跑了，那样快，那样匆忙，天青迷惘地看着她飞一样消失在自己视线中。

第九章　翠屏山

"二爷，广盛楼那个喜成社，新来的坤旦筱妃红，听说顶不错的。"

"是吗，怎么个不错法儿？"

"那身段，那跷功，柔得跟没骨头似的。最勾人是那眼睛，能把您看化了哪。"

"嚯！有那么神！真哒？"

"我乌老三哪时候扯过瞎话呢！"

林郁苍对这位新来的教师爷乌老三，可真是满意。

自打林郁苍被那个不知来历的壮汉耍骗，锁在柜里闷了两天之后，林墨斋对这独养儿子放心不下，专门派了谭五孙六给他保驾。谭五孙六那当然是极威武的，但是这两位出身善扑营的爷，实在太不知情识趣，整天像一对儿门神一样看着林郁苍，让他过得那叫一个不痛快。林郁苍费了好大周折，保荐前门外结识的混混儿乌老三做自己的教师爷，好不容易才求得爹爹允准。

说是教师爷，原应好好教些拳脚枪棒，结果这位乌老三，整日单带着林郁苍满世界打野盘儿。他常年混迹市井，见多识广，想出来的那些耍乐，有的连林郁苍自个儿都没听说过。再者说了，他比林郁苍大四岁，已经是个成熟的老爷们儿，身长八尺，膀阔十围，打起架来是把好手，有他在身边，还学什么拳脚枪棒？走哪儿都只有林郁苍欺惹旁人的份儿，没旁人欺惹他的份儿。

"什么时候有筱妃红的戏，陪爷一起去！"林郁苍拍了一下大腿。

像广盛楼这样的戏园子里，历来都不缺专为捧角儿而来的看客。他们中许多人，根本不在乎戏的好坏，只看台上伶人姿容，瞧顺眼了，猛喊一通邪好，不顾座中众人瞩目，大声说笑，怡然自得；待到完戏，闯去后台，跟伶人搭讪几句，有意的，拉去私会，无意的，也要涎皮涎脸，争取略亲芳泽。这样的看客，还经常因为争风吃醋而当场开打，台上正唱着，台下小茶壶横空乱飞，污言秽语叫骂不绝，也是老戏园子早就习惯了的一景。

林郁苍带着乌老三和几个小厮光降广盛楼这天，筱妃红唱的戏码是《活捉三郎》。这是一出花旦和文丑的对儿戏，人物出自《水浒》，就是"宋江怒杀阎婆惜"那段，关目却是凭空编造……咳，他林郁苍根本不需要知道这些，他纯是冲着角儿来的。

"酒不醉人人自醉，色不迷人人自迷……"

阎婆惜被宋江杀死后，魂魄来到生前私通的张三郎文远家里，将他也带去阴间。紧密的锣鼓点儿中，阎婆惜两只水袖软垂，飘然而至，身子如被风吹在水面一样轻轻摇摆，完全看不出脚步挪移，随着她身子越飘越轻，台下叫好儿声也是越嚷越炽。看客交头接耳：

"好一个水上飘。"

"难怪一坤旦也能在广盛楼站稳脚，这'魂步'走的，啧啧！"

唯有林郁苍啜着小茶壶，高声叫道：

"好俊的小脚儿！露出来给大爷看看！"

阎婆惜脚上的跷，在裙下若隐若现，只露出小小一个鞋尖。跷这种东西，本是为了就合男旦的，立起脚尖，绑上鞋型木跷，能以男人的大脚片子演绎三寸金莲；但是踩跷之后，自然身姿窈窕，有一种穿普通彩鞋不能比拟的风情，所以成了一门颇受欢迎的硬功夫，花旦武旦，尽皆用之，坤旦亦不能例外。如今民国已久，裹小脚的风气废了多年，民间早就见不着了，但是戏台上一直这样活色生香地再现着，之风流之性感，不禁令林郁苍之辈心痒难搔。

那筱妃红早已见惯台下乱象，神色不动，径自做足台上功夫。站定了，开腔了，凄凉的鬼魂，游移于阴阳之间，眼神依然妩媚地流动着，向那前生冤家，诉说隔世心事：

"阎婆惜，泪纷纷，一点灵犀说实情。

今晚特奉阎君命，相请君家一同行。"

张文远吓得跌坐：

"无非要我死了的意思，学生生病才无得工夫，若说起死来么，这得少陪唔个哉……"

林郁苍又怪声叫道："他不要你，你跟我哎！"

　　乌老三附上耳边："二爷，悠着点儿！当心弹压席。"

　　也正是为了对付台下乱象，最近大多戏园子都设有专门的"弹压席"，重金聘请荷枪实弹的军警坐镇，专门弹压捣乱的看客，若闹得狠了，立时就跳出来把你拖出去收拾一番。林郁苍再有能耐，也不敢跟军警叫号儿，眯眼望去，只见那帮凶神恶煞的家伙，已经横眉立目地瞪着自己，只好恨恨收声。

　　"别急，二爷，"乌老三又出主意，"他们完戏了就撤了。改天咱们多带些人过来，完戏后去后台堵筱老板，准成！"

　　"好嘞！哈哈，就这么定了！"

　　戏台上，阎婆惜拖着不情不愿的张文远走远，林郁苍眉开眼笑，怪叫了最后一声：

　　"筱老板，回见！"

　　这些日子的天青，真是疲惫不堪。戏贴得多，几乎日日都要唱，早晚的练功学戏也一点不能撂下，师父又帮他央了张五爷，给他说全部《武松》，一至十本，从景阳冈唱到蜈蚣岭。张五爷多年唱夜戏的习惯，昼夜完全颠倒，每次都是后半夜三四点钟养足了精神开始说戏，一直说到傍中午，这可苦了天青，一天上下，几乎没有能歇息的时候。

　　但他的心里，涌动的全是勃勃激情。功夫不负人。技多不压身。这么多年全心全意地打熬，如饥似渴地练功、学戏，就是因为爱戏，就是盼着多唱戏，唱好戏，好好唱戏，现在机会来了。他正走在一条曲折但是宽敞，艰苦然而甜蜜的大道上，他乐意去努力，去珍惜。戏贴得多学得多，那都是好事儿，他正年轻，有的是精力，疲点累点，不算个事儿。

　　最近他搬了家，到广盛楼来住了。爹爹去世之后，家已不成个家，功课和演出都越来越忙，在马蜂嘴那个大杂院里待的时间很少，正好广盛楼后院那个曾给吴缁尘暂住的小仓库还一直空着，索性禀明了师父，租下这个仓库栖身。

　　所谓仓库，只是倚墙而建的一个小屋子，里头狭窄昏暗，四壁空空，实在衬不上天青现在的身份，不过他不在意这些。孤孤单单一个人，买大院子又有什么用呢？还不如将攒下的戏份儿，接济社里穷兄弟们。住在广盛楼院子里，每天练功唱戏，十分方便，日常杂务也都能帮师父照应着，因有他在，广盛楼和喜成社上下都觉得安心。最欢迎他的还要数打更的刘师傅，自打他来，刘师傅可偷了不少懒，时不时溜回自己家里住。

　　学了《武松》之后，白喜祥要社里加把劲，尽快排出来贴演。班社里演老戏的规矩都是"台上见"，不用事先练的，但是张五爷的《武松》是新路子，所有人都生，得排几遍，于是这个星期天上午趁着广盛楼没戏，闭门谢客，全社响排。

天青早早就来了，戏楼里还没人。冬日阳光隐隐地从纸糊的窗缝透进来，斜斜一线，映着戏台上飞舞的尘埃。每夜里通宵笙歌的戏台，光辉灿烂的一方天地，在阳光照射下是那样残旧，仿佛是一个倦睡未醒的人，憔悴地，迷茫地，显出平素不为人知的老态来。它的精气神，全都由戏台上的人带来吧。现在台上是那个轻捷剽悍的武生，精干的短发，白水衣子，黑彩裤，一路飕飕作响，舞了一套刀花。

"好——！"

天青收式，但听得台下娇柔的一个女声叫好。举手挡着阳光一看，原来是筱妃红。妃红搭班已经大半年了，彼此熟识，但未演过对手戏，今次全部《武松》，她去潘金莲，算是两人第一次搭档。

"筱师姐早。"

妃红嫣然一笑，袅袅娜娜，走上台来。一头披肩长发，烫得卷卷的，今天因为排戏，全部束向脑后，松松绾个髻，露出光洁的额头。她的五官特别精巧，小小的嘴巴，小小的鼻子，一双细长的秋水眼，晶晶发光，仿若总有水波流动。她也穿着水衣，粉色彩裤，脚上绑了木跷。

"自打搭班以来，就一直听说靳天青练功最勤力，果然名不虚传。"

"夸奖了。筱师姐，这戏以前你会吗？"

"学过昆的《义侠记》，'见叔戏叔''挑帘裁衣'……'杀嫂'倒是还没动过。"

"你功夫好，准成。"

"我铆上吧。可算有机会傍靳老板，得傍严实点儿。"妃红笑吟吟瞄着天青。

天青也笑笑："您这损我呢。"

社里的人陆续到了，都上了戏台，白喜祥居中而坐，庄重威严，指点着一众江湖豪杰演出这脍炙人口的经典故事。

"好酒！"天青手持长棍，醉步上场。虽然只是响排，不需扮戏，但是身姿挺拔，神色端凝，顾盼之间，凛然便是那盖世的英雄。景阳冈上，酒助豪情，武松一双铁拳打死猛虎，来在阳谷县巡街，却遇到离散多年的兄长。兄弟相见，悲喜交加：

"兄弟啊，哥哥我成了家了！"

"噢，我有了嫂嫂了！小弟拜见嫂嫂！"

妃红眼波流转，整整装，理理鬓，跷着碎步迎上：

"我这儿还礼了！"

她也未曾扮上，只一身素净的水衣彩裤，轻、薄，紧紧贴着腰身，比多少华丽衣衫都更吸引人心。这动了非分之情的嫂嫂，回到家里，在房中婉转吟唱：

> 自那日见武松相貌英俊，不由我心儿里暗中含情。
> 怎奈他却对我十分尊敬，我满腹的话儿也难云。
> 适才间送酒菜说二郎要进京，
> 到此时也顾不得羞耻名节，用话儿试他心情！

妃红的眼波，又俏又媚。不愧是文武昆乱不挡的名旦，虽然也只是盈盈二十岁年纪，但是风霜历练，走南闯北，仅戏台上这份从容气度，就是班社里许多爷们儿都及不上。只见她跷尖点地，款款而行，如花枝摇摆，弱柳扶风，轻轻欺近武松身边，一口京白，软糯又甜润：

"嫂嫂我，敬你一杯成双酒！"……

白喜祥出言，打破这时空的幻象：

"妃红别光顾着做身段，这杯都歪了，酒早洒了。天青，不要惊撅撅的。武松是大英雄，要处乱不惊。反应大了，身份就低了。"

"是，师父。"

妃红含笑瞟着那伟岸的大英雄。他一门心思沉在戏里，完全不做旁骛，眉头略蹙，认真思索着，专心表演他的"堂堂奇男子，烈烈大丈夫"。他不接受这送上门来的缠绵情意，痛责嫂嫂一番，挥袖一拂，昂首远去，徒留下那美貌佳人幽怨难当。

这世上，真的有武松这种男人吗？

戏排完了，人去，屋空。天青一身都是汗水，不想回去更衣，坐在戏台上歇着，一时心潮翻涌，索性躺下来，手脚摊个"大"字，仰望着棚顶。再过两个时辰，日戏就开锣了，接下来就是夜戏，这整整一个日夜，又要耗在戏台上过去……

没关系，他喜欢。他爱这戏台，爱这戏园子。尤其广盛楼这个园子，他觉得是充满了灵气的，上百年来不知有多少角儿在这里唱过多少大戏，一声声音韵回荡在这里，一步步足迹印刻在这里，台上台下，桌椅板凳，都留着老祖宗的灵魂。躺在台上，似乎都能听见他们走动时的沙沙衣响……天青不怕这个，他希望人都是有魂的，死后多少年还能回来，能探看自己亲爱的人，陪着亲爱的人，用自己不被察觉的手泽爱抚自己亲爱的人。他的爹和娘，樱草的娘，竹青的爹……人的勃勃生命，饱含爱的心灵，只存在于世上这么短暂的时间，不够的啊。不够的啊。

> ……又只见乌鸦阵阵起松梢，数声残角断渔樵。
> 忙投村店伴寂寥，想亲帏梦杳，想亲帏梦杳，
> 这地是空随风雨度良宵。

他低声哼唱。

有人走上来，轻轻坐到他身边。天青一个鲤鱼打挺坐起，却见是筱妃红。她对天青一笑。手指宛转绕动着，曼声唱道：

> 你本是打虎的英雄将，我也是如花的美娇娘，
> 今日里我把真情讲，英雄美女配鸾凰。

天青熟练地接上："嫂嫂，你把小弟当作甚等样人看待！"

妃红住了口，笑吟吟看着他："你还在戏里呢？"

"啊，是啊。"

妃红侧过头来，散开盘起的鬓发，用手指梳弄着："你说，刚才我临死时最后那声叫，够响堂不，值不值得一半的戏份儿？"

天青笑了："值！值得双倍的戏份儿。"

"还真挺累的，都快叫不出来了。"

"有劳你了。前面那'乌龙绞柱'，走得真利索，我见过的武旦都没有你走得好。"

"十几年的功啊，也没白练的。"

"你是科班出身？"

"嗯，我原在梆子科班，十五岁才改过来，不过，登台倒早，六岁就出道了，外号'科里红'呢。"

"听说科班练功很苦啊，打得厉害。姑娘家也打么？"

"打呀，怎么不打。我为练这跷功，险些儿给打残了。师父叫我成日绑着跷，行走坐立都不许解开，还说我腿不直，让两腿中间夹个扫帚，不许掉下来，一掉下来就用扫帚头子照着腿抽。夏天站三脚，在那二尺高三条腿的条凳上头，一站半个时辰；冬天在冰面上跑圆场，一跑二百圈，哎，脚全磨破了，跷筒子里都灌着血呀。疼得受不了，悄悄褪下来点儿，被师父看着

了，就拿那个烟袋锅，抽得我哭爹喊娘。"

天青惊了："怎么这样？小子们打打也就算了，皮实；姑娘家这么打，不打坏了？"

妃红嘴角一弯，眉眼都带着笑，轻轻用指尖点他："你呀，还真知道爱惜姑娘家。科班才不管这个呢，功都是打出来的。你没坐过科么？"

"我是师父的手把徒弟，一直只跟着师父的。他老人家脾气好，不打人。"

"哎，真有福呀。我到现在还梦着当年挨的那个打呢，梦里都吓醒过来。你知道有一种打法叫'两面焦'么？"

"不知道啊。"

妃红伸出手来，捉住天青的手，手心朝上，按在地上："就是这样：手背贴着硬桌子，用戒尺打手心，打不几下，手心手背就全都伤了。你看，就这样：啪，啪，啪……"她凝视天青的脸，用自己的手一下下在天青手心上轻轻打着。

天青脸红了，他抽出手，藏在身下："那，那真是挺疼的。"

妃红微微侧过头，眼睛闪闪发亮地盯住他："你疼了？"

天青不自在地避开视线，跳起身来：

"时候到了，我扮戏去！"

"二爷，咱社里这《武松》，可真是火啊！报上都说'名动京师'。天青这孩子算是拔了尖啦，让您和张五爷调教得，一身是戏。妃红也是，现在都叫她'活金莲'呢，外头不少行家，指名要听筱老板的戏。"

广盛楼扮戏房里，黎茂财坐在白喜祥身边，喜气洋洋地念叨着：

"还有，二爷，花脸孟爷辞班去天津，小生高爷告老还乡，这之后社里的牌子还没从头里挂过。新来那两位爷您也见了，叫座可不如天青。咱们以前商量的，让天青挂三牌的事，到火候了没？还有玄青，也顶不错的吧，挂不挂牌，您觉着呢？"

白喜祥手指在椅子把手上轻轻弹动，微闭眼睛思索。一旁的崔福水直率插言：

"天青挂三牌，我赞成。玄青呢，我觉着还差着点儿。他起码得再有个一两出叫座的戏，挂起牌来才能服众。二爷，您最近在传他什么新戏呢，贴出来试试看？"

白喜祥沉吟道：

"他想学《翠屏山》，他的石秀，妃红的潘巧云。《翠屏山》本是梆子传来，潘巧云那活儿，妃红是出色当行，贴出来准定卖座，但玄青学得，不是太到家。"

"怎么个不到家法儿?"

"这出戏的石秀是'三门抱',老生、武生、小生都唱,需要的功法也分外全面。玄青唱头一折'吵家'还不错,到第二折'耍刀',无论我怎么教,他武功始终差着点儿。"白喜祥轻叹一声,"这不是一时一日的功夫,越心急越学不出来。我跟他说了,这活儿不适合他,唱戏这回事儿,各人有各人的路,勉强不得。师父传你的几出,乍看虽'瘟',却是反复为你斟酌的正道,你专心演练,日久必有所成。他看样子还不太信服。唉,这孩子啊,资质是真好,可是心气儿太高,急于求成,正犯了学戏大忌。"

"那,还是看看再说吧。"一向精刮的黎茂财打起了算盘,"二爷,《翠屏山》是您的拿手好戏,如今又放着筱妃红这么个现成的潘巧云,搁着不贴,太不合算!不如您传给天青吧,他对这个路子。"

"对呀,"崔福水也点头,"我觉着天青成。您看这么着好不:给天青挂三牌的事大伙儿都没异议么,您把《翠屏山》传他,待到挂牌时把这出新戏一起贴出来,风助火势,火借风威,保证比《武松》更能大卖满堂。玄青那边,您也别太忧心,孩子有本钱,慢慢地总能磨炼出来。"

白喜祥又想了一会儿,点点头,向外面喊:"天青,天青!"

天青正和琴师杨二爷调嗓,闻声飞跑进来:"师父!"

白喜祥微笑着,看一眼黎茂财,黎茂财会意,马上笑逐颜开地说起来:

"天青,你师父和我们都商议过了,给你再提一个台阶儿,升为社里三牌,列在二爷和庄七爷之后,戏份呢照老例,一出大戏四十大洋。以后你就是咱社里的号召啦,可得再鼓一把劲儿啊。"

天青涨红了脸,深施一礼:"是,黎爷。谢谢师父,谢谢各位尊长!"

白喜祥缓缓开腔:

"天青,照梨园惯例,各班社挂头二牌的准定是老生和旦角,武生呢,挂到三牌就是最高了,若想再进一步,那得自己挑班才成。我们做长辈的,希望你脚踏实地,再接再厉,以后有实力挑班才是最好,可千万别觉得自己到头儿了,从此懈怠了。人这一辈子啊,挣来的戏份儿,赢来的彩儿,那都是一时虚荣,唯有练就的功夫,学就的艺,是装在你自己个儿的身子里,谁都拿不去的。你还年轻,记着我这话。"

"谢谢师父教导,徒儿谨记。"

"过两天来我家,我给你说《翠屏山》。'耍刀'你一准儿行,只是'吵家'一折,大段的唱念,得下苦功。你不仅有身上,还有嗓儿,这是难得的天资,将来能走到什么地步,要看你自己的心劲儿了。"

"谢师父……"天青困惑地眨眨眼睛,"《翠屏山》这活儿,不是玄青师哥的么?"

"那路刀他拿不起来,还是换成武生应工吧。"

天青十分犹豫:"师父,这是您的拿手戏呢,还是给玄青师哥吧。他若是刀法不熟的话,我陪他练。"

白喜祥叹了口气,摇头道:

"师父心里有数。《翠屏山》这个'耍刀',非同一般,那是谭大爷当年在西太后老佛爷面前,为嵩山少林寺请得万两白银,重修大雄宝殿,僧人无以为报,传他两套少林功夫,一路六合刀,一路撒手铜。谭大爷文武全才,学得功夫之后,用在戏里,撒手铜在《当铜卖马》,六合刀就在《翠屏山》。这刀耍得不好,整出戏就没法看了。我已经竭力传授你师哥,奈何他……就这么定了吧,人各有所长亦有所短,你师哥不适合这个路子,我自会传授他擅长的戏。"

天青只好躬身:

"是,师父!"

阳春三月,《翠屏山》乍一贴演,便在北平爆红。广盛楼满坑满谷,各路行家都来看那骁勇又精细的拼命三郎,手刃他的淫妇嫂嫂。座间尽是津津乐道的回头客:

"石秀这刀耍得太漂亮了,看不够啊。"

"啧啧,长得是个好个子,又有一副好嗓子!又亮又脆,还带炸音,真真难得。"

"'活金莲'要改名儿叫'活巧云'了……"

三郎石秀,戴青罗帽,穿青素箭衣,腰间扎一条杏黄大带,英姿勃勃地登场。英雄落魄江湖,沦为屠户,一路被兄长杨雄、嫂嫂潘巧云,甚至丫环迎儿接连辱骂,一腔怒火闷塞胸膛。大锣夺头,胡琴起,石秀穿云裂帛般开腔:

> 石三郎进门来迎儿骂道!……

台下兜着四角儿炸窝子地喝彩:"好——!"

> ……只气得小豪杰脸上发烧。
> 忍不住心头火与她争吵,还看在杨仁兄生死故交。
> 走上前施一礼老丈别了,俺此去奔天涯海走一遭!

喝彩声长久不歇。

他洞悉了嫂嫂的奸情，乘醉前去斩杀那奸夫淫僧裴如海。怒火熊熊中，醉步蹒跚而英姿不减，一柄单刀贴身而舞，刀势柔中蕴刚，连绵不断，精光闪烁如一条游龙踏云蹿行。满堂看客纷纷高喝：

"好！""好刀！"

妃红的潘巧云，也同样出彩。踩了跷的小脚在裙边若隐若现，水袖绕得一团花似的四下飞扑，一双斜挑的凤眼，灵巧地左转右转："潘巧云闷忧忧愁思满腔，想起了与海师父不能久长……""杀山"一场，石秀和杨雄二人，将这妇人剥去衣衫，剖腹挖心，她惊怕、剧痛，仰躺于地，双腿旋空绕绞，在戏台上一圈又一圈地翻滚——台下不少人齐声数着："一个！两个！三个！四个！……好家伙，今儿'乌龙绞柱'走了二十四个！"

完戏后，震天价的彩声里，看客拥在台前不肯走，大声嘘着出来谢场送客的小生小旦，直待天青重新登场，抱拳相谢，才意犹未尽地散了。天青回到后台，路过那专为坤旦开辟的小扮戏房，见妃红坐在镜前，已将妆容卸得七七八八，头上插的各色水钻头面，一支一支摆在匣中。

"筱师姐辛苦。"天青在门口站住，问候了一声。

妃红回过头来，嫣然一笑："还行。今儿个行家多，我特地铆上点儿。"

天青也忍不住笑了，隔着满脸浓重粉彩，透出与那戏中人截然相反的一股子稚气："那帮人嗓子都喊劈了！"

妃红饶有兴致地端详着他的笑容："都是冲你来的。"

"是冲你。"

"好吧，冲咱俩。"妃红轻轻跷起两根纤秀的手指，在一头鬒发中拨弄："你觉不觉得他们特喜欢看你杀我？"

天青仰头思索："还真是呢，怎么咱俩贴的几出戏，全是我杀了你。"

妃红站起来，瞟一眼天青："哼，武戏里头，女人都是淫妇，不是好人。"

"我师妹说，老戏里这种瞧不起女子的故事太多，有的确实是行止有亏，杀了也就罢了；像《翠屏山》呢，潘巧云实是相当可怜的，人家和裴如海自幼青梅竹马却被拆散，后来相好，也没妨到别人，不像潘金莲还杀了武大，所以……"

妃红的双眼，晶晶闪亮："你师妹？"

话音未落，忽听背后一阵喧哗。两人回头望去，原来是一个锦袍胖子，带一群人，吆三喝四地闯入后台过道：

"筱老板在哪里？哎？识相的给爷带个路！"

这胖子的面目，好生眼熟。被满脸肥肉挤成两条细线的眼睛，突出的大下巴，滚圆的两腮……分明是天青的旧相识：樱草的哥哥林郁苍。天青心中一惊：幸好竹青去跟了郝二爷学戏，这些日子都不在社里，不然迎头撞见，可是一场大乱子！只见这位林二爷背后，不仅跟着几个小厮，还有个醒目的黑汉子，生得十分高大，膀阔腰圆，铁塔一样，一张脸黝黑黝黑，小眼睛，厚嘴唇，身上穿件崭新的黑缎绣金龙对襟夹袄，裤腿绑着，蹬一双高底圆脸儿黑布鞋，因为后台热，夹袄前襟都敞开着，露出里面的白褂子。

"筱老板呢？筱老板！"林郁苍一迭声地叫唤。

今儿个白喜祥出门应个重要的堂会，崔福水、黎茂财等左膀右臂都跟去了，剩了一群老弱和半大小子留在广盛楼，后台是玄青这位大师兄坐中。玄青最近看起来心思很不畅快，尤其一贴《翠屏山》，更是满面阴云，从始至终闷坐在扮戏房里读他的戏本子。黑汉子们这一闹腾，早有小师弟奔进扮戏房禀告，玄青皱着眉头站起来，整整衣衫，踱出房门，四下望了望，对这闹哄哄的一路人马拱拱手：

"各位爷，这是后台，不能硬闯的，有话请……"

话音未落，那黑汉子已经一膀子将他撞开：

"我们二爷来看望看望筱老板。还不兴看了怎么的？"

后台众人激愤的喧哗声中，玄青趔趄着扶住墙边站稳，满面红赤，一时间进退两难。武生秦月明等一班小兄弟待要冲上去开打，未得师哥号令，不敢上前，只能连声喝骂，监场米师傅等前辈爷叔急得拉了这个，又阻不住那个，倒被林郁苍带来的小厮狠狠推搡了一番。嘈杂混乱的气氛中，忽然一个人排众而出，将玄青和米师傅都挡在身后，小兄弟们见他出来，顿时也都静了。

黑汉子瞄了瞄这人一身的石秀戏装，龇着两颗金牙笑起来：

"怎么个意思，靳老板？还真把自个儿当梁山好汉啦？"

天青的视线，凛然向他一扫，眼神中的光芒，让这汉子不由自主地抿住了牙花子。瞬间静寂中，天青举手一揖，声音不大，却清清楚楚传入每个人耳里：

"各位爷请回，后台重地，闲人免进。"

林郁苍哪里顾得上理会他。时隔多年，他早已不认得面前这人就是曾在西河沿撂他一个飞脚的少年，他的眼光径直越过天青，瞄见了坐在扮戏房里的妃红，立时兴奋地怪叫起来：

"筱老板，别躲着呀！来，爷跟你说会儿子知心话！"

天青堵在他身前，毫无让路之意，目光和言语，都如刀子一样凌厉，令他恍惚想起了什么：

"你得先问问筱老板高不高兴跟你说话！"

林郁苍身边那黑汉子，嘴里嗤了一声，伸手就向天青肩上推去，天青身躯一沉，他这一把便没推动，反而被天青抓住手腕。黑汉子猛地一挣，没能挣脱，知道是遇上硬手了，当即运劲踢向天青裆下，天青略一侧身，踏步向前，单腿一钩，便把他一只脚也钩在膝弯里。黑汉子拼命向后抽身，孰料天青腰腿功夫过人，腿上这一钩住，连抽几下都抽不出来。

林郁苍带来的几个小厮见势不妙，抄起身边家伙什儿便要开仗，天青将腿一带，扭着黑汉子的手腕背向背后，压得他跪在地上。林郁苍登时慌了手脚，一下子退在墙边，后面的几个小厮也只得站住了。

"哎哟！哎哟！"黑汉子厉声号叫，"你跟爷动手！你知道爷是谁？爷道儿上混的，大名鼎鼎的乌老三，整个前门都是我的地盘儿！你还不放手！叫你吃不了兜着走！"

社里弟兄聚上来，兴高采烈地就要帮手开打，米师傅急切地挤上来劝止："天青！别惹事，快放开！你可改改你这脾气吧，让一步，服个软儿！"

天青吸口气，一推一带，将那乌老三掷向墙边的林郁苍，只听得一声尖叫，林郁苍抱着脑袋逃了开去。天青喝道："今儿个就谢谢您赏光来听戏了，以后规矩着点儿，唱戏的也不是好欺负的！"

乌老三咬牙切齿地揉着膀子："你够狠！趁爷不备，不算本事！敢不敢跟爷找个地方单挑一场？爷打断你的狗腿！你不是腿厉害吗，大武生吗，爷叫你一辈子唱不了戏！"

天青身子一挺，欲待开腔，米师傅死命将他拉回来："天青！你还要命不要！"

乌老三更来劲儿了，扯着嗓子喊："今天这事儿不算完！小家雀儿愣装个大尾巴鹰，我呸，什么玩意儿，没胆子单挑，就马上给爷磕三个响头求饶！"

林郁苍连忙凑上来："给爷也磕三个！不然每天来砸你们场子！别寻思着什么弹压席能顶屁用，爷不怵那个！"

天青拉开米师傅的手，朗声道：

"我接你的招儿！来，就今儿个，你定地方！"

天色尚明，肉市街零星地挑起了灯，小贩们目瞪口呆地看着广盛楼一群半大小子拥出来，在这样乍暖还寒的天气里，个个光着头，只穿水衣彩裤，闹哄哄又叫又嚷。天青已经卸了妆，穿一身素灰夹袄，黑裤，白袜黑鞋，走出广盛楼院子，气定神闲地站在师兄弟中间，跟乌老三定地方。

乌老三定的地方是天安门前黑松林，离这儿不远，走两步就到，他气势汹汹地指着方向，冲天青喊："有种的一个人过去！不许带人！不许带家伙！拳脚定胜负！"

妃红也出来了，头发披散着，身上戏服还未换。她伸手抓住天青："你不要去！"

天青轻轻挣脱，笑道："别担心，他不是我对手。"

"他们会使坏心眼子，伤了你！"

"我会留心。今天要是不结了这茬儿，以后总是麻烦。放心吧，有我在，不能让人欺负了咱们！"

眼看着天青被乌老三那帮人簇拥着往天安门去了，秦月明等小兄弟挤在玄青身边急叫："师哥！咱们得一起去！"

玄青微眯着眼睛望住天青背影，凝神片刻，正色道：

"这么一大群人过去，岂不成了打群架，直接就叫巡警给抓了？咱们远远跟着，看看动静儿再说！"

天安门外黑松林，也不知哪年哪月长下的，古木参天，又深又密，平素无人行走。林中有块空地，平坦、宽敞、幽静，历来是个约架的好场子。天青一行人到了这儿，天也快黑了，小厮捡了松枝，燃成火把，簇拥在林郁苍身边，照着场子中间的乌老三和天青两个。

"打死这丫挺的，等会儿叫那帮戏子来给他收尸！"林郁苍跳着脚叫道。

乌老三两腿一蹲，向前猛蹿，真正是势若猛虎，两手直扑天青胸口。天青单手横扫，把他两手都扫在一边，一拳打在他腰侧。乌老三疼得一龇牙，也挥起拳来，劈面去打天青的脸，天青伸出左臂，硬接了他这一拳，猛抬右腿，膝盖撞向乌老三的肚子，直把乌老三的眼泪都撞出来了。

其实天青也没怎么打过架，但是常年练功，身上结实壮健，等闲拳脚伤不到他，而他自己的拳脚腰腿，饱经磨炼，十余年的毯子功，那举手投足的敏捷轻巧、速度劲力，都是随心所欲，油然而生，这一架打下来，出手快，落拳重，乌老三纵是皮粗肉厚，却也经受不住。只见乌老三哇哇大叫，越打越乱，急切间抱住了天青胳膊想把他扳倒，却不料天青下盘最为扎实，一扳两扳都扳不动。乌老三伸脚一踹，又踹了个空，趔趄着转了个身，被天青照着屁股踢倒。乌老三狼狈地爬了两步，挣扎着起来，又被天青拦腰一腿踢翻，脚踏在他肚子上。

"服不服？"天青脚踩着乌老三，眼睛却瞄着林郁苍那一班人。

林郁苍所倚仗的，就是乌老三，如今一见他被制服，满心霸道之气，顿时泄得无影无踪。他后退几步，冲天青满脸赔笑，连连哈腰拱手道："英

雄！好汉！您是我大爷！这孙子我不认识他，您随意处置，我就不妨碍您
啦！"话音一落，朝后就蹿，一群人呼啸而去，竟将乌老三一个人丢在天青
手里。

天青低头盯着这员手下败将，防着他趁己不备暴起伤人，谁知乌老三大
声号叫起来："都他妈的是什么玩意儿！爷不伺候啦！我服啦，服了你啦靳
老板！妈的，我乌老三算是栽在你手里啦。"

天青一怔，道："你还得向我师哥和米师傅赔礼！"

"赔！赔！咱江湖中人，说话算话！"

天青移开脚，乌老三翻身爬起，一边骂骂咧咧，一边居然真的乖乖拱手
赔礼："靳老板真是高人！文武双全，全都是真玩意儿！小弟冒犯，您大人
大量！"

天青半信半疑地也拱拱手："客气了。下手重了，也请多担待。"

"哎哟！哎哟！还真疼！愿赌服输，那也没辙。靳老板的功夫是打哪儿
学的？"

"我没学过功夫，只会唱戏。"

"那就是天赋异秉了！小弟佩服得紧！你我一见如故，就此结拜兄弟
如何？"

这一口煞有介事的江湖腔，倒惹得天青笑了："这个不敢当。咱们也算
不打不相识吧，以后做个朋友。您常来听戏喝茶，就是给我们面子了。"

"那是准定！准定！靳老板的玩意儿，我服！我操他大爷的，我这是跟
了什么人，一点儿江湖道义不讲！"……

玄青带着喜成社弟兄在松林外头等着，遥遥只见林子里隐约地一忽儿拳
来脚往，一忽儿高声喝骂，一忽儿又没动静了。过了半天，只见那个胖子带
一帮小厮狂奔而出，在他们面前蹿过，里头却没有乌老三，也不见天青的影
子。秦月明连忙拉拉玄青：

"师哥，咱们过去吧？"

"再等一会儿！"玄青望着密林深处。

这一等可好，不一会儿，大伙儿目瞪口呆地看着乌老三和天青勾肩搭背
地出来了。

"天青！"妃红急扑过去，上上下下打量着天青，闪亮的一双秋水眼里，
满满的都是仰慕，"你怎样？没伤着？你……你真是个盖世的英雄！"

天青笑着摇摇头，还未答话，背后的乌老三已经扯开嗓子叫起来：
"咳！咳！大伙儿都听着！以后我跟靳老板就是哥们儿了！"

喜成社弟兄不知发生了什么事儿，都愣愣地看着他。乌老三摸摸脸上划

开的一道口子，龇龇金牙：

"靳老板身手厉害，信义过人！咱江湖中人，就服这个！以后靳老板的场子，就是我乌老三罩着了！谁敢跟靳老板过不去，就是跟我乌老三过不去！以后我就是他亲哥，他就是我亲弟！能做靳老板的哥，我倍儿有面子！他是石秀，我就是杨雄！他是武松，我就是武大……"

真是个浑人啊。喜成社弟兄忍俊不禁。天青无奈地转头，瞧着乌老三："兄弟，不带这么损自己的！"

依稀的胡琴调弦声，自未开戏的前台传来，丝丝缕缕，断断续续，仿佛一段未定的心事。

妃红坐在扮戏房镜子前，细细描画眉眼。她的容貌，本已十分秀美，化妆勒头之后，更是勾人魂魄。旦而不媚非良才，妃红最了不得的，就在这个"媚"字，她有着天生带来的一股子风流气韵，能用淡淡一瞥、轻轻一指、缓缓一个转身，演绎出千般娇美万种温柔，那个媚劲儿，是深入在她骨子里的。

当年刚开始学戏时候，第一次扮上，就教科班里老教师们都直了眼："这孩子，将来了不得呀！"

科班老板娘，一位年过花甲的老太太，揣着毛皮筒子坐在旁边，喃喃说了几个字：

"冤孽，冤孽。"

小小的妃红，不知道这是不是好话，她只知道，自己在台上，有本事搅得台下翻江倒海，满园生春。十几岁在梆子班唱花旦时，多少人迷她迷得失心疯一样，叮叮当当的现大洋往台上扔。后来到京城来改唱皮黄，也仍是一枝独秀，到哪儿都是头牌。梨园行本是男旦的天下，坤旦根本不是同一个级数，但妃红凭着这一身本事，硬是在这男人堆儿里站稳了脚跟。

男人堆儿里争强，又有什么用呢？名旦筱妃红，年已足足二十岁，婚姻大事，仍是茫然无着。闯荡江湖也有十几年，台上台下，各式各样的男人，妃红的眼里，着实见得太多：戏班子里的爷们儿，功利心太重，为了台上一个位置，能想法子剥掉同仁一层皮；台下捧角的爷们儿，那都是取乐儿来的，她在戏台上卖命，他们在底下跷个腿儿喝茶，她在台上唱着，听着他们怪声怪气叫着，一双双眼睛，钩子似的，恨不得把她扒光……

时日久了，妃红早已拿男人只当手底下的玩意儿，恣意挑逗着、戏弄着，让他们为自己神魂颠倒，丑态百出，就是别想得到她的心。早已不指望能出现一个真正让自己倾心的男人，谁知道，还会遇上靳天青？刚搭喜成社时候，已经对他的出众仪表留了神，天长日久，渐渐发现，跟他的心地相比，那相貌上的英俊，简直都不值一提！他的好，不是演的，不是唱的，不是扮出来的，他那刚勇、良善、纯真、热诚，是真心真意、真刀真枪，一点儿不掺假的，比戏台上所有大英雄——武松、石秀、马超、赵云，都更让人钟情！

再好的人，不是自己的，也是枉然啊！

梳头桌的师傅，已经为她刮好了片子。一绺绺真人头发，用榆树皮汁液泡好，刮通，两个大绺、七个小弯，整整齐齐备在桌上。妃红轻轻拎起，对着镜子，贴上自己的脸。小弯贴额头，大绺贴鬓角，水润黑亮的一圈，勾出一个完美的脸型。旦角的化妆，是多么能骗人啊，就算头角峥嵘的大老爷们儿，在这样装扮下，都能拥有一张漂亮的小鸭蛋脸。可她筱妃红的鸭蛋脸，是天生的呢，她本人的美，丝毫不比台上的扮相逊色半分。

妃红看着镜中的自己，曼声吟了几句：

> 闲中习刺绣，寂寞困春愁。
> 心事难出口，见人面带羞。

她今天贴的是《拾玉镯》，闺中待嫁的孙玉姣。女人爱一个男人，是有多难？两情相悦，玉镯为媒，费了那么大周折，最后也只做了人家的妾。妃红想要的，也不过只是一个可靠的男人啊，爱惜她，保护她，能让她过上安稳的好日子，不用孤孤单单在这戏台上谋生活。她的脑海中，又浮现出靳天青的影子，那宽厚的肩背、雄健的臂膀，台上满坑满谷的碰头彩，台下解危济困、傲视群雄的气概……没错，妃红看准了，他就是那个最可依靠的男人！

梳头师傅为她戴上大簪、发垫，梳起大发，包好水纱，一个可以乱真的假发髻，活现面前。全套水钻头面，一一插戴：泡子、顶花、偏凤、串蝴蝶……这都是筱妃红购置的私房，最时新的水晶玻璃镶嵌，灯下闪烁着耀眼的亮光。戏台上的一切，都各有各规矩，像这头面，小家碧玉就只能用水钻，大家闺秀只能用点翠，苦守寒窑的王宝钏呢，只能用银钉。人生如果也有这样的规矩，倒也省心，可是，人生没这规矩啊，你这辈子，戴银钉还是戴点翠，要靠自己的修行得来。

环佩叮当的妃红，含着一丝浅笑，向上场门走去。戏要稳住了唱，她自己心里认定了的那出戏，才刚开始呢。

第十章　鸿门宴

到底是人心更乱一点儿，还是世道更乱一点儿？茫茫天下，没个安定之处。南方的战事连年不歇，北方又有日本人虎视眈眈，学生示威，职员罢工，农民饥荒，党派纷争，政府频繁换届……身边事如此纷纭，每天报纸上的消息，更教人心里不踏实。逢在这样乱世，人的命运就如怒海中一叶小舟，全然不能自主，只能随着风雨飘摇，任它进退沉浮。

英华女中校园里，也不断出现传单，宣传共产党的、鼓动抗日示威的，屡禁不绝。诗社里的大学生，有一天忽然少了一个，就此再无音讯，听说是参加了共产党什么地下活动被捕，押进草岚子监狱了。

"你说是真的吗？"樱草担忧地问黛螺。

"我怎么知道？跟他不熟啊。"

"听说草岚子监狱押的都是政治犯，一旦进去就不能生还了……咱们能做些什么？"

"要是真的共产党，神仙也救不了他。"

樱草难过地扁起了小嘴。正午校园里，阳光洒满初春草坪，度过一个寒冬的嫩草一片片顶出地面，艳阳下泛着毛茸茸的金边，那么娇美又那么茁壮，那么生机勃勃，而一个健康有理想的青年，可能要静悄悄地消失在这个世界上了……生命是多么坚强又多么脆弱啊！多少诗歌也描不尽的悲欢炎凉……

"你操心的事太多了。"黛螺不喜欢这个沉重话题，"咱们女孩子家，专心读书就好。马上要毕业了，考个好成绩，拿到文凭，也容易嫁个上等人家。"

"读书是为了嫁人呀？"樱草带着泪花笑了笑，"我可不要嫁人。唉，我爹总是说女孩子到了十六岁就该出阁了，再老了就没人要，我才不要听呢。我还要继续升高中，考大学，毕业了做教员。"

"你不要嫁人？你？"黛螺尖刻地盯着她，"你可别跟我玩这个哩哏儿楞。"

樱草的小桃子脸，刷地一下涨满红晕。她明白黛螺的意思。一时间，不知为什么，不但毫不在意这不留情的讥讽，反倒在忐忑的心底，涌起了甜蜜的、令人陶醉的幸福感觉……她翘翘嘴巴，不打自招地说：

"那根本不是一回事儿！……说真的，你最近怎么不去看戏了？他接连上了几出新戏，唱工比以前重得多，真难为他，嗓子越唱越开，刚脆、响堂，简直听不够。你知道，广盛楼里头没有电喇叭什么的，不像电影和话剧有扩音，他是纯凭一条肉嗓儿唱，也能那么打远儿……我每星期最盼望的事儿就是周日去师父家了，他总是在那儿，有时候都没机会跟他说话，只能隔着屋子，听他在书房里跟师父学戏，你一句我一句的，都能把我的心给听化了……黛螺，你说我可不可以约他出来逛公园？他实在太忙……"

黛螺十分后悔引出这个话题，比同学被捕入狱什么的更让她不爱听。不过这个傻丫头，你根本挡不住她，自打跟黛螺吐露心声，现在每天都要拉着黛螺倾诉各种零乱跳脱的心情，语气与神色，都如在梦境中漫游一般，恍惚而又充满兴奋，她甚至不提他的名字，满口"他""他""他"的，貌似疏离，实则亲热无比，让黛螺心里头，一阵阵地酸苦难耐。

"以后呢，你想怎么办啊？"黛螺淡淡地问。

"我不知道，黛螺，你教我。"樱草低着头，手指一圈圈绕着辫梢，"我不知道他是怎么想的，也不敢问。平生没这么胆怯过，在他面前，说不出口。如果能一直这样，也挺好的，是吧？他对我很好，不能再好了。或许爱情就是这样，要天长日久，水到渠成，等我们再长大一点儿，慢慢地，彼此就明白了。"

天长日久，水到渠成？黛螺瞧着樱草的脸，阳光下白得透明，略带着一点儿晕晕的红，眼神清澈透亮，和她这席心事一样，单纯得像个孩子。爱情，哪有天长日久水到渠成这回事？人心最纤弱最易变的情感，没有血缘维系，没有契约保障，日新月异，一去千里，比滔滔奔流的江水，更加地难以追回。傻丫头，你就这样等下去吧，知不知道夜长梦多这句话，见没见到广盛楼门口拥塞着高呼靳老板的人群？你怎能预料到明天他的心会在谁的手里！

"你说得对，不要急，两心相悦，自然相知。"黛螺点着头。

"你呢，你怎么样？"樱草笑眯眯望向黛螺，做着鬼脸，"和你的那个他，相悦相知了没有？"

黛螺的心中，咚咚咚起了一阵乱锤，一瞬间不知道该点头还是摇头。

她的那个他？

是她的吗？

黛螺自己，还说不太准。

如果能够重新选择，回到那个昏暗夜晚，还会不会答应焦德利一起去吃消夜？人生事，永无回头机会，心乱如麻的黛螺，不愿意去想那些。那天晚上发生的事情，完全不是她能控制啊……在餐厅里还彬彬有礼，令她怦然心动的焦德利，送她回家的路上，便毫不客气地搂上她的肩。她向后闪躲，但是小小轿车里能有多大空间，焦德利稍一侧身，就又把她拉回来。

"别动，他听见了。"

他附在她耳边，低声笑着，扬了扬下巴，指向正在前座开车的司机。

他的身上，浓烈的烟气、酒气，一张脸比平素更加苍白，显得两道眉分外的浓密、漆黑。他也是个英俊的男人哪，知情识趣，会哄人开心，出手之大方，是连家门豪富的黛螺都无法想象的，简直就是花钱如流水，吃饭喝酒，全点菜单上最贵最好的，眼都不眨一下。出来进去，有擦得黑亮的轿车接送，司机穿着笔挺的制服，目不斜视，毕恭毕敬地为黛螺开车门。

如果能和这样的男人厮守终身，也是很幸福的呀。黛螺想着，不由得就不再那么坚决地挣扎。再说了，答应和他去吃消夜的时候，难道没有想到会是这样的结果吗？内心深处，早就隐隐接受了吧。如今在这夜色笼罩之下，仅有他们两人的轿车后座，先前喝的那几杯洋酒，全都化作醺醺之意，燃烧着黛螺的心，让她回应身边这个男人的吻……

轿车开到英华女中门口，停下来，但是焦德利没有放开黛螺，只是抬手打了个响指。车子立刻又启动了，向前开了一段，沿着学校围墙，拐进一条幽静的胡同，停在墙下。黛螺半醉半醒地推开焦德利，望了望窗外：

"在这里下车？"

"急什么呢。"焦德利笑道。

前座的司机，一声不吭地开门下车，关好车门，自己走到远处胡同口，靠在路灯下，摸出香烟吸起来。

"他这是做什么？"黛螺有点儿焦急，"马上九点了吧，校门关了我就回不去了。"

她起身要拉开车门，却被焦德利一把抱住，压在门边。他搂紧她，狂热地吻住她的嘴唇，手在黑暗中熟练地探索她的身体。黛螺又惊又怕，又觉浑身酥软，丝毫提不起气力去抗拒，直到焦德利扯开她的裙带……

"焦公子！"她似乎从一个迷离的幻境中猛然清醒过来，向后一缩，拼命护住自己。

"怎么？"焦德利笑了一声。

"您……"黛螺望着焦德利，他的脸一半藏在车厢阴影里，一半映在车窗射进的月光下，黑白如此分明，眼睛里亮闪闪的全是欲望的光。黛螺背后，一墙之隔，就是学校宿舍，已是就寝时间了，女学生们全在宿舍里，隐约有阵阵说笑传来，清脆的、纯真的、无忧无虑的，让车厢里衣衫不整的黛螺分外觉得羞耻。她努力地掩掩裙角，盖住裸露的腿，这裙子还是她刚刚做的，料子、花式，都是精心挑选的，原本是为了穿给靳天青看……想到靳天青，她酒意翻涌的心里略微清醒过来，登时变得酸甜苦辣，五味杂陈。

是你不要我，才逼我成这样！

眼前这个男人，是粗暴了点儿，但他是爱我的呀。

"您……您得许我一个将来……"黛螺瑟缩地说完，瞄着焦德利的神情。

焦德利的两道黑眉，忽然完全地拧在一起，笑容消逝得干干净净，脸色阴冷得仿佛结了霜一般。他一把抓过黛螺的手臂，将她拉近自己，低声道：

"你知不知道跟我讨价还价的人，是什么下场？"

到了此时此刻，黛螺的酒彻底醒了。恐惧笼罩了她的全身，她这才发现自己根本还不认识这位焦公子，不知道他殷勤的笑容背后，到底是个什么样的人，有着一颗什么样的心。一念之差，竟至如此，别说将来，连现在都没有了，黛螺想要喊叫，但是被焦德利目光中的杀气逼迫得全身颤抖，一点儿声音都发不出来。

焦德利又笑了，慢慢说道：

"有没有将来，要看你听不听话。"

他掀起她的裙子，将她按倒在车后座上……

"黛螺，黛螺！"

樱草摇着黛螺的手，笑嘻嘻望着她："又在想你的那个他了，对不对？"

黛螺从冥想中回过神来，刹那间满脸热辣辣地发烫，耳根都是一片红热。樱草笑出声来："哪天介绍给我认识一下吧，你啊，还躲躲藏藏的，什么都不跟我说。他是不是很体贴你，照顾你？你家里不是要你这学期毕业就成亲么，恰好遇见了心爱的人，相悦又相知，多幸福啊，我好羡慕你！"

黛螺才羡慕樱草的懵懂啊，什么事到了她那儿，都变得一派简单澄明。黛螺现在哪里敢去思考毕业后成亲的事，她完全不知道焦德利会不会给她一个将来，她已经是焦德利手心里的玩物、笼子里的鸟，他要她，她就得去，任由他尽情肆虐，他若是不要她……若是不要她……黛螺不能再想下去。现在的焦德利还在迷恋她的身体，时常来接她过夜，将来呢，将来会一直这样吗？学期即将结束，她马上就要毕业了，读高中是不可能了，嫁人呢……怎么嫁？

出了校门，她要与樱草分开走，各自乘车回家。她知道焦德利的车子就在街角等，她不想让焦德利见到樱草。樱草并不知道自己对一个男人的吸引力，黛螺却知道，她已经抢走了靳天青，不能再让她抢走焦德利。

"你家车子在哪儿呀？"樱草四处张望着，"我再陪你走一段。看，槐花都开了，多香的味道，多美的景致。我将来一准儿会留恋记忆里这整条街的槐花，美好的学生时代，美好的青春，唔唔，美好的友情和爱情。"

她陶醉地闭上眼睛，张开两手，踮起脚在人行道上跳着，阳光下，清风里，两条小辫子、制服的裙角，都随着她的身体轻轻摆动了一圈。

黛螺紧张地望着街角，那辆黑车子已经在那里了。她拉住樱草的手："你走吧，我家车子来了。下周再见。"

樱草随着她的视线，也望了望街角的黑车："咦，伯父伯母的品位真特别啊，用这样的车子。下周见！"

告别了樱草，走近街角时，黛螺看见车门打开，焦德利出来了。他穿着一身剪裁精致的白西装，头发抹得油亮，戴一副墨晶眼镜，眼睛完全藏在眼镜后面，黛螺看不到他的神情。

黛螺默默上车，坐下。焦德利吸完一支烟，也坐进来，一扬手，车子开了。他搂住黛螺，盯着她，嘴角在墨晶眼镜下慢慢咧开来：

"刚才那个女生，叫什么名字？"

"堂会？好事呀，出堂会的角儿，戏份至少要翻一倍。"

"嗯，他说他家老太爷整寿，要办一星期的席，七天堂会。"黛螺低头翻着笔记本，不去正视樱草兴奋的目光，"我跟他说，你师父就是喜成社社长白喜祥，有名的角儿，他特意让我问你，要不要请白老板的班社，因为是挺大一笔收入。好像他家老太爷也很喜欢白老板的戏，若是喜成社排得开，这事准定能成。"

"太好了！"樱草雀跃地拍手，"七天堂会，翻倍戏份，够他们在戏园子唱个把月的啦。我去告诉黎爷。他是喜成社领班，专管接堂会的事。黛螺，你这位焦公子啊，可真热心，这种好事儿，都想着咱们。"

"嗯，想着的。"黛螺继续翻着笔记本，"不过呢，不能找他们领班去谈，你是不是先跟德利了解详情，再帮他们牵线。毕竟我是外行，什么都不懂，具体的安排，我都没听明白。"

"我也是外行啊！黎爷才是内行。"

"你就在那个班社里长大，又看了这么久的戏，多少懂得一些。德利是冲着你我的面子来的，最好咱们先去跟他谈个大概，再确定要不要找黎爷。万一完全不对榫，也省得让喜成社空欢喜一场是不是？"

"倒也是。那你约他来谈谈？"

"在学校怎么谈啊？堂堂公安局副局长的公子，站大街上？"黛螺啪地合上笔记本，声音这么响亮，把自己都吓了一跳，定了半天神，才说，"他在六国饭店有个办公室，咱们一起去坐坐。你不是一直想认识他么？这回给你们介绍介绍。"

樱草嘻嘻地笑了："搞得这么神秘。局长公子又怎样，三头六臂吗？"

反正他法力无边。黛螺凄凉地想。付出那么多努力不想让他起外心，仍然挡不住事情发生。他就隔着车窗看了樱草那么一眼，便着了魔似的非要弄到手不可，黛螺明推暗拒，使了各种法子，还是阻拦不住。

"人家那是侯门千金，跟我可不一样。"六国饭店的套房里，黛螺自嘲地说，"你不要打她的主意，林府不会放过你。"

焦德利赤身躺在她枕边，吸着烟，眉毛都不动一下：

"侯门？最没用的就是这种没落贵族、遗老遗少，除了点儿老祖宗留下来的钱，毛也没有。我去打他们主意，都是抬举他们。我是什么人？整个北平的王法，在我手里，叫人去抄了他们的家，他们屁都放不出一个，你信不信？"

黛螺不敢吭声。

"她怎么才能上手？"焦德利瞥她一眼，"像收服你似的，成不成？我追你那些日子，看你半推半就那个样儿，可有乐趣得很。"

黛螺屈辱地垂下眼帘。

"成不了。我了解她，别看傻乎乎的，性子可烈得很，软硬不吃。"

"那得看我有多硬。"焦德利冷笑道，"我想要的女人，还没有上不了手的，软的、硬的，想玩哪招就用哪招。这样吧，你去想个法子，说得她来这里一趟，接下来看我怎么梳拢她。"

黛螺赌起了气："我才不帮你干这种祸害人的事儿。"

"办好了，有你的好处。"

"我不。"黛螺又被触动了心事，"我能有什么好处？你喜欢了她，就不要我了，我已经这个样子，以后靠谁去？你……老是不给我个准话儿。"

"我对你不够好吗？还要什么准话儿？"焦德利的两条眉毛又慢慢聚拢。

黛螺将脸埋在枕头里："我又不是窑子里的，清白人家出身，十七岁的姑娘家，被你这样……"

焦德利猛地起身，丢开烟头，抓住黛螺的头发，一把将她揪得翻过身来，对着自己。黛螺尖叫着，拼命挣扎，可是始终摆脱不开眼前焦德利狰狞的脸：

"硬要吃罚酒，就没意思了！"焦德利一字一字，冰般冷硬，"叫你去把她弄来，就赶紧去，迟了一天，当心你全家！"

东交民巷的六国饭店，整个北平最豪华的饭店之一，高大气派的楼房，耸立在周围一片低矮建筑中，有着鹤立鸡群般的卓越与威严。樱草从来没到过这种地方，站在门外，仰望着西洋风格的华丽门庭，屋顶雕着卷曲花草的护栏，还有漂亮的弧形小阳台，心里充满好奇。周围来来往往，全都是衣着考究的盛装男女，连身边黛螺，也一反在学校中的常态，头发梳了时新样式，穿着没有袖子的洋装。相比之下，樱草的一身学生装、两条小辫子，在这种环境里是这样地不协调。

黛螺抬头看了看楼顶大钟，约定的六点钟就要到了，天渐渐黑下来，起了风，乌云滚滚，似乎要下雨的样子。她咬咬嘴唇，拉住樱草的手：

"快走吧，有求于人家，不能让人家等着。"

两人一起踏上了门前高高的台阶。

"焦公子，这是林小姐。"

焦德利从桌前抬起头来，怔了一下。那天见到樱草，只是隔着车窗远远一望，已觉眼前一亮，如今近距离面对面，简直是心底一惊。这女孩子竟这样漂亮！在这昏暗餐厅里，几乎发着晶莹的光。黑油油两条辫子，小小桃子脸，一双乌黑的大眼睛，清澈、水润，盖在长睫底下，像一泓神秘的深潭。身上穿的只是普通的月白袄子、及膝黑裙，但是身材窈窕诱人，腰身纤细得仿佛一把就能抓住，胸前乳峰，虽不似程黛螺那样丰满，胜在挺拔而秀丽，别有一番新鲜稚嫩的味道。

樱草被这位焦公子上上下下的打量搞得有点儿尴尬，笑着回头瞧瞧黛螺。焦德利忽然醒悟到自己的失态，咧开嘴笑了："哦，密斯林，幸会幸会，请坐请坐。"他回头召唤侍应生："菜单！"

樱草和黛螺一起坐下了："焦先生，我来是为了……"

"急什么，"焦德利摇摇手，"这里不适合讲事情，是吃饭的地方。您还没用晚餐吧，密斯林？"

"我在学校吃过了。"

焦德利望向黛螺："真的吗，黛螺？"

黛螺赶紧推推樱草："多少再吃点儿，事情可以慢慢谈。"

樱草只好点了点头，看着焦德利向侍者点菜。黛螺的这位男朋友，和她以前认识的所有人都不一样。模样虽然也算英俊，但是既不像天青那样纯良质朴，也不像陈少湖那样儒雅书卷气，也不像竹青那样活泼爽朗，也不像玄青那样稳重深沉……这个人，一身黑色西装，上衣袋口精心插着手帕，头发整齐油亮，举止谈吐倒像个有教养的上流人物，但是态度十分闪烁，眼神飘忽，说话东拉西扯，就是不涉正题。他叫了一桌子的菜，要樱草和黛螺吃，黛螺看起来胃口很差，刀叉略动了动就放下了，樱草呢，她平素就不喜欢吃西餐，更别提现在。

"不好意思，焦先生，我不吃西餐。"

焦德利控制不住地满脸堆笑："那太可惜了，六国饭店的法国菜可是全北平最好的。我就看不惯那些二三流西餐厅，所谓英国菜法国菜，全都是乡下人编造的，根本靠不住。您在这儿尝过就知道了。来来来，我教您用餐具。"他站起身来。

"不不，"樱草慌忙推托，"我会用一点儿。"

樱草拿起刀叉，切了一小块面包，敷衍着吃下去。焦德利在她对面风卷残云地进攻一块牛排，牛排上面还汪着鲜红的血，让他这样一块块割下来塞进嘴里，看得樱草直恶心。

"焦先生，我听黛螺说，您家里要办堂会……"

黛螺笑着打断她："都说了吃饭不谈事情嘛。樱草，你第一次来这样的大饭店吧，多坐会儿，见识见识。这儿好玩的地方很多，很有意思的。"

"是啊是啊。密斯林也是名门望族出身，这么高档的地方，不常来玩么？"焦德利努力控制着自己不要太紧地盯着樱草看。

"家父不太喜欢时新的东西。"樱草笑笑，"我也还是学生呢。"

焦德利吃完盘中餐，擦了擦嘴："如今时势日新月异，作为学生，更应该学习研究社会中的新事物嘛。来，我带您去个新鲜地方。"

他带她们下到地下一层酒吧，请她们喝酒。

"焦先生，我真的不会喝。"酒这种东西可勉强不得，樱草也顾不上失不失礼了，摆着两手，拼命推托。

"好吧好吧，女士优先，不勉强了。"焦德利见周围已经有人注视他们，只好悻悻作罢，"请您跳支舞总可以吧？"

"我……我也不会跳舞。"

"密斯林，这就是您的不对了，新时代的青年，怎可以不会跳舞？您还是洋学堂的高材生呢，西洋的东西，多少都应该会一点儿呀。其实跳舞很简单，跟着走就成了，来，我教您。"焦德利站起来，殷勤地对樱草伸出手。

樱草无法再次推托，只得站起身来，随他滑入舞池。焦德利倒也没有太冒失，只轻轻搂着樱草的腰，另一只手握着她的小手，带她跳了一支华尔兹。樱草紧张得一头一身的汗，在舞池里晕头转向的站都站不住，频频踩焦德利的脚。

"真对不住，焦先生，我把您的皮鞋都踩坏啦。"

"没有没有。"焦德利笑嘻嘻看着樱草的脸，"密斯林，您真是个可爱的姑娘。"

时间不知过了多久，周围的一切，新鲜倒是新鲜，但是樱草不感兴趣，只觉得远不如广盛楼的破旧戏台吸引人。她很想速战速决，尽快跟焦德利谈好堂会的事，但是焦德利心不在焉，不断地顾左右而言他，黛螺也在旁边打着圆场，要樱草放松心情，先消遣一会儿再说。好不容易焦德利喝酒喝够了，说："走吧，两位美丽的小姐，这里是太吵闹了，咱们去我的办公室，好好安排一下正事。"

樱草高兴起来，起身随着焦德利走出酒吧。走了没两步，发现黛螺不见了，樱草回头寻找，只见黛螺急匆匆跑出来，叫道：

"真巧，居然遇到亲戚了呢，久没见了的许伯父。我跟他说会儿子话，樱草，你尽管谈着吧，若是很快就商量好了，回来找我。"

"好的。"樱草点点头，目送黛螺回身消失在喧闹的酒吧中。

焦德利的"办公室"在二楼，其实是个套房，但樱草哪里懂得，进得门来只见书桌、坐椅、台灯、沙发井井有条，倒比在楼下喧闹中更安了点儿心。焦德利请她坐在沙发上，为她斟杯咖啡，自己脱了西装，只穿件白衬衫，在旁边坐下，跷起二郎腿，笑道：

"堂会的事，黛螺跟您说了？"

"她简单说了一下。谢谢您特别关照我们，焦先生，府上要办这么大规模的堂会，请喜成社真是个不错的选择。"

"我号下这个活儿来，可不容易啊。老太爷这回愿出三倍戏份请角儿，满城成名班社都上门来求。七天时间太长，大约要多请几个班社，能挤上一天半天，也不错了。"

"您就算把七天都安排给喜成社，也没问题。"樱草骄傲地介绍着，"这个班社，人员齐整，戏码硬，就算连唱七十天的大戏，也不用翻头，七天的话，可以任由老人家挑选自己爱看的戏码，保证全梁上坝，出出精彩。"

"社里有什么知名的角儿么？我就听说过一个白喜祥，还有个姓靳的武生，叫什么来着……"

"靳天青。白老板是喜成社社长，工文武老生，特擅红生，不知道老寿星想看老爷戏不？靳老板呢，年纪虽轻，成名却早，功夫扎实的全才武生，长靠、短打、勾脸、猴戏兼精，老寿星要是想看大武生的话，年轻一代里头，靳天青是不二之选。社里其他行当也都十分硬整……"讲起喜成社的角儿，樱草那是如数家珍，越说越带劲儿。

焦德利啜着咖啡，笑眯眯凝视着她。小女孩子满脸天真，说得神采飞扬，脸颊上都微微起了红晕，更增俏丽之色。这么漂亮的女学生，怎么早就没发现呢？程黛螺跟她相比，只算是个庸脂俗粉啊。要怎么才能收服呢？瞧这神情气质，恐怕还真如黛螺所说，是头不容易驯服的小兽。来软的，还是来硬的，今天动手，还是再放些日子？还等什么呢，以硬制硬，才更有乐子吧……焦德利心中欲火熊熊，愈燃愈烈，脸上却不动声色，摆出一副大哥的体贴来，关心地说：

"密斯林对喜成社很熟啊？难怪黛螺说，这个机会无论如何要给您留着。"

"谢谢您关照。我呢，算是在喜成社长大的。"

"嗯？您不是林府的小姐么？"

"这个说来话长了。我小时候被拐子拐去，是喜成社的师哥给救下来，后来跟白老板他们师徒几位，共度了好些年。"樱草有点儿动情，"说实话，跟他们在一块儿，比我自己的家人，都更亲近着些。我一直期盼着能帮他们做点儿事，但是能力有限，戏里学问又太多，帮不上什么忙。这次正好听说您这儿有个特别隆重的堂会，又劳您专门给惦记着，所以跟您商量商量，能不能帮他们号下来。"

焦德利过了好一阵子没有说话。樱草两手放在膝上，紧张地期待着。窗外风声阵阵，忽然啪啦啪啦地，下雨了。樱草旁边有个开着的房门，里面房间里似乎没关窗户，随着风狂雨骤，砰砰地响个不停。

"密斯林，您这么用心，真叫人感动。我去跟老太爷说说，整个堂会就交给喜成社算了。"

"哎呀，太好了，这可太谢谢您。那我明儿去告诉喜成社领班，来跟您谈谈详情？"

"详情嘛，"焦德利站起来，缓缓向里面房间踱去，"其实也没什么。有些关键的事儿，您今天在这儿就可以定下来。"

樱草连忙站起来，跟在他身后："我能定什么呢？戏份、戏码什么的，都得领班来谈呀。"

焦德利转过身，伸手将樱草背后的房门关上："比方说，我帮您这么大的忙，您用什么来报答我。"

樱草一怔，这时候她才看到身处的是一个豪华卧房，整个房间只有一张巨大的床和一个床头柜，窗户半开着，厚重的窗帘在风雨中一阵阵飘动。樱草心中"咯"的一声。她刚才说得开心，心里只想着这位焦公子是黛螺的男友、可靠的自己人、好心肠的大哥，现在忽然才想到：她和他，已经单独相处了快一个时辰，黛螺哪儿去了？

"总不能口头报答一下就算了吧。"焦德利缓缓咧起嘴角。

樱草全身一紧，后退着去扭门把，却被焦德利一步逼上来，两只手按住房门，将她圈在自己身前。

"焦先生！！！"

"密斯林，"焦德利一张阴白的面孔，几乎逼在樱草脸上，"我对你一见钟情，不是一天两天了。不然的话，凭什么要把这种好事交给你？今晚从了我，以后别说堂会了，你就算是要蟠桃会，我也办出来给你。"他身子紧贴着樱草，手便往她胸上摸索。樱草大惊失色，奋力一推，尖叫起来：

"您……我要走了，我得去找黛螺！"

焦德利丝毫没闪避，一只手抄过她两只手腕，扭住，按在她头顶，盯着她的眼睛，笑道："密斯林，别太天真了，你以为今晚的饭，是容易吃的？已经送上门来，怎么能走呢，老老实实陪着我，我不会亏待了你！"说着回手一搋，将她搋倒在床上。

樱草魂飞魄散，心里一片轰鸣，这时候已经顾不上害怕、后悔，她像一条陷入罗网的小鱼，疯狂地四下冲撞着，宁愿立时死了，也要撞破一个孔洞冲出去。她从床上挣扎着爬起来，又被焦德利搋倒，她拼命地抓他挠他，焦德利被抓破了手臂，骂了一声，挥手一记耳光，打得樱草眼前一黑，从床的这头一直摔到另一头。焦德利恶狠狠扑过去，压在樱草身上，双手用力撕扯她的袄裙，纽扣四下飞散，衣襟被扯了开来……樱草昏昏沉沉地伸手阻挡着，却被焦德利按住了动弹不得，只感觉整个人不能控制地向一片黑暗里沉沦。床边窗户半开，外面暴雨倾盆，沉闷的雷声中，她恍惚听见一声熟悉的呼唤：

"樱草！"

这声呼唤，伴随着雷声滚滚，一时不知道是幻是真。樱草仅存的一点儿意识被唤醒了，她挣扎着伸开手，在床边柜上乱抓，抓到一只烟灰缸，挥手砸在了焦德利头上。

"哎哟！"焦德利捂着头，松开樱草，大骂道："臭婊子！"

也就这一瞬间的机会了，从门逃走已不可能，樱草奋力爬起身，冲到窗边。她一时也搞不清这是多高，一眼望出去，只见窗下黑沉沉一片，亮闪闪的雨线向着黑暗直捅下去，不知哪里才是尽头。耳边又传来一声呼唤，似乎在很遥远的地方，急切地叫着她的名字，她探身向窗外，用尽平生之力，高叫了一声：

"天青哥！"

背后的焦德利又扑过来，樱草已经别无选择，将身一纵，从开着的窗户跳了出去。

"天青，忙什么呢？"

天青闻声抬头，见是师姐筱妃红。一头鬈发如云朵般散落在肩头，妆花缎的及踝旗袍也织满云朵，层层叠叠的仿佛穿了一身缥缈的梦。她斜倚在扮戏房门口，两只手在背后交叠，目光闪闪地望着天青。

"筱师姐好……"天青今天心绪烦乱，又不愿失礼，只能随口寒暄，"这场戏您没活儿啊，也过来？"

"你不也是没儿？天天都过来。"

"闲着也是闲着，帮师父料理些杂事。"

妃红袅袅婷婷地踱进来了："我也正闲着呢……天青，什么时候贴一出《战宛城》呗？听说你的张绣是顶有名的。让我傍着你，来个邹氏，成不？"

天青失笑："又是我杀你？"

妃红身子一扭，坐到他面前桌上，双眼微眯，灯光下秋波如水：

"没辙呀，我上瘾了呢。"

天青闭紧了嘴巴。这位筱师姐，最近来他的扮戏房，未免太频了些。虽说她一向举止风流，平日里跟社里其他样貌英俊的爷们儿也常常你一言我一语地调笑，还颇有些人以此为荣，但是天青始终不知道该如何应对。这女人的身上，似乎散发着一种强劲的逼迫力，每次略一欺近，他就想逃跑，更别提这样咄咄逼人地凑上身来……他咳了一声，推开椅子站起身，到衣架前取过夹袄穿上，快手快脚地扣起纽子。

"你要……做什么？"妃红轻笑道。

"出去透口气。"天青匆匆点点头，推门走了。

他是真的需要透口气。不知为什么，今天心里乱得很。台前台后，一切都很正常呀，戏台上正唱着的是《鸿门宴》，玄青去范增，一边唱一边自得地捋着髯口，举手投足全是神采。师父说得没错，玄青师哥有他更适合的路子，这种重唱重做的戏，更能发挥所长，尤其老成持重、心机深沉的角色，他演起来那是入木三分。

……似这等壁垒森严，亚似个天罗网，

那刘邦到此一定丧无常。

只要他鱼儿入了千层网，

哪怕他神机妙算的张子房，怎逃这祸起萧墙。

戏是好戏，唱得也好，但是台侧的天青，越看越是心浮气躁。他离开戏楼，来到后院，抬头望着黑云高耸的天空。盛夏的天，说变就变，上午还响晴白日的，到了下午，涌来满天的云，现在四面黑沉沉如大军压境，眼看着就是一场暴雨。城外隐隐传来的雷声，几乎把戏园子的锣鼓响都压过去了，天青站在空无一人的院子里，感觉从未有过的心慌。

这是怎么了，是天气的缘故吗？

"靳，靳老板！"

一个比他更心慌的人在院外出现了，跑得跌跌撞撞的，老远就喊他。

天青转过身，疑惑地迎上去，黑暗中瞧了又瞧，勉强认出是樱草的同学程黛螺。她的头发被大风吹得混乱一团，边说话边拼命地用手拢着：

"靳老板，您去接一下樱草吧！"

天青悚然一惊：

"怎么？"

黛螺脸上，说不出是痛苦是惊恐是激动还是哀怆的神情。

谁能知道，她经历了什么样的煎熬啊。自打告别了樱草和焦德利，一个人回到酒吧，她的手就一直颤抖着，停也停不下来。她当然没有什么许伯父要叙话，只是按焦德利说的，让樱草一个人跟他上楼而已，她深知这两个人上楼后会发生什么，在酒吧里悄悄觑着他们说说笑笑地朝楼上走，觑着樱草天真烂漫的笑脸，觑着焦德利那一副即将得手的得意神情，黛螺心里，全是狂乱的挣扎……

她是被逼的，她没法子，她不想这样！虽然憎恶樱草，恨她抢走了她的靳天青，但是，就这样把这傻丫头送入焦德利的魔掌，她，也过不了自己这关……但是，还能怎么做呢？眼前不断晃动着焦德利阴白的脸，让她又是恐惧又是迷恋，爱恨交缠的脸……她哪里敢违抗他，而且，早已经离不开他，纵使他这样粗暴冷酷地对待她，也仍然不想失去他，她已经是他的人了，今生的第一个男人，无论是在精神上还是肉体上，已经不由自主地被他控制着，甘心付出一切去屈服去顺从去追随……啊，再卖命地追随，也仍然时时面临着失去的危险啊，那焦德利得了樱草，今夜之后，眼中哪里还有她程黛螺？以后他必将弃她如敝屣，她怎么办，以后的人生，还有路可走吗？

得做些事情啊，不能这样眼睁睁地，看着事情发生。黛螺飞快地思忖一下，立即出门叫了车子奔向广盛楼。

祈祷上苍，让靳天青在那里！

她一定得找到靳天青！

只有靳天青，能破解这个迷局。他那个人，毫无疑问，会不顾一切去接他的师妹，若能顺利地将樱草接走，可能从此就断了焦德利的念想儿……焦德利呢，他不会知道靳天青是怎么出现的，以后的他，仍然好端端是她的男人，谁也别想抢走他！樱草和靳天青，都会感激她程黛螺关键时刻仗义报讯，不是吗？纵然无法得到靳天青的爱，起码也让他，多念着一点儿自己的好……

坐在车子上的黛螺，恨不得一步就飞到天青身边。

"靳老板，可找到您了！"黛螺在风中气喘吁吁地说着，"樱草去六国饭店跟一位公子吃饭，吃完了饭他俩一起上了楼，就没影儿了，怎么也找不到他们。那位公子，不是什么靠谱的人，我担心樱草出事！您要不要去接她一下？……"

她料得一点儿都没差儿。话音未落，天青脸色已变，一句话都未说，只点了点头，就箭一般地冲出了院门。

一道道电光，雪白如练，劈向空无一人的街道。大雨已经来临，周围一片劈劈啪啪的巨响，大水点子几乎能把街上铺的石板都砸出小坑。拉洋车的车夫们都早已躲起来避雨，天青也根本不打算叫车子，直接从肉市街奔向东交民巷。他这一生都没跑得这么快过，没几分钟就已奔到六国饭店楼下，对他而言，却像过了几百年那么长。

樱草还在这里吗，在哪个房间？大雨倾盆而下，浇得天青全身透湿，眼前一片模糊，只能看见六国饭店楼上，密密层层全是闪亮的灯光。天青奔进前厅，里面人声鼎沸，除了尚在玩乐的顾客，还有不少挤在门口避雨的客人。他按照黛螺说的，上楼去找，楼上倒是幽静，两边走廊延伸出去，都是紧闭门户的客房，一个人影都没有。

"樱草！"人当此际，也顾不得什么礼仪规范，天青拉开嗓子吼了一声。

立刻就有侍应生出来了。

"先生，您找人？哪个房间的客人？"

"我不知道是哪个房间，请您帮忙找……"

侍应生客气而冷淡地答道："对不住，这里是高尚场所，不能随意骚扰客人。"他打量着天青：一身湿透的衣衫，从头到脚都在滴水，华丽的地毯上，被他踩得又是水印又是泥印。

"先生，很抱歉我得请您出去。"

天青急切地望望两边，仍是门户紧闭，整个走廊寂无声息。每个房间都是深棕色的橡木门，沉实、厚重，只怕是喊破嗓子，里外也不能传声吧？两个保安从楼下赶上来了，警惕地望着他。天青一咬牙，转身下楼。

"樱草，樱草！"

天青顶着茫茫暴雨，在六国饭店楼下转着圈子呼喊。他知道这样喊下去可能不但招来保安，还会招来巡警，但是没别的办法了。哗哗雨声，盖不住他的呼唤，大武生的嗓子，嘹亮、响脆、冲劲儿十足，然而声音已经越来越多地带着绝望。她到底在哪个房间，能听见吗？有没有出事，会不会已经……

"天青哥！"

天青猛地转身，望向大楼东侧尽头。那里二楼的一个窗口，窗户开着，大雨中看不清里面的情形，但他切切实实地听到了樱草的声音。他顾不上抹一抹满头满脸的雨水，拔脚向那个窗口狂奔而去。

然而已经来不及了，他眼看着一个人影从里面跳出来，跌倒在楼下的花坛。

"樱草！"

天青扑到樱草身边，将她抱在怀里。一道闪电几乎就劈在他的头顶，照得樱草的小脸雪白一片。她的衣襟都被撕破了，辫子也散开着，嘴角有血，一双眼睛在雨水中努力睁大，两手护在身前，惊恐地望向天青。

"樱草，是我！"天青肝胆俱碎，一把抱紧她，伸手拂开她额前乱发，"是师哥！你怎样？"

"天青哥……"樱草的泪水奔涌而出，和雨水混在一起，在脸上流成一片，"我的脚，脚……"

天青颤抖着双手，急切地摸了摸她的脚踝。唱武戏的，对跌打损伤都是门儿清，一摸之下，便知是落地时有扭伤——已经算是谢天谢地了：楼下是个精心打理的花坛，泥土松软，还种着厚厚一层花草，樱草从二楼跳下来才没有伤得太重。大雨劈头盖脸地击打下来，天青扯下自己夹袄裹在樱草身上，小心地将她横抱在怀里，尽力挡着雨水，向路边奔去。

"臭婊子！"背后有人叫道。

焦德利居然追下来了。他没料到楼下另有别人，只恨恨地按着头顶被烟灰缸砸出的伤口，准备把樱草抓回掌心。水帘一般的大雨中，他奔到套房窗口下，却不见了樱草，手搭凉棚四下一望，只见路边有个人抱着樱草，正回过头来注视着他。

"是他……"樱草呜咽着说。

天青不用她说第二句。他将樱草放在路边车棚下，转身直取焦德利。焦德利见势不好，拔开脚步就往回跑。他哪里跑得过天青，几步就被追上，天青照他后颈伸手一抓，揪住他的衣领，将他摔了个仰天跌。

"你敢……"恐吓的话只说出半句，劈面一拳打来，焦德利只感觉自己鼻梁也歪了，牙也掉了。烈焰腾腾的天青，一只手揪住他衣领，另一只手，挥拳向天，带着雨势雷声，铁锤一样击在他的脸上。焦德利徒劳地挣扎着，嘶叫着，却全然逃不出这人的手掌，躲不过眼前这一记记铁拳，两拳下来，已然不知东西南北，只怕再有几拳，连小命都保不住……

"天青哥，我们走吧……"樱草担心天青闯出大祸，强忍疼痛，从车棚里爬出来。天青扬起的拳头停在空中，怒火爆燃的眼神最后盯了一眼焦德利，松手转身，冲向车棚抱起樱草。樱草已然半昏，虚弱如一片落叶，手臂软软地瘫落在泥水中。

"樱草，樱草！"

天青心痛如绞，一时间再也顾不上其他。他抱紧她的身子，将她歪垂的头护在自己胸前，冒着狂风暴雨，朝街外奔了出去。

焦德利的司机惊慌失措地跑来："少爷，少爷！"他扶起瘫在烂泥里的焦德利，"呀，您这伤得不轻！去医院吧？我喊巡警把那人抓回来！"

"不用！"焦德利含糊地说着，用手捧住高高肿起的嘴巴，望着天青离去的方向，嘶声吐出几个字：

"我要他直接死！"

深夜的英华女中，校门已经上锁，喊破了嗓子，也没人来应。

"我送你回家……"

"不不，不要回家！"

半昏半醒的樱草，听到回家二字，急得在天青怀中奋力挣扎。她太了解自己的爹爹和二姨娘了，这个样子回去，被他们知道，只怕自己再也没机会出门，或许还会被拖去省身房关几天。宁肯流落街头，也不能回家……家，世上最温暖的字眼，在这样凄风苦雨的夜里，却全然不能给她庇护，天地如此之大，茫茫无处容身……樱草心里的伤痛难耐，更甚于脚踝上的苦楚，抬手抓住天青手臂，禁不住在大雨中放声痛哭。

天青默默地抱着她，回转身子，走向广盛楼。

大雨仍在狂暴地下。广盛楼后院小屋，成了一个无比宝贵的避难所。天青将樱草安置在自己那铺窄炕上，裹好被子，接过她换下的湿衣，递上一身自己的裤褂。他在地上忙碌着，笼起一炉火，烤起衣服，又从缸里舀一盆冷水，绞了面巾。搬过板凳，坐在炕边，从被子里拉出樱草受伤的脚，将面巾敷在脚踝上。

樱草蜷着身子，缩在被子里，紧紧闭起眼睛。这凶险万分的一夜，让她痛苦，让她惊惧，也让她羞愧于自己的愚蠢轻信……好在大难终于过去，现在安全了，宁定了，心中渐渐地踏实一片，因为已经有天青哥在她身边。她拒绝再去想今晚的一切事，只愿记得天青哥的脸，此生都不会忘记那一刻，剧痛和绝望中抬起头时，茫茫大雨中望见他的脸……她不知道今晚他怎么会赶到那儿去的，也不敢问，现在的他，只低头坐在炕边，手里握住她敷着面巾的脚踝，一声不出。她也不敢多说一句话。

面巾敷过了，天青用手掌虎口环住她的脚踝，轻轻地按摩。隔着被子，越发清晰地感受到他手掌的温热，手指一下一下，有力而又柔和地触摸着她的脚踝，让她难为情地在被中缩得更紧。忽然之间，有什么东西，像是水滴，轻轻落在脚踝上。

樱草拉开被子，悄悄看去，只见天青低着头，又一滴泪水，无声无息地落在她的脚踝。

樱草长这么大，从来没有看过天青流泪。他在她面前，是最硬气最倔强的师哥，最威武最可靠的兄长，他从来不哭，遇到再大的危险、再多的困难，受再大的委屈、再重的伤，都未曾流过泪。眼下他不知怎么，坐在那里低着头，泪水止不住地流下来。

"天青哥……"

天青抬起头，望住她。奔波了一夜，他的脸上头上，又是泥又是水，都未来得及擦去，然而丝毫也不影响整个人的清俊之气，眼睛里闪着粼粼波光，仍有一汪泪水盈在眼眶。

"天青哥……你……怎么了?"

他望住她，良久，才开口说:

"我后怕。再去晚几分钟，我这一生都弥补不及。"

樱草结巴起来:"我，我也没出什么事。"

"让你伤成这样……"他又低头看着她肿胀淤血的脚踝。

"就是扭了个脚啊，小事而已，我不在乎的。"樱草咧嘴笑了。

天青冲口而出:

"你不在乎，我在乎!"

樱草心头一震，说不出话了。天青凝视着她，眼睛映着旁边的炉火，异常的清澈明亮:

"你的小事，对我都是大事。樱草，以后好好爱惜自己，这一辈子，有你的平安，才有我的平安……"他的声音，仿佛被什么阻塞在喉咙口，下了很大的决心，用了很大的气力，才终于倾吐出来，"你得知道，有人……比在意自己……更在意你！"

樱草一声都不能出，只怔怔望着天青。一瞬间她觉得，就算此刻粉身碎骨，也都心甘情愿。啊，不，她不能粉身碎骨，他说了，有她的平安，才有他的平安……

"我也……"她的泪水也涌出来，哽咽难言，"天青哥，我也……你也要……"

天青见到她的泪，顿时有点儿无措了，起身摸出一块大手帕，递给她："别哭，怎么又哭了。"

"是你先哭的！呜呜呜……"樱草把手帕按在脸上，大哭起来。

天青笑了："好了，都不哭。咱们逃过一难，平平安安地回来了。"他帮樱草擦去脸上的泪，为她拢拢头发，"你也累了，今晚的事儿，改天再说，先歇息吧。明早还得回学校吧？你这样子，又得背你去了。我可有日子没背过你了。"

樱草忍不住带着泪花笑了。天青搀起她，扶她躺好，她身上还穿着他的褂子，领口显得空荡荡的，雪白的一片脖颈裸露着，一块红绳系着的小牌子从里面滑出来，垂在枕边。

天青如遭雷殛，愣在当地，拾起来仔细一看，竟然果真是他八年前送给她的牌子。

"你……一直戴着？"

樱草凝视他，轻轻说："一天不曾离身。"

天青半晌没有说话，只紧紧握着那块牌子。良久，他仿佛大梦初醒似的，抬起手，小心地把牌子揣回樱草领口。那牌子上还带着他的手温，热得发烫，烙铁一样烙在樱草心上。

天青熄了灯火，坐在樱草枕边。这个情状，是他们从小熟悉的，樱草自然而然地拉过他一只手抱起来，头往上一靠。他的手，早已不是儿时稚嫩的小手了，如今的手臂，结实粗壮，筋肉虬结，手指修长有力，掌心干燥而温暖。靠在这样一只手上，樱草的心里，比儿时更加踏实一百倍，不禁嘴角微微翘起，安定地闭上了眼睛。

大雨停了，雨水滴滴答答地自屋檐流下来。除此之外，天地一片空寂，只剩下一点儿半明半暗的炉火，闪着暖黄的光。

第十一章　铜网阵

"靳老板！靳老板！……靳，靳老板……"

天青终于停下脚步，缓缓转过身来，面对着黛螺。

"程小姐。"

他礼貌地说了这么一句，便不再出声。

这样卑微地追着堵他，才终于唤得他停下来见一面，黛螺心里，原本是一腔的委屈，可是此刻，看着他淡漠地站在自己面前，不由得满心里翻绞的全是绝望。

他知道了，她在背后做的一切，他肯定是知道了。

樱草是怎么给他讲的，是樱草怀疑了她，还是他怀疑了她？她还有解释的机会吗？应该可以说服他吧，告诉他，她是无辜的，她不是有意将樱草送进焦德利房里，她不知道焦德利的用心，她是真的遇上了许伯父，她，她不顾一切地来找他去救樱草……

但他只是淡漠地看着她。那双眼睛，一改往日的温厚纯朴，变得这样的冷硬、陌生，在他与她中间，狠狠划出老深的鸿沟，老远的距离……

所有的人，都抛弃了她。

老深的鸿沟，老远的距离。

六国饭店一别，至今已近一个星期，她没有再见过樱草。樱草当然还每日去上学，但是校园里，永远不会再有黛螺的身影。

没法子挨到毕业了。

自那夜狂风暴雨中回家，黛螺病了一场，家人延请大夫诊治，竟然诊出四个月的身孕。她自己也不知道，不懂得，连月的胃酸、呕吐，只道是身体欠佳，怀着对失身的心虚，从未对爹娘提起过，哪里想到是珠胎暗结……爹娘严诘之下，只能坦白了情由。娘带着她，去找焦德利对质，还抱了一些指望，希望他认下这个孩子……好不容易在焦府门外等到他，他的头上还裹着绷带，满脸的杀气，教人望而生寒。漆黑眉毛下，一双深陷的眼睛，冰冷地盯着黛螺：

"这位小姐，你敢说我认识你吗？"

黛螺不记得自己是怎么离开门房的，昏昏沉沉、迷迷糊糊，被娘搀扶着走到街边，哭倒在路灯下。之前最坏的预想，正在逐渐变成现实，她才十七岁啊，以后的茫茫人生，要怎么过？也不过就是走错了一小步而已，老天爷对人的惩罚，就这么严酷吗？

爹爹不敢得罪公安局长的公子，倒是把她痛责了一顿，遭遇奇耻大辱似的，暴跳着要她打掉孽种；还是娘疼她，担心月份大了危及女儿性命，一力安排她远离北平，去乡下生产。生下来之后怎么办，养大，还是送人，以后还能不能回来，在那偏僻的乡下草草找个人家嫁掉，还是孤独终身？很难说了，她的世界里，再也容不下任何美梦。

临走之前，抱着一点点儿希望，要来广盛楼，最后见一次靳天青。毕竟，他是她深深爱过的人啊，所有的一切，都是因爱他而起，她付出了这么多，他的心中，完全都没有感动过吗？

"那天还是我来给您报的讯呢，不然樱草她……"

黛螺觉得自己就快撑不下去了，笑也笑不成，哭也哭不出，说出这几个字，脸都扭曲了。

天青直视着她，缓缓说："程小姐，我是笨一点儿，但不傻。"

真的撑不下去了。黛螺身子一歪，靠在广盛楼院门边，伸手捂住了自己的脸。

天青的语气缓和下来："程小姐，您是樱草最好的朋友，为什么要这么做？她那样的一个女孩子……"他的神情中，还是禁不住写满痛楚，"有什么对不住你的地方？……"

"因为……"黛螺的声音，像一声无力的叹息，从她的指缝里传出来：

"因为我爱您啊。"

天青扬起了眉毛，惊异地看着黛螺。

"靳老板，我爱您很久了。因为爱得太深，所以……可能做了点儿傻事……"黛螺放下手，哀怨地望向天青，"您一直没有收到我这份感情吗，您对得住我这片心吗？"

　　天青略有些哭笑不得，轻轻说了句："谢谢程小姐，您错爱了。"拔腿就要离开。

　　黛螺的心里，狂乱、急躁、悔恨、懊恼，绞成一团，她控制不住自己的嘴巴，两手都握成了拳，脑海中盘旋已久的话，一句句涌了出来：

　　"我知道您喜欢樱草，但是，她有什么好处，值得您那样喜欢呢？我哪里不如她吗？我的家里也很体面呀，我的样貌也还可以的呀，她能为你做的事，我也都能做呀！你怎么就不能放下她，看一眼我呢？我这么久以来一直对你的好，你不知道吗？"

　　因爱成痴，对于伶人而言，实是见得多了。总有那么一些戏迷，因为爱人或是爱戏，深陷其中，不辨戏内戏外，自己给自己编一出大戏来唱，恍惚自己和那台上的角儿，就是天造地设的一对才子佳人。这种情态，可笑、可叹、可恨又可怜。天青到此时才发现，眼前这位程小姐，已然痴入骨髓，全然无法以常理沟通。他不由得摇了摇头，转身向着院外走去：

　　"别说了程小姐，再会。"

　　黛螺追不上他的步伐了。她绝望地站下来，大声喊道：

　　"靳天青！你别以为自己了不起！你也不过就是个臭唱戏的！台上捧你一声靳老板，台下谁真正看得起你！哪个正经人家女孩子会喜欢你！我随便认识个什么人，都比你强！'鹌鹑戏子猴，谁也养不熟'，说的就是你！……"

　　天青停住脚，慢慢转回身。黛螺吓得后退一步，下意识地举起双手抱在身前。但是天青眼里并没有太多气恼，他的眼神，反而又恢复了往日温厚，望着她的样子，带着深深的怜悯。

　　"程小姐，您保重自己。"

　　他转过身子，头也不回地走了。剩下黛螺一个人僵立着，望着他的背影，消失在院门外。

　　都走了。都失去了。都把她无情抛弃，任她没顶沉沦。黛螺心里，燃起满天火焰，不不，是满天飞灰，铺天盖地，全是茫茫尘埃。她的眼泪流下来，嘴角却带了笑容，轻轻抚摸自己的肚子：

　　"宝宝乖，妈妈带你去听戏。嗯，妈妈是角儿，唱戏给你听。"

　　她哭着，笑着，哼着完全不成曲调的戏文，摇摇晃晃朝着大街走去：

　　　　对镜容光惊瘦减，万恨千愁上眉尖。
　　　　盟山誓海防中变，薄命红颜只怨天。
　　　　盼尽音书如断线，兰闺独坐日如年。
　　　　才郎若是把心肠变，孤身弱女有谁怜……

　　黛螺的一番辱骂，丝毫没影响到天青。没有任何人能影响到天青。这一星期来，他满心里都是掩不住的光彩，唱得神完气足，打得轻捷火炽，白天唱戏，晚上学戏，忙活一整天回家来，竟然还觉得浑身劲力没处释放，自己给自己加了双倍的功来练……

　　他知道自己这精力是打哪儿来的，是从他心底，带着欢腾，带着喜悦，不能抑制地迸发出来的。他的脑海中，始终浮动着一双盈盈含情的黑眼睛，一张充满信赖的小脸……再大风雨，挡不住他与她心头传递的火热，那晚他平生第一次，感受到了自己曾经不敢期盼的情意，那样真切，那样迫近，那样温暖。每晚他躺在那铺窄炕上，总想起樱草睡在那里的样子，她抱着他的手臂，小脸依偎着他的肌肤，长长睫毛上还带了点儿泪花，但是已经挂着微微的笑……她的领口垂着那块小牌牌，光润、闪亮，时隔这么多年，他都没指望她还能留着的小小礼物，居然一直就这样珍而重之地戴在身上……

　　他简直都没法入睡啊，想彻夜练功，想满院子奔跑，想跳，想飞……等不及地盼着周日了，这个周日，她一准儿会来，见到她，该说些什么？或者什么也不用说，只要有她在，就很好了……她脚上的伤，不知道好了没有？能来吗，要不要去接她？嗯，不必再找理由了，什么送东西，什么传话儿，都不要，就是堂堂正正地，坦坦荡荡地，去接她！抱着她，背着她，都成！她难为情的话，就陪着她，一路小心地走，慢慢地走，他愿意陪着她走上一个时辰，一天，一月，一年，一辈子……

　　广盛楼的大戏，依然每日每夜地唱。这天下午的大轴是《铜网阵》，天青去那位文武双全的锦毛鼠白玉堂，一腔血气勇猛无匹，但被敌人设计陷于铜网阵中，乱箭射死。繁重开打之后，另有一段重唱工的托兆戏，含恨归阴的一代英侠，以魂子扮相登台，头戴黑纱魂帕、白纸鬼发，唱起满怀幽愤的二黄散板：

> 叫鬼卒驾阴风店房来进，又只见众兄长瞌睡沉沉。
> 我这里悲切切在梦中唤定，众兄长听小弟说分明。
> 为印信探冲霄在铜网阵丧命，念起了结拜义捉拿仇人。
> 我本当与兄长多谈多论，怕的是天明亮难以归阴……

　　"好！好角儿——"

　　台下的乌老三，厉声号叫。从打他自封为天青的义兄，每逢天青贴戏，总有他带着一帮小兄弟捧场，名义上是罩场子，但往往一出戏下来，最能搅戏的就是他，喊好儿喊得声嘶力竭，近乎邪好儿一般。

竹青也来了，摩拳擦掌地等在后台，待得天青回到扮戏房，立时冲上去搂脖子抱腰："师哥，这些日子不见，你可更精进啦，唱功也这么跟劲儿！要不是后台不让喊好儿，真想大大地给你吼上一声儿！"

"你跟着郝二爷，进益也不小啊，"天青笑着拍拍他，"快回来多唱几出吧，咱哥俩好久没傍一块儿了。"

"嗯！说真的，得不着你来黄天霸，我这窦尔敦都少了不少彩儿！"……

忽然间，外面传来极大喧哗，人声车声、脚步声叫骂声，闹哄哄响成一片。戏园子观众已散，何来如此喧嚷？喜成社众人愕然竖起了耳朵。在上场门撩起台帘一看，竟见前台冲进一队警察，对戏台呈合围之势，随即后台也有警察冲了进来。

"各位长官，有话好商量！不要动手！不要动手！"黎茂财仓皇跑来，四面张望一下，对着领头一位警官打躬作揖，"这是从哪里说起？我们只是唱戏的……"

"谁是靳天青？"警官不理会他，冷冷看着众人。

天青吃了一惊。他只揸了头，还未来得及卸妆，依然穿着白玉堂的戏服，脸上全是粉彩，一时也顾不上思忖，举步迈出扮戏房：

"我是……"

话音未落，那警官抬手一挥，旁边两个警察冲上，一边一个，扭住天青手臂。

周围的人全慌了。竹青一跃而前，就要跟那两个警察动手。白喜祥分开人丛，吸了口气，冲着警官一拱手："长官，这里头只怕有点儿误会，我们这孩子一向老实，他做了什么违法犯律的事了？"

警官依旧不理会他，只将两只拇指插在腰带上，板着面孔盯住天青："后院那个屋子是你住的，没弄错吧？"

天青一片茫然："是。"

警官的目光转向白喜祥，冷冷道："刚才在他屋子里搜出大批反动传单，怀疑他是共产党，参与最近几起地下宣传活动，人赃俱获，奉令拘捕。"

天青惊呆了："我没有，那不是我的！"

"哼，你当然不认！"

随着他的话音，两个警察掏出手铐，咔嚓一声铐住天青手腕，推着便向外走。白喜祥一把捂住胸口，崔福水等人慌忙搀扶，竹青等一班小兄弟大叫大嚷："不能乱拿人！""肯定弄错了！""天青怎么可能是共产党！"混乱中几个警察拔枪对准人群，领头的警官也厉声喝道："想干什么？拒捕吗还是暴动？"

　　天青的脑海中，一片空白，只剩下嗡嗡作响。他不可能犯法，他没做过任何坏事，青天白日，天地良心，什么共产党，什么传单，他连听都听不懂，但是面前的警察拎着一个陌生布包，里头露出一叠叠纸，说是从他家里搜出来的……

　　现在，怎么办？

　　逃是逃不掉，也不能逃，但被拿了去关起来，还有说理的地方吗？政治犯，会不会直接枪毙……枪，他们举着枪，对着师弟和摇摇欲倒的师父……

　　"大家别动！我跟他们走就是了，我是清白的，没事。"天青昂起头，"师父，您保重身子……"

　　话未说完，他被这群警察推着搡着，一股脑儿拥出去塞进了院门外停着的警车。

　　炮局胡同，在北平城区东北角，早前乃是乾隆朝制炮之地，后来炮局废了，名字却留了下来。晚清时，这里建了监狱，一直沿用到民国，屡次加盖整修，越来越庞大，越来越阴森，四角的炮楼，使它显得比其他监狱更具威慑力。北平的小孩子从小就被吓唬："再不老实，把你送炮局儿去！"

　　天青怎么也没想到，自己会真的有被送到炮局的一天。

　　他穿着囚衣囚裤，手脚都被锁上沉重的镣铐，和一大群同样戴着镣铐的囚犯，关在一个狭小的牢房。牢房实在太小了，人塞得满满的，躺下都困难，看守也不允许他们躺下，整日只能坐着，不许活动，不许说话。每天饮食，只是两个窝头、一碗水，菜只有土豆皮，还不给筷子，只能用手抓着吃。

　　一天过去了，又是一天。天青的心情，又惊又急，更多的还有茫然和困惑。他反复回想了自己的遭遇，还是想不明白发生了什么：屋子里怎么会有传单？那间小仓库，总共只有巴掌大，搬来时只花了不到半天就清扫干净了，什么也没有啊。难道是别人放进去的？他根本没有什么家当，出来进去的经常不锁门，如果有人想塞点儿东西，倒是很容易，但是，谁？社里有共产党？……

　　"喂，兄弟，头回来吧？犯了什么事儿？"旁边犯人悄悄捅他。

　　天青望望牢房门上的窗口，低声说："说我是共产党。"

　　"啊！"那人一惊，"那可是杀头的罪名。"

　　天青如同被冰水泼了一身："我是冤枉的！"

　　"那要看你辩不辩得清了。现在风声正紧，错杀一千，不放一个。过堂时，要是……"

　　牢门忽然打开了。小屋子里顿时鸦雀无声。

"靳天青，出来！"

天青咬咬牙，拖着一身的镣铐，跟两个狱警走出牢房。阴森的走廊里，上楼又下楼，走了好远，才在另一条走廊尽头，进了一个小房间。天青一眼望进去，只见天花板上悬着一盏带灯罩的灯，雪白的灯光，射向墙边一把笨重的木椅子，房间里其余部分，都笼罩在一片黑暗中。不待他适应这里的光线，已被两个狱警推到椅子上坐下，将他的双手双脚，紧紧铐在椅背和椅脚上。

"靳老板。"面前黑暗里，有人开了腔。

天青努力眯起眼睛看着，仍然看不清楚。就像在一个正在演出的戏台上，强光照射之下，面前一片混沌，只能听得见座儿上的喧哗。他听见桌椅挪动的声响，那个人走到他面前来了。

"靳老板。"他似笑非笑地说，"还认得我么？"

天青抬起头望着他，怔了片刻。他不认得这个人。白衬衫，手里拈着一支烟，头发抹得油亮，神情中也带些油滑之气，鼻梁与额角，奇怪地裹着几处绷带……啊……忽然地，天青留意到那张阴白的脸上，一双浓黑的、几乎连在一起的眉毛，刹那间，他仿佛又回到了那场大雨里，闪电劈得眼前一片洞明。

焦德利！

天青明白了，明白这事是怎么发生的了。他怒吼起来：

"你！"

"不错，是我。"焦德利点燃手中的烟，吸了一口，"敢在我头上动土，靳老板的胆量真是教人钦佩。"他叼住烟卷，慢条斯理地解开衬衫袖口，向上挽着，眼睛盯住天青的脸："可惜你威风也只是威风在戏台上，离了戏台，你就是一只蚂蚁。我弄死你，比弄死一只蚂蚁还简单。不过，也不能让你这么容易就死了——"

他转身从背后桌前拿起一条皮带，看了看，折了一折攥在手里，有意将皮带的铜扣留在外面，回过身来面对着天青：

"靳老板，怎么样？想讨饶的话赶紧，过会儿可就来不及了。"

天青的怒火，拥塞胸膛。这卑鄙、下流的家伙，这样丑陋，这样嚣张，这样赤裸裸地作恶！他当然不怕他，当真放对儿的话，几个焦德利加在一起也不是天青对手，但是虎落平阳被犬欺，他现在手脚被铐，动弹不得，拼命挣扎也只听得锁链哗哗作响，不但毫无还击之力，就算稍作闪避也是不能。天青怒目圆睁，额上的青筋都跳起来：

"有本事你放开我！畜生！……"

"砰"的一声，皮带当头击下，从天青肩头一直抽过胸前，铜扣豁开了肌肤，烈火烧灼般的剧痛，天青感觉自己整个身体都被撕裂了。他咬紧牙关，硬是不吭一声，狠狠地瞪着焦德利。"砰"的一声，又是一记抽下来，击在耳边，天青脑海中一阵晕眩，剧痛将他拽入了冰冷的海，爆燃的火炉，犬牙交互的刀山……黑暗中有人在低声说话：

"别打着脸，二少，外头看见了不方便。"

"死都快死的人了，还管那么多！"又是一记，凶悍地抽下来，又是一记……鲜血顺着挥动的皮带飞溅到背后的白墙上。

天青渐渐失去了意识，模糊中还听得焦德利的嘶叫声：

"王处长，你少管！就是要他死！敢找事的话，叫他家里人一起陪葬！……"

> ……多谢天，我的心又一度的跳荡，
>
> 这天蓝与海青与明洁的阳光，
>
> 驱净了梅雨时期无欢的踪迹，
>
> 也散放了我心头的网罗与纽结，
>
> 像一朵曼陀罗花英英的露爽，
>
> 在空灵与自由中忘却了迷惘……

樱草伏在宿舍窗前，轻声吟诵徐志摩的诗句。

自从广盛楼别后，她的心里，满满的都是幸福与期待。

什么叫幸福呢？幸福就是求仁得仁。对别人来说，它不见得有多少重要，但那是你最大的期望、最深的思念、最重的牵挂，就这样从天而降，送到你的面前……樱草没有想到，自己在天青心目中，竟有那样的位置，他说：有人比在意他自己，更在意你！天青哥……她很后悔自己没有说完那句心里话：我也是的啊，天青哥，我比在意我自己，更在意你！

这一切，是真的发生了吗，还是只是，她执念太深的梦境？因为来得太美好，太突然，简直让她都不敢相信。天青哥的"在意"，是不是真是她心里想的含义呢？他一向都是关心她爱护她的大哥哥，他对她的在意，从来都不曾缺少过，或许他仍然是把她当作小妹妹来倾心关照，一切只是樱草想得太多？越是在意，越是患得患失，樱草的心里，一忽儿觉得尘埃落定，生命踏实圆满；一忽儿又觉得一切还是未知，全是她自己的一厢情愿。她盼望着再见到天青，想听他说话，想对他说几句心里话，就算什么都不说也好，只要能看着他，他的神情、他的目光，都能平定她起伏辗转的心潮……

"林樱草，有人找你。"

樱草拐着还未痊愈的脚，快乐地奔向校门口。门边大槐树下，已经站了个穿长衫的人，粗壮，结实，闪亮的大光头……

樱草愣住了：这不是天青哥，是许久不见的竹青哥。他一改平日的嬉笑模样，满脸惶急，几乎连话也说不清楚了。

"樱草！师哥出事了，怎么办，你是读大书的人，你拿个主意！"

不祥的预感，飞快地笼罩了樱草的心。

"谁，怎么了，你慢慢说！"

"天青师哥，被警察拿去了，说是共产党……"

什么东西轰的一声，在樱草头顶炸开，整个脊背上，刹那间全是冷汗。她强撑着站稳，听竹青把广盛楼发生的事说完：

"……就这么给拿了。肯定是冤枉的，你知道，天青师哥那样的人，发什么传单？师父到处托人疏通，但是人家一听是政治犯，都吓得什么似的，说现在政治犯的事正在浪尖上，碰不得。怎么办？共产党是怎么回事，会枪毙吗？我怕师哥他……"竹青素来忍不住眼泪，说到这里，一双圆眼睛里已然涌满了泪水。

樱草呆了片刻，握紧拳头：

"先去看看天青哥！他押在哪里？"……

炮局监狱，戒备森严。普通犯人也还罢了，政治犯那儿更是严加看管，等闲不让探监。

"我们是他的弟弟妹妹……"

"是他祖宗也不成。"狱警跷着二郎腿，看笑话似的瞧着樱草和竹青，"政治犯，共产党！明白吗？"

"他不是共产党……"

"新鲜，跟我说这个？只怕得去跟阎王爷说喽。"

樱草和竹青对视一眼，两个人的脸色，都是一片惨白。

"还不快走，你们以为这是哪儿，庙会？"狱警斜视着樱草，上下打量，忽然眼光一亮，停在她的手腕上。

樱草低下头来，看到了自己腕上的翡翠镯子。那还是前清宫里的东西，色做碧绿，深邃润泽。她并不在意它的价值，但这是她娘戴过的，有着娘的气息与手泽，所以视若至宝，时时带在身边。

"不过呢……"狱警说。

樱草一咬牙，褪下镯子攥在手里，犹豫地抚摸着，一时没有出声。那狱警也没再驱赶他们，贪婪的目光，紧盯在镯子上。

"长官，您行个方便。"樱草微微颤抖着，递上那只镯子……

　　监狱会客室，狭小，阴冷，被一座木栅栏一分两半，各放着一副桌椅。樱草和竹青坐在栏杆外，紧张地望着里面黑暗的通道。

　　两个狱警押着天青进门的一刻，樱草脑中一阵晕眩。她几乎都不认识他了，那丰神俊朗的师哥，此时憔悴得不像一个真人，脸色苍白，毫无血色，身穿破烂的囚衣，手上脚上，都锁了镣铐，走动时，铁链拖在地上哗哗作响。他抬眼看见樱草和竹青，神情惊愕万分，盯了他俩好一会儿，才在木栅栏里面坐下：

　　"樱草，竹青……你们怎么来的？"

　　"天青哥！"樱草的泪珠在眼中飞转，"你受苦了……"她焦切地端详他，上下打量他的脸上身上，猛然间，看到他脖颈上一条粗长伤痕，一直延伸到囚衣里，颜色已变成暗紫，依然触目惊心。

　　"他们打你了……"泪水终于从她的眼眶涌出，不受控制地掉下来。

　　天青勉强笑了一下："别哭，都过去了。"

　　两边都站着狱警，荷枪实弹，紧紧监视着他们。天青没有办法详述发生的事情。他已经仔细想过了：不能讲，不可以讲。这样险毒的陷阱，没有谁能救他，政治犯，最重最敏感的罪行，人"赃"俱在，谁能开脱？挣扎下去，一旦连累了师妹师弟和师父……自己在这世上已经没有什么亲人，他们就是自己最亲的人，这条命宁愿送了，也不能伤到他们。他凝视着坐在对面的樱草，她也正睁大眼睛望着自己，满脸都是泪痕。她还穿着学校制服，身材纤纤细细的，这样瘦小，这样柔弱，脚伤多半还没有好，却不顾一切跑到这种地方来探望他……

　　"你们来了就足够了，我心安了。樱草，别哭。竹青，你怎么也哭，小姑娘似的。"

　　樱草用力抹去眼泪："天青哥，我们想法子救你。会公开审判吗？那些传单不可能是你的，大伙儿都能给你作证。"

　　天青沉默了一会儿，说："听说现在非常时期，政治犯可以不过审。"

　　竹青急道："那怎么成？就这样，没有说理的地方了？"

　　"我这次……有人算计好了害我的，证物直接从我屋子里起出来，很难开脱。"

　　"什么，有人害你？"竹青跳起来，"谁干的？我宰了他！"

　　"就怕你这样。别问了，命当如此，我认了，只是……拜托你一件事。"

　　竹青抓住木栅栏："什么事，你说，我拼了命也会做到！"

　　"你保护好樱草……"天青的嘴唇，微微有些颤抖，"尤其是最近，多照看她。"他转过头，望向樱草："樱草，焦德利可能还会找你麻烦，你务必防备。平时尽量在学校，或者在家里，不要出门。"

"焦德利？"樱草猛然睁大眼睛，"事情是他搞出来的，是不是？他报复你！"

"不要问了，你不要管我，当心你自己！"天青凝视她的眼睛，一刻也不肯移开，"我以后……不能照看你了，我……最不放心的……"

"时间到了！"背后的狱警吼道。

三人同时抬起头，互相看着，眼神瞬间胶结，有一种恐惧，此去再也不能相见的恐惧，贯穿了他们的心。天青被两个狱警拉起来，拖着向门外走，他转头看着樱草和竹青，目光中充满了留恋，深深地，仿佛要把他们看到自己的心里去。樱草的心一片片炸裂了，她摇摇晃晃地起身，把手伸进木栅栏的窗口，哭着喊道：

"天青哥，你……不能离开我！"

天青在这一瞬间，什么也不顾了，用力甩开两个狱警，一步奔回窗前。隔着宽大的窗台，他使劲向外探着手，手铐一下子就擦破了他的手腕，但是他终于碰到了樱草的手指：

"樱草……你好好儿的……"

天青被狱警连踢带打地架出了门。樱草哭倒在竹青怀里。

"樱草，你，你怎么了？"

陈少湖惊愕地望着走出校门的樱草，紧张得说话都结巴起来。这一向活泼伶俐的女孩子，几天不见，好似一下子老了十几岁，不仅是脚上一瘸一拐，神情也干枯灰败，嘴唇焦裂，眼睛又红又肿，仿佛没有力气睁开来看他。陈少湖又是心疼，又是疑虑，一时间马上想拖着她去医院：

"你病了吗？今儿诗社没见着你，就知道你有事，赶紧来看看你。到底怎么了，哪里不舒服，告诉我！"

樱草已经没有眼泪，目光迷离地望了他一会儿，缓缓开口：

"你能帮我吗，少湖？"

陈少湖坚定地点了点头："你尽管说！"

"我想见公安局的焦局长。去了很多次，都被阻回来，怎么才能见他一面？"

陈少湖更加愕然："公安局的焦局长？"

在这样的挚友面前，樱草不想隐瞒。她长吸一口气，细细说出天青的遭遇，只听得陈少湖呆在当地。他自以为已经见惯人间丑恶，官场腐败，社会污浊，却原来书里诗里，都还描述得远远不够，更加污秽的恶行，就发生在自己身边！他激愤地握紧了拳头：

"太黑暗了，太丑恶了！我们应该去报馆找记者，揭发这姓焦的恶行，实在不行，去公安局门前请愿示威！靳老板也是响当当的一个角儿，连个申诉机会都没有就被冤杀，世间哪有这样的道理！……"

樱草静静摇了摇头。

"我想过了，那样救不了我师哥，反倒可能让他……死得更快。一旦他们狗急跳墙，先下手害了他，纵使日后讨回舆论上的公道，又有什么能挽回一个人的性命？"她转向陈少湖，眼中盈满泪水，努力控制着不流下来，"我昨儿下午又去炮局，天青哥已经不在那儿了，说是转去了草岚子监狱，你记得吗？那是关押政治犯的重地，进去了就是个死。时间不多了，少湖，求你帮我。我这两天日夜在图书馆翻报纸找资料，查了共产党、公安局、政府、时局、法律……各方面的消息，觉得找那位焦局长面谈一下，可能有希望。但我见不到他，你有办法吗？只要能让我试一下，无论付出什么代价，在所不惜！"

陈少湖心中忽然咯噔一下，仿佛有一道密封的屏障被轰然打开，让他看到了以前从未见过的景象……他知道了，知道樱草心里那个人是谁了！他早该想到，颐和园那个风和日丽的上午，她伴着她的师哥走上船楼，那长身玉立的青年，气宇轩昂的武生，令他都暗暗地起了自惭形秽之心……一准就是他！能让樱草如此地魂牵梦绕，生死相许，不会再有别人！

经历了那么多挣扎才终于平复的心潮，如今波澜又起，望着樱草坚定而充满期待的小脸，陈少湖感觉自己的心被一只巨手揪紧了，肆意地翻绞，皮开肉绽，鲜血淋淋……他不知道该说什么才好，下意识地摘下眼镜，摸出手帕擦了又擦。

"少湖？"樱草的眼神，渐渐黯淡，"如果连你也没有法子，我……我……"泪水终于滚下她的脸颊，"只好硬闯了，大不了……"

陈少湖心神激荡，好不容易才把眼镜重新戴回耳朵。他凝视樱草的眼睛，用尽全身气力，硬生生压下心头震颤：

"你……不要急，我有法子。我父亲是北平商会会长，能与公安局沟通。我去求他帮你师哥说情。"

樱草热切地睁大眼睛，转瞬间，又担忧地问道：

"不会连累伯父吗？都说政府现在铁腕政策，共产党是最危险的政治犯，我师父求了很多政界商界的朋友都不肯援手。"

这倒把陈少湖问住了。他是家中幼子，父亲年事已高，一向又最厌政党纷争，自己如此热心社会活动，已经没少让老父操劳，若真的把他牵入政治旋涡……他略一思索，慨然道："我去求他帮我联络，让我见那位焦局长一面，剩下的事，由我来办。你要说的话，告诉我，我去跟焦局长说。"

樱草摇了摇头，稚嫩的小脸上，前所未有的冷静："谢谢你，少湖，你能求到伯父帮忙联络就好了，我去见他。我是当事人，说话比你更有效果。"

"你一个女孩子家，到公安局谈这种事情，太危险！我去有什么不成？我也了解你师哥……"一阵酸苦涌上喉间，陈少湖咬了咬牙，"我会帮他开脱清楚！"

"少湖，让我去就好。这事情与你无关，你出面的话，还是有可能连累你家人。"

"你出面，不是一样会连累你家人？"

樱草泪花飞溅，整个身体都微微颤抖：

"他……就是我的家人！"

北平东城，天安门前，有一簇外表不甚起眼的建筑。比起附近的壮丽城楼，巍峨华表，气势宏阔的广场，这簇建筑实在太过平凡，可能不会引起任何人的注意，但是上百年来，它一直是京城社会治安的中枢。两年前，它叫京师警察厅，现在，刚改了名字叫北平特别市公安局。

焦自诚，北平特别市公安局副局长，最近心里很乱。市政府又换届了，原市长何其巩称病辞职，新市长就是现任公安局局长张荫梧，这令公安局内部起了不小的风波。张荫梧战功卓著，雄才大略，确实是继任市长的上佳人选，问题是，他升职后，局长位置可能会有空缺，谁能入补，众所瞩目。

焦自诚知道自己成算很大。他在副局长位置上已有多年，业务上也算硕果累累，上下级关系也协调得不错，目前是第一常务副局长，无论从哪个角度，都该轮到自己了。但是局内也有几个少壮派，资历一般，野心却不小，虎视眈眈地盯着这个位子。现下，风传张荫梧将不再兼任公安局局长，那么，市政府应该已经在筹划新的任命，同事都称肯定是焦自诚无疑，但是焦自诚自己却颇不踏实，心里老是装着公安局内外，那看不见的湍急暗流。

同时，他的家里，一点儿都不让他省心。宝贝儿子焦德利，自打会说话开始，给他惹的乱子就没断过。上周一个早晨，彻夜未归的焦德利闯进家门，满头满脸都裹着绷带和纱布，吓得他妈妈大声哭叫。焦自诚连声喝问，焦德利不做理会，直奔书房，砰的一声把自己锁在里面。焦自诚又急又怒，赶去门口倾听，只听得依稀传来他的一声低吼：

"……给他塞个传单有什么难！"

用人取来钥匙，焦自诚急匆匆打开房门，只见焦德利刚刚把听筒放回话机。

"你给谁打电话？这是我的办公专线！"

焦德利转回头，露在纱布外面的脸，浮现一丝阴冷的笑容。

"告诉你也没用。"

"什么话，我是你父亲！这伤怎么回事？"

焦德利拈过他办公桌上的香烟，燃着，吸了一口：

"有个叫靳天青的戏子，抢了我的女人，还打了我，你说，他该不该死？"

"这种事找巡警解决，关几天罢了，你打电话到局里干什么？"

焦德利顺手把烟灰掸在他的桌面上，懒洋洋地笑了笑。

"我就说告诉你没有用。爸，这就是你混到这把年纪才只是个副局长的原因。"

"你……"焦自诚气得用力拍了拍桌子，"我倒要看看你有什么成色！"

焦德利也是警界中人，北平警官高等学校毕业，目前在第九区分局做个内务科长。官虽不大，权势却通天，动辄擅用父亲的路子，指挥局里人马，跟焦自诚的不少下属都打得火热。焦自诚对这个儿子的行径，日夜悬心，却又管束不了，简直就是悬在头顶的一颗定时炸弹。上月国民政府选拔优秀警务人员送去日本内务省警官讲习所培训，焦德利只差三分没能考上，要父亲私下找人通融，焦自诚未肯允准，父子俩从此反目，几乎每次见面都要大吵一番。

"你就是怕我成色太高，所以不肯送我去日本是吧？前几批送去的学生，回来后都是警界栋梁！"焦德利在桌上摁灭烟头，缓缓起身，"你放心，我还真不会辜负了你生的我这份人才。终有一日，我要成就一番比你更大的事业，到时候你要后悔这样对我！"

"我怎样对你？我怎样对你？总指着我做些违法乱纪的事儿才算是对你好？"

焦自诚对着儿子傲然离去的背影，气急败坏地吼道……

唉。都道是妻贤夫祸少，子孝父心宽，自己的命里，是没这个福气了。焦自诚烦躁地丢下手中的笔。现在的他，正坐在公安局办公室里，等一个人进来。她在外面已经等了一早上。一局之长，要忙的事很多，本没心思见不相干的人，但是商会陈老太爷托人打电话来，说是人命关天，嘱他务必一见。娘的，还"人命关天"，公安局哪件事不是人命关天。实在难以推托，也只好答允了，给那个不知来历的女人十分钟时间。

门开了，秘书引着那女人进来。

竟然这么小，根本还是个中学生，瘦瘦的，还有点儿一瘸一拐，身上穿一件素净的短袖旗袍，小面孔被齐眉刘海挡了一半，显得更小了，满脸只剩一双黑幽幽的眼睛。

"请坐，什么事？我很忙，长话短说。"焦自诚不耐烦地挪了挪腿。

女孩子坐在他面前，腰挺得笔直笔直的，脸上透着一股子不符合她容貌的倔强。

"焦局长您好，我叫林樱草。令公子焦德利，约我在六国饭店谈事情，试图奸污未遂。我师哥靳天青，喜成社伶人，为了救我，被令公子设计陷害，诬为共产党，下在草岚子监狱，行将处决。人命关天，请焦局长还此事一个公道。"

焦自诚睁大了眼睛。这都什么乱七八糟的？堂堂公安局副局长，坐在这儿听这疯丫头讲这些怪话……慢着，靳天青？这名字好熟，几天前还有人提过……"有个叫靳天青的戏子，抢了我的女人，还打了我，你说，他该不该死？……"

他心里一沉。

"你慢慢说，靳天青……是怎么回事？"

听着林樱草的描述，焦自诚心里越来越烦躁。他明白这个叫靳天青的戏子十有八九是自己那宝贝儿子给下了套，不知道跟局里哪个家伙串通的，硬把他做成政治犯了。多半就是负责抓捕地下党的侦缉处王处长，为了巴结局长公子，无所不用其极。但是，事已至此，焦自诚当然不能承认。最近杀共产党杀得血流成河，错杀他一个，也算不了个事。

"林小姐，只凭你一面之词，开释不了靳天青的罪行。他是人赃并获，铁定的共产党无疑，就算陈老太爷亲自来讲情，我也得依法办事。你没证据能证明那些传单是被人陷害，更跟犬子搭不上任何关系。你若是追求犬子未遂，编造这些鬼话来混淆视听，当心我连你也拿了进去。没别的事的话，请你出去吧。"

焦自诚不怒自威，几句话就令整个房间充满了压迫感。

小姑娘身体发抖，却仍然坐得笔挺，直视着他：

"焦局长，令公子在六国饭店约我见面，吃饭跳舞，我百般推托不得，最后被他骗去楼上房间施暴，跳窗才得逃脱，这一路都是有证人的。我砸破了他的头，现在想必还未痊愈，他若问心无愧，就请站出来当面对质。"

几天前儿子那副尊容跳入脑海，焦自诚忽然觉得气闷无比，很想解开制服的风纪纽，但在这小姑娘面前，可不能示弱。他昂起头来，严厉回击：

"林小姐，你学过法律吗？你说的这些，根本不足以成为他强奸未遂的证据。退一万步讲，这件事与你师哥的案子也没有关系。"

小姑娘紧紧盯着他，目光清澈，闪闪发亮：

"焦局长，万事皆有联系。我有朋友在报社，已经答应帮我起草相关报道。一旦公之于众，就算最后控诉未成，也于令公子的名誉有损。令公子的名誉就是您的名誉，日前张局长升任市长，这空出来的公安局长位置，难道焦局长不动心？"

这姑娘！这姑娘……她真是做足了功课来的！如此职场之争，圈内自然人人心照，报纸杂志上倒也时有报道，但这尚在读书的小姑娘，她怎么懂得这么多？简直比那些小报记者更能直击要害！……焦自诚面上不动声色，心里讶异得一团乱麻。他拿起桌上的笔，旋弄着，缓缓道：

"此事一出，对林小姐的名誉影响更大吧。看你年未弱冠，还是女学生，若牵涉到这种事情里面，下场必是身败名裂，勒令退学还是小小不言，只怕一生都有污点。我劝你不要胡思乱想，见好就收，大家各自为安。"

"焦局长为人父母官，竟然说出这种有违法律人常、不负责任的话，真叫人失望。"小姑娘的神情，坚硬得像一块铁，"一个无辜的人若是就此冤死，我的名誉又有什么重要？我不怕名誉有失，只求一个公道。焦局长若将此案彻查，还靳天青的清白，我自当放手，令公子的所作所为，从此不再追究。若是坚持置之不理……"小姑娘停顿片刻，放缓了口气，"升职晋级之事，坊间都传焦局长是众望所归。以我一介民女的见识看来，也觉得以您的实力和声望，对这个职位胜任有余，诚心奉劝您以大局为重，何必在这样关头横生枝节？"

焦自诚放下了手中的笔。

不用再跟她周旋了，都是聪明人，彼此心照。这姑娘讲的一切，合情合理合事实，真要被她拼着鱼死网破闹大的话，上头查究起来，他焦自诚可难以招架，到那时候，不但升职晋级成了一场春梦，连现在的位子都要难保……唉！自认一向奉公守法，兢兢业业，对得起可能落在头上的这个位子，错就错在他养了个混蛋儿子……相比之下，释放靳天青，容易之至，他犯不着为这么个人畜无伤的戏子，断送了指日可待的前程。

"林小姐，您说的话，我自当考虑。今天就到这儿吧，您不要轻举妄动，日内必有回音。"焦自诚向前一倾，按动了唤人铃。

小姑娘毕竟还是小姑娘，她不是很明白焦自诚话里的意思，苍白着脸儿站起了身，想说什么，又闭上嘴巴，转头走了。快出门时，焦自诚唤了她一声，她又站住，疑惑地转过身来。

"林小姐，您到底多大年纪？"

"十六岁。"

焦自诚不置信地盯了她半天，方挥了挥手：

"走吧，以后不要在我面前出现！"

天青自打被转往草岚子监狱那一刻起，就知道自己死期到了。得悉焦德利的奸谋之后，早已不抱生还之望，但如此大限临头，也不自禁地有些恓惶。同牢房的囚犯，看他被狱警押出门，都带着一脸同情，人人都知道，最近只有等候枪决的政治犯才转在草岚子监狱，到那儿之后，下一步就是天桥刑场了。

草岚子监狱的牢房更小，关的犯人也少，和天青同牢有四个人，都是政治犯，所谓的共产党，想必因为迟早要枪决的缘故，看守竟不怎么管他们交谈。听他们聊的言语，很有些引人深思的道理，但是死期将至，还深思什么呢？其中有个跟天青年纪相仿的，还安慰他说："十八年后又是一条好汉！"天青不由得苦笑一下。世道如此，再过十八年，也未见得好多少，人间冤狱，官场腐败，好人无好报，恶人走四方，几千年来也没什么变化。

"一三八五号，靳天青！"

押进草岚子监狱第三天，牢房门外的狱警点到了他的囚号。这些日子以来，天青已经知道狱警这样点法是什么意思，禁不住脑子里嗡的一声。他深吸一口气，昂起头，挺直腰杆，一步步走出牢门。

他才十九岁，十九岁呀。多少年严寒酷暑的练功，刚刚才开始唱红，人生路根本是才走了个开头，竟然已经要落幕了。师父养育教导的深恩未报，樱草……想到樱草，心头又是一阵绞痛。他努力地去想自己的爹娘，唯一值得安慰的就是，有爹和娘在那边等着他，他不孤单，他们一家人，终于要团聚了……

和他一起被点的还有三个人，向外走的时候，互相点头微笑着，轻声哼着一首什么歌。出了牢房，在管理室，狱警拿一本图表，将点出来的囚犯，对照着验明正身，打了红钩钩，一一推出门押上警车。上车前的一刻，天青抬头看了一眼头顶的天空。他已经好多日子没见过蓝天了。北平的春天，难得这样地安静，这样地晴朗。还有机会再见到这样的蓝天吗？来生是什么样子，是全新的日子，还是过去日子的重演？他没别的企求，只希望还能与他热爱的人们相遇，还能在那样一个雪后初霁的下午，经过，草市街……

"一三八五号靳天青！"

忽然，一阵叫嚷打破这压抑的寂静，一个狱警从管理室跑出来，带点儿惊惶神色，对着警车大喊："靳天青在这儿吧？靳天青？"

天青疑惑地回头。狱警看了看他囚衣的号码，长嘘一口气："妈的，快给我回来。差不点儿没法交代。"

"怎么……"

"怎么？妈的，你抖起来啦，刚来的电话，局座要见你。我在这儿干了一辈子，局座都没说要见见我！"狱警骂骂咧咧地打开他的镣铐。

还是两个狱警押着，一路拉去了公安局。天青被带到一个宽大的办公室里，堆满文件的桌子后面，坐着一个穿制服的人。

"局长，靳天青带到。"秘书毕恭毕敬地报告。

焦自诚抬起头来，盯住对面的靳天青。好一个俊朗的小伙子，难怪是正在蹿红的名角儿，虽然坐了这么多天的牢，又脏又瘦又憔悴，还是掩盖不住一身的英气。坐在椅上那架势，活像在戏台子一样，两臂抱个圆，手威武地支在膝上，只是神情有点儿困惑，茫然注视着他。

"靳天青，你犯的是什么罪，自己知道吧？"

"我没犯罪，我是被冤枉的。"他昂然道。

不知好歹的小子！焦自诚莫名地焦躁。真是没辙。他是前世做了什么孽，堂堂公安局长，收拾这种乱七八糟的残局？为了息事宁人，此番不得不破例走了后台门路，弄到一个去日本培训的机会，自己那专横跋扈的儿，才终于转移心思，忙着图他的大业去了……一世英名，差点儿毁在这种闲事上，为人父母，实是有说不完的苦衷！……他烦恼地向后一靠，两手十指相对，搭在面前，沉声道：

"算了，既往不咎。祝贺靳先生重获新生。要对你说的是：我已为犬子办理留洋手续，日内启程，不会再与各位发生纠葛。也请你回家告诉令师妹，务必守口如瓶。若是另生枝节，我豁出前程不要，重新拿住你们两个，也不是难事。这件事情到此为止，你可以走了。"

天青听得一头雾水，开口要问，那局长已经按动了唤人铃。

差点儿就上了刑场的天青，又囫囵个儿地回来了，这消息让喜成社一片欢腾。白喜祥高兴得合不拢嘴，周日那天，破例在家里摆酒，庆贺一家人劫后重圆。天青师兄弟赶到师父家时，三叔三婶都已经聚在堂屋，中堂画下的官帽椅上，坐着满脸笑意的白喜祥。

"师父！"天青心中一酸，双膝跪下，对着白喜祥拜了几拜，"徒儿让您操心了。您都瘦了！这些日子您四处奔走……徒儿不孝，惹出这种无妄之灾……"

"哎呀，这怎么话说的，你才是吃了苦头的呀，真是，老天爷不长眼，这么好的孩子……"白喜祥也不禁眼圈红了，"真以为再见不着你了！天青啊，你也算福大命大呀！"

"托师父的福。还得感谢樱草……樱草来了吗？"天青抬头张望。

"打酒去了，这就快回了吧。她早上一来就吵着要去广盛楼看你，我说你一会儿就来了，她这闹腾得，坐立不安的……哎，樱草回来了。"

天青急忙起身，转向院外。

街门开了，樱草正迈进洒满小院的阳光里。一身秀雅的细蓝条子旗袍，袄袖短短的，露出雪白的手臂，手里还拎着两瓶绿茵陈。她一进门就热切地向堂屋望着，一眼看见天青，都顾不上关起街门，一瘸一拐地朝他奔来：

"天青哥！"

她一股脑儿冲进堂屋，直扑上去，抱住天青的腰，脸埋在他怀里。

天青的眼前一片模糊，他都看不清她了，胸中无数言语都哽在喉咙。他抬起手来，轻轻摸了摸她的头发："樱草……"

堂屋里的一家人，都微笑着，竹青做着鬼脸，将樱草手中的绿茵陈接过去："哎，小心着，当心酒瓶子打了！"

樱草放开天青，扬起头，喜悦的泪花飞溅在眼角。她退后一步，上下打量着天青："你没事吗，真的没事？他们打你来着，伤好了吗，呀，这儿还能看见呢！"

"已经好了，没事。"天青的唇边也挂满了笑意。

他当真已经忘记了身上的伤。经历过这样的日子，那根本就是不值一提的小事。

整个中午，白家小院装满欢声笑语，团圆的喜悦写在每个人脸上。大伙儿七嘴八舌要天青讲清一切细节：

"……最后到底怎么出来的？都说押到草岚子监狱就不能生还了……"

天青欲待开言，瞥了樱草一眼，只见她笑眯眯地微微摇头。再想起公安局那位局长的话，天青改了口：

"我也不太清楚，许是查明冤枉，就放出来了吧。"

吃过饭后，天青喊出樱草，走到堂屋门口丁香树边，轻轻问道：

"我到底怎么出来的？真是糊里糊涂。那个局长说什么请你守口如瓶，你见过他？"

樱草从见到天青那一刻起，一直控制不住地笑着。她太高兴了，太激动了，原本要稳稳当当、文文静静对他说的话，一见着他，全忘了，就像是见着失而复得的至宝，情不自禁地就扑上去抱在怀中。生死之间，原来就是这一线啊，她都以为，从此见不着他了，终于还是，好端端地回来。不需要让他知道自己做过的事，那四处碰壁的煎熬，连日连夜扎在图书馆的苦读，公安局门外的冷落欺辱，办公室里的唇枪舌剑……不需要细说，徒惹他担心，只要他能回来，这样好端端站在面前，一切就值得了，就已经足够了。

她绞着手儿，轻松笑道：

"那个局长呀，不就是焦德利的爹么。多亏少湖帮忙引见，我给他讲了一堆大道理，他没话说了，只好放你出来呗。你放心吧，一切都好好儿的，不会再有事了。焦德利那个坏家伙，只好便宜了他。他……他害得你这样。"樱草嘴角略略抽动，有些要哭出来的样子，旋即又笑了。

天青凝视着樱草，心里如翻江倒海一般。他再迟钝也知道事情绝不像樱草说的那么简单，一个女中学生，能讲什么大道理把一个公安局长说得哑口无言？这里头不知有多少心血，多少坚决，多少努力，还有多少委屈。阳光下的丁香树，绿叶满枝丫，樱草就站在这片绿荫前面，脸颊被阳光映照得红粉粉、汗津津的，丝丝刘海下，一双圆眼睛泛着盈盈水波，黑亮的瞳孔里，全是他的影子。初夏的空气是这样澄明，整个小院里，都有一种无声无息的暖意在弥漫。

好想抱紧她，好好疼她，再也不离开她，他会生生世世，用尽自己的生命去爱护她……千百句话拥塞在他的心头，哽在他的喉咙里，最后只化成几个字：

"多亏有你，樱草。"

"没事就好……"樱草仰着脸，深深望进他的眼睛里。她本来有那么多的话要对他说，此刻又觉得，不必说了。面前的他，望向她的眼神，满满的全是珍爱，深切的热烈的，一刻也不舍得离开的珍爱，这不会错，绝不会弄错，此刻她终于清楚地知道，再也无须挂虑他心里有没有她，爱不爱她，世间再没有一个人，能像他这般心里有她，全心爱她。她不知道与他这样对视了有多久，只希望时间就这样停滞下去，直到天长地久，周围的一切仿佛都已经不复存在，她轻轻伸出手来，恍惚地想要拉住他的手：

"天青哥，我……"

"师哥，怎么，还在这儿谢恩哪？"

堂屋门帘掀起，师父、师哥、师弟、师叔师婶，一大家子人都拥出来，笑眯眯地瞧着他们两个。樱草抿紧嘴巴，掉转了身子，满脸红晕。天青抬起头，激荡的心潮长久不能平复，他一把揽过挤到他身边的竹青，拍了拍他的光头，说：

"你们，全都是我的大恩人！"

第十二章　红鬃烈马

时光过得真快，一转眼又是暑假。樱草的初中学业已经结束，成绩优异，等到再开学，就是个高中生了。朱妈她们都觉得五姑娘很神奇，若像戏里唱的那样，女子也能参加科举的话，五姑娘准能考个女状元。

不过这个夏天，五姑娘发生了一些特别的变化。比方说，她忽然迷上女红了。以往最喜欢爬墙上树的野丫头，现在天天钻在裁缝金翰才院子里，不知道在跟他学什么手艺。

"……蟒是大礼服，上朝、点将穿的；帔是常礼服，家居穿的；马褂是出行穿的；靠是打仗穿的；箭衣、褶子都是内衣，或者便服，对吧。"樱草拿个记满笔记的小本子，认真地对照着一箱子老旧卷轴上画的图样。

"大体上是吧。细分起来还有很多说道儿。好比箭衣和褶子都有很多种，用场也不同。"

"我猜猜看……硬褶子冬天穿，软褶子夏天穿吗？箭衣呢，那是前清的制式，肯定是清朝戏才穿的。"

金翰才把玩着手里的鼻烟壶，呵呵地笑了："这错大了去了。你哪回看戏里随着季节变化换行头？跟朝代也没相干的。行头是按身份和场合穿，像《九龙杯》康熙，别看他是满人，只要是家居的皇帝，就得穿黄帔；《神亭岭》周瑜，武人出行嘛，就得穿箭衣马褂。戏里的规矩大啊，男女老少，文官武将，秀才员外，丫头婆子，都有各个不同的行头，'宁穿破，不穿错'呢。"金翰才饶有兴趣地看着这位孜孜不倦的五姑娘：

"女孩子家家，又不是唱戏的，怎么喜欢咂摸这个？"

金翰才的祖上，在前清宫里当差，归升平署，专管戏衣的，时至今日，家里仍收藏着成箱的图样、文档、衣料和行头。金翰才有不少亲戚都是戏班衣箱师傅，还有的开着戏衣庄，他自己呢，倒是凭着精熟的手艺，被聘在林府，成了他家的私房裁缝。他带着几个徒弟，住在林府东南边一个跨院里，合府上下几百口人，针线上的活儿都归他们师徒几个。平日倒也不忙，乐得跟热心求教的五姑娘聊上几句。

"多有意思啊。每回我看戏啊，都特喜欢看戏台上那些漂亮衣服，颜色、花样儿、形制，都那么好看，那么多的学问。"樱草开心地翻着金翰才的图样，"不过呢，喜成社的行头，可没有您这儿的好看，您瞧，这件团龙蟒的纹样，多么威武，社里那件，差不多的龙，瞧着就没有这个精神。"

"班社里的东西，那叫官中，什么人都去用的，哪能有什么好东西。"金翰才自得地笑着，"就算现在最红的角儿，他私房的东西，也没有我收着的好。改天我拿几件真家伙给你看，那龙的鳞片，都是一片叠一片，立着的，真龙一样，这样的绣工，民间哪里有。用的金线银线，是成色最好的真金白银打成的箔、手捻成线，绣出来的东西，沉实、气派，一件平金大龙蟒，十来斤重，穿出来那大方劲儿，嚯。"

"那么重，穿出来怎么唱啊？"

"好角儿自然会唱。"

樱草想着自己的心事："好角儿是得有好行头配。"

"是啊，行头不能帮人唱戏，可是好行头能让一个好角儿的光彩，更增三分。"

"金大爷，您教我做行头啊。我想……嗯，比方说，我想绣一副靠，赵云穿的那个，白大缎蓝镶边，彩绣龙纹的靠。"

"你自己绣？没个半年时日可拿不下来。"金翰才好奇地放下烟壶，"五姑娘，咱府里姑娘们学女红，都是绣个手帕子什么的，'鸳鸯戏水'，'丹凤朝阳'……您绣一副靠有什么用？"

樱草涨红了脸：

"……挂墙上，辟邪啊！"

大晌午的，艳阳高照，林郁苍缩头缩脑地躲在广盛楼后院楼根儿底下。

堂堂林府的二爷，要鬼祟成这个样子，他其他娘的失威。可是有什么法子呢，谁让他太惦记着喜成社的筱妃红，惦记得睡不着觉，梦里都想摸摸她的小手小脚儿。坐台下看她，太不过瘾，完戏后吧，就根本见不着她面儿。按说以他林二爷的份儿，闯到后台去瞧瞧筱老板那不还是小菜一碟？偏偏喜成社有个靳天青，煞神似的，罩着那个后台。上次被他收拾了一顿，弄得乌老三都辞工不干了，林郁苍哪里还敢登门炸毛儿。一想起这些，林郁苍就恨恨地朝地上吐唾沫。

小厮刚去打听了，说今儿个筱妃红在后台，靳天青不在。林郁苍喜得笑逐颜开，壮着胆子自个儿摸进了广盛楼后院。结果到了楼底下，还是胆突突地，不敢再前行一步。要不，就在这儿等着，等筱妃红出来？娘的，这跟那帮傻戏迷有什么两样啊！亏咱还是林府的二爷！

正满心里打着鼓，忽然间，后院又进来一个人，蹦蹦跶跶地走到墙根儿一个小屋子那儿。林郁苍的眼睛直了。这他娘的是谁啊！分明是他那个剽悍的妹子，林樱草！她来这儿干什么？爹对女儿们管束极严，到戏园看戏已不应当，还跑到后院来！这是要偷东西吗？林郁苍欢喜地咽了口唾沫。这要是被他抓住樱草在戏园子里头偷东西，可就有大热闹瞧了，别说关省身房了，不打烂她个小手爪子都便宜了她。

眼前的樱草，穿了一件圆摆大襟短袄，淡淡的象牙黄，绣着几枝小花，配上墨绿百褶裙子，十分漂亮。她手里抱着一个包袱，走到小屋门前，并没开门进去，而是站在那儿不动了。林郁苍躲在墙边阴影下，急切地伸着脖子瞄着，却只见樱草面对着那扇木门，像看什么稀罕物似的，直愣愣地盯着，也不知道在想什么。过了老半天，她低下头，又玩了一会辫梢儿，才轻咳一声，举手敲了敲门。

嘿，还敲门，这个小屋子里头，莫非还住了人啊。但是里头并没有应声，也没人出来。樱草又犹豫一会儿，轻轻一拉，门开了。

樱草闪身进去。

林郁苍兴奋地撸了撸长衫袖子，以从未有过的敏捷，嗖一下蹿到屋前。樱草还未来得及回手关门，他已经拱了进去，飞快地把门一关，自己靠在门前，把樱草堵在了小屋里面。

"哥！"樱草惊奇地叫了一声，"你怎么在这儿？"

"嘿嘿，我还要问你呢！你怎么在这儿？"

林郁苍嘬着牙花子，笑眯眯瞧着樱草。她倒没有他预期中的紧张慌乱，不过也够窘迫的了，一声不吭地放下手里包袱，伸手来推林郁苍，打算夺门而出。

"想跑可不容易！"林郁苍虽然虚胖，毕竟是个爷们儿，掰弄这个比他小三岁的妹子还不在话下。他拽开樱草的手，抬眼瞄了瞄这个小屋。可真够小的，除了靠墙一铺窄炕，几乎是清洁溜溜，只有炉子、板凳、锅盆、被褥，几件必用家什，摆放得倒是干净整齐。难怪不锁门了，这屋子，贼进来都哭啊。

"我的好妹子，你到这鬼地方来干吗？"林郁苍笑得眼睛挤成一条缝，"这谁住的？是个爷们儿吧？"忽然他看见炕头上有件水衣，陡地两眼放出光来："是个戏子！喜成社的戏子！"他扯起樱草的手，防她逃脱，自己跳过去伸手一捞，把那件水衣攥在手里。

水衣，伶人扮戏时候贴身穿的内衣，大领斜襟，在腋下系带。它和班社里公用的戏服不同，是人手一件，形制又是完全一样，所以上头必定绣有伶人名字以便区分。林郁苍拎起这件水衣来胡乱一翻，果然在衣襟上看到了名字，清清楚楚的三个字：

靳天青。

这可真是冤家路窄，山水又相逢！再不认识别人，也认识这位老熟人啊。一时间林郁苍的心里头，又是讶异又是狂喜，眼睛瞪着樱草，禁不住手舞足蹈起来：

"你行！我的好妹子，我服！瞧不出你四平八稳个样儿，倒是跟个戏子有一腿！这天大的喜讯，我可得好好跟爹爹禀告禀告！嘿，好劲的一出大戏，是'挑帘'还是'思春'？"

樱草跺了跺脚，用力挣开林郁苍的手：

"行了，哥，你别乱讲，他是我师哥，我来看看他。"

"哥？叫得倒亲热！我才是你哥啊，你去看过我没有？"林郁苍满脸都放着欢快的油光，"想不到我妹妹捧角儿，比我捧得在行啊！我这连后台还没混进去呢，你都捧到人家房里来了！嘿，已然捧到炕上了吧？大武生功夫怎样，讲给哥听听？"

樱草皱起了眉："亏你还自居个哥，越说越不成话。你明明都娶了妻室，还四下里拈花惹草，跑戏园子摸人家脚让人家给打出去了，好意思拿我来比！"

林郁苍一张油脸，红都不红一下："怎么不能比？咱是爷们儿，怎么玩都成！你做姑娘的，捧角儿，哈哈，十八代祖宗的脸都被你丢光了！"

樱草没兴致再跟她这个胡搅蛮缠的哥辩论下去："我不是捧角儿。他跟别人不一样，我们是打小儿的交情。"

"嘿，还打小儿的交情！再说下去，连过命的交情都有了吧！"

樱草冷冷地看着他："是过命的交情。"

林郁苍咽了口唾沫。本来像是占着上风的，不知怎地，在这个妹子面前，莫名其妙地就萎了下去。他丢下手中水衣，又跳过去把樱草搁下的包袱抢在手里：

"你这是给他送什么？哈哈，反正我是人赃俱获，这就回去禀告爹爹，哈哈哈！"

樱草真的急了："你还给我！"

林郁苍紧紧抱着包袱，得意地晃着大下巴："你抢抢看！"

樱草咬咬嘴唇，头一扬，将辫子甩到身后："随你便吧！我喜欢靳天青，这没什么见不得人的。到爹爹面前，我也是这个话儿。"

"你喜欢一个下贱的戏子，怎么见得人？"

樱草盯着林郁苍那双陷在满脸肥肉里的小眼睛：

"他人好，心好，本事好，比你强一万倍。在我心里头，他比天底下所有人都尊贵。我不但喜欢他，将来还要嫁给他。你去跟爹爹说吧，跟全北平的人说。我林樱草，要嫁给靳天青！"

她转身推开门，冲了出去。

门外已经站了个人。

樱草猝不及防，一头撞在那人怀里，硬生生被撞了个趔趄，朝后就要栽倒。她两手乱抓，狼狈不堪地叫了一声："哎呀……"

天青伸手扶住了她。

天青在门外，站了好些时候了。

从师父家回来，还未等走到屋子门口，已经听见樱草和一个男人在里头争吵。他关切情急，正待推门进去，却又听出那男人是樱草的哥哥林郁苍。这兄妹俩，怎么会跑到自己屋子里来吵嘴呢？按说作为外人应当回避，但是耳中传来兄妹二人的对话，字字句句，都与自己相关。

"……他人好，心好，本事好，比你强一万倍。在我心里头，他比天底下所有人都尊贵。我不但喜欢他，将来还要嫁给他。你去跟爹爹说吧，跟全北平的人说。我林樱草，要嫁给靳天青！"

谁说言语没有形质呢？有些话像刀子，有些话像石头，有些话像火，有些话像冰。天青耳中听到的这几句话，字字句句，都如燃烧的火箭，直冲进他的心里，轰轰烈烈，绽开满天烟花。一时间他都不知道自己身在何处了，整个人飘渺浮荡，像是飞在云彩中间。正在这头晕目眩之际，樱草冲了出来，一头撞在他怀里，他扶住樱草，对上了樱草的视线。

樱草的脸，刹那间涨成通红，仿佛全身的血都灌在头顶。越是真心话，越是难以出唇，她努力了小一年的时间，也没能把自己这片心思对天青吐露半句，结果在这无意之间，吐了个底儿掉，赤裸裸地，毫无隐藏地，全都倒在天青面前。她一时也记不起自己到底说了什么，反正是十分激烈的、不方便当着天青面讲的话，但是看着天青凝视她的眼神，显然是一字不漏地全听了去。

樱草张口结舌，双颊火热，使劲埋下头。天青一声不吭，伸手握住她的手，拉她进了屋子。屋子里的林郁苍，这下惊惶失措，只恨不能把自己叠起来塞进墙缝里。他抱着包袱，满头油汗地向后退着，但屋子实在太小，只退了两步，已然抵到了炕沿。

"你，你，别过来……"林郁苍颤声说了一句，忽然又想起这是天青的屋子，自己实在没权叫他别过来，马上又改口说：

"靳老板，您是我大爷！不不不，我妹子要嫁给您呢，您是我妹丈！妹丈哪能为难大舅子，自古以来，就没这个理儿，是吧！我我我，我刚才说的话，您老就全当是放屁！"

樱草捂着脸，跺了跺脚："哥啊，你就少现点儿眼，成不成！"

天青向着林郁苍迈上一步，把林郁苍吓得，满脸肥肉都哆嗦起来，正待号叫，天青却没碰他，只是一把扯去他抱在怀里的包袱。林郁苍这时候哪里还顾得上包袱，趁此机会，嗷的一声，连滚带爬冲出门口，直向着院门窜逃出去。

屋子里只剩下天青和樱草两个人。天青看看手里的包袱，轻声说：

"给我的?"

樱草盯着自己的脚尖，点了点头。

天青解开结扣，打开包袱，只见里头折得整整齐齐的，是一件崭新的胖袄。

樱草脸上红晕刚退了点儿，这时候又红了：

"我做的。不知道合不合适。"

天青惊讶地看着樱草。胖袄也和水衣一样，是唱戏常用的内衣，衬垫身材用的一件棉坎肩儿，每个伶人，除了旦行之外，人手一件。但是胖袄的制作要比水衣复杂得多，它得依着每个人不同的身材，度身定做，长得粗壮的要做得轻薄点儿，长得瘦小的要做得厚实点儿，唱花脸的要加倍地厚一点儿……总之是要穿上之后，垫足身材，外面一套上戏服，显得人魁梧伟岸，又不夸张变形。胖袄的肩头、颈背，都要精工裁剪，处处收成圆润的弧线，套上戏服之后才能整齐顺溜，不露痕迹。这东西不是人人能做，尚是学生的樱草，如何能有这样的手艺。

"别老是看着我啊，穿上试试。"樱草扭了扭脚尖，"尺寸都是我蒙的。"

天青立刻脱下长衫，只留里面的小褂，套上了胖袄。奇迹般地合体，肩头、颈背，无不熨帖。天青本就肩宽背厚，并不需要太厚的胖袄，这件也正是只做薄薄一层，比他平日穿的那件更加适中。收口和系带，都处理得十分细巧，穿起来又方便又舒服。

"你怎么会做这个?"天青惊奇得不得了。

"跟金爷学的。"

天青记得她提过的金爷,她家的裁缝,会做戏衣。女孩子学做针线本不稀奇,但是做出这样在行的胖袄,这份心思,比花费的工夫更加教人感动。天青一时说不出话来,掀起衣襟,看着细密的针脚,却发现衣襟角落,绣了一朵极其细小的樱草花。

他轻轻脱下胖袄,折起,珍爱地包好:

"以后的戏,我都穿着。"

樱草"嗯"了一声,脚尖在地上画着圈子,一圈又一圈。

天青走过来,扶住她的双肩。樱草不由得战栗了一下,抬起头来,天青正凝视着她的脸。

"樱草,你先前说的话,我没听错吧?"

樱草一瞬间又是满脸飞红。站在她面前的天青,这样高,这样近,言语呼吸,身上的气息,于她都是逼人的压力;但是他的眼神又这样的清澈、澄明,带着一点儿诚挚的期盼。樱草低下头,轻轻说:

"你还想我再说一遍吗?"

天青认真回答:

"想。"

樱草抬头望着他,这回的神情,少了些忸怩,多了些坦荡和坚定,她缓缓开口:"天青哥……"

天青没能等她说完。这三个字,从小到大叫熟了的三个字,在这么近的距离,用这么真挚的语气说出来,已经一瞬间将天青击垮,他不用再听她说别的,他触到了她的心。他猛地将她拥在怀中,脸埋进她的头发。樱草伸开双臂,环住了他的腰,深深地,藏身在他的怀里,贴着他宽厚的胸膛,听得到一声声勃勃的心跳。

盛夏的北平,夜晚比起白天,仿佛换了一个世界般的清静凉爽。天青和樱草肩并着肩,走在通往西城的路上。两人走得很慢,有时趁四下无人,轻轻拉一下手,有时低声说着话儿,还有时候,什么都不说,只是微笑着相互看一眼,眼神之间,都有描不尽的幸福在弥漫。

"安心念你的书,樱草,等你念完了,我们……就在一块儿。"

樱草羞答答地笑着:"我念得可慢着哪。读完三年高中,再读三年大学,毕业了,做教员。"

天青毫不犹豫地点头:"好,我等你。你什么时候想嫁给我,我就什么时候娶你。”

"我要是忽然改了主意，不想嫁给你了呢?"樱草俏皮地眨眨眼睛。

"你不会的。"

"万一呢?"

天青微笑着望住她:"你不会。"

樱草笑了，用力点点头:"你也不会。"

"嗯，我也不会。从七岁那年第一次见到你，到现在，十二年了，我的心里只有你。两年前你回来时，我就知道我……喜欢你，一直等到如今，才握到你的手，我这一辈子，都不会再放开。"

樱草轻轻摇着他的手，那么大，那么温暖，自己的小手放在里面，那么的安全妥帖。"我不要你放开。天青哥，这些年，被你护在手心里长大的，我都习惯了，我不能想象没有你的日子。"

天青深深凝视她:"你放心读书吧，等到毕业了，我娶你，我们每天都在一起。"

樱草忽然间心情激荡:"我不要等毕业了，我现在就嫁给你。"

"别这样，你那么聪明，有志向，应该好好读书。我们来日方长。"天青仰起头，深吸了一口气，"眼前倒有一件事情，麻烦不小……"

"嗯，我哥回家，一准儿会告咱们的状。"

"怎么办呢? 不若你避一避……"

"总不能不回家啊。"樱草凄然一笑，"随他告去好啦，反正拦也拦不住。他这一辈子啊，别的本事一点儿没有，就知道告状。"

"我去向你爹爹解释。"

"千万别，你可不知道我爹爹，唉。"

"你一个人应付，成吗? 你爹爹会怎样对你?"

樱草抿紧了嘴唇，望向暮霭沉沉的天空。

爹爹准定大发雷霆，这是没说的。在他心里，伶人全都是最下贱的戏子，跟他堂堂林府家门，一点儿都不相称。平日里，已经连去九道湾看望师父都不准许，若知道女儿打算嫁给一个伶人，真不知会做出什么事来。樱草对爹爹的性情，心中也算有数，但是理智操控不了她的情感，仍然如飞蛾扑火一般奔向了天青。现在事到临头，必须面对，她心中能想出来的，也不过是"坚持"二字。

"不管他怎样对我，我都跟定了你。"

天青望着她的眼睛，那里头全是闪亮的光彩，勇敢的，坚定的，全是对他的深情。他心潮汹涌，一时间喉头都有些哽住。他愿意倾尽自己的全部心力去保护她，不让她受一丁点儿委屈，可是别的也就罢了，她自己家里的事，他能做些什么？越来越浓重的暮色中，他们已经拐进麻状元胡同，四下无人，两侧高墙耸立，远远望去，前面就是林府宅门，和白喜祥家的小如意门不同，是个气派的广亮大门。望着那威武的门楼，想到樱草回家后可能面临的种种危机，天青不由得停下了脚步。

"怎么了，天青哥。"

"我……很担心，你回家后，要受委屈……"

樱草转过身，仰脸望着天青："迟早都要面对的呀。"

天青抬起手，心疼地拨开她被风吹乱的几丝鬓发："你爹爹会打你吗？"

"放心吧，我好歹是他亲生女儿。"

"别和他闹翻，毕竟是父母，还是要尽孝道。他说什么，你都听着，如果他实在就是不让你……"

天青忽然住了口。他没法想下去说下去，一时间心乱如麻，只怔怔望着樱草。樱草明白他的心意，轻轻笑道：

"天青哥，放心吧，事在人为。《红鬃烈马》你唱过的呀，人家王宝钏，相府千金，还能和薛平贵成亲呢，咱们有什么不能？大不了，我也和我爹爹三击掌，脱了宫装，被撵出家门罢了。咱们一起住寒窑，挖野菜去。"

天青的眼里，泛出了泪光。他充满爱惜地握了握樱草的小手。夜色已经彻底地笼罩大地，胡同里寂静无人，两人手拉着手站在黑暗里，互相凝视着，久久不愿分开。

"我得回去了。"樱草羞怯地低了头，"你也回吧，不能送我到门口。"

天青一声不吭，又紧紧握了一下，依依不舍地放开了手。

樱草凝视着天青，后退一步，扭过头，飞快地朝着林府街门走去。天青远远望着她走到门口，叩了门环，里面拥出几个家人来，纷纷打躬请安，簇拥着她进去。门楼电灯的映照下，只见她回头向天青这边望了一眼，停顿了一瞬，随即裙角一扬，消失在门洞的黑暗中。

"唤樱草来！"

"是，老爷。"

颜佑甫的心里，犯了嘀咕。林墨斋虽然一向脾气暴烈，但气成眼前这个样子的，倒也少有。现在的他，整张脸泛着铁青，腮帮子的横肉微微跳动，带得两撇精心保养的大胡子都一耸一耸，眼圈红通通的，仿佛正在被眼中冒出的烈焰烧灼。这样的气头上，传五姑娘过来，不大安全吧？能拖一阵子，还是拖一阵子才好。颜佑甫一辈子在府中操持，全部用心，都系在这一家人身上，他并不关心谁是谁非，只是希望府内风平浪静。

"老颜，你咂摸什么呢？"林墨斋双眼一睁。

"这个……老爷，您刚回来，旅途劳顿，还是歇息几天的好。五姑娘的事，又不在这一天两天。"

"什么叫不在这一天两天？她跟那个戏子混多久了，你知道不？"

"老爷老爷，我哪儿知道啊。"

"再拖几天，儿子都养出来了！"林墨斋拍着椅子扶手，"叫她来，快点儿！"

樱草提着裙子，急匆匆从自己院子奔来爹爹房间，身后跟着的丫环粉蝶，一路小跑。颜佑甫迎到门口，对樱草使个眼色，樱草纵然早有准备，也不由得心头一凛。她迈进高高的门槛，对着坐在中堂画下的爹爹，施了一礼。

"樱草给爹爹……"

"跪下！"

樱草一声没吭，顺从地跪到地上。

林墨斋的胡子，依然一耸一耸："老颜留下，别人都出去。"

"是，老爷。"粉蝶和屋里两个仆人低头答应着，退了出去。

林墨斋端起桌上茶碗，凑到嘴边，又放下了，一双眼睛，炯炯如电，逼视着樱草：

"说，那个戏子，怎么回事。"

樱草知道，事情来了。逃是逃不掉的，与其躲躲闪闪，不如坦然迎对。她敛着衣角，小心地低头：

"爹爹，他就是当年从拐子手里把我救下来的人，若是没有他，女儿这辈子就见不着爹爹了。在师父家几年，我们相处如兄妹，他一直待我很好，尽心尽意爱护女儿。女儿感激他，尊重他，也……喜欢他。女儿和他，是清清白白的，去他的屋子，不过是送点儿日常用品，没别的用意。二哥他添油加酱，求爹爹不要偏信。"

"你说你要嫁给他？"林墨斋眯起眼睛。

樱草停顿了一会儿。

"……求爹爹允准。"

"放肆！哪有女孩子家自己要求配婚的？"林墨斋的眉毛胡子一齐高耸起来，"父母之命媒妁之言，你不懂吗？男女授受不亲，没听过吗？自己跑去一个男人的屋子，我林家怎么养出你这样的女儿？你这样偷偷摸摸，有多久了？回北平之后，就跟他勾搭上了吗？他……占了你的身子没有，有没有？"

樱草的眼圈红了："爹爹，女儿真的没做什么，心里的喜欢，也都才是最近的事，送东西去的时候，他还什么都不知道呢。女儿虽不懂事，也不至于不顾廉耻，爹爹不允准，女儿怎能……"

"我不允准。"林墨斋一句截住。

樱草咬了咬嘴唇："爹爹，他是个很好的人，他……"

"他是个戏子。"

"爹！若没有这个'戏子'，女儿不知被拐子卖到哪里去呢。"

"那点儿事，早就报答过了。我堂堂林家，已经很瞧得起他们。接你回来时，就送过银子，他们不收，我有什么办法？用得着你把自己送上去？你这恩，报得未免也太过分了！"

"女儿不是为了报恩，为的是他这个人。"樱草忍气吞声地低着头，"爹，他的身份，真有那么重要吗。他凭自己的真本事吃饭，勤勉，刻苦，少年成名，现在也是红遍北平的角儿，论人论才论德论艺，哪点都不辱家门……"

林墨斋烦躁地拍了一下桌子："提'戏子'这个词，都有辱我的家门！你见过哪个像样人家跟戏子结亲的？不许再说了，我告诉你，从今以后，不许再见他。"

饶是早已预料到这样的结果，樱草的心，也不由得喽咚一沉。跟爹讲理，是说不通的；硬拼硬抗，只会激起他更大怒火，现在这情形，只有先顾眼下，避过风头，容后再慢慢想法子。樱草强忍着心头的郁闷、焦急、忧虑、委屈，依然跪在那里，低着头，一声不吭。

"我说话你听到没有？"

"女儿听到了。"

"不许你再见他！"

"……"

"听到没有！"

"是，爹爹。"

林墨斋端起茶碗，喝了一口，微微闭上眼睛，沉思片刻，转头对一直垂手立在一边的颜佑甫道：

"老颜，五姑娘的亲事，抓紧去办。我瞧上次来说的天津胡家老三，就很不错。你去找人合个婚，若还匹配，腊月里送她过门。"

此话一出，樱草一如五雷轰顶，整个人都呆了。她猛然抬起头，惊恐地望向爹爹：

"爹！我不要成亲，我还在读书啊！"

"书不要再读了。女人读那么多书做什么？让你这么一直赖在学校里，已经够纵容了，你瞧瞧全北平的姑娘家，一直读到初中毕业的，有几个？你姐姐们哪个不是十六岁出门子，再拖下去，还怎么嫁人！"

"我不！爹，我不要成亲！"

林墨斋凶猛地拧起了眉头。他撂下茶碗，站起身：

"跟你废话太多了！老颜，去办！"

"是，老爷……"

跪在地上的樱草，膝行几步，爬上前去，扯住了林墨斋的衣襟：

"爹，您是我亲生亲养的爹爹，请您爱惜女儿……我不要嫁给不认识的人，我要去读书，将来毕业了，做个有用的人。爹，现在时代不一样了，社会大得很，您容女儿慢慢去找着自己的幸福，好么？"

林墨斋眯起眼睛，低头看她：

"我明白了，你在跟我使缓兵之计，心里其实还惦着那个戏子，是不是？"

樱草咽着眼泪："爹，女儿不瞒您，求您准我，让我读完书，嫁给他。女儿这一生一世，再不敢对您求别的，就这一个请求，求您允准我。"

林墨斋缓缓地坐下了："我要是不准呢？"

"爹，求您先放开'戏子'二字，先别急着不准。您给我们一点儿时间，慢慢来，您会知道，谁才是女儿的终身。"

"谁是你的终身，不重要，林家的脸面，才是你的终身！你若是硬要辱没我家门，给我滚出去，不认你这女儿！"林墨斋吼道，"不如当初还是没捡回来的好！"

"老爷，老爷，莫动气，伤了身子……"颜佑甫惊慌地上来捶背。

樱草松开爹爹的衣襟，苍白了脸。

"爹，若是您一定容不得我们，那就请原谅女儿不孝了。我净身出户，随他走，今生今世，再不来污林家的脸面。"

林墨斋瞪大眼睛盯着她，喘息了一会儿，忽然说：

"老颜，唤老谭和老孙来。"

颜佑甫魂飞魄散："老爷！您三思啊！您这是要做什么，五姑娘她……"

"快去！"

樱草闭起眼睛，挺直地跪在地上，一动不动。这样委曲求全，婉转劝说，还是不成，那么，还不如索性由他用暴力解决，倒也简单。谭五孙六的铁掌，当然可以开碑裂石，但是樱草心里头有着更强硬的东西，是爱，是梦想，是天青给她的勇气与坚持。与这份爱相比，一切压力，都算不了什么，无论多么狂烈的风雨，只要一个人真正咬起了牙关，再柔弱的肩膀，也能承担。

谭五孙六飞快地赶来了，两人都还穿着练功的裤褂，一式的方头粗颈，虎背熊腰，手臂被强健的胸肌撑得，微微张开在身侧。两人一先一后奔进堂屋，望见樱草跪在当地，都愕了一愕，但马上收敛神情，恭恭敬敬地请安：

"谭五，孙六，给老爷请安，给五姑娘请安，给颜爷请安……"

林墨斋没有看他们，端起茶碗来，缓缓喝了一口，道：

"老谭老孙，你们现在去广盛楼，找到喜成社一个武生，叫靳天青的，剁他两根指头，先剁左手的。"

樱草惊恐地睁大了眼睛。眼前的谭五孙六，显然已接惯这样的命令，两人都恭恭敬敬地应了一声，就欲转身出门。樱草尖叫起来：

"谭爷，孙爷！"她转向林墨斋，颤抖着叫道，"爹爹！"

林墨斋神色不动："还不快去？"

谭五孙六对视一眼，又往外奔。樱草急跳起来扑过去，伸开双臂阻在门口。

"爹！求您！您怎么能……怎么能……"

"我怎么不能？"林墨斋冷冷道，"你既然一意孤行，我只能帮你绝了后路。"

"爹！"樱草凄厉地惨叫起来，"您太狠心了！这是犯法的呀！什么样的恶人才会这样做！爹！您才是真正地有辱家门！"

林墨斋依然稳稳地端着茶碗：

"再说，掌你的嘴！一个戏子，算个什么东西，这回我叫你看一看，你所谓的角儿，到底有多大能耐！别说要他两根指头，就算要他的命，用不了几个钱，也就摆平。"他啜了一口茶，"我林墨斋，纵横沙场，从没输过，不能到了儿来栽在一个戏子手里。你既然一定要跟他，连家门都不想要了，就别怪爹爹来点儿狠的！"

樱草伸手扶住了门边。她仿佛掉进一个无底深渊，黑洞洞的，也不知四面哪里才是尽头，只是飞快地无助地，朝着那茫茫黑暗跌落下去。是，她应该想到的，林家惯伎，是责罚无辜的旁人，他不从你自己身上下手，而是通过摧残你身边的人、关怀你的人，来摧残你的心。谭五孙六若是来剁她的指头，樱草都横下一条心认了，但是他们要下毒手的，竟然是天青。爹爹的心机，实在远超樱草预想，他竟然这样稳准狠辣，他深深知道，一个伶人，尤其是武生，残了手脚，就永远绝了登台唱戏的路子。

大屋深幽，清寂阴凉，但樱草的头上身上，全是不住涌出的汗。她心中狂乱地挣扎着，不知道该怎么说，怎么做，如何面对今后的未来。她甘心付出一切去争取自己的幸福，唯一不能做的，就是，如果这幸福的代价，是让天青受伤。他是伶人，他的终身在戏台上，最明亮最公开的，龙蛇混杂，无遮无防的地方，他挡不了暗处的利箭。他那样爱戏，十九岁的生命里，占据最大位置的，就是日日夜夜的练功学戏，如果为了她，从此不能登台，这让樱草，如何心安？爱一个人，是要为他，还是为自己？

"想明白了没有？"林墨斋的视线，炯炯地从茶碗上方盯着樱草。

樱草全身都在颤抖着：

"爹爹，您，放过女儿吧……"

林墨斋呛啷一声搁下茶碗："老谭老孙，站那儿愣什么，不认识广盛楼？去，到了之后，认准人，就算他正在台上唱，也立时拖下来剁了指头。就是要让座上都看着，勾引良家女子，是什么下场！警察来了，就随他们去，接下来的事情老颜办，回来重重有赏。"

"是，老爷！"谭五孙六本来一直在察看父女俩的神色，现下眼瞧着老爷语气严峻，不敢怠慢，各自踏上前去，拨开樱草就奔向院门。樱草摇晃了一下，跪在了门口：

"爹，我依您！求您……"

颜佑甫瞟了一下林墨斋，赶紧跑到门边，冲着谭五孙六喊："回来，先回来！"

林墨斋半闭着眼睛，捋了半天的胡子，说：

"想明白了？"

樱草垂着头：

"……想明白了。"

"从今天起，一刀两断，以后不许再见他。"

"……不再见他。"

"起个誓！"

"若再见他……我……"

"怎样？"

大屋一片静寂，听得见樱草身上簌簌发抖的衣响。

"……我死在他面前。"

林墨斋凝视着伏在地上的樱草：

"我告诉你，别想跟我玩小孩子家的把戏。从今儿起，老实儿待在你自个儿院子里，不许出二门。若敢偷偷溜出去见他，被我发现了，可就没有你求情的份儿，他那十根手指头，见一次，剁两根。若想跟他偷偷逃走，爹也有法子捉你们回来，林家的势力，不仅是在北平。到时候把他捆在你眼前，当场打残了，你别怪爹爹话不在先！那个戏子，以后的前程性命，系在你的身上，懂了吗？"

樱草微弱地答了一句：

"我懂了，爹。对付一个戏子，您有的是法子。"

林墨斋浓眉一竖，待要发作，又按捺下来。他哼了一声，对颜佑甫吩咐道：

"叫粉蝶进来，伺候五姑娘回去，看住了！谁敢传话出去，仔细着他的皮！"

入秋了，天气渐凉，而天青的心里，焦急如火。

他已经整整一个月没见到樱草了。

不仅见不到，连一点点儿的讯息都没有。她不再来广盛楼看戏，也不再去九道湾探望白喜祥，甚至，连学校里都不再出现。天青去英华女中打听，有好心的老师帮他查找了一番，说：她的家人已经来办结了毕业手续，退了宿舍，所有个人物事，都取走了。新学期学生名单里，没有林樱草这个人。

她居然没有继续读书。她说过要读完大学，毕业做教员的。她，还说过，事在人为，将来一定要嫁给他。

是遇到了什么事呢？能让樱草不读书，不来见天青，从此都不再出现，那得是什么样的事？天青脑海中，总是清晰地挂着樱草的笑容，那个充满勇气，无所畏惧的笑容，她是那样的聪慧、果敢，面对恶毒的哥哥和二姨娘，没屈服过；面对凶残的焦德利，没屈服过，面对威风八面的公安局长，也没屈服过。虽然长得细巧柔弱，她却是他所知道的最坚定最勇敢的女孩子，比戏里最威武的刀马旦，都更令人敬佩。他们刚刚才互通心意，两情相悦的幸福日子还没开始，转瞬间就杳无音信，从天青生命中消失得无踪无影，她是遇上了什么事情？她得是遇上了什么事情？

天青简直不能细想，越想下去，越是心惊。

他寻去林府，投了名帖，期望见到樱草或者她的家人一面，结果如石沉大海，无人理会。他不肯放弃，在所有空余时间，都守在那里，寻觅樱草的一点儿影踪。林府的大宅门，整日里进进出出的人们着实不少，但他都不认识，不知道与樱草有什么相关。偶尔有时候，拦住个面善的人问一下，对方一听樱草的名字，都警惕地打量着他，摆着头，匆匆离开，一句多余的话都不对他讲。

白喜祥对他的状况，十分担忧：

"你怎么了，天青，最近魂不守舍的？扮起来都没有精神！"

天青低了头，无言以对。

"要爱惜你自己啊！趁着好势头，赶紧拼上去，一辈子能不能有大成，就看这几年。别看上来不容易，一旦这口气泄了，往下坡滑，那可快着呢。"

"是，师父。"

"是什么是？我知道你，天青，你的心定，等闲不会这样，这是怎么了？"

面对师父关心的询问，天青一时控制不住自己：

"师父，樱草很久没出现了，我……担心她。"

白喜祥沉默了一会儿："我也很担心，她最近几个星期都没来……是不是家里有事绊住了，或者，出门在外？"

"不不，师父，她上次临走的时候，还和我约定……"天青心乱如麻，不知道该怎么解释，"她是遇着什么事了，她家里人……不知道是怎样待她。"

"天青，林府那样的大宅门，她家里的事，咱们实在是管不到啊。"白喜祥忧虑地摆弄着手里折扇，"樱草是个好姑娘，我知道你们情分深厚，但是……"他看了看天青，叹一口气："你放心吧，毕竟是她自己的家，嫡出的五小姐，亲生爹爹健在，她不会受什么委屈。倒是你，天青，你的情形，可真叫人担心。"

"谢师父提醒，我没事的。"

天青的神色，依然恍惚。

在林府门前守候一个多星期后，天青终于遇见了熟人。

"颜大爷！"

颜佑甫愕然叫停车子，望着天青。

"这位爷是……"

天青急忙上前："颜大爷，您不认得我了么，我是喜成社靳天青，樱草的师哥，当年在西河沿那里，您拿着那个镯子……"

颜佑甫的面色，变得十分复杂。八年过去，他一个中年人的容貌并未有太大改变，天青从十一岁的少年长成十九岁的成年人，这变化可太大了，等闲认不出来。眼前的天青，高大，英挺，眉宇清秀开阔，眼神湛然生光，一身普通的青布长衫，让他穿得这样俊逸，干净利落的短发，毫无修饰，只显得他更加精神。颜佑甫的心里，不由得也暗赞了一声：果真是人中龙凤，难怪五姑娘倾心啊！怪只怪他托生在贫贱之家，做了个戏子，没法子跟林府攀亲……其实颜佑甫一直很喜欢这孩子的性情为人，若是平时遇上，肯定热情地寒暄一番，但是眼下，心头揣着樱草的事，却在门口迎头碰上了正主儿，饶是世情通达如他，一时也不知道该说什么才好。

"啊，啊，靳爷。别来无恙。嗯，我这还有点儿活计要忙……"

"颜大爷，"天青抓住车把，捺得刚要起步的车夫不得不停了脚步，"不想耽搁您的时间，但是好容易遇上您，能不能请您告诉我，樱草怎么了，出了什么事？"

"五姑娘啊，挺好的啊。没事。"

"颜大爷，她一个多月没出门了。"

"咳，靳爷，这可就是您的不是了，偌大一个林府的小姐，不出门有什么不对么。您这么打听林府的内眷，可失了礼数。"

天青盯着他的眼睛："颜大爷，樱草到底出了什么事？我们的情分，您知道的。"

颜佑甫赔着笑："靳爷，她当真没事。我们能让五姑娘出什么事呢。"

"我想见她一面。"

"那可不成。"

"当面见着，我才放心。"

"靳爷，说实话，您放不放心，不关我们林府的事……咳，看在当年一面之交，我奉劝您一句：命里有时终须有，命里无时莫强求啊。"

天青嘴角一抖，但还是牢牢地拉住车子："颜大爷，我也不求别的，只求能见樱草一面就好，若是看她好好的，我从此就不再来。"

"这个啊，我做不了主。"

"谁能做主呢？"

"那得我们老爷。"

天青沉默片刻，说："求您帮我通禀，我想拜见林老爷。"

颜佑甫的眼睛瞪大了："见我们老爷？搁我是您，躲还躲不及呢！"

天青心里，咯噔一声，然而更加坚定地盯着颜佑甫：

"求您，颜大爷！事情因我而起，我要当面向他交代。"

颜佑甫长叹了一口气：

"你们这些孩子！"

"……他还敢来见我，"林墨斋凶狠地耸着胡子："也不怕我撕了他！不见！叫个戏子登门，污了我的屋子！"

颜佑甫赔笑道："这都半个月了，他一直守在门口不走，跟个要债的似的，让外人看见，不成话。"

"叫老谭去打走，要不，叫警察来抓。骚扰私宅，够他下狱。"

"老爷，您可没见过那小子，倔强得很哪。搁我说啊，如此下去，终不是个了局，不若您赏脸见他一面，给他说个明白？"

林墨斋思忖了一会儿。

"也罢，我倒要看看，是个什么样的三头六臂！"……

天青唱戏这些年，也出过不少堂会，但是像林府这样大的宅门，他还是第一次进。临街的广亮大门，门扇满钉黄澄澄的铜钉，进门一面蛋青影壁，四角都装饰着繁美的砖雕。里面的格局，也与白家院子相仿，但是不仅面积巨大，而且院落极深，一道又一道的垂花门、月亮门，前后大约有四五进，东西还有跨院，大大小小的不知道有多少间房子。每座院子中间，都错落有致地种植着石榴、丁香、柿树、枣树，四时鲜花绽放，一列列金鱼缸里面游动着七色异种金鱼。

天青跟着门房，左转右转，几乎已经迷失方向了，才进了一座气派不同寻常的大院。门房在院门底下毕恭毕敬地喊了一声："回事！"里面出来个小厮，接了拜帖进去，过了好一会儿才又出来，延请天青进门。

林墨斋坐在八仙桌边，掂着一座鸟笼，专心致志地喂鸟，对进门的天青，看也不看一眼。天青施礼问安，林墨斋也不答话。他与他的女儿樱草，一点儿都不相似，和林郁苍倒真的是父子酷肖，都是肥胖而粗壮，满脸的横肉，浓眉毛，小眼睛，大下巴。与林郁苍不同的是，林墨斋更多了一份凶悍之气，手臂结实，双目如电，两撇大胡子一耸一耸地充满威严。颜佑甫站在他身边，瞧瞧他，又瞧瞧天青，谨慎地垂着眼帘不出声。

林墨斋旁若无人地逗了半天鸟儿，觉得时候差不多了，方才缓缓移过眼神，瞟着站在面前的少年。咦，竟是这样一个登样儿的小子。仪表堂堂，没什么可挑的，林墨斋准备好了的满腹折辱之言，倒有一大半用不上。

"你就是靳天青？"

"正是晚辈。"

林墨斋打量了他一会儿，低沉而严厉地开口：

"明人不说暗话，姓靳的，咱们开门见山：你勾引良家女儿，骚扰私宅，原本可以告官拿你，看在你救过我女儿的面上，放你一马。我女儿就快出阁了，你少打她的主意。从今以后，过去的恩仇，一笔勾销，你好自为之。"

仿佛被一道惊雷劈在头顶，天青五内轰鸣，刹那间几乎立足不定：

"不会的，樱草不会嫁人。"

"我女儿嫁不嫁人，轮得着阁下决断？真是唱戏唱得太多，世情人常，倒不明白了！"

天青咽下哽在胸口的一口郁气，恳切地开口：

"林老爷，我与令爱，两心相印，心意相通，并没做什么有违世情人常之事。出阁嫁人，不是她的意愿，望林老爷三思。我诚心爱她，今生今世绝无二意，求您成全。她年纪还小，想多读书，我愿意等她，您若是不信任我，尽管试炼。"

林墨斋哼了一声："果然是戏子，说话比鸟叫好听。"

天青咬咬牙关："林老爷，我于唱戏一业，已有小成，才艺德行，口碑收入，都还说得过去，不至于辱没令爱。"

林墨斋缓缓道："戏子二字，就是辱没。"

天青握紧了拳头，一时没有出声。林墨斋带着讥讽的笑，悠然端详着他。屋子里一片静寂，只有笼中的鸟儿，时不时地鸣叫着。

天青开了口，声音有些喑哑：

"林老爷，您若是如此不能容忍伶人，我……可以不唱戏!"

"嗯?"林墨斋眼皮一睁，连站在一旁的颜佑甫，也惊异地抬起了头。

"您不是挺红的角儿，说放下就放下了?"林墨斋冷笑道，"都说你们戏子视戏如命，闹了归齐，也就是那么回事儿。"

天青苍白着脸，一字一字道：

"我自然视戏如命，但是樱草比我的命更重要。若您能准我们在一起，从今以后，我退出梨园。"

"退出梨园，十几年的功夫，岂不白费?"

"我心甘情愿。"

"那你靠什么养家?"

"天无绝人之路，我下得了功夫，吃得了苦，做什么都成。"

林墨斋呵呵一声：

"一个戏子，除了唱戏，还能做什么? 拉车的，赶脚的，窝脖儿的，打鼓儿的，剃头搓背，算卦看相? 无非还是下九流的活计，你以为就配得上我女儿了?"他站起身来，将鸟笼掂在手上，"我告诉你，贵贱之分若云泥，这是改不了的。你今天回去，对着镜子想想清楚，死了这条心。没准儿我女儿大喜之日，请你去出个堂会，看看你跟我这只鸟儿，谁唱得更好听。"

"林老爷……"天青声音颤抖，"您对我怎样，都没关系。求您看在亲生女儿分儿上，多念着樱草的幸福。她如今心系于我，不会愿意嫁给旁人。求您不要勉强她，容她多念几年书，圆了做教员的心愿，嫁给她自己喜欢的人。"

"你还真拿自己当个玩意儿!"林墨斋眯起了眼睛，对颜佑甫使个眼色："老颜，叫樱草过来，自己跟他说!"

樱草正在绣花。她往日的书房，此时已经变了绣房，四处搁的都是布料、针线、册子和一轴一轴的纹样。地当间儿摆了个老大的绣架，绷着一幅雪白大缎，上面用几种深浅不同的蓝色丝线，绣了两条龙。龙是行龙，左右相对，侧身奔腾在云雾里，张牙舞爪，极是生动，眼珠嵌有两颗宝石，灯光照耀下闪闪发亮。颜佑甫进去时，樱草正在用一卷金线，给龙鳞圈边。

"给五姑娘请安！"

"给颜大爷请安。"樱草扶着绣架，颤巍巍站起来。

"五姑娘多礼了，快坐快坐。咳，怎么还干活儿呢，病了这一个多月，伤了多少元气。"颜佑甫心疼地望着眼前的五姑娘。虽是林府千金，但是颜佑甫一直看着她长大，在他的眼里，她和府里其他主子一样，都是自己的亲人，加之她的性情好，待人亲厚，感觉上比其他人更亲近三分。现下的她，大病一场，瘦得都脱形了，平素的小桃子脸变成瓜子脸，两颊都凹进一块。眼睛也失去了早前的飞扬神采，长长的睫毛老是垂着，和身姿一样清冷萧瑟。颜佑甫在心里叹了口气，搭讪地瞧向身边的绣架：

"哟，这龙绣得可精神，鳞还一片叠一片，跟真的似的。怎么绣的？皇上龙袍也不过如此吧。"

樱草微微牵了牵嘴角：

"刚学的。"

她的神态，全无生气，仿佛一个木偶一般，提一下，动一点儿。颜佑甫咳嗽一声：

"老爷请五姑娘去一趟，见见喜成社那位靳爷。"

这个名字刚一出口，樱草的眼神，仿佛忽然点燃了灯火一般，变得锃明瓦亮。她急切地拉住颜佑甫的衣襟：

"天青哥？他来了？"

"嗯，在老爷那儿。"

樱草惊诧地扬起眉："爹爹准我去见面？"

"嗯，就现在。"

樱草摇晃着转过身，向门口奔去，脚步一急，几乎跌倒，小丫环粉蝶连忙上前扶住。樱草抓着粉蝶的手臂，忽然怔在那里，茫然思索一会儿，缓缓地，又坐回椅上。

"还是不见了。"

"怎么？"颜佑甫一愣。

"爹爹让我见这一面，无非是想让我当面说几句绝的，断了他的念想儿。可是……我能做到现在，已经用尽全力，再让我去说什么，实在没法子做得到。见面之后……"樱草缓缓转过脸，望向绣架上的两条龙，"……不如不见，各自为安。"

颜佑甫哑然片刻，叹了口气：

"五姑娘，靳爷那情形，只怕不能各自为安。"

"他，他怎么？"

"他跟我说必须要见你一面，见到你平安无事，他才放心。不是老爷要让你绝念想儿，是靳爷自己说：见你一面，看你好好的，以后就不再来了。"

樱草依然端坐着，没有动，只是晶莹的泪珠，从眼眶中涌出来，一滴，两滴，一串，两串，落在绣架上的龙身边。一旁的粉蝶急忙递上手帕子："姑娘，这丝线洇了水，可就毁了。"樱草轻轻接过，低了头，整张脸埋在手帕子里。

颜佑甫小心地继续说道：

"五姑娘，见与不见，当然是由着您。我呢，倚老卖老跟您说一句：长痛不如短痛，你这么搁着他，不是个事儿。唉，姑娘啊，我是瞧着你长大的，你们的情分，我懂，但是世情人常吧，也不能全然不顾。老爷的话说得没错，放眼这世上，哪个像样人家能跟伶人结亲？老爷的法子，是狠了点儿，您受了委屈，那肯定的，但是您和靳爷这事儿，既然不被世情所容，就必定得有个人受委屈。您受委屈，还是让他受委屈？靳爷已经是个角儿了，十几年的磨炼，刚见了真章儿，若是惹出事儿来，不能再唱戏，这辈子不就废了。您若能忍这一时，让他过了这劲儿，对大伙儿都好。唉，再大的劲儿吧，也总能过去的，将来各自都有个前程……"

"好吧，我跟您去。"樱草放下手帕，直起身，眼中仍有泪水，神情萧然，"希望他看我好好儿的，以后……就不再来了。"

颜佑甫咳了一声："五姑娘，这里头关键是呢，您得'好好儿的'。我瞧着这位靳爷，跟您一样，是个烈性子。您若是跟他实话实说，说是为着怕他被剁了手指头，没准儿他当场把自个儿手指头剁了。您得把这事儿，说得简净点儿。姑娘啊，您若心里真有他呢，得为他着想，别弄个拖泥带水的，牵连得他永远没法安心。"

樱草望着窗外。秋天已经到了，她的院子里，花树都在落叶，枝头一片萧瑟。

"我知道。我知道怎么才能简净点儿。"

"五姑娘到！"

天青霍然转身。

先进来两个丫环、两个老妈子，然后才是樱草。她又穿回了当年九道湾告别时那种隆重的长袄子马面裙，三镶三滚的边子，顶在下巴上的高领，和她在学校里的样子，平素在天青面前的样子，判若两人。头上两条辫子，如今结成一条单辫，抹着头油，鬓上倒是什么都没插，也没戴首饰。她的神色，也和当年告别时一般的清冷，低垂着眼帘，衣袂窸窸窣窣，一声不吭地走到林墨斋面前，福了一福：

"樱草给爹爹请安。"

又转身对着天青，低着头，福了一福：

"给靳爷请安。"

天青呆在那里，一时都忘了还礼。一个多月不见，樱草瘦得离奇，薄薄的双肩支在衣服底下，见棱见角。她始终没有正视天青，只低头望着脚尖，长长的睫毛，严严实实地遮盖着眼睛。天青心中绞痛，禁不住向前迈了一步：

"樱草……"

"坐下！"林墨斋喝道。

"谢爹爹。"樱草避开天青，走到林墨斋下首的椅上坐下，低着头，两手交叠，搁在膝头。天青只能停了脚，又站在当地。

"樱草，"林墨斋拨弄着手里鸟笼，"这位靳爷，口气不小，说你心系于他，不会嫁给旁人。你亲自给他说说，胡家老三是怎么回事。"

天青双手冰凉，望着樱草，樱草只低着头，泥塑木雕一般，一直不出声。

"樱草！"林墨斋的目光，从鸟笼上方射向樱草，"你还记得我的话吧！"

旁边的颜佑甫连忙递上茶碗：

"姑娘，喝口茶，好好说。靳爷也是通情达理的人，话说清楚了，对大伙儿都好。"

樱草轻轻接过茶碗，搁在桌上，又盯了茶碗一会儿，方开了口：

"靳爷，我要嫁人了，我会过得很好，以后请不要再惦记我。"

天青脑海中，仿佛整台锣鼓丝竹一齐炸响。

"樱草，这不是真话……"

他不顾一切地迈步向前，蹲在樱草膝前，望着她的眼睛：

"我知道你是被逼迫的，别怕，我在这里，有什么委屈，你说出来，咱们一起应对。"

樱草双手按在膝上，紧紧扭着衣襟：

"靳爷，你走吧，不要再来！"

天青猛地起身：

"我带你一起走！"

他一把握住她的手，将她拉到自己身边，转身就向门外奔去。林墨斋连声喝骂，他理也不理。樱草的手被他握在手里，心神一乱，迷迷茫茫地就跟他出了门，身子虚弱，脚步跟跄，没走几步就要跌倒。天青急忙回身，将她横抱起来，向院外走去，林墨斋见状，满脸紫涨，回头高喊：

"老颜！叫老谭老孙来！"

樱草闻声，忽然如当头被浇了一盆冰水般，一下子清醒过来。她凄厉地叫道：

"爹爹，不要！天青哥！你放下我！我不要跟你走！"

天青猛地站住。他深吸一口气，控制住哆嗦的双手，轻轻放下樱草。旁边丫环婆子，都拥上来搀扶。樱草推开她们，转身对着天青，伸手从颈上摘下一条红绳，上面系着一枚小小的牌子。

"天青哥，这个还给你。你娘留给你的唯一一件东西，我不能……"

天青没有接。他僵立原地，面色惨白，一双眼直勾勾盯着樱草。樱草的声音，是这样地虚淡缥缈，仿佛自天外传来：

"天青哥，我们不能在一起了，这是定数，没法子改变。你回去吧，忘了我，大家各自为安，就当这些年……从来没有遇见过。"

天青凝视着她，眼眶中已经盈满了泪。

"樱草，你真能忘记我吗？我，忘不了你啊。"

樱草抬起头，望向天青，眼底全是黑洞洞的绝望，双唇微微张开，说了句什么，但没有出声。丫环婆子簇拥上来，挟裹着她，一窝蜂进了后堂，只剩下门口的珠帘摇晃，细脆的叮叮声长久不歇，仿佛什么裂得粉碎的屑块，没完没了地，跌落在冰冷的地面上。

天已经黑了。林府中花木遍地，白天的万紫千红，此刻都变成丛丛阴影，摇曳在院落深处，好似一个个挣扎的鬼魅。

颜佑甫一路送天青出门，仍然习惯性地赔着笑，低声说着话：

"靳爷，您体谅五姑娘，她小姑娘家家，说到自己的婚事，难免不太好开口。新姑爷呢，是我们世交胡家的三公子，整个天津卫首屈一指的门第，祖上是前清状元，他自己人才也很好，老爷能给五姑娘找到这样婆家，也是用了心思的。婚都合过了，八字匹配，就快放定，腊月里送去天津过门。咳，您也多为五姑娘想想，她毕竟是金枝玉叶的小姐，和你们有这些情分，已经是她的好处了，您不能真的逼她背叛家门啊，若是跟您在一块儿，背后的唾沫星子，还不都是她自己承担？她好不容易才想通这些事儿，已经很辛苦啦，叫我们做下人的，看着都心疼……"

已经到了街门外。天青回转身来，对着颜佑甫。他的脸色，在月光照耀下，尤其白得异常。

"谢谢颜大爷。"

"咳，您保重。您是大丈夫，咳，何患无妻哪。"

天青惨然摇了摇头。他转过身，向着胡同口走去，步伐依旧很稳，只是慢而滞重。颜佑甫站在街门边，遥望着他的背影，轻轻叹了一声：

"咳，造孽啊，咳！"……

麻状元胡同往南城的路，本来没有多远，但是今天走起来，格外漫长。时间还不算晚，天却黑得吓人，阴云笼罩下，刮了一阵风，飘起一点儿小雨。天青完全没有察觉到头顶落下来的雨滴，他只是慢慢走着，两眼望着遥不可见的前方。

他想不明白，一点儿都想不明白。他坚信樱草的心意，她爱他，绝不会轻易改变，如此突然地将他拒之千里，其中必定有个他所不知道的关节在。也许颜大爷说得对，不要再逼问了，她准已经受了莫大的委屈，还要她再牺牲多少呢？爱一个人，要为她好。她若能放下一切，去嫁给那个据说人才很好的胡公子，是不是比和天青在一起更幸福呢？……她能放下吗，她是怎么放下的？她为什么不肯对天青说清楚，却坚持要他也放下呢？

他能放下吗，叫他怎能放下啊。从前的一切，历历在目，一张张画面自天青心头掠过，刀子一样，割得他血肉模糊。童年的樱草，少年的樱草，笑着的樱草，哭着的樱草，她那又黑又深的眼睛，甜蜜的梨涡，菱角一样翘起的嘴角，白得透明的脸颊。她说：我喜欢你，我将来要嫁给你；她说：我不会改主意，你也不会，我不能想象没有你的日子；她说：天青哥，放心吧，事在人为，王宝钏不是还嫁给薛平贵了吗；她说：不管爹爹怎样对我，我都跟定了你！

她到底受了什么委屈，遇上了什么事？连他都不能告诉的事，迫她这样默默离开他，这件事本身，比樱草的离开，更让天青心如刀绞。他应允，倘若樱草果真是好好儿的，他便再也不去找她，他能，他肯，他做得到，但是樱草，你那个样子，怎么能算是好好儿的！你叫我怎么放得下，怎么能放得下！

恍惚间，天青早已走出前门，但仍然径直向前走去，过了九道湾，过了肉市街，一直走到草市街。黑沉沉的夜色中，微风吹打着他的脸，微雨已经将他全身浸湿，但他站在了街当间儿，怔怔望着草市街街口。十二年前，七岁的他，无意中经过这里，就在这个街口，望见胡同里的樱草，这一眼，改变了他和樱草的人生。十二年后，樱草说：你回去吧，忘了我，就当这些年，从来没有遇见过。人生际遇，是可以这样一笔抹掉的吗？他的人生里，如果抹掉了樱草，还剩下些什么？

再向前走，就是天桥了，再向前走，是天坛。这样凄风苦雨的夜里，天坛更加的荒凉无比，一眼望去，四下全是残破的坛筒和纷乱的野草。这几乎已经到了北平外城边缘，天青以前从来没有继续往前走过，一直不停脚地走下去的话，会走到哪儿呢？他的人生里，已经完全找不到了方向，找不到目标，不知道身在何处，也不知道未来在何方。天是这样的黑，看不到前路，天青又走了一段，便被碎砖乱石阻在了当地。他茫然望望四周，依稀辨出，左手边是昭亭门，再进去走不远，就是祭天台。

祭天台上，空空荡荡，细雨落在汉白玉地面，发出轻微声响。那是在多久以前，好像是几百年前的事了，竹青对他说：师哥，你想要什么，喊出来！老天爷能听见！

天青慢慢走上台阶，站在台子中央。仰头望去，天穹一片漆黑，一条条雨线从茫茫黑暗中划落，落在他的身上、脸上，和满脸的不知汗水还是泪水，混成一团。他的声音在喉咙里哽咽着，挣扎了好久，才迸出来：

"樱草……"

他的心，也拼命挣扎着，绞成一团团，碎成一片片，和那雨线一样，黑暗中来，黑暗中去，孤清冷寂，悄无声息。他抓住自己胸口，仰起头，提起全身气力，向着茫茫天空喊道：

"樱草！"

"樱草！"

"樱草——！"

第十三章　射七郎

"师哥，我娘让我捎给你的。"

"谢谢伯母。"

"你不打开看看是什么？"竹青拍着坐在衣箱上发呆的天青，"快打开，吃了！过了这村儿可没这店儿！"

天青打开盒子，原来是自家蒸的团圆饼，上面还精心地用大料盖了一朵小红花。

"中秋了啊。"

"是啊，你才知道啊，你都过傻啦！戏散了这些时候了，还坐这儿干什么？今晚吉祥戏院梅大爷的《嫦娥奔月》，走，我请你看。"

"我不去。"

"不行，叫你去你就去！嗯哼！随孤来呀——"

中秋真的到了，这是北平最美的季节呢。不冷不热，无风无沙，黄色的琉璃瓦，红色的院墙，青色的屋顶，绿色的树，白色的云，蓝色的天，全都鲜亮、分明，一尘不染。各色瓜果挤挤挨挨地上市了：黄绿的鸭梨，青红的"虎拉车"，紫黄的李子，绯红的沙果，随便哪个果品店，都摆得一幅画一般。街头巷尾，还到处叫卖着鸡冠花、九节藕、莲瓣西瓜、毛豆枝子，是拜月用的祭品。

"师哥，瞧这家的月亮杩儿，画得好不好？"竹青打小儿就喜欢这些玩意儿，怎么看也看不够，他拎起摊子上的月亮杩儿，咧着嘴细细地瞧：平展的纸屏，金碧辉煌的藻彩，上头画着月神和玉兔，大名唤作太阴星君和长耳定光仙……

天青跟着瞥了一眼："你买这个？'男不拜月，女不祭灶'啊。"

"喜欢啊，看看不成啊。我买个兔儿爷送你吧，瞧你这些日子整天鞧着，跟摆兔儿爷似的。"

天青没跟他斗口，只是呆呆站在那里，陪他一起看兔儿爷。早前的兔儿爷，也不过就是个胳膊会动的泥兔子，现在的兔儿爷可精致了，小的两三寸，大的快一人高，胶泥彩绘，精制成戏里的扮相，穿蟒扎靠，上翎挂尾，骑着狮虎鹤鹿，威风凛凛地摆在一排排高架上。竹青一只只细看着："瞧瞧瞧，这个是《丁甲山》的戏出，这个是《盗魂铃》，呦，这个是《战马超》呢，马超和张飞，像不像你和我？"

天青恍然想起一点旧事，怔怔地说："小时候听玄青师哥说，这些东西，都是拿伶人当玩意儿，不把唱戏的放在眼里。我当时还觉得他想太多，现在看来……也有些道理。"

"有什么道理啊。"竹青指着架子另一边，"这儿还有种田的、卖菜的、锔缸的、剃头的，这儿还有官老爷呢，全都没放在眼里？自个儿心里头要是存了这个想儿，自然看什么都不顺眼。搁我说啊，玄青师哥他就是一直都想得太多。"

"别的我不知道，瞧不起伶人，这是真的。"

竹青扯起他的手："走走走，你就快比玄青师哥还心思重了。"

吉祥戏院到了，里里外外，人山人海。天青和竹青自身也是伶人，但也常常专门到各大戏院看名角儿们的拿手戏，增长见识，提高技艺，用白喜祥的话讲："多看好角儿的戏，躺炕上都长功。"今晚大轴是梅老板《嫦娥奔月》，最红火的中秋应节戏，梅老板以精美的古装头、古装裙登场，唱念做打，均经特别设计，歌舞曼妙，每个细节都华美醉人。

> ……碧玉阶前莲步移，水晶帘下看端的：
> 人间夫妇多和美，鲜瓜瓣酒庆佳期。
> 一家儿对饮谈衷曲，一家儿携手步迟迟。
> 一家并坐秋闺里，一家同入绣罗帷。
> 想嫦娥独坐寒宫里，清清冷冷有谁知？

竹青跟着满座高喝："好!"回头瞄一眼天青，只见他怔怔望着台上，眼中全是伤痛，倒比在广盛楼呆坐时更难过三分。戏散了，回家路上，竹青没口子地大赞梅老板的过人技艺，天青也一直默默地不搭话。竹青说了半天，自觉无趣，终于叹了口气：

"师哥，樱草一走，你变了一个人似的。"

天青一言不发。

"她是被家里关起来了么？我帮你想个法子，把她搭救出来，你俩一起远走高飞了算了。那时候她家两个下人逃走，咱们不是办得挺好的。"

天青终于开口："她就快嫁人了。"

"怎么会呢？她肯定要嫁给你的呀。"

天青心中一震，转头看了竹青一眼。竹青手里卷弄着戏票，做出一副不在意的神情：

"谁都能看出来呀。她从小一直就是对你最好，听你的，信你的，什么事儿都愿意找你商量。她来广盛楼看戏，专挑你的戏看。你出了事，她比谁都急。她看你的眼神儿，都跟看我们不一样……我也喜欢她，可是我没辙呀。打开始我就知道，你俩是命中注定要在一块儿。"竹青又恢复了惯常的嬉笑，"你啊，别瞎猜，直接把她从府里抢出来娶了，才合她的心意。"

天青半晌没有说话。走了好一段路，才说："原本我也以为，准定能在一块儿。但是她爹爹坚决不允，她想必是受了很大委屈，不得不依从。她亲口告诉我，就要嫁人了，叫我忘了她。那边是他们的世交，在天津，腊月里过门。"

"啊？"竹青急了，"难怪你这阵子丢了魂似的。那，那怎么办啊，你就眼睁睁地看着她嫁了别人？"

天青心里，仿佛突然间又被尖刀贯穿，一下，两下，始终没有愈合的伤口，又是鲜血淋漓。他望着晴朗的秋日天穹，蓝得透明，纯净中带点凄凉，一丝风都没有，没有云，也没有鸽子飞。

他艰难开口：

"只要她……放得下……"

"二爷，天青可有点不成话，好么秧儿的居然回戏，被我顶回去了。您严管着他点儿。"

白喜祥困惑地瞧着前来告状的崔福水："回戏？回哪出戏？"

"我排《红鬃烈马》，把《别窑》的薛平贵号给他，他想回了不唱，问我能不能换出别的。我说这出是在你自己单子里的，既然会，就得唱，凭什么说不想唱就不唱，戏是随便回得的？他半晌不出声儿，后来，给我好大面子似的，说他唱。二爷，您说他成话么？原本瞧着还不错的小子，这刚刚戳住了，就摆谱儿？"

白喜祥忧心不已：

"这孩子，最近……且得煎熬一阵子呢。只愿别抛荒了正业。别看十几年的功在身上，真要还给我了，也就那么一闪念的事儿。跟他提点多少次，他干应着，也没见有缓儿，真叫人着急。"

《红鬃烈马》，足足要唱三天的连台本戏，打从王宝钏在相府花园初遇叫花郎薛平贵的《花园赠金》开始，一直到薛平贵称帝的《回龙阁》，连续十几出，讲述王宝钏和薛平贵的一世姻缘。《平贵别窑》这出的薛平贵归武生或武小生应工，唱念做打齐全，本是天青拿手好戏，此次却忽然回了不想唱，难怪崔福水意外。

　　富贵贫贱天注定，岂知由天不由人……

天青不想唱这出戏。字字音音，都触动他心事。但是，梨园规矩，只要自己会唱的戏，开出单子，呈给班社，之后号了你的活儿，就不能无故回戏。所以，到了儿来，也只好还是接了。简直就像人生一样，无论喜不喜欢，称不称意，只要你活着，就得打起精神过下去。

　　头戴金盔一点红，身穿铠甲响玲珑。红纱洞降烈火马，唐王驾
前立大功！

扎一身白靠的薛平贵，威武，雄壮，神光凛凛，却困顿寒窑，长久不能出头。王宝钏以相府千金之身，抛家业舍父母与他成婚，他却不能给她一个安定的生活，心头的挣扎，谁人知晓？好歹因降服红鬃烈马而立功受封，却又被王宝钏的爹爹使了个坏，贬为马前先行，即将奔赴战场。深爱的夫妻，就此长别，此后不知是否还有相见之日……台上台下都知道，此后的相见，在足足十八年之后，而且，团圆了仅有十八天，王宝钏就重病身死了呀。

喜成社的当家青衣，名旦庄赤蓉去王宝钏，银钉头面，青褶子，袅袅婷婷，唱得七情上面。夫妻二人，分别在即，执手相看泪眼，对唱快板：

　　送夫送到西河岸，
　　叫人难舍又难分。
　　空中降下无情剑，
　　斩断夫妻两离分。
　　流泪眼观流泪眼，

断肠人送断肠人。

王宝钏舍不得薛平贵，

薛平贵难舍妻宝钏。

天青眼前，幻化的全是樱草带泪的小脸。他的心又一阵阵绞痛起来，仿若有一把利刃乱捅……一个人若是时时都有这样的幻觉，会不会就此真的心碎而死？他的心思纷乱，忽然之间，脑海中一片空白……

"夫妻们分别难得见——"

天青停住了。他盯着庄赤蓉的脸，忘记了接下来的词。

庄赤蓉惊诧地仰视着他。只剩最后一句了，"实实难舍夫妻情"，早就唱得烂熟的一出戏，怎么会词不拱嘴呢？天青练戏之勤谨，众所周知，从来没出过这样岔子。眼下的他，直勾勾盯着庄赤蓉，眼神空洞、散乱，硬是一个字都未出，满台锣鼓丝竹无所适从，顿时冷场在那里。

台下看客可不是好惹的，"嗵"地就是一片倒好儿。

天青自挂牌成角儿，足足四年，头一个倒好儿。

下得台来，师父白喜祥已站在下场门后。天青满头流汗，迎上前去：

"师父，我……"

话音未落，"啪"的一声巨响，白喜祥一掌抽在天青脸上，打得他一个趔趄。白喜祥性情和善，平素教戏都不打人，如此当众动手，后台众人都惊得呆在当地。

天青跪下了。

"师父，我错了，我对不住您！"

竹青和玄青上来，慌张地扶住师父，个个都不敢吭声。白喜祥一手按在心口，喘了几口气，伸手指着天青的脸：

"你对不住你自己！下去，跪祖师爷，问问自己，以后该怎么唱戏！"……

广盛楼后台门外，小楼梯边上，有个柜房，里面供着梨园行的祖师爷。祖师爷的神像，端坐在墙上佛龛里，被四对八尊身披铠甲的外族武士拱卫着，白脸、黑髯，头戴纱帽，身穿黄蟒，眉目祥和，注视着身前的长明香火。梨园行尊师重祖，那是天下闻名，伶人到后台唱戏，出来进去都要拜拜他。

夜已深了，小小柜房一片寂静，月光依稀地透过窗格子上的竹纸照进来。房间里只有天青一个人，跪在佛龛下，静静地低着头。

从小跟师父学戏，耳濡目染，听得最多的一句话，就是"戏比天大"。不能无故回戏，不能误戏，无论什么情况，不能敷衍了戏。忘一句词，在外人看来，可能只是一件小事，可是对每个伶人来说，都是当得一番责罚的大事。而且，天青知道，师父打他，不仅是为了忘一句词，而是为了他最近这颗混乱恍惚的心。

失去樱草，让他生平第一次，对戏的信念有了动摇。戏，给他带来了什么？有欢乐，也有痛苦，有名誉，也有屈辱。他最爱的那个人，竟因为他最爱的这件事，而终不能陪伴在他的身边……

但是，戏有什么错，戏子有什么错？

苦心学艺，痴心献艺，血汗功夫练就绝艺，让你哭，让你笑，让座上欢呼喝彩涌心潮，戏给人间带来无尽的华丽与精彩，无尽的感动与享受，这一切，是一个戏子用他近乎虔诚的心血换来。

戏子没有错。

是世人不公道的眼光之错。

做人，得为着自己的信念活着，不能因为旁人一个鄙视的眼神，就抹杀了自己的本心！

六岁开始学戏，至今已经足足十三年，戏，是天青的安身立命之本。生命中能有一样东西，让你付出十三年去投入他、陪伴他、懂他、爱他，无论是人，还是一样事物，都是莫大幸福，值得毕生珍惜。师父说得没错，这样消沉下去，丢了人，荒了戏，前半生的倾情投入，至此一无所有，对不住的不仅是师父、祖师爷，更对不住自己一颗男儿心。纵使别人看不起戏子，也要自己看得起自己，人立身于天地之间，靠的是品格，是志向，是功夫，不是别人的眼光和言语！

月亮静静地移动着，照在佛龛下的白墙上，墙角的砌末箱上，屋子中间的桌椅上，照在天青的脸上。这张十九岁的年轻面孔，依然带着一丝哀伤，但是更有着一份纯朴的、诚挚的、坚忍不移的神情。

用心唱戏吧，靳天青，你的世界，只剩了戏台。

已经没有了樱草，不能再……没有了戏！

腊月过去了。

这是天青十九年人生中，最难熬的一个腊月。

他不知道樱草过门是在哪一天，也无从打听、没法打听，他只能一天天数着日子：腊月初一，腊月初二，腊月初三……过腊八了，小年了，封箱了，过年了。时光如箭，一去难回，就这样从他身边飞掠而过，不知道在哪一刻，已经永远地失去了樱草。她嫁去了天津的哪里？到底嫁给了一个什么样的人？怎么嫁的？穿起嫁衣的她，会是什么模样？那一幕他以前常常想象，心里头又是忐忑，又是甜蜜，是他最向往、最期待的模样，现在，却成了一点都不能触碰的、能如刀子一般扎人的幻象。

他只能练功，唱戏，拼命地苦练，拼命地唱，硬生生将自己陷溺在戏的海洋，不去思量其他的一切事。功夫是从不负人的，练一天，就有一天的进境，他的戏唱得越来越精，工架越来越英武、大气，法度森严，每一出场便有凛凛之威，谁也不知道他的心里，一直翻腾着什么样的动荡。

大年初一，开箱第一场戏，例必《跳加官》《跳财神》。天青扮作财神……

台下一片喜气洋洋的叫好声。

又是一年。周而复始，不知道以后还要这样度过多少年。

下得台来，后台师徒兄弟相见，也是一片喜气洋洋的拜年问好。这一天的开箱戏，是不拿戏份的，但是白喜祥给每个人都封了红包，到手的钱反而比平日更多。衣箱师傅和盔箱师傅们，把年前封好的箱子都打开整理着，预备着新一年的用度。黎茂财和崔福水在后台穿梭，安排着新春的活计。

"师哥，有人给你送东西来。"楼梯口棉帘一掀，秦月明进来，手里捧着个包得方方正正的包袱。

"多谢。"天青诧异地接过。谁在这开年第一天给他送东西呢？

"谁送来的？"

"不认识，在院子门口交给我，说是给靳老板的，就走了。"

包袱不算太大，却是沉甸甸。天青解开结扣，小心地打开，将包袱皮一揭，霎时间一片光亮，照耀身周。秦月明等弟兄们凑在他旁边，全都惊叹了一声："啊……"

是一副崭新的靠。

崭新的，仿佛刚出水一般的靠。雪亮的大缎，白得耀眼，肩上、臂上、袖上、胸前背后、四面靠旗上，一层层的海水江牙，精致，齐整，间中飞腾着十几条龙，用深浅不同的蓝色丝线绣着鳞甲，圈着金边，缀有七彩行云和火焰。搁在最上头的靠肚，一对行龙，相向奔腾在云雾里，张牙舞爪，极是生动，眼珠仿佛是嵌了两颗宝石，在灯光照耀下，闪闪发亮。靠上所有的圈金填银，颜色都沉亮异常，不似普通金线银线，从分量来看，恐怕是成色最好的真金白银捻成。

天青霍然而起，带得桌子几乎也翻了。

"送来的人，长什么样，男的女的？"

"男的，模样我没留意啊，好像也是别人托他送来的。"秦月明的眼光，羡慕地盯在靠上，"天哪，这是什么质料，什么手工，唱了这些年戏，见都没见过。"

靠，戏中武将临阵交战的行头，也就是戏化了的铠甲。它是戏里最复杂的一种行头，三十多片绣片组成，穿的时候，需要衣箱师傅用专门手法扎结，所以穿靠都叫扎靠。靠和蟒一样分为上五色和下五色，天青唱的戏里，最常用的是白靠。这是一种专用于英俊儒雅人物的颜色，赵云、马超、孙策、薛平贵、公孙子……都用眼前这副白靠。社里当然有官中白靠，天青自己也置了私房白靠，但是跟眼前这副相比，完全就是天壤之别，难怪周围弟兄们全都艳羡一片。

天青急切地翻着包袱皮，却只是光溜溜一幅蓝布，什么杂物都没有。叠得整整齐齐的靠，上面也没有任何记认。正面没有，反面没有，领口没有，衣襟也没有，干净得异乎寻常，连行头上惯有的戏衣庄戳记都没有。

天青茫然跌坐，轻轻抚摸着靠上龙身的鳞甲。如此一件重礼，怎能平白收下？是谁，默无声息地送了来，却连一个字也不留。天青的心里，隐隐然有一丝牵动，却又不敢细想。他望着那宝石镶嵌的龙眼，灯光下它的光线游移不定，极尽逼真，显得整条龙真有生机一般。天青一时禁不住痴了，轻声问了一句：

"谁，是谁？"

两条龙都沉默着，静静地挥舞着爪牙。

身边云雾之上，细看的话，还有一点点的水渍。

"天青，早呀。"

"筱师姐……这么早？"

天青愕然地抬头望了望天。天才蒙蒙亮，太阳掩在一片晨雾之中，起码再过两三个时辰才开戏，广盛楼空寂一片，连溜回家了的门房刘师傅都还没回来。而他的面前，已经站着筱妃红，织金锦面子的长旗袍，裹了件貂鼠皮大氅，更显得肌肤胜雪，唇如点朱。头发刚刚烫过，梳成油黑的小卷，如一圈贴得整整齐齐的片子般，托着她圆润的鸭蛋脸。眼神中，还是带着惯常的那股子甜蜜如丝的柔媚，笑吟吟望着他。

"在家没什么事儿，想来拉拉戏，不想你也在。"筱妃红轻轻踱了两步，站在他的小屋门前，向里张望一下，"莫不如像你这样，干脆住在园子里算了。可惜身为女人家，总是不够方便。"

天青合起了手中的书。他正在屋外墙边耗腿，左腿架在墙上，和右腿拉成一线，还没耗到时辰，手里的书，也刚读了几页。正犹豫着要不要停了练功，请筱师姐进屋坐坐，筱妃红倒自来熟地拉过门边一条板凳，坐了下来。

"看的什么书？噢，《三国》？你认字不少啊，不像我到现在，勉强只会写自己名字。"

"师父教我们从小识字的。"天青爱惜地抚摸手中的书，"他说要知书识礼才懂得戏情戏理，不至于把戏唱成杂耍，人也要有了学识才能有大作为。三国水浒呢，他说像我这样唱武生的，该能背下来才成，我唱的戏，不少都是打这儿来的。"

妃红含笑看着他："你真是肯下功夫，难怪越来越精进。这些日子身子可大好了？"

天青红了脸。他的身子骨并没毛病，最近是因为有心病才显憔悴，妃红几次关切询问，他总是含糊作答。此番也只简单回了句：

"没事儿。"

"我不知道你遇着了什么事儿，不过，无论怎样，好好爱惜着自己。"妃红的目光胶结在他脸上，神情倾慕，语气温柔，"台上台下，你都是盖世英雄，只要对了心劲儿，没有你过不去的坎儿。"

天青微微扭过头，脸伏在耗在墙上的腿上，低声道：

"谢谢筱师姐。"

"你也别老是自己个儿闷着练功，整日都不说一句话，你看你，多长时间没见个笑容儿了，迟早闷出毛病来。"妃红扬起脸，忽然想到似的，"你陪我一起拉拉戏，成不？我寻思着贴一出《武松打店》，这活儿你现成儿的吧？"

天青惊奇地眨眨眼睛："您来孙二娘？那是武旦的活儿，您成？"

"不是我自夸，我身上的功夫，武旦行哪个活儿都来得。"妃红笑着裹了裹大氅，袅袅婷婷地起身，"想试练一下么？"

寂静的戏楼里洒满阳光，台上只有天青和妃红两个人，疾风暴雨般地对打。妃红的腰身，一条蛇般轻捷柔软，坐在桌上的天青，以脚探向她的脸，表现黑暗中寻敌的情境，妃红跪地下腰，一个漂亮的"软滚背"避开，一丝声息都无。上桌，翻下，干净利落，连天青也暗喝了一声：好！

《武松打店》，又名《十字坡》，讲的是武松杀嫂后发配孟州，在十字坡与黑店老板娘孙二娘不打不相识的故事。这是一出武生和武旦的对儿戏，对两个人的功夫，都有极高要求，腰腿功、毯子功、把子功、桌子功，全都得拿得起来。天青自小唱熟这出戏，游刃有余不在话下，却没料到，花旦出身的妃红，武戏根底竟然也这么扎实。

一场结束，妃红掠了掠汗湿的鬓发，瞄着天青：

"攮子带来了？"

"给。"

天青递上一双匕首。妃红接过，仔细看了看：

"这怎么还自己备着，社里的砌末都有的。"

"自己的家伙，手里有数。"

"怎个有数法？"

天青拿过其中一只："你躺下，不要动。"

妃红带笑的眼风，扫搭他一下，顺从地躺下来。天青手里掂着攮子，走开三步，叫声："着！"妃红只觉耳畔寒风一凛，攮子擦过她的发梢，咄的一声，深深扎在她头边几寸的戏台上。

妃红的笑容，僵在脸上，被这惊吓冻得，好半天才能出声：

"你！"

这攮子不是普通砌末，是真家伙，雪亮的长匕首，开了锋利的刃。《打店》有一段开打，是孙二娘持一对攮子偷袭武松，却被武松夺去，反掷二娘，被二娘闪过。攮子要直扎入地，方能令座上眩目，所以需要真家伙。通常路数，只需掷在二娘身即可，但是天青自个儿一番苦练，将这攮子使得得心应手，能随手一掷，直扎二娘耳畔。每次《打店》唱到这里，座上必定一片惊呼，是喜成社最能"拿人儿"的绝活儿之一。

"你，不怕失手么，扎死了我怎么办？"妃红翻身爬起，嗔怪道。

"不会的，"天青微微一笑，"没练到精熟，怎敢乱试。我在这把攮子上，也有十年功夫，对着台上随便哪个地儿掷过去，绝差不出一寸方圆。师父说了，台下要有百倍的功，台上才能见真功。"

妃红凝视他一会儿，妩媚地眯起眼睛：

"再来。"

接着拉戏。两人一同扑向扎在地上的攮子，争抢不得，徒手开打。天青踢妃红一个"抢背"，对打"小五折"，扫"爬虎"，妃红"乌龙绞柱"，再踢天青一个"抢背"……眼花缭乱的筋斗中，两人一路打上桌子，站在桌上继续扭打，天青抓住妃红的手，另一只手捺向她的脸，直压得她仰头下腰。

总共只有一臂见方的桌子，相距咫尺，呼吸可闻。妃红仰视着眼前的天青，只见他一张光洁面孔上泛着绯红的血色，汗水自额头渗出，顺着耳边滚下，落在水衣敞开的领口之中。眼睛专注地盯着妃红，光芒逼人，嘴角紧紧抿着，呼吸粗重，健硕的胸膛，一起一伏。

手被他握着，腰身与他紧紧相贴。见惯风情的妃红也不由得心中狂跳，满脸都潮红起来。自己料得一点没错，只有到了戏台上，这个人才能抛开所有顾忌，所有心事，毫无设防地接受她的亲近。千万稳住了，不能太心急，就像一出戏一样，打引子，定场诗，报家门，一步一步地，走入那轰轰烈烈的核心……

"哎哟!"

妃红双腿一软,身子向桌下直摔下去。天青大惊,慌忙一把揽住她的腰,将她重又拉上桌子:"当心!"

妃红伏在他的脚下,喘息一会儿,仰头看他,微微一笑:

"这还没上台呢,就晕场了……"

她站起身,重又拉住他的手:

"再来!"

开春之后,喜成社贴了几次《托兆碰碑》,反响甚好。这本是一出老生各派都唱的骨子老戏,稍微懂戏的人都听惯了的,但是行家自能分辨其中滋味:穆玄青少年老成,经白喜祥精心传授,嗓音宽亮,做表大方,在年轻一代伶人中,确属佼佼之辈。

"金乌坠玉兔升黄昏时候,盼娇儿不由人珠泪双流……"

今年的穆玄青,已挂上五牌,名列白喜祥、庄赤蓉、靳天青、筱妃红之后,也是喜成社台柱子了。今次有师父在台侧亲自把场,玄青信心十足,唱念做表,愈加沉稳端严。他头戴金踏镫盔,一身杏黄软靠,脊背微弓,双手颤抖,颌下白髯飘动,一代名将,人生路已至终点:

"……也罢! 不免拜谢宋王爵禄之恩,我就碰死在托兆碰碑下!"

丢开甲胄,甩去战盔,一个漂亮的"硬僵尸",直挺挺倒地,带起全场最后一阵热烈的叫好。

白喜祥微笑着站起身,在一众徒弟学生簇拥下,踱向后台。没一会儿,玄青急匆匆跑过来,未及卸妆,照例垂手站在师父身前,聆听教诲。

"大有进益。玄青,你聪明,开窍,底子好,专心苦练,必有大成。那段反二黄的气口再琢磨琢磨。"

"是! 师父!"玄青这才有余裕抹了抹头上的汗。他素来内敛,此际也禁不住眉开眼笑,身上沉重的靠甲,似乎都变成了荣耀加身的锦袍。

白喜祥向外走去,正遇见黎茂财与崔福水。这几天连日大卖满堂,黎茂财眉开眼笑,迎上来哈腰拱手:"二爷,您老调教的好徒弟,个顶个儿地成材! 咱全社弟兄的衣食,全靠二爷!"

"黎爷取笑。还得靠大伙儿齐心勤力。"

崔福水照例绷着一张皱纹遍布的脸,专心琢磨他的本行:"二爷,我倒想着,戏码还可以再好好排排。玄青的《托兆碰碑》这么卖座,不如前头加上《金沙滩》《五郎出家》《射七郎》《呼延赞表功》,后头加上《雁门夺印》《清官册》《黑松林》,攒一台全部《杨家将》,准定更出彩。"

"是啊是啊，这主意不错！"黎茂财雀跃起来，圆胖胖的身子在地上直颠，"让玄青杨继业和寇准一赶二，天青七郎，竹青潘洪，对吧？阵容可称得上硬整！二爷呀，我就说嘛，您调教的好徒弟！"……

傍晚，白家堂屋里，白喜祥端着茶碗，对侍立一旁的玄青、天青、竹青三兄弟娓娓道来：

"杨七郎本是花脸的活儿，咱们前辈俞菊笙先生高才，工武生的也拿过来演，胜任有余，就变成了花脸、武生'两门抱'。再经杨大爷精心整顿，大体已经归武生行了。天青，你年少时已以《金钱豹》成名，近年我却不许你再动勾脸武生戏，知道为什么吗？"

"师父说过了，我火候不到。"天青恭恭敬敬地答。

"嗯，是这个理儿。勾脸武生戏，唱法和一般武生不同，对风范、气度的要求也高，自身不具一定功力，随便动这种戏，就是现眼二字。"白喜祥啜了一口茶，"当年贴演《金钱豹》，有其不得已之处，那时候倚仗童伶身份，大家不会苛求于你，你可别觉得自己的勾脸武生戏就此已经大成。现在你成年了，要拿更高的标尺来斟量自个儿，亮一出是一出，一些儿也不能含糊。"他放下茶碗，"瞧你最近，功夫下了不少，精气神儿又回来了，座上反映还不错。"

天青的脸上，微微泛红："全靠师父教导。"

"武生唱到一定地步，看的就不是花样技巧了，不是看你筋斗翻多高，把子打多快，而是要看工架、气度。不难于彪悍勇猛，而难于儒雅潇洒；不难于身手矫健，而难于从容凝练；不难于套式新奇，而难于意态大方；不难于飞扬跋扈，而难于器宇轩昂。能戏多而精，文武昆乱不挡，格局高，气场大，且有自己风格，方能称上一句'大武生'。你根基扎得不错，是时候再进一步，接下来多给你排几出勾脸武生戏，我央几位武生行大老板，好好再给你说说，你多下苦功，真正把这戏拿起来。"

"谢谢师父，我肯定铆上。"

"竹青，潘洪在花脸里不算大活儿，但也很考功夫。最近在郝二爷那儿朝夕聆教，瞧你真是大有长进，是这里事儿了，不用我多说。嗓子最近听着见好，应当已经过了仓口，横音炸音什么的，试着步儿用用。"

"谢师父！我记着啦！"

"玄青，你的《托兆碰碑》已有相当实力，座上反映很好。《清官册》一赶二，唱寇准，这是老生行重工戏，要再下气力。从今天起，每晚七点，你过来，我给你说戏，也约了杨二爷，带着胡琴，帮你再找找嗓子。"

玄青好不容易才等到说自己，脸上已经有些不畅快，听到师父夸奖，才露了笑容，躬身道：

"是，师父！"

妃红下了洋车，春风满面地穿过肉市街。时节已暖，她又换了一身新旗袍，轻薄的西洋纱，闪闪烁烁泛着光泽，肩上围一道软缎披肩，裹住裸露着的雪白手臂。拥在广盛楼院子门口的戏迷们，叽叽喳喳地叫着："筱老板！筱老板！"她头也不回一下，嘴角带着那丝柔媚的微笑，就在这万众瞩目中目不斜视地走进后院去。

"呦，筱老板，今儿没您的活儿，还过来啊。"玄青在楼梯口遇见，注意地看了她一眼。

"这不来捧穆老板么。"妃红侧过脸来，微微笑道。

"得了吧您哪，是冲着天青吧。"

妃红神色不动："都是弟兄，一起捧着。"

座上只怕有一大半人，是冲着靳天青吧。这是他近年来第一次贴演勾脸武生戏，考功夫的《金沙滩》，谁都想来看看成色。何况这还不是单折的《金沙滩》《射七郎》，而是经过喜成社精心整理的全本《杨家将》呢。这晚广盛楼的场面，那叫一个红火，来得晚的话，根本都买不到票。座上挤热羊似的喧嚷不堪，又有人因抢座而打闹，飞着小茶壶。不过这些全未妨碍全场看客的兴奋心情，杨七郎延嗣出场时，四面八方炸雷一样地"好"，坐在楼上的妃红，感觉楼座都要震塌了。

她也算看着天青唱过这么多戏，但是这次，又与以往人物完全不同。他是杨门八郎中最威猛的一员虎将，扎黑色平金绣龙靠，戴大额子盔、戏里最凶猛霸气的人物才梳的双鬈髻大蓬头，手舞一杆黑缨大枪。他的脸上，不是平时的俊扮，而是勾着一张威武得有些凶悍的黑碎脸谱，额头一个草书"虎"字，教这一身霸气更长三分。

这是一个真正的盖世英雄，工架雄壮，气势过人。战场上的他，所向披靡，金沙滩两军鏖战，没一个敌将能挡住他的大枪，但是时势所逼，奸臣陷害，他救不了老父，救不了兄弟，自己也一步步陷入一个恶毒罗网。饶是妃红早已熟知关目，也禁不住一颗心绞得紧紧的，眼看着这英雄终于被奸臣潘洪绑赴刑场，射死在乱箭之下。

《射七郎》之后再看《托兆碰碑》，加倍感受到老令公的凄怆悲壮。玄青今天"一赶二"，前演老令公，后演寇准，几个唱段各有出彩。竹青的潘洪，之阴毒之狡诈，简直令人恨到了骨子里去，最后一折《黑松林》，总算是恶有恶报，圆满收梢，台上台下，都出了一口长气。

妃红随着兴奋的人流下了楼，绕到后院，正待走上小楼梯。迎头遇上玄青三兄弟簇拥着师父出来。天青已经卸了妆，不再是那个霸气的猛将，恢复了惯常的清朗模样。妃红上前问候了白喜祥，转向天青，做个旦角的"赞美指"，翘起手儿来用食指捻着拇指，赞道：

"今儿这七郎，威武，大气，太出彩儿！"

天青腼腆地笑笑："您捧了。"

"脸儿勾得也好，有相。"

"是竹青教我勾的。"

竹青得意地搭着天青的肩："嗨，真不想帮他，可是没辙啊，前几次他自己勾的，真看不下去！好好一个'一笔虎'，叫他弄得，偎灶猫似的，还是得小爷我出手啊！怎么样，顶少值一副酱肉烧饼吧？"

天青搂了一下他的大光头："多早晚短过你的。"

妃红笑吟吟瞧着他们两个，转头对白喜祥说："师父，我有个不情之请，不知您能允准不：让我借着他这红劲儿，傍一出《虹霓关》，成不？"

白喜祥微笑道："东方氏情挑王伯当，那是花旦和武旦兼工的活儿，可考功夫哪。"

"放心吧师父。我的《打店》，您也看着了。"

"嗯，成，过几天就给你们贴。"

妃红瞟着天青：

"不急，只怕路子不一样，我找些时候啊，先跟靳爷练练！"

"长江之水未退，黄河之水又增，汉日之难未纤，洛阳之灾又起！"

白家堂屋里，白喜祥读着报纸，乔双紫夫妇两个坐在旁边，边做活计边听着：

"淮水泛滥，涉淮各县，多成泽国，平地扬帆，不见屋宇，波涛汹涌，仅露树梢，无论田庐苗禾尽付巨波，水上浮尸，在在皆是，断柱零椽，随流漂止……"

"唉！"白喜祥放下报纸，仰天长叹，"怎么就至于到这个地步！政府的水利都修哪儿去了，这大水发得，就像完全没有堤防！"

乔双紫也叹着气："听说维修水利的钱，还有防汛的家伙什儿，早都抽去打仗了。别说灾前，就算灾后，现在全国十六省受灾，死了几十万人了，还忙着打仗呢。前天报上还说：'真要坐等政府许诺的赈粮，灾民们已经都变成饿莩了'！"

"赈灾总是有的吧？不然那么多孤儿寡母的，怎么活下去？"乔三婶心肠软，眼泪都掉下来。

"号召全国赈济呢。"白喜祥望着报上一幅幅凄惨灾情图片，凝神道，"我跟黎爷商量商量，联合其他班社，搞几场义务戏，所得票款，全部汇往南方赈济灾民，就算杯水车薪，也聊胜于无。"

"这是正理儿！"

义务戏，本是梨园行常有之义，各家班社都搞。平时的义务戏，多是为了救济贫苦同行，这回是遇上这样的大灾，群情激奋，也很顺利地筹办起来。喜成社的戏还是在广盛楼搞，白喜祥和崔福水商议着排定戏码，最后的大轴，贴出近来一直非常火爆的《杨家将》。

"您自己不上大轴？"崔福水期待地问。

"入夏以来身体尤其不好。待到秋凉之后，一定多唱几出。"

"好好好。都伸长了脖子等您呐。"……

九道湾胡同。大晌午的正是休息时分，天气燥烈，蝉儿声嘶力竭地叫着，地面被日光照得惨白，隔着鞋底都感受到暑热的威猛。白家小院门口，有个人影一闪，是玄青，停在街门外踌躇半晌，终于敲开门进了堂屋。

"师父，徒儿有句话，不知当讲不当讲。"请安问好之后，玄青低垂着眼帘小声说。

白喜祥放下茶碗，瞧着肃立身畔的徒弟，"讲吧。"

"崔爷说下星期要上义务戏，是大事，叫好好预备着。"

"是啊。这等善事，三教九流都乐于参与，届时得有不少达官贵人、业内行家捧场，你的《杨家将》大轴，没问题吧。"

"我倒是没问题，我只是想……从全社的考虑起见……"

白喜祥用折扇敲着椅子扶手："有话直说，玄青，我不喜欢这样。"

"我说了，师父您别生气……前面的《金沙滩》《射七郎》，能不能换个角儿。"

白喜祥愣了一瞬，没反应过来："换角儿？换哪个？"

"……天青。"

白喜祥双眉一蹙："你这是什么意思？"

"您别生气，听我解释呀……"玄青额头渗出一层细汗。

"解释什么？你觉得天青怎么了？他的七郎不够份儿？"

"够，够，他比我够份儿。"玄青腮边抽动，"我就是觉得，这次大义务戏，非同一般，换个七郎，更四衬些。"

白喜祥猛地站起身来，跺了两步，转身盯着玄青：

"七郎与你，有什么相干？你俩都没有对手戏。你觉着社里有比天青更合适的人手吗，你秦师弟能来这个活儿？……玄青，你脑子里都在想什么，师父一直教导你的'一棵菜'道理，你还记得吧？"

"记得的，记得的。师父教导我们要像一棵菜一样，紧紧抱团儿，齐心协力成就一个好班社，一台好戏。我……我不是觉得天青不行，我是觉得这么重要的一场戏，阵容应当更硬着点儿。我这几天想着：赵四爷声名远播，都说他是'活七郎'，您是他尊重的师长，邀他来客串一次，他肯定答应。有他出场，肯定比天青得彩吧，赚得的钱粮多了，社里也更有面子。"玄青抬头瞄瞄师父脸色，"师父，打从我自个儿来说吧……跟您说实话，我也希望借这难得的机会，再往上蹿一蹿。傍着赵四爷，我和竹青他们，还有天青，都能学着不少东西，也能好好地扬扬声名。"

白喜祥慢慢道："玄青，老辈人都教我们：踏踏实实做人，老老实实唱戏。好高骛远使不得。我也实话对你说：赵四爷的七郎，你接不住。"

玄青沉默半晌，说："师父您老是不信任我。"

"我是知道你。玄青，唱戏这回事，一点儿含糊不得，不是傍上名角儿你就是名角儿了，自己实力不到，硬傍上去，会死得很难看。"

"师父，您给我一次机会好么。我肯定成。这几场您也都看着了，虽然我没有天青的好儿多，但是座上对我的品评那都没说儿的。"

白喜祥长叹一声，踱了几步："你们年轻人就是这样，钉子不扎着肉，总是不知道疼。"

"师父，求您了。我知道您宠我。我不会让您失望的。"

白喜祥的口气放和缓些，说："玄青，戏码已经安排下去，这时候换角，太伤人了。以后再给你找机会吧。"

"师父，天青那边我已经说了，他同意的。"

白喜祥脸色一变："什么？你告诉他要换角？"

玄青忙道："没有没有，师父，我就是跟他聊聊我的主意，我说这场戏太重要，有赵四爷上，肯定更火，而且能当场跟着赵四爷的七郎，他也有机会多学着点儿。他说听我的。他同意了我才来跟您说的，我当然不想伤着师弟啊。"

白喜祥凝视他良久，缓缓道：

"玄青啊，你们师兄弟几个，都成年了，各有各的心事，这我明白。但是，无论如何，用心要正，心地要光明。咱们唱戏的，心思要是太多，唱出来的东西，玩意儿再好，也不对头，此之所谓'戏品即人品'。二十上下岁，正是决定一生的关键口，希望你们都站得直行得正，别沾染那些梨园行的坏习气……"

他看着玄青的神色，摇了摇头，停顿片刻，折扇在手心轻轻一拍：

"好吧，你这样急切，我不答应你这一次，你总是不甘心。我去请赵四爷，你……你自己好好把握着自己！"

"拜谢师父！"

大雨初晴，好一个夏凉夜。广盛楼车马盈门，各方贵客云集，都奔着喜成社的义务戏。戏园子门口砖影壁上，破例贴了戏单，"全部《杨家将》"几个字写得斗大，上面密密麻麻写着出场的角儿姓名，全都是喜成社最当红的伶人，打头"穆玄青"，接着是"董竹青"，在他们头顶上，横排大字注明"特请赵连秋老板客串杨延嗣"。

白喜祥赶早儿到了广盛楼，台前台后地指点，天青随侍在他身边，帮着张罗。今天的园子不仅是满座，连四周大墙都坐满了人，勉勉强强地挤在墙边青砖砌出的一圈窄台子上。

"起码也算有座儿呀，比那些买站票的强！"他们还挺得意。

"强什么呀，您那叫挂票。"座中的人哄笑着。

赵连秋不愧有"活七郎"美誉，出场一戳一站，身段边式，工架大气，立时就是一阵满堂好。他与白喜祥出身同一科班，是正当壮年的后辈，半生在戏台浸润，长靠戏功底扎实，一杆长枪使得几有雷霆万钧之势，鹞子翻身异常漂亮。一折《金沙滩》下来，满座都喊哑了嗓子，一浪接一浪的彩声送他进了后台。白喜祥在上场门后头坐着，起身拱手道：

"四爷辛苦！'活七郎'实至名归！"

赵连秋连忙上前搀着白喜祥坐下："二爷您臊我呢！叫我脸往哪儿搁去。"

"今天让玄青傍着你唱大轴，委屈你了。我是想给孩子个机会。"

"二爷说哪里话！要不您带挈着我，我哪有今天！"赵连秋接过跟包递上来的杯子，饮了几口茶，"只要二爷吚喝一声，我是水来水里去，火来火里去！"他转头看见侍立一旁的天青，"大侄子！你的七郎我也听说过，前途无可限量，将来一准儿远胜于我！"

天青刚这一折戏看得神魂颠倒，一颗心还萦绕在戏里没出来，闻言忙道："师叔过奖了！您这神一样的，我差得太远呢！今儿个真学了不少！往后还要多请教您！"

赵连秋歇了口气，重又登场。后台催场的米师傅匆匆赶来，分开众人，直对着白喜祥叫："二爷！您去看看玄青他怎么了！"

扮戏房里的玄青，脸色煞白，满头是汗。

"你怎么了玄青？该候场了！"白喜祥疾步奔进，担忧地打量他一下，伸手摸他额头，"你病了怎的？"

玄青慢慢站起来，手扶着桌面，嘴唇微微发抖，半晌没有出声。

"师哥他……嗓子……刚才……"

众人七嘴八舌地解释，白喜祥方才听明大概：玄青今天刚来时，样子还挺自得的，早早扮好了戏，坐在后台和大伙儿一块儿听着前台境况。前台这一阵阵的好儿，后台也一阵阵地轰动，玄青就渐渐坐不住了，站起来来回回走溜儿。大伙儿说："就快碰碑了，全看你啦！今儿个嗓子在家吧？"玄青笑了笑，张嘴来一句："金乌坠……"结果哽在那里，一声不出。

白喜祥听了，果断地说："你这是心里头太重，把嗓筒儿压住了！走，咱爷儿俩上后院去，我陪你喊出来！"

广盛楼后院，空无一人，只有月亮明晃晃照着，青砖地像泼了水一样，楼梯上方半开的门，射出昏黄的灯光，隐约还传出前后台的喧闹。白喜祥和玄青面对面站在墙边，玄青无助地望着师父，脸上的汗不断淌下，把护领浸得透湿。

"两手叉腰，提气，这里使劲……"白喜祥伸手按在他肚子上头，"来，张嘴……"

"金乌坠……"还是不行。

玄青停下来，嘶哑着声音："师父，我完了！我……真接不住！我怎么能在赵四爷后头唱！我怎么想的！……"

"什么话！你闭上眼睛，别乱想，就当这是平日的戏，你肯定行！赵四爷都给你们留了份儿的，不用怯场，你看竹青的潘洪都接住了，你怎么不行！放松点，吸气，肚子用力，丹田出声！……"

"金乌坠……"

"这不就好多了！再来！……"

上方的门砰地打开，米师傅急切地探出头："玄青！二爷！您得上来了！"

"叫他们再马后点儿！"白喜祥挥了挥手。

"已经马后了！实在拖不住了！"

师徒俩重又上楼。白喜祥亲自给玄青勒了头，戴了盔头，拍拍他肩："沉住气！就在戏里头，别想别的！去吧！"

检场人举着水牌走过戏台，亮出红底黑字："穆玄青，托兆碰碑"。

唱戏的气场是个难以言传的东西，同样一个角色，同样一套程式，同样一个动作，同样一句唱腔，表面上依稀差不多，但是其中微妙之处，相去何止万里，稍一亮出来，台上台下立即感受得到。玄青今天这句导板"金乌坠"，虽然也算是满宫满调唱了下来，但是气势一蔫，光芒大减，没能拿下碰头彩，热闹半天的场子顿时冷了。玄青心里慌乱，嗓子愈发地找不着，往日最能出彩的大段唱腔，被他越唱越凉。

"这不行啊二爷！"黎茂财急得也跑到后台来，"场上起倒好儿了！已经有人'抽签儿'走了，等下一片一片地起堂，咱们可收拾不住！这是义务戏啊！新闻界都来了！还有那么多要人在！座上万一闹起来，咱们道歉退票都不够！"

白喜祥微微撩着台帘，看着台下，一言不发。片刻，他回过头来：

"《清官册》的寇准，我来！去换水牌！给我扮戏！"

今天来广盛楼的看客们算是捡着了。本来《托兆碰碑》过后，座上已经是一片闹哄哄的抱怨，但是那检场人举着水牌出来，赫然是"白喜祥，清官册"，全场"哗"的一声。白喜祥这两年身体欠佳，已经不大贴戏了，他的戏码，出出名贵，何况《清官册》原本是老生行重工戏，亦是白喜祥早年看家的一出。这下子，台下喜出望外，叫好格外卖力，"抽签儿"走掉的闻讯又跑回来，也有人跟着不管不顾地拥入，连过道里也站满了人。

……做清官民之父母，积功德留与儿孙！

随着轰雷般的叫好，前台后台这一颗颗悬吊着的心，才算是彻底放在了肚里。

戏散了。一片好评之声。黎茂财乐得合不拢口，跑前跑后地送着贵客。白喜祥坐在扮戏房里，面色苍白，一只手紧紧抓着胸口，天青忙着帮他倒水吃丸药。竹青顾不上自己卸妆，绞来热手巾把儿为师父擦脸。玄青站在一边，一身妆扮也始终未卸，垂着头一言不发。

白喜祥望着玄青，良久，终于只说了一句：

"玄青，你可好好地清清你的心吧！"

第十四章　玉堂春

阵阵蝉鸣，响亮而单调，显得小院分外的幽静孤寂。

樱草坐在窗前，用刀子刻纸。

这不是普通的纸，是两层元书纸和四层高丽纸粘合而成的纸袼褙，又厚又结实。按照描好的纹样，用刀子把它刻出镂空的图案，这叫簇活儿。真正的老师傅，手下劲力非凡，六张纸袼褙叠在一块儿，一次就能簇好，从上到下，纹样完全不变；樱草呢，只能一张一张慢慢簇。

没关系，长日漫漫，她有的是时间。

金翰才对这个好学的徒弟，充满困惑：

"学做戏衣也还罢了，祖祖辈辈，没听说过女孩子家学做盔头的。这活儿苦啊，脏、累，保不齐的还得受点伤。五姑娘，您一千金小姐，何必遭这个罪？想要盔头玩，我给您弄几个，要什么有什么：凤冠，过桥，七星额子，蛇额子，蝴蝶盔，女帅盔……"

"我喜欢学。"樱草淡淡一笑。

金翰才不会拒绝这个特别的徒弟。她有着神奇的天分，做起行头来，那个手艺和悟性，教了多少年的徒弟都及不上。绣活儿之精，也还罢了，更不得了的是她能自个儿设计图样，才情之高，连金翰才也自叹不如。行头这东西，有着极严格的规范，该用金的，绝不能用银；该绣角的，绝不能绣边；该绣花的，绝不能绣龙；该绣团龙的，绝不能绣行龙……但是樱草能在这规范里头，小小做些变化，出来的活儿，马上就醒目非凡。

"上次您帮我兄弟戏衣庄画的那个样子，紫藤花的男褶子，他可卖了个好价钱！还有那身老旦蟒，您说不用素地，用'万字不到头'，嚯，真见神采，李老板价都没还就收了，喜欢得不得了。五姑娘啊，搁我说，您就算不是林府的小姐，自个儿开个戏衣庄，也不愁衣食……啧啧，瞧我这嘴，太没溜儿啦，您怎么能跟这行搭上干系呢，下九流的东西，当个玩意儿玩玩也就是了。失礼失礼，您莫见怪。"

"金爷说哪里话来。靠自己本事吃饭的，都是尊贵人。"

"是是是。做盔头伤手，姑娘仔细着些。"

"我知道。"

蝉声阵阵。樱草在簇好的纸活儿上粘上铁纱，沿着边缘掐丝，烧热烙铁，把活儿烫平。又是刀子，又是烙铁，樱草在初学时，弄得满手是伤，今天划个血口，明天起个水泡，一双原本水嫩的小手，创痕累累，血迹斑斑，心疼得朱妈一边上药一边掉眼泪。但是时间长了，伤痕也终于都慢慢淡化、消失，手上起了一层层茧子，韧而厚，偶尔划一划烫一烫，全然没事一般。

人生之事，原本都是这样。曾经以为无法接受的痛、不能治愈的伤，随着时间流逝，渐渐都被厚实的硬茧包裹，变得刀枪不入。谁能知道这一层层硬茧下面，曾有过什么样的柔嫩和温软？也只有自己，无意中撕开了哪一处伤疤，突如其来地，感受到那无边无际的痛。

一年时间了。只能从报上得到天青的消息。他越来越频繁地出现在报端，不同的期刊画报，用各种赞美语气，宣扬着这位红遍北平的年轻武生。她知道他不断在贴出新戏，在从师学艺，在应堂会，在打擂台……报纸忙不迭地跟踪报道他的各种动态，以他的生活照、戏照，为最大的新闻点。照片中的他，貌似随意的一个姿态，也都带着漂亮的工架，英武、端凝，脸上身上，都在戏里，俊朗的眉、清秀的眼、明晰笔直的鼻梁和唇线、坚毅的下巴轮廓，在制版工人仔细的修饰下，像一尊神像般无懈可击。

也许，这样才是最好的？就这么茫茫地隔着人海，遥望着他，这样平安，这样昌顺，这样势若破竹，前程似锦……与樱草越走越远？

粉蝶坐在一旁，帮樱草把烫好的活儿刷上红土子，嘴里叽叽呱呱地扯着闲篇儿：

"……胡家那位三少爷，也不知最后是怎么定罪，听说已经花了四十万大洋。为他这条命，都快把胡家家底败光了。活该，哼，贪赃枉法，包庇烟土贩子，这官当得，伤天害理啊。姑娘，好险，他这事若是晚出几天，您可就嫁过去了，您说得受多少的连累，老爷不得悔青了肠子。我瞧着自打胡家少爷下狱之后，老爷见着咱们五姑娘，都有点讪讪的。"

"闭着你的嘴！"朱妈呵斥道，不由自主地向窗外望了一眼。

粉蝶哧哧地笑："您老别操心了，二姨奶奶就快生了，老爷心思都在那头，没人再来搭理咱们。二姨奶奶呢，也真是拼啦，自打新太太小产血崩死了，她好像是觉得自个儿又有指望了，四下里捯饬了不少生小子的秘方来吃……姑娘，您猜二姨奶奶这回能生小子不？"

"与我有什么相干。"

"怎么没相干，将来要分家产啊。您不是每天都看报纸吗，听说政府刚发了个新律例，闺女也可以承继家产啦。"

"家产与我有什么相干。"

樱草漠然拿起粉筒，挤出一条条粉浆，给刷好红土子的活儿勾上轮廓，这叫沥粉。心要定，手要稳，沥出来的粉道子，才圆整漂亮。金爷说了，簇活和沥粉，是做盔头最见功夫的两道手艺。能有一道属于自己的手艺，才是人生要务，家产，那是什么虚无缥缈的东西？

沥好粉，晾干了，才能刷漆，再晾干，才能贴金箔，再晾干，才能点翠，然后还要再晾干，才能装珠子绒球……多少天的艰辛活计，才能成就一个盔头。巾，帽，冠，盔，戴在伶人头上，或文雅堂皇，或威风凛凛，和伶人身上手上的功夫一样，全是心血炼成。谁有资格瞧不起戏子？一个再普通的伶人，身上的真玩意儿，也比不学无术的公子哥儿强得太多。世人不知要到什么时候，才能懂得这个简单道理，樱草有生之年，不知道能不能熬到这一天。

"姑娘，金箔送来啦。"朱妈一边递着活计，一边念叨着，"您把家里分给您这点月份钱，全都打了金箔贴到行头上啦。这行头您又用不着，费这么大心血干什么？就算要做，贴点假的也就成了，哪还用得上赤金。一个盔头上用的金子，够吃好些日子的。"

樱草屏住呼吸在刷好大漆的纸活儿上贴着金箔，过了好一阵子，才说："那就少吃点。"

"还有这些翠鸟毛，啧啧，贵得要死，"朱妈还在唠叨着，小心地捧出一盘刷好胶液的羽毛，色作翠蓝，光泽闪亮，"金爷都说，现在做盔头不用点真翠了，点蓝绸子就成，或者点蓝漆都成，您还一定淘得真翠来做，又花钱又费工。谭贝勒当年给西太后唱戏，也不过就是用这样的盔头吧。"

"绸和漆都掉色，翠不掉色。再说这颜色还是不同的，点翠、点绸和点蓝，打眼一看就不一样。"

"啧啧。啧啧。"

樱草把胶液定好的翠羽，切成要用的形状，一片片用小镊子夹着，小心地粘到沥粉贴金后的凹处。最大的羽片，也不过指甲大小，粘满整个盔头，至少要用一整天。以前她得避着爹爹和二姨娘他们，只能在夜里做，现在二姨娘临盆在即，爹爹整日陪着，根本不再理会樱草，只要她被这样锁在自己院子里，就是万事大吉。锁起来也倒有一个好处，就是连最喜欢闹事的林郁苍，也进不来了。

只剩了樱草一个人。

她默默点翠，默默晾干，默默用铁丝扭上龙头、面牌、光珠、绒球。一个"大额子"，完工了，她举在窗前，默默地看。威武，精致。但这只是一个盔头的前扇，后半部分的帽身，那得量好伶人头部的精确尺寸，度身定做，才能做得严实妥帖。不然，戴上之后，不合适，紧了勒得慌，松了容易掉。盔头掉了，那叫"捺盔"，唱戏时当场捺盔，可是大娄子。

不能再做下去了。

她估不出天青头上的尺寸。

已经快一年不见，连天青的面容，都变得模糊缥缈了啊。他的面容，她好像一直还没来得及细看呢，那是一张与报纸杂志照片全然不同的脸，凝视她的眼神，专注而充满爱惜，弯起眼睛的笑容，真诚而带些稚气，还有那宽厚的胸膛，温暖的手，曾带给她无限期望与依赖的怀抱……都已经离她远去，越是惊惶追寻，越是遥不可及。每夜入睡前，她紧紧地攥着天青留下的小牌牌，希望他进入自己梦里，可是梦中的天青，也只是一个模糊的影子，在她面前晃动着，晃动着，痛惜地问：

"樱草，你真能忘了我吗？我，忘不了你！"

樱草握紧了手中的盔头。

她没有机会做完它了，它将和她自己一样，永远只是半副残壳，光鲜的外表背后，空着茫茫的一大块。

"呦，这位爷，来找哪位姑娘啊？"

"找你们顶尖儿的姑娘。"

茜娘的眼睛，滴溜溜乱转，飞快地打量着来客。做鸨儿这么多年，她自有一门过人功夫，能一眼看出来客身份家世，把他能出的价钱，猜个八九不离十。眼前这个年轻人，显然是个唱戏的，行走坐立，与常人不同，带着一份特别的气派。瞧他的神色，多半是第一次来蔚芳馆，不过呢，看样貌打扮，应当是个半红的角儿，手里有点钱，找得起漂亮的姑娘。

她招呼着他坐下，挥着手帕子对大茶壶喊：

"把香菱和玫瑰叫下来，给这位爷挑一个。"

来客截住她："我要殷绣帘。"

"呀，殷姑娘出台，那可是大价钱……"

来客一言不发，摸出一卷钞票，往桌上一拍。茜娘略微一瞄，赶紧加倍赔笑："瞧我这狗眼，怠慢了大爷。这就去叫殷姑娘。不过大爷，话可说在头里，殷姑娘接客接到什么分寸，那可得看殷姑娘的眼缘儿，不能用强的，啊。"

"我知道。"

"那就好，那就好。敢问大爷尊姓？"

"姓穆。"

"啊穆爷。您先坐，我这就去张罗。"

玄青挥开折扇，轻轻摇着，望着这花红柳绿的楼堂。

到今年开春，玄青就已经二十一岁，早该成亲了，但是家里社里，接连给他提的亲事，要么家门低贱，要么品貌平平，都不合他心意，结果一年年耽搁下来。没女人，倒也省心，憋闷时，来窑子解决。和他早前去过的留香院相比，莳芳馆更大一点，气派一点，不知道这里的姑娘，是不是跟传说中一样，比八大胡同大多数姑娘，都更有玩意儿一点。他今天是横了心，不惜血本，也要会一会顶尖的姑娘，找回自己的尊严，消一消最近这一蹶不振的晦气。

第一次逛窑子，是去年的事，说起来，还跟一出戏有关。那天是他的《连营寨》，去刘备，状态那叫一个好，嗓子那叫一个冲，一唱一念，一举一动，全都落好儿连连，满拟是一场完满大戏，谁想到平地里冒出了天青。那救驾的赵子龙，总共没几分钟的戏，让他唱得，一出场就是一个碰头好儿，一亮相又得好儿，银枪舞将起来，全场风生水起，座儿上跟见了天神一般，满堂爆彩，把他刘备的光彩，抢得一些儿都不剩……这是救驾吗？这是弑君啊！玄青心里别扭，决心给这不开眼的师弟一个好瞧的。转瞬间，君臣见面，赵云念白：

臣赵云见驾，愿主公千岁！

玄青应声答道：

四弟为何救驾来迟？

全场都愣住了。没听过这句词儿。

《连营寨》这样的老戏，伶人彼此的戏词早就熟极而流，连台下也都知道，刘备本应念白："哎呀，四弟呀，孤悔不听先生之言，致有今日！"赵云答："救驾来迟，望主公恕罪！"刘备叹道："可叹孤七十五万汉士之兵，俱丧烈火之中，哎呀，皇天啊皇天，孤命休矣！"……所有这些戏词，都是老祖宗千锤百炼出来，除了丑行可以现挂，其他行当，绝无临场随便改词之理，这样突然冒出一句，哪里能够接茬？当然了，座儿上才不管是谁的岔儿，只要一个愣场，登时就起倒好儿。玄青正准备着好好听这一声儿，谁想到，天青只是略略一怔，随即朗朗接了下去：

　　主公容禀！云在川中江州，闻吴汉交兵，遂引军出，忽见东南
一带火光冲天，云心惊，远远探视，方知主公被困，奋勇冲杀而来！

字正腔圆，洪亮干脆，台下听得又爽快又新鲜，炸窝子的一个好儿。玄青这汗可就下来了：这傻小子师弟，他哪来这出口成章的本事？仓促之间，自己反倒接不上话茬了，伸手指了指天青："你……"便晾在当地。天青见机倒快，当即单膝跪地，俯首施礼：

　　主公受惊，云之罪也！

玄青方得于慌乱中找回了下文：

　　可叹孤七十五万汉士之兵，俱丧烈火之中，哎呀，皇天啊皇
天，孤命休矣！……

没说的，下台之后，玄青遭了师父的痛责，说他当场阴人，品德败坏，按《梨园条例》，该开革出门！玄青百般抗辩，说自己真的是忘词吃螺蛳，好不容易，才只被罚跪两个时辰的祖师爷。而那天青，自然得了一场嘉勉，师父大赞他《三国》读得熟，又懂得救场，几乎全社的人都把他景仰了一番。

这个瘪吃得，简直没处说理去。玄青郁闷难解，晚上一头扎去了留香院……

一想到这诸般的不顺，玄青满腔郁闷，腾腾涌上心头，啪的一声合起了折扇。眼看着自己师弟，一步步踩在自己头上，他这心里，真似有百爪抓挠。好不容易挣到四十大洋戏份儿，天青已经挣到六十大洋了；好不容易熬成头路，天青已经是当家武生了；好不容易挂上五牌，天青已经挂三牌了；好不容易在广盛楼小有口碑，天青已经红遍北平了！师父、师兄弟，还有那个妖娆的坤旦筱妃红，都围着天青打转，连那侯门千金，骄傲得小仙女一样

的樱草，也对天青另眼相看。明明是师兄妹四个一起长大呀，明明是玄青拉她去广盛楼看自己的戏呀，结果一场戏下来，她的眼里，只有天青一个人。总是这样，总是这样！去年夏天开始，樱草不知怎的不再来了，想必终于明白，跟戏子混在一起不是个归宿吧，天青魂不守舍，很是消沉了一程子，结果飞快地，又撑了上来。前日这场《杨家将》，玄青费尽心思把他摘掉，原指望自己一炮而红，谁知道又被赵四爷的气势慑得，当场嗓子哑了。

"叹英雄失势入罗网，大将难免阵头亡"啊。玄青望着大堂水池里盛开的莲花，深深地叹了口气。想要成角儿，太难了！成不了角儿，简直是被万人践踏。如那俗语所说：成佛了，坐莲座；成不了佛，坐莲花骨朵！成角儿差不多也跟成佛一样呢，看修行，更看缘法，一些儿急切不得，越是心急，出溜得越快。但是说起来容易，做起来难，玄青控制不住这份焦躁，他得找个法子，杀一杀自己的心头火。

胖乎乎的茜娘，满面春风地从楼上下来了：

"穆爷请！真是有缘哪，殷姑娘听说您是唱戏的角儿，特别答应敬一杯香茶。殷姑娘以前是唱大鼓的呢，说起来……"

玄青脸色一阴。他对身份地位这回事，最是敏感，逛窑子是逛窑子，把他和一个婊子说在一块儿，明摆着看轻他是戏子，如何能容？茜娘也算乖巧，飞快转了话头：

"嗯嗯，穆爷请，玩得开心点。您瞧好儿吧，我们这殷姑娘，可不是庸脂俗粉！"

身为老板，当然要竭力吹嘘自己的姑娘，可是玄青没想到的是，殷绣帘一出现，那风姿容颜，当真美得让他倒吸一口凉气。她何止不是庸脂俗粉，她是真正的天仙。肤光胜雪，眉目如画，站在门口，活像一尊德化瓷观音，眼光向屋内一扫，顿时令玄青觉得灵魂都飞出了七窍。而殷绣帘看见了他，竟然也惊得一呆，一时间停步不前。

"您是……"

"穆玄青。"玄青彬彬有礼地起身。

殷绣帘款款进门，眼睛一直盯在玄青脸上。玄青自负英俊风流，对别人的特别瞩目，并不觉得意外，本想拿出一个名角的气派，矜持一点，但是殷绣帘那目光，勾魂摄魄，令玄青一时也无法移开视线。两人就这样胶着地对视良久，身边几个丫环小厮，也被这气氛所镇，一个个面面相觑，谁都不敢出声。

"给穆爷请安。"殷绣帘轻轻开口，福了一福，目光依然停在玄青脸上。她的声音，温软、润滑，几乎有着金子般的光泽，玄青以前从未察觉自己的姓，竟是这样的动听。他勉力从这晕眩中挣扎出来，恢复应有的风度，微微躬了躬身："殷姑娘好。"

殷绣帘缓缓坐下。

"摆酒。"

丫环小厮愣住了。原本说的是只敬一杯茶，临时又改了摆酒？但是既然姑娘愿意，要改倒也容易，很快就琳琅满目摆了一桌。今天他们的殷姑娘，也不知是怎么了，热情得离谱，端着酒杯，跟这位新来的穆爷你一句我一句聊个没完。

"……那么穆爷也是名动四方的角儿了。"

"不敢当，小有名气而已。"玄青连日来的心头阴霾，至此才一扫而空，舒畅地展开折扇，摇了几摇。

殷绣帘的眼神，始终不离他的脸：

"小奴家本不该在穆爷面前卖弄，但是知音光降，也顾不得藏拙了，我为穆爷唱个曲子如何？有污清听，望穆爷不弃。"

"姑娘客气了，求之不得呀。"

丫环小厮慌了手脚，一迭声叫唤出去："殷姑娘要唱曲子了！取鼓板来！"

楼下的茜娘，仰着头道："没听错吧？唱曲子？那位爷才拿几个钱！"

"干娘，您不是说过，由着殷姑娘自己的意思？"取鼓板的丫环飞快跑过，"也真稀罕，她跟这位爷，好像是看对眼儿了！"……

"疏影"房内，沉香缭绕，宝光游移。殷绣帘执起鼓板，向玄青微微一笑，轻启樱唇，唱道：

> 大明江山太平春，正德皇爷有道明君。
> 皇恩浩荡开考场，御笔钦点王翰林。
> 做了三年都察院，又放陕西八府巡。
> 南北二司来贺喜，大小官员上衙门。
> 钦差上任对案卷，瞧见了洪洞县的苏三害死男人。
> 大人座上要此案，忙唤三班押玉人。
> 喊喝堂威苏三告进锁链儿响，大人看原来是佳人当年的玉堂春
> ……

先头饮的几杯酒，只是令玄青略有微醺，此时唱的这段曲子，才是真正令他沉溺了醉乡。《玉堂春》本是他熟悉的一出戏，妓女苏三的故事嘛，那"南北二司"，红袍蓝袍，都是他常来的活儿，如今由殷绣帘的金嗓子唱出

来，字字句句都杀人。她的声音，不仅是音色醇美，更带着浓郁的情意，那是玄青从未唱出过的境界，牵连得他这戏外人，都忍不住地心酸难耐。

> ……差派金妈妈订约会，背着我的老板会情人。
> 我二人关王府庙见到了面，抱头相哭泪纷纷，
> 神灵面前盟下誓愿，他道说，男不娶妻女不嫁人。
> 奴赠他纹银三百两，奉劝公子回了故林。
> 自从三哥哥他走后，小奴家我茶不思饭不想我好没精神……

殷绣帘自己眼里，也慢慢地盈了泪光。

蒔芳馆一帮丫环小厮，全都聚在门外，扒着门缝偷听。茜娘气急败坏地提着裙子上来：

"怎么，还唱着呢？"

她也扒着门缝看了一会儿，困惑地拿手帕子揉了揉额角。

"这位爷哪儿来的这么大能色？"

八月一个早上，黎茂财来到白喜祥的家。

"二爷！喏，我一亲戚从杭州回来，带了点儿上好的龙井，给您尝尝。真是香！"

"黎爷费心。您还大老远儿地送来。"白喜祥起身延座。

黎茂财坐下来，夸了一通白喜祥的小院儿，从堂屋夸到影壁，从东厢房夸到西厢房，从丁香树一直夸到金鱼缸，白喜祥知道他说话素来转弯抹角，也就微笑着听着。最后，终于转到正题上了：

"沈阳大戏院邀咱们去唱几天的戏，您意下如何？带大伙儿跑一趟吧？"

"沈阳大戏院？"

"嗯，前几年才建的，真没白叫了大戏院这名儿，又宽敞又漂亮，座上能容两千多人，就快跟咱们第一舞台差不多啦。当年那位主事的爷，为建这个戏院，欠了不少款子，开业后挺长时间都还不上，自杀了呢。"

"呦，那多不吉利。"

"不妨事儿，咱们唱咱们的戏，给钱就成，跟它戏园子有什么关系，是吧。那边言明是包银八千大洋，唱十天，我算了一下，咱们去十个人，底包到那边另雇，刨去路上和食宿的开销，大伙儿能落到手里的戏份儿也还相当宽裕。您老人家呢，一场三百，成不？那边条件就是必须得有您出马。知道您最近贵体欠安，所以这事儿得跟您商议商议。"黎茂财满脸的笑容都快溢

出来了，眼睛眯成细细一条，挤在白胖胖的腮帮子上。

惯常跟白喜祥商议跑码头的事儿，并不需要大费周章，能去就去，不能去就不去；但是有些时候，对方给的价码很高，其中能有不小的抽头，就得想法说服白喜祥一定要去了。是，黎茂财这个人，办事倒也周到仔细，只是手脚不太干净。绰号"白圣人"的白喜祥，素以宅心仁厚著称，对钱财这回事看得淡，挑班这些年来，账目一概交在黎茂财手里，很少过问，黎茂财没有全部吞入腰包，已经觉得自己相当厚道了。

白喜祥摇着折扇，微微蹙眉："沈阳那边安全吗？听说最近时局不好，日本人整天在街上游行。"

"没那么邪乎吧，游行算干吗的，横是不敢真打起来吧，东北军不是吃干饭的。再者说了，它再怎么时局不好，老百姓也得看戏不是？时局越不好，人心越不安，越往戏院跑呀。"

白喜祥闭上眼睛合计一下，点头道："好吧，挺长时间没出去跑跑了，光拘在北平不是个事儿。那十个人你怎么算？我和庄七爷，还有你，双紫的鼓，杨二爷的琴，嗯，多带些年轻人吧，给他们点历练，我看得有天青、妃红、玄青、竹青，再有谁？最近柳吟香很不错……"

黎茂财眉开眼笑，掰着指头儿道："好好好，社里叫座的孩子，咱们来数数！"……

去沈阳跑码头的消息很快在喜成社传开来。白喜祥指定要去的这十个人里，五个都是跑惯江湖的中年人，去趟沈阳，不以为意，妃红从小随着梆子班走南闯北，什么没见过，更不拿沈阳这么近的地儿当回事儿；唯有玄青、天青、竹青三兄弟，还有新冒起的小生柳吟香，打从入行以来就一直在北平唱，外地跑码头的事儿，从没经历过。竹青激动得蝎蝎螫螫的：

"沈阳怎么样啊？说话什么调调儿的？姑娘俊不俊？我要是一竿子唱红了，是在那儿买房子买地呢，还是回来买？"

玄青咻的一声：

"想得可倒长远。在沈阳唱红了算什么？要真想红，得去上海。"他向往地扬起头，"能在上海戳住了，才算真红，像梅大爷、言三爷、金三爷……那可都是先在上海唱红了，才红回北平的。戏份呢，到沈阳唱，也不过就是赚双倍，到上海呢，整个儿要再翻一倍，那我一场就是一百六十大洋，那才叫……"说得正热火，忽然瞥见天青进来，悻悻地住口不说了。

"师哥，你说咱们啥时候能去上海唱呢？"竹青兴致勃勃地拉住天青，"或者去天津也成，天津卫也是唱戏的大码头，杨大爷是先去了那儿才红的。听说天津那座上的爷们儿可火爆呢，得意不得意你的戏，都直接站起来吼，一般角儿到了他们那儿，根本招架不住！"

"天津……"天青愣了愣，神情有一刹那的恍惚。竹青立时回过味儿来，不由得在自己脸上抽了一下，"呸，去沈阳就去沈阳，扯什么天津呀！"

玄青敏感地瞄了瞄天青："天津怎么？你不想去天津唱？"

天青怔怔地，没有出声。

"去沈阳？"

"嗯，十天。"

"这十天你都不再来了？"

玄青笑了："当然。"

殷绣帘捧着酒杯，纤长的手指在杯身缓缓划着圈子，一圈，又一圈。玄青的视线，忍不住地随着她的指头转着，一圈又一圈。这位殷绣帘，不愧八大胡同头牌花魁，她有本事让人为她任何的一举一动着迷。逛窑子这回事，本来人人都是为了床笫之欢，但是到了她这儿，能让你只为了一支曲子而三番五次上门，得不到她的身子都心甘情愿。

"穆爷，分别在即，再尽一杯吧。"

玄青举起杯子："我很快就回来。"

"快些回来，我等你。"

玄青心头一荡。殷绣帘的眼睛，正静静凝视着他，眼角蕴含的情意，水一般柔软，蜜一样甘甜。玄青按捺不住自个儿，隔桌伸过手去，轻轻捉住她一只手腕。这手腕细致纤巧，肌肤光洁温润，一触之下，只觉得如丝缎般柔滑。殷绣帘并没有躲开，依然端坐不动，只是长睫一闪。玄青大起胆子，站起身，将她拉入怀中。

"殷姑娘……"

"叫我绣帘。"

殷绣帘凝视着他，温软玲珑的身体，紧贴在他胸膛。

玄青的心，一瞬间几乎爆裂。他完全没想到，竟然如此轻易地，得到这个绝世佳人。他一把捧住她仰向自己的脸，深深吻入她的唇，她的双唇柔软、温润，纤细的腰肢微微扭动，吻得玄青全身上下，浇了火油般熊熊燃烧。他揽住她的腰，将她拉进罗帐：

"我要你！"

她以行动回应他。纱衣轻褪，罗裙款解，凝乳一般光洁的身子，投入在玄青赤裸的怀中。一双玉臂，轻轻绕在玄青脖颈上，温柔抚摸着他，热烈亲吻着他，玄青头晕目眩，全身火热，只恨不能一口吞了这个尤物，要努力压抑着自己，才能尽情享受这完美的身体。他紧紧抓住她的双肩，低声道：

"你是我的！不要再给别人！"

她蜷缩在他身下，轻喘着：

"我是你的……"

烛火熄了，屋子里只剩月光，身前这个男人，轮廓分明的面孔，更似她梦中幻象。她宛转承受着他，一时间心头恍惚，仿若跨越了多少年的时空，又见到魂牵梦萦的那个人……

那时候她多大，十三岁吧，生在江南小镇的贫苦人家，家徒四壁，只能拾荒为生，在镇上四处流浪，受尽冷眼与欺凌。镇西大水塘边，也有个贫苦人家的男孩子，比她大一两岁，每日挖些鲜藕、莲蓬、荸荠、菱角，挎了小篮四处叫卖。每当遇到她，他就专注地望着她，眼神中带着欢喜，又有点羞涩，一触到她的视线，就飞快地闪开……

是哪一天呢，不记得了，某个炎炎夏日，他俩擦肩而过，他递她一朵莲花。她接了，心头的欣喜，让她接连几天都带着笑。之后的日子，每次遇见，他递她几朵莲蓬，或一只藕，或一把菱角……东西不多，但他的眼里手里，温热纯真，全是令她珍爱的心意。他和她，从来未交一言，有时候被旁人看见了，哄笑道：

"藕哥儿，好俊的媳妇！"

他俩也都低了头，藏着浅浅的微笑，一声不出。

原以为，来日方长，结果，十四岁刚过，她被爹爹卖去外乡学艺。坐了骡车，随着买她的师父离了家门，在路上，遇见了他。他丢下篮子，跟在骡车后面奔跑，眼中全是泪水，直到骡车越走越快，越走越远，他挥舞的双手，再也看不见。她也一直哭着，望着他的身影，她要牢牢地把他记在心里头，纵然这辈子再也不能相见，也要在梦中，留住这张在凄冷的世间，唯一温暖过自己的脸……

"我是你的，不再给别人……"

她爱惜地抚摸着玄青的脸。方正的下巴，清秀的丹凤眼，怎么会有长得这么相像的人呢？简直就是一个模子扣出来。一定是上天怜惜她这些年的流离颠沛，给她一点补偿，帮她重圆最初的梦想吧。他也是这样爱她呢，缠绵在她身上，一分一秒，都不肯放松。她也不要再放开他，一定不要像当年那样，无助地远离了那钟爱的视线……

"你要快些回来，玄青，我等你……"

静谧的小屋中，全是化不开的爱意弥漫。

沈阳，这座"一朝发祥地，两代帝王都"的古城，自前年张少帅东北易帜之后，已经正式更名，但是不少老百姓还是习惯叫它的老名字"奉天"。沈阳的大班社、大角儿也有不少，戏院林立，看戏的都是行家，台上台下那场面，与北平也是一式的兴旺。这几日的沈阳大戏院，更是热闹非凡，水牌高挂，彩灯环绕，竭尽宣传鼓吹之力，隆重推出京师名班喜成社。

五日走台，六日正式开锣，大小角儿们各以拿手好戏打炮，叫了个满堂好座儿。白喜祥自己那是不用说，玄青的《上天台》、竹青的《青风寨》、妃红的《十三妹》、柳吟香的《黄鹤楼》，都大受欢迎。天青以一干年轻角儿中的头牌，贴出勾脸武生戏《状元印》，讲的是名将常遇春大破元丞相萨敦诱敌之计、夺取状元印反出武科场的故事。这出戏身段繁多，开打场子也多，还要唱曲牌，手眼身法步非常讲究，非嘴里考究、武功坚实的武生不敢动。天青的常遇春，勾紫三块瓦脸，戴紫扎巾盔，穿箭衣，挂黑满，蹬厚底，手持大枪，雄威凛凛：

> 晓夜趱行赴京地，仗骅骝，雄心盖世。
>
> 星光灿，月沉西。赴科场，赶趁相及。
>
> 要夺取，头名状第！

整个沈阳大戏院，几乎要掀了屋顶一般的喊好儿声。

戏院里一些地头蛇们，对这几个年轻人本有疑虑，一场戏下来，都道一个"服"字。

"不愧是北平来的角儿啊！四梁八柱，都这么硬整！"

"哪里哪里，各位爷捧了。"白喜祥也很高兴。

唱到第八天，喜成社红遍沈阳城，上座居高不下，剧院经理点头哈腰地来找黎茂财，商量再续一周的约。白喜祥闻听，十分犹疑：

"见好就收吧，还是按原先定的，十八号回去。我对这地方还是不放心。街上真有日本人游行呀，听说还在城北操兵演习，局势太不宁定。"

"咳，这儿要是不宁定，东北就没有宁定的地儿了，"黎茂财不以为然，"您没听他们说么，这北面东面，各个方向，都是东北军大营，驻着十数万兵马，机枪大炮，要什么有什么，小日本再张狂，也不敢动沈阳一个指头儿的。有钱不赚咱不傻了吗，再续一周，玄青他们几个孩子可就红透了呀，回北平后都长份儿。"

"……好吧，好吧。"

于是十日约满之后，又续新约。十八日这场仍卖了满座，喜成社上下都十分兴奋，晚上完戏回到客栈里，一帮小子还叽叽喳喳聊个不停：

"听说他们这戏院传音儿不大好，后半场都听不清爽，平时很难满座的，咱们这可是破了天荒了。"

"是啊，我看后半场的人都挤在前面过道上看。有人说，白老板来了，就算听不清，光看身段，都值回票钱。"

乔双紫推开门吼："睡觉！这都半夜了！明儿还有戏呢！"……

夜深，人静。沈阳的九月，冷热分明，正午时大太阳照得燥热，到了晚上，却颇有寒意，月光冷清清的像是浸了冰水一般。客栈里睡的是火炕，但现在又没到烧炕取暖的时候，那冷炕头睡得，倒不如冬天舒服。不过，戏班孩子白天劳身费力，极是辛苦，一贯都是说睡就睡，什么冷炕热炕的也都将就了。

"轰隆，轰隆，轰……"

头挨枕头没多久，忽然传来隆隆巨响，一屋子人都惊醒了。竹青揉着睡眼，喃喃道："沈阳这哪门子规矩？深更半夜的……"

邻铺的天青按住他，侧耳倾听一下，忙出门探望睡在隔壁的师父。白喜祥也醒了，乔双紫已经奔进来守在他身边，两人一起惊疑地挑着窗帘远眺："外面怎么回事？"

"不知道，师父，三叔，您二位先别走动，我出去看看！"

各家各户的灯，一盏盏亮了，越来越多的人被炮声所惊，披起衣服走出家门，站在大街上张看。天青快步迈出客栈，仰头一望，他惊呆了——

一道道火光，照亮城北天空。来到室外，隆隆声更加震耳欲聋，那真的是炮声。天空中窜来窜去的，都是炮火的轨迹。

民国二十年九月十八日，沈阳城一夜无眠。

十九日，天刚蒙蒙亮，喜成社弟兄们忐忑地在客栈等待消息，忽听得楼下一阵喧哗，几个人上气不接下气地跑进来：

"不好了，日本人打进来了！到处都是日本兵，打着膏药旗，扛刺刀，挨家挨户搜东北军！但凡看着像当兵的，当场就杀了，城墙上挂着人头呢！大伙儿赶紧逃了吧……"

白喜祥迈进弟兄们的房间，背着手，神情凝重：

"马上收拾行李，去火车站，咱们回北平。"

黎茂财跟在他后面进来，慌里慌张地说："跟大戏院的约还没满啊！"

"黎爷，您觉得咱们现在还能唱戏么！"

"那，那戏份只付了一半，现在走的话，剩的一半就泡汤了！"

"都这时候了，钱重要还是命重要！我的戏份我不要了，分给弟兄们！"白喜祥一挥手，"快，收拾完了马上下楼！"

不一会儿，七个老少爷们儿，还有妃红，提着大包小裹聚在楼下。白喜祥一点人数，吃了一惊："黎爷和吟香呢？"

玄青四下张望："他们比我们先下楼啊。"

谁也不知这二人去了哪里，又不能把他俩扔下，众人只好在店堂坐等。一个时辰又一个时辰过去了，眼看着将到中午，街上一队又一队日本兵耀武扬威地走过，白喜祥急得心如火烧，在店堂里踱来踱去。

忽然，一个人扑进店堂，脚步东倒西歪，桌子都被他撞翻一张，天青赶忙起身扶住，定睛一看，竟是黎茂财。此际的黎茂财，已经不是平日笑眉笑眼的模样了，两眼惊恐地瞪着，满脸眼泪鼻涕口水汗水糊成一片，嘴里嘀嘀嘟不知在叫些什么，手脚全如烂泥般稀软，被天青一扶，顺着天青的手臂就倒过去。

"黎爷！您怎么了！吟香呢？"众人围成一圈，焦急地问。

"吟香……啊啊吟香……"黎茂财被天青架着，嘴里依然乱七八糟地哼哼。乔双紫端来热茶，灌给他喝了，众人又揉胸口又擦汗地伺候一番，才使他逐渐宁定，结结巴巴讲出一番事情。

原来黎茂财到底不舍得那未结账的戏份，趁着白喜祥不注意，出门赶去大戏院，心想着若能把钱结出来，正好自己悄悄收着没人知道。下楼时正遇着柳吟香收拾完了坐在店堂里，随口问他去向，黎茂财一时答不上来，灵机一动，干脆拖着吟香一起在路上壮个胆儿。

"还没走到大戏院……根本走不过去，到处都是关卡，还搭了临时碉堡，架着机枪，突突地就扫射一阵，我绕了几处都不行……后来到城门那儿，墙上贴着日本人的布告，说什么'中国军队炸毁南满铁路柳条湖铁轨，向日本守备队开炮'什么的，吟香就站在那儿看，我心里着急，扯着他走，他偏不，那孩子……"

黎茂财抽泣着，喘了一口大气，继续说：

"他打从怀里摸了支笔和一张戏单子出来，就在戏单子背面，抄那个布告，他说要带回来给大伙儿看看……他就是平时太爱看报纸，看出毛病来了！我早就说过他，唱戏就唱戏，识什么字儿！……"

"然后呢？抄个布告能有什么事儿？"白喜祥眉毛拧成一团。

"我哪知道，我要是能知道就好了！"黎茂财咧着嘴哭起来，"后来我看实在不成了，就拉他往回走，他就把那个戏单子揣在怀里头……回来路上关卡更多了，避不过去，只能从关卡走，好多日本兵在那儿，过去的都要搜身，我还没事，搜到吟香时，就搜出那个戏单子，日本兵一看背后写的那些字儿，跟旁边一个中国人说了几句，就……就……"

黎茂财呼呼地喘着，再也说不出话来。

众人都不敢再问了，一个个屏着呼吸沉默着，气氛如冻结了一般。

"他就……就拿刺刀……"黎茂财一边喘，一边又含糊不清地大哭，"我对不起吟香啊！才十七岁的孩子！怎么跟他爹娘交代啊！满地都是血！……"

白喜祥艰难地开口："你把吟香扔那儿了？"

"他已经死了啊，那么多尸首……刺刀……我怎么敢捡……"

天青咬着牙站起来："是在哪里的关卡？"

"我也不记得是哪儿了，我吓得……我差不点儿都回不来啊……"黎茂财又哭得满脸糊成一团。

众人默默对视，一个个泪光闪闪。白喜祥仰天长叹一声，半晌无语，终于说："走吧，去火车站！"

皇姑屯火车站，民国之前已经建成，沈阳铁路运输的重要枢纽，虽然这时候已经不是沈阳第一大站，仍具一定的气派和规模，尤其三年前发生的张大帅被炸身亡案件，更令这个地点举世闻名。平日的皇姑屯火车站，已经人山人海，十九日这天更是全站爆满，白喜祥一行人历尽曲折进了车站，终于在站台上聚齐时，只见逃难人群挤得水泄不通，后面人潮还在汹涌拥来，最前排的人几乎要被挤落轨道中去。

天青穿一身利落的青色裤褂，与乔双紫一左一右护卫着白喜祥，奋力挡住周围人群，在人海中艰难行进。亏得他身强力壮，三人很快贴近了车门，踏进车厢时，居然还有座位。天青搀着师父坐下，放下随身行李，立即拉起车窗向外张望寻找，见几位同伴就在面前不远处，正在人海中吃力地挣扎。这时候车门附近已经混乱一团，一堆人挤得死死的动弹不得，天青大喊："过来！这里！"

喜成社弟兄们一个个挤向他所在的车窗。天青探出半边身子，够到挤在最前面的玄青，紧紧挽住他手，奋力从车窗拖进车厢，接着依样画葫芦，又把庄七爷与杨二爷拉进来。后面竹青推着黎茂财，艰难无比地挤到窗下，但是黎茂财实在太胖了，手脚又笨，天青用尽平生之力，都没法拖他进来。

"呜——"汽笛长鸣一声。天青大惊，当机立断，从车窗中跳出去，与竹青一起，合力将黎茂财抬起来用肩膀顶住，乔双紫在上面又拉又拽，终于把黎茂财塞进车窗。天青托住竹青身子，将他也送进去，随即自己纵身一跃，攀住车窗，正待跳入，忽然怔了一下：

"筱师姐呢?"

庄七爷急得结结巴巴:"或许在别的车厢,快上来,车要……"

背后传来一个凄厉的女声叫喊:

"天青! ——"

天青回头一望,只见妃红还陷在后面人群中,距火车有两三步距离,双手在空中乱摇,神情满是惊恐绝望。

火车已经在缓缓启动,列车员声嘶力竭地驱散人群。天青咬了咬牙,一松手从车窗跃下,猛力拨开人流冲到妃红面前,伸手揽住她腰,带她奔向车厢。靠近车厢时,车子逐渐加速,越来越追不上,竹青半边身子探在车窗之外,张着手大喊:"师哥!师哥!"天青抱起妃红,使劲将她托上去……

但是,来不及了。车子越开越快,毫不迟疑地驶出站台。天青抱着妃红赶了一段,终于绝望地停下来,逐渐消失的车窗上,还能看见竹青竭力伸出的双手和惊惶的脸。

天青放下妃红,擦擦头上的汗,努力镇定一下:"我们去买下一班的票。"

妃红的头发全都披散下来,围巾绕在胳膊上,一身旗袍揉得皱皱巴巴,颤声道:"你有钱吗? 我,我的提包挤丢了。"

天青这才发现自己也是衣衫不整,手上腿上都擦破了,他的包裹……他突然想到:他所有东西,都放在火车座位上呢。

站台上,零星的汽笛长鸣。天渐渐地黑了。

"姑娘,姑娘! 二姨奶奶生了,是个小子!"

出去取报纸的粉蝶,大惊小怪地冲进院子。

樱草坐在窗前,专心致志地绣花。绣架上绷着一幅火红大缎,她正用金线,一圈圈细细盘绕,盘出平展的一大一小两条金龙。听得粉蝶的叫唤,微微一笑:

"前儿预备好了的虎头衣帽,送过去吧。我给锁在院子里,就不能登门贺喜了。"

粉蝶将取来的报纸放到桌上,喋喋不休地念叨着:

"到底是生了个小子! 二姨奶奶都这把年纪了,身子还真争气,前头那一溜儿姑娘,算是没白生。老爷美得啊,满院子溜达个没完,说要广宴宾朋,庆贺老来得子! 也不知咱这三爷,长大了是什么个脾性,您说他……"

粉蝶忽然住了口。樱草不知什么时候已经丢下针线站起身,捧着报纸呆看着,一双手簌簌发抖,带得整张报纸都哗哗地响起来。

"姑娘,怎么了,看着什么了?"

"你听说沈阳打仗的事了吗？府里有没有人说起？"樱草急切地转向她。

粉蝶吓得一缩，她还从未见过五姑娘这样惊惶。"没有啊，没听说过。就算听说了，老爷大喜的日子，谁敢提打仗？怎么了，与咱们有什么相干？"

"'日本关东军悍然攻城，炮火连天，东北军不战而退，沈阳沦陷'！'无辜平民惨遭杀戮，大批难民逃亡'！"樱草心里，仿佛也炸开一团炮火，震得两耳轰鸣，眼前金星直冒。她慌乱地翻着报纸，"前些日子刚报道过喜成社获邀去沈阳唱戏，不知回来没有？蝶儿，你托门上哪位去九道湾看看，我师父他们回来没有？"

粉蝶畏缩地低着头："姑娘，您知道的，老爷有严令……我们做下人的，怎敢……"

樱草放下报纸，望着窗外，定了定神。

"蝶儿，你去求求颜大爷，请他回禀老爷，说我要去广济寺烧香，给弟弟祈福。"

"出门烧香不准的……"

"以前是不准，这回说不定。"樱草坚决地说，"你跟颜大爷好好说说，请他瞄着我爹兴头儿上，好歹求个允准。好妹妹，拜托你！"……

广济寺，数百年的古刹，青垣碧瓦，钟磬悠扬。虽然已是深秋，院内一棵棵古槐浓荫尚在，伴随着缭绕香烟，共同营造一个超脱凡俗的梦境。樱草素来不信神佛，和她那些受过教育的女同学一样，都认为拜佛是妇孺才做的傻事，什么烧香，什么许愿，全是虚无。可是一个人到了真正彷徨之际，完全没有出路的时候，往往甘心寄托于这虚无的希望。

天还没有全亮，广济寺不大的院子里，香客已经很多，摩肩接踵全是拈香的人。樱草已经足足一年多未出院门，蓝天碧草，老少妇孺，于她都是久违的新鲜，但此时的她，完全没有心情留意那些，只是拈了香在手里燃着，带朱妈、粉蝶和几个男仆，穿堂过寺，见佛就拜。从山门进来就拜了三拜，到天王殿，对着弥勒佛和四大天王，又拜了三拜；进到大雄殿，对着三世佛和十八罗汉，又拜了三拜……

最后是圆通殿，一座头戴天冠的观世音坐像，法相庄严，手结大悲施无畏印，俯视着跪拜的众生。樱草抬眼望着它，忽然有点呆了，它看起来是这么近，这么真，仿佛心里愿望对它诉说，真的就有实现的可能。

"菩萨，请保佑我师父、我师兄弟们，逢凶化吉，平安归来……"

樱草跪在观音像前，无声地祝祷。她轻轻按住胸口，隔着衣襟，有那块她一直戴着的铜牌牌……

烧香完毕，一行人出了广济寺，正在熙攘香客中穿行，樱草忽然提起长长的裙脚，扭身冲进人流，朝东边飞奔而去。朱妈和粉蝶都呆在当地，只有随行几个男仆，负的本是监视之责，立时高声吆喝着追赶。但是东边就是樱草读过两年书的英华女中，她对这里地形极熟，赶在清晨上香时分，人流又多，一晃眼就消失了踪影。几个男仆被挤散在人群中，徒劳地四下号叫。

九道湾，白家小院，白喜祥师徒几人，惊愕地望着闯进门来的樱草。她一头是汗，发丝凌乱地粘在脸颊，一身华贵的高领长袄已被汗水浸湿，裙角全是灰土。白喜祥颤巍巍从堂屋椅子上站起来，几步迎下台阶：

"樱草！樱草！可见着你了！"

樱草眼角飞着泪花，直扑过去，抱住白喜祥，跪在他的膝下：

"师父！谢天谢地，你们好好儿的！"她把脸埋在白喜祥的衣襟里，呜咽着，"你们回来了！你们没事！"

白喜祥老泪纵横，轻轻抚摸着她的头发："孩子啊，亏你还这么惦念着我们。你自己还好吗？这么久不见了，瞧你瘦成这样。你不是嫁到天津去了？怎么自个儿跑回来？"

樱草抬起头，还未答话，眼睛向白喜祥身后看去，看见了乔双紫、玄青、竹青，但是没有天青。

"三叔，师哥，你们都没事，太好了！天青哥呢？"

院子里一阵可怕的沉默。

"天青哥呢？"恐惧攫住了樱草的心，"天青哥回来了么？"

忽然哇的一声，竹青大哭起来：

"我们正商议着，一点法子都没有！沈阳一出来就进不去了，火车、汽车、马车，都不通，我师哥他……怎么办？"

雪拥蓝关

下册

的灰 著

作家出版社

第十五章　杀四门

"刚才听列车员说，火车站撑不了多久，照现在这势态，转天儿就会落到日本人手里，到那时候，咱们可就逃不出去了。"

"那，怎么办？明早搭车还来得及吗？"

"没钱买票啊……这要太平年月，戏院赊个账，或者哪怕街头卖个唱，怎么着都能弄几个钱来，现在……"

天青蹙着眉头，凝望着暮色中的皇姑屯火车站。已经不再有客车驶出了，站台依然混乱着，不少没能挤上车的乘客拥来拥去，呼妻唤子，哭爹喊娘。他和妃红站在一座大钟下，眼看指针锵锵地走向晚上八点，两人商议来商议去，却依旧束手无策。

"要不，先回城里，找个地方躲起来，慢慢再找机会？"妃红在晚风中簌簌发抖，抬手拉了拉肩上的围巾。

天青脱下自己的夹袄，为她披在身上："不成啊，城里不能再回去了，今天出来时，过了多少关卡！稍微有个闪失，就像吟香那样……"他攥紧了拳头，"沦亡之恨，竟至如此！……或者，今晚在这儿先宿一宵，明早我回城里，找大戏院要戏份，尽快回来。你在这儿别离开，若遇见机会可以走，就先走，不用等我。"

"这是什么话，天青？你是为我才错过车的！我自个儿走了，把你一个人丢在这儿？"妃红拉紧了肩头的夹袄，袄上还带着天青的体温，那么厚重，那么暖，"明早，我和你一起回去，弄得到钱，一起走；弄不到钱，就一起留下！"

天青心里感动，微笑道："别说傻话，我一爷们儿，怎么都能回去，你姑娘家，买不到车票，还能怎么回去？留在这儿多一天，就多一天危险。没听他们说么，日本人连老太婆都不放过的。你若能好好地走了，我自会想办法离开这儿。"

"不，我要陪着你！"

妃红昂起头，一双秋水眼闪闪发亮。这个男人，刚刚不顾一切地留下来救她，她念他的好！她的眼光没错，他，就是她的盖世英雄，哪里还能找到第二个男人，像他这样强大，这样可靠，这样舍生忘死地对她？她信赖他，仰慕他，愿意把自己的身家性命托付给他。危险，危险有什么重要？她筱妃红，半生走南闯北，什么危险没经历过，能和眼前这个男人在一起，再危险的境地，都是天堂！

天青苦笑着，摇了摇头，正待说话，忽听背后传来悄声议论：

"娘的，火车是坐不成了！趁夜扒车走吧！皇姑屯往北平的货车很多，拉什么的都有，随便扒一个，不用花钱！老子打小儿就扒过，安全得很！"

天青转过头，见是六七个工人模样的人，都面色黝黑，身上裹着大棉袄，腰间用麻绳系着，聚在大钟另一面，凑在一起低声商议。几句话说毕，他们悄悄走到站台尽头，溜下轨道，向站台对面跑去。

天青与妃红四目交投，心照不宣地点了点头，急忙跟在后头。夜色中，只见那几个工人接连穿过几组轨道，在一列列停着的车皮间绕来绕去，最后看准了一列很长的列车，相互挥挥手，顺着车皮外壁的铁圈把手爬上去。天青拉着妃红，飞跑到这列火车最后面一节车皮边，帮着妃红拉住把手爬到车皮顶端，翻身跳入，自己也爬上去，纵身一跳。落地松软至极，原来这节车皮装的是满满的沙子。两人摸索着爬到车边，紧紧靠在一起，缩着身子，躲在车皮壁子下面。

寒冷的秋夜，星星和月亮漠然挂在天边，照耀着这片被铁蹄践踏的大地。忽的一声汽笛响，天青扒的这列火车，剧烈地震了一下，缓缓开动了，驶出站台之后，不久便奔向西面，正是北平方向。四壁隆隆声中，天青望了妃红一眼，她正仰着脸，专注地凝视着自己，面容于这样的黑冷中也仍然充满期望与喜悦。天青心中也是一片舒畅，附耳道："睡吧，没准儿睡醒就到北平了！"妃红嫣然一笑，点点头，将身上夹袄穿好，信任地靠在天青肩头，闭上了眼睛。

也不知开了多久，好像还不到一个时辰，天色仍是漆黑，只有月光如银，火车突然哐当一响，慢慢停住了。天青紧张地自车壁缝隙向外望，却不是站台，而是一个山坡上，两边都是浓密的树林。妃红也醒了，两人竖起耳朵听着。

起初很久都是一片寂静。

后来渐渐传来声音，人的说话声。许多人从前面沿着轨道走过来，大声的对话，越来越清晰，却听不懂。

这……不是中国话……

远处车皮里忽然传来一声绝望的尖叫，一声枪响之后，叫声戛然而止。随即一片混乱，枪响，人喊……天青探头看去，只见一个个黑影正拼命跳下车皮，四面八方地向树林跑去，车皮两侧，是身穿刺眼的黄军装的日本兵，有的在向树林开枪，有的正往车皮上爬，还有的向着天青的方向跑来。火车最前方，是一个弯道，从天青的车皮里，可以清楚看到闪耀的红灯下，横着一道路障，两旁有卡车，有日本兵……

他们撞见了日军的检查哨。

天青拉着妃红，不顾一切地从高高的车皮上跳下来，顺着山坡冲进下面的树林。山坡上枪弹乱飞，天青只听得耳畔嗖嗖作响，背后一片听不懂的日语号叫，死亡紧紧地追赶着他的脚步，他什么都来不及想了，再向前冲可能会死，但若停下来必定是死，眼前只有一条路，就是拼命地逃。妃红紧跟在他身边，也飞快地跑着，撞见什么，踩到什么，都不顾了，两人趁着午夜的这点黑暗，向着陌生的山坡下面，直冲过去……

"老爷，老爷，别气坏了身子！咳，姑娘，你也真是的，服个软儿吧！咳……"颜佑甫张着两手，热锅蚂蚁似的在堂屋转悠着，一会儿劝林墨斋，一会儿劝樱草。林墨斋满脸紫涨，鼻子如大烟囱一般冒着热气，在桌前踱来踱去。樱草还是那身跑得一身尘汗的袄裙，头发凌乱，跪在地上。她的脸色，正和林墨斋相反，一片惨白，眼神空洞茫然。

"反了。"林墨斋打牙缝儿里迸出字句来，"跟我玩花招，逃到戏子家去。别以为家有喜事，我就不能打死你！"

"老爷呀，老爷，"颜佑甫还在旁边劝着，"五姑娘没想逃，这不，谭爷孙爷带人去九道湾一找，她自个儿不就出来了么？"

"你闭嘴！"林墨斋满眼凶光，"她敢不出来！我告他们诱拐！都是你和稀泥，上次放过那个姓靳的，就不应该让他出了府门！今天这事，绝不能善罢甘休，你叫老谭马上去，把他手指头全剁下来，呈我为证！"

颜佑甫两腿发软，一时不敢再开口，慢慢向门外趄去，眼角瞄着樱草。但是樱草就像没听见一样，毫无阻拦之意，跪在那里只呆呆望着前方。

"五姑娘，还不赶紧……"颜佑甫轻声说。

樱草的眼睛，慢慢转向他：

"您去吧，叫谭爷找着他，把他手指头剁下来。"

这下子连林墨斋也怔住了。他凶暴地走到樱草身前：

"你！又玩什么花招？"

樱草惨然一笑：

"求您了，爹爹，去找他，捉住他。您不是说，林府的势力，不仅仅在北平么？您派谭爷孙爷，去沈阳找他，只要他还好好儿的，捉回来，让我见上一面，剁他手脚，随您的便。胜过现在，想陪他一处死，都不知到哪儿死去。"

林墨斋缓缓坐回太师椅：

"噢，奉天，落到日本人手里了！报应啊，勾引我女儿的下场！听说日本人捉了人，手段可毒得狠，砍头，活埋，喂狼狗掏心的？"

"爹爹，您为了自己的脸面，就快失了人性了，跟日本人也没什么分别。"

"你说什么！"

"爹爹，"樱草仰起头，神色依旧凄凉，却带了一丝坚毅，"您对女儿，可曾当作一个人来看待？为了所谓的脸面，丝毫不顾女儿的幸福。女儿总念着孝道为先，对您逆来顺受，却又有什么样的下场？我喜欢的人，失落在外，生死不明，想我当初见他最后一面，说的最后一句话，是叫他忘了我！事到如今，我这心里才明白，我根本就不能没有他，失去了他，我跟死了有什么两样？我恨我听您太多，我恨我念着他太多，那天我就应当不管不顾跟了他走，他生死残病，我都陪着，好过如今，两下里不明不白！"

"你！反了！"

林墨斋抓起茶碗，照着樱草掷去，颜佑甫阻拦不及，砰的一声，已然砸在樱草额角。樱草向后一仰，坐在地上，茶碗碎裂，茶水与鲜血混在一起，沿着脸颊流下来。颜佑甫一声惊呼，手忙脚乱，而樱草只是冷冷地直视着林墨斋。

"爹爹，"她慢慢说，"您放过我吧。你我之间，已经没有什么父女情分，这样拖下去，两败俱伤。您跟我用强，我是不怕的，您拿我心爱的人要挟我，以后也不再有用。我爱靳天青，只要他能回来，无论您再使什么法子，我都跟了他去。放过我吧，我要去找他。把我捉回来关在这里，唯死而已，对您的脸面，也没什么好处。"

林墨斋的大胡子，乱七八糟地颤动着，脸上神色凶狠、厌恶、惊异、惶乱，变幻不定。他猛然起身，奔进后堂，片刻工夫冲了回来，操着一把寒光闪闪的短刀。

"老爷呀！您这是做什么！"颜佑甫失声惊叫。

"林某这把宝刀，饮血无数，今天让它试试，我自己的女儿！"林墨斋满脸赤红，青筋暴跳，"以你一死，保我林家清白！是你自己豁出命来跟那个戏子的，你别怪爹爹！"

樱草额角依然流着血，脸上惨白一片，一双眼睛毫不示弱地盯着林墨斋，眼神几乎和他手里刀子一样闪着寒光。林墨斋迈步上前，刀子抵在她的脖颈，樱草微微将头一仰，随即不动。

"你！……"林墨斋喝了一声。

樱草闭起眼睛：

"颜大爷，求您给我天青哥带个话儿，我没忘了他。"

"五姑娘啊！老爷！"颜佑甫老泪纵横，扑通一下跪在林墨斋身前，紧紧抓住他持刀的手，"怎么能闹成这样！我跟了老爷一辈子，就是希望林府上下都好好的，和和美美的，我们做下人的，没别的指望！您爷儿俩，性子都太硬，我是没辙了，不如老爷您先宰了我！老爷啊，您不念着五姑娘，起码还念着太太吧！大少爷走得早，太太就这一个闺女！老爷啊，您刚得了三少爷，月子还没过，怎好在府里杀人见血！您求子得子，福星高照，万事遂意，何必再跟她一个小孩子过不去？求您了，老爷，放过五姑娘吧！"

林墨斋双手哆嗦着，眼睛死死盯住樱草。良久，他慢慢转身，扬手一掷，短刀噔的一声扎在檀木茶几上，几乎没柄。他按住几面，声嘶力竭地吼道：

"滚！老子没养过你这个女儿！"

> 征战辽东多不幸，被困三江越虎城。
> 内侍摆驾敌楼登，观看那贼发来兵。
> 那贼兵势如潮滚，怎不叫人胆战惊！……

广盛楼戏台上，正唱着武生戏《三江越虎城》，又名《杀四门》，讲的是唐太宗被辽将盖苏文围困在三江越虎城，名将秦怀玉力杀四门，领兵救驾的故事。去秦怀玉的是喜成社年轻武生秦月明，一身白盔白靠白箭衣，扮相精神利落，开打矫捷干脆，手中一杆银枪舞得雪花滚滚，博得台下一阵阵热烈彩声。

樱草坐在楼上角落，专注凝望那个雪白的身影。

他并不像他。唱戏这回事，差之毫厘，逊之何止千里，几乎说不清道不明的那一点点感觉，造就了一个普通伶人与一个角儿的距离。但是，已经一年多没看戏了，此时自台下望去，所有身影，所有唱念做打，所有锣鼓丝竹，都带着无比的亲切，让樱草整个身心，感觉像灵魂归位一般的妥帖。这些日子里，也只有戏，能够让她暂时忘却身周那些混乱焦虑。

天青失踪，也不过才七天时间，于她心里，像过了七年那么长。想去沈阳寻他，但是此时的沈阳已成一座孤零零的围城，四下通讯和交通断绝，进不去出不来。白喜祥和竹青他们，早已想过各种寻人法子，都实施不得，连消息最灵通的报纸，也只能故弄玄虚地说几句"喜成社一双名伶失陷沈阳"云云。

只能坐等。漫长的、茫然的、焦虑的、苦痛的、无边无际的等待。

> 只因万岁被贼困，罗通挂帅我为先行。
> 只杀得人头如瓜滚；只杀得血流尸遍横。
> 伯父快把城开定，见了万岁问安宁……

樱草轻轻绕弄着搭在衣襟上的两条小辫子。终于不再需要那精美而累赘的高领长袄马面裙了，她又穿回了素净的旗袍短袄，恢复了往日的活泼爽利。

那天，被林墨斋撵出家门时，什么都没能带上，在这样的深秋时分，孑然一身，踟蹰街头，几乎被警察拉走，看来爹爹是抱定心思，若她不肯回去低头讨饶，就任她冻饿而死也不闻不问。但是爹爹可能没料到一件事，就是这世间还有很多很多好人，很多很多关心她、爱护她的人。

"你爹爹怎么舍得下这样狠手！"九道湾白家小院里，乔三婶噙着眼泪，为她包扎额头伤口。白喜祥气得背起双手，满院来回地走溜儿："若不是你亲爹爹，得去报官！还有没有人性？身在福中不知福！我要是有这样的女儿，梦里都要笑醒……樱草，你若是没有别的去处，住回来可好？东厢房你的屋子，还好端端的在那里。"

"谢谢三婶，谢谢师父……"樱草一年多来，第一次感受到如此深厚的温暖，仿佛让她飞回了遥远的童年，那些可以肆意地骑着小羊在胡同里撒欢儿的日子。她的嘴角又露出顽皮的微笑，虽然眼角还闪着泪花："师父，若您不嫌弃我闹得慌，我就拜您为干爹，好么？如您亲生女儿一般，终生奉养您。"

"你认真的吗，樱草？"白喜祥猛地转回身，眼中全是惊喜与疼爱，"什么叫闹得慌，什么叫嫌弃呢，有你这样的闺女，我是前生修来的福气！"

"那，就容女儿，拜上爹爹！"樱草双膝跪地，恭恭敬敬地磕了三个头。

"哎，哎，我的好闺女！"

颜佑甫叫朱妈和粉蝶打点了樱草的衣物，亲自押着车子，悄悄送到九道湾。他甚至还神通广大地运出了绣房里的几只箱子，里头全是樱草做完没做完的戏衣盔头。对这些心血，樱草早已不抱相见之望，以为准定要被林府一把火烧了，没想到还能完好无缺地回到自己手里。

"颜大爷！这叫我怎么答报……"

"咳，五姑娘，这难道不是我们下人应当做的。"颜佑甫抹抹眼角，又捧过一只漆盒递上来，"这个也是您的，打从去年到如今的……您别怪我一直藏着，我，我没辙，老爷有严命，他本是叫我收着了就烧掉的……"

樱草打开漆盒，只见是一沓沓的信，没有拆封的信。从信封上看，是她的同学、朋友，在这被禁足的一年多时间里，从四面八方寄到家里来……轻轻抚摸着这些信封，樱草忍不住泪盈于睫：她哪里会怪颜大爷呢，总算收到了这些心意不是么？十七年人生遭遇了那么多也失去了那么多，但是何其有幸，始终不曾孤单。信封都有些旧了，但是仍能感受到那份沉厚的温度，略略翻弄一下，只见其中好多封，下款都写着云南陈少湖。樱草吃了一惊，连忙拆开最上面一封，匆匆扫视：

> 樱草见信如晤：
>
> 　　又是一个月过去了，仍然未见回信，令人深感担忧，难道是因为战火连绵，前番飞鸿，始终都没能到你身边？我还是忍不住要把这里一切倾诉给你，它们是如此吸引着我，纵使所有人都认为我不应放弃协和的职位，我也始终不悔。新医院得到民众热烈拥戴，业绩斐然，眼看着我们培训的医师一个个走上岗位，心中这份满足，多少诗歌都难以尽述……

樱草笑了，珍爱地合起信笺，收入信封。颜佑甫立在一旁望着她，眼中满是不舍：

"五姑娘，我以后，不能常来，您保重自个儿。我没法帮着你，让姑娘落到这个境地，我这心里……"他举起袖子擦起了眼泪。

"颜大爷，已经很感激您了，若不是您，只怕我连命都没有。"

"我没帮着您什么。在林府管事这么多年，就是念着要让林家团团圆圆，和和美美，说起来，为老爷想得更多些，为您想得不多。若是早知道这样，当时多帮着你们点儿，没准儿您跟靳爷……"颜佑甫抽搭着鼻子，"靳爷年纪虽轻，是个有担当的汉子啊。在街门外头守了半个多月，就为着见您一面，我拿老爷吓他，结果他说事情因他而起，愿意面见老爷给个交代。老爷那也是使尽了法子折辱他，他都受着，说，只要能跟您在一块儿，怎么都成，叫他等也成，叫他退出梨园也成。"

樱草还是第一次听说这事，顿时呆在当地："他……退出梨园？十几年的功夫……"

"是啊，连老爷都这么说。靳爷说，他自然视戏如命，但是您比他的命更重要。"

　　樱草嘴角一抖，低下了头。

　　"所以我看啊，老爷说剁手指头什么的，那根本镇不住他。可我是觉着，这么好的一个年轻人，真要是话说僵了，弄到残伤身体的地步，就算换得能跟您在一块儿，也是太可惜，所以当时，两下斡旋着，想帮您二位按捺着点儿。现在看来呢，可能帮了倒忙……"颜佑甫又叹了一口气，"最后老爷把话说死了，撵靳爷出去，靳爷说，就算老爷不允您嫁给他，也求能多给您点儿时间，好好念书，毕业了，嫁一个自己喜欢的人……咳，你们俩啊，事情都已经这样，相互着还都是为对方着想……"

　　台上的戏，已经唱了大半，秦怀玉英武地架着银枪："伯父请把心放定，小侄在此你何必惊。任凭番贼如潮滚，银枪一抖把贼平！"不知道那流落天涯的天青哥，此刻身在哪里，面临什么样的境地？他一身本事，满腔仁义，决不会屈服于任何艰难险阻，准能平安归来。愿他平安归来，情愿付出任何代价，只要换他平安归来……樱草禁不住又握紧了胸口的小铜牌。现在的她，身无长物，但只要有它在心头，也仿佛在茫茫黑暗里，守着唯一的一线光。

　　天青和妃红在荒野里跋涉一天一夜，才终于找到一户农家。如此兵荒马乱的年月，这家老大爷居然还在田里专心致志地劳作。两天三夜粒米未进，一路紧张奔逃，天青和妃红疲累不堪，多亏老大爷仗义收留，还煮了两碗苞米糁子粥给他们吃。

　　"两个娃娃，城里人吧？怎么跑到这疙瘩来？前不着村后不着店的。"老大爷姓栗，六十多岁了，身子骨还很硬朗，蹲在他们旁边，抽着一只烟袋锅，一边看着他俩狼吞虎咽地喝粥，一边热心地问这问那，"胳膊怎么了？血糊淋拉的。要不是看你俩面善，还真不敢收留！"

　　天青左臂中弹，幸好只是擦过，没有伤及筋骨，妃红用自己的围巾帮他扎着，上面浸满了血。"我们只是唱戏的，从沈阳扒车逃出来，险些被日本鬼子抓了。大爷，这儿是什么地界儿？"

　　"巨流河村，还是奉天地界儿，你们哪，没跑多远。"

　　"……那，肯定还有鬼子？"

　　"嗯，这四遭儿都有鬼子设了卡子，抓东北军什么的，咱也没敢细打听。你胳膊这样儿，要是让他们撞上了，非把你当伤兵毙了不可，可别到处逛荡。"

　　天青烦恼地望着四周山林："我们得赶紧回北平啊。"

"过几天帮你们打听打听吧。年轻人，小命要紧，千万急不得。"

"大爷，我们遇着您，真是遇着活菩萨了。一路上到处都逃难，您怎么不逃呢？"

"还有啥可逃的？老婆子病死了，两个儿子都打仗死了，家里就剩我自个儿了，死也要死在自家田里。"栗大爷指着田边一座坟头给天青和妃红看，"老婆子就在那儿，等咱咽了气，也往那儿一躺，这辈子就圆满了！"

天青和妃红暂时躲在了栗大爷家里。他家四间草房，和北平四合院不同，都是一列朝南，中间是灶间，西边一间自己住，东边两间原是儿子们住的，现在空着，栗大爷收拾出来给他俩栖身。这两间草房已经十分破旧，驱不去的一股子霉味儿，但是跟前几天境遇相比，简直就是一步从地狱迈进了天堂。夜色已深，天青回到自己那间草房，妃红也跟了过来。

"早点去睡吧，筱师姐。"

"我睡不着。"妃红扭身坐上炕头，"你说，日本人这卡子要设多久？"

天青也坐下来。房中没有烛火，月光自窗框间射进来，在炕上印出灰蒙蒙的格子，两人隔着两三个格子坐着，彼此只能看见模糊身影。

"不知道。只有先躲着了。"

"你说日本鬼子凭什么在我们中国地盘上，随便杀人抓人？"

"迟早有报应。"

"你胳膊上的伤，可好一点？"

"皮肉之伤，不妨事的。"天青举起胳膊看了看，"你那条围巾算是完了。"

妃红轻轻一笑。"你救了我的命，我还在乎一条围巾？打今儿个起，我这条命就是你的，要什么我都给你。"

天青也笑笑："若能过了这关，是咱们两个的福气，回去得烧个香。"

"师父他们也不知道顺利到北平没有？"

"我也惦着呢。他们不定得多担心咱们。"

妃红伸出一只手，一圈圈地绕弄肩头鬈发："师父对你很好，是么？"

"就像我亲爹爹一样。不光教我学戏，还教我做人道理。"说到师父，天青禁不住有点动容，"离开这些天，真是挂念。我爹娘都没了，世上亲人，就只剩师父、师兄弟，还有师妹，我就希望他们都好好儿的。"

妃红的眼睛，在昏黑夜色中微微闪亮：

"师妹，是你说过的那位，觉得潘巧云罪不至死的？"

"我说过吗？"天青迷茫地想了想，"这你都记得。"

妃红笑了："你说过的话，我都记得呢。她叫什么名字呀？"

"……林樱草。"

已经多久没说过这个名字了？三个字从唇间滑过，天青禁不住闭了闭眼睛，觉得头脑都是一阵晕眩。

妃红留心地望着他。"多好听的名字。她可懂得真多，读过不少书吧？"

"嗯，她很有学问。"

"女人家，太有学问了其实也不好。我听说有些读大书的女人，妇道该懂的事反倒不懂了，家务都不会做。"

天青争辩起来："哪有，樱草会做，她可能干了，还会做戏衣呢，我那件胖袄，就是她给做的。"

"哦，怪不得了，瞧你当心得，都不让旁人碰。她多大年纪？"

"比我小三岁。"

"十七了呢。许人了没有？"

妃红静静地等了一会儿，但天青没有再说话。

"你喜欢她，对不对？"妃红轻轻问。

屋子里变得好静。这样的静，完全彻底的静。窗外一点风都没有了，方才那秋叶摇动和坠落的声音，田里庄稼在秋风中泛着波浪的声音，全没了，世界空荡荡的，就剩下月亮照在窗前。这些天都没有仔细算日子，想必是中秋节快到了，月光是这样的亮，亮得仿佛是有分量的，水银一样，压进灰蒙蒙的窗纸，压进本就沉甸甸的心底。

"天青？"

"回房去吧，我要睡了。"

中秋将至，京师九城八条大街，又是热闹非凡。梨园第一盛事，莫过于"净行三杰"之郝二爷正式举行收徒仪式，纳董竹青为入室弟子。

竹青少年时已拜过白喜祥为师，但是白喜祥老早就跟他说：隔行如隔山，他改工架子花脸后，要精研技艺，必得拜本工师父才成。郝二爷比白喜祥小着几岁，此时正当壮年，技压同侪，受白喜祥所托，为竹青时常教导，经过年余考验，终于决定收竹青为徒。这天上午，举行仪式的长安街西来顺饭庄，车水马龙，张灯结彩，堆满各色条幅与花篮，前来道贺的梨园名流络绎不绝，新闻界许多记者也赶来采访报道，镁光灯闪成一片。

竹青穿了件新做的青色春绸夹袍，罩织锦团花马褂，一身上下，收拾得整整齐齐，头皮剃得格外干净，在灯光照耀下发着锃亮的光。当年他拜入白喜祥门下时还是小孩子，未经历过如此隆重的拜师礼，面对今天这样场合，不禁额头见汗，比初踏台毯还要紧张。

"松着点，松着点，"白喜祥拍拍他肩，"你也是不大不小的角儿了，要经得起世面。"

"师父，多亏有您在这儿……"竹青抹抹头上的汗，"只可惜我师哥还没回来！这么大的事儿，没有他在，我这心里，总觉得缺了点什么！"

白喜祥长叹一声。"早就定了的日子，不能再拖了……没有他在，连我都觉得不踏实啊。"

拜师仪式开始了，在郝二爷门下大师兄主持下，竹青先向供桌上的祖师爷神像跪拜磕头，然后向端坐厅堂正中太师椅上的郝二爷磕头奉茶，呈上拜师礼。郝二爷以四色回礼相赠。竹青当场打开，里面是一个扮戏用的彩匣子，一件胖袄，一条红色镶白骨的玉带，一双厚底靴。

"这叫'衣包借牒'，"郝二爷笑着讲解，"原是佛门出家拜师，师父赐给徒弟的见面礼，咱们梨园一直借用。你明白是什么意思吗？"

"明白，师父，这是衣钵传承。"

"对。行内都说：'千生百旦，一净难求'，架子花脸这行，要唱出名堂，不容易。不过我对弟子，也没有太多要求，咱们爷儿两个，只求'教者诚心，学者用心'！"

"谢师父，弟子记住了！"竹青恭恭敬敬地跪下，再施一礼。

接着又拜引荐师，也就是竹青的开蒙恩师白喜祥，竹青跪下磕头时，望着师父慈爱的笑脸，不自禁地又满眼含泪。白喜祥赶忙使个眼色："好了，起来吧！仔细伺候你师父！"……随后又拜各位师伯师叔、师娘师兄师嫂，最后各方致辞，拜师仪式结束。西来顺饭庄宴开数十席，宾主同庆拜师收徒之喜。

之后几天，喜成社连续贴出了十出竹青担纲主唱的戏码，为竹青造足声势：《丁甲山》《青风寨》《连环套》《赛太岁》《战宛城》……头天的第一出打炮戏是《牛皋下书》，竹青去那乔装下书的猛将牛皋：

> 元帅但把心放宽，咱牛皋自有巧机关。
> 此一番去把那番王见，哪怕那刀山火海虎穴与龙潭。
> 摘去了幞头我就忙把乌纱换，霎时扮作文职官。
> 辞别元帅跨雕鞍，番营下书走一番！

正逢日本鬼子肆虐，座儿上对这类抗金戏特别的情有独钟，加之竹青得明师指教，嗓子、工架、嘴里的劲头、脚下的功夫，都十分出色，赢得分外热烈的喝彩。一出唱罢，下得台来，素来严明的白喜祥也禁不住频频颔首：

"真是开了窍啦！"

樱草抱着一个大包袱，在后台等着竹青："给，送你的拜师礼。"

"不够意思，礼都结啦，怎么才给我呀？"竹青勾的脸谱还未洗去，挤眉弄眼地打开包袱，低头一瞧，不由得愣住了。

一件平金绣龙的红蟒。

蟒，戏里最尊贵的一类行头，属于大礼服，文武百官出入朝堂时才穿。蟒的纹样颜色，因行当不同而各有不同，像眼前这件大龙蟒，就是花脸专用。而樱草绣的这幅大龙却又不是普通的一条盘身龙，而是一条大龙飞腾上方云雾之中，一条小龙遨游下方海水之内，彼此相望，颇有恋恋之态。绣法用的是平金绣，蟒身所有纹样都是用金线一丝丝盘成，细细密密，光芒灿烂，灯下耀眼生花。

"这是'教子升天龙'，送给你拜师入门，靠谱吧？"樱草笑吟吟的，"当初在报纸上看到消息，就动手做了，本想行礼前送你，可是熬了多少天都没赶出来，刚刚才做好的，你别怪我……"

竹青一把拉过樱草的手，举起来看了看。她的手指早已结了厚茧，但是最近这样日夜赶工，也仍留下了斑斑点点的伤痕。

竹青一忍再忍，还是忍不住汪起了泪：

"能不怪你吗！你……送这么厚的礼，叫我怎么回礼啊？"

"你是我师哥啊，回什么礼。"樱草笑道，"别哭，大惊小怪的，我做这活计已经很在行了，累不着。你以后有什么针线上的事，都包在我身上，你一个人……"

她没再说下去。董妈妈半年前病故，竹青已是没有父母的孤儿了，她不想惹他伤心。

"好，不哭！万一把这么漂亮的行头弄脏了，得后悔一辈子。"竹青草草擦去眼泪，"如此我就愧领了！呦，真重，绝对手捻真金，梨园行有几人能有这样的蟒……樱草，你等着，过几天我就唱《青梅煮酒》了，去曹操，正好穿这件教子升天龙给你看。"

"太好了。"樱草瞧着他被泪水浸过之后抹得花里胡哨的脸谱，忍不住地笑着，"快洗洗你这脸吧，都变抹布了。"

"今儿勾得精神不？"

"精神，你勾脸都那么漂亮。最近唱的这几出，牛皋、张飞、李逵、焦赞、鲁智深……乍看都是黑脸汉子，细看谱式各个不同，怪有意思的。"

"那当然啊，勾脸学问大着呢，'红忠紫孝黑正粉老，水白奸邪油白狂傲，黄狠灰贪蓝勇绿暴，神佛精灵金银普照'，你看牛皋这个黑蝴蝶脸，跟张飞都是笑眉笑眼，但是比张飞更亲切更喜庆，"竹青凑到樱草面前，耸动眉眼，做了几个表情，"是吧？招人喜欢吧？"

"嗯，喜欢！眼角破开的这一块是什么花样？"

"是个蝙蝠形的笑纹。牛皋是一员福将，所以有蝠纹。"

"是不是还有一出戏叫《牛皋招亲》，藕塘关大胜，娶了文武双全的戚赛玉的故事？"

"就是《飞虎梦》，我师父编的戏，还没给我说呢，等我学会了就贴。"

樱草嘻嘻笑起来："只在戏台上贴吗，戏台下头，什么时候贴？"

竹青捧着揩面用的草纸，转头看着樱草。他今年已经十九，自然到了招亲的时候，但是刚刚拜师入门，乃是一个伶人学戏唱戏的最好年华，暂时无暇顾及亲事。再说，他心里头，其实一直已经有一个人，只是这些年来，眼见着她与自己最亲密的师哥心心相印，他连吐露的机会都没有。眼下，这个人就坐在自己身前，茫然不觉地冲他笑着，还故意逗他：

"你这牛皋呀，最后不知是谁的福将？"

他一时心潮交涌，都有些维持不住自己的笑颜。他将草纸按在脸上，使劲搓了搓，缓一口气，方说：

"还能是谁的，一直都是你的福将。"

"哈哈哈，真的吗？"

"真的，"竹青把那件平金红蟒紧紧抱在怀里，朝着门外走去，"我一生都是你的福将！"

夕阳下的场院里，天青只穿一条扎脚布裤，赤裸着上身，挥起斧头将一段段树桩劈成柴块，汗水自他头上、脸上飞溅起来，肌肉虬结的肩背被阳光勾出闪耀的金边。妃红坐在灶间煮饭，一边拉着风箱，一边微眯着眼睛，含笑凝望他的身影。

栗大爷背着一只竹筐回来，见此情形，笑得满脸皱纹都绽出花儿来："你这小伙儿太能干了！力气大，手脚又麻利儿，可帮了大忙了！你媳妇也是把好手儿！长得也那么立整儿，天生一对儿啊！"

"她不是我媳妇……"

"噢，还没成亲啊？"栗大爷露出一脸心知肚明的表情，笑眯眯地不再问下去。天青觉得很难解释，笑了笑，继续抡起斧头干活，没再说什么。妃红听见两人对话，也微微笑着，瞟一眼天青，不做声。

转眼已是中秋佳节，山里的天色，分外澄明，到了晚上，满天都是深浓而透亮的蓝，上面镶着一轮巨大的圆月，蟾宫玉兔，清晰可辨，月光如银，遍洒河山。栗大爷取出一坛自酿的米酒，和天青两人坐在院中对饮。

"要不是有日本鬼子这档子事，能在这儿多陪您些日子，也是神仙生活。我自小在北平长大，这么清静壮阔的山林，还从没见识过，可惜现下却是陷在鬼子手里。"天青感叹道。他素来不会饮酒，碍于栗大爷盛情，也小小呷了两口，顿时涌上满脸的红。

"你们文化人，给我说说这日本鬼子是怎么回事？凭什么就来打咱们呢？听说奉天城里满满的都是东北军，怎么就打不过鬼子呢？"

"我也不懂啊，大爷。我还是外地的。不过日本人真是禽兽不如，我一个老老实实的小师弟，什么都没做，活活被他们杀死了，尸首都捡不回来，一想起这事，我就……"天青狠狠饮干一杯酒，"可惜我只是个唱戏的，持刀杀敌那都是假的，真想拎着刀冲到鬼子堆里去砍杀一场，给我师弟报仇！"

"皇天有眼，他们会遭报应！"栗大爷也干了一杯，"我也舍不得你们走啊。你这年轻人，太招人稀罕了，住多久我都乐意。往后日子太平了，还能过来看我不？北平在哪疙瘩儿，远不？唉我的日子也不多了，估摸着就快去见老婆子了……"

"大爷，您是我们的救命恩人，等到鬼子滚蛋了，准来看您。您这地界儿我记住了。来，祝您健康长寿。"天青给栗大爷斟满酒，两人又一起干了一杯。晚风清凉，天青却觉得全身燥热，满头是汗，将夹袄和小褂的衣襟全都解开，用力扇着："大爷您这酒力真劲！"

"呵呵，没事儿，这酒是自家酿的，不上头，再喝！再喝！……"

时至午夜，天青和栗大爷都喝得醉醺醺的，各自回了草房。妃红一直倚坐在天青的炕头上，只穿着一件贴身小衣，一边梳理着满头鬈发，一边瞄着院子里的爷儿俩。见天青歪歪倒倒地回来，赶紧放下梳子迎上去，搀他上炕，为他脱下夹袄，盖好被子。天青不肯躺下，在炕上挪了几步，跪到窗前推开窗子，仰望天上的月亮。

"我从没见过这么大这么圆的月亮，像画儿一样。"

"是啊，像画儿一样。"妃红回身倒了一盆热水，投着面巾，笑吟吟地看着天青。

"不知道什么时候才能见着北平的月亮。"天青说。

他的脸还是红红的，眼睛不似平时那么明亮，笼罩着一层淡淡的迷茫。这些天没有剃头，额前鬓角，都已被黑亮的发丝遮盖，下巴周围，一片隐隐的青色须根。浓而直的剑眉，笔挺的鼻梁，轮廓分明的唇，在月光映射下，分外清晰，投着笔墨勾勒一般的阴影。他专注地仰头望着月亮，轻轻哼起一段曲子：

常言道，人离乡间，似蛟龙离了沧海，

似猛虎离了山冈，似凤凰飞至在乌鸦群班。

昔日里有一位绝粮孔子，他也曾把麒麟叹。

况且圣人遭磨难，何况我韩愈谪边关……

妃红着了迷地听着，一时都忘了手中面巾，任它浮沉在水盆之中。这个男人！处处都让人这样动心……纵然已经与他同台那么多次，纵然看过他所有的戏每天都听着他唱，此时随口哼唱这么几句戏文，那嗓子，那音韵，那纯正的吐字归腔，深沉浓郁的情致，仍然让她听得头皮都发麻。窗边的天青，意识到屋子里的异样静寂，忽然停了口，茫然问道：

"怎么？"

妃红舒出一口长气："你唱得可真好。咱们唱戏的，各行当都是自小儿立下的范儿，没法改，武生能唱个《二进宫》都是顶天的事儿了，你怎么连《雪拥蓝关》都能来？就算在老生行里，能来这戏的也没几位。"

天青笑了笑："我来不了，只是跟着师父久了，听会一点。这是我玄青师哥的戏，暂且还没学，师父说等他火候到了，就传他。"

妃红深深凝视着他："说句掏心窝子的话：我觉得他，绝不能有你唱得挂味儿。"

天青叹了口气，又转向窗外："那是不敢。不过，师父说得没错，有些戏，得活到一定年纪，有了一定阅历，懂了戏情戏理，才能唱出戏里的真玩意儿。这段戏文，我从小哼到大，却只是在近些年来，人生遭际非比寻常，才愈来愈能领会到内里的情致……师父说，盼着我们永远不懂这样的戏，但是人这一辈子，就是一场磨难，生老病死，离合悲欢，谁能幸免？……"

他怅然停顿片刻，又接着哼下去：

……唉呀，难挨，难挨，

生死有命，富贵在天，发配到潮阳，路有八千……

如此悲凉的唱词，他哼着哼着，嘴角竟然微微弯起，有了一点笑意。

"这怎么，唱着唱着还笑场了？"妃红打趣道。

天青眼中，带着梦一般的迷离神情，微笑起来：

"这段戏啊，小时候樱草让我教她唱，我不教，结果她过来扳着我的脸，说：我笑一个给你看，你就教我，好不好……"

妃红瞧着他，轻声道：

"你真的很喜欢她，是吧？你没一刻忘了她。"

天青的笑容消逝了，仿佛头抬不动了似的，额头抵在窗框上。

妃红提起水壶，向已经凉了的水盆里加些热水，慢慢搅动，"喜欢女孩子，没什么不好啊。为什么要藏着，我还寻思，"她瞄他一眼，"靳老板一向光明磊落，事无不可对人言呢。"

天青仍将头抵在窗框上，闭紧了眼睛，脑子里微微轰鸣。不知是因为连日的奔波还是生死之间挣扎的困境，或者是夜色，或者是酒力，或者是因为妃红言语中饱含的理解，还有带着一点母性关爱的温柔，他忽然觉得自己前所未有的软弱，那些事，那些话，不愿提起，又不想否认，自己一直深埋着压抑着的心潮，全都重新奔涌起来……一点酸，一点痛，一点涩，一点苦，在他胸中交织翻腾。

"她……她嫁人了。"

妃红许久没说话，哗啦，哗啦，慢慢绞着面巾。水声停了，衣衫微响，妃红爬上炕来，伏到天青身边，轻轻捧起他的脸，用热面巾擦着，柔声说：

"天青，你师妹没能跟你，不怪她，更不怪你，只是她没福气。你这样的好男人，值得世上最好的女人。"

她的眼波在月光中闪闪发亮，盯住天青眼睛，手里热气腾腾的面巾，像一下下温柔的抚摸，轻轻擦过他的额，他的眉，他的眼，他的脸颊，他的鼻梁，他的嘴唇，他的下巴……

天青的视线自窗外转回来，直视着她。他从未这样直接地与她面面相觑，此刻，近身咫尺，呼吸相闻，他没有推拒，没有挣扎，只是这样静静看着她，眼中那从未有过的激荡神情，身上强烈的男子气息，让妃红心中狂跳，满腔热浪无法遏制，霎时间全身都有些颤抖。多少日的情怀暗涌，千百里的生死奔波，等待的就是这一刻呀，她缓缓凑身上去，一只手轻抚他的脸，另一只手，将那条面巾，顺着脖颈，擦向他敞开的衣襟之下，赤裸的胸膛……

天青仿佛大梦初醒一般，一把抓住妃红的手腕。抓得这样突然，这样紧，疼得她倒吸一口气，手中面巾掉在炕上。

"天青……"妃红轻轻低下头，咬住了嘴唇，"你嫌弃我？"

"不是……"

妃红的睫毛扑闪一下，"我不是最好的女人，我没有你的师妹好……"她抬起眼帘望住天青，"我知道我配不上你，我就是个江湖女，可是……"两颗泪珠自她眼中涌出，"我喜欢你，我爱你，我心里……有你！"

天青静静凝视着她，停了一会儿，松开手，拾起面巾，为她擦去腮边的泪。妃红仰起脸来，泪花中带着一点妩媚的笑意，深深望进他眼睛里去：

"……天青，我一搭班就喜欢上你了，你是我从没遇着过的好人，和你在一起，比什么都让人安心。我们都是同命人，我会对你好，天青，你答应我，好不好？我们一起回去，一起唱戏，一起好好过日子，我给你生大胖小子……"

她的声音，越来越低，越来越细，和整个人一样，柔若无骨，温软如丝。她顺着他的手臂，水波一样滑进他的怀里，紧紧抱住他的身子，将脸贴上他健硕的胸膛。她听得到一声声的心跳，疾烈、刚猛，直击她的耳鼓，烧燃她的心，她热切地仰起头，吻上他的脖颈，唇间温柔的呼吸，轻轻荡漾在他的耳畔：

"天青，你要了我吧！"

天青仿佛置身于一个熊熊燃烧的火炉，里外四周，全是一片茫茫烈焰，烧得他唇焦口燥，目眩神迷。眼前的妃红，那一向以来娇艳迫人令得他都不敢面对的筱师姐，此刻带着满腔情热投身在他怀抱，隔着薄薄的贴身小衣，他清楚感受到那火热的躯体，柔软的肌肤，曲线凹凸的前胸紧紧贴在他身上，温润的唇吻雨点般落在他颈间……天涯孤客，生死苦旅，她陪了他这一路风霜，千依百顺宛转逢迎，甚至明知道他心中另有所属，仍然不管不顾地表白情意：

"天青，你要了我吧！"

有那么一瞬间，他真的控制不住自己了，一个男人的本能，让他想抱住她，接受她，和她一起投身到那暴风烈火中去……但是这纷乱烈焰中，总有一个血淋淋的伤口闪动，那是他心头，始终不能痊愈的一记创痕，一个空茫茫无法弥补的黑洞，他的喜怒哀乐，没法子跳过它，人生前路，永不能逾越它……眼前再多情爱，也替代不了记忆中那个明朗的笑脸，时时刻刻，都有那双清澈的黑眼睛浮现在他面前，脆亮的声音，至今回荡在他耳畔：

"天青哥！……"

他身子剧颤，刹那间酒意全消，一把推开怀中的妃红，拔身向后，紧靠在墙壁上，强捺下喉间粗重的喘息。妃红跌坐在被子里，满脸仍是火热的红晕，但是眼中神色，已经渐渐黯淡，一点点转为无尽酸楚。

"你还是……嫌弃我？"

"不不，筱师姐，你是好女人。"

"那你……"

"我心里……已经有人了。"

"樱草？"

天青重重地点了点头。

"她不是嫁人了?"

"你不会明白……无论她怎样,都还在我心里,我这颗心,装不下别人了……"

妃红轻轻笑了:

"天青,我不在乎。我就是看中了你。你一时放不下她,我明白,我可以等,等你心里有我为止。"

天青缓缓摇头,眉目间满是苍凉:

"师姐,你不明白。说起来,我也不明白,我原以为只要她放得下,我就应当放下,放下才是为她好,再重的伤,再深切的心意,时日长了,总能慢慢湮没,大家顺应天命,各自为安……但是,这么多日子过去,非但没能湮没,反倒在我心里头,越来越清晰……"他痛楚地闭上眼睛,"那天咱们从山坡逃下来,子弹擦过我耳边,嗖嗖地响,这辈子未曾离死那么近过,那一刻脑子里只转着一个念头:我不应当离开她,生死都应当跟她在一块儿,假使当时真的被打死了,最后悔的,就是那一天,自己走了,丢下了她!"

妃红咬紧了嘴唇:

"是她丢下了你……"

"是我丢下了她!她叫我走,我就走了,我太傻,没把这个道理想明白。她怎会真心让我走?她自个儿担负了什么样的委屈?这里头的结,我应当不顾一切,去解开它……"

天青握紧双拳,望向窗外,一轮大得惊人的明月正悬在空中,仿佛离得极近,随时都能跃进窗棂;又仿佛离得极远,千里万里,共此婵娟。这一瞬间,月光照得他身心洞明,脑海中清醒异常,纠结了这么久的心事,豁然开朗:

"我……要去天津找她!回了北平,马上就去,一定要见到她面,告诉她:没有任何事儿,比和她相守更重要!我放不下她,忘不了她,这一生所系,只有她,若是她过得不好,我就带了她走,天涯海角,总有容身之地,一切有的没的,都不再顾忌!"

"若是她……"妃红的眼神,明暗不定,"过得好呢?"

天青仍然望着窗外,没有回头:

"……我想我知道她。"

"天青,若是她过得好,你回来找我,成不?"妃红微微探身向他,脸上盛满了炽烈的情意,"我不在乎你心里有她,我就是想和你在一块儿。"

天青转过脸,凝视着她。他不再回避她的眼神了,神情真挚,坦荡,带些伤痛,却充满坚决:

"谢谢你,筱师姐,这,准定不成。若她不能和我在一块儿,我此生就守着戏过一辈子。"

"天青，何必这样？你说了，我也是好女人……"妃红侧过头，一头乌发散落双肩，眼睛亮闪闪地盯住他，伸手缓缓解开自己的衣纽，"我会让你知道，我比你看到的还要好。"

天青猛然扭头，翻身下炕，扯过夹袄披上，朝外就走。妃红满脸涨红，恓惶地喊了一声：

"天青！你想想清楚……你已经没有她了，却还有我！我这样全心全意不顾脸面地求你，还不成吗，你还要一个女人对你怎样？"

天青站住，背对着妃红，一动不动。片刻，低声说：

"对不住。"

他掀起帘子，快步出了屋门。

巨流河，奉天的母亲河，蜿蜒流过奉天西北，奔向南面直隶湾。栗大爷去附近打探了一番，得知奉天城内火车站都已被日本人控制，但是隔着巨流河相对的新民火车站在英国人建设的铁路上，还没落到鬼子手里，难民都逃去那里乘火车。要过巨流河，本来很容易，隔不远便有桥梁，但现在到处都有鬼子设卡，盘查甚严，天青与妃红没有身份证件，面貌不似本地乡下人，说话更明摆着是外地口音，过卡子着实危险。

"我帮你们借了划子，找个没卡子的地界儿，顺河向下漂几里路，上岸去，就能奔火车站了。喏，这是车票钱，饭钱……"

"大爷，我们吃您的，住您的，怎么还能拿您的钱！"天青坚辞不受，"我们还是扒车，或者，走回去也成！"

"可不能再扒车啦！不是已经遭了一次险！"栗大爷急切地吹着胡子，"这点钱算个啥？正赶上秋收，地里这么忙，你这半拉月帮我干的活儿，论工钱的话可不止这些！……"

秋日映照下的巨流河水，波光粼粼，两岸芦花胜雪，苍苍茫茫地飘摇在风中。摆渡的老乡撑起了划子，天青和妃红站在船头挥着手，眼望着岸边栗大爷的身影越来越远。"真是遇上了好人啊，"天青喃喃叹道，"'焚香顶礼不为敬，来生犬马当报你的恩'！"

妃红默默无语。

自那夜之后，她与天青之间，多少有些尴尬，不似从前时常说笑。她有点怀念从前的日子了，心中总是存着希望，可以试探可以争取可以绞尽脑汁用尽心机的日子，现在一切都已彻底成灰，再没有丝毫的指望，他那样坚决那样生硬地断了她最后一丝念想……如果没有那夜，是不是就不会伤心？但是，如果没有那夜，终生也不会甘心……她望着天青的侧影，他还是那么清俊过人，眼中湛然生光，十数天的漂泊毫未影响那份英气，反倒更添了成熟厚重的神采。能和这样一个心爱的人共经患难，亡命天涯，本是多么荡气回肠的事啊，可是她能够留存下来的，只有一些酸苦交杂的回忆，在脑海中纵横翻绞，凌乱如丝……

"顺利的话，后天这时候，咱们就在北平了。"天青望着滔滔河水，神情中充满希冀，"我得赶紧去拜见师父，不知他老人家这些日子身体怎样。你说咱们忽然回到社里，弟兄们会不会吓一跳？"

妃红淡淡开口："我不回喜成社了。"

天青惊诧地转过头来："怎么？"

"我还能在喜成社唱下去吗？"妃红也转头凝视着他，视线相对的一刻，几乎像被灼伤一般垂下了眼帘。没错，她不能留在喜成社了，眼中一日有他的身影，心中就一日有伤怀的刺痛……她轻轻笑一下："你有你的当家花旦，我这阎惜娇、潘巧云、潘金莲、东方氏，都只好去傍着别人唱了。"

天青有些无措："你不要为了我……"

"我不是为了你。"妃红昂起头，深吸一口气，又如从前那般，微笑着斜睨他一眼，"早就有班社邀我挂头牌，我不是没动过心。现下你绝了我的念头，我可算海阔凭鱼跃，天高任鸟飞了。"

天青沉默片刻，坦然开口："对不住，筱师姐。我还是那句话：你是好女人。戏台上，你到哪儿都当得起头牌；戏台下，你肯定能找到真正心里有你的人。"

妃红望着河边纷飞的芦花，怅然一笑，"我是好女人。我是送到我心爱的人怀里，仍然被推开的好女人……"她瞧瞧天青神色，妩媚地侧过了头，"我说错了吗？你放心吧，我不会记恨的，我得找一个真正心里有我的人，比你更好、更强，才当得起我这一身的本事，一世的心思……"

天青不再说什么，静静望着河水。妃红心中的酸苦，汹汹然无法遏制，过了好一会儿，紧扭着颤抖的手指，轻轻开口：

"天青，我是来晚了，对不对？如果是我先遇见你，你会不会……喜欢上我？"

天青转头凝视她，眼神依然清亮坦荡。

"我七岁那年，就遇见她了。"

妃红哭了。她捂起自己的脸，哭得弯下身去，泪水自指缝流淌出来，将脸颊边几缕精心梳弄的鬓发沾得透湿。

小船顺水飘摇，秋风吹得芦花如海浪般交相拂动，静水深流的大河上，只有一声声压抑不住的抽泣回响。

　　天青从未觉过自己这样地辜负一个人，简直叫他内心难安。看着妃红一路哭回北平，依他本性，早就是再艰难的事都替她做了，但唯独这件事，决计答应不得。一份赤诚的心意，当然不应辜负，可是在有些时候，辜负正是为了不负。

　　他等不及地要去天津了，只待拜见了师父，会着了师兄弟之后，马上就动身！走过沈阳之后，天津变得多么近啊，几乎是抬脚就到，根本不算个外埠。颜大爷说了，那胡家是天津望族，状元门第，想必是妇孺皆知，不愁找不到门。樱草已嫁去将近一年，自己去得实在太迟了些，怎么早就没开窍呢？或许一个人不到最后的生死关头，总不知道这一生最重要的是什么，沉浮尘世的平日里，总是要兜兜转转，犹犹豫豫，瞻前顾后，患得患失……

　　他现在知道了。就为那身心洞明的一刻，历经的所有患难，全都值得。他一生最重要的，就是那张脸、那双手、那副笑容、那颗心，永没其他任何的人和事可以替代。或许上天早已注定，他没机会再握到那双手，毕竟三媒六证了的婚姻，大户人家的少奶奶，那胡府和林府多半都是同样路子，根本不容他一个戏子进门……但他会努力去试，这世上你若是铁了心一定要做成一件事，或多或少总有法子。这一年来，樱草不知已经受过多少的委屈啊，广盛楼小屋一别，转瞬间身陷牢笼，一个多月的禁足，肝肠寸断的分离，此后永无指望再见的漫长黑暗……这些孤独的枯守的没有他的时光，她是怎么过的？一切因他而起，应当由他去做个了断，他要带她走，他有能力给她幸福的日子，那是他自幼儿从未更改的心意，倾尽此身所有，护她平安一生……

　　"若是她……过得好呢？"

　　天青不是不知道，她也有可能，终究还是没法子跟着他。世俗礼法，人情道义，谁能全然不顾？或许她已万念俱灰，习惯了深宅大院里波澜不惊的日子，或许胡府三公子对她全心全意，给了她安宁愉悦的生活，或许契约难改，或许深情难负，或许身有拖累，或许心有苦衷，或许有各种各样的不得已……只要她真心实意说一声留下，天青也还是不能违抗啊，那一番的心碎，可是再无拼合余地……

　　无论怎样，他都接受。谋事在人，成事在天。若是得了她切实的心意，这一生就是不能在一起，他也就死心塌地，埋葬这所有的牵牵绊绊、丝丝缕缕，专心回转广盛楼，终身守着他的戏。他做得到，没问题，一个武生，本就不应有情爱纠葛，他的生命里，将只有走边、起霸、云手、枪花、四击头、八股档、九锤半、飞天十响……偶尔，在歇场间隙，想起遥远的一张笑脸，模糊的一声呼唤……

这晚，广盛楼后台，喜成社弟兄们都惊呆了。前台正唱着《审李七》，后台来了个蓬头垢面的大个子，比那台上的李七还更像大贼——天青乘坐的火车，被战火所碍，足足花了三天才到北平，他衣着灰败，面孔脏污，头发一片蓬乱，腮边已泛起一圈青色的须影，未及拾掇就直奔广盛楼，险些被刘师傅阻在门外。

"师父！……"

天青奔进扮戏房，见到白喜祥，扑通一声双膝跪地，磕下头去。白喜祥半晌儿才醒悟过来：

"天青！你……你回来了！"

"师父！让您担心了。您还好吧？这些日子，时时挂着您！"

白喜祥老泪纵横，忙忙拉他起身：

"好孩子！你没事就好！天哪，我们可都……"

话音未落，过道里嗷嗷嗷一阵响亮的叫喊，竹青冲了进来。他还带着李七的戏装，头上"大滋毛子骆驼剃"，脸上勾着龇牙咧嘴的"歪脸"，不顾一身的大铁链子叮叮咣咣乱响，张开双臂直取天青，嗖的一下，整个敦实身躯跃入在天青怀里，两腿盘住他腰。天青被他撞得倒退两步才勉力抱稳，狠狠捶了他一记，笑道：

"你啊！多早晚才能长大呢！"

竹青跳下来，一双圆溜溜的大眼睛又是泪又是笑：

"我的娘啊，你臭死了！赶紧去洗澡剃头吧。折腾成这个样，让小爷担足了心，你欠我的！我有个好消息，也不告诉你！"

天青知道他这兄弟根本藏不住话，却也笑着附和：

"求你快说吧，可急死我了！"

竹青攀住他脖子，附耳道：

"告诉你，樱草在师父家！"

"什么？"天青满脸笑容消失得无影无踪，一颗心咚咚咚马上就要跃出胸膛，"她怎么了，出了什么事？"

竹青大声叫出来：

"她没嫁人，她从家里搬出来了，她自由了，她在等你！"

第十六章　伐子都

华章戏衣庄在珠市口西这一大片戏衣盔头铺子里，不算最大一家，但提起它的掌柜金翰章，却是大大有名。金家祖上在前清升平署当过差，戏衣盔头一业乃是家传绝艺，纹样、形制、料子、绣工，都属不凡。华章戏衣庄的铺子，前店后厂，别看门脸儿不大，却聘了一大群好手艺的绣娘，出的活儿是又快又好。

这天下午，天气晴和。华章戏衣庄的绣房里，二十多位绣娘正在低头劳作，秋日阳光斜射进来，落在绣架上，落在绷好的一幅幅衣料上，散发着一份平和的温暖。最里面一个绣架前，一个绣娘正专心致志绣着一幅八宝团花，纤细的手指飞针走线，纵是在这满屋子能工巧匠中，也显得分外灵巧。她身穿一件雪青色七分袖夹袄，浓云般一头黑发梳成长长辫子搭在肩后，鬓边几缕散发垂落下来，轻拂着温润白嫩的小桃子脸。

樱草到华章戏衣庄做工，是掌柜金翰章的兄弟金翰才的举荐。对这二位爷的热心相助，樱草十分感激，他二人却毫不居功：

"您这手艺，哪个戏衣庄都得抢着要！不但会绣活儿，还会画图、刷样子。堂堂林府千金，让您做这个，实是委屈您啦，一个月十块大洋工钱，简直拿不出手。"

樱草笑道："什么林府千金，两位爷再也休提。"

她喜欢这样自食其力，更甚于做什么林府千金。虽然与她当初做教员的理想相去甚远，但能这样接近着戏，投入着戏，把自己的生计如此贴合地融入在自己喜爱的事物里，也是一份喜出望外。这些日子，正是这五彩缤纷的一丝一线，帮她排遣了理不清的思念与挂牵。她愿意这样辛苦但是愉快地工作着，把自己细密的心意，都绣进一幅幅精美的图案里。

绣房门开了，金翰章踱进来。刚刚还在聊天的几位年轻绣娘，立即噤声。金翰章也没去留意她们，笑眯眯地，一直走到樱草面前，伸手向窗外指了指。

"林姑娘，有位爷来看你。"

在这做工时间，掌柜亲自进来传话，可真是不寻常。樱草应着，茫然向窗外一望。房间里其他绣娘，也都跟着向窗外望去。

院子里有个年轻人。

高个，宽肩，精短的一根根竖立的黑发，简单朴素的青色长衫、圆口布鞋，挺直的身躯肃立于方砖地上，脚步不丁不八，双手背在背后。他的脸上，有着一份异样的清朗之气，长眉斜飞，鼻梁高挺，嘴角含一丝笑，一双湛亮的眼睛，正期待地望向门口。

"靳，靳老板！"一个年轻绣娘失态地跳起来，扑到窗前，"是靳天青呀！"

"是吗是吗？"一屋子绣娘，倒有一大半都起身眺望。

樱草呆呆地持着绣针，一时都忘记了反应。

天青哥。

他回来了。

他在外面！

背后，与她相熟的绣娘嬉笑着轻轻推她，樱草才顿悟般丢下针线，起身出门。刚踏出门口，天青已经急切地迈前一步，迎了上来。

已经一年多没见面了。他与她心里头那个影子，略有着一点点不一样，神情中，还是那样刚直坚定，还是那样纯真明澈，但是多了一份沧桑、深邃，经历过风霜洗礼之后的一点成熟。他深深凝视着樱草，眼睛中光芒闪动，令樱草感觉自己心中一块块僵硬的冻结的酸痛的苦涩的……各种不舒服的东西，都在这一瞬间融化在阳光中。

她的喉头哽住，和天青一样，一个字都没能说出口。她的嘴角轻轻翘起，慢慢抬脚走向他，走过一块块的方砖地，走过一年多锥心刺骨的时光，走近日夜夜萦绕心头的梦，走近那个亲切的心爱的已经占据她全部生命的人。他伸手拉住她，不由分说地将她拥进怀里，脸埋进她的头发中。她知道身边窗子内有许多人正悄悄看着，但是谁还顾得上那么多呢，她深深伏在他的怀里，将泪水消融在他那宽厚的胸膛。

湛蓝的天空，已经渐渐化成淡紫，前门外大街上，市声仍然喧哗，洋溢着蓬勃生机。天青和樱草，沿着大街向北走着，走得极慢极慢，完全不顾及身边匆匆人流，像是漂浮在一个独立的空间。

"……时光真快，上次这样和你一起，已经是一年多以前了，也是傍晚，送你回家，结果你再也没能出来过。"有樱草在身边，再提起这个，天青心中已经没有那种刀割般的疼痛了。经历过的痛苦在终于得到的幸福面前，都化为一颗颗磨砺后的珍珠，散发着分外璀璨的光彩。"你爹爹怎么又忽然肯放你出来？"

樱草轻舒一口气："还要拜谢你的失踪，让我终于发现，我根本不能没有你。人到了这个地步，无论什么样的关坎，都顾不上了，这样拼下来，他也没了办法。"

"早前他设了什么关坎给你？"

樱草微笑着，不出声。

"说呀。"

"都过去了，何必再提。"

"告诉我。这一年来，我每一想到这事，心里就受不了地疼。得是吃了什么样的苦，才能让你对我说，要我忘了你？"

"……他说若是再见你一面，就……剁了你的手指。"樱草的声音，仍然有着微微颤抖。

天青转头望向樱草，眼中充满痛惜。

"就知道你是为了我！"他握紧拳头，"这一年来，让你……"

"都过去了。我那亲爹，现在终于得了小少爷，顾不上来剁你的手指头。"樱草的脸上又盈满了笑意。

已经走到了肉市街，街口写着"广盛楼"三个字的牌楼，斜阳映照下闪闪发亮。天青仰头望着，神情略有些激动：

"终于又回来了。这一个月在外头，日夜都想着回到这里。先前进了后台，听得零零星星的锣鼓经，心里头仿佛是重新活过来似的舒坦。"

"听颜大爷说，你为了能和我在一块儿，说不唱戏了？"樱草的视线，凝结在他线条坚毅的侧脸，"真该叫你去跪祖师爷，背一万遍'戏比天大'！"

天青认真回答："祖师爷不会怪我。我唱戏的每一分每一刻，都倾尽我的心，这才叫'戏比天大'。但是人这一生中，还有另一些不能舍弃的东西，比戏大。"

樱草黑亮的大眼睛，温柔地闪动："比如呢？"

"比如忠，比如孝，比如义……比如你。"

樱草低下头，脸上飞起一片绯红。

天青转头向她，爱惜地望定她的小脸："那副靠，是你给我的？一上身，我就知道一准儿是你，再没有别人能制出那样的靠，处处都是体贴的心思。为什么不留个话呢？绣个小小的记认都好呀。我不敢猜，不敢想，这心里翻翻腾腾，足足揣了大半年时间。"

"送去给你，是我放不下；不留记认，是怕你放不下……"樱草轻轻绕弄着辫梢，"谁知道到头来，我们两个，谁都放不下。"

"以后别再说那样的傻话，好不好？我们彼此心照，哪有可能放下？"

樱草甩开辫梢，快慰地点点头："以后也……不需要再说那样的傻话！"

九道湾胡同口，人来人往，拄拐棍儿的老人家，嬉戏的孩子，挎着篮子买菜的大嫂大婶，提着蒲包穿行的大哥大叔……一个个带着淳朴的笑容，拱着手，悠闲地相互招呼。自小早已看惯的生活常景，历经离乱之后，变得这样的可爱和珍贵，天青目不转睛地望着，微笑中渗出深重的忧虑：

"樱草，这些日子，我真是遇见好多事，好多心里话想跟你说。日本人占了沈阳，听说还在往北打，他们残害咱们的父老乡亲，或许迟早有一天也会打来北平……他们凭什么？咱们能打赢吗？"

"我也不是很明白，看报纸上说，日本人亡我之心，早已有之，他们是有备而来。政府意思是要'先以公理对强权，以和平对野蛮'，'暂取逆来顺受之态度，静待国际公理之判断'，这些日子大学生罢课示威，就是希望政府赶紧出兵抗敌，不能坐以待毙。"

"我也觉得是这个理儿。我要不要去投军呢，真刀真枪地跟鬼子打一场？'自古道臣尽忠来子当尽孝，方不愧在人间走一遭'，唱了十几年的精忠报国，现在国难当头，该做点什么了。"

"政府现在不宣战，不抵抗，投军有什么用？"樱草叹了一口气，"我自己觉得，精忠报国，不一定要上战场，在自己位置上做好本分，也是为国报效。我已经跟师父……不，跟爹爹说过，喜成社这阵子应当多贴抵抗番邦侵略的戏，鼓动民心，一致对外，对政府出兵抗敌也是压力。爹爹很赞成。你是头牌武生，这里头有很多你能做的事。"

天青喜道："你说得太对了，我怎么就想不到这个。别的我不敢说，唱戏我成。对，我要和师哥师弟，把岳飞抗金的戏全贴出来：《挑滑车》《镇潭州》《小商河》《汤怀自刎》《潞安州》，对了，还有《八大锤》……"

前门外大街，已然走到尽头，面前是雄伟的前门五牌楼，向北望去，是更雄伟的前门箭楼，还有雄踞在箭楼之后的前门。夕阳用尽最后的余晖，涂抹在高大的灰墙碧瓦、精美的雕梁画栋上，泛出一片灿烂金光。天青充满眷恋地仰头遥望，喃喃道：

"从小在前门长大，看惯了，也不觉得它有什么特别。但是这次回来时，出了车站，望见这两座城楼，真是泪都下来。没见过外面的天空，就不知道它有多尊贵。这么高大，这么壮观，这么威严，这么有力量，就像一个特别让人安心的父辈，默默屹立在那里，守护着北平城。这座城池，天下再不会有别的城可以比拟了，它有着一股子特别厚重的，我说不上来的什么味儿。戏里都唱'忠君爱国'，什么是国呢，我觉得父老乡亲可能也都和我一样，看不到什么君，也不懂什么国，在我眼里，北平就是国，前门就是国，值得大伙儿拼命爱护的国。"

天青很少一下子说这么多话，这一片经历风霜之后的赤诚，令樱草在倾慕之余，由衷感动。她站在天青身边，也遥望着那座辉煌的城楼，轻声说：

"生在这样一个乱世，许多选择都没有法子。个人之力微薄，唯有尽心而已。'苟利国家生死以，岂因祸福避趋之'，将来的风雨，陪着这城楼一起迎接吧。"

天青转过身来，面对着樱草，微微俯下头，凝视她的眼睛：

"我们一起迎接吗？"

樱草没有避开他的眼神：

"一起。"

"樱草，我们成亲，好吗？残生太短，我不舍得浪费能陪着你的时间。"

车水、马龙、货声、人流，在这一瞬间，都不复存在。樱草只感觉自己身处一团暖融融的热流之中，安定，妥帖，此生再不必有任何的担忧和挂牵。她努力遏制住眼中不断涌上的泪雾，她要看清楚他，将这一刻，这张亲爱的脸，牢牢记在心底，在以后所有日子里，永不失落，永不忘记。眼前的他，背对着威武辉煌的前门，在这浓烈夕阳下，头发、脸庞、高大魁梧的身躯，都和那壮丽建筑一样，闪耀着明亮的金边，望向她的眼神里，满满的都是爱意，是十三年从未变更过的、爱逾生命的深情。

"我等你很久了，天青哥……"

她珍重地携起他的手，十指交缠，紧紧相握。此去经年，她会永远伴他共度，他就是她的前门，她的北平，她的家国，她的今生。

"男子靳天青，宣统三年九月十二生人，辛亥年，戊戌月，丙子日，壬辰时。钗钏金命，水旺土旺缺木，日主天干为火，命宫为艮。辛亥年钗钏金，乃是员内之猪，性直心轻，英雄应有志，人定胜天心，初年财帛不聚，晚景荣华。"

"女子林樱草，民国三年二月初五生人，甲寅年，丙寅月，丙戌日，乙未时。大溪水命，木旺缺金缺水，日主天干为火。命宫为坎。甲寅年大溪水，乃是立定之虎，为人心慈口直，喜抱不平，性格好游，做事自做自当，利官近贵，前程无限。父母有刑，宜当重拜爹娘。"

白喜祥轻咳一声："先生，我们不是来算命，是来合婚的。"

算命先生推一下鼻梁上的玳瑁眼镜，仔细看了看铺在桌上的两张年庚小帖，摇头晃脑地重又开腔：

"莫急莫急。嗯。合婚。年命相生为最好，比合次之为中等。再观年柱正五行，相生相合婚可成。这对年轻人么，金猪配玉虎，吉。钗钏金配大溪水，吉。上等婚哪……"他掐指计算了一阵子，持起笔来，在一张红纸上写道：

"水金夫妻坐高堂，钱财积聚喜洋洋。子女两个生端正，个个聪明学文章。"

白喜祥高兴得，脸上每条皱纹都溢满了笑。

男婚女嫁，终身大事，办起来可真要花费一番工夫。按例呢，首先必得有媒人保亲，白喜祥这一家子一商量，就委托乔双紫做了媒人。乔双紫很高兴："我看着你们长大，如今还能喝你们一碗冬瓜汤，值!"随后应有双方父母见面，相家当，可是天青父母双亡，这节就只能免了。最关键的这一步：合婚，进行得相当顺利，白喜祥自算命先生那里拿回上等婚的红批，合家大喜，欢声一片。

接下来要放小定，男给女方送订婚信物，按例应是金银首饰之类，但是樱草执意说不要别的，就以她一直系在颈间的铜牌牌为定。

"我觉得成，"竹青忙不迭地插话，"多好，八岁那年就放过了，定得不能再定!"

"你师哥成亲，轮得着你来定么，傻小子!"乔三婶慈爱地点着他的额角。

樱草和天青互望一眼，两人都微笑着红了脸。

还要放大定，择婚房，定婚期，起龙凤帖，过礼。天青和樱草想把家安在离九道湾和广盛楼都近的地方，正巧南面珠市口西小椿树胡同有座院子出售，房间齐备，家具现成，一家人都去看了，再满意不过，已经下了订洋。

婚期呢，乔双紫仔细查了皇历："九月十二，最好的日子，大吉! 还是新郎官生日，吉上加吉!"

白喜祥笑道："不成，得往后推些日子。九月十二就是国历十月二十二吧，'红伶选举'开播，天青要去参加比试，当不了新郎官。"

"什么'红伶选举'?"樱草问道。

"哦，不少人给报馆写信，希望举行一个'红伶选举'，现下由《树言画刊》牵头，几家报馆参与，要搞这么个评选，凡班社里二十岁以下伶人，皆可参选，按行当打擂台，读者用报馆发放的选票投票，选出状元、榜眼、探花。"白喜祥望一眼身边三个徒弟，"'文无第一，武无第二'，唱戏这种事，输赢本是难论，但是接受座儿上品评，与同行竞技交流，总是提高技业的好事，我赞成他们报名参加。"

"三位师哥都参加？"

"玄青过岁数了，不能参加，天青和竹青入围了。社里能不能出彩儿，主要就看他们两个的啦。"

天青和竹青神情兴奋，跃跃欲试。玄青坐在桌边一角，就像没听见一样，满脸萎靡，不住吸着鼻子。

"那就，定在十月初八？也是大吉之日。"

天青有点忸怩地说："为什么要推后呢？既然九月十二另有安排，可以提前啊。"

白喜祥笑道："不成！不能先成亲，后去比试。你准定连平时一半本事都拿不出来。"

"为什么呢，我会铆上的啊。"

白喜祥笑而不语，三叔三婶也都莞尔，连一直沉默的玄青都撑不住翘了翘嘴角。只有天青、竹青和樱草三个人面面相觑。天青昂起头：

"真的，师父，若能和樱草在一块儿，我更有精神去夺状元。"

白喜祥斟酌着词句：

"唱武戏呢，不光要有精神，还要有体力。"

天青怔了片刻，刹那间满脸通红。樱草瞄着他的神色，心下恍然明白，顿时也涨红了脸。满座就剩竹青一个人还在刨根问底：

"孰先孰后，有什么不一样吗？你们都笑什么？……"

"快快快，熬不住了，差不点儿被老爷子看出来。"玄青焦切地盯着殷绣帘的手，那双手掭着一块烟膏，正在烟灯上方灵巧地揉捏着，一只烟泡逐渐涨大，"弄得满脸的鼻涕眼泪，只好说是伤风。"

"你这样下去不是法子……"殷绣帘忧虑地凝视玄青，"唱戏的伶人，不该抽大烟。"

"那么多角儿都抽，也没见有谁坏了前程。"玄青依然紧盯着烟泡，"你不知道，前清时候，抽大烟那都是好角儿才有的身份。谭大爷他们，在后台摆着烟榻，候场时候，躺下来抽一筒，那叫一个风光气派。人说谭大爷那嗓儿，叫'烟嗓儿'，就是抽大烟抽出来的，越唱越亮的'云遮月'，前人从来没有过。咱们后人没法子逾越他，也是因为咱们没那个身家去抽……"

"哪有这样的道理？大烟或许让嗓筒儿一时痛快，但是天长日久，总归对身子不好。"

"你又不唱戏，懂什么呢。"玄青不耐烦地挥挥手，"快给我装烟，快。"

蔚芳馆每间屋子都有烟具，为客人装烟本是姑娘们的分内事，但是别人怎么抽跟殷绣帘不相干，唯有玄青这样抽下去，着实令她担忧。他性子执拗，一向都不听人劝，她自知说了没用，只能尽力把那烟泡打得够滋味，够纯正，打从北平著名的烟土店"公益厚"里，为他购置品级最好的上等烟膏。

烟泡打好了，玄青赶忙操起烟枪凑上去猛吸几口，闭起双眼，舒出一口长气。殷绣帘心疼地替他擦着满头虚汗："下次去之前先来我这儿，过了瘾再走吧。"

"老来你这儿也不是法子，我大小也是个角儿，万一被人看见，脸往哪儿搁去？师父那副老八板儿的轴脾气，一家伙把我开革出门，以后讨口饭吃都难。"

"我倒一直想着……"殷绣帘轻声道，"不若我赎身离开这儿，咱们买个小院儿，住一块儿，可好？我手里的私房，够买个不错的院子。"

玄青眉头一皱，沉吟一会儿："那你以后，岂不是没了进项？"

"我，我这种进项，有什么好留恋的？"

玄青自知失言："哦，我当然盼望着能和你长久在一块儿，不过这么大的事儿，还是得从长计议。"

殷绣帘脸上的光彩，渐渐黯淡："我明白了。"

她扭身坐在烟榻边，将玄青的腿扳过来搁在自己膝上，轻轻捶着，目光在玄青脸上扫动，好似一双温柔的手，倾情抚摸着这张脸上每一个线条。不能在一块儿，就不在一块儿吧，此生薄命，已不能期求同等回报的情意，只要能一辈子看着这张脸，就知足了。他的脾气怎样、性情如何、艺业好坏、品格高低，她都不介意，她自在自己心里，永远揣着那最初的梦想，最纯真的情感，最牵挂的人。她早已倾心描画了最美的一幅图，然后把眼前的他，妥妥当当地填进那图画里去。

玄青被她瞧得有些不自在："我说的都是实话。你相信我，等我筹划好了，替你赎身，娶你过门。"

殷绣帘幽怨地望着他："打从我们遇见，你就这么说。"

"那还要我怎么说呢？未立业，哪能先成家。总得等我挑班了，戳住了，才能娶亲啊。"

"娶亲倒不妨搁搁……"殷绣帘垂下眼帘，"我只盼望着能只伺候你一个人。如今在这院子里，身不由己的，隔三岔五总要陪几个爷们儿，你……不在意？"

这倒刺到了玄青痛处。他猛吸几口烟，沉吟半晌，说：

"好吧！你赎了身，买个小院儿，咱俩好好过日子去！"

殷绣帘心花怒放："玄青，我真没看错了你！我准定把你伺候得舒舒服服的！"

"那茜娘能放你走？你可是蒔芳馆头号摇钱树。"

殷绣帘轻轻一笑："也不过是个钱字。"

"那好，就这么定了。院子去西城找，离我那帮师父师弟的远点儿。我看着他们就烦。"

"你师弟的人品，有那么差？看报上说，都是不错的角儿。"

"你信报上还是信我？那两个小子，一个赛一个的飞扬跋扈，压根儿不把我这师哥放在眼里。眼下又是'红伶选举'了，他俩……"

玄青不再说下去，只管吧嗒吧嗒吸着烟，从鼻孔里喷出一缕缕闷气。他竟然因为一岁之差，连参赛机会都没有，而那靳天青，好死不死地正赶上开擂当天过二十岁生日，活活挤进了年龄线！玄青不得不承认，他这师弟，艺业相当高明，一旦登台，就有可能名列三甲，到那时候，玄青更是拍马都追不上。就连竹青，拜了郝老板之后，突飞猛进，眼看着也爬到他头上了。

红伶选举过后，还有天青的亲事。刚才在师父家，天青和樱草隔桌坐着，虽然没说什么话，但彼此脸上，写满了如胶似漆，那个起腻的劲儿，真叫玄青看着心烦。虽然已经被林府赶出家门，樱草终究还是出身尊贵的侯门嫡女，一个伶人能娶到这样的媳妇，从今以后，可就更有他张狂的了！他的命怎么就那么好呢？那样炮火连天的沈阳，也居然没把他怎么样，带着那个美得像妖精一样的筱妃红，不知过了什么样风流快活的日子，完好无损地回来了！

"老天没眼！怎么不……"

玄青喃喃说了半句，忽然惊觉，瞟一眼正痴痴凝视他的殷绣帘，咽回了后面的话。他放下烟枪，伸手捏弄殷绣帘纤巧的下巴，那美人面露喜色，知情识趣地凑上前来，一只猫一样，温柔地偎入他的怀抱……这世上，人人都跟他过不去，唯一对他俯首帖耳的，就只有这殷绣帘。每次心中憋闷，就到蒔芳馆来，殷绣帘保准能伺候得他舒舒服服。他甚至都不用掏钱，所有吃穿用度，都从殷绣帘的私房里出。

吸饱了大烟的玄青，雄风大作，整夜与殷绣帘翻云覆雨。他扳着她的脸，一遍遍地命令着：

"说，我是最强的！你永远都是我的，绝不可以给别人！"

白家小院，东厢房，樱草小时候住的南屋。炕还是原来的炕，桌子箱子椅子凳子，都跟当年一样，只是那些拨浪鼓儿、小布人、竹蜻蜓、泥饽饽，早已收走，取而代之的是一匹匹各色布料、一卷卷纹样图轴、一匣匣光珠、翠片、丝线……

樱草坐在小炕桌前，正全神贯注地摆弄着铺得满桌的盔头配件，把那一块块经过加纱、掐丝、贴里子的活儿拼成盔胎。天青坐在对面看着，顺便压腿，两腿一前一后在炕上劈得笔直，上身俯下来贴紧小腿，脸抵在脚踝上。

"这么难的活计，你也会做！"

"跟金爷爷学的。他夸我有天分，一上手就像老师傅，哈哈，其实呢，是他教得好。这活儿的角度、尺寸、火候，全有窍门儿，他一点不藏私，全传我了。来，看看尺寸合适不。"樱草把大额子和盔胎拧在一起，端在手里，纵身下炕，绕到天青面前。天青连忙坐直，让樱草帮他勒在头顶。

"正好，量得多准。"樱草站在他身前端详着，嘴角又泛起了梨涡。她摘下盔头，珍惜地抚摸着大额子的耳扇："这个大额子，做了有半年多了，一直都没配上后身。我原以为，再没机会为你量尺寸了呢。"

天青抬起头，仰望着樱草。她穿着一件家常短袄，刚洗过的长发，黑缎一样，闪着亮泽的光芒披落肩头，颈上领间，露出一条红绳，他知道那是他与她的信物。灯光照耀下，甚至能清楚看见她脸颊上细细的绒毛，还有一点点的汗，雪白的肌肤，略泛一点红晕，眼睛底下投着长长的睫毛阴影……他早就发现，她的眼睛异常的水亮，仿佛总是罩着一层泪膜似的，纵是在这样的昏暗里，也闪闪地泛着一点光。她也正在望着他，眼神中充满深深的眷恋。

"樱草……"他接过盔头，放在桌前，抬手捉住她的双手，按在自己脸颊上，"成亲之前，我们不能再见面了吗？"

"现在就不应见面啦！是为了量尺寸才叫你来。"樱草笑嘻嘻地皱着鼻子，"没辙，得在你比试之前做好呀。"

"戴着你亲手做的太子盔，亲手绣的白龙靠，若不拿个好成绩，真对不住您老的辛苦。"

樱草噗嗤笑了："你怎么也跟竹青似的，开始会说俏皮话儿了。"

天青正色道："是实话呢。真的，什么状元榜眼探花，什么观众投票选举，我倒不是很看重，我就想着能把戏唱好、唱明白，对得起师父的栽培，对得起大家的爱护，对得起你的辛苦。樱草，你会去看我比试的，会吧？"

"按说放了大定就不应该再出门了……"樱草促狭地笑着。

"不是，是起了婚书才不出门。咱们还没起呢。"天青认真地动起脑筋，"要不咱们晚点起，成亲前一天再起，我就还能经常见着你。"

"哪有那时候才起婚书的？"樱草轻轻抚摸他的脸颊，"不差这几天了，我们很快就能永远在一起，我天天都陪着你。"

天青伸手揽住她的腰，仰头向她，她两腮飞红，禁不住捧着他的脸颊，轻轻吻了一下。他的脸颊那么光洁，那么明朗，带着一点火热的温度，像他的眼神一样，清澈、透亮，却又有深处的暗焰燃烧。他也吻向她的脸，她黑亮的眼睛，细巧的鼻梁，柔软的樱唇……双唇接触的一刹，天青只觉脑海中嗡的一响，仿佛被一道暴雷劈中一般，整个身心燃烧成纷乱的碎片，飞散四面八方。他双臂猛地抽紧，不容分说地将樱草揽近，深深箍进自己怀抱里，如饥似渴地吻入她的唇间，樱草也微微颤抖着，俯下身来，贴紧他的脸……

时间失去了意义，是倏忽一瞬，或是很久很久。天青用尽全身之力，才从这甜蜜的烈焰中挣扎出来。他揽着樱草的纤腰，头抵在她身前：

"樱草，这些天我不来了，依礼在家等你，二十八天后，给你掀盖头。"

樱草双颊火热，爱惜地磨蹭着他的头顶，隔着那刚刚剃过的浓密发楂，也仍然感受到他皮肤的温度。她轻声道：

"'红伶选举'的比试我会去。不让你看到我，就不算违礼，对吧？"

"知道你在，就成了。我会铆上，不让你失望。"

"天青哥，"樱草的目光，温柔无限，"你从来没让我失望过。"

北平第一舞台大戏院，真是名副其实的"第一舞台"。它位于前门外珠市口西柳树井，规模极大，格局也和传统戏园不同：楼上楼下共设三层观众席，舒适的池座、花楼、包厢，足能容纳三千观众，舞台也不是广盛楼那样四角立柱的戏台，而是拉幕式的现代舞台，上头装了转台、机关布景，能演各种时髦新戏。喜成社年轻弟兄们到剧场走台时，面对这么宏伟的剧院，禁不住有点看傻了眼。

"别那么一副没出息的样儿，"白喜祥不以为然，"小有小的好处，大有大的不足。这园子其实不适合唱戏，太大，太空，听不明，看不清，再好的玩意儿也打折扣。历来名角都不乐意在这儿唱。开台第一天，还燃了把大火，都说是冲撞了火神爷，'通天教主'王大爷那样的角儿也没能压住，戏没唱完就散了。不是个吉地呀。"他背着手，在舞台上四下踱着，"咱们不熟这个场子，唱来难免吃亏，天青，长点精神，多走几遍。"

"是，师父。"天青掂着手中的枪。

这次"红伶选举"的戏码，用的是抽签的法子，天青抽到《伐子都》，身段技巧特别繁重的一出大武生戏。好在他早得白喜祥悉心传授，本子精熟，功底扎实，已经在广盛楼贴过多次，算是他拿手戏码。俗话说得好：艺高人胆大，能上这么显身手的活儿，不但未生怯意，反而信心倍增。

白喜祥仔细踏着台毯，为徒弟斟酌所有细节，"……这台毯比咱们的新、厚、软，不吃劲，脚上要多用些力气抓地……台子也比咱们的大得多，天青，量准步数，做到'脚下有眼'，留神别偏了台，圆场时，匀着点劲儿。"他含笑望着心爱的徒弟，"唉，不用说你也早就知道。我老了，有点唠叨。正式比试那天，我得坐在包厢里那个什么嘉宾席，不能在这儿给你把场啦。"

"师父，您放心，您说的我全记着呢。"

"好啦，戏也走完了，去把家伙收起来，咱们回吧。"

天青和一班兄弟退了下去，白喜祥依然背着手在舞台上四下看着，玄青随侍在他身旁。

"玄青，这次特地没给你号活儿，你帮着米师傅，在后台监监场。这场戏要紧，大伙儿又人生地不熟，你做大师兄的，多加照看。"

"是，师父。"

白喜祥仰头望着舞台上空："那些景片，位置可有点低。"

玄青也仰头望去，只见舞台上空除了前方横幕和后方吊灯外，中间还悬着一排厚厚的硬纸板样的东西，那是机关布景的景片，平时挡在幕后，演出需要时放下来。白喜祥蹙着眉头打量：

"《伐子都》最后那场'闹殿'，天青要翻六张桌，这些景片能影着他，太危险了。你马上去和戏院说，要么卸下来，要么拉高些，起码要拉高三尺。这事儿你盯住了。"

"是，师父。"

玄青一边应着，一边仔细端详那些景片。

轰动北平的"红伶选举"之生行第一场比试，终于来临。樱草随着汹涌人流向柳树井走去，紧张又激动，忐忑又开心。忐忑的是，毕竟是一场比试，输赢成败，在此一举；开心的是，天青胜算太大，简直是众望所归。报纸上，广告上，全以他为最大夺冠热门，连素来沉稳的白喜祥，也禁不住跟乔双紫悄悄说：如今这北平城里，能赢过天青的年轻武生，还真数不出谁！

从珠市口西通往第一舞台的路上，挂满了五颜六色的小纸旗，一排排横在马路上空，写着"红伶选举""文化盛事"以及《树言画刊》《北平晚报》等宣传字句。第一舞台门口新竖了几块霓虹灯牌，圈着明亮的灯泡，里头有参加擂台比试的伶人姓名、班社，还有画像。樱草找到了天青的灯牌，大字写着"喜成社""靳天青",画像上是白盔白靠的大将公孙子都,魁伟英武,目光如电地注视着来往行人。灯牌周围,挤满男女戏迷,叽叽喳喳叫嚷着:"靳老板!""靳老板!"第一舞台看座的职员举着大喇叭站在门口,也在高声呼喊:"各位老少爷们儿!抓紧入场啦您呐!京师梨园第一盛事,马上开始!……"

戏院后台,一团闷热,不同班社的各色人等穿梭往来,相互吆喝招呼,乱成一片。天青丝毫未受这些喧嚣的影响,稳稳地扮好妆,扎上靠,水纱紧紧吊起眉梢眼角,在额前一把抹出月亮门儿,霎时间眉目间神光乍现,凛凛生威。盔箱师傅端着盔头上来,仔细地帮他勒在头上。那是一顶簇新的太子盔,前扇大额子,后身都子头,一丛丛银白光珠、淡粉绒球,点缀其间。两耳和四周都盘着行龙,贴银的沥粉边子,华贵而灿烂,精心填点的翠羽,闪着蓝汪汪的光泽。天青对着镜子照了照,爱惜地捋了捋垂在胸前的长穗。

时候到了,锣鼓丝竹吹打起来,那大将意气风发地登场:

头戴二龙凤翅盔,银叶铠上雪花飞。
胯下白龙马一骑,上阵袖箭把命追!……

座上三千观众,喊出响亮的碰头彩:"好——!!"

《伐子都》这出戏,来自东周列国演义,讲的是郑庄公大战慧南王,公孙子都暗算主将颍考叔,冒领战功回朝,在庆功宴上被颍考叔显灵吓死的故事。那公孙子都先是临敌应战大段开打,而后暗算主将,诸多内心挣扎,场场都是唱念做打繁重的硬戏,尤其最后一场"闹殿",出了名的紧张激烈,集中了长靠武生各式翻打跌扑技巧。只见天青使一招干净利索的"吹烟变脸",以手中酒杯暗藏的烟灰喷在脸上,表示精神错乱;随即一个"窜扑虎"跃过酒桌,身段轻捷,跃得又高又远,身上厚重累赘的大靠斜蟒,丝毫没碰到桌面和酒杯。台下炸窝了,交头接耳道:"好硬功夫!"

最重工的一环来临,台后竖起六张桌子叠成的高台,天青要以一身盔头大靠厚底靴的装扮,从台上翻"云里翻"落地,接"倒扑虎""摔叉""拨浪鼓",表现公孙子都发疯而死。通常武生翻三四张桌已经足够,但是天青素来至少翻五张半,也就是五张桌子加一把椅子的高度,六张桌对他来说,并不为难,在广盛楼演出,从无失手,翻得又高又飘,落地时一身上下的翎子、穗子、靠旗、飘带,纹丝不乱。

阵阵锣鼓声,伴随着天青攀到了桌顶。从这么高的地儿望下去,台下所有人都只剩了仰起的一张脸,强烈灯光映照下看不清楚,也不需要看。他静气凝神，将厚底靴牢牢站稳在台沿，微微抬头，望了一下。头顶上空，在灯光映照下，同样看不清楚，只见一片暗沉沉的漆黑。

他双臂一伸一甩，两脚用力蹬离桌面，团身翻向前方高空。

他的靴尖撞到了什么东西。

虽然只是微微一阻，已经让他双足落地之势，变成了头下脚上，从数米高空，疾冲地面而去。

下高，又称"高台筋斗"，乃是高难度的武技，"下高云里翻"，难上又加难，六张桌的云里翻，更是堪称绝活儿了。平日演练，自有师父帮着抄筋斗，也可铺些厚垫子以防受伤，但是到了台上，那就是赤裸裸的以命相拼，能否全身而退，全看各自修为。天青苦练下高十余年，有着防护的本能，此番一觉靴尖受阻，脑中未及明白，身上应变已生，刹那间猛力扭转方向，避开头和脊背，仍以双足着地，但是电光石火的瞬间，根本来不及收力，一双厚底靴结结实实地戳在舞台上。

一声闷响。一片惊呼。一阵钻心的剧痛。

樱草在二楼后观众席上，霍然起身。没人嫌她失礼，因为大部分观众都情不自禁地站了起来，一个个倒吸着冷气，望着那位不知怎么突然走了范儿，从高台直摔地面的大武生。樱草颤抖着抓住前方的椅背，想马上冲到台上去，昏懵混乱中，都不知自己是应该走下去，跑下去，还是直接从这二楼跳下去。

忽然之间，全场静寂。三千多双眼睛，都惊异地盯住舞台。

天青又站起来了。他的腿在抖，但是仍然咬着牙，一点点地站稳。三千双眼睛都盯着他的右腿，那腿上泉涌的鲜血，已将大红彩裤染成棕黑。他微微地向台侧示意，锣鼓点儿迟疑着，又响了起来，伴着他走起高难度的"倒扑虎"接"摔叉"，一个，两个，三个……台下鸦雀无声，已经没一个人能张开嘴喊一句好儿。就在这一片静肃中，他拧身，蹁腿，高高跃起在空中飞旋一个周身，硬僵尸落地，摔了个神完气足的"拨浪鼓"，躺在那里，不动了。

他一丝不苟地唱完了这出戏。

全场凝固片刻，忽然爆发出雷鸣般的喝彩。

彩声，掌声，长久不歇……

九道湾白家小院里，喜成社弟兄乱成一团，一张张急切的惊恐的张皇的面孔，挤在西厢房门口。三叔、三婶和竹青都守在炕边，樱草坐在炕头，紧握着天青的手，目光始终不离天青的脸。那张平日明朗纯真的笑脸，此刻已经惨白如纸，虽然仍在昏迷，但紧闭的双眼时时颤动，仿佛盛满了深不见底的痛楚。他的裤子染满鲜血，和腿牢牢粘在一起，樱草不敢稍动，只能频频以手帕，将他额头汗水轻轻拭去。

樱草的心里，已经空茫一片，所有心绪都绞在一起，分不清个所以然。脑海中仍然反复出现台上那个身影跌下的一幕，缓缓地，不真实地，仿佛只是一幅画，随时可以修改，抹去，如果能真的把它抹去，她愿付出任何代价，愿意以身相代，以命相偿！她可以不要一切，甚至可以……不要跟他在一起，只要他完好如初，重回那健康矫健的模样……

他的手紧紧握着她的，纵在昏迷中，也不放松。樱草心头一次次地冲动，想伏在这只手上大哭一场，但是她得忍着，一次次仰起头，努力收回眼中泪水，强行按住内心翻涌，给他异常坚定的、温暖的、毫不颤抖的紧握。她是他的妻，要陪他面对未来的一切，她和他已经经历了那么多，不会再有什么过不去的关坎……

白喜祥一直在屋里屋外走动着，虽然比平时更苍老了三分，却还指挥若定：

"……大夫什么时候到？快点，再催催。其他人都回去吧，玄青呢？叫他来！"

"师父……"玄青迟疑地踅进院子。白喜祥略一摆手，带他走到墙边。

"玄青，你告诉我，那排景片，怎么回事？"

"师父，我已经跟戏院说过的。"

"为什么还在那儿？"

"我不知道啊，师父，走台时候，您告诉我去找戏院，我当时就去说了。"

"你找谁说的？"

"戏院里一个管事的。"

"哪个管事的，怎么称呼？我去找他！"

"……我，我不认得他。"

白喜祥双眼一睁："不认得？你确定他是管景片的吗？"

"……"

白喜祥的手剧烈颤抖起来："你就是这么办事的？我告诉你盯着这事儿，我告诉你帮米师傅一起照看后台，你到底是怎么盯的，你没看见那排景片一直挂在上头？"

"……师父，我不是有意的。"

"你不是有意的！你也唱了这么多年戏，你是大师兄，你不知道台上一点岔子会有多大风险？你不知道下高能摔死人？天青这腿……他这一辈子……"白喜祥的声音哽住了。

玄青低着头:"师父,我也不想这样,师弟出了事,我也顶心疼的。可您也不能全怪在我身上,天青他自己也没看着。"

"他在唱戏!你让他分神看这个?"

"下高时,他就没看一眼上头吗?就算我一时疏忽,照看不周全,也该怪他自己技艺不到家。自己撞上去,自己摔下来,关我什么事?"

"玄青!你!混账!"白喜祥一手扶墙,一手抓着自己胸口,急促地喘着粗气,"你,你还配当师哥吗?我怎么教出你这样的徒弟!真该把你,把你……"

玄青闭紧了嘴巴。过了好一会儿,才从牙缝里迸出几个字:

"我知错了,师父。以后我一定,多多照看师弟。"

"二爷!"黎茂财一路小跑着从院外奔过来,"大夫来啦!"

白喜祥急忙回头,只见他身后隔了很远,跟着个中年人,不紧不慢地走进院子。肩上挎着的药箱,标明了他的大夫身份,除此之外,更像一个大宅门少爷:头戴礼帽,身穿玄色暗花亮缎大褂,外罩酱黄拷纱马褂,胸前挂着金表链,袖口精心地翻出白边。脸上架着一副茶晶眼镜,留着一抹修剪得整整齐齐的小胡髭。他的做派,也是异乎寻常的优雅闲适,走进小屋后,不即坐下来,先是仔细打量周围环境,又回头打量跟进来的白喜祥、玄青等人,笑眯眯地摘下礼帽,躬了躬身:

"在下邓漆园。这位爷是……"

"在下白喜祥。您,劳您快帮我们诊治诊治。"

白喜祥焦急地看着这位大夫不慌不忙放下药箱,打开,拿出一件件器材,仔细摆好……这个慢吞吞的劲儿,真让人抓心挠肝!可是没辙,都说这是学贯中西的名医,西洋留学回来的,接骨乃是看家绝技。所以只能按捺着,耐心看着他慢慢摸出小剪子,慢慢剪开天青腿上的彩裤,慢慢端详,慢慢思索……

不知是哪下触动了天青的伤,天青痛得哼了一声,醒过来了。邓漆园站起身,对白喜祥拱拱手:"白爷,这伤势么……"他瞟一眼已经睁开眼睛的天青,改口道:"白爷,您请借一步说话。"

"大夫,"天青的声音很低,却十分坚决,"劳烦您就在这儿说,有什么说什么。"

邓漆园咳了一声:"您这个情形……简净点儿说吧:左腿的伤呢,可以治好;右腿这小腿呢,伤得太重,保不住了,嗯,就是说呢,得锯了去。"

满屋子的人,几乎都冻在当地。

"大夫,我不能……您得帮我保住它!"

"咳，您自己打量打量，骨头都戳在外头呢。瞧这儿，这儿，已然碎成片片了。这叫开放性粉碎骨折，保不住的，医学话讲：建议截肢。"

天青转头望望白喜祥，望望三叔三婶，望望樱草，望望竹青，他们和他一样，都是满脸的惊恐与绝望。他不用再低头看自己的腿，倒在台上时他已经看到了，从右腿靴筒里穿了出来的、触目惊心的、自己的骨头。

就此……失去这条腿了吗？

一个武生，如果没有了腿，就等于虎没有了牙，鹰没有了爪，鸟没有了翅膀，人，没有了命！

他抬起眼帘，目光如铁，牢牢盯住邓漆园。

"大夫，我不能截肢，劳您想法子帮我保全。"

"这位爷，您的心情呢，我理解。不过呢，现在医学昌荣，截了肢还可以安装假肢，灵便得很，行走坐立都不妨事的……"

"不行，大夫！"天青的额头浸满冷汗，艰难地撑起半边身子，"我是唱戏的，我没法用假腿上台，无论如何，求您一试！"

邓漆园捋了一把小胡髭：

"那，我就勉为其难吧。唉，邓某可纯是以民生为念，才做这等费力又耗神的买卖，这诊费呢，可要加倍的啊。另外还有一句丑话，得说在前头：您这伤情，要是不及时截肢的话，有坏死的风险，到了儿也还是得截，弄不好连命都保不住……"

天青咬紧了牙关：

"您尽管医治！我要保腿，不保命！"

第十七章　独木关

"天青哥！天青哥！……他，他又昏过去了……"

"下次邓大夫再来换药，你别守在这儿了，这哪是女人该看的？"竹青一边抹着眼泪，一边忙着把炕头一堆堆染满鲜血的纱布、绷带丢进洋瓷盆，"上刑一样啊！就这么拿镊子伸到里面搅和，这血流的……"

"不，我要他每次醒过来，都能看见我……"

樱草含着眼泪，坚决地盯着天青的脸。这张脸在一个月时间里急速瘦削下去，面色苍白、憔悴，紧蹙的眉宇间写满了痛楚。浓眉下的长睫，微微颤动了一下，他醒过来了，那双平日神采飞扬的眼睛，此时连睁开都变得艰难，迷茫地转动了很久才望住樱草，仿佛好不容易在一大片模糊与混乱中间，辨认出眼前的面容。

"樱草……"

"天青哥，我在这儿。"樱草握紧他的手，"下次痛得太厉害了，就叫出来！别硬撑着……"

竹青长长叹了口气："也就是我师哥吧，真硬气，要换了我，伤还没怎么样，人先哭死了，遭不了这个罪！"

天青虚弱地微笑一下："我够有福气了，遭什么罪？住师父家养伤，这么多人照看，伤情一天天见好，谢天谢地还来不及。"

"你啊，别说话了，好好缓一会儿，等下爹爹回来，还要给你教戏。"樱草眼中泪花飞转，还是笑着起身，抱起洋瓷盆，又望了望天青，转身出门。

天青看着她的背影，喃喃道：

"你们为了我，这些日子倒真的遭了不少罪。"

竹青跳上炕，帮他坐起身来，倚在躺箱边上："其实本不用师父这么手把手地教戏，我在我师父家啊，基本功都是大师兄代教，要紧的节骨眼儿上，才是师父亲授。可是咱这大师兄呢……"他停了一会儿，脸憋得通红，还是忍不住说出来："前儿师父说起他在教你改工老生，你可没看着玄青师哥那模样，驴脸呱嗒的。"

天青笑了："你这张嘴。玄青师哥自小儿严正，哪像你整天笑不呲咧的。我学老生，正好以后能跟他多切磋，我觉着这兄弟情分，应当更加深厚才是。"

"菩萨保佑他也这么想吧。"竹青翘了翘嘴巴，"我老是觉得，他不喜欢你踩了他的地盘儿。其实闲没事儿的话谁愿意改工呢？多大风险，多大心血，若不是实在没辙……"

他望了望天青的神色，停下来不说了。

生旦净丑，四大行当，每个行当又有精细的分类，生行有老生、小生、武生；旦行有青衣、花旦、武旦、老旦；净行有铜锤、架子、武花；丑行有文丑、武丑……乍看区别不大，细究起来，四功五法，截然不同，绝对是隔行如隔山。每个伶人都是按行当学戏唱戏，自幼立下的范儿，终身难以逾越，若不是遇上极特殊情形，决不会轻易尝试改工。

"天青，趁着养伤这些日子，我教你几出老生戏吧。"那天下午，白喜祥坐在炕前，努力把语气放得轻松随意，"你有嗓，何不改工老生，以唱为主，一样攒得住。为师早年也是武生，后来伤了腰，才改工老生的。难是难了点儿，真正改得到家的，万中无一，但是我有些经验窍门，好好传你，咱爷儿俩有志者事竟成……"

天青与他相对而坐，低头望着自己的腿，一声不响。

"其实跟武生行相比，老生行分量可重得多啊。打从皮黄诞生以来，就一直是以老生为尊，'前三鼎甲''后三鼎甲'，最了不得的大角儿们，全是老生。当年要不是看你身子骨儿实在太难得，我本也思量过想让你工老生呢……"

白喜祥又自顾自说了一阵子，看了看始终垂头不语的天青，终于叹了口气：

"我明白你，天青，你不舍得武生行。但是，腿伤成这样，以后就算好了，也应付不了武生的翻打跌扑，为师得帮你重新找条生路……"

天青还是没有说话，长久地深埋着头。屋子里静得出奇，连窗外秋风，仿佛也被这静默所慑，寂寂然冻住了一般。

良久，只听啪的一声轻响。

一滴泪落在天青的腿上。

"天青……"

天青慢慢伏身，恭恭敬敬地磕了个头：

"师父，徒儿听您的。再造之恩，粉身难报。"……

"改了这些日子，你觉得怎样？"竹青热切地蹲到天青身边，"可别心急，我小时候改架子花那次，就费了老大气力，现今你这十几年的功在身上，更难扳了，别使岔了劲儿，弄左了嗓子什么的，就……"

"你先别管我，管你自己吧，"天青搂了搂他的大光头，"郝二爷对你的成绩，还满意吗？"

盛况空前的"红伶选举"已经结束了，天青中途受伤，自然榜上无名；竹青拿了净行的探花，第三名。天青深深愧疚，觉得若不是他忙于照顾自己，耽误了精力，准能拿状元的，不过竹青完全不觉得抱憾，他那性情，开朗乐天，得到的都是好的，得不到的也不值得挂怀：

"满意，满意着呢！又给我多说了几出戏。这日子过得，真舒畅，累死累活都甘心！"

门帘一掀，一股浓重腥气传来，是樱草端着一碗热腾腾的汤进了屋子。她围了条宽大的围裙，显得整个人更是纤细玲珑，脸颊在热气蒸腾下微微泛着红晕，一双黑眼睛闪动着热切的光芒：

"可算熬好了！快，趁热喝！"

"妈呀，什么味儿这是？"竹青忙不迭地掩起鼻子，"说真的，樱草，你做饭的本事可比做行头的本事差远了！"

"闻着不好，喝着好。"樱草扁了扁嘴巴，扭身坐上炕头，将碗端到天青唇边。天青微笑着看着她，就手儿喝了一口，眉头微微一蹙，随即把着她的手儿，一口气喝得精光。樱草欣喜万状，笑得双眼都弯了起来：

"好喝吧？我搁了不少大补的东西！"

天青爱惜地凝视着她的笑容："好喝。"

竹青扑上前来，接过汤碗闻了闻，伸手摸摸天青额头：

"师哥，我明白了，你的腿没摔坏，脑子摔坏了。"

樱草一掌打去，竹青灵巧地向后翻个"倒毛"，顺着炕沿滚到另一边，"师哥，别怪我做兄弟的没提醒你，成亲后天天吃她做的饭，家里得备点儿解药才成！"

听到"成亲"二字，樱草与天青对视一眼，一齐向墙上挂的皇历望去。刚撕到的一页，大字写着："十月初八，辛未年己亥月丙子日，宜祈福、订盟、纳采、冠笄、嫁娶……"

樱草轻轻握住天青的手。

竹青撇了撇嘴："啧啧，又要起腻了，真没眼看。"他夸张地扭过头，嘴里哼着戏文，纵身下炕，掀起门帘走了出去。

屋子里只剩天青与樱草两个人。天青将樱草的小手合在自己两掌中间，深深望着她的眼睛。

"若不是我出事，今天你就是我的新娘子了……这些日子我一想到这个，就觉得特别对不住你。"

樱草脸色晕红，侧头凝视着他："跟你说了多少遍，就算出事，我一样能做你的新娘子。谁说受了伤病就不能成亲？再择个日子，赶紧成亲吧，我还能更好地照顾你。"

"瘫在炕上，被人家抬着成亲？"天青坚决地摇了摇头，"我等了半生的大事，怎能如此轻慢。你放心吧，我好好养病，好好学戏，很快就能回复从前的样子。或许我再做不了一个好武生了，起码我还能做个好角儿，好男人，好丈夫。我相信用不了太久，三个月，半年？等我重回戏台，唱下第一出戏，就飞跑着去娶你，我要双手抱你进洞房。"他将她的双手拉近，近得呼吸可闻，"你……再等等我，好吗？"

樱草低下头，将红热的小脸，埋在他胸前：

"我等你……一辈子！"

天已经黑透了，晚风带着凌厉的寒意，席卷京城每一个角落。邓漆园坐在自己诊所里，跷着二郎腿，悠然饮着新泡的香片。

今儿又去给喜成社那个武生换药了，这活计跑得真累，不过，每次都能收一大笔，真值。那小子是要腿不要命啊，狮子大开口的诊费，他也答应。这些唱戏的伶人，到底有多看重肢体的完全呢？姓白的老爷子，出门时，还照例多塞他一口袋的大洋：

"大夫，无论如何帮他保住这条腿，这孩子的前程性命，全在您手里了。"

医者父母心哪。当然了，钱更是亲生的爹娘。邓漆园不像他的众多同道那样以济贫救困为己任，开诊所，就是要赚钱的，这不是做善事，是一门生意，钱给到多少，病就治到多少。截肢容易，保肢难，他本不愿意惹麻烦冒风险，但是既然人家这么肯花血本，干吗一锯子截掉自己的财源呢。邓漆园毕竟是读过洋书的，接骨这行儿，颇有几手绝活儿，这一个月来精心诊治，那条伤腿似乎还真有那么一点保住的希望了……

外面有人叩门。

"叫他明天来。"邓漆园不耐烦地吩咐老妈子。

老妈子去回了话，又走回来，呈上鼓鼓一个纸袋："他说一定要今晚见。"

一袋厚厚的钞票。

来客的打扮，和他的行为一样古怪。他戴着一顶礼帽，帽檐压得低低的，脖子上围了一条毛线围巾，挡着嘴，眼睛上又戴了一副墨晶眼镜，这下子，就把他的整张脸，遮得一丝儿都不剩。

哪有深更半夜戴墨镜的？邓漆园望着站在自己面前的怪客，不由得心头一阵惊惶。

"您，您是来问诊的吗？还是来，告帮？……大爷，我们小门小户小生意，求您高抬贵手，有什么事好商量！"邓漆园被他那份怪异吓得，说话都语无伦次起来。

怪客闷声开腔：

"有个病人，托付给邓爷。"

"啊，看病就好，看病就好，尽管吩咐，尽管吩咐！"

"喜成社那个姓靳的武生，请您务必用心诊治。"

邓漆园的心里，一块大石落了地。还以为是什么要命的事儿！合着就是托付个病人。看病，用搞得这么吓人叨怪的吗，那是做大夫的应当应分的啊。再者说了，那个姓靳的武生，就算没有特别嘱咐，邓漆园也会竭尽全力的，他收了人家一大笔钱哪。

"一定！一定！今天刚去换了药，我看着伤处已经开始愈合了，在下肯定全力以赴，帮他保住……"

"不是要你保住，是要你保不住。"

邓漆园呆了。他没听错吧？

来客的整张脸都掩得严严实实，看不清他的神色，只听得围巾底下闷闷的声音："叫他一辈子当跛子，这你做得到吧？"

"啊？您，您这是，这是哪门子的……"

"邓大夫，多嘴不长命。"

"这个……这个可有违医道和良心哪，再者说了，也砸了我自己的招牌……"

来客把围巾又往脸上扯了一扯：

"他本来伤情严重，在场人人都是见证，你丑话也都说在头里了，他甘冒大险硬要保腿，出了事是他自己承担，跟你的招牌有什么干系。"

"万一治死了，我岂不……"

"想治死也不容易，"来客哼了一声，"六张桌掉下来都没把他摔死，那条命硬着呢。"他指了指桌上的纸袋，"你不是想多赚点诊费吗，尽管治，这只是订金，三个月后，另付双倍酬谢。"

邓漆园的目光顺着来客的手指溜过去，停在那袋钱上。这还只是订金。那姓靳的小子，祖坟上到底冒了什么烟，保他的害他的，各自都拼了血本。说真的，管他们是什么江湖恩怨，咱不能跟这么一大笔钱有仇啊。再者说了，这来客阴阳怪气的不知什么来历，万一得罪了他，只怕把他邓大夫自己的腿搞断了也说不定。大夫不是包治百病的神仙，能把那条腿接续起来，已经是邓漆园的本事了，谁还能有二话？要想让他跛脚又不伤性命，简单得很，只要把接口稍微地那么……

邓漆园的一双小眼，滴溜溜转着，终于开口：

"我要现大洋。"

"成交。"

来客伸手把围巾拉得更高一点，埋着头走了。

邓漆园跌坐在椅上，轻轻叩着桌子，老半天缓不过神来。

"奇怪奇怪真奇怪，不要治好要治坏！……"

"累了吧，要去后台吗？"

"不了，在这儿坐会儿吧。"

樱草接过天青的拐杖，扶着他，一起在楼梯台阶上坐下来。

这是广盛楼后院，戏楼后台外的小楼梯。冬日正寒，呼吸都凝成一道道白雾，头顶上隔着一道门帘便是温暖的后台，但是樱草明白天青，他不想挂着拐杖进去。此时正是晌午，日戏尚未开锣，后台依稀传来阵阵胡琴声，是武生秦月明在调嗓。

> 大英雄得下了冤孽病症，一霎时眼昏花双目不明。
>
> 似猛虎丧了命威风还在，大将军八面威何足道哉。
>
> 抖威风上战马把贼来战，我不杀安殿宝誓不回还！……

天青一动不动地侧头听着，眼睛望向前方空寂的院子，神情专注而迷茫。他太熟悉这段唱了，《独木关》，大将薛仁贵带病杀敌的故事，本是他的拿手戏，他完全知道随着每一个音韵转折，每一个锣鼓点儿，手应该怎样，腰应该怎样，腿应该怎样……情不自禁地，想随着韵律抬起腿，但是不能，一阵突如其来的剧痛，让他脸上都有点抽搐。

距离受伤，已经四个多月，那曾经落地生根，坚实又柔韧，动作随心所欲，被戏迷称为"像假腿一样"的腿，现在真的像假腿一样了，只能挂着拐杖勉强拖行。左腿还算好，右腿呢，看起来比左腿瘦一些短一些，似乎还有点歪，脚尖总是控制不住地向外撇着，一落地就是钻心的痛。

真的，要与武生行，永别了。花费了多少神伤的日夜，终于勉强接受了这个现实，但是每到广盛楼，避开众人瞩目，悄悄坐在帘外，听着那些武戏的锣鼓铿锵，熟悉的板眼悠扬，那些已经与他的生命融为一体的旋律，仍如温水一样沐浴着他的身体，也如刀子一样剜割着他的心。师父说得一点都没错：他不舍得武生行。怎能舍得？十余年的苦练，日日与毯子把子为伴，翻打跌扑，于他而言像行走坐卧一般熟悉，赵云、武松、杨再兴、陆文龙，那都是他朝夕相伴的兄弟，灵魂相附，须臾不可分离的亲人。或许人生就是这样，一切得来艰难，失去却无比简单，谁能想到，那从高空翻下的一刹，靴尖触到景片的瞬间，就彻底断送了他生命中最为珍爱的一部分……

"今儿又学了什么戏？"樱草清脆的声音，打断了他的思绪。

"《三家店》，'马渴思饮长江水，人到了难处想宾朋'……"

"这段学了一星期了。"

"是啊，多亏师父有耐心。这戏说得，每个字都掰开了揉碎了，字头、字腹、字尾、尖团、上口、板槽，一点点给我抠。师父说了，唱武生的即便荒腔凉调，看客也不会十分苛求于你；但是唱起老生来，人家可就要在腔调、韵味上推敲了。"尽管心情惆怅，但是提起师父，天青还是充满感激，"他说我算是学得不错，进境比预想快，只要肯下功夫，仍有指望好好吃上这口戏饭……我当然要下功夫！能守在戏台上，已经是不幸中的万幸了，不在老生行唱出点名堂来，对不住师父的教诲。"

教一个二十多岁的成名角儿改工，比教一个从未接触过戏的棒槌学戏更难，好比把全身一根根骨头都拆开来重塑，把前半生记忆都挖出来洗清，对于师徒二人来说，都是水深火热的考验。四个月来，白喜祥自老生行基本功开始，唱念做打，细细帮他从头掰弄，嗓子重新调理，身上重新立范儿，因天青腿伤未愈，不少身段还难以模拟，全靠白喜祥不厌其烦地连比带讲：

"……同是'起霸'，招数一样，劲头却不相同。'老生弓，花脸撑，武生在当中，小生紧，旦角松'。'弓'就是'排'，往后贴，前胸空着点儿，后背往后贴着点儿，在'武'气里带出'文'气来，不像你从前武生行起霸，是把老生的'弓'和花脸的'撑'糅在一起……"

"是啊，爹对咱们，真比亲生爹娘还更用心。你什么时候才能把这些戏贴出来呢？"

天青禁不住地眉头深锁："总得能走能跑了，才敢贴戏吧。邓大夫说不要心急，能保住腿已是万幸，完全康复需要很长时间。我哪能不心急？四个月了，一辈子有几个四个月可以浪费！这样下去，我什么时候才能开始练功，什么时候才能登台，什么时候才能娶你……"

樱草飞红了脸，正待开口，忽然后台门帘里，传来一声拔高嗓音的大骂：

"……就他妈知道混赖！大夫亲口跟你说的，还叫没准儿？"

另一个脆亮的声音高叫：

"他那个蒙古大夫！"

听这声音，是玄青和竹青。兄弟俩吵成这样，让天青与樱草都诧异地抬起了头。转瞬间，人随声至，竹青掀开帘子，气愤愤冲出后台，正要奔下楼梯，猛然看见天青和樱草，顿时呆在当地。

天青担忧地开口："竹青，你病了？"

平时快言快语的竹青，竟然张口结舌地呆在那里，答不上话来。他的脸上，毫无平素的活泼喜悦，而是满脸的激愤沮丧，还有重重郁结的忧虑。这时楼上门帘一掀，玄青出来了。他本是怒气冲冲，忽然望见楼下的天青，面色渐渐和缓，换了一副似笑非笑的神情。

"师哥，"天青抬头问道，"竹青怎么了，要去看大夫？"

"师哥！"竹青蓦然转身对着玄青，"我输你就是，别再说了！"

玄青笑了一声："天青，你要我说么？"

竹青叫道："师哥！"

天青蹙了蹙眉："咱们做兄弟的，什么话不能讲在当面？"

"嗯，说的是。"玄青居高临下地望着这两个师弟，背起手，慢慢转身，"天青，竹青刚去问过大夫，说你那腿，好不了了，以后会一直跛脚。他想瞒着你，我觉着呢，这事应该让你知道，省得你老是抱一丝念想，还劳心费力地去学老生。"

仿佛一桶冰水迎头倒下，天青不自禁地打了个寒战，僵在原地做声不得。樱草抓牢天青的手臂，但自己也在微微颤抖。竹青面色青白，冲上楼梯大叫道："你！……"但是玄青已经掀起帘子进去了。

"竹青……"天青缓缓开口。

"你别听他胡呲，根本没那么八宗事儿！我就是……其实是我自己有点……"竹青的手抓着楼梯栏杆，指节都泛白了。

"竹青。"天青盯着他。

竹青狠狠跺一下脚，一步步走下楼梯，来到天青面前，眼眶中涌着泪花：

"师哥，我……玄青师哥老是叫你跛子跛子的，我跟他吵，他叫我自己去问大夫，还要跟我赌磕头赔罪什么的。我……我不信这个邪，去邓大夫那儿问，他一开始还支支吾吾，又要给我开方子抓药，后来被我逼得急了，他说……"

"说什么？"

"他说……他说你这腿……"

天青和樱草，都直勾勾地盯住他。

"他说你这腿没法子彻底恢复，将来就算能下地，也肯定是跛的……他说这不能怪他，能保肢已经是他劳苦功高了……他说你性子太激，怕你承受不住，闹出什么事来，所以一直拖着不说……玄青师哥他，我回来后他还追着我问，要我给他磕头赔罪……"

天青低头看向自己的右腿，盯了良久都没有动。樱草上前搀他，被他一下子甩开：

"他这肯定是……骗我的！我很快就能好，很快就能上台！"

一百多个日夜，日日悬心，夜夜伤神，怕的就是永别心爱的戏，不顾伤口剧痛，努力练习行走，努力接受现实，努力去学习全然陌生的新行当……这一切原来都是白费的，原来一切早已注定，只是他蒙在鼓里。不，他不信！怎会一直跛脚，怎么就不能上台？天青急切地抓起拐杖，迈步前行，一时间心思昏乱，一只拐杖自手中滑脱，整个人就像一棵被连根砍断的树，不能控制地倾斜着、颤抖着，绝望地跌向地面。竹青和樱草急忙来扶，被他挥手打开："你们别管我，我不用你们管，我自己能成！"撑着余下那只拐杖，拼了命要站起来，但是一阵剧痛让他再次跌倒，痛得蜷在地上。

竹青哭了，拿袄袖子抹着眼泪：

"师哥！你好不了了也没关系，我养着你！跛了脚一样可以过日子呀，师哥！……"

林郁苍小心翼翼地贴在广盛楼墙根下，努力把胖大的身躯藏在高墙阴影里。

天刚蒙蒙亮，肉市街上隐约传来叫卖吆喝，起早遛弯儿的爷们儿三三两两地走过，但广盛楼院子里寂静一片，唱戏的听戏的，都还没来。打更的那个老刘头儿，好像也不在。林二爷的机会到了。

他慢慢地朝后院蹭着，伸着大圆脑袋，东张张，西望望。

破题儿第一遭，他今天竟不是冲着喜成社的角儿来的，而是冲着喜成社的祖师爷来的。

最近的林家，是越来越败落。院子又比从前小了一半，能当的宝贝也都当了不少，剩下的被爹爹林墨斋派人整理入库，严严地看管起来，不准林郁苍随意拿去变卖。不卖那些东西，他林二爷的用度从哪里出？自打多了个弟弟，他远不像从前那么受爹爹宽纵了，月份儿、零花儿，都紧得很，他拿什么养他的蛐蛐儿，喂他的鸟儿，赌他的钱，玩他的姑娘和相公？这日子过的，冬天刚过，就把皮袍送当铺了，余下的光景，简直难熬。

还亏得他林二爷，另有一项本事，情急之下，忽然派上用场。他忆起有一次混到广盛楼后台去看筱妃红，经过楼下柜房，曾看见里头供着个十分精致的梨园祖师爷瓷像，前头还有八个外族武士，黑黝黝的不知是什么材料制成。林二爷自小在大宅门长大，看古董的眼光还是有一点的，打眼儿一看，就觉得那可能都是能卖大钱的老东西。如今手里空得痒痒，自然而然地，打起那几样东西的主意来。

当然了，剪绺儿，闯空门，准定有风险。但是，腰里没钱心似铁，人穷急了，风险算是什么东西！唉，只是可叹，堂堂林二爷，现在身边连个听使唤的小厮都没有了，这么大的风险，还得亲自屈尊来冒！

"萝卜甜来，赛梨……"

门外街上的零星货声，更显得这空荡荡的大院子静得诡异。林郁苍心头直起毛咕，好不容易一步步挨到柜房门口，伸手一推，和白天一样，门没锁。他大喜过望，探头进去，已经望见迎面那座瓷像，梨园祖师爷慈祥而不失威严的脸……

"谁？"

背后猛然传来一声低喝，这把林郁苍吓得，三魂七魄全部飞上了天。他的手还按在门上，不敢再推，也不敢拿开，两腿软得站也站不住，嘴里乱七八糟地念叨：

"大爷饶命！大爷饶命！小的上有八旬老母，下有三岁孩儿……"

"林二爷？"

林郁苍努力合上嘴巴，艰难转身，整个身体贴在门上，眼睛四下乱扫。好不容易定下心神，方看见前面不远处站着一个人，高个儿，宽肩，笔挺的身架，雪白的一张脸，眼睛里晶亮地反射着晨光……是他这辈子最大的对头：靳天青。

妈的，真是冤家路窄！林郁苍心里，一瞬间把靳天青的祖宗十八代都问候了个遍。三跪九叩都拜过了，就差这最后一哆嗦！他再晚来一会儿，林郁苍早就一把捞过那些神像，兔子一样蹿出院子去了，怎么偏偏赶在这时候冒出来？咦，刚才一步步摸进来时，明明什么声音都没听着，他怎么忽然就站在背后了的？应该不是刚过来，而是一直站在这儿，只是林郁苍没看见而已，大清早儿的，一个人站在院子当间儿干什么，难道是掐指算到了林二爷会大驾光临？

"你在这儿干什么？"他还先发制人地问上了。

林郁苍嘴巴咧了咧，像笑又像哭。

"靳老板，嘿嘿，我……"

他慌乱地瞄着靳天青，想逃走，又想跪下，又咂摸着如果甜脆脆大喊几声"妹丈"，会不会让他高抬贵手放过自己呢？那恐怕得看他心情好不好了。眼下这妹丈，可不像是心情很好的模样：脸白得吓人，眉宇间蕴含着浓重的忧愁，望向林郁苍的眼神，带着一股子以前从未见过的绝望神色，叫人简直想当场上吊。他一直站在那儿没动，也不过来，也不走开，身子下面有奇怪的影子……林郁苍眯着眼睛瞄过去，只见他腋下挂着一双拐。

慢着！

他挂着一双拐！

好像去年什么时候，听说这小子摔坏了腿，怎么，到现今儿还没好？

林郁苍立刻就站直了。

"靳爷，您老安康！"

他冲着靳天青打了个躬，见他没反应，又讪着脸，伸手指指他的拐杖："这闲没事儿的怎么玩儿起拐来了呢？要贴《八仙过海》么？"

天青蹙了蹙眉，转头喊道：

"刘师傅，刘师傅！"

广盛楼这打更的刘师傅，为人不错，热情和善，但是耳聋眼花，看门也看得三心二意，经常跑进园子找人聊天，或是干脆溜回家去，十分之不尽心。因为是广盛楼这边聘的，听说还是经理的什么亲戚，喜成社也不好说什么，一直只能听任这老爷子随心所欲。眼下林郁苍这个外人一直窜进后院柜房都没人拦阻，显然前院的老爷子又不知到哪儿逍遥去了。

喊了两声无有应答，天青架起双拐，绕过戏楼，朝前院走去。林郁苍瞧着他脚下七歪八扭，果真是跛得厉害，心里这个狂喜，简直是天花乱坠。他以从未有过的轻捷跳上去，照天青后心，猛推一掌，喝道：

"躺下吧！"

天青一个跟斗跌倒在地。

林郁苍纵声大笑，连忙上前，踢开他的拐杖。天青咬着牙，双手用力撑地，想要站起来，但是右腿软垂，左腿也完全吃不上劲儿，几次挣扎都起不了身。他忍痛跪起左腿，勉强撑着身子，爬了两步去取拐杖，却又被林郁苍一脚踹在肩头，重又摔倒。院门外的小贩们，吃早点的、遛弯儿的爷们儿，被这喧哗声惊动，纷纷聚拢门边，吃惊地探看，不少人低声窃语："是靳老板，靳老板……"

林郁苍兴奋得要发狂了。几年的怀恨在心，终于大仇得报，而且还是当着这么多人的面，他连去柜房剪绺儿都顾不上了，用力照着天青的头踢了一脚，尖声笑道：

"靳老板！您这抢背，走得地道！再给爷来个吊毛！来！叫你跟爷豪横，今儿爷若是轻饶了你，爷是这个！"

他朝着自己小手指啐了一口，抬脚照着天青，没头没脑地狠踢过去。天青起不了身，两手无从招架，只能护住头脸，任他在背后疯狂踢踹。林郁苍长得肥胖，身子却虚，这几下子倒把自己踢得满头是汗，一边踢一边气喘吁吁、断断续续地叫着：

"靳老板！好个大武生！姥姥！爷的脚底下泥！……"

"狗杂种！"

忽然一声暴喝从门外传来，惊得林郁苍几乎把自个儿绊个毛跟头。抬头一望，一个铁塔般黑汉子推挤着人群，阔步奔进院子，方头大耳，厚唇金牙，竟是他旧日的枪棒教师乌老三。这家伙虽然曾经是他手下，但自打天安门外黑松林一战之后，算是跟他结了梁子，一见着就找碴儿，要不是林郁苍逃跑本事一流，几次几乎折在他手里。眼下他直冲到林郁苍面前，一把揪住他衣领，劈头给了一拳：

"你他妈还敢动我兄弟！"

好汉不吃眼前亏。趁他转身搀扶天青，林郁苍二话不说，抹一抹鼻子流下的血，撒丫子就奔出院子。乌老三回身看见，大骂两句，也顾不上追赶，忙着问天青："贤弟！你没事儿吧？腿怎么还没好？"

天青一言不发，接过乌老三递上的拐杖，艰难起身，一步步走出院子。院外围观的人群，悄然让出一条通道，内容各异的眼神，全都聚集在他灰尘扑扑的身上、一瘸一拐的腿上。乌老三亦步亦趋地跟在他身后，直送他出了肉市街，见他头也不回地穿过前门外大街转西，朝着护城河沿走去，乌老三连声追问："贤弟，你这是去哪儿啊？我送你回家？"

天青慢慢转身，眼中是一片死灰：

"你别跟着我。"

前门外西河沿，本是天青与樱草他们童年时的胜地。春天放风筝，夏天乘凉，秋天放河灯，冬天坐冰车……一年四季都少不了欢声笑语。最热闹的还要数严冬，河面冻结结实实，不仅小孩子爱玩冰车，大人也用它作为重要的交通工具，从早到晚，一辆辆冰车来来往往，每辆上面都挤了三五个人，拉车汉子猛推数步，自己也跳上去，在光滑的冰面上能飞驰老远，比搭洋车快得多。有些河段，还是冰窖取冰之地，一块块方方正正的大冰被截下来载上车子拉走，回头就会变成夏天纳凉的、储物的用品，还有好吃的冰碗儿、冰糕……

此时已入早春，冰已化冻，没人敢在上面走了，算是西河沿最冷清的一段时间。凌晨时分，更是一片静寂，冷硬的河风，让早起遛弯儿的人也都另寻去处，茫茫冰河，放眼望去只见零星的冰缝、冰洞，偶尔传来噼啪的解冻声。

天青拄着拐杖，站在河边一棵枯槁柳树下，静静望着河面。

当着樱草和竹青的面，他努力装得若无其事，不想让他们担心。但是到了深夜，他们都不在了，黑暗的屋子里，绝望和痛苦就像两只巨大的怪兽向他袭来，凶狠地噬咬着他，让他整个身体支离破碎，就像那条腿一样，永远都拼不起来。这天晚上，他咬紧牙关，硬撑着挂起双拐，推开屋门，走进静寂的院子。这院子曾经洒下他多少汗水，留下他多少足迹，纵是在受伤后，他还曾多么热切地在这里练他的腿，不怕辛苦，不怕劳累，不怕那些钻心的剧痛，信心满满地期待能奔走如飞的一天……

但是，原来，它们是早就已经死透了的，任他怎么坚持，也不会再有一丝生机。

前门车站的大钟，悠远地打了三响。天青悄悄开了街门，穿过寂静无人的大街，走向广盛楼。刘师傅不在，院门虚掩着，他一步步挪向戏楼后面，想去久违了的后台看看，但是那短短几个台阶的小楼梯，如今已成天堑，身边没人搀扶，他根本上不了楼。站在楼下，仰望着那曾经无比熟悉的门口，头顶白惨惨的月色，黑黝黝的天，冷漠地向他昭示着未来的下半生。

如果从此跛了，他还能做什么？一个堂堂七尺男儿，就这样残疾着度过余生吗？永远告别他的戏台，告别他的西皮二黄、胡琴锣鼓，告别他的盔头他的靠，他的银枪他的刀……就算他能放下他的戏，能头也不回地转身，又将如何面对茫茫前路？腿跛成这样，连窝脖儿打鼓儿都做不了，他难道要靠樱草养家吗？就这样日复一日地废在家里，看着樱草一个人辛苦劳作，做戏衣做盔头，娇嫩的小手磨出厚厚硬茧，为着一家人的温饱？

仿佛上天觉得他的痛苦还不够彻骨，悲怆还未到极致，突然又让他撞见一个林郁苍，将他狠狠地打入尘埃，沉沦在绝望的黑沼之底。他终于意识到，可怕的还不在于他将没有办法谋生，而是在于，他根本失去了最基本的保护自己的能力，更不用说保护樱草。他再也不可能从拐子手里，从焦德利手里，从林郁苍手里，从任何人手里救下她，在如此危机四伏的乱世，他没有办法再保护自己心爱的人，他只能眼睁睁地看着她孤独地对抗这一切了，他是一个彻底的废人、累赘，连林郁苍都能尽情将他折辱，当着所有人的面，把他踩成脚底下的泥。

　　晨光中，他跌跌撞撞，拼命地走向西河沿。右腿还是那样疼痛难忍。但是他也不想再顾念着它了，毫不犹豫地一步步踩下去，任那锥心刺骨的疼痛，一阵阵穿透他的全身。到了那棵柳树下，腿已经完全不听使唤，血顺着裤脚向下流。就让它这样痛着，心中的抑郁，似乎反倒减轻了些，原来一个人在极度心恸的时候，肉体上的痛苦根本不算什么，让人甘愿用它将精神上的痛苦分担。

　　眼前就有一个冰洞，离他不远，冰缝犬牙交错，露出里面一泓黑漆漆的河水，静静地，发散着彻骨冰寒。这黑洞仿佛有着奇异的吸引力，在吸着他过去，走过去，投身向它，那里面的寒冷，一定能冻结他的所有苦痛，肉体上的，精神上的，全都被它融化，吸走，他再也不用为这条断腿挣扎，再也不会让任何人为他操劳，这生命静悄悄地来，也静悄悄地去，就像他从高台上摔下来时一样，转瞬之间，一切化为乌有……

　　他迷迷茫茫地望着那个黑洞，迷迷茫茫地抬腿，却不料这腿已经一步都挪动不了，只有身体向前一倾，摔倒在冰面上。他的脸贴着寒冰，唇边都是灰土，感觉得到脸颊有擦伤，热辣辣的，似乎流了血。但是他不想理会。他闭紧了眼睛，似乎就飘浮在一个虚无的世界里，触手冰凉，身体内却是一片火热，凶猛地燃烧着，将他烧得晕眩，不想再去思考任何凡尘琐事。

　　如果这就是人生的尽头，该有多好！他希望自己就这样长眠下去，永远不要再起来，当他的腿已经没有办法支撑身体的时候，他不知道自己为什么还要再起来。眼前如一出大戏即将终场，锣鼓声骤，各色人物纷纷登台，唱出自己的最后一曲，他已经没有力气为他们喝彩了，只能这样无声地告别：三叔、三婶、竹青、师父、樱草……那张小桃子脸，就在今晚临睡前，还伏在他身边，温暖地亲吻着他，语声至今回响在他的耳畔：

　　"用了这么多年才终于和你在一起，这世上我什么都不再企求了，只求你在……"

　　天青又听到了自己心碎的声音，碎得一块块、一片片，散落尘埃，无法收拾。是，他以前听到过，他曾经有过这种被利刃插进胸口，把心割裂成一片一片的感觉，那是在他十一岁，在白家小院，眼看着哭得双眼红肿的樱草被塞进车子，驶出胡同的时候；是在他十九岁，在林家大宅，樱草惨白着脸将那小铜牌牌还给他，要他忘了她的时候；啊还有，在六国饭店的楼下，他抱起樱草，看见她嘴角带血、面无人色的时候……

　　他原来已经有这么多次以为会永远失去她了吗？他原来已经心碎过这么多次，死过这么多次吗？他和她历经了多少劫难才守在彼此身边，他难道要自己操起这把利刃，去割裂自己的心也割裂她的心吗？

他没有法子再躺下去，再怎么意冷、心灰，都做不到。他渴望着重新站起来，走回去，和她在一起，紧紧握住她温暖的小手……人生最宝贵的是什么？不是生计，不是荣辱，就是这双充满爱惜与信任的手。为了这双手，值得丢下一切的浮华，一切的旁骛，一切的内外交困、纷扰嘈杂。能不能高贵地活着，有什么重要？真正的爱与珍惜，是能为了她，宁愿残缺而卑贱地活下去。不是吗？肯为她的开心而开心，为她的伤怀而伤怀，肯为她付出勇气、关爱、血汗、生命，就应当肯为她承受伤痛，承受折辱，承受世间一切苦难与挣扎。

他猛地睁开眼睛，望了望四周，一时间完全不知道自己是在哪里，如同再次从高空跌落一般的冲击，让额头都冒了一层虚汗。他咬紧牙关，艰难地撑起身子，重新爬回柳树下，抓住拐杖，摇摇晃晃地站起来。天已经完全亮了，他得回去，她一准在找他，大家准定都在找他，那么多爱他的人，他不应当让他们担忧……

"天青哥！"

一个熟悉的身影，沿着河边飞跑而来，老远地冲他挥着手，一口气奔到他面前。她的辫子跑散了，一头长发披在脑后，鬓边几缕发丝，挂满汗水。她惊恐地上下打量他：

"一早上就不见了你，怎么回事？乌老三说，我哥……打了你？啊！你这满腿的血，他打的？"

天青没有回答，一把拉过她的手，颤抖着，紧紧握住。他珍惜地感受到她肌肤的温热。那是只有两个人好好地活着，真切地相守，才能触摸到的温热。

"我没事。我们回去吧，以后我……再不会这样。"

樱草还是站在原地，不太置信地凝视着他："真的吗，你自己跑到这河边来干什么？天青哥，我知道你性情刚硬，受了这么大的委屈……"

天青眼中酸痛，轻轻拥住她，将脸埋在她的头发里：

"我来想一些事情。现在已经想明白了。"

"什么事情？你告诉我！"

天青静了一会儿。

"我得好好活下去。只有活着，才能……爱你。"

他握紧她的手，拉到自己胸前，按在心口。隔着衣衫，隔着肌肤，两人的手掌都能感受到那强健的心跳。

"只要我这里还在跳，就算我的腿没了，手也没了，鼻子眼睛耳朵，全都没了，我也会好好地留下来，陪着你。"

樱草的泪花飞转，但是她的眼睛在微笑。她伏在他胸前，轻轻按住他的心口，手心的温暖，一直传递到他心底最深处。

"只要你这里还在跳，我也会好好地留下来，陪着你！"

人，到底是为了什么活着？樱草以前，还真没有仔细想过。对她来说，活着就是活着，是世间最美好的事，天底下有太多事物值得开心地活着：灿烂的阳光，凉爽的风，丁香花的香气，老槐树的浓荫，故宫的红墙绿瓦，北海的碧湖白塔，广盛楼的丝竹锣鼓，九道湾的青砖小路……尤其还有那些温暖的手，亲爱的笑容：爹爹的笑容，天青哥的笑容……

但是，生命短暂，万物无常，一个人的一生，浮沉辗转，原是由不得自身。总有些人，有些时候，无法看到那些美好的光芒。当你懂得了失去的滋味，尝到了绝望的痛苦，永恒地陷身在黑暗里的时候，还要为了什么活下去？樱草和天青，曾经也不知道，现在他们知道了：人活着，是因为人间有爱。只有活着，艰难地走下去，挨下去，才有可能迎来那些风，那些阳光，那些丝竹锣鼓，那些温暖的笑容……当活着成为一种勇气，爱也就有更大的力量，让你在漫长的黑暗里，始终守着一线不灭的光。

春风起了，裹着细细的沙尘，吹得人满头满脸。阳光倒还和暖，洒落在孕育着新一年生机的枝头。天青坐在樱草房里，帮她给盔头簇纸活儿，他的手劲儿，着实厉害，那厚厚的纸袼褙，一刀下去连簇八层，图案纹丝不乱。

"说真的，天青哥，你做什么活儿都是把好手。"樱草的眼中，还是充满少年时候的倾慕。

天青笑了，露出一口雪白的牙齿："多谢林师傅夸奖……我是想好了，就算彻底瘫在炕上，我也能养活你。七行七科，我能做的活计多着呢，衣箱盔箱梳头桌，都说肯收我做徒弟。戏呢，我也不放下，还能帮着师父教导师弟们。差只差在，跛了脚，终是不能再上台了。"

"跛不跛脚，你都是一等一的好男儿，没谁能及得上你。"

"你再夸下去，我要把手也戳坏啦。"

樱草噗嗤一笑："你跟竹青哥没学着好去！……"

"樱草，有朋友来看你。"三婶在院子里喊道。

樱草放下手中活计，赶出屋子一看，不由得惊喜地呆在当地：

"少湖！天哪，可太久没见着你了！"

阳光下站在院子里的，正是暌违已久的陈少湖。他比读书那时候黝黑了许多，不过也壮实了许多，只有脸上清秀的轮廓依然未变，鼻梁上的圆眼镜后，一双眼睛仍散发着热情的光芒：

"不知道我回来是吧？叫你不给我写信！若不是林府把我打出来，都找不着你在这儿！"

"我给你写信了，还没寄到吗？我是写得晚了点儿，这说来可就话长了……"

"噢，我先前一直在山区，可能……"

他忽然闭上了嘴。樱草背后，出现了另一个熟人，正爽朗地朝他笑着，一如在那颐和园的石舫上，坦荡、大方、清俊、英挺，只是手里，多了一副拐杖。

"少湖兄，久违了！上次的救命之恩，都没来得及答谢。"

陈少湖惊呆了。他看看天青，又看看樱草，又看回天青，看他手中的拐杖。

"靳老板……腿怎么了？"……

东厢房炕头上，三个年轻人，彼此互诉这一年多来的经历：

"……各方诊所医院，都试过了，都说真的是没辙。"天青坦然一笑，"少湖兄，你觉得呢，还有希望吗？尽管说，别在意，我已经接受最坏的结果了。"

陈少湖蹙着眉头看着他的腿。右腿裤管已经卷起，露出的小腿上，伤痕横七竖八，触目惊心，腿骨断折之处，微微隆起着，有异样的扭曲。

"情形是不大好。我建议你到协和住院，用仪器做个彻底的检查，我可以帮你安排。"说起诊疗，陈少湖不自禁地昂起头，带出了一个医生的专业风度，"骨科是我本行，我的导师霍华德先生是美国著名骨外科专家，这次我从云南回到协和来，就是应他之召，帮他筹建新科室。请他帮你诊治诊治，应当会比现在更有进境。"

天青与樱草对视一眼，喜悦溢满两个人的脸庞。樱草扶着天青肩头，激动得手都颤抖了：

"天哪，少湖，你真是我们的大福星！若是真能把他治好了，要我们怎么感谢你！"

陈少湖微笑着，视线忍不住地凝聚在樱草身上。她仍是那么娇怯细弱，却有着始终不变的一份飞扬神采，梨涡中的笑靥让人情不自禁地受到感染，打心眼儿里舒展起来。她站在炕边，一边跟陈少湖说着话，一边还不时地瞥向天青，幽深的黑眼睛里，闪动着无尽的爱与关怀。坐在她身边的天青，仰头望着她，嘴角含一丝微笑，眼中深深的全是爱惜，虽然只是默默对视，但是连旁观的陈少湖，都感觉到空气中那么多的浓情蜜意在回荡。

陈少湖低下头，摘了眼镜在手中擦着，笑道：

"我是不舍得看靳老板这样的好角儿屈才。救死扶伤，也是医者本分，要什么感谢？"

　　北平东单，协和医院，外观看起来不太像个医院，倒像是一座富丽堂皇的宫殿。绿色琉璃瓦大屋顶，青砖墙面，传统朱漆大柱，汉白玉栏杆，组成一幅精美的画卷，和出出进进的白衣天使一起，构筑起这座救死扶伤的圣殿。

　　这天下午，陈少湖走进病房。一身雪白的医生大褂，里面一丝不苟的白衬衫、领带，黑发梳得整整齐齐，眼镜框下一双清秀的眼睛，坚定睿智，散发出让患者振奋和踏实的光芒。然而今天他脸色不大好，站在天青的病床前，紧紧蹙着眉头。天青双手握拳，坐起身子，正在一旁洗面巾的樱草也站了起来。

　　"靳老板，"陈少湖停了一会儿，似乎在考虑该不该说，最后还是直截了当地说出来，"对不起，检查结果，不太理想。"

　　天青嘴角一动，随即脸上露出一个镇定的微笑："已经很感激你了，少湖兄。"

　　樱草轻声问："怎么个情形？"

　　"这条腿的断骨是接上了，但是复位不佳……就是接歪了。现在是畸形愈合。骨折线基本消失，理论上确实是，无法恢复原状了。我已经和导师商议了下一步治疗方案，我想我可以帮你做好康复训练，实现弃拐行走，慢慢走的话，表面上可以看不出来。不过呢，要登台唱戏的话，那是肯定不成了。"

　　天青静默一会儿，开口问道：

　　"'理论上'是什么意思？是不是还有一点可能，能够恢复原状，回到戏台，一点点的可能？无论多难、多苦，都没关系，我能接受。"

　　陈少湖的脸上，充满遗憾：

　　"除非断掉重接。但是现在它已经基本愈合……唉，我回来得太晚，若是刚受伤时就到协和请我的导师接骨，应该还可以恢复正常的。"

　　天青微一扬眉，转头对樱草笑了笑："樱草，你先出去一下好吗，我和少湖兄有话说。"

　　樱草点点头，顺从地抱起脸盆走出去，天青望着她的背影消失，重又盯住陈少湖：

　　"断掉重接可以？"

　　"理论上有可能。但是，现在它已经长上了，断掉重接的话，遭受的痛苦和风险，都太大，我担心你……"

　　陈少湖没能继续说下去。他眼看着天青伸手扳起自己那条受伤的腿，扳到一个常人做不到的高度，将断骨处对准床头铁栏，狠狠砸了下去。"喀"的一声，声音闷钝，却响彻整个病房。陈少湖惊得一跳，接连后退两步，贴在了墙上。

　　"你不用担心，少湖兄，"天青一字一字地说，"现在它断了，请你帮我重接。接不好也没关系，我只是不希望错过那一点可能。"

陈少湖彻底僵住了。他从医十年，见过太多血肉模糊的情景，早已不为所动，但是如今这个场面，还是把他结结实实地冻在那里。眼前的天青，坐在床上，汗水自脸上涔涔而下，但是神情镇定如一块铁，宁静如一片冰，完全不顾鲜血正从他那亲手砸断的腿上，四面八方地渗出来。

陈少湖终于走向前，颤抖着抓住床头铁栏：

"兄弟！你，是条汉子！我马上安排手术！"

如果人生是一台戏，天青曾经以为，自己这台戏已经唱完了。终场曲牌已经奏响，最后一个亮相已经亮住……不，他没亮住，他晃了范儿，唱砸了，他一步三回头地进了下场门，没人能容他返场重来。戏就是这样，和人生一样，开弓没有回头箭，完戏就是完戏，终场就是终场。

但是，人生是一台多么庞大多么复杂的戏，谁知道，谁能预料？原来他只是刚刚唱了开场，后头还有第二出，第三出……还有压轴，还有繁华尽放的大轴，都热烈地等着他重新登台。上场门台帘一掀，满座又是一个碰头好儿，他换一身全新行头，踏着四击头，迈向九龙口，敛气凝神，绽放一个最精彩的亮相，从容不迫地，整冠、理袖、开腔……

他已经在梦里，将这一幕梦见了多少遍，急不可耐地，等着重新登台那一天。陈少湖不得不一再叮嘱他：

"虽然复原得不错，不说明伤势已经全好，骨头现在还承受不了过分的压力，不能急着练功。千万记着！我叫樱草看着你！"

"放心吧，我等！"

他等得起！经历过最惨痛的绝望，如今所有的一切，哪怕只是一点点的希望，都散发着万丈光芒。

经此一役，天青和陈少湖，彼此佩服得五体投地。陈少湖佩服他刚猛过人的勇气，天青佩服他妙手回春的功力。尽管陈少湖反复解释说：手术成功，不是他一个人的功劳，他的美国导师，给予他很大帮助，但是天青哪管他的美国导师，在天青眼里，就是这个看起来清秀文弱的陈少湖，重塑他的腿，再造了他的生命。

"您这已经是第二次救我了，"天青的感激发乎内心，"上次被陷入狱，也要多谢您仗义出手，还劳动了陈老太爷去联系公安局。"

"我没做什么，全凭樱草够胆色。就像这次治腿，是全凭您自个儿够胆色。"陈少湖笑了笑，又长叹一声："社会黑暗至此，也真是教人愤慨，靳兄这样一个出色的人，竟然被恶势力陷害，险些被押上刑场，我要不是亲身遇着，还以为只有戏里有这样的情形呢。说起来学医也没有什么大用场，医来医去，医不了世道人心。"他郁愤地摇着头，"您呢，您怎么想，那件事对您，打击不小吧？"

"我？我不太懂……"天青想了想，"我以后就算再遇上同样的事，还是会按照自己的心去做。别人的好坏，我理不了那么多。师父教我：踏踏实实唱戏，清清白白做人。我就信这句。"

"唉，如果世人都如靳兄一般心怀古风，就万事大吉了。可惜，世道不是这样。'这是一沟绝望的死水，清风吹不起半点漪沦'，我们需要一个全新的世界，公平和正义的世界。也许有一天，我会放下这把手术刀，投身到真正有益于新世界的事业中去……"陈少湖又叹了口气，转向天青，"靳兄，手术虽然成功，也还是不能大意。我估计，两个月可以下地；三个月后，不用双拐，只挂手杖，可以缓步而行；五个月后，才可以开始练功；要重新踏上台毯，至少得在明年秋天。工老生的话，这条腿应当应付有余；至于能不能工回武生呢，那就要看靳兄自身的修为了。"

"我准定稳住。"天青笑了，"少湖兄很懂戏啊？"

"懂倒谈不上，不过我小时候也算票友，扮起来彩唱过呢。"

"工什么行当，老生，武生，小生？"

陈少湖微微有些脸红："青衣。"

"嚯，"天青兴致勃勃，"等我好了，傍着您唱一出！"

"别拿我开涮啦，就学过那么几天！"……

再回到广盛楼小屋，听着那后台传来的熟悉锣鼓，天青禁不住热泪盈眶。终于又找回了腿，终于又找回了戏！他现在拥有的，不仅仅是一条全新的腿，更拥有了一个全新的胸怀。他开始认真地想：这久别重逢的戏，对他来说，究竟是什么样的意义？他为的不是台下倾慕的目光，不是座上热烈的喝彩，戏，对他来说，是一种至美，融入心底的、骨髓中的，通天彻地的美，他的宿命，就是将这份美，演出来，化出来，释放出来，让一句句唱腔，一个个台步，贯注了生命，变作了活物，成为千古不息的传承，万年不断的存在。

踏踏实实唱戏，清清白白做人，一个伶人的一生根本。说起来简单、容易，真正做起来，多少酸辛，多少无奈。他都曾接受过最坏的现实：就算将来不能再唱戏，也要想办法守住戏，不离开戏；但是现在，终于，他又回来了，他能把戏唱得更好，能把以前没有领会到的精髓，没有散发出的精魂，都气韵万千地挥洒出来。

他会比从前，更加珍惜他心中所拥有的，那些美，那些真，那些善，那些……爱！

第十八章　一箭仇

　　清晨的广盛楼后院，寂静无人，仲夏阳光笼在晨雾里，温暖而迷离。后台有几位师兄弟早到，似乎是在对戏，零星飘来几句唱腔。天青只穿一条单裤，赤着上身，坐在小屋前，给自己的厚底靴刷大白。

　　戏里的靴鞋，大约是与伶人最亲密的物件之一吧。其他行头大都是官中的，伶人轮换穿用，只有角儿们有自己的私房；但是靴鞋，每个伶人都得自备。因为一双靴鞋合不合脚，对戏台上的表现，至关重要，尤其唱武戏的，要在腿脚上见功夫，必须用自己穿熟了的靴鞋。伶人随身带的衣物包袱，都叫"靴包"，里头除了点贴身衣物，主要就是这双靴鞋。

　　武生的靴鞋，短打用薄底，长靠用厚底。薄底靴倒也罢了，和平时穿的布鞋，差别不多；厚底靴的学问，可就大了去了。这是一双青缎子做的长筒靴，靴底厚达两寸或两寸半，花脸的靴底更是足有三寸厚，穿起来显得整个人高大雄伟，气势非凡。这厚底看似木制，其实是以千层麻纸叠压而成，每双厚底都要历经一年左右的压制，坚韧、结实，侧面刷成雪白，牛皮封底，轧着细密的麻线。这样一双靴子，分量可想而知，外行穿来，抬脚都难，但"厚底功"是伶人熟习的功课，个个都能穿着厚底奔走如飞，在台上翻打扑跌，全不以厚底为碍，反而独有一番英武之美。

　　天青仔细地用小刷子，给靴底涂着大白，行内管这叫"粉厚底儿"。师父教导，伶人登台，要做到"三白"：护领白、水袖白、靴底白，一身上下，干净整洁，才对得住戏。以往天青唱戏时，这厚底每隔几天就要粉一次，每次登台都是雪白闪亮一尘不染；去年受伤至今，没有再碰过它，上面隐隐地泛了灰黄。靴子和人一样，也都要常练、常用，才有生气啊，搁置了这么久，都不知道要耗费多少心血，才能让它重放光彩。其实，既然不是登台，本也不必去粉它，但是天青在伤了这么久之后，终于可以再用上它，那么，重新粉一粉，似是给它，也给自己一个交代。

全部粉好了，天青放下刷子，拎起靴筒，小心地把脚伸进靴子。左脚还好，右脚伸进时，仿佛走进了一个从没去过的胡同，触脚所及，全都是陌生的感觉。他扎好靴筒上的带子，扶着墙，站起来。右脚的脚底很不舒服地蠕动了一阵，慢慢地，慢慢地踏稳。

他比平时高了两寸半。这是他熟悉的高度，能够施展所长的高度，他喜欢这个高度，习惯这个高度。吸口气，煞紧腰，笔直站在那里，戏台上的感觉依稀回来了。他告别这个感觉，已经整整九个月。曾经一度，都以为自己再也回不到这个感觉了。陈少湖说，二次手术后，五个月才能重新开始练功，天青不敢违背、按照他的嘱咐，老老实实地，一天不差地等到了这一天。

"天青哥！"

声音随着人一起飞过来，是樱草，穿一件月白的短袖小袄，黑裤，抱着一只食盒："你怎么开始练功了，少湖说可以了吗？"

"他说五个月，就是今天。其实我觉着上个月已经成了，放心吧。"

樱草放下食盒，走过来挽起他的手臂："真的成？你慢点！"

真的成了。踩着这样的厚底，也稳稳地在院子里走了两圈，虽然脚上依然有些异样，但是越走越熟，越走越有信心。天青跳了两下，落地无声，抬脚轻轻一踢，一点都没有痛，这辈子从没有这样清晰地感觉到，他有腿，完好的腿，自己的腿是自己的腿。晨雾已散，升在半空中的太阳，尽情普照大地，天青觉得全身温暖，一股热流从心里往外地迸发出来，他大吼一声：

"我好了，我全好了！"

樱草摇着他的手，弯弯的嘴角旋出深深梨涡，眼中溢满喜悦的光彩。阳光在她的小圆脸上勾出一道金边，瓷一样光洁的脸颊也微微反射着亮光。天青抑制不住满腔情意，猛地捧起这张小脸，不容分说地，就在这广盛楼空荡荡的院子里，深深吻上她的唇。

"樱草，全亏有你。"

樱草被他紧紧拥在怀中，紧贴着他赤裸的胸膛，那一块块隆起的肌肉，光洁而温热的皮肤，都发散着清晰可闻的男性气息，令她头晕目眩。她羞怯地低了头，轻声问道：

"这就能上台了么？"

"现在可以站堂了。再练两个月吧，就能唱几出自己的戏，难些的呢，大约还得过半年。唱老生戏可以快一点，但是我……还是不想放弃武生。我相信有少湖兄的高明医术，这条腿可以帮我迈回武生行，我会好好操练，把这些日子抽掉的功，都找回来，有朝一日，准定让你重见我的赵云，我的武松，我的陆文龙！"

"不急，我们慢慢等。"樱草的声音，低不可闻，"我等你重新登台亮相，唱好第一出戏，然后双手抱我入洞房。"

天青笑了，明朗的面庞上，带着孩童般的顽皮与纯真。他手臂一紧，又将她拥入怀中，额头抵着她的额头：

"我有点……后悔说了这话！"

时入九月，秋荫正浓，乔双紫家里来了一位客人。

"他檀叔，你可回来了！铭翠呢？"

檀叔名唤李宝檀，是三婶的亲戚，从事皮货生意，半生走南闯北。乔双紫夫妇原有一女，小时候得病夭折了，多年后才得了铭翠这个儿子，爱逾珍宝，一心盼他成才。铭翠少年时候起，就跟着檀叔出门学做生意，专跑东北线路，业务搞得挺兴旺，最近都无暇回家。

"铭翠啊，他……留在锦州了。"檀叔比乔双紫小很多，但是常年出门在外，面貌沧桑，看着十分苍老。他以前回来，都是规矩的商人打扮：瓜皮小帽、缎子长衫、马褂，唯独这次，像个老农民似的，穿着一身短裤褂，系一条布褡包，大热天戴了个遮头盖脸的帽子，肩上扛了个小包袱，整个人风尘仆仆，进门就栽在藤椅里，仿佛累得喘不过气来。

"锦州那边很不太平啊。看报上说，年初时被日本人占了。还有生意可做么？铭翠怎么不跟你一起回来，是不是这小子不听话？他最近身体硬棒不？"三婶一边张罗茶水点心，一边急切地问。

"他挺好的，听话，能干，我年纪大了，这些年全凭他帮手，才做得下来。"檀叔将肩上包袱放在地上，接过三婶递上的茶碗，一头埋在里面。

乔双紫吸了口烟，操着烟锅子，将椅子往前拖了拖："怎么没一起回来，他檀叔？遇着什么事了？"

"嗯，不太顺利。"檀叔喘了口长气，慢慢地开口，"我和铭翠，还有两个伙计，起初是在沈阳。后来日本人打进去了，我们就想回北平来，但是没走成，在城里困了一个多月。那时候生意已经没法做了，街上乱哄哄的，动不动就杀人，我们整天就关着门躲在屋里头。后来我们寻思着，老这么待下去，迟早是个死，还是得逃出去。我们四个就把东西打点好，找了个时机，分头逃了。"

他自己给自己又添满茶水，不顾热烫，一口喝干。乔双紫夫妇都焦急地盯着他。

"而后我们到了锦州。进城没几天，日本人就来围住了。新年时，把锦州也占了。没法子我们又逃。铭翠那孩子，真能吃苦，东西都是他扛着，一路上护着我。我们没敢走大路，想从小路出去。"

"不是留在锦州了么？"乔双紫问道。

"嗯，留在锦州了。嗯，没逃出去。我们要过女儿河，没有船，好不容易找着一条铁路桥，想从桥上走过去。结果桥上有日本兵的卡子。"

又灌了一碗茶。

"檀哥啊，你快点说啊，到底怎么了，是不是出事了？你们跟鬼子打起来了？"三婶一只手抓着自己胸口。

"我，我不知道怎么说，姐。没打起来。我们一看有卡子，转头就往回走，但是日本兵拿枪指着，喊我们过去。他们把我们的包袱都收了去，还搜了身，身上稍微值钱一点的东西，都拿走。铭翠不干，想抢回来，我拦着，说千万别动手。我寻思着，我们两个身上什么都没有，总能放了。结果，后来，我才，听人说，鬼子不管是什么人，只要，不走公路走小路的，都，不放过……"他越说越结巴。

乔双紫夫妇都瞪着眼睛，一动不动地看着他。

"我站在桥边上，一看他们举枪，拉着铭翠就往河里跳，枪响了，打着了我的耳朵，"他除了帽子，露出光秃秃的残耳，"我也顾不上了……河水挺急的，冲得我们往下游漂，我拼死拉住了铭翠，一直没放开他，后来，好远，可算，够着了岸，我拉了铭翠一起上来……姐，姐夫，你们稳着点，我不知道该怎么说。"

三婶呆坐着，一声不能出，乔双紫紧紧攥着烟锅子："你说吧，只要他还留着命，怎么都成。"

檀叔停了一会儿，手里哆哆嗦嗦，帽子落在地上。他人也从椅子上出溜下来，跪在乔双紫夫妇面前：

"姐，姐夫……我没能保住铭翠……他中了子弹，在胸前，上岸时，已经……"

乔双紫猛地站起来，三婶仍然呆坐着。檀叔哆嗦着拿过放在地上的包袱，打开：

"我没法带他回来，就埋在……那儿了……我不敢再来见你们，但是想来想去，还是得……我带回了……他的马褂……我对不起你们……"

他捧着打开了的包袱，高举过头。

三婶终于动了，她伸手接过马褂，往胸前一捂，随即整个人瘫倒在地上。

月有阴晴圆缺，人有旦夕祸福。

此事，古难全。

福运并没能眷顾白家所有人。尽管大家忧心祈祷，尽力救治，但三婶终于还是走了，未能留下一句话。

乔双紫像失了魂魄一样，完全成了个木头人。从装裹到出殡，全是白喜祥和天青帮他做主，他自己怔怔的，要他干什么，就干什么，要他怎么说，就怎么说。一向魁梧的身材，现在干瘪下来，两颊颧骨高耸着，满脸黑胡子都连了鬓。

送葬回来，白喜祥拉他到堂屋里，陪他坐着。堂屋桌子上，供着三婶遗像，和气的，喜兴的，笑得满脸麻子都放着光。

足足沉默了一个多时辰，乔双紫终于开口说了话：

"大哥，我要走了。"

白喜祥一愣："去哪儿？……你，不是要想不开吧？"

"不是。我想了几天了，刚刚定了心盘。我要回东北去，替我儿子和媳妇报仇。"

"怎么，报仇？你赤手空拳的……"

"大哥，"乔双紫抬眼看着白喜祥，"当年你怎么救我的，还不知道么？我想报的仇，准能做得到。"

"那不一样！鬼子有枪！"

乔双紫冷笑一下：

"他有枪，架不住我拼命。我想好了，找个合适机会，顶少杀三个，我就够本，再多杀几个，我就赚到。咱们中国人要是都这么跟他拼命，鬼子早滚蛋了。"

白喜祥手中茶碗颤抖起来：

"你是说，你不回来了？"

"我是抱了必死之志，大哥，你不能拦我。我以前也觉得鬼子离咱们挺远，他们爱在东北闹腾，就闹腾去，那都是当官的该管的事，轮不着咱们操心。可现在不一样了。他们闹得我家破人亡，我一身的血仇！……大哥，我这条命，本也是捡回来的，若没有你，四十年前我已经死了，今天我谢谢你四十年的深恩，以后，你就当没有过我这个弟弟。"

乔双紫站起身，双膝跪地，郑重对着白喜祥磕下头去。

白喜祥泪水纵横，也跪了下来，扶住他臂膀："双紫！咱们四十年老兄弟，别说这样的话。你是有志气有胆识的好男儿，做哥哥的一直敬重你，如今你这也是要做一番惊天动地的大事，为国为民，舍生取义，我绝不拦阻于你。什么时候走？我去拿些钱，给你路上用。"

乔双紫拉住他："不用了，大哥。这辈子，我已经报答不起你这份恩情。我一个人上路，有粥吃粥，没粥喝水，用不了多少，你放心吧。这事儿，你自己知道就成了，别跟孩子们说，免得他们挂心……"

樱草和天青坐在檐廊栏杆下，担忧地听着堂屋里的动静。忽然门开了，乔双紫快步走出来，经过两人身边，猛地站住，盯着他看。

"三叔……"两人肃然起身。

乔双紫伸手拍拍天青的肩，又摸了摸樱草的头，停了一会儿，说："樱草，天青，我等不到你们成亲了，对不住。我大哥……拜托你们了。"

说罢，头也不回地冲进东厢房自己屋子，关上了门。

孩子们记忆中的三叔，是个铁金刚一样的汉子。那魁梧高大的身形，粗黑的肤色，下巴上生着长毛的大黑痦子，还有那铮铮闪亮的眼神，看着都教人害怕。同样是穿长衫，他穿起来，如一座雄伟的塔，跟白喜祥穿起来那个文雅的气派，完全不一样。只有在戏台上，他才是那个稳健端凝的好鼓佬，手中一双鼓楗子，声声点点，都是天籁之音。

三叔不是白喜祥的亲弟弟，这大家全都知道，但是三叔到底是怎么变成三叔的，无论是三叔本人，还是白喜祥，都没对这几个孩子说起过。樱草和天青只从乔三叔的寥寥数语里听说，他年轻时候，在牡丹江谋生活，是逃出来的。

"师父，你们怎么了？"

乔三叔离开之后，天青和樱草进了堂屋。樱草忙着为白喜祥投了热面巾，沏上茶，端个小板凳坐在爹爹膝前，给他捶腿；天青也在下首的椅上坐下来，担忧地望着师父。

白喜祥仿佛又苍老了好几岁，动作都迟缓许多。他拿起面巾，擦擦脸，疲倦地说："你乔三叔……要去投亲戚。"

"他亲戚在哪儿，牡丹江？现在牡丹江让鬼子给占了呀。"

白喜祥望着堂屋外面，东厢房的房门，出了好一会儿神，喃喃道：

"牡丹江……好像都是，上辈子的事了。"

"您年轻时候也去过？"

"是呀。"

白喜祥埋藏了四十年的记忆，缓缓释放出来：

"你们知道，我也是贫寒人家出身，父母亡故得早，打小就自己谋生活。出科之后，走南闯北，到处搭班，因为是大科班出来的，技艺过硬，班社都愿意要。到牡丹江那年，我二十岁，当时那个班主看我性格稳重，要我帮他照看班里事务。

"班子里的人马，不是固定的，随着走乡串镇，有时候走几个，有时候来几个。经过一个镇子时候，你三叔自荐上门。我现在都记得他那模样，敦敦实实的四方脸，骨架很大，但是极瘦，身上衣裳破得，根本都不能叫衣裳。他说他叫二柱，刚满十六，父母双亡，指望在班子里谋个生活。他不懂戏，上不了台，班主不想收他，他哀求说，只要带他走，怎么都成，不给工钱都成。我可怜他，就跟班主说，这孩子看样子有气力，能吃苦，不如收他做个杂工，搭搭棚子、搬搬砌末什么的。

"后来他就在我们班里做杂工，整天不说话，光闷头干活，班里也没人留意他。有一天，班子在一个村子搭棚唱戏，我到附近城里去联系事务，进城门时，看见一个拿人的告示，上面画的图像，四方脸，粗眉大眼，下巴底下一颗痦子，活脱脱的就是二柱。城门口查得很严，每个人都给拖到那个告示底下比对。我过去时，仔细看了告示，上头说这个人叫乔栓子，杀了一个富绅。

"我那时候走江湖也快十年，见了太多民生疾苦，知道有些人为富不仁，做下不少奸恶之事，杀他们的人，是非曲直，很难断言。当时我也年轻，凭一腔胆气，决定要找二柱问个明白。晚上回了班里，趁着别人不注意，喊二柱出来。

"到了村边，没人的地方，我冒叫一声：栓子。

"果然是他。他当时都孛毛了，往后一跳，刷地就掏出一把刀来。他居然随身带着刀，我都不知道他打哪儿抽出来的。他一刀就朝我捅过来，我跳开，他就追。旁边有一圈木棍篱笆，破得快倒了，我抽出一根棍子，劈头盖脸打回去，几下把他的刀打掉了，他转身要跑，我哪容他跑，一棍子抽在他膝弯里，打得他跪在地上。"

樱草听得一头是汗："爹呀，这多险，你这事干得，可有点莽撞呀！"

白喜祥笑了："倒是想得不周全。我不知怎的，心里就觉得你三叔是好人，不会滥杀无辜，我当时也没想到他那个处境，草木皆兵的，行事可没个准谱儿。好在我身手还不错，哎，那时候，我可是个好武生呀，使棍是绝活儿……我拿棍戳住他，说：栓子，我看着拿你的告示了，你跟我说明白，到底怎么回事儿！

"他倒硬气，说：少废话！你想拿我去讨赏，随你，我死了化鬼也找你报仇！我说：讨赏的事我不干，你跟我说清缘由，要是无辜的，我帮你，要是罪有应得，归官法办那也是应该。

"他忽然迸出泪来了，说：罪有应得？那个姓万的才是罪有应得！他糟蹋了我小妹，我就那么一个小妹，才十四岁！投河死了！我爹去找他算账，被他抓起来往死里打，回来就咽气了，我娘上了吊……他该千刀万剐！我一刀结果了他，算他福气！

"我瞧着他那情状，不是扯谎，不由得也心酸了，拉他起来，说：栓子，我明白了。你好好藏着，我绝不告发你。但是，这么藏着也不是长久之计，外面到处都是拿你的告示，迟早叫人逮着，你得想个法子。入冬了，我马上要辞班去南方，也照看不了你了。

"他看了我半天，说：大哥，我跟你走吧，你去哪儿，我就去哪儿。

"带着这么一个要犯上路，万一拿住了，连我也是死罪，但是他这个处境，我实在也不能不帮把手。几天后我带他一起走了，结果在路上，处处卡子都贴着拿他的告示，根本入不了关。没辙，冒冒险吧，我决定施一施《文昭关》之故伎……"

天青瞪大了眼睛："您扮成三叔的样子？"

"倒没那么高明啦。我就是自己先去闯卡子，闹点事儿出来，吸引捕役的注意，让你三叔混过去。我喝了点酒，嗨，我从不喝酒的，酒劲儿一上头，闹腾得那叫一个厉害，满脸通红，敞着衣襟子，又喊又叫，连唱带骂。捕役过来撵我，我就和他们打，等闲四五个捕役也打不过我，最后他们全都围上来打……我在人缝里看见你三叔用条破毛巾围着半边脸，过了卡子。"

"那您呢？"

"我啊，还好了。捕役见是醉汉，也没下狠手。就是打落了一颗牙。"

谁能判定一个人真正的样子？无尽的角度，无尽的侧面，就算朝夕相处数十年，也未见得了解他全部的面目。樱草和天青都能想象乔三叔杀人见血，却实在想象不出白喜祥还曾有这样骁勇剽悍的一面。他们眼中的白喜祥，一直是个温文尔雅、性情恬淡的尊长，说话不紧不慢，做事成熟、沉稳，姿态大方，那份浓浓的书卷气，与其说像一位名伶，不如说更像一位教员。长衫，缎鞋，总是那样整洁雅致，手里时常持一柄折扇，扇骨在时光浸润下泛出莹亮光泽，正如主人的气韵。谁能想到，四十年前的白喜祥，竟然如一位江湖侠客，以拳脚棍棒，搭救草莽英雄？那幅画面，如今听来，惊心动魄，却也令人心驰神往，让两个年轻人对这位本已敬爱和景仰的长辈，更加地刮目相看。

"后来呢？"

"后来我和你三叔会齐了，他一看我脸上的伤，哭得跟个小孩子似的，拉着我就要撮土为香，结拜兄弟。我跟他说：你若是做我弟弟，以后要听我教诲，不能和以前那样鲁莽，动辄操刀杀人，我若不是练过，那天晚上在村边，早死在你手里了。他说：哥，我以前不懂事！现在，这条命是你救的，我当然听你的！以后你要我干什么，我就干什么，刀来刀里去，火来火里去。我说：得，咱们又不是杀人越货的山贼，不用整天刀头上舔血似的，你跟着我，好好唱戏就成了。

"我们结拜了兄弟。我帮他改了名字叫双紫，以后就一直跟着我。本来我想教他唱戏，但是他又没嗓儿，又没扮相，又没身上，做什么行当都不成，结果呢，无意中发现他学场面竟是把好手，胡琴、锣鼓、弦子，学什么会什么，就像被什么神仙点化过似的，那个手音儿，真不寻常。他说他以前会吹笛子，可能是有点天分吧。我觉得他更适合打鼓，帮他找了师父拜了，正式入行，很快就成了顶尖的好鼓佬。我们俩在川湘一带游历了几年，后来遇见了……"

白喜祥说到这里停住了。两个年轻人正听得出神，一心期待他继续讲下去，可是他像想起了什么事情，怔怔地望着院子里，不再出声。

"后来遇见了谁?"

白喜祥怔了很久。

"后来就回北平了。此后四十年，日子安稳，如今回想起来，仿佛就在刹那间。"

三人都静默着，沉浸在悠长的时空中。白喜祥轻轻吟道：

> 一事无成两鬓斑，叹光阴一去不回还。
> 日月轮流催晓箭，青山绿水常在面前。

仿佛呼应他的轻吟，暮色四合的夜空里，忽然传来了铮铮胡琴声。三人同时抬头侧耳，听得是东厢房乔双紫操起了琴。乔双紫练习场面本是数十年如一日的惯常功课，但是刚刚从四十年前情境中返回的这两代人听在耳里，却有着别样的震撼。三人都站了起来，樱草扶着白喜祥的手臂，一起踱出堂屋，站在小院里盛开的丁香树旁。

琴声清越。起先是悠悠的行板，继而节奏层层加紧，仿若遥遥万里之外一泻而至的长风，极软极柔中，带着势不可挡的刚劲儿。一个个音符旋转飞舞，呼啸着划破夜空，一忽儿极尽婉转细腻，一忽儿又极尽铿锵硬朗，一忽儿高音豪迈，激越如高山大川，一忽儿低音深沉，辗转如内心最深处的微颤。逐渐地，音符的韵致，变得波澜壮阔，大开大阖，仿佛一个人壮烈的胸怀轰然打开，琴声仿佛不是从一根根柔软丝弦上传来，而是渊渊金石之音，直接击中了听者的心弦。

"栓子。栓子！"白喜祥喃喃低唤。

他撩起长衫，走下台阶，来到东厢房檐廊下，一把掀开一块苫布，露出一面黑漆描金大堂鼓。这面鼓不是乔双紫用，却是白喜祥专为唱《击鼓骂曹》定做的，平素收在这里用来练习。他伸手摸摸鼓面，吸一口气，将长衫下襟掖在腰际，抬起左脚踏在一旁栏杆上，掂起鼓架上搁着的鼓楗子，在鼓面上略点了点，配合着乔双紫的胡琴，挥臂猛击起来。

"咚，咚，咚，咚咚，咚咚，咚，咚，咚，咚咚，咚咚……"

雄浑的鼓声与激越的琴音相和，更增深远之意，如同一把熊熊旺火蓦然腾出鲜红的烈焰，那扑面而来的迫人气势，直听得人五内俱焚。暮色中的小院，渐渐地已经看不清人影，这对生死相交四十年的老兄弟，隔着墙，隔着窗，手中乐韵却是辗转呼应，合契若神，仿佛并不是从琴上鼓上发出来，而是一个人灵魂最深处迸裂而出的心音。

天青神情萧然，握住樱草的手："知道是什么曲子么。"

樱草也握紧了他："是《夜深沉》。"

这支曲子，出自《孽海记·思凡》中的《风吹荷叶煞》："夜深沉，独自卧，起来时，独自坐。有谁人孤凄似我，是这等削发缘何？……"谱入皮黄之后，已由自怨自艾的恓惶，变得大气、豪迈、深沉激荡。它曾用在《霸王别姬》里，虞姬最后为霸王舞剑，用的就是这一曲，那烈女已抱了必死之志，仍强颜欢笑，劝慰她心爱的人："劝君王饮酒听虞歌，解君忧闷舞婆娑。嬴秦无道把江山破，英雄四路起干戈。自古常言不欺我，富贵穷困一刹那。宽心饮酒宝帐坐，且听军情报如何……"

此刻这鼓琴合奏，是《击鼓骂曹》中的"渔阳三挝"，祢衡一介文人，空有报国之志却饱受折辱，激愤之下，裸衣击鼓骂贼：

> 谗臣当道谋汉朝，楚汉相争动枪刀。
> 高祖爷咸阳登大宝，一统山河乐唐尧。
> 到如今出了个奸曹操，上欺天子下压群僚。
> 我有心替主爷把贼捣，手中缺少杀人的刀！

都是家国破碎、生死边缘的心绪，都是壮志未酬、慷慨赴死的胸怀。

小院中四个人，沉浸在这抑扬顿挫的曲子里，各怀一片痴心，融化在茫茫夜色中。

东城官帽胡同四号。

精致整齐的一座宅子，麻雀虽小，五脏俱全。从面南的堂屋里望出去，只见两侧厢房拱卫着一个铺方砖的小院，院子正中种了一棵繁茂的石榴树。院子里很静，外面大街上的货声传到这里已经只剩隐隐一点，显得整个院子更加空寂，仿佛都能听见自己的心跳撞击着耳鼓。

天青就坐在堂屋的圈椅上，目不斜视地望着屋门外的小院。他已经坐了很久，依然习惯性地腰背笔直，臂膀圆紧，双腿微分，两只手掌半握成拳，拄在膝盖上。

这是玄青师哥的家。

天青想不明白，玄青师哥怎么会搬到这儿来。为什么搬过来，什么时候搬的，从未听他说起过。

这是民国二十二年，农历七月，白喜祥六十大寿就快到了，关于做寿的事，天青急着找师哥商议。结果社里弟兄告诉他：最近玄青神龙见首不见尾的，开戏就来，完戏就走，非有要事不来点卯，等闲遇不着他。天青无奈，去储子营玄青表叔家找，却又扑了个空。他的表婶说，玄青搬走已经一年多了。

"那孩子呀，打小儿也不跟我们交个心。这不，嗯咚一下儿说要出去单过，嗯咚一下儿就搬走了，什么话儿也没交代。"表婶叹着气，"我去他那新家看过，挺好的小院儿，倒是比在我们这儿住着舒坦。不过呢，他那性子独得很，我们去串门，他不怎么乐意的。咱瞅出点棱缝儿来，就不去了呗。唉，那孩子……"

天青按着表婶给的地址，找到这座宅子，偏偏玄青还是不在。迎门的是个陌生女人，穿一身家常缎子素袄裤，一头乌发松松挽个髻，手中执柄团扇，自称姓殷。

"啊，是靳老板。常听玄青提起您。"殷姑娘打量着天青，神情怪异，有些好奇，有些惊诧，还有很深的戒备，"玄青要过些时候才能回来，您……还要等他么？"

天青一时愣在那里，不知该如何接话。他怎么也没想到，玄青师哥家里有女人。看着二十来岁，倒是和玄青年纪相当，提起玄青的语气，熟络亲昵，但显然又不是嫂子。她的姿容，极尽妍美，举手投足间有一股超凡风华，令人不敢逼视。天青马上就想告辞离开，但是师父寿辰在即，许多事要靠师哥拿主意，他这个做师弟的不敢擅作主张。此番一走，又不知何时才能找到他，时间可等不起了。

"那我在外面等他。"他恭恭敬敬施了一礼，"打扰您了，告退。"

殷姑娘倒显得有些意外，略怔片刻，展颜一笑：

"不必见外，在堂屋等吧。我去沏茶。"

几番推辞不成，天青只好在堂屋坐下等待。殷姑娘沏上茶来，异香扑鼻，不知是什么品种，天青十分拘束，只道了谢，却没有喝。就这样呆坐了两个时辰，玄青也未回来，倒是殷姑娘又出来了，在他下首，悄然陪坐。

"劳您等这么久，实在过意不去。"殷姑娘温言致歉，"听玄青说，您是打小儿就和他同门学艺的，有个十数年了吧？"

天青恭敬地颔首：

"十六年了。我六岁那年拜的师父。"

"那靳老板可谓天赋异秉啊，这十六年的功夫，才二十出头，已经是北平响当当的红角儿。"

"您过誉了，我差得远。"

殷绣帘用团扇掩了半边脸，悄悄打量天青。这位目不斜视端坐着的师弟，跟玄青平日里的描述，完全不同。他丝毫没有什么飞扬跋扈仗势欺人的气焰，也毫无狠毒奸恶之相，一张脸上清朗坦荡，眼神明澈而宁定，神态纯良，言辞温厚，怎么看都是个性情刚正的老实人，要说特别，可能在于隐隐的一丝傲气，略有凌人锋芒。殷绣帘长久以来一直听玄青把他师弟描述得十恶不赦，如今亲眼见着，反差如此之大，教她百思不得其解。

"……那，您是学了没多久就归工武生了？玄青呢？"

"师哥打从开始就工老生。师父一直说，他是个难得的好苗子，祖师爷赏饭吃，天生就有老生范儿。"

提到玄青小时候，殷绣帘的内心有温柔的触动。她还从未听玄青提过自己童年，他给她的感觉，好像是一出娘胎就长胡子了。

"怎么叫天生有老生范儿？"

天青笑了："师哥七八岁时，五官神情、体态身段，都已经是地道的老生，师父说，这是天赋，教不出来的，天生是这里事儿。他以前有个学生，教个攒眉都学不会呢。"

殷绣帘悠然神往："真想看看他小时候的样子。几岁登台的，挑帘红么？"

"十岁，很红的。他的扮相特有神采，往台上一站就很拿人，嗓子也很好，仓前仓后都音醇味厚。"

"哎，那可真不容易，我有个师兄，没过得了倒仓这关，就此不能唱了。"

"您也是梨园行？"

"我是唱大鼓书的。十四岁卖身学艺，走了两年江湖，到北平后，在天桥茶馆里驻唱。"

天青微微一怔，眼中流露出深深的同情：

"鼓书艺人，可比我们更不容易，尤其是姑娘家，在天桥那地方，难免忍屈受辱，挣的都是血汗钱。您现在还唱吗？"

"不唱了。"殷绣帘被他目光中的诚朴所动，禁不住有些自伤自怜起来，"只唱了两年，被班主偷偷卖去百顺胡同，从此……"

天青满脸讶异，瞬间转为愤怒的通红，情不自禁地伸手在椅边一拍：

"这班主该千刀万剐！您，您，您这命太苦了……"他想再说些什么，又拘束地住了口，只用力摇了摇头，"年纪轻轻的姑娘家，遭受这么多磨难，得怎样熬下来！……"

殷绣帘心中一震，禁不住地有些动容。十四岁背井离乡，此后天涯流落，还从未有一个人这样真诚地同情过她，关怀过她，连玄青都没有。眼前这素昧平生的师弟，一点都没有轻蔑她低贱的出身，亦没有垂涎她惊人的美艳，他跟她见过的所有人都不一样，一份纯良，发乎内心，让她这枯寂已久的、早对人间失望的心，都隐隐感受到一丝温暖……

"还好了，能遇见你玄青师哥，终身有靠。"她浅笑着低下头。

"嗯，师哥的性情比我们老成得多，行事成熟谨慎，师父常叫我们多学学他……"

天青忽然住了口，欣喜地站起身来。

殷绣帘随着他的视线望去，原来是玄青进了院子。他跨进门槛，掩好街门，回身正待举步，忽然一眼看见堂屋里的天青和殷绣帘，顿时停住了脚。

"师哥，你回来了。"天青笑着迎出堂屋。

"你怎么来了？"玄青看看他，又看看殷绣帘。

"我想跟你商量一下师父寿辰的事。再过一个月就是正日子，得操办起来了，六十整寿啊。这几年尽赶上天灾人祸的，都没能好好办一次，今年三叔三婶又都……"

玄青咧嘴一笑："多大的事儿不能去广盛楼说，要到我家来说？"

"我连等了几天，你都没去啊。"

"没贴我的戏，我去什么去？"玄青眼皮掀动，瞄向殷绣帘，"你招待的好贵客，聊得挺开心哪。"

殷绣帘软语解释："自家人，怎好怠慢的，他等了你一下午……"

玄青笑道："是你的自家人？"

殷绣帘低了头，一声不响地走回屋子。

天青微微蹙眉："师哥，你……"

"怎么，心疼了？"玄青转过身，盯住他。

天青顿了一顿，低声道："师哥，只想请您拿个主意，今年师父的寿辰，怎么操办。三叔三婶都不在了，就咱们四个陪着，我怕他老人家触景生情，伤了身体。要么咱们去个热闹的大饭庄子……"

玄青盯住他伤后初愈的右腿："你还用找我拿主意？那么大的本事，自己照量着办就是了，你是他的心头肉，怎么办都是对。"

"师哥……我不明白。"

"有什么不明白？装模作样地跟我炸什么酱。"玄青又笑了起来，声音变得尖利刺耳，"怎么着，磨叽了一下午还不肯走，我这家里，是有蜜还是有糖？"

天青不再说什么。他拱了拱手，转身撩起长衫，快步出门。

玄青站在院中，长久地盯着已经掩上的院门。如果目光有温度，他的视线一准儿已经将这院门烧出一个大洞，不，他多想将靳天青，也烧上一个大洞！这个表面上毕恭毕敬的师弟，是这样持续不断地侵扰着他，妨害着他，不但侵扰到他的戏、他的生计，还侵扰到他的家、他的女人！他不应该如此急躁地撵他走，他应该把他留下来，用什么……用件什么东西好好地招待他……玄青的视线离开院门，狂乱地在院中扫动：门闩、铁铲、斧头、菜刀……

他努力按捺着胸中烈火，伸手闩紧了院门。回转身，走进卧房，见殷绣帘正坐在床边，缝补着他的一件衣裳。

"送走啦？"殷绣帘抬眼看了看桌上的自鸣钟，"我给你煮了……"

玄青不待她说完，上前一记耳光，狠狠抽在她的脸上。

殷绣帘向着床边跌倒，手里的针线、衣裳，全都散落在地。她惊恐地掩住脸："玄青……"

玄青揪起她胸前衫子，将她拽到床上，啪啪连响，又抽了两记耳光。殷绣帘头发散乱，哀叫道："玄……"

"贱货！"玄青狂暴地边打边骂，"我一不在家，你就偷男人！你们勾搭多久了，说！不说实话我打死你！"

"我没有，我没有！"殷绣帘挣扎着，哭叫起来，"你的客人，我陪着说会子话，有什么错？你，你怎么……"

"什么客人！不知道他是我对头吗？要你涎着脸出来陪他？瞧你那个眉开眼笑的贱模样！你看他一张小白脸，对他动了心对不对！我就知道你心里迟早有别人！你这个假惺惺的贱女人……"玄青左右开弓，劈头盖脸朝着殷绣帘狠抽过去，"你们都来害我！串通起来害我！我先把你打死了，再去弄死那个混蛋！……"

殷绣帘被他按在身下，徒劳躲闪着，语不成声地哭道：

"玄青！你……冤枉我……我从来没有……我……"

深夜。

月光半明半昧。

玄青仰面朝天地躺在床上，全然不理四周一片狼藉。他想睡觉，但是白天一幕幕仍然拥塞在他心头，将胸口堵得结结实实，气都喘不上来。天青的脸，殷绣帘的脸，殷绣帘饶有兴趣地倾听天青说话的神情，天青望向自己的充满嘲讽的目光……

再也忍不了了，已经忍了这么久，早就到了极限。这个神护鬼佑的靳天青！六张桌没能摔死他，邓漆园的黑手没能弄瘸他，一场重伤，没能把他撵下戏台，反教师父不知动了哪门子的怜悯之情，手把手教他改工老生。他唱武生已经把玄青妨得没处站了，这一唱上老生，还有玄青这做师哥的饭吃吗？眼看着最近开始贴戏，文的武的，两门通吃……难道这一世就要这样被压制着，欺辱着，任他抢走自己的一切？掌声，喝彩，戏份，荣誉，看客的追捧，师父的宠爱，兄弟的景仰，女人的倾慕……

他喘息着倒在床上，痛苦地闭上眼睛。什么都做不了，什么都争不到。满腔的激愤、怒火、仇恨、妒意，都无处发泄，或者他还是……去找他的女人……

他跳起身，推门出屋。

院子里，石榴树下，殷绣帘只穿一件单衣，瑟瑟坐在地上，抱着双腿，将一张脸深深埋在膝头。月光透过树上枝丫，零散溅落在她的肩头，那样瘦削，那样柔弱，那样惹人痛惜的凄美。

玄青站住了。胸中翻涌着的要将她拖去床上发泄一番的狂潮，瞬间平复了些，脑子似乎有些清醒过来。她毕竟还没跟靳天青做出什么伤天害理的事，只是行为不检而已，也算是责罚过了。平日待自己，总归还是不错的，委婉柔顺，言听计从，再说，她又那么美，能够占有这样一个千人追万人捧的美人，除了他穆玄青，还有谁做得到？瞧她这背影，这垂落的长发，这双肩，这腰身，无处不是一幅图画，叫人忍不住想……

"绣帘。"他走过去。

殷绣帘一动不动。

"好了，别计较了，都过去了便是。回房睡吧。"他俯下身，轻轻按住她肩头，她的身子一颤，向一边避开。玄青心里，忽然有些自怨自艾，声音都嘶哑起来：

"你也这样冷淡我么？你别以为我整天什么都不说，就是事事都顺利，处处都享福，其实这些日子，我不知遇到多少难处，多少苦，都是自己默默吞咽，不愿意让你担心。不遭人妒是庸才，你以为我过得容易么，人人都与我做对，想方设法跟我为难，我身边只剩你一个知心的人了，我不能再失去你……"

殷绣帘还是没有出声。

"绣帘，我做的一切，都是因为爱你。"玄青蹲下来，"我太看重你，太担心失去你，所以待你严厉了些，你别介意。我在这世上，虽然也有不少亲人，但是在我心里头，没人比你更重要。我不怕世人嘲笑，不怕社里弟兄冷眼，硬是搬出来跟你住在一起，你还不懂我的心吗？你喝过鸨儿的凉药，终身不能生养，我嫌弃过你吗？我把一颗心都掏给你了，你还要我怎样做才满意？……"

殷绣帘双肩颤抖，隐隐传来抽泣。

玄青凑前一步，轻轻扶住她，她没有再挣扎。玄青心中一喜，温柔地将她拥入怀中：

"绣帘，别哭了，我真心爱你，因爱生狂，你别怪我。我保证以后再也不动你一个指头。我很快就八抬大轿娶你过门，跟你白头偕老……走吧，回房去睡，好么？"

转瞬到了七月十五中元节。传说中这是地官赦罪的日子，寺寺举办盂兰盆会，诵经斋醮，烧法船；家家上坟扫墓，祭拜先人，放河灯。白喜祥、樱草、天青、竹青，师徒四人都有至亲亡故，年年聚在一起放接引灯。

"这个节比清明节让人舒坦一点。"竹青蹲在河边，抱着胳膊，望向暮色中的满河灯烛，"河灯遍地，烛火连天，城里城外，都热热闹闹的，感觉真像我爹我娘都陪着我一样。当然了，要是真陪着我，就更好了。生老病死这回事，真是没辙，说走就走了，永远回不来，这大前年，我娘还带着我一起给我爹放河灯呢……"

樱草轻轻递过两只彩纸糊就的荷花灯，花蕊中的蜡烛已经燃好。竹青接在手里，就势在袄袖上抹去眼角的泪，大声叫道："荷花灯，荷花灯，今日点了明日扔！"将灯放入水中。樱草又递给天青两只，自己放了给娘的一只，又拿过岸上的最后一只，燃起蜡烛，双手捧着，放入水中。

"今年又多了给三婶的这一只……"

白喜祥站在前面不远处，遥望着已经漂走了的几只河灯，有两只特别小巧精致的，是放给他逝去的妻子和女儿的。听得背后天青的感叹，不由得也低声叹道：

"世事茫茫，人命如草芥。这些年，送家人，送同仁，送老弟兄，几乎年年都没断过，河灯是越放越多。希望这灯火真的能庇佑他们，超度一个个亡魂到达极乐吧。唉，'御河桥畔看河灯，法鼓金铙施食能。烧过法船无剩鬼，月明人静水澄澄'……"

回家路上，仍是满城灯火，大街小巷都跑着孩童，高举荷叶灯、蒿子灯，无忧无虑地念着"今日点了明日扔"的歌谣。喧闹的气氛倒使师徒四人心境平复了好些，白喜祥缓缓摇起折扇，问天青：

"《一箭仇》那戏，备得怎样？"

"还好，师父，挺顺利的。"

竹青笑道："师哥，不是我吓唬你，你这期戏贴得，可真是万众瞩目啊！戏单刚出，楼上包厢就订得干干净净，楼下零票，没多久也都抢光。你知不知道今儿下午有多少人拥在园子门口央着加座？说站票、挂票都要，只要能进去看靳老板就成！肉市街那些掌柜连吆喝都改了，"他绘声绘色地模仿起来，"靳老板的《一箭仇》来，久休复出！吃碗热馄饨去看戏来，站着不累！……"

天青再紧张也被他逗笑了："你自己编的吧！"

"才不是，赶明儿你去听！"

白喜祥也笑了笑："其实呢，天青，以我之见，此番重以武生挂牌，本是希望你选一出温和的戏作为打炮之作，成亦不过，输亦不失，毕竟腿伤之重非同小可，应当力求稳妥。但我也懂得你的心意，离开这方戏台太久了，执念太深，眷恋太浓，积蓄这许久的满腔血气，渴求倾力一搏。"

天青有点不好意思地摸了摸头：

"师父说得没错。我不想缩头缩脑试着步儿来，就是要倾力一搏，无论成败，来得干净利落。"

白喜祥微微颔首：

"是你性情。好，既然戏已贴出，就别想那么多了，专心唱好就是。为师说句公道话：你的功夫已经练回了至少八成，平日看着翻打跌扑都没问题，成败与否，关键在于定住心盘。'每逢大事有静气，不信今时无古贤'。你觉着自个儿能做到吗？"

师徒四目相对，眼光在夜色中都闪闪发亮。

"师父，我能！"

广盛楼的《一箭仇》，真正盛况空前。

喜成社靳天青两年前翻六张桌摔成重伤，全城皆知，跛腿之后自行砸断重接，更是轰动梨园内外。唱武生的伤成他那样子，基本就绝了这口饭了，可是他竟然硬是养了回来，去年年底开始，重新踏上广盛楼的台毯。不愧是名须生白喜祥的徒弟，能吃苦亦能用心，养腿这段时间里改工老生，练得一把韵味精醇的好嗓子，跟着白喜祥学了不少拿手老生戏，戏艺上不但毫无耽搁，反而更有进境。今年开春，他竟又练上本工武生，从前好戏，一一捡起，文戏武戏，并驾齐驱。

成名角儿改工已属罕见，像天青这样兼跨两工，近乎绝无仅有。像天青的师父白喜祥，本工武生，受伤后改工老生，虽然艺业顺利，成名成家，但是再难唱回武生，至多是精擅文武老生而已，其他所谓文武双全的角儿也都是一样，纵能兼唱文武，也大多是文具武气，武兼文气；而天青，是文有文气，武有武气，泾渭分明，各绽异彩，这等奇能，整个梨园行也是难寻。按说以他的水准，完全能以老生挂牌，可他不知怎的，还是坚持工回武生。此番重新挂牌，喜成社为他连贴十天武生戏，《四平山》《花蝴蝶》《落马湖》……第一出便是《一箭仇》。

《一箭仇》又名《英雄义》，讲的是史文恭因一箭射死晁盖而与水泊梁山结仇，和卢俊义兄弟反目，生死相搏的故事。这是一出功夫极重的大武生戏，穿箭衣，戴髯口，既重工架气度，又讲边式利索，要求文武兼备，戏技俱佳，等闲年轻武生拿不起来。靳天青作为断过腿的主儿，此番以这么一出繁重大戏作为复出打炮之作，戏迷岂有不蜂拥而至之理，捧场者有之，好奇者有之，幸灾乐祸等着看热闹者，只怕也不在少数。

广盛楼后台，天青已经扮完了戏，箭衣、褶子、扎巾、髯口，一应俱全。他在穿衣镜前伫立片刻，伸手撩起褶子，看着腿上的厚底靴。今天的靴底，粉得异常白亮，在后台灯光下，一尘不染得耀人眼目。他的腿和脚，现在终于又习惯这双靴子了，蹬着那厚硬的靴底，奔走，开打，妥帖舒坦，就像一个饱经离乱的旅人回到了自己的家。

"怎么样，天青？"白喜祥走进扮戏房。

天青一时肃然。

要说完全不紧张，那是假的。如此久疏战阵，再强悍的猛将也要打怵三分。台帘外正唱着大轴前的压轴，是庄赤蓉的《三娘教子》，庄七爷那也是北平名旦，平素无论压什么都压得住的，现在却有些压不住了，台下喧哗一片，种种不耐烦的叫嚷，都在等着大轴登场。唱戏这东西，和生活中许多事一样，不光讲求实力，也讲求个机缘拿捏，这一次亮相就是他决定性的机缘，若是成了，以后就长风破浪会有时；若是不成，只怕就飞流直下三千尺，以后要想再翻身，可就难了。饶是他事前早已做好充足准备，人当此际，也禁不住沉吟了片刻。

"我不打扰你，你静静心。"白喜祥伸手扶在天青肩头，按了一按，"心静，戏才能静。别想别的，只想着你的戏。"

他转身出门，剩天青一个人在房里。

天青闭上眼睛，深吸一口气，静静地凝立不动。

师父说得是，心静，戏才能静。去除心头燥火，方能中正平和。他闭着双眼，以胸中一团温厚之气，包裹住纷乱的内心，渐渐地，忘掉台下，忘掉看客，忘掉输，忘掉赢，忘掉成，忘掉败，忘掉一切身外事，忘掉腿，忘掉厚底靴，他的心中，只剩下这出戏：一箭仇，英雄义，史文恭，四击头，九龙口，三迈步，风入松……

戏开场了。

满场上千看客，挤得摩肩接踵的，都盯着那幅绣着"出将"的台帘。极度静寂中，锣鼓点儿显得分外的清晰响亮。

"嗯哼"一声内白，史文恭上，亮相。

喊好儿这种东西，说来也很奇妙。仿佛是台上台下一种无形默契，一种无需言传却又无法冲破的约定：有的伶人就算你铆足了劲儿想给他喊个好儿也喊不出来；而有的伶人，像此刻出场的靳天青，人往台上一戳一站，全身上下，没一丝不精彩，没一处不妥帖，就在这乍一露面的刹那里，一声碰头好儿就不由自主地自你的喉咙奔涌而出，和那不约而同的全场看客一起，不狂吼出这一声，简直不足以发泄心头这份舒坦：

"好——！"

阔别两年，这位年轻的大武生，风采丝毫未减，成熟气度更增，筋骨开张转为潜气内敛，气概神韵皆比当年更胜三分。神完气足的牌子"我与梁山已成仇，难免得两下争斗。银枪一抖鬼神愁，何惧那亡命贼寇！……"干净脆亮的开打"扫堂腿""旋子""旋扑虎""乌龙绞柱"……华而有骨，质而弥工，赢得台下炸窝般的叫好；那众所周知受过重伤的右腿，完全看不出有任何逊色，一招"干拔飞腿""跺脚翻身"的亮相，快、脆、帅、美兼具，连坐在台侧把场的白喜祥，都忍不住在满堂喝彩中点了点头。

完戏了，戏楼中一片山呼海啸，看客拥在戏台前，良久不散。

天青回到后台，竹青、秦月明等一班小兄弟早就挤在帘后守候，欢呼着扑上来，拍肩打背地庆贺。年长一辈比他们矜持得多，一个个只颔首道：

"天青，好小子！吃住这口劲儿，可别泄了啊！"

天青一一作揖拜谢。正喧哗间，白喜祥挑帘进来，一张慈祥的笑脸，望着热闹的众人。天青心潮澎湃，一时间话都说不出口，只想跪拜下去：

"师父！……"

"孩子啊！真是争气，这么大的关坎儿，也硬是迈过去……"白喜祥的笑容中，充满欣慰与爱惜。

忽然间人群一分，黎茂财气喘吁吁地挤进来：

"二爷！天青！哎，可等着你们了！"

白喜祥扬起长眉：

"又怎么啦，黎爷，您别老是这么一惊一乍的。"

"您看看门口那位爷，我，我不知道怎么办才好！"

后台门口，跪了个全副武装的军官。

白喜祥和天青走出来一看，禁不住都暗暗心惊。扛枪的岂是好惹的？平素军警到来，吃拿卡要，无恶不作，做伶人的也只能忍气吞声，如今这么一位爷跪在门口，情形实是诡异无比，比直接持枪喝骂更让人惊骇。白喜祥连忙上前：

"这位军爷，敢问怎么称呼？有话好说，何必如此，刚才多有怠慢，请进来坐。"

那军官抬起头来，看着年纪不大，脸上倒是并无险狠之气，一派豁出去的神情：

"白老板？敝姓冯。坐是不必了，今天我就交代您这儿了，您若不给我安顿个前程，我就不起来。"

白喜祥一愕："什么？"

"买不到票，我回去没法跟太太交代，这差事反正也要丢了，以后就请白老板赏饭吃吧。"

白喜祥和天青摸不着头脑，都转身望着黎茂财。黎茂财紧张地擦了擦满头的汗：

"他……他是四十二师第二旅许旅长的副官。许旅长新娶的太太，要看天青的戏，这一连十天的票都没买着，她就急了，叫许旅长亲自来买，哎，二爷，您可没看着那天有多吓人，广盛楼贾经理都快跪下了，告诉他票实在是都卖光了，挂票都没了，请他多包涵。他，他还不肯罢休，第二天竟然托了区警察署王署长来买票，非要卖他两个包厢不可，贾经理没辙了，求我务必想个法子……"

白喜祥与天青对视一眼。民国之后，戏班归警察局主管，本区警署那是喜成社的顶头上司，得罪不得，真不知道黎茂财能怎么应对。黎茂财瞄瞄他俩的神色，小眼睛里闪出狡黠的光：

"王署长亲自光降，哪敢说不卖？我教贾经理，把账本子取出来交给他，说：这十天订票的主顾，都在这上头了，您自个儿看，想要哪个包厢，就跟那订票的主顾商量去，让他腾出来给您，咱这儿绝没二话……"

天青嘴角一动，几乎笑出声来，白喜祥也不禁莞尔。这黎茂财，还真有他的点子。这期戏如此热门，能订到包厢的非富即贵，全是京师闻人，哪个是他区署署长能够得罪？果然，黎茂财也露出一丝自得的笑容："他翻来翻去，一个包厢也挑不出来，只能摔了本子走了。结果许旅长还是不肯罢休，今儿又派了副官来，告诉他若是再订不到票，就不许回去。贾经理见势不妙，逃得人影不见……"黎茂财又换回了原先的满脸苦相，"然后这位爷就跪在这儿不走了，口口声声要咱们给他安排新差事。"

白喜祥也蹙起了眉："这位许太太，怎么就这么铆上了劲儿要看天青的戏？买不到这一期，还有下一期啊，干吗这么为难人。这位军爷，您也看着了，不是掖着不卖，实是没有余票了。您回去跟许太太好好回禀，请她多包涵吧。您贵为旅长副官，那也不是等闲人物，怎么被一个女人折腾成这样。"

冯副官咳了一声，白着一张脸："白老板，靳老板，您二位有所不知，我们旅长对这位新夫人，宠爱无比，有求必应，我这副官正官能不能做下去，全是她一句话的事儿。当兵的也不过是领粮吃饭，丢了军职，叫我怎么奉赡父母，养妻活儿？我当兵这些年，从未欺压百姓，如今领了这种死差，也不能拿枪顶着各位爷非给我挤票子出来不可，只能跪这儿不走了，前程性命，都交在各位爷手里吧。"

天青见他说得可怜，不由得动了恻隐之心，略一思忖，转头向白喜祥禀道："师父，不如这样吧：这十天的票，是肯定淘弄不出来了，但是我可以多唱一场，票子随那位许太太订。"

白喜祥颇有忧色："天青，你刚刚才唱回武生，一上来就是十场重工大戏，再加一场，怕你承担不住。"

"师父，徒儿心里有些掂量，不差这一场的。若不加戏的话，如何打发这位军爷？"

白喜祥思量片刻，也只能点头："只好如此了。"随即又摇了摇头，"唉！素来都是期盼着唱红了卖个满堂，这唱得太红了太满了，倒又是别样的麻烦。这追加的一场，戏码又怎样安排呢？"

天青想了想："不如好人做到底，问问这位许太太想看哪几出吧。如此捧我的场，我也尽心唱上一回便是。"

跪在地上的冯副官，闻言狂喜，拜谢不迭，拔腿飞奔出去，借了广盛楼的门房电话便打。片刻赶回，朝着天青，连连作揖：

"靳老板，您真是菩萨心肠！我家太太也说感谢您大方成全，祝您鸿星高照，开台见喜！她说只要正中那两个包厢，愿付三倍票价，其余的票子，园里照卖就是，想必也是万千戏迷期盼的福利。至于戏呢，太太说不知靳老板肯不肯唱《武松打店》与《翠屏山》双出？"

天青怔住了。冯副官看他神情有异，急得搓着两手："啊……其实我也觉着这么点戏有点怪，两出都是短打武生和旦角的对儿戏，双出没有这么唱的，是吧，靳老板若是觉得不方便，那……"

"不是，"天青轻叹一声，"可以唱，我只是想起……"

"筱师姐？"

扮戏房里的天青，惊诧地望着蓦然出现的故人。她还是那么窈窕婀娜，身穿镶着细细银边的黑丝绒长旗袍，围着流苏披肩，卷发斜拥肩头，映得一张鸭蛋脸粉嫩无匹。目光在天青脸上游走，深意款款，含情脉脉，闪亮的眼波里，漾着一汪熟悉的笑意。

"是我。没想到吧。恭喜靳老板，贺喜靳老板，这复出的声势，可真是如日中天。"

冯副官在她背后探过头："太太，花牌送进来？"

妃红没有回头，只微微颔首。刹那间，连续六个一人多高的硕大花牌拥进了天青屋子，挤得满满当当，只剩下天青与妃红两个人立足之地。

"你就是……许太太……"天青一时手足无措，抬头望了望柜子上的自鸣钟。他刚刚唱完《武松打店》，要在中间垫戏的二十分钟里改扮《翠屏山》，时间相当紧迫，没法子细细叙旧。"师姐你……不是挂牌挑班了吗？听说走遍南北大码头，唱到哪儿红到哪儿。"

"嗯，算是红了一阵子。"妃红含笑把玩着手中的檀香小扇，"但是一个女人家，太辛苦。遇上老许，诚心待我，也就跟了他回北平。他很爱我，虽然娶我做的继室，但总归还是正妻。咱们唱戏的，不能奢求更多了，是吧？"

天青的目光柔和下来，轻轻点了点头："看得出来，他对你很好。"

门外传来米师傅的催促声："天青，该候场了！"

天青与妃红对视着，一时都没有出声。周围繁花似锦的硕大花牌将两人团团围拥，花香满室，静静萦绕在呼吸之间。妃红低下头，轻轻掰弄着桌角，长长的睫毛，在脸颊投下浓密的阴影。

"我走了。只是想让你知道，我过得不错。"她扬起头，妩媚地一笑，"我说过要找一个真正心里有我的人，比你更好、更强，我做到了。"

天青也笑了，神情还是那么明朗、坦荡。

"祝福你，筱师姐。我真心为你高兴。"

妃红望着他，眼中波光闪动，几次欲言又止，最终只是浅浅一笑，轻盈地转身出门。冯副官正在门口守候，护着她步下后台楼梯，穿过院子，重又回到楼上包厢。几个勤务兵簇拥着她坐到包厢正中，周围男女仆从纷纷拥上伺候，擦汗、打扇、净手、奉茶……

又一出大戏开始了，那拼命三郎身姿矫健，刀似游龙，唱念做打，都比当年更加精纯。去潘巧云的是喜成社新聘的花旦，也是妖娆万状，与天青你来我往，唱得满台生辉。楼下看客，爆彩连连，楼上包厢里，妃红一直端端正正地坐着，用檀香小扇轻掩着半边脸，挡住静静流下的泪。

原以为可以看得很开心的。原以为过了这么久，一切都已经放下，原以为自己赢尽台上台下，再没有任何委屈抱憾，却不想此番一见，他还是令她意动神迷，心头没有一点点占到上风的得意。她甚至有点后悔自己意气用事离开喜成社，如果硬是留下，此时在台上与他默契做戏的，一准儿还会是她，她愿与他唱到天荒地老，他是她遇见过的最好搭档、最好伙伴……时至今日也仍是最好的……男人……她骗得了他，骗不了自己，再没有人能比他更强更好，然而他始终只是台上的搭档，生活中的对儿戏，永没机会由她来唱……

"太太，旅长来接您了，车子在街口等。"

"知道了。完戏就走。"

妃红取出纱帕，轻轻按去腮边泪水，昂起了头。戏，总有完结的时候，如同一场梦总会醒，只有真实的生活漫无止境。她毕竟还是人生的赢家，一个孤苦伶仃的女孩子，不靠天，不靠地，全凭自己本事，赢来锦绣荣华，还有什么抱憾？啊，不，不，什么叫输，什么叫赢？在人生这场大戏里，只留下纠结，留下遗憾，留下痛苦留下泪，就是输；能留下希望，留下温暖，留下欢笑留下爱，就是赢。她筱妃红心里，已经珍存了那么多荡气回肠的瞬间，台上的风华，台下的默契，被心爱的人舍身相救的惊喜，与他携手逃亡共经患难的经历，他明澄的目光，诚挚的眼神，对她始终如一的欣赏敬重……她不必再计较输赢，情爱这回事哪有输赢，他们各自拥有了自己拼来的幸福，终不负这一程相伴。

曲终，人散，筱妃红含笑起身。许旅长迎上楼来了，直为公务繁忙致歉，妃红披起他递上的大氅，温柔地仰起脸，眼中浓得化不开的，全是恋恋深情：

"走吧，我们回家。"

第十九章 三岔口

"魏爷，您这是正式落定？"

九道湾，白家小院里，白喜祥专心思忖着，天青、黎茂财左右相陪，一起接待一位上海来的客人。那客人姓魏名华彩，一身西装革履，礼帽执在手中，修饰整洁的脸上，堆满训练有素的微笑：

"是额是额。吾是天蟾舞台专司邀角的副经理，有权落定。靳老板大名，阿拉在上海也是久仰了的，老板顾茶轩先生，嗯，阿拉都称四爷的啦，前年就动心思打算邀请，班底、价码，都策划好了，听说靳老板伤了腿，只好作罢。如今呢，吾是正好在京邀角儿，闻听靳老板正式复出，赶忙捧场，啧啧，辗转托人才买到票子。这几天的戏，老灵额，很受震动额，靳老板这戏品，真如报上所说'洗练凝重，了无嚣张之迹；天然美观，脱尽烟火之气'！刚刚电话请示四爷，伊马上就拍板了，特邀靳老板去天蟾舞台唱一个月，戏份从优，前七后三拆账，靳老板拿后台六成。"

黎茂财转转眼珠，赶紧插言："这可不算优啊！天青在我们这儿，已经拿八十大洋了，我们北平的角儿去外埠唱戏，戏份上惯例是到天津翻一倍，到上海再翻一倍，假使……"

魏华彩仍然赔笑："假使在广盛楼，如此拆账不算优。但是天蟾舞台是阿拉上海最堂皇的剧场，在英租界四马路附近虞洽卿路，最繁华的地段，里面交关大气，三层楼连包厢，一共三千五百个座位。就算每场只卖八成座，收入也有一千五百大洋以上，靳老板能拿到的戏份呢，就在三百大洋左右。还是可以的哦？一个月下来，至少八千大洋啊。去年周老板在阿拉天蟾唱的时候，只拿后台四成呢。”

“周老板那是您本地的角儿……”黎茂财小算盘拨来拨去，觉得还够响，于是不做声了。

白喜祥转头望向天青：“你怎么想，天青？”

“师父，一去一个月，社里这边怎么办？”

“那你就不用操心了，好歹顶得住。天青啊，唱戏这回事呢，咱们梨园行有个地域上的讲究：学戏打基础，要在北平，才算正宗、地道；想唱红呢，那得去上海。眼下天蟾诚意邀请，我觉得机会不错。”

天青思索了一下，点了点头，刚要开口，忽又心念一动，脸上微微泛起红云：

“谢谢师父成全。不过……时间上可否推后一点，今冬，或者明春？”

魏华彩一愣：“现在是好辰光额，阿拉戏界都讲‘金九银十’，一年到头，要数国历九月十月最出生意。上海的戏台呢，也正闹京朝荒，观众都期待着有京城名角儿献艺。靳老板最近不方便哦？”

白喜祥一瞥天青的面色，即已明白，抚掌笑道：

“天青，你……不急在这一时吧？”

天青未及答话，门帘一掀，一张俏丽的小面孔出现在门口，顿时给整个屋子都带来阳光般的暖意：

“呀，有客人？”

白喜祥招招手：“进来吧，樱草，正好有话问你。”

樱草闪身进门，逐一见礼，笑眯眯站在白喜祥身后。白喜祥笑道：“樱草啊，眼下这位魏爷自上海来邀角儿，想请天青去唱一个月的戏，其意甚诚，索价公道，是个考验功夫、增长见识、提升声名的好机会，你说天青该不该去呢？”

樱草睁大一双圆亮的黑眼睛，望了望天青：“该去呀。”

白喜祥也望了望天青，嘴角含笑：“他说现在不想去，想推两三个月。”

天青的脸涨得更红，一时间讷讷地说不出话来。

樱草看在眼里，不由得脸也红了。

她明白他的心意。天青与她，早有约定：待得伤愈就成亲，双手抱她入洞房。本来去年能够弃拐行走，已经打算操办，但是随后三婶病逝，重孝在身，无意再谋亲事。如今一年过去，天青重新挂牌贴戏，台上台下都功德圆满，两人彼此心照不宣，都知亲事指日可待。这满腔幸福甜蜜之意，还未有机会倾心交流，眼下却被爹爹看了个透亮……樱草悄悄抬眼望望天青，他也正望着自己，脸上有些羞怯，有些坚持，更多的是充满信任的期待。

櫻草抿抿嘴角，转过身，给白喜祥的茶碗沏上热茶，轻轻说：

"好男儿志在四方，当以事业为重的。"

天青低下头：

"有约难守，有诺不践，算什么好男儿？"

"只要心里有约，等候就不算一回事。"櫻草将他的茶碗也沏上茶，端到他面前，"茶是越冲越淡，酒，会越酿越醇。"

天青接过茶碗，凝视着她。两人目光一对，都微微地笑了。

"师父，那就听您的。"天青转向魏华彩，"需要商定的情形，咱们再细谈。"

魏华彩没太听懂这师徒三人在说些什么暗语，但是总归成功邀了好角儿，顿时喜笑颜开：

"那就……下周动身？"

"再下周。"天青这回倒是斩钉截铁，语气不容置疑，"抱歉，魏爷，再过十天是我师父六十寿辰，这我不能错过。十天之后，人到上海！"

九道湾南面不远，珠市口西，"八大胡同"中的石头胡同，有家名唤"大北"的照相馆。它在北平照相馆中不见得是最大的，但一定是最热闹的，整天客似云集，生意最忙时，六个换衣间都不够用。梨园行更是人人皆知大北之名，因为店主赵烟晨是个有名的票友，不仅爱唱戏，还爱拍戏照，店内置备了全套衣箱，拍戏照的水准那是京城一绝。

天青受上海天蟾舞台隆重邀请，赴沪演出整一月，这是他入行十六年来的破题儿头一遭，成败与否，事关重大，简直跟进京赶考的感觉差不多。时间虽然仓促，仍然事事全力以赴，为备宣传所用，特地去大北拍了一批戏照。他自然不会用店内置备的粗陋衣箱，全副行头都是自带，足足拉去了三车，喜成社衣箱、盔箱等相关人手，全都跟着。

"靳老板来啦，给靳老板请安！"店主赵烟晨亲自在门口迎接，端正的小帽，整齐的夹袍，雪亮的白袖口，尤其是满脸的笑眉笑眼，处处都散发着殷勤与热切。他其实比天青年长不少，但是做生意的人，习惯做小伏低，加之靳天青在北平确是响当当的名角儿，招待上又比对旁人更加的热烈三分。

"赵爷客气了，有劳赵爷。"天青一边还礼，一边搀着后面的几位老师傅和櫻草下车。

"有您光降，小店是蓬荜生辉！今儿个专门辟了换衣间给您用，顶干净，顶宽敞！"赵烟晨热情地把这一行人迎向店内，"相片儿呢我亲自给您拍，连这两位助手，都是挑得顶好的，手艺精熟，包您满意。小店没别的企求，就希望靳老板赏个面，容小店把靳老板的戏照供在橱窗里头，成不？让小店沾沾您的光彩，您的福气，您的威风！"

"成，您客气啦。"

还多亏赵烟晨安排妥善，因为要拍的戏照很多，在上海演出一个月几十出戏的戏照都要拍到，从早上一直忙到下午。赵烟晨是老馆子鸿发的学徒出身，拍照手艺北平独步，又是真心爱戏的人，不厌其烦地一直陪着，樱草也帮着衣箱师傅打下手。今天的天青，情绪比在后台轻松得多，时常望向樱草，嘴角含笑，但是纵然如此，化上妆穿起行头的他，仍然似有一层光芒笼罩，眉梢眼角都透着凛然之威，逼得樱草不敢直视。

"很久没唱过这出了，还认得不？"他一边扎着绦子，一边笑道。

樱草用力点头。她当然认得。太子盔、白龙箭衣、红彩裤、绦子大带、翎子狐尾、厚底、双枪，这是《八大锤》陆文龙。

说起来也不过是四年前的事儿，如今想起，恍若已经过了几辈子一般：冬日的清冷，楼座的喧哗，第一次看戏的她，悄悄坐在女席角落里，目眩神迷地望着台上那白袍小将，朗声吟唱，矫健开打，心中那位从小看熟了的憨厚哥哥，就在那一瞬间，无声无息地起了变化……如果没有这出戏，一切会是怎样？会一如既往地，始终做着哥哥妹妹吗？不，樱草坚信，她和天青哥终于还是会走到一起，他们是命中注定属于彼此的人，就算没有《八大锤》，也会有《长坂坡》《挑滑车》《狮子楼》……一个人喜欢什么样的事物，本是命中注定，就算在这一刻没有遇见，也迟早会有那么一刻，准准儿地将你击中。

天青扮好了，提着双枪，站到幕布前，掏翎，骗腿，背十字枪亮相，盔头和箭衣都在灯光下闪耀着逼人光芒。当然了，再精的行头，也不如天青本人充满光彩，二十二岁的大武生，正当全盛之年，意气风发，神采飞扬，风华姿容均耀眼生辉。虽然是在狭窄的摄影棚里，但是一身行头穿戴齐整，凝神聚气，双目光芒一敛一放，仍然令人耳边响起满座儿的好儿来。赵烟晨一边操作机器，一边没口子地夸赞道："好！有相！好角儿！今儿可学着了！……"

全部戏照拍完之后，又拍便装照，拍了长衫又拍西装。这还是魏华彩特意的叮咛：

"上海服饰比北平新潮，靳老板也入乡随俗吧，多穿西装额。"

天青从未穿过西装，此番不得不去瑞蚨祥加急定制，生疏无奈地扮将起来。但是十六年功夫在身，自有一份过人气度，加之肩宽腰细，雄壮挺拔，穿上西装竟是出乎意料的好看。当他好不容易将这身衬衫、领结、背心、腰封、外套、西裤、袜子、皮鞋都搞定了走出换衣间，所有人都惊住了。

"浊世佳公子，翩翩美少年哪！"赵烟晨发自内心地惊叹起来，"您只拍这一张西装照吗？可惜了！应该多做几身，礼服、常服、燕尾服什么的都扮上，就凭您这人才，我们这手艺，光把这相片儿往上海一摆，他不红都不成！"

天青笑道："人家看的是戏，又不是看衣裳。"

"不是衣裳好，是您的人才好！啧啧，这张拍完了，能不能请您赏个脸，穿我们店里的结婚礼服拍一张？算我们的外敬，只要容小店摆橱窗里就好！"

"店里的什么，结婚礼服？"

"嗯，都是标准的西洋样子，上海那边最时兴的！来来来，楼上请，反正该拍的都拍了，赏光看一眼！"

楼上藏衣库的门一打开，这回轮到天青惊住了。

眼前是几大排衣架，挂着各式中西礼服，摆在最前面的是一男一女两个木头模型，男的身穿白色立领衬衫，黑领结，笔挺的黑色燕尾服，缎面翻领闪着微光；女的一身纯白软缎低胸大蓬裙，裙身镶满白色蕾丝和亮钻，裙摆又长又大，缀着层层叠叠的纱，在地上铺成雪浪般的半圆。模型头顶上，还罩了一幅半透明的轻纱，长长地披在身后。

"喜欢吗？"赵烟晨殷勤地凑上来，将男模型搬到天青面前，"刚刚运来，全新的，没人上过身，您若是……"

他停下了，眨眨眼睛。

靳老板显然一直在看女模型。

"樱草。"天青喊了一声。

樱草啪哒啪哒跑上楼来，还未开口，也被那身气势宏大的纱裙惊得怔在当地。天青伸手拉过她：

"樱草，和我一起拍照吧！"

赵烟晨闭紧了嘴巴。他好像是知道了什么不该知道的事情！他瞧瞧天青，又瞧瞧樱草，趁着这两人目不斜视地看着彼此，悄悄地退后，退后，下楼去了。

"这是，这是结婚礼服啊天青哥。"

"嗯，你穿上，得有多漂亮。"

樱草的脸颊上飞起两朵大大的红晕："现在，就穿？"

天青专注地凝视着她，仿佛想将她整个人都收藏在自己眼睛里：

"我等不及想看看你最美的样子。"

纵然已经终身相许，在这样的注视下，樱草的一颗心，也禁不住扑扑扑如小鹿乱撞。寂静无人的藏衣库，铺天盖地的都是锦绣华服，一套套的结婚盛装，将整个空间都染满了浓浓爱意。梦境一般的微醺中，天青轻轻揽住她的腰：

"穿上这身礼服，一起拍张照片，好吗？去上海这一个月，我就当你已经是我的新娘。"

樱草连脖子都红了，头抵在天青胸前，只答了一个字：

"好。"

"嚯！要说我师哥啊就是有相！"

清晨，白家堂屋里，竹青兴奋地翻看着大北送来的一大盒子戏照："瞧这掏翎，瞧这提甲，瞧这背刀推髯！嚯，整儿就是一出戏啊！光这相片儿往天蟾一挂，你也得红！"

"亏你也是个成名的角儿，说话跟照相馆老板似的。"天青一边扫着屋子一边笑道，"说真的，你也去拍些吧，他家手艺真不错。你想拍什么样的？"

"我想拍……"

老半天没听着竹青把这话说完，天青回转身一瞧，只见他正举着一张大相发呆。

"天哪。"他说。

相片上是天青和樱草，穿着大北那套簇新的结婚礼服。天青的身姿和神采，眼中湛亮的光芒，在白衬衫、黑领结、黑色燕尾服的衬托下，更加的逼人眼目；樱草娇润的小桃子脸掩映在半遮半透的轻纱中，幽深的黑眼睛，菱角般的小嘴，雪白的颈肩，都如工笔国画一般地明艳动人。通常去照相馆照相的主儿，脸上难免挂着点紧张僵硬，这两人却都微微含着笑，眼中的温柔，嘴角的甜蜜，都一式一样，甚至那一点点天真的羞怯都一样，像是约好了似的，情不自禁地要在如此端庄的照片里，流露出压抑不住的幸福来。

"你们这是……哎，什么叫金童玉女啊，我今儿算是见着了。"竹青呆呆地看着相片，连说笑都忘了。

天青走过来，站在他身后，看着他手里相片，也忍不住满脸含笑。他记得那天拍照的情形，记得樱草从楼上下来，披着轻纱，提着雪白的曳地长裙，向他婉转一笑，楼下顿时鸦雀无声。天青自己也呆在当地，仿佛被一道闪电劈在面前，一时眼花缭乱，半晌做声不得。她太美了，天仙一样，温柔的清澈的如雪花一般精致的光芒，美得让他鼻子发酸。她走过来，站在他面前，仰头凝望着他，那眼神直击他心底最柔软的地方，刹那间击得他眼泪都快下来了，也不顾周围赵烟晨他们都瞪眼看着，直接拉过她，在她脸颊吻了一下。哎，他希望赵烟晨把那一刻照下来，把她当时又羞怯又温柔的模样，也拍成相片，不过，没拍到也没关系了，那一刻已经永远留在他心底，她所有的模样，这些年来一天天一刻刻，那么多美得让他鼻子发酸的模样，他都已经深深印在心底，如一张张永不褪色的相片，陪伴他度过岁岁年年……

多么想赶紧和她在一起，多么想永远陪伴着她，此生余年，都只与她相拥。如果人生是一出戏，他希望他的那出戏，就是他和她的"对儿戏"，偌大戏台，就只有他们两人的四目相对，唱念对打，都只与对方纠缠，他不顾台下有没有看客，不求任何人的欢呼喝彩，只求这出戏永远地唱下去，一本二本三本，四折五折六折，天荒地老，无边无涯……

"嘿，师父起身了吗？"

一声吆喝打断了天青的冥想。是玄青走进堂屋，瞥了一眼竹青和天青两人，又低头看了看桌上的戏照，顿时也被那些精彩华美的照片吸引了视线。这时候樱草扶着白喜祥从卧室里出来，白喜祥全身上下焕然一新，穿的是枣红织锦寿字马褂，酱色团蝠缎子夹袍，戴了个红帽顶的黑缎小帽。

三个徒弟顿时忙活起来：

"师父，快请上座，今儿正日子，我们给您老磕头拜寿！"

白喜祥笑着坐下，看着这三个小子。今天他们也都穿得十分光鲜，隆重的贺寿衣服，新剃的头脸。樱草穿的是绛红条子夹袍，映着白中透红的面色，漂亮得似一朵水灵灵的鲜花。四个孩子一字排开，轮番给白喜祥磕头贺寿：

"爹爹福如东海长流水，寿比南山不老松。"

"师父年年有今日，岁岁有今朝！"……

哎，年年岁岁花相似，岁岁年年人不同。一眨眼，六十岁了呢。说起来，是个重要的整寿，应当好好庆祝一番。但是，怎么庆祝呢？今年和往年相比，有着那么大那么空、让人每一想到就心里刺痛的一个缺口啊。

往年到了这天，惯例是自家人聚在一起吃顿团圆饭。大清早儿晨雾未散，胡同里刚刚响起吆喝声，白家厨房里已经热气腾腾，香味四溢，三婶早早开始准备饭席。她胖胖的身躯在厨房方寸之地灵活地转动着，仿佛有三头六臂，操控着灶台、水缸、砧板、柴堆等各个点和线的运作，同时那爽朗笑语，充斥着整个院子："菜择好了没，樱草？""竹青，再偷吃我扇你老大嘴巴子啊！"三婶嘴头厉害，实际上并不动手，骂得再凶，也掩盖不住满脸宠爱的笑，一颗颗小麻子，都泛着暖和和的红光。

而到了饭席上，三叔才是主角，他豪爽，霸气，酒到杯干，不似白喜祥，只象征性地沾沾杯口便算。酒后的三叔，一张大黑脸上绽着熟红，变成一片酱紫，指手画脚地跟白喜祥扯着闲篇儿，白喜祥照例点头微笑着，无论他说什么，都笑吟吟地听着，间或插上几句话，都正好说到三叔的心里去，让他意气风发，谈兴更浓，说得额头冒出一道道的热汗，顺着下巴的大黑痦子往下滴。

至于樱草和玄青三兄弟，在饭席上，是插不上话的，他们只是向白喜祥跪拜贺寿，喜滋滋接了红包，其余时候便是在旁边伺候着，端茶打扇，让三位长辈聊得开心。这一席饭，边吃边聊，往往要到深夜，才尽兴而散，三婶搀着醉醺醺的三叔，白喜祥带着四个晚辈，笑眯眯地在院子里互相拱着手儿道别，结束了这一整天的团圆。

再也不会有了。团圆这个字眼儿上的绚烂光彩，随着年月推移，越来越惨淡。

"师父您看，还满意不？"

天青和竹青一边一个地拥着白喜祥，屋里屋外地检视。

今年的寿诞，他俩可是费了大心思张罗，尽力想让师父也有和往年一样的欢喜。堂屋里摆了一份寿堂，正中红底撒金的挂轴书着个极大气的寿字，下面供着景泰蓝的香炉蜡钎，八仙人的寿桃寿面，桌前铺着红毡子。院子里头，天青找了外城最好的棚匠张老杆，两天前就带了弟兄来，喊高上房支架子，搭了一座可着院子的暖棚，三面挂檐，三面栏杆，三面玻璃窗，见木头就包红布，棚里花活和门上彩子做得五光十色，灿烂辉煌，周围悬了一溜儿彩屏，绘的都是三国戏出儿：《长坂坡》《汉津口》《水淹七军》……棚里放了八套家伙座儿，桌椅全都围着大红圈金绣勾子莲的帔。北平著名的包席大厨王四海已经带了下手师傅在厨房预备好了，每桌三海碗六冷荤六炒菜四大碗一锅子，鱼翅海参大螃蟹全上，用的餐具都是特制的景德镇青花瓷，上面镌着"四海"二字。

"满意，满意。"白喜祥露出最欣喜最愉悦的笑容。他懂得徒弟们的心意。

从早上八点多开始，前来贺寿的人就是络绎不绝。喜成社百来号人马都到齐了，已经告老还乡了的打城外特地赶过来。白喜祥当年在科班的老弟兄也来了一大批，"师哥""师哥"喊得此起彼伏。北平各大班社挂牌的角儿们或是亲临祝贺，或是委托人送了寿礼，一堂堂的寿桃寿面寿幛寿酒寿烛挤得院子里根本摆不下。还有很多梨园内外的老交情，新闻界的商界的文化界的朋友，还有前门附近的街坊邻居，九道湾的、肉市街的，川流不息地拥上门来……

天青师兄弟几个，忙得不可开交。白喜祥一向性情淡泊，与世无争，守在小院里自成一统，日常并没有多少交际往来。孩子们一直都觉得他于世故一道，不甚练达，殊不料宅门一开，宾客云集，交游竟然如此广阔，简直三教九流都对他尊崇倍至。什么叫世故，什么叫交际？真正练达之人，自会以人心对人心，何需时常见面寒暄迎来送往，为人之热情、淳厚、诚信、良善，是在日常举止之一点一滴中彼此心照。白喜祥之"白圣人"的名号，在梨园内外声名远播，自不是他刻意交际宣传而致，而是在几十年的善举良行中浸润出来。

四个孩子自然也都送上了寿礼。玄青送了一柄玳瑁骨精雕折扇，扇面乃是吴昌硕的《岁朝清供图》，白喜祥接来细看，爱不释手："吴老仙逝后，书画身价暴涨，再配上这把骨子，尤其名贵。瞧这骨子还是旧配的老物件儿，雕工非凡，想必也是高人手笔？"

玄青一时语塞。这寿礼是殷绣帘替他置备，他只管转了个手而已，哪里知道出处？好在白喜祥也并未追问，欣喜把玩起天青呈上的礼物，那是一只康窑五彩的瓷烟壶，笔致极工，形制罕见，一面绘着关羽读《春秋》，另一面绘着关羽舞青龙，有个特别的名号叫做"文武二圣"，恰合白喜祥作为"红生大王"的身份。白喜祥越看越爱，连声赞道："这只烟壶，听李洪爷提起过，近乎仙品，费过大心力而不可得，你打哪儿弄到的？"

天青为这只烟壶，辗转托人，大半年的戏份都送在里头，不过这些付出，在师父的笑容前完全不值一提，他只笑道："师父，您喜欢就好了！"

竹青的寿礼十分别致，是一只蝈蝈儿葫芦，葫芦身上的"福禄寿喜"纹样乃是在葫芦结实时塑就，造型浑然天成，光泽莹然，盖口以名贵犀角制作，盖子上另有一只蝈蝈的圆雕，须长翅阔，极尽生动。葫芦里头还装了一只真蝈蝈，色作豆绿，鸣声洪亮，有金石之声。白喜祥奇道："这样的稀世之珍，怎么里头还装了真蝈蝈，可有点舍不得！"

竹青磕头道："师父，我这阵子来得少了，家里没人吵闹，我怕您老寂寞，让它替我叫嚷几声！"

大伙儿笑了一番。

樱草送给爹爹的，是亲手精制的一套"老爷戏"专用行头：绿夫子盔，绿蟒，绿靠。盔头比普通盔头雄壮得多，形状圆浑大气，金箔灿烂，绒球高耸，光珠飒飒作响，后兜绣的行龙栩栩如生。绿蟒用的是上品大缎，一条赤金手捻线盘成的大龙踏云而行，下摆的海水江牙不是普通的直立水弯立水而是立卧相间的三山五江水，几乎铺满整幅下摆，气魄非凡。绿靠呢，更别致了，不是鱼鳞纹也不是韦陀纹，而是独此一份的孔雀翎纹，羽丝处用了真正的孔雀翎羽，随着衣甲抖动，闪着变幻莫测的光芒。

要论价值，这套行头不见得比三兄弟送的礼物贵重，但是一针一线都是樱草手泽，足足耗费了她一年多的心血，白喜祥自是珍惜异常。

"赶紧给我贴几出老爷戏，用我闺女送我的行头！"他笑容满面地叮嘱崔福水。

　　直到夜深，宾客才渐渐散尽，小院里只剩白喜祥一家。白喜祥走进堂屋，在大幅寿字下的官帽椅缓缓坐下，四个孩子早已累得精疲力竭，都坐在铺在桌前的红毡子上。

　　"生受你们啦。为我这老朽之人搞个生辰，如此大阵仗，难为你们一番孝心。"

　　"爹爹高兴就好。"樱草伏到白喜祥膝前，轻轻给他捶腿。

　　"高兴。高兴。"白喜祥慈爱地摸摸她的辫子，抬眼望着人去席空的小院，"当然了，伤感难免，我也不想瞒着你们。今儿是头一年缺了你三叔和三婶。三婶是没了，三叔以后也难回来。缺了他，真觉得我的命都缺了一半。不说别的，少了他这鼓，戏都逊色三分。好鼓佬难找啊，能托得像他那么严实的，都不知还能不能遇到。"

　　玄青道："三叔也真是的，回去投什么亲戚啊，跟着您多好，您又没少了他的。"

　　樱草道："三叔有三叔的苦处。他跟爹爹像亲兄弟一样，若不是不得已，不会离开爹爹。"

　　白喜祥点点头："我就希望他平平安安。大伙儿都平平安安。生逢乱世，平安，团圆，都成了难求的机缘。你们最近都还好吧？天青倒是总在身边，玄青和竹青可有日子没见着了。"

　　竹青踊跃发言："我挺好的，师父。您放心吧，我师父对我可好了，把他的拿手戏全都给我说了，连新戏都说了，我刚学了《飞虎梦》，就快能贴了！我师父手把手儿教我勾脸，还给了我不少私房行头。我以前老觉着啊，架子花脸没啥唱头，全是傍别人的，现在听了他老人家的教诲，越来越咂摸出滋味来了，敢情这个行当也有学不完的学问。"

　　"这话说的，咱师父教你那一程子都是白教了呗。"玄青低声道，"今儿个是给咱师父祝寿，不是来听你夸新师父的好。"

　　"我没那意思！"竹青顿时从脸一直红到脖子，"你怎么……"

　　天青坐在他俩中间，一手按住一个："师父的好日子！……"

　　白喜祥笑了笑："行了，我都明白。竹青开窍儿，我高兴。你拜了郝二爷，当然要尽心跟着他，他的人品艺品，都够你学一辈子的，这没必要在我面前掖着。玄青，你前阵子老是伤风感冒，鼻涕眼泪的，最近可大好了？"

　　"好了，没事了。"玄青低下了头。

　　"我看你一直身子不舒服，所以也不大催你，不过你于戏上，可得多下些功夫了。近几年你的功抽得厉害，嗓子也越来越回去了，也不肯常来听我说说戏，台上也有点汤儿事……"白喜祥叹了口气，"你们都长大了，心思多了，想些什么我也不太明白。'师父领进门，修行在个人'，自己把握着自己吧。玄青，今年你二十三了，终身大事是怎么考虑哪?"

玄青一直低着头："家里也有提亲的，我没中意。"

"怎么?"

"全是乡下丫头。"

"乡下孩子实诚，肯吃苦，有不错的姑娘。"

玄青一扬下巴："我大小也是个挂牌的角儿，得娶一房像样的妻室。名门世家的，人才品貌都出众的。若是找不着，我宁愿一辈子不染女色。"

天青困惑地瞥了他一眼，没说什么。

白喜祥转向竹青："你呢，傻小子?"

竹青忙答："我师哥都还没娶亲，我着什么急啊。"

"你师哥又不是亲哥，不用依着次序，你要是有心上人，现在娶了，我允准。"白喜祥微微含笑。

"那哪成啊，我师哥就是我亲哥。"竹青亲热地搂着天青脖子，"我得等我师哥先成了亲，生了大胖小子，我再琢磨我自己个儿，是吧，嫂子?"

樱草飞红了脸，嘟起嘴巴："拿我当什么挡箭牌呀!"

白喜祥笑道："樱草，等天青回来，你们的亲事，就办了吧。一路看着你们走到现在，真不容易。缘分哪，是靠上天赐予，可更重要的也是靠自己修来。对了，天青，我还有个重要的事儿，一并跟你说了：你这次去上海，若是顺利，回来可以考虑挑班了。"

天青一惊："挑班?"

"嗯，你有这个实力了，再在喜成社耗下去，就耽误了。"白喜祥端起茶碗啜了一口，"此次去上海，正是个乘势而上的好机会，一炮打响回来，正好挑班自立。班底不用你费心去找，就用喜成社的原班，重邀几个好角儿而已。贴戏还在广盛楼，签个长约，他们一准儿乐意，若想去别的戏园子，也容易找。你回来是在重阳节后吧? 成亲挑班，一起办，趁着年前，红红火火地搞完，明年啊，可就看你的本事了。"他放下茶碗，望着天青微笑。

樱草脑筋最快，马上想到了其中的不解之处："爹爹，这怎么成，您把喜成社怎么处?"

白喜祥缓缓道："喜成社到了寿数了。"

四个孩子全急了："师父! 这怎么话说的呢?"

"怎么了，有挑班就有散班，谁不是啊。"白喜祥平和地笑着："我已然想了很久了。喜成社已经二十二年，算是活得很长的一个班社了，北平全城有几家能维持这么久的? 到现在这班社依然存在，已经不是靠我，而是靠你们后辈支撑。我自个儿呢，体力一天不如一天，本钱越来越差，近年总共才贴了几出戏啊，细数起来都难堪。趁着还在牌上，赶紧急流勇退吧。江山代有才人出，各领风骚数百年，本是自然之理。天青，以后这班弟兄，交给你了，我相信你的能力和心胸，你别推辞。"

天青毫无思想准备，一时哑然，望着师父，又下意识地转头望望师兄弟。玄青正恶狠狠地盯着他，突然被他这一望，满脸的嫉恨和刻毒来不及收去，登时扭过了头。天青没理会他，沉吟一下，昂首对白喜祥说：

"师父，蒙您信任，挑班我愿一试，不过我想还是维持喜成社的原名，算我替师父把这牌子做下去。"

白喜祥笑了："傻孩子，挑班哪有那么挑的？当然得改名字、改规章、牌子、阵容、戏码，全都按你自己的路子。你师父的名头能维持多久，在于他自己的戏，自己的艺，不在于一个班社的牌子。戏呢我还是要唱的，只是不搭班嘛，以后借你的班底唱，呵呵……好了，明儿你就启程了，早点休息，先不用想这些。专心去跑你的码头，在上海戳住了，别的什么都好说。"

他轻轻打个哈欠，站起身来，四个孩子也都跟着起身肃立。白喜祥背着手，目光从他们脸上一个个扫过去，微笑道：

"刚才你们祝我，年年有今日，岁岁有今朝，这话，我也送给你们。明年今日，后年今日，咱爷儿几个再聚到一块儿来，好好地说说心里话。我希望你们到那时候，都还是亲如一家，无论各自迎着什么样的日子。"

四个年轻人齐声应着，情不自禁地抬起了头，你望望我，我望望你。

竹青在胡同里踱步好久，才等到天青从院中出来。却见他走到街门外又回了头，一脚门里一脚门外地与里面的樱草唧唧私语，然后樱草开门送出来，没走多远又被天青送回去，两人一起进了门，又过了老半天天青才出来，樱草却也跟出来了，两人又头抵着头说了半天话儿，好不容易樱草才回身进院，又过了老半天才关上街门，天青却又不肯离开，站在街门外发了半天的呆。

竹青看在眼里，强忍着一肚子笑，不出声，直等到天青终于失魂落魄地朝胡同口走来了，才猛然打拐角处跳出来，大吼一声，吓得天青差不点儿折个毛儿跟头。

"你！还没走哪？"

竹青大笑道："我等你啊！还真能黏糊，活活儿的一出'长亭'啊！"

天青揉揉脸，定了定神："一下子离开太久了，有点……还没走呢就有点想念。你呢，等我干什么，玄青师哥呢？"

"光许你们想念，就不兴我想念啊？"竹青翻个白眼，"玄青师哥早走了，他那脸子，就像谁欠了他二百大洋似的，死沉死沉，喊都不理，一溜烟儿地跑了。我呢，想再多陪你一会儿，师哥，你得下个月才能回来呢，我还从来没跟你分开过这么久的时间。"

天青一怔，盯着竹青，半晌说不上话来。是啊，要不是他提起，还真没想过，自打儿时拜师，他们兄弟二人，十几年来一直朝夕相处，分开最长时间也不超过两周，这位小师弟的各种嬉皮笑脸、调皮捣蛋，都早已成了天青生命中的一部分，如血脉相连，须臾难分。天青心下感动，笑着搭了竹青的肩，一起朝前门外大街走去。

"一个月也很快的。刚才我还跟樱草说，就像做一场大梦一样，眼睛一睁，我就回来啦。"

"回来就成了大角儿啦。"竹青兴奋地跳着脚走，"你自己挑班，打算取个什么名儿？可说好了，你一定得邀我搭班，挂不挂牌都没关系，傍着我师哥的架子花脸，那可不能是别人！"

"那准定不能是别人，咱们是'皂君庙的狮子，铁对儿'！不过这事儿太大，容我好好想想。我以前一直惦着要傍着师父好好唱戏，还真没起过自己挑班的主意。挑班这回事，说到底还是老生和旦角来得方便，武生挑班，那得是多大的角儿啊，得是杨大爷那样的，才能邀得一批好老生好旦角，心甘情愿地为他跨刀。"

"你真有这个实力了，师哥，咱师父的为人，看不准的事儿，绝不会胡乱安给你。跟杨大爷那是不能比，但是全北平年轻武生，能有你这个叫座力的，数不出第二个。再者说了，就凭你的人品威望，谁能讲半个不字，一向以来，长辈晚辈提起你，个个都说你是这个！"竹青高高竖起大拇哥，"挑班邀角，准定不是难事，放心吧，师哥，这不是师父抬举你，确是你自己到了这个级数。"

天青笑着转头看他："也就你吧一直捧我。你自个儿呢，将来怎么打算？你的实力也不浅了，郝二爷背地里没少跟师父夸你。"

"花脸行呢，就是好好给人跨刀的份儿。"竹青神情坦然，"有史以来自己挑班的花脸，也只有金三爷一位，连我师父郝二爷那么大的角儿，也没自己挑班，顶多在人家班里挂个三牌四牌。郝二爷教导我说：人，得懂得自己的位置。不是说只有挑班的头牌才是好角儿，只要找准自己的位置，尽力做好自己的本分，傍着头牌唱好每一出戏，这就是好角儿；若没那个本钱，硬往头牌凑，于人于己，都只有祸害。唱戏是这样，做人也是这样。这个我早就想清楚了，师哥，"他抬起头来望着天青，眼睛在月色中晶光闪亮，"只要你看得上我，我这辈子就心甘情愿地给你跨刀。"

天青嘴唇一抿，搂紧他的肩："兄弟，你好好唱，我也给你跨刀。就算我挑班挂头牌，一样给你配二路，咱哥儿俩就互相傍着，好好地唱一辈子。"

说话间已经到了肉市街，天青要往广盛楼去，竹青往金鱼池去，就此将要分手。天青心头充满恋恋之意，望见肉市街口正有摊子在卖竹青爱吃的爆肚，忙道：

"你肚子饿不，要不要来份儿夜宵？"

竹青也望见了，登时喜形于色：

"嘿！这可真是小爷想要啥就来啥！说真格的，这一天在师父家忙活得，没怎么顾上吃饭，还真得祭祭咱的五脏庙。师哥，你也来份儿！"

肉市街这个爆肚摊也称得上前门一绝，摊上一列四个尺二白地青花大冰盘，摆着晶莹透明的整块大冰砖，羊肚分门别类铺陈其上，盖着洁白细布，周围一圈细瓷碟的作料，整个摊子红白蓝绿的，清新水亮，看着就叫人眼馋。卖爆肚的热情招呼：

"哟，这不是靳老板和董老板吗，瞅着你俩就想喊好儿！二位爷，来哪块儿，肚头、肚领、葫芦、散单？要么来这精心收拾的肚仁儿、白嫩、香脆、绝活儿，不输致美斋！盐爆油爆汤爆，要哪味？盐爆加芫荽葱花，油爆勾芡，汤爆蘸卤虾油，您好哪口儿？"

竹青还正掂着，天青已经开口："三味都要，各来一份儿。您再帮我去叫两份豆汁儿加辣咸菜，四个叉子火烧夹猪头肉，我们哥儿俩坐您这儿吃。"

"好嘞！"

卖爆肚的兴高采烈操作起来，竹青和天青就在煤油灯下坐下，望着灯火依稀的前门外大街。天青问道：

"你打算一直就在金鱼池那儿住？多不方便，不若一起搬到前门来吧。"

"先住着吧。爹娘没了，姐姐妹妹都出了阁，就剩我一人，犯不着自己买院子。你不也是在广盛楼那小屋子里鞴了好几年，那么大的角儿，也不管别人说。"

天青笑了："我是说，不若你搬过来和我们一起住吧。小椿树胡同那院子，我和樱草成亲后就住进去，我们要北屋，东厢房留给你，成不？等你自己成亲了再搬走。咱们每天一起吃饭，一起去侍奉师父，一起练功唱戏，多好。"

竹青呆了好一会儿，眨巴眨巴眼睛："那哪儿成，你们两口子新婚小夫妻的，我挤在你们院子里像什么话，咱可不干那么没眼力见儿的事儿！"

吃食端上来了，琳琅满目地摆了一桌面儿。竹青是真饿了，抄起筷子就呼噜呼噜吃将起来，转瞬间把三份爆肚扫光了两份，才留意到天青还一直坐着没动。

"吃啊，你瞅我干吗呢！"

"我瞅你个吓人的吃相！你老实儿地给我搬过来吧，等我回来就搬！天天给你吃爆肚、灌肠、核桃酪、萝卜丝儿饼，早晨烧饼油鬼，晚上卤煮火烧，夏天干香豌豆，冬天红绿萝卜赛梨……"

"得嘞，得嘞，我搬，我搬！不带这样的，哈喇子都流汤里啦！……"

卖爆肚的抄着两袖，笑眯眯地望着这一边吃一边斗口的哥儿俩。秋风已有凉意，但是摊子炉火前依旧温暖，煤油灯昏黄的灯光，在这一片笑语声中轻轻地飘啊飘。

上海。

中国首屈一指的锦绣繁华地。

和许多北平人一样，天青自小儿已经熟悉这个城市的名字。它不是国都，但比国都更具声名，它印在最漂亮最时髦的用品上，挂在最新潮最活络的人嘴边，它就是昌荣繁盛的现代中国的象征。但是，只有真正到了上海才知道，它比想象中更新潮更繁盛，更宏阔更独特，街景、建筑、气候、植物、服饰、语言、用度，全都与北平天差地别，陌生得像是到了外国一般。

好角儿跑码头，不能是孤身一人，越大的角儿带的班底越多，天青第一次出门，当然更不能免俗，白喜祥派了三位好佬为他保驾护航：一位是管盔箱的钱师傅，天青从小到大，勒头都是他跟的，这勒头的手艺好坏，跟一个伶人的台上表现可是关系重大，不能随便换师傅。另一位呢，是白喜祥的私房琴师杨二爷。伶人和琴师，关系密不可分，伶人唱得再好，也需要一个优秀的琴师来托住，方能成就一段天籁。早前伶人都是用官中琴师鼓师，无论台上多少角色，一把胡琴到底，后来渐渐地，开始流行私房琴师，每个享名的角儿，都有他专用的琴师。杨二爷跟了白喜祥多年，是著名的"胡琴圣手"，手音特佳，刚劲俊茂，卓尔不群，尤其对于台上的角儿傍得极严实，绝不喧宾夺主，尺寸、垫头托腔、气口过门都丝丝入扣，就算那角儿今儿个嗓子不在家，他都能妥妥当当地把一段唱给托下来。再有一位是喜成社的后台管事崔福水。他曾为白喜祥做了多年"跟包"，帮他打理唱戏前后的琐事，包括化妆扮戏穿行头甚至端茶擦汗这些，对一个伶人在戏园子所需操办的一切事务都驾轻就熟，是个最堪倚重的可靠人物。

白喜祥派这三位爷陪着天青，其中拳拳心意，那也不需细表了。一行四人带着几箱子行李，乘长江轮渡，花三天时间才到上海。魏华彩领了人马在站口迎接。

"哇，靳老板穿西装真是老时髦额，勿要太好看！电影明星勿得比！"一见天青出站，姿容俊朗，风采照人，魏华彩先忍不住大赞一番，然后才道，"阿拉四爷很想亲自迎接靳老板的，但是最近惹了官非，勿方便抛头露面，望靳老板海涵。这些日子就是在下陪着侬了。下榻在牯岭路人安里，来沪的角儿们都住那儿，请靳老板上车，这就过去吧。"

"怎么，顾四爷惹了官非？"刚到埠就听了这么个消息，天青不由得有些疑虑。

"噢，小事体，小事体。"魏华彩一边上车一边道，"就是出了条人命而已。"

天青和崔福水面面相觑。

入住人安里之后，慢慢打听，才知道这位顾茶轩顾四爷，不是一个普通的戏院经理，而是著名的上海闻人，青帮大亨，号称"江北皇帝"，在上海滩可谓翻手云覆手雨，号令江湖雄霸一方。天蟾舞台只是他出于爱戏而投资的产业之一，真正的事业横跨政界商界：饭店、茶楼、车行、玻璃厂、百货商店、轮船公司……名下各种商号不一而足。至于那件人命官司，是今年夏天另一位上海滩"天字辈"青帮大亨黄金荣的得意门生被暗杀，因为一些明里暗里的争斗，黄金荣将顾四爷告上法庭说是凶手。双方都是实力雄厚的闻人，本来很简单的案情搞得扑朔迷离，闹了快有半年时间，还未审理出个头绪。

"那……"崔福水也是通达世情的人物，尽管心中好奇，也不敢直问魏华彩案情真相，只打听自己这边的切身相关，"顾四爷身陷官非，天蟾演出会不会受影响？"

"勿相干。四爷这样人物，就算只管在家里呼呼大睡，产业也都是照常运转。戏呢，该唱的一样唱，该看的一样看，这不，还特地去北平邀角儿嘛。"魏华彩言辞客气而又不容置疑，"侬只管唱侬的戏就好额。今天晚上，四爷在公馆宴请各位，明天起，休息两天，然后拿出三天时间拜会各方闻人、新闻界、票界，喏，阿拉上海唱戏，这些交际必须有的，哪炷香烧不到都会出乱子的。下周开始正式演出，照约定，头三天打炮戏，连续日场加夜场，以后二十七天只唱夜场，最后再唱三场勿收戏份的作为临别纪念，一共三十六场，戏码勿翻头。呵呵，就看靳老板的啰。"

"没问题，没问题。"

转头来，崔福水悄悄对天青叮嘱：

"白二爷有十几年未曾到南边来，咱们对这边情形都不熟了，还真不知道名闻天下的天蟾舞台有这样背景。难怪周爷好端端在这儿唱着，去年忽然逃到天津去了，看来就是惹着了这位四爷。咱们只来跑跑码头，倒也不必操心太多，不过你当心着点儿，谨言慎行，专心唱好自己的戏。"

"是，崔师傅。"天青微微一笑，"咱们做伶人的，只拿戏说话。"

当晚，江风飒飒，皓月东升，湖北路二零三弄迎春坊十三号顾公馆宴开四席，招待南来的京朝名角靳天青。席间除天青一行四人外，还有天蟾舞台常驻的一些本地名角儿、前后台管事及班底、新闻界人士等，顾四爷本人和家眷、手下等作为主人作陪。

名震江北的顾四爷，相貌并不是太起眼，矮胖子，大头浑圆，五官挤成几条窄缝，但谈吐之间却极有威势，一口带着浓重苏北味儿的上海话声若洪钟，只可惜天青他们一个字儿都听不懂。顾四爷的性情颇为豪爽，也没什么不耐烦之意，又努力地说起带着浓重上海味儿的北平话：

"今朝招待靳老板吾交关开心，吾就是服帖侬京朝额角儿。可惜吾听是听得懂一眼眼，唱是唱勿来额，哈哈。靳老板久仰额，好角儿，肯定老有劲额。头天打炮戏勿晓得贴阿里一出？"

天青答道："头天下午是全本《八大锤》，从《潞安州》到《文龙归宋》，我一赶三，前去陆登，中去陆文龙，后去王佐。晚上全本《九伐中原》。"

"嚯，武老生、武生、老生、勾脸武生，全才！"顾四爷是个懂戏的人，一听之下，笑逐颜开，"交关灵光，交关灵光！"

上海是全国数一数二的唱戏大埠头，天蟾舞台又是数一数二的大舞台，此番席间那些常驻天蟾的角儿们，个个都是梨园行响当当的人物，如常二爷、聂二爷、景五爷等前辈名家，天青在北平时已有耳闻，此番见面，当然一一上前诚心结纳。对方倒也大都谦和有礼，唯有一位江连碧江五爷，对天青不住地上下打量，言语之间，不甚客气。

"靳爷除了拜过白二爷之外，可还拜过其他师父啊？"酒过三巡，江连碧当席发问。他是个精瘦的小个子，尖嘴猴腮，眼作三角，若用上海话形容，大概是"交关难看"，但是自幼浸润梨园的角儿，坐在那儿也自有一份气派。天青知道此人乃是著名文武丑，丑行元老王三爷的入室弟子，年纪比自己大不多，辈分却高一辈，当即恭恭敬敬地答道：

"正式拜过的只有白恩师。"

"白二爷是老生行啊，那你这武生戏都是打哪儿学的？"

"业师也精武生，大多是他所传授。十几年来，先后也承蒙杨大爷、张五爷等前辈恩师给说过戏。"

"那可不够地道儿吧，虽说都是武生大家，但是呢，没正式拜师，谁能传给你真玩意儿。"

　　梨园行的师承是头等大事，得拜名师等于重镀金身，当然对学艺和扬名都相当重要。天青这些年来，自也有不少拜入武生大家门下的机会，但是已与白喜祥情同父子，且白喜祥本身确是精工武生，所以在学艺和镀金这回事上，一直以学艺为主，未曾起过另拜师父之意。白喜祥为这三个徒弟的艺业，呕心沥血，央请说戏的不但都是行家，更是他至交好友，教诲极为用心，功夫和戏码，都传授得相当瓷实。这些情形天青自己心中有数，不须与外人争辩，当下只微笑道：

　　"几位前辈都对晚辈教益良多。"

　　"哼，那想必是了。"江连碧自鼻子里哼了一声，"若只是偷学了几手三脚猫的玩意儿，就跑到上海来拿三倍的戏份儿，也未免太把我们上海人当猴儿耍了，是吧，靳爷。"

　　天青心下雪亮，明白这位江老板是瞅着他的戏份儿不顺眼。江连碧本来也是北平人，著名科班出身，四代梨园世家，父亲和祖父都是北平名丑，前年才迁居上海谋生，到天蟾舞台常驻恐怕也只是最近的事儿。但既然是常驻的角儿，和天蟾特邀的角儿相比，戏份儿总是有所不及，偏偏天青又是位比他年轻的后辈，因此上，难免心有底火。定戏份儿的规矩如此，自然有它经营上的道理，岂可平白靠口舌争得？天青不欲多言，仍然只是笑笑。

　　江连碧酒意上头，见天青一再容让，反而越发地来了劲。他转转眼珠，想起在北平时曾看过这位大武生的身世报道，颇多可以讥诮之处，于是起身端了酒杯，径直走到天青身边：

　　"来来来，我敬靳爷一杯，祝靳爷这一个月的好戏，平安顺利！天蟾场子大，看客眼光厉害，您可当心啊，听说您第一次去第一舞台唱戏，就失了手，下个六张桌把腿跌断了？"

　　此语过分刻薄，席间顿时好几人站起来打岔："江五爷醉了，呵呵，随口说笑，倒也有趣，呵呵，靳爷来尝尝这份活杀大王蛇，香喷喷，嫩笃笃，北平恐怕不常见……"

　　顾茶轩性情粗豪，倒没太留心江连碧的挖苦之意，反而跟着追问："是额，吾听刚有这事体，听刚侬的腿接得勿理想，靳老板亲手敲断特重接，是真额哦？"

　　席间诸人又马上收声，所有目光都盯在天青脸上。

　　天青端起酒杯，与江连碧碰了一下，一饮而尽，笑道：

　　"是真的。"

　　顾茶轩双手拇指一竖："哗，真英雄，真好汉，辩能个胆气，江湖中人也勿如！来来来，吾也敬靳老板一杯！"

一片赞声笑语中，江连碧站在天青背后，走也不是，停也不是，尴尬万分。他不甘心地扭歪了嘴角，又高声叫道：

"好好，咱们就等着下星期，看靳爷的本事了！靳爷可真是不世出的奇才，没坐过科，没拜过武生师父，靠着听人说几句戏，就成角儿了！这两条腿都断了刚养起来，也能来咱们天蟾挂牌！"

另一位伶人实在看不过去，出言劝道："有没有本事，台上见。梨园不少前辈都不是出自科班，也没拜过名师，一样卓然成家的。也许靳爷就是有天资，或是家学渊源，或是另有奇遇，都说不定。"

"家学渊源？"江连碧的眼睛放了光。他自己四代世家，最喜提起家学这回事，心中更十分清楚靳天青绝不是世家出身："倒没听说过梨园中有姓靳的世家，敢问靳爷，令尊是从事什么行当哪？"

如此一再相逼，佛都有火。天青暗暗握紧酒杯，仍然平声静气道：

"家父不是梨园行。"

"那是哪一行？"江连碧目光灼灼。

天青坦然相对："家父以拉车为业。"

"哈哈哈哈哈！"江连碧爆发出兴奋的大笑，"靳爷的老令尊，合着是个拉车的。北平叫洋车，天津叫胶皮，上海叫黄包车，招手即来，挥手即去，低三下四，讨几个小钱，那拉车的爷们儿，可上等得很呐！难怪靳爷拜不到名师，您这出身，啧啧……"

天青霍然转头，一双眼睛冷冽如电，盯向江连碧。

"江五爷，我一后辈，您怎么说我都成，但是辱及先父和业师，只怕有损您的操守。在我心中，拉车的和所有凭自己本事谋生的人一样，都是上等人。先父拉了一辈子车，尊客重业，勤恳踏实，以自己血汗换得生计，养我成人，我以有这样的父亲为荣。倒是有些人，心存偏见，妄加贬薄，未免落于下乘。"

餐厅气氛已然十分诡异，所有人鸦雀无声，但是两人都还未有察觉。江连碧勉强笑了几下："哈，哈，你一拉车的儿子，也跟我……"

"哐"的一声大响，打断了他的话，却是顾茶轩将酒杯重重撂在桌上，碰落了一副碗碟。天青这才留意到，顾茶轩一张大脸早已不是先前慈眉笑眼的模样，而是每条肌肉都横着隆起来，眼睛睁得跟猛虎一样，发着凶悍的光。只听他慢慢开口，声音粗哑低沉：

"江老板，侬老抬举拉车额宁额。"

江连碧忽然全身一阵凉意，仿佛掉进深不见底的冰湖。他只顾着讥讽靳天青，忘了一件更重要的事——

这位顾四爷，顾茶轩，也是拉车出身。

顾茶轩本是江苏盐城人，家境贫寒，十六岁到上海谋生，就在公共租界协记公司拉黄包车。只因他为人慷慨豪迈，讲义气，在苏北帮黄包车夫中颇有名望，不久拜入青帮，列名通字辈。之后，有了一定家底，他买进几辆黄包车，在闸北开起车行，从此才逐步起家。说起来，这是位拉车的祖宗！平时大伙儿畏惧他的权势，不大提起他的出身，所以江连碧虽然也知道这回事，但是没挂在心头。现在猛然想起，讳言却已晚了。

"四爷！我……我不是那个意思……"

"是撒意思额？"顾茶轩现在整个人都很像一只猛虎了，身虽未动，却蓄足声威，"吾听哦清爽侬刚撒，侬再刚一遍？"

江连碧吓得魂飞魄散。顾茶轩作为青帮大亨，杀人那是根本不带眨眼的，最近被对头闹出那么轰动的命案，还在这里谈笑风生地宴客，若是想搞掉一个伶人，岂不是捺死一只蚂蚁一般。江连碧颤抖着端起酒杯：

"四爷，您大人不计小人过……"

顾茶轩并不看他，只对魏华彩微一摆头：

"小华，江老板切醉特了，侬带伊起白相相，醒醒酒额。"

"四爷！"江连碧哀号起来，这时也顾不上别的了，猛地跪倒，"您放过我吧！我马上卷铺盖走人，只求您饶我一次！"

事情如此急转直下，远在天青意料之外。他并不知道顾茶轩的背景，自然也就不明白这背后的机关所在，但是顾茶轩动了杀机，却是显而易见。天青忙起身进言：

"四爷，才刚只是我二人话赶话儿半开玩笑，未必就是江五爷本意。江五爷世家子弟，素有家教，不会随意轻贱于人，您若因此怪罪下来，倒显得您气量小了。若是嫌他言语不当，罚他三杯，也就是了。"

顾茶轩眼皮一抬，目光射向天青："靳老板倒是大人大量，伊个能噶刻薄侬，侬阿哦搭噶？侬真额替伊求情，么个侬切三杯。"

天青低头看了看桌上的酒瓶。席间喝的是法国白兰地，一百二十年的陈酿，天青不惯饮酒，迫不得已喝了几杯，已经在全身难受，但此刻人命关天，哪容得半点迟疑，他一把拎起酒瓶，掂了掂还有大半瓶的酒，握在手里，对顾茶轩施了一礼：

"求四爷成全。"

他举起瓶子，直接对着瓶口，咕咚咚一饮而尽。

"作死！这么喝法，他没死，你先死了！"

清晨，人安里客舍，崔福水跳着脚大骂：

"二爷把你托付给我，你就这么玩命！这一下子喝过去了，我抬着你的尸首去还给二爷？"

"这不没事儿了么……"天青靠在床边，孩子一样嘟了嘟嘴。他刚吐了一整夜，天都亮了才缓过劲儿来："我错了，您别气，崔爷，要不，您再罚我喝三杯？"

崔福水再气也笑起来："你这孩子！"他倒上一杯热茶，递给天青："好好洗洗你的肠胃！姓江那孙子不知是哪辈子积了德，要你这么作践自己来救他！还好大伙儿都没事儿。顾四爷也真够吓人的，最后他搂着你肩膀出来的时候，我还以为他要把你掐死呢！结果是满口子夸了你什么的，咱们都听不太懂……真险哪，唉，做伶人的，一样都是在刀口上混饭吃。"

天青喝光茶水，定了定神：

"刚才您说的来请咱们参加大义务戏那位，烦请记得回复他，说我准去。"

"时间就在后天，你能成？"

"能成。"天青笑了，"武松三碗酒打虎，我这才多少呢！"

大义务戏，就是不同班社的名角儿联合在一起搞的义务戏，伶人自身分文不取，收入用于赈灾或慈善。在北平时，只要大义务戏有邀，天青历来热心参与，本次虽然时间仓促，又是人生地不熟，他一听缘由，也还是毫不犹疑地接了下来。

"您想想吧，崔爷，为马司令筹军费，抗日！"天青的眼睛闪闪发亮，"马司令的名头，谁人不知，哪个不晓，东北孤军抗战，拼死守我疆土，那是真正的大英雄，大忠臣！能为他打日本鬼子出一点力，我觉得比我自个儿唱一个月戏更重要。听说他现在就在上海，要去庐山向蒋委员长申请，继续拉队伍抗日，希望他一举成功。崔爷，咱们这次的戏份儿，也拿出两成捐给马司令吧！……"

下午前来探望的魏华彩，闻听这个消息，却大吃一惊。

"勿可以，绝对勿可以。"他急得汗都出来，"靳老板，打炮戏之前，侬勿好去接别的活儿！"

天青安然道："您放心，我心里有数，不会耽误打炮戏的成色。"

"勿可以，勿可以，这不是针对侬，是邀角儿的规矩。正式演出之前，侬勿好在公众活动露面，保持神秘感，才能上个好座儿。再讲了，侬初来乍到，人生地勿熟的，万一大义务戏唱砸了，后面这一个月侬自家的戏，啥人还来买票？稳妥为先，稳妥为先啊！这种大义务戏，上海本地角儿当然勿好推托，但侬是刚来，只讲辰光忒勿忙安排不开，谢绝勿去，啥人也勿会怪侬。"

天青沉吟片刻，缓缓开口，声音温和而坚定：

"魏爷，这场戏意义重大，我得去。虽然上海名角儿众多，绝不缺我一个，但这是我作为华夏子民的一份诚心。我会全力以赴，保得这场戏和打炮戏都能唱响，绝不崴泥。我也算是经历过大场面的人，您放心吧。"

"侬，侬介一意孤行额……"魏华彩拼命擦汗，"要是耽误了天蟾的生意，吾倒好讲，四爷勿会放过侬！侬也看着了，四爷的脾性……"

"我看着四爷也是个爱国重义的人。席间听说，去年日本人打上海时，四爷把天蟾关了，改成难民收容所，还免费供给难民衣食，运送回乡，足足撑了两个多月。实实可敬！国难当头，他不会阻拦我奉献一己之力，要不，这样吧，"天青望着紧张得面色发青的魏华彩，微笑一下，"若是大义务戏失手，影响到天蟾打炮戏的营业，我自掏腰包，补足八成以下的差额。"

"此，此话当真？"

"绝无反悔。"

魏华彩用力擦着汗：

"靳老板啊，侬这胆气，吾看也只有阿拉四爷有一拼！……"

静安寺路的爱俪园，是上海最大最著名的私家花园之一，因是犹太富商、"地皮大王"哈同所建，本地人都称它为哈同花园。哈同在前年已经去世，夫人罗迦陵倒还健在，已经七十高龄了。说起来，"爱俪园"这名字，还是因这位夫人而得名呢，她原名罗俪蕤，皈依佛教后，方从佛经取典，易名迦陵。哈同将这座呕心沥血建成的豪华园林取名为"爱俪"，也是一番引人遐思的恋恋之意。

哈同花园占地三百余亩，宏大壮阔，中西合璧，集中了中式、英式、法式、罗马式等各种风格的建筑和园林，从静安寺路大门走来，一路上海棠艇、接叶亭、听风亭、孔雀亭、舍絮桥、串月廊、延秋小榭、飞流界……美景不断，各种奇山怪石、佳木异草炫人眼目。哈同夫妇都好交游，花园建成之后，宾客盈门，留下许多名人踪迹。此次为马占山筹措军费的大义务戏，就假哈同花园内"天演界"大戏台举行。

"岳二爷好！""给符大爷请安哪。""高大爷，久仰了！""杨爷安康！"……

因是慈善活动，票价定得极昂，前来捧场者非富即贵，都是叱咤上海滩的名流。演出阵容更是云集了上海本地名角儿和恰在上海的外地名角儿，前台后台，满眼都是梨园行响当当的人物。像天青这样第一次来上海的后辈，仅见礼就花了老大工夫。这里头还有位老熟人儿，偏偏"戏提调"不知有意还是无意，硬给他俩的戏码安排成了武生和武丑两个人的对儿戏。

"又见面了，江五爷。"天青先抱拳开腔。

江连碧神情极为尴尬。那晚他得蒙天青代为求情，才逃脱一难，虽然始终不甘心向这小子赔礼认错，但这情分总是欠在了心里，如今面面相觑，笑也不是，骂也不是，着实难过。他敷衍地还了一礼，道：

"这出《三岔口》，你是谁的路子？"

"是云二爷的传授。"

"私淑还是亲授？"

"亲授。"

江连碧歪歪嘴："那就好。我傍着云二爷唱过，路子倒对头，但愿你学得瓷实，台上别出岔儿。就算我想看顾着你，这刀可不长眼。"

天青笑笑："晚辈一准儿铆上。"

《三岔口》，讲的是杨家将故事：焦赞杀死奸臣后被押解发配，宿于刘利华开设的黑店，大将任堂惠暗中保护，于黑夜中和刘利华发生一场恶战。这出戏的戏眼，就在这"黑夜"二字，虽然戏台上明晃晃的，二人却要演出伸手不见五指的黑暗中生死相搏的险境，开打时的尺寸配合，必须间不容发，戏才好看。天青和江连碧虽是初次合作，但梨园惯例，这种老戏无须排演，直接"台上见"，能不能合作得好，就看两个人平素功力。

　　乔装改扮逞英豪，只为金兰旧故交！

天青的任堂惠，白缎蓝花罗帽，斜扎褶子，抱衣抱裤，潇洒亮相。虽为江湖好汉打扮，却是领兵大将伪装，既要边式利索，也讲求个工架气度，他的分寸拿捏，恰到好处，全身上下，无一处不透着劲力，登时台下就是一片肥彩。去刘利华的江连碧一身黑衣黑帽，在上场门后头暗暗看着，心下不自禁地铆上了劲儿。

绝不能输给这小子！

他也昂然登场，筋道十足地念出定场诗：

　　运去生姜不辣，时来铁也开花，
　　煮熟的兔子会跑，打得的豆腐生芽！

本就是一出好戏，两个角儿又飙上了劲儿，那是分外地精彩绝伦。待到"摸黑起打"一场，台上一黑一白两团身影翻翻滚滚，空手对双刀，单刀对单刀，单刀对空手，空手对空手……一个刚猛矫健，一个灵动轻捷，打得满台生花，水泼不进，之准之稳之紧之狠，都令人赞绝。这等大义务戏，台前幕后全是方家，每个节骨眼儿都情不自禁地给好儿，一时间气氛爆烈，哄燃整个"天演界"。

戏中武丑有个绝活儿，名叫"铁门槛"：右手捏住左脚脚尖，以右腿在左脚脚腕上方跳过，表现的是刘利华被桌子砸到脚，疼痛难忍的滑稽相。这个技巧需要极高的弹跳功夫，好角儿能连跳十来个，必定得好儿。江连碧跟天青较着劲儿，在这样要"死好儿"的地方，刻意炫技，刹那间前跳后跳接连不断，在满堂已经炸窝的情形之下，仍未停止，一口气竟然跳了四十个！如雷般叫好声里，他踩着"崩登仓"的锣鼓点儿稳稳亮相，得意地拿眼梢扫向天青。

天青看在眼里，心下自有掂量。

在北平，白喜祥不许他过分炫技。比如走旋子，天青日常练功，至少连走一百，若是拿到台上，足以独步梨园，但是每次唱戏，白喜祥只准他以五十为限。"这是戏，不是杂耍，技巧再高，不能脱了戏里情境。旋子不过是表示这个人身轻如燕，你走五十个，表示得足够了，再走三百个也不能让这个人飞到天上去。你擅长三起三落、高台倒扑虎，也不能每出戏都来个三起三落倒扑虎，像赵云这样的大将，随便起倒扑虎，成什么话呢！"

北平唱戏都是这样，跟北平人为人处事的风格差不多，讲究个"恰如其分，点到为止"。但是在上海戏台上，完全不同。这次的《三岔口》排在倒第三，前面已经唱过了几出戏，天青认真旁观，只见每个人风格都比北平夸张火爆，无论唱念做打，都极尽渲染之力，在天青看来，多少有些脱离戏情，但是看客显然十分受落，气氛热烈得很。

此际，眼看着江连碧以四十个铁门槛叫板，天青不由得童心大起，一时间技痒难耐。俗话说得好：入乡随俗，既然在上海唱戏，多少也得依着点上海的章法，对吧？

那就来！

锣鼓起，轮到天青走旋子，表现任堂惠于黑暗中机警探看之势。只见他劲透脚尖，腾空而起，又高又飘，又脆又美，连走一圈五个，已然得好儿。走到第五圈，台下叫好不断，走到第十圈，看客全都站起来了，兴奋的吼声直透云霄，只怕连爱俪园外面也能听见：

"……五十二，五十三，五十四，五十五！……"

江连碧蹲在台侧，不能乱动，眼睛却一霎不霎地斜盯着天青。他自十三岁登台，唱这出《三岔口》已经不下几百场，傍过的成名武生数不胜数，旋子至多走到六十个，大多数在后几圈已经散乱松软，纯为耍玩意儿了，而天青这旋子走的，眼看着走到了七十个，仍然双腿紧绷，"两头翘"，真如一只燕子在高空翱翔，落地始终踏在原来的圈子上，端严规整，一步不乱！望望戏台之下，早已沸腾一片，满座都叫着喊着，帮他一个个数着，一直数到八十整，天青叫起崩登仓锣鼓，落地亮相，正正地踩在他最早起范儿的位置上。

"好！！！——"

天青到底还是记着师父的教诲，没敢过分炫技，走到八十个旋子便收了。但是这一片喝彩啊，已经翻江倒海，几乎把后面的戏都淹没在里边。

完戏了，天青进了下场门，被后台诸多同仁围着猛夸了一番，好不容易回到扮戏房坐下，江连碧又紧跟着过来。天青连忙起身，只见江连碧一双三角眼瞪着他，从头瞪到脚，又从脚瞪到头。天青不知他的来意，一时也没有做声。

憋了老半天，江连碧才开口：

"靳爷！您的人品、戏艺，我都服！"

他一躬到地，作了个通天彻地的大揖，又道：

"大恩不言谢，咱也不说别的了。您那一个月的戏码都排定了吗，请务必让兄弟我傍着您来几出，全是我看家好戏，保证添彩！"

天青连忙还礼：

"多谢江五爷提携，晚辈荣幸之至。"

两人正说着，崔福水满头大汗地挤进来，顾不上跟江连碧多作寒暄，一把拉住天青：

"天青，你猜，天蟾的票子卖得怎么样了？"

天青一扬眉：

"崔爷，你别吓我，昨天那打炮戏已经过八成了，该不会是有退票吧？"

"咳，还退票！你是没看着，刚才这《三岔口》还没唱完，台下那帮行家，已经紧着喊人去抢你天蟾的票子，各家小厮跑来跑去的，我在这行干了一辈子，还真没见过这种境况！"崔福水眉开眼笑，"知道吗，现在头一星期票子已经全部售空，加座都没了！"

第二十章　飞虎梦

天蟾这名字，还是顾茶轩亲自给取的。当年他偶得一梦，梦见一个三条腿的青蛙，口吐金钱。醒来之后，觉得这梦不一般，找人详解，说是天赐蟾蜍，乃吉祥发达之兆。顾茶轩闻言大喜，于是把麾下的戏院、玻璃厂、茶室、浴室……一股脑儿都以天蟾命名。

不知是真有蟾蜍赐福，还是他顾茶轩经营有道，天蟾这些产业的生意都相当不错。几年前，天蟾舞台本在南京路浙江路口，英属永安公司看上这块地皮，跟公共租界工部局串通，勒令戏院搬迁，原址改建为永安公司分部。顾茶轩不信这个邪，聘了外国律师跟他们打官司，一直闹到英伦最高法院，结果硬是打赢了，判决工部局赔偿天蟾舞台损失费十万元。中国人跟英国人打官司，拢共也没赢过几例，这个胜仗，轰动沪上。借此声威，顾茶轩把天蟾舞台迁到现在的地界，大举扩建，成了上海著名的四大舞台之一，整天客似云集，较从前更加兴旺。

在天青的眼里，这天蟾舞台的里里外外，都够新鲜。他们不像北平戏园子只在门口贴戏单，而是登日报，贴海报，声势之隆，篇幅之大，完全超乎想象。天青第一次看到自己的海报时，被吓了一大跳，那是一张巨大的红纸，贴在人流最为汹涌的街边，上面印着黑框子，用硕大金字写着：

"敦聘初次到申天下独一无二寰球第一武生靳天青……"

"崔爷，快帮我撕下来！"天青急得冒汗，"'独一无二''寰球第一'，我这还要脸吗？"

"撕不过来啊，整条街都是。"崔福水四下里查看一番，"他们上海好像就是吃这个。入乡随俗吧！哪有自己撕招牌的？"

"要让我师父看见，非赏我几个'锅贴'不可……"天青摸着自己的脸。

天蟾舞台也印戏单，不过不是贴在门口，而是由案目分送到熟主顾手中去。案目也是上海独有的一行，掌控着各大戏院的座儿，游走于老板和看客之间，招揽生意，需索小账，押柜垫款赚抽头。每天戏院开锣后，都能看见一帮案目在门口转悠着招呼客人，戴着瓜皮帽，穿哔叽花呢的袍子，黑缎子坎肩，胸前口袋上挂着一条金表链，嘴里也时常露出一两颗的大金牙。天青在这里唱了几天戏，跟案目们也弄了个脸儿熟，出出进进，打着招呼：

"阿古，今儿生意还不错？"

"靳老板，托侬的福！"案目对他，像对财神爷一样毕恭毕敬，"这一期可赚了不少，够阿拉过个适意年哉。这样好的生意勿常有！下趟侬要常来额！"

也难怪案目恭维他，天青的头三天打炮戏，震动申城，座儿上纷纷大赞为"全能武生""超凡武生"，似乎连海报上"寰球第一武生"的称号也未觉得过誉。之后这些天，卖座一场比一场火爆，根本不用案目推销，票子天天疯抢，不少人天还没亮就背着饭盒来排队。每天晚上，锣鼓打到三通，三层楼上下人头汹涌，只要检场人举着水牌一过，彩声已然爆棚。每逢唱腔、身段、开打的节骨眼儿上，台下不仅是疯狂叫好，还一只只的手帕包儿往台上扔。

"这戏还没唱上半期，金戒指已经够开个店了……"晚上在客舍，崔福水帮他点数着，"啊，还有这么大个镯子直接丢上来的，没砸着你？"

"砸金砖也得忍了啊！"杨二爷笑道。

天青把大包小包的首饰推给崔福水："三位爷分了吧，我拿戏份儿够了。"

"你那戏份儿也算脑门儿钱，已经带着我们的份儿了，不能再多拿你的。"崔福水心情舒畅，不由得跟这位后辈开起玩笑来，"你还是收着，回去做聘礼，给樱草那闺女，每个指头都戴一大串。"

"哈哈哈哈……"

善意的取笑声中，天青的脸红了。

他当然不好意思跟这几位长辈念叨樱草，但是这些日子以来，那张温柔的小桃子脸，无一时一刻离开过的脑海。每天早上一睁眼，他都要数数，距离回北平的日子，还剩下了多少天？再红火的上海，也比不过那亲切的北平啊，广盛楼，九道湾，等待着他的心爱的人……他想念她活泼的笑容，娇脆的语声，想念她幽深幽深的、蕴含万语千言的黑眼睛，菱角一样翘起着的小嘴儿，柔软温润的双唇，承载着她和他，无穷无尽的浓情蜜意……啊，他不想坐在这儿数戒指了，他想赶紧回到自己房间，捧起床头的银相框，好好再看看她的模样，希望这又是一个能梦到她的夜晚，在梦里和她走到地久天长……

"天青，顾家那位小姐，又来了。"钱师傅推门进来，嘴角含着笑。

天青沮丧万分。

"这都后半夜了啊！还来？"

"靳老板，晚上好！"

"顾小姐晚上好。"

顾雨橙笑眯眯看着天青走进客厅，坐到自己面前的沙发上。她略一偏头，身后女仆立即上前，打开精致的保温饭筒，将一个热腾腾的盖盅端到天青面前。

"靳老板，今天的银耳燕窝，趁热吃哦。"雨橙摘下小呢帽，拨了拨脑后的"油条"卷发，褪掉两只长手套，敛好身上的丝绒连衣裙，坐得更端正一点，"这一星期，您可累坏啦，喝些滋润的汤水，养养嗓子。"

天青没动那碗汤水，而是用手支着头。

"谢谢顾小姐。以后还是别送了吧，每天晚上劳您亲自跑这么远，实不敢当。"

"不远不远，从迎春坊过来，开车很方便的嘛！"

雨橙住在迎春坊十三号，顾茶轩公馆。她是顾茶轩最小的女儿，今年刚刚十八岁。

顾茶轩育有三子三女，最宠爱的就是这位幺女雨橙。雨橙自小是个漂亮姑娘，长得浓眉长睫，明眸皓齿，活像永安公司橱窗里的洋娃娃，偏生性情又乖巧，头脑又聪明，分外讨人喜欢。顾茶轩无论遇到什么难事，只要有这位幺女在怀，登时眉开眼笑，万事都抛诸脑后，连底下人都知道，有些不好说的话，托三小姐去说，那是一通百通，千灵万灵。顾茶轩也是个有识见的人，并没把女儿拘在自己身边，为了她的前途，忍痛在她十五岁时送去英国读书，现在已经读到大学，学法律，最近回来度假。

雨橙从小跟着爸爸一起看戏，几乎是泡在戏院长大，对台前幕后都有兴趣，顾茶轩与诸位名角儿往来，常带着她。天青抵沪当晚的接风宴，雨橙也在座，天青忙着与各位梨园同道应酬，没太留意这位小姑娘，雨橙可把他的一举一动都尽收眼底。整个晚上，她的眼睛就没离开过他，满脑袋里，只转着一个念头：

想去看他的戏！

从没有这样热切地想看一个人的戏！

这个丰神俊朗、器宇轩昂的好男儿，这个不卑不亢、仗义勇为的真汉子，这个没有祖上庇荫、没有科班出身、没有本工师父、年纪轻轻已经断过两次腿的武生，他，能唱出什么样的戏？

真正去看戏那天，她后悔得不得了。

来错了。

十二刻钟的打炮戏结束，她坐在彩声雷动的剧场里，心中反反复复地想：来错了……不应该来看他的戏……现在退步抽身，已经来不及……

怎么办？她爱上他！

本来平静的生活，本来短暂而愉快的假期，被这个从天而降的北平小子，搅得天翻地覆。她顾不上去走亲访友了，也不想去逛公司看电影，整天只泡在天蟾，一场又一场地看靳天青的戏。天蟾是她家产业，她有个绰号叫"天蟾公主"，戏票再难买，最好的包厢也是她的，她坐在那里目不转睛地看，用小望远镜看，唯恐错过每一个举手投足的细节，开场前去后台看他扮戏，完戏后去后台看他卸妆，这些还都不够，晚上回了家，根本坐不住，还要张罗着熬了汤水给他送过来……

眼下，靳天青就坐在她面前，距离她不到三尺，她眨动着灵活的圆眼睛，使劲将他看个够。他穿着一件雪白衬衫，浅灰马甲，灰色西裤，衬衫领口敞开着，两只袖子随意挽在肘上，露出肌肉坚实的手臂，修长的手指在沙发扶手上无声轻敲。他的模样十分疲惫，下巴已经起了青色的须影，眼神也有些生涩，但仍然不失清朗之气，努力专注地望着她。

"顾小姐，时候太晚了，回家休息吧。"

"嗯嗯，您吃了我就回家。"雨橙俏皮地歪过头。

天青犹豫一下，端起盖盅，三口两口吃完。

"谢谢顾小姐。"他站起来。

雨橙也只好起身，戴回帽子手套，示意女仆收了盖盅。天青送她们二人出了客厅，来到院子里，那院子和楼房一样都作西式，草坪灌木修剪得整整齐齐，间中点缀着几座大理石天使雕像，沐浴着如银月光。

"哗，好一轮圆月。"

天青也随着雨橙仰头望去，只见明月高挂中天，盈盈将满，宛若在墨蓝幕布上镶嵌了一面玉盘，澄明、透亮，上面淡青色的阴影历历在目。时间已过午夜，纵是上海这座不夜之城，喧嚣也已沉寂，四下里零星的鸦雀之声，越发显得月色清雅无匹。天青一时也屏息静气，默默看了一会儿，胸中埋藏的离情与乡思，丝丝缕缕都翻涌上来。他轻声吟道：

"常言道，人离乡间……"

"似蛟龙离了沧海……"顾雨橙随口接上。

天青意外地转过头："顾小姐的戏文很熟啊。"

"《雪拥蓝关》嘛，您师父的独家好戏。"雨橙微笑着，小圆脸在月光中泛着莹莹的光，长长睫毛投射下密密丛丛的阴影，掩盖住一双眷恋的眼神，"和您有关的一切，都在我心里呢。这次在上海唱的每出戏，我都记着，已经唱了十七场，还有十九场。我已经申请延长假期，把您的戏看完再走。"

天青心中感动，展颜一笑：

"这让我怎么过意得去，为了看戏，耽误了您的学业。"

"我的学业，唉。"雨橙轻叹一口气，又仰头望向那轮明月，"学业有什么用处？天蟾搬迁的那场官司，证据确凿，黑白分明，仍然打得那么艰苦才勉强成功，还是中国在国际上少有的胜诉案例。国力衰微，哪还有什么律条可讲，学业再精熟，也帮不了一个腐烂的社会。我不如退学回来帮我父亲做做生意，搞搞生产，也许还能为国家做点真正的贡献。"

天青禁不住重新打量了一下这个洋娃娃一样的小姑娘："顾小姐女孩子家家的，竟有这样的胸怀抱负，真叫我们须眉男子也自愧不如。我也常想如何才能为国家报效，可是我所擅长，不过只有在台上打打杀杀，真正国难当头之际，却是百无一用。"

"怎么能说百无一用呢？唱戏也有高台教化之功，能够振奋精神，移风易俗，救治人心。"雨橙目光闪闪地凝视他，"我听闻靳老板还单独捐了两千大洋给马司令做军费？您不仅在台上是大英雄大豪杰，在台下也毫不逊色呀。"

"顾小姐谬赞了。您这样支持我的戏，不知该怎样感谢您才好。"

"不用别的，明天《艳阳楼》，去后台看您勾脸吧。"雨橙又恢复了活泼的神色，"给您带一罐雪梨汤水润喉，您得喝。完戏后等我，我着司机阿松送您回来。晚上我还来啊，送银耳燕窝。"

天青为难地扬起一道眉。雨橙噗嗤一声笑了。

樱草伫立在丁香树边，睁大眼睛望着天上明月。

中秋就快到了，月光分外明亮，在这深沉的午夜，将白家小院照得如同白昼一般。樱草搞不清是这月光晃醒了她，还是院中什么动静惊醒了她，还是不安稳的梦境自然扰醒了她。她又梦到天青了，熟悉的亲切的，仿佛已经陪伴她几生几世的笑容，就在她的面前，若隐若现。他轻声唤她的名字，坚实的双臂伸向她，温柔的怀抱迎接她，与她相距咫尺，却又似隔着一层雾。她想回应他，但是发不出声音，想抱住他，又动不得身体。几经挣扎，忽地惊醒过来，屋子里静寂一片，原来是一场梦。她索性起身穿起衣衫，走出屋门，那轮明月就在她头顶，又圆又大，静静俯瞰着小小的四合院。秋色渐浓，晚风颇有凉意，令她又怀恋地想起天青的怀抱。

他在的时候，他是一切；他不在的时候，一切是他。

离开已经半个月了，还有半个月，他就会回来。知道归期的等待，还是幸福的，心里踏踏实实地被那份期盼镇守着，日子愈近一分，就愈完满一分。临走时，他捧着她的脸颊，细细地看她，仿佛要把她整个人都看到自己心里去，他说，等他回来，就实现当初的诺言，双手抱她入洞房。

"你知道不知道，我这颗心，半生以来，一直缺着一大块，你猜那缺口是什么样子？"他紧紧拥住她，下巴抵在她头顶，轻轻揉擦她的黑发，"就是你的样子，就是你这张脸，你这双手，你的身体你的心，你就是我心里头的缺口，有了你，我才是个完整的人。"

樱草将脸埋在他怀里："天青哥，我也是……或许每个人都有这样一个缺口，生到这世上，就是为了补上它，但不是人人都有我这么幸运，真的能找到你，拥有你……"

天已微明，月光渐淡，胡同里依稀传来小贩的吆喝声。樱草从冥想中清醒过来，双手贴了贴自己火热的面颊，忍不住地挂着一丝笑，跑进厨房，给爹爹白喜祥做早点。白喜祥习惯早点吃鸡丝面，以前都是三婶现抻现做，三婶过世之后，白喜祥自认绝了这一口儿，要樱草每天买份烧饼油条就可以了，但是樱草坚持要继续给他做鸡丝面。樱草的手艺比三婶差得远，抻面只能抻一小条，装个两三碗，不像三婶每抻一把，又细又韧，不软不硬，能供一大家子七八口人吃。但是这小小的一条面，盛载的也都是浓浓的心意。

"好吃吗，爹爹？"

"好吃，好吃。"白喜祥呵呵地笑着，每次都吃得精光。

樱草自己知道，爹爹说的不是真话。她于烹饪一道，实在不像做行头那样有天分。同样的食材、作料，由她做来，刀工不匀，火候不准，味道不正，出锅的饭菜，不过只是能吃而已。三婶走了，没人手把手地教她，只好跟街坊邻居学得一二式，回家细细揣摩，反复烧制，拖了竹青来试吃。

"这回很好吃啦，萝卜片足切了半个时辰，都一般的薄厚，汤用排骨熬了大半夜，撇去了浮油，我自己尝了尝，鲜得很呢。"樱草殷勤地奉上碗筷。

竹青苦着脸坐在那里，尝了片萝卜，又尝了块排骨，随即抓着自己的脖子，做出呕吐的神情：

"我的姑奶奶，求求你了，要毒死我就明说，给我个痛快的！"

樱草抬手在他的大光头上弹了一记："你今天要是不把这汤喝完，就别想活着回去！"

竹青用戏里的腔调，起了一个哭头："哎呀呀！我今天要是把这汤喝完，就更别想活着回去了！"

樱草鼓着嘴巴，自己捧起萝卜汤，闷闷地喝。竹青心虚了：

"我说，樱草，何必自己瞎鼓捣呢，等我天青师哥回来，你跟他学就成。就用广盛楼小屋子那个破煤球炉，他能搞出一桌饭席来给大伙儿吃，就算你这辈子都学不会做饭，有他在，也饿不着你的。"

"不，我要自己学成了，做出来给他吃。"樱草还是闷闷的，"你不懂，喜欢一个人，就是想让他吃上自己亲手做的饭菜。"

竹青凝视着她，微微地笑了："好吧，你继续做，我舍身试吃。这次其实还不错，比上次那个一半生一半焦的强得多了，但是萝卜切得太薄，火又有点大，排骨还没熬烂呢，萝卜都成泥啦。还有，盐搁得太多，我吃还成，我天青师哥，他口轻得很。"

樱草开心起来："竹青哥，你真好，我再努力做。你想吃哪道菜，也告诉我，我去找人学。将来咱们住一块儿，我把爹爹和天青哥还有你，都供养得结结实实的。"她两手一拍，"天青哥回来前这半个月，要做的事还真不少呢。等他回来后……对了，竹青哥，"她俯过身子，好奇地问，"你悄悄告诉我呗，成亲的事他是怎么安排的，他要你做什么活儿？"

"这可不能告诉你，你只管上轿就是了。"

樱草双颊晕红，嘻嘻笑道："我只看他忙忙碌碌地嘱咐了不少人，安排了不少事儿，也不知道都是怎么个名堂。我呢，除了……"她忽然顿住，"哼，你不告诉我，我也不告诉你我正做着的活儿。"

"哎，怎么带这样儿的呢，这关子卖的！"竹青昂起头，欲待不理，终又按捺不住，摸摸后脑勺，"甭价，我服啦，我告诉你，他要我给你压轿。"

樱草的长睫扑闪扑闪："压轿？那是做什么？"

"就是走在轿子前头，防着轿夫跑快了跑颠了难为着你。这本是娘家弟弟的活儿，没弟弟的也就算了，但是师哥说，怕你受委屈，要我亲自跟着。你放心吧，所有娘家人的活儿，他都给安排了，就算你们林府一个人都不来，他也保你风风光光地嫁出门。好啦，现在告诉我，你又在做什么？"

樱草满脸幸福的光彩，将辫梢儿扭在手里盘绕了两圈，猛地甩开，跳起身：

"一刻钟后你来东厢，帮我看看，做得好不好！"

竹青呆呆看着她轻盈地出了饭堂，奔进对面东厢房，也不知是在搞什么名堂，真让人抓心挠肝。自鸣钟的指针咔咔响着，这样快又这样慢，好不容易熬到了一刻钟整，竹青蹿起身来，三步两步跳过院子，嘴里响亮地叫着：

“来也！且让俺……”

推开南房的门，他猛地住了口，一只脚僵在门槛上。

房间里的樱草，端端正正坐在炕头，穿着一身鲜艳如火的大红缎子嫁衣。上衣高领正托在小桃子脸周围，精心镶滚的缎子边将细巧的五官更衬得如诗如画，襟前、肩头、两袖，分别绣着喜鹊登梅团花，色泽雅致，绣工细腻，栩栩如生。长袄襟下，裙分百褶，捏得又挺又细，前襟马面也绣着一幅喜鹊登梅，围着精细的花边，比团花更显生动。樱草的双手交叠，搁在膝前，脸上带着俏丽的笑容，整个人美得不似真人，恍若身周笼罩着一层雾光。

竹青如遭雷殛，呆立片刻，霍然转身，直冲出房门。樱草吓了一跳，提着裙子跳下炕，追到门口：

“竹青哥，竹青哥？”

竹青背对着她，额头的汗水，涔涔而下：

“你不该给我看这个！”

“怎么了，竹青哥？”樱草惶然绕到他面前，“有什么不对吗？”

竹青猛地将头扭向一边。他难以尽述自己纷乱的心思，只讷讷道：“你……穿嫁衣的模样……只能给新郎看！”

樱草眨眨眼睛，伸指戳戳他的肩头：“刚才都说了，你就像我亲弟弟一样，怎么不能看？我刚做好的，总得有亲人帮忙看看嘛，难道要我去找爹爹看？多不好意思啊。你……你怎么这样计较这个，我明白啦，你只想看到自己心上人穿嫁衣的模样，不想看着我，对不对？”

竹青慢慢转过头，望着这张笑嘻嘻调侃着他的小脸，怔了很久都没作声。樱草从未见过他如此肃然，不由得又紧张起来：“我说错了吗，竹青哥，你不高兴啦？”

“……当然不高兴了，我是你哥，不是你弟弟！”竹青终于缓过神来，冲樱草翻了个白眼，上下打量着她，“这有什么可看的？上上下下，前前后后，哪儿哪儿的都好。说真的，樱草，我求你了，成亲之后，你给我师哥做衣服就成，不要给他做饭，我指望着他多活几年，多做几年我的好哥哥。”

樱草扁起嘴巴：“我就不信这个邪呢，多练练，肯定能做好。你得帮我。对了，这儿还有个菜没拿出来呢。”

她手忙脚乱地回房换了衣服，又跑去厨房，端出热气腾腾的一盘来：“这个你也吃吃看。”

“这，这是什么？”

“不记得啦？咱们小时候，三婶常做的糊塌子，秋天的老西葫芦擦丝拌鸡蛋面，你特爱吃的。”

"这是糊塌子？哪一丝儿像糊塌子？倒真的是……又糊又塌……"

"哪有那样？又糊又塌的我已经自己吃了。你快吃，吃了我给你缝一件新水衣。"

竹青愁眉苦脸地夹了一筷子，放进口中。樱草期待得两眼放光："怎样？"

"你要我说真话还是说假话？"竹青一脸深思的神情。

"当然说真话呀！"

竹青站起来，背着手踱了几步，慢慢踅到院子门口，才说：

"我宁愿吃掉你做的盔头，也不要吃你做的菜！"

樱草操起扫帚追去的时候，他已经飞快地逃出了街门。

> 野旷天高，极目处野旷天高。
>
> 叹中原，干戈纷扰。
>
> 丹心一片凌云霄，可畏风霜义气豪。
>
> 扫尽人间不平事，全仗蟠龙棍一条……

今晚的天蟾照例爆满，正唱着的是红生戏《千里送京娘》，靳天青去赵匡胤。

红生是比较特别的一个行当，专指勾红脸的关羽、赵匡胤等人的戏，唱念上大致归于老生，却又兼收了武生的武功与花脸的工架，沉雄威武，气魄非凡，一般伶人不能动，得是功力兼跨三行的好角儿才拿得起来。天青来沪这一个月，戏码不翻头，也就是不能重复，他从自己日常擅演的三百多出戏中精选三十六场，共计四十二出，包含武生、武小生、武老生、老生、红生各个行当以及昆曲等不同戏种，昆乱不挡，文武全能，尽显扎实功底。

《千里送京娘》就是一出昆曲，唱念做表俱繁，戏情也相当引人入胜：那赵匡胤途经古寺，救出被强盗掳劫的少女赵京娘，为避嫌疑，结为兄妹，千里送她还乡。京娘满腔情意，一路委婉暗示，奈何赵匡胤只作不知。

> 杨花点点满汀洲，柳丝袅娜垂岸头。
>
> 春光洋溢春溪水，春意阑珊更惹春愁。
>
> 水中鸳鸯并翅而游，岸边兄妹并肩而走。
>
> 却为何有缘邂逅，难谐凤鸾俦？

雨橙托着两腮，坐在包厢静静观看。天地浩瀚，岁月茫茫，时空的距离无法逾越，然而人生之情仇爱恨，千古皆是一般。赵匡胤志在四方，不作婚姻之想，从古人观念而言固然是君子豪杰，但空负了京娘一片真情，以致佳人自尽身亡，以魂相送，不能不令人徒呼荷荷。现今时代，还会有这样的悲剧发生吗，如果，她肯表露心意，如果，他……

雨橙年纪虽然不大，却一直未曾少过裙下之臣，无论是上海还是伦敦，到处都有追求者痴情相随。但是她的心里，早为自己描绘了一个未来佳偶的模样，那得是丰神俊朗，文武双全，有胸怀有抱负，以家国为念的大好男儿，而不是眼下围着她转的只会跑马跳舞的纨绔子弟。她小小年纪，已经远走天涯，识人无数，却不料终归还是在家乡遇到这位靳天青，和她脑海中勾勒的那个人，一式一样。

台上的戏，已近尾声，赵京娘饮泣跪拜：

只恨千里途程短，也是别离太匆匆。

万里鹏程多珍重，兄长啊！切莫忘，关西有人悬望中。

雨橙站了起来。

她是现代女性，才不要这么吞吞吐吐欲露先藏。时日已然不多，没机会可等了，她去找他，告诉他！……

深夜，客舍，中秋已过，月亮半圆半缺。天青两手插在裤袋里，怔然望着眼前勇敢地仰视着他的雨橙。

"顾小姐，对不住。"

雨橙心里，嗯咚一声巨响。她仍然执着地迎向他：

"请您给我一个机会。"

"不可能的，顾小姐，"天青语气温和而坚定，"我已有妻室。"

雨橙睁大眼睛，盯了他良久，嘴角一弯，笑出声来：

"靳老板，真当我是小孩子呀？别用这样的理由推搪我，我知道您是单身。"

天青没有笑："您不了解我。"

"我不了解您哪？"雨橙笑不可抑，连珠炮般开了腔，"您是宣统三年生人，九月十二生日，六岁拜入名须生白喜祥门下学戏，九岁登台，十三岁出科搭班喜成社，十六岁以一出《金钱豹》名震北平，全城轰传'小豹子'，十九岁就做了喜成社的当家武生，二十岁参加'红伶选举'唱《伐子都》，意外摔断双腿，今年刚刚复出，首次挂回武生牌的《一箭仇》依然卖了满堂红。您三岁失母，十七岁父亲亡故，家中再无亲人，一直事白老板如父，师徒感情极深，至今每天去白老板家侍奉起居，风雨不改！"

天青瞠目结舌。

"这都打哪儿知道的?"

"报纸上呀!靳老板,像您这样的名角儿,所有身家琐事,哪样儿没被报纸刊物挖个精光?只要用心翻翻新闻,就能对您知根知底儿。偌大一个北平,可没一条新闻报过您已成婚。"雨橙笑得十分开心,"您别推搪,给我个机会,好么?我喜欢您,希望您能在上海留下来,起码多留几天,让我好好陪陪您。"

天青成名这些年,热情的戏迷也遇着过不少,但是像顾雨橙这样不由分说单刀直入的,还是第一次见。他沉吟片刻,略一扬头:

"请随我来。"

他转身上楼,雨橙不明所以,提着裙子跟在后面。楼上是他的卧室,天青径直推门进去,雨橙心中咚咚乱跳,咬了咬嘴唇,也大胆地迈步跟进。只见天青走到床边,拿起枕边一只银相框,递给她:

"我妻子。"

雨橙已经涨得通红的小脸,登时白了。她慢慢接过银相框,低头看去,只见是一张巴掌大的合影,右边天青,面容清正,目若朗星,穿一身笔挺的黑色燕尾服,白衬衫黑领结;左边是一位陌生姑娘,白缎罩纱长裙,亮泽的长发上簪着缎子花朵,小小的桃心脸,满含笑意的黑眼睛和温柔的嘴角,掩映在新娘头纱下。

"我没骗你,真的有妻室。"天青温和地望着簌簌发抖的雨橙,"因为暂时还未成礼,所以报上没有报道。等我回去,就会有了。"

"我不信!"雨橙抽着鼻子,一颗颗大泪珠控制不住地从眼中迸落,"报纸上说没有,就是没有。准是追求你的戏迷太多了,所以预备了这样的照片哄人!你若就是不喜欢我,可以直接说嘛,何必这样!"

天青无奈地看着她。

"……我不喜欢你,顾小姐。"

"让你说你就说啊?太伤人了!"

雨橙哭出声来。她丢下照片,掩着脸,飞快地冲下楼去。

"天青,这情形可有点不对头。"崔福水忧心忡忡地翻着账本,对正在院子里耗腿的天青说,"最近几天,戏份越开越少。昨天只结了一百多,我跟魏经理说:明明是满座啊,该有四百大洋才对!他说:票子根本没卖出去,客人都是案目拉来撑场面的,免费招待,不能计入戏份。"

"不可能,"天青拧紧了眉,"门口阿古乐滋滋告诉我说卖了满座,他赚了一大笔抽头。”

“是啊，我瞧魏经理那神色也绝不是只卖出三成座的样儿。我说要查账，他冷笑说：谁敢查四爷的账？他又说，如若靳老板赏面，再续一期约，以后座上无论卖得怎样，都给咱们按满座拆账。”

“这更不对了，”杨二爷也插言，“搞什么哩哏儿楞，哪只卖出三成座还要续约的？还什么‘无论卖得怎样都按满座拆账’，他们四爷要是傻成这样，也不用在江湖上混了。”

“听起来就是想让咱们续约。”钱师傅一锤定音，“前几天不是商量过要续约么，被天青谢绝了，就耍起这个把戏。”

天青记得前几天的事。是顾四爷亲自跟他讲，希望再续一个月，戏份更加优厚，拿后台八成，满座的话是五百大洋。

“一场戏够侬了北平买格小洋楼来。”顾茶轩的眼睛眯成一条缝，“大家都说侬的戏唱得好，直头无啥批评，勿是一桩容易格事体。吾晓得靳老板是最痛快的人，能戏嘎多额，再唱上一额号头，闲话一句。”

五百大洋当然诱人，但是这戏份未免太高，远远超出规矩，反而令天青心生疑虑。再者说了，无论戏份多高，他也不能再在上海唱下去，虽然他的能戏，他的实力，都足够他加唱一期，但是遥远的北平有他的家，有他牵念不已的人。

“多谢四爷美意，”他实话实说，“晚辈也感念四爷照拂之尽心，天蟾环境之佳，上海观众之支持，但是晚辈还在北平喜成社搭班，算得是社里台柱，这次出来，又把我师父的管事、私房胡琴和盔箱师傅都带来了，时间一长，难免影响到社里营业。我师父一番栽培我的心意，不惜自己收益受损，成全我上海之行，劳他老人家撑一个月还则罢了，若再长时间滞留不回，我这做弟子的道义何在。请您体谅晚辈的难处，容我们如期返程。”

当时顾四爷那神情，跟接风宴上被江连碧激怒时也差不多，恍然又有猛虎之威。天青不明白他为什么这么执着地要留下他，但是无论如何，不能接受他的邀约。现在可好，他们竟然使出克扣戏份的法子，想逼他们主动续约找补亏空。

“该不是跟那位顾小姐有关？”崔福水疑惑地念叨，“天青，她对你有意，这可是秃头上的虱子——明摆着的。”

钱师傅愤愤道：“这算什么，白字黑字的戏约在手，赖账不给？咱们回北平一宣扬，对他们顾家父女都没什么好处。”

“人家江北皇帝，哪怵这个。咱们又拿不出账上的真凭实据。”杨二爷摇了摇头。

"随他们便吧。"天青双手插在腰际,开始绕着院子踢腿,一记记踢得又准又稳,毫无犹疑:"只剩两天了不是吗?之后三天都是不收戏份的答谢戏了。钱是小事,行家眼睛都看着:三十六场戏,场场满座,没堕了我师父的威名。崔爷,劳您代大伙儿订星期天的车票,"阳光下他的额头微微冒汗,眼神却闪烁着比阳光更明亮的光彩,"只待吉时一到,奏凯还朝!"

广盛楼的夜戏唱到了尾声。

> 今夕登科皆因昨晚飞虎梦,英雄儿女原是前宵梦里人。
> 娘子啊!士为知己者用,女为知己者容。
> 儿女英雄熊黑梦,今宵好似鸳鸯戏水,其乐融融!

整出戏唱了有六刻来钟,樱草的嘴角一直就没平复过,忍不住始终挂着笑。台上那个笑眉笑眼的黑汉子,就是她的竹青师哥,如愿以偿地贴出了他师父郝二爷亲授的新戏《飞虎梦》。同是黑汉子,牛皋这个人,比李逵良善,比张飞温和,比焦赞睿智,是架子花脸中又一个有特色的人物,十分招人喜欢。戏中的牛皋和新婚夫人戚赛玉,在洞房里文比武比,谐趣连连,竹青在郝二爷调教下,将所有细节都唱得风生水起,分外热闹喜庆。

这位小师哥,终于也成角儿了。白喜祥已经给他挂了牌,郝二爷也十分器重,对他的前程,还有更多策划。看着自己关爱的人如此荣耀,比自己成功更加开心,樱草决定了:马上再为他做一顶相貌,助他学好师父的"活曹操"!

完戏后,彩声渐歇,看客陆续散去。因郝二爷在后台把场,樱草没去探望竹青,而是习以为常地,绕过戏园小楼,轻轻推开天青的屋门。夜幕早已降临,小屋中漆黑一团,樱草熟练地摸到炕头油灯,打火燃亮。昏黄的灯光将她窈窕的身影投在白墙上,微微跃动着,如一个仙子在轻盈地舞蹈,如一颗不安分的心在跳。樱草轻轻按住自己胸口,在炕头坐下来,安静地凝望四周。

天青已经来过电话,说后天早上动身,路上大约要走两天,那么,至多在四天之后,他终于又将回到她的面前。

如果说等待是被时光精酝的一坛佳酿,那么樱草的心房里,早已酿得满室醇香。这些天她不断地忙这忙那,拾掇九道湾的院子,归置小椿树胡同的院子,将两个家都收拾得整整齐齐,连这广盛楼小屋,都一遍又一遍,擦得一尘不染。其实天青回来之后,就不会住在这里了,他会搬到小椿树胡同去,迎娶她过门,从此以后,在那温暖的新家,永远和她厮守在一起。

她等这一天，仿佛已经等了一辈子。日日夜夜，都那么漫长。其实细细想来，从《八大锤》计起的话，他走进她的心里，也不过才四年时间，但是人生的厚度岂是长度能够计量，这短短四年时间里，他们经历了多少啊。就连这狭窄的小屋子里，也承载了他们不知多少记忆，点点滴滴，都只属于他们自己。

"你的小事，对我都是大事。"

"樱草，以后好好地爱惜自己，这一辈子，有你的平安，才有我的平安，你得知道，有人比在意自己更在意你。"

樱草慢慢盘坐到炕上，轻抚自己的脚踝。那个风雨之夜，就是在这个小屋里，受伤的她卧在这铺窄炕上，天青为她敷着面巾，按着脚，谆谆吐露他的心意；那个燥热的中午，也是在这个小屋里，她不知他在门外，大声地把深藏的心里话都喊了出来：我不但喜欢他，将来还要嫁给他，你去跟爹爹说吧，跟全北平的人说，我林樱草，要嫁给靳天青！

她终于要嫁给他了，不是幻想，不是梦，就在指日可待的将来。一个人要修行几生几世，踏遍几重关山，才能得到一个相知相契的爱侣？身边有了他，一切的风霜雪雨，颠沛流离，全都可以忽略不计。还有四天了，只剩四天了，走过这四天的时光，生命就将迎来最幸福最完满的巅峰，以后的日子，就如她颈上戴的那块小牌牌上镌刻的：

"如月之恒，如日之升。"

夜已深了，樱草听得到门外人声，渐渐消失，院子里空荡寂静，仿佛只剩了她一个人。她站起身，却仍舍不得离开，满怀恋恋之情地环顾着屋子里的一切，轻轻拉过叠得整整齐齐的被子，依偎在自己脸颊边。那被子上十分明晰地带着天青的气息，她从小就熟悉的气息，令她一幕幕地想起，他练功练得汗流浃背的时候；他唱完一出戏，额头还留着勒头的印子，俯下身来冲她微笑的时候；他坐在她的枕边，伸出一只手给她握着，嘴里轻轻哼着戏文的时候；他将她拥进自己宽厚的怀抱，深深地吻她的时候……

"嗒"的一声轻响，屋门开了。

樱草从冥想之中惊醒，吓得几乎尖叫出声。缓慢打开的门缝里，透进一线月光，于门外的一片黑寂中映出一个穿长衫的身影，悄无声息，半明半暗，看起来熟悉而又陌生。他踏进门，看着她，眼神迷离散乱，有着揣摩不透的复杂神情。

樱草放下心来，笑了一下：

"……玄青哥？"

曲终人散后的广盛楼，和白天仿佛不是同一个世界。

玄青醉醺醺地站在院子门口，望着漆黑一片的戏楼。

这几天一直是竹青的大轴，玄青好不容易贴一次，只被排了个倒第三，唱《空城计》。做师哥的怎能为师弟垫戏？玄青抹不下这个脸儿，悄悄去找师父，希望起码改成压轴，但是白喜祥叫他开口唱了两句，登时连玄青自己也没法子再求下去。他最近大烟抽得多，嗓子确实不在家，一开口呲花冒嚓，别说压轴了，能上场都有点勉强。白喜祥十分忧虑：

"你这是塌中了么，才这个年纪？怎么越养越不济了。教你喝的汤药都在喝么？按说真不应该给你贴戏，但若是老不踏台毯，身上也完了。先唱着前几出，过了这个劲儿再做打算吧。为师对你也没有别的要求，稳着点，照大路唱下来就成。"

只照大路唱下来怎么成？玄青不甘心平平庸庸地垫这个场，铆足了劲儿准备好好要个菜。那晚的《空城计》，他振作精神，唱得比平时更加卖力三分：

> 我本是卧龙岗散淡的人，凭阴阳如反掌保定乾坤。
> 先帝爷下南阳御驾三请，算就了汉家业鼎足三分。
> 官封到武乡侯执掌帅印，东西战南北征博古通今。
> 周文王访姜尚周室大振，俺诸葛怎比得前辈的先生。
> 闲无事在敌楼我亮一亮琴音……

一段最能要好的西皮慢板，眼看着将将唱完，座儿上一片冷清，比起头几天竹青登场时那欢声雷动的场面，简直就是一个天上一个地下。龙游浅水遭虾戏，虎落平阳被犬欺！玄青这心里的火，腾腾蹿起老高，一时也顾不上什么戏不戏的，将那最后一句"我面前缺少个知音的人"改了一改，先出一口气再说：

"……我面前只可惜对牛弹琴！"

座上轰的一声炸了，顿时乱成一锅粥，好几个人跳上戏台开始砸场子，连弹压席都在高声叫骂。玄青被揪下城楼，推在台前，见情形无法收拾，只好跪下来磕头赔礼，看客也依然不依不饶。黎茂财出来打躬作揖，根本没人理会，最后还是白喜祥亲自登台，说了不少好话，又承诺贴一出他的拿手好戏《打渔杀家》，凭这次戏票免费观看，这才平息了座上的怒火。

没说的，完戏后，玄青被师父责骂曰洒狗血，要菜，心中无戏，轻薄座上，罚跪了半宿的祖师爷。夜深人静之际，玄青烟瘾犯了，悄悄溜回官帽胡同抽一口，却又被打更的刘师傅发现，禀告了白喜祥。——这个老绝户的刘师傅，平日打更三心二意，都不怎么在院门口守着，怎么单单就这晚上长起了精神呢？

"什么事那么急，跪到一半跑开？"扮戏房里，白喜祥追根究底。

玄青一时答不上来。

白喜祥起身离座，仔细端详他的脸：

"你抽大烟了！"

他伸手指着玄青，微微发抖："你犯了烟瘾！怪道嗓子这样，这一脸的烟容，我怎么早没发现！"

玄青原以为师父会雷霆震怒，至少也是一通咆哮甚至一顿耳光，没想到白喜祥并未发作，他只是盯着他，面色灰白，嘴角哆嗦，满眼都是伤怀绝望：

"玄青，我这么多年的教导，你听到哪里去了？戏品即人品，若是心术不正，再好的苗子也是白费！台上泡汤，阴人，台下疏于职守，无事生非，我念着十几年师徒之情，一次次宽容于你，你怎么至今执迷不悟，路子越走越歪？大烟这东西，祸国殃民，败家伤身，喜成社弟子，绝不允许沾染，我没说过吗？你从小儿一把好嗓子，瞧瞧今日败成什么样子！"

"那么多好角儿都抽大烟，还不是越唱越红，"玄青跪在地上，不甘心地抗辩，"杨大爷，谭大爷，马三爷……"

"你，你跟他们比？他们那么多的好处你怎么不比？台上的艺，台下的功，为人之德，处世之道，你好好儿比过吗？你跟他们比抽大烟？"白喜祥手抓着胸口，气息越喘越急，"玄青啊玄青！一直指望着你承继我的衣钵，这些年多少心血用在你身上，怎想到一次又一次地拉不回头，眼睁睁看着你走到这样！艺业荒废，还可以捡回来，人品败坏，谁也救不了了！"他浑身颤抖地望着他，良久，萧然转身，"你，你走吧！我没你这个徒弟……"

玄青低着头，狠狠咬着牙关。师父有了天青，有了竹青，不要他！虽然近年心情动荡，越来越不能专注于戏，但是毕竟也唱了半辈子，始终跟着白喜祥，一旦以这样的理由被开革出门，别的班社都不会再收，今后如何谋求生计？罢罢罢，只能再次忍得一时之辱——

"师父，您怎么罚我都成，就是别撵我走……"

黎茂财等人，百般劝慰，白喜祥本身又是个软心肠，说来说去，终于又收回成命，只罚他离社回家闭门反省，回归戏台之前，必须戒掉大烟。

玄青心头的郁火，无处消散。大烟，已经成了他的安慰，他的救命良药，他的精气神所聚，生命全部的依赖，如何能戒？戒不掉的话，以后的日子，又怎生处……几天来他闷塞难当，日夜饮酒消愁，连殷绣帘的软语温存，都不再安慰得了他。今儿又在肉市街喝了一晚上酒，酒足饭饱之后，走过广盛楼，只见夜戏已散，人去楼空，刘师傅又不在，院门虚掩着。他推开门，摇摇晃晃闯进去，望着那承载了半生荣耀与屈辱的戏楼，不由得满腔都是懊恨。

戏唱成这样，还叫什么戏？

自己这一辈子，算是彻底唱砸了。小时候，曾有过多大的雄心壮志啊，要站当间儿，要成角儿，要红遍天下，万人景仰……结果一直都被人踩得死死的，总是有人挡在他前头，无论他使多少劲儿，想什么招数，也始终都被挤得没路走！有的时候，真想一拍两散，不再唱了，此生彻底抛下这个戏字，但是，能吗？做得到吗？一日入行，终身带着梨园印记，十几年的功夫，满脑门的戏文，半生细细积攒、预备着有朝一日挂牌挑班的全套衣箱……怎能抛下，怎能舍得？他也爱戏啊，所做的一切，经受的一切，都为了要唱戏，要成角儿，只是，祖师爷不庇佑，命数不好，不像那个师弟……

他转过身，望向后院那间小屋，门缝里透出的一点灯光，闪闪烁烁地吸引着他的视线。那眼中钉肉中刺的师弟，就快回来了，去上海跑了一个月的码头，赚得盆满钵满，连北平报纸都连篇累牍地报道说轰动上海滩云云，捧得天上有地上无。这一回来，就要挑班，以后那更是站稳头牌的名角儿，哪里还有玄青的活路，连喜成社的班底和家当，也全部被他占去！那本应是玄青的，是玄青打小儿就认准了，必将属于自己的！他如今被逼到这个地步，全是因为他，全是因为他！……

一只蚂蚱自墙根半枯的草丛中跃出来，落在玄青脚边。玄青不待它跳开，一脚踏上去，狠狠将它碾碎，和满地的尘埃混成一团。忽然，他心中一动，猛抬眼盯着天青的屋门。

——既然天青还没回来，为什么屋子里有灯光？

"玄青哥，今晚怎么有空过来？"

玄青没回答樱草的询问，一声不响地迈进屋子，回手关上了门。他四下看了看，皱起眉头，视线又转回到樱草身上：

"你在这儿……"

他忽然明白了。根本不用问下去，樱草毫无疑问是在等天青。瞧她脸上神情，梦幻般的色彩还未褪，显然正畅想着两情相悦的场面呢。这么美丽的小师妹，侯门巨富的女儿，聪明体贴，心灵手巧，自小他只能像仰视一个仙女一样仰视着她，而她的眼中只有天青，一向都没有他……靳天青！他的运气怎么就这么好？

玄青向前迈了一步，在这狭窄的小屋里，马上就站到了樱草身前。他轻笑一下：

"他有什么好处，要你这样傻等？"

樱草有些紧张了，向后退缩了一点：

"玄青哥，你喝酒了。"

"喝点酒，更能看清人心。"玄青笑道。

樱草的心里，咚咚咚打了鼓。他与她自小儿一起长大，算是值得信赖的熟人，但她始终不太知道这位师哥心里想什么，眼前的他，一身酒气，满脸通红，嘴角泛着奇异的笑容，一双眼只在她脸上身上打量……时已深夜，听着院子里已经寂静无人，似乎整个世界只剩下她，和堵在门口说着满口酒话的他……

她强自镇定，也微笑道：

"这么晚了，快回去歇息吧，我也要回了，爹爹会担心我。"

她绕过玄青向外走去，却被玄青一把抓住手腕。

"你又不是他亲闺女，那么体贴，图什么许的？"玄青目光灼灼地盯着樱草，"我到了儿没想明白，你为什么放着自己家门不要，跑到我们这儿来，就为着天青？值得吗？"

樱草的手腕被他紧紧拧在手里，一颗心已经惊得快跳出胸膛，本能地想要挣扎呼救，又唯恐刺激到这位行为失常的师哥，一时间心思电转，反而放缓口气，笑了笑："你们这儿，不比我家好一百倍？玄青哥，咱们从小一起长大，我待你就像待自己的亲哥哥一样，当年你带我去庙会玩，教我来广盛楼看戏，我都记得你的好。"

玄青凝视着她，嘴角向一边扯开，露出一个扭曲的笑容："你当真记得我的好么？你心里只有天青，以为我不知道？为什么他要什么有什么，为什么你们全都偏心他？"

樱草竭力压住心头惊悸，温言答对："玄青哥，大家也都对你很好。你醉了，快回去歇息吧，我去喊刘师傅送你回家。"

玄青微微一颤，松开了手，樱草急忙冲向门前。忽然手臂一紧，却是被玄青抓住，又拖了回来，一双猩红的眼睛，正正对着她的脸："不要扯谎骗我。他不在。"

"他在，你听……"

"现今这院子里，只有你我二人。"玄青慢慢将她拉近自己，轻声问道，"你从小都被天青捧在手心里，遇事总有他救护着，你猜他今晚能回来不？"

樱草没办法再周旋下去了。她奋力拔出手臂，玄青迈前一步，将她抓得更紧。他从未与她如此贴近，眼前这张嫩白的小脸，下巴尖尖，眼睛水亮，润红的嘴唇轻轻颤抖……她真好看，比他在八大胡同找过的所有姑娘都好看，容貌这样精致，身子这样细巧，腰身在夹袍下扭动挣扎，牵动的每一道纹路都荡人心魄……她很快要成为靳天青的人，为那小子已经过分辉煌的人生，再添一道异彩……他穆玄青已经做过那么多，仍未能阻住天青前行的脚步，他挡不住他，打不赢他，伤不了他，弄不死他，但是，他最爱的人在他手里，这样单薄柔弱，逃脱不了他的掌心……

"他打算一回来就成亲，是么？"玄青死死盯住她，声音自他口中缓缓迸出，每个字都如石块般尖锐冷硬，"可喜可贺啊，让我先送你们一份大礼！"

樱草一扬头，高声叫道："救命……"

玄青一把捂住她的嘴，将她扑倒在背后的炕上。樱草拼命挣扎，如一头小豹子一样暴烈地抵抗，玄青一时难以压服，拉过被子将她连头带脚按住，用力掐紧她的脖子。樱草手脚抽动，渐渐无力，玄青掀开被子，扯过炕头一根练功用的绦子，将她牢牢绑起，口中塞上一条面巾。

樱草倒在炕上，猛烈呛咳着，不能置信地瞪着玄青。这是从小和她一起长大的师哥，她第一次见到他时才四岁，他也只是八岁的孩童，他们在白家同吃同住，她每天看他沉默地练功，是一个让她尊重又有些敬畏的兄长……她与他，远不如与竹青那么熟稔，他的样子太深沉，从小已经一副老成相，他也有些行为品性，颇令人不以为然，但归根结底，他是她的师哥！今天突然这样丧心病狂，是醉了还是疯了，他想做什么？樱草的脸上，写满愤怒，努力想要呼救，苦于嘴被塞住，只发出呜呜的声音。

玄青转身闩上门，回到炕前，欣赏着无助地挣扎着的樱草，眯起眼睛：

"你别怪师哥手狠，我不是冲你来的，要怪就怪我那宝贝师弟，抢走我太多东西，今天我要让他尝尝失去的滋味！"

他撩起长衫掖在腰里，纵身上炕，压在樱草身上。兴奋和仇恨交织，使他脸上放着异样的红光，嗓音都变得沙哑：

"等他回来知道了，会怎样，比起杀了他，又如何？我要不成他的命，要不成他的腿，但我要了他心爱的人！我得想些法子，给你留点终生记认，叫那靳天青，痛得再狠一点！"

猛可里，门外传来一声断喝：

"谁在里面？"

玄青的身子僵住了。

"开门！"

声音高亢脆亮，震得整个小屋都发抖。

是竹青。

都已经半夜了，完戏这么久，黑寂的广盛楼里，居然他在！

仿佛一桶冰水迎头浇下，玄青的酒全醒了。他忽然意识到自己的处境：他是被这酒劲儿冲昏了头，明火执仗地在侵害樱草，却被那要命的师弟堵在门里头！他都说不上是天青出现更可怕一点，还是竹青出现更可怕一点，这两个都是能为樱草拼命的主儿，见了屋子里这种情形，岂肯放他轻还，在他们手底下，玄青过不了两招……

一瞬间，玄青只觉全身冰凉，脑海中塞做一团，不知如何是好。被他压在身下的樱草，趁这时机猛地将他蹬在一边，扑下炕去，奋力用肩头顶动门闩。玄青惊恐万状，操起炕边的板凳，照她后脑猛击过去，只听得砰的一声，在这小小的屋子里，仿佛炸雷一般响。

樱草晃了晃，一声不响地软倒在地。

屋中的响动更急了外面的竹青。他干脆不再叫喊了，咣咣地开始撞门。这屋子的小木板门哪经得起他这般撞，两下之后便离了门框。玄青绝望地四下扫视，只见炕头一沓戏本子下，露出一把长匕首，那是《武松打店》用的攘子，在昏暗灯火下闪着寒光。

在竹青学过的戏里，最喜欢今天这出《飞虎梦》。

> 帐前受了元帅命，扫贼来到汜水城。
> 催马加鞭往前进，剿灭番奴立功勋……

那牛皋英勇豪爽，坦荡可爱，甚合竹青心意，戏本身又是他师父亲自编排，精彩可观，唱得十分舒畅。戏散之后，他满腔激情洋溢，精力十足，恨不得原地再唱一场。挨个儿送走了师父、师兄弟，又跑去跟监场的米师傅、打更的刘师傅都聊了一会儿天。逐渐地，后台人都走光了，只剩他自己仍然心潮澎湃，妆都不舍得卸，瞪着亮晶晶的眼睛坐在镜前。

要是天青师哥在，就好啦。

他总能陪着他，听他聊些有的没的，嘎七马八的，有时也跟他打打闹闹，有时也呵斥他，但是更多时候，都是纵容他爱护他。他俩之间的情分，跟玄青师哥完全不同，他就是他的亲哥，血肉相连，密不可分，彼此可以付出一切。是，他们都是唱戏的，从小在忠孝节义的耳濡目染中长大，兄弟情分、义气，是心头常在的热血，是世间最值得珍惜的情怀。以前朝夕相处，还没觉得他有那么可贵，现在他一下子走了那么久，心里头这份空落，想念得寝食难安。

自古英雄斗酒量，十分酒量十分强。

琼浆玉液千杯畅，要杀那番兵将七零八落方称心肠！

竹青意犹未尽地哼着戏文，整理自己的行头。现在的他，也置了不少私房行头了，每次登台，光辉灿烂，甚是提神。这其中最珍贵的当然要数樱草为他绣的平金大龙蟒，简直令他爱到了骨子里去，恨不得每天抱着睡觉。今儿他又把它取出来，舍不得打开，只叠在那里摩挲着，满腔爱惜地端详着绣得平展展的金线。他曾多么羡慕天青师哥那副白靠啊，真没想到樱草也能为他绣一件。这份心意，让他的心里，翻江倒海，当时没有当着她的面大哭起来，实在忍得不容易。

今生至此，真是幸运。竹青心里，常常忍不住暗暗感谢上苍。虽然家境贫苦，父母早亡，但是他遇到一位圣人般的师父，待自己慈祥温暖，教诲如春风，又有天青这样的哥哥、樱草这样的妹妹，还得以拜入郝二爷这样的行尊门下，于戏于生，了无别愿！待等天青师哥回来，挑了班，成了家，师徒两代四人聚在一处，那日子岂不更是……

忽然之间，楼下有些响动。

似乎是有人叫喊。

竹青竖起耳朵，疑惑地倾听一会儿，却又没了声息。他慢慢将红蟒包好收起，心头却起了一阵乱锤。戏已散了很久，院中早就没人，刘师傅在台前扫地，外面哪来的叫声，叫些什么？

他走出后台过道，站到楼梯口，向下望了望。院中果真没人，但是天青师哥屋子门缝里透出灯光。

他心头一紧，飞快地奔下楼去。

几次叫门不开，只能硬撞开来，竹青冲进屋子，迎头只见玄青师哥倚在炕边，衣衫不整，神情慌乱。玄青几乎从来不会主动拜访这里，如今在这无人的深夜出现，已经叫竹青吃惊不小，更吃惊的是他低头一望，地上竟然还有一个人，仰着脸，一动不动地躺在那里，双手被反绑着，嘴被塞住，身上揉扯得乱七八糟，脑后浸着一摊鲜红的血。

"樱草！"

竹青嘶叫一声，颤抖着跪下来，轻轻抚开樱草脸上的乱发。她的眼睛半闭着，脸上一片冰冷僵硬，看不到丝毫生机。

竹青心头狂跳，脑子里空茫一片，他抬头望向玄青：

"师哥，你做了什么？"

"我没有……不是我……"

玄青看看樱草，又看看竹青，嘴唇哆嗦得说不清话。竹青脸上妆容尚未洗去，一张威猛的牛皋脸谱，灯火下足让人肝胆俱寒。他的视线向下一扫，只见玄青的长衫还掖在腰里，原本光滑的前襟上，留着撕扯抓挠的痕迹。玄青也低头看了看自己身上，更是一句辩解的话都编不出来。

"师哥！你还是人吗！"竹青目眦欲裂，弯腰去试樱草的呼吸，"我跟你……"

刹那间，后心一阵剧痛。

竹青艰难地转过身子，盯着背后的玄青。

"师哥……"

玄青跳开两步，靠在门边，手里的攮子，鲜血淋漓。他的额头滚着汗水，眼中迸发着困兽一般绝望而凶狠的光：

"你跟我怎样？别怪我斩草除根！"

又一刀捅向竹青的胸膛，却被竹青一把抓住手腕。玄青大惊失色，手一抖，攮子甩在一边。他拼命向后挣去，竹青腿脚已经无力，被他一带，摇晃着摔倒，背后直透胸前的刀口，血如泉涌，转瞬间就将他的白色水衣浸染得一片鲜红。

玄青心惊肉跳，不敢多看，强撑着用绵软的双腿退到门外，望着四下无人，跌跌撞撞地逃向街外。

竹青勉力睁开眼睛。他眼前是倒在地上的樱草，面色已成死灰，但是胸前尚有微微起伏。她还活着！但是脑后的血正在不断渗出来，在地上浸成小小的一汪，就算现在还有转机，这样延误下去，也就没救。他已经没能力送她去找大夫了，生命正从身体里飞逝而去，心中越来越冷，冷得彻骨冰寒。他要死了吗？和她一起死在这儿了吗？不不不，他不能死，不能现在死，他是她最后的一点希望……

他强撑着爬起来，倚着墙边站起身子，望着一动不动的樱草。

"等我……"他轻轻说。

他拾过门后一根藤棍，拄在手里，摇摇晃晃走向戏楼。水衣已经被鲜血粘住，每走一步都是剧痛，脚下淋淋漓漓洒了一路的血。他提住胸间一口硬气，终于挨到门边，叫道：

"刘师傅……"

戏园里依稀传来刘师傅哼唱戏文的声音，但是有点耳聋的他，没听见竹青的呼唤。

竹青又艰难地向里走了几步，叫道：

"刘师傅！"

刘师傅挟着扫帚跑出来，见此情形，大惊失色：

"竹青！这是怎么了？"

竹青已经撑不住了，他丢开藤棍，抓着座上的椅背，伸手指了指后院：

"樱草……"

"什么？我送你去找大夫！"刘师傅扔下扫帚，奔过来抱他。

"先去……小仓库……"

刘师傅疑惑地眨眨眼睛，疾步向后院奔去。

竹青一口气松下来，登时只觉全身软飘飘的毫无依靠之处，顺着椅子边滑下来，坐倒在地。他捂住越来越难以喘息的胸口，抬头望向黑沉沉的空中。

这是广盛楼的戏园子，他唱了一辈子戏的地方。平素锣鼓喧天喝彩不断的戏台上下，此时只剩他一个人，静夜沉沉，浮光霭霭，空寂得仿佛时光凝固了一般。天青师哥曾跟他说过，他觉得这个园子是有灵气的，台上台下，桌椅板凳，都留着老祖宗的灵魂。他说他希望人都是有魂的，人的勃勃生命，饱含爱的心灵，都能以另一种形式，陪伴着他心爱的人。

竹青努力地盯住头顶的天花板。他希望他的灵魂留在这里，不要离开。

他慢慢地倒在了地上，一双眼睛，依然仰望着天空。如果空中真有老祖宗在，他们准能看顾这个爱戏的孩子，他的脸上还勾着牛皋的脸谱，眉眼中带着活泼泼的笑意，眼角末梢，各绘了一只精美的蝠纹。曾有一个人，问他这脸谱是什么讲究，他告诉她：这是蝴蝶脸，笑眉笑眼，眼角的蝙蝠图案，意思是牛皋是一员福将。

她清脆的笑声，成为他耳边最后的余音，成为这空荡荡的戏园子里，久久的一点回响。

"你这牛皋呀，最后不知是谁的福将？"

"还能是谁的，一直都是你的福将。"

"哈哈哈，真的吗？"

"真的。我一生都是你的福将。"

第二十一章 夜 奔

雨橙坐在扮戏房角落里，默默看着天青扮戏。

敷粉定妆，勾蜡钎，描眉画眼，点唇。换上水衣、彩裤、胖袄、厚底，在钱师傅等人的帮助下，穿一身镶宝蓝边子的青素箭衣，扎绦子、大带，勒头，戴一顶青素罗帽。雅静，利落，英姿飒爽，桀骜如一头鹰，矫健如一只豹。

靳天青在天蟾舞台的最后一夜。

终于没能留下他。他那样决绝地，不给她任何机会，坚定不移地要按期回去。她为这个，回家大哭了一场，吓得顾茶轩不住探问：

"囡儿，啥人欺负侬了？侬从小辰光勿容易哭额！"

她拿手帕捂着脸：

"都怪您！非要请那位靳老板来！"

"噢……"顾茶轩笑了，五官全陷进了满脸肥肉里，"吾囡儿欢喜靳老板啦？"

"没有用，他不欢喜我。"

"哎？天底下有宁勿欢喜吾囡儿？伊个额阿木林一只，介拎勿清！"

顾茶轩并不像时下大多数人那样瞧不起戏子，一是因为他本人出身的缘故，对贫贱之人有一份同情心；二是因为爱戏，很拿好角儿当回事，三呢，主要还是因为太宠爱这位幺女，她喜欢的人，管他是什么神佛妖魔，准得为幺女弄到手再说。堂堂天蟾舞台的大老板，收服一个戏子，还不是顶容易的事儿。

"吾寻伊谈一谈，包管伊马上欢喜侬，勿要忒轻松额。"

雨橙顿时止了眼泪："真的，您有那么大本事？"

"吾么大本事，伊有大本事。"顾茶轩伸手从腰间摸出一把手枪，得意洋洋地往桌上一拍。

"不要！我要他真心欢喜我！"

顾茶轩耸耸眉毛："个么啊容易哉，留伊了上海陪侬白相白相额，辰光长远了，自然欢喜侬额。"

"他不肯留下来。"

"咳，留不留下来是伊决定哦？"

"您又想怎样呀？爸爸，您可答应我，不能跟他用强。若被我知道您来硬的，我可不依！"

顾茶轩无奈地叹着气："侬小宁烦色特啦。好额，听侬个闲话好了。"

雨橙直到昨天才从魏华彩那里得知，爸爸到底还是使了点诡计，想用克扣戏份的法子留下靳天青，这让她又急又气，不过就算这法子，也没成功，天青直通通地告诉她：他如期回去。

"为了我师父，也为了我妻子，一天也不能多留。"他还特意强调一下。

只有坐在这里，默默地看他扮戏，看他唱完最后一出戏。一生中第一次真正喜欢上的一个人，与自己就只有这么一点点的缘分。

今天的天蟾卖了个十二成的大满堂，过道里都塞了椅子。前头垫戏已经唱上，接下来就是天青的《夜奔》。天青的样子，看起来不太宁定，坐下来又站起，在扮戏房里走来走去，额头微微冒汗。化妆后的脸已经不能擦汗了，崔福水赶紧迎上，用一张面纸将汗水按干。

"怎么了，天青？你不是一直都有收汗的本事，无论多累的戏，都待完戏进后台才出汗？心要静呀，凝神想戏，别想其他，就不出汗。"

天青闭上眼睛：

"我知道。可能因为最后一场了，心里有点乱。从早上就这样。"

崔福水瞥一眼旁边坐着的雨橙："是有人给你添乱吧？哪有扮戏时候坐个外人的！"

雨橙嘟起了嘴，才要发作，天青摆摆手，"跟她不相干。"他睁开眼睛，定了定神，"我去打个电话。"

"该候场了……"

"不问问我不安心。"

雨橙也站起身来，寸步不离地跟他下楼。他走到电话室，跟守卫打了招呼，拿起话筒，摇动话机。雨橙再想亲近，也不方便偷听他打电话，只好等在外面，望着他的背影。

　　她从没见过那么奇异的情形。电话通了没说两句，头顶雪亮灯光下，只见天青背后迅速渗出汗水，从脖颈滚滚流下，护领很快湿透，片刻之间，穿在厚厚的水衣胖袄外面的箭衣，都洇出一大片汗迹。雨橙看了他这么多出戏，再累的戏唱完了也没出汗成这样，她目瞪口呆地望着他，天青打完电话后也呆在那里，手拎着话筒，站在原地半天没动。

　　"靳老板……"

　　天青缓缓转身，额头冷汗涔涔，呆滞的目光从雨橙身上一掠而过，全当她透明一般，拔腿飞奔上楼。

　　雨橙怔了片刻，忙追上去，扮戏房里已经聚了不少人。

　　"……什么时候?"崔福水也是一副晴天霹雳般的神情。

　　"昨天夜里。"

　　"两个人都……"

　　"还不知道。"天青扶着墙，"我今晚就回北平。您快去帮我买票……"

　　魏华彩急急打断:

　　"侬今朝勿可以走! 已经安排了欢送宴席，参加的都是梨园名宿，各界名流，靳老板，吾是为侬好，这些人都对侬很重要……"

　　天青低吼一声:

　　"我已经失去我最重要的人!"

　　房中鸦雀无声。

　　崔福水挤回来，忙忙禀告:"天青，刚查问了，末班车十一点半发，完戏已经十一点了，你赶不上……"

　　雨橙并不知道他们遇上什么事，但是天青的脸色让她知道事情有多严重。她不顾一切地插言:

　　"现在马上走，来得及!"

　　天青仿佛刚刚留意到她的存在:"走不了，戏开锣了。"

　　"家里有急事嘛，跟观众说一下……"

　　"不行。"天青转向她，目光中充满苦痛的挣扎，"一个伶人，没别的选择，开锣之后，死也要死在戏台上!"

　　雨橙咬住了嘴唇。片刻，她扬起头:

　　"靳老板，您安心唱您的。我马上叫人去买票，阿松的车子等在门口，您完戏后赶紧出来，咱们飞车赶去，半小时，差不多。"

　　天青凝视着她:"顾小姐……"

　　钱师傅急得结结巴巴:"那，天青，你，我的爷，您这怎么上台啊，这满头的汗……"

"不妨事，靳爷！"说话的是江连碧，他正在台上唱着《十八扯》，中途下来歇场，"您尽管在这儿歇息片刻，定定心，落落汗，我给您马后着，什么时候忙完了示意我，我立马就下来！"

天青嘴角微颤，一揖到地："多谢五爷！"

"见外啦兄弟，《十八扯》这种能工戏，还不是想唱多久就唱多久，现挂几段词句，倒显我的本事。"江连碧关切地拍拍他肩，"别急，就算天塌下来，您这样的汉子，也能扛住。且缓着您的，我去了！"

"数尽更筹，听残银漏，逃秦寇，好教俺有国难投，哪搭儿相求救？"

《夜奔》，出自昆剧《宝剑记》，讲的是林冲雪夜上梁山的故事。这出戏有京昆两路，昆的"一场干"演法更吃功，从头至尾只有林冲一个人在台上唱念做表，几乎每个字都有身段，汇聚了短打武生大部分经典技巧，又累又难，因此有"男怕《夜奔》，女怕《思凡》"之说。天青学的就是昆的路子，自少年时已经精熟，在广盛楼贴演无数次，但没有一次，唱得如今天这般肝肠寸断。

> 欲送登高千里目，愁云低锁衡阳路。
> 鱼书不至雁无凭，今番欲作悲秋赋。
> 回首西山日又斜，天涯孤客真难度。
> 丈夫有泪不轻弹，只因未到……伤心处。

天青磐石般坚稳地亮相，拼尽全身之力，忍回涌到眼眶的泪水。

悲怆只是戏情，是唱给看客的。伶人自己，不能在台上流泪。纵然伤心已到极处，他的泪，也只能流在心里。人人看到他的戏，谁能看到他的心？"按龙泉，血泪洒征袍，恨天涯一身流落……"他只全力演出那点绛唇，那新水令，那繁美的转灯、卧鱼，身段精细，工架雄浑，沉郁之气笼罩全场。台下喝彩阵阵，台上的他，仿佛灵魂早已飘离躯壳，悬在空茫的天顶，静静旁观那椎心泣血的落难英雄。

不知冥冥中是有着怎样的牵扯，不知是他的心搁在了她的心里，还是她的心系在了他的心上，一直以来，他总能感受到她的一些极致的心情，极度的愉悦，极度的渴盼，极度的绝望，极度的惊恐，纵使相隔万里，也仿佛亲历，犹如这次，一早没来由的心乱，直接向他宣告劫难的发生。电话打到广盛楼，竟没有一个亲人在，秦月明结结巴巴地告诉他，家里出了事，白喜祥、竹青、樱草，都去了医院。

"谁出了事？你说清楚点！"

"是竹青……樱草……他们都……"秦月明明显不想说得太清楚，"你回来就知道了……"

"他们怎么了？"

"受了伤，竹青他……樱草怕是也……"秦月明大哭起来，"师哥！你叫我怎么说呢！"

三分钟电话，只听到这么几句。这几句，已经足够挖走他的心。

他得把这出戏唱完。唱完就回去。上海回北平，要走两天。会太迟吗？他还能做什么？人于世间，是这样渺小，饶你已拼尽全力，却只是在注定的轨道中兜兜转转，命运大神冷笑着俯瞰着你，使尽浑身解数也逃不出他的手掌心。

天蟾三层剧场，三千五百看客，鸦雀无声地盯着戏台。国戏素以一桌二椅唱尽天下万物，但是这出戏连一桌二椅都没有，整个戏台，空空荡荡，只有那一个武生在边行边唱，以他一人功力，唱得全场气氛森然，暗夜的凄冷，山路的跌宕，人生的悲苦，世态的寒凉，映在每个看客的心上。

> 望家乡去路遥，想母妻将谁靠？
> 俺这里吉凶未可知，他那里生死应难料。
> 唬得俺汗津津身上似汤浇，急煎煎心内似火烧。
> 幼妻室今何在？老萱堂恐丧了！
> 劬劳父母的恩难报，悲号叹英雄气怎消。
> 怀揣着雪刃刀，行一步哭号啕，急走羊肠去路遥……

最后一个亮相。天青仰望着空中。全场看客都在盯着他，而他的眼里全然没有别人。

等我！等我回来……

不夜之城，霓虹高照。顾家的司机阿松，驾车拼命飞奔。后座上的天青倒是沉默不语，雨橙却在不住地叫：

"快点！再快点！闯过去闯过去！"

"小姐，这是红灯……"

"别管它！"

北平人还没怎么见过红绿灯这东西，上海却已有不少，高悬在街道上方，管束着车如流水马如龙。阿松是个老实人，一边被交通灯阻着，一边被小姐催着，急得抓耳挠腮。雨橙一咬牙，喝道：

"停下！"

"小姐，您……"阿松踩刹了车。

雨橙一言不发地拉开车门，跳下来，将阿松拖出车外，自己坐到驾驶席上：

"你回家去吧！"

"小姐！小姐！"

雨橙一脚油门，车子咆哮着，箭一般飞向前方。

天青怎么也没想到，这位娇滴滴如洋娃娃一般的大小姐，居然会开汽车。她的技艺不高，但是胆子却大得出奇，一路上横冲直撞，全然不管任何交通规则，冲过所有红绿灯，所有宽街窄巷，直冲进上海火车站。站口有警察把守，车子不能进入，但是雨橙不管不顾地撞飞了栏杆开进去，一股脑儿冲到候车厅台阶底下。

她跳下车子，车门也没关，拉着天青奔上台阶：

"快跑，还有五分钟！"

检票员已经要关上闸口，忽然目瞪口呆地看着一个洋装小姐和一个尚未卸妆的伶人奔进来了。两人一直奔到闸口边，雨橙把手里的车票和一个厚厚的纸袋都塞给天青：

"进去吧！"

"这是……"

"是我爸爸欠你的戏份儿！我来不及换大洋了，只能取现钞。"雨橙跑得急喘不止，一只手抓着胸口，另一只手按着腰，"快上车，正来得及！希望你，回去之后，一切都没事儿……"

天青不能再说别的了。他郑重地拱了拱手："大恩不言谢！"飞一样冲进了闸口。

雨橙伏在闸口栏杆上，眼前一片昏花，望着天青模糊的背影越来越远。她的眼泪流下来，带着哭腔，大声喊道：

"靳老板！后会有期！"

白喜祥不知道怎样宽慰这个悲恸的孩子。

他自己经此丧乱，早已元气大伤，坐守竹青家里，起身都需要喜成社众人搀扶。秦月明等一众小兄弟去车站接了天青回来，直接去了金鱼池，刚进门时，师徒见面，天青还只是脸色惨白，木木地没有太多反应，及至一眼看到停床的竹青，天青发出受伤野兽般的号叫，跪倒在地，一下子晕厥过去。

"快快快，掐人中……"白喜祥焦急地挥着手，"别让他看了，抬他出去……"

众人手忙脚乱地掐弄半天才把天青弄醒，他睁开双眼呆了片刻，一口鲜血呕在前襟。

"师哥！"秦月明等小兄弟惊叫起来。

天青推开众人，颤抖着双手抱住竹青的头，一下一下抚摸他的脸：

"兄弟，兄弟，你醒过来，我回来了……"

任他如何抚摸、呼唤、哀求、恸哭，这个平素像猴子一样活泼的师弟，此刻再也没有一点应答。天青用力攥住他的手，绝望地试图把自己的温热传入他的掌心，但是没有用，那只手的冰凉足以让天青的心都冻住。天青揭开他身上的水衣，触目便是那道从背后直透胸前的伤口，虽已洗清血迹，依然散发着彻骨寒意，仿佛一柄看不见的利剑，直刺得天青肝胆俱碎。

"是谁！？谁！？"天青的双眼都变得血红，"师父！是谁干的！？"

"不知道，"白喜祥流了多日的老泪，此刻又涌出来，"警察来勘察了整整一天，没查出所以然……刘师傅辞工走了，他说他对不住他们两个，他根本没看见别人……想不出能是什么人，多大的仇呢，你那屋子里，满地都是血，竹青没了，樱草到现在人事不省……"

樱草躺在医院病床上，静静闭着眼睛，头上裹满纱布。天青伏在她身边，头抵着病床，紧紧握着她的手。

她的小手，还是温热的，但是软得像棉花一样，毫无知觉。

一身白大褂的陈少湖，肃立一旁。

"脑科同事说，她后脑受了重创，可能……"

"您说吧，少湖兄，全告诉我。"天青轻轻说。

"可能很快醒来，可能要很久才能醒过来，也可能……醒不过来。"陈少湖痛惜地望着樱草，"这种症状，如果半年之内还醒不过来，再醒来的几率就很小了，而且无论恢复得有多好，都会留下一些永久性的脑功能障碍。"

天青伏在病床上，静了好半天，说：

"我回来晚了。"

白喜祥颤巍巍道："这不能怪你……"

天青摇摇头，强忍住满眼的泪。他确实已经想尽法子，一天都没耽搁地赶了回来，但是，没有用，他什么也没能做，在自己最心爱的两个人遭此大劫之际，他没能在他们身边。为什么要去上海呢？为什么不能留在北平，守在樱草身边，为什么不能陪着竹青一起，保护他免受危难……既然深爱，既然珍惜，又为什么要轻易离开？那么多珍贵的人，珍贵的事，爽朗的笑容，明媚的脸，离开的时候都只是一转身，永远没法知道，在哪一个转身之后，就再也不会遇见。

竹青的父母都已去世，姐姐远嫁他乡，只有一个出了阁的妹妹在北平，发丧的一切，都是天青操办。天青亲手给他梳洗打扮，擦身换衣，一层层的长衣、小袄、棉裤、缎帽，细细为他穿戴。他把自己能弄到的所有竹青喜欢的玩意儿，好吃的、好玩的、好看的，全都弄来搁在竹青身边。给他身下铺着的，是他最心爱的行头：樱草送给他的平金红龙蟒。大缎的红色是那样鲜亮，衬得竹青脸色平静安详，如洒满阳光一般明朗、坦荡，就像平时那样。

"兄弟。"

就像平时那样，天青搂住他的大光头，轻轻贴了贴他的脸。

"你放心走，我会给你报仇。"

他用力扭过头，不把泪水洒在他身上。他是一个不应该沾染悲伤的人，那么贪玩、贪吃、爱笑、爱闹，去到另一个世界里，也一定不会寂寞，一定能给所有人都带来温暖和欢笑……

棺材匠抬着棺盖过来：

"上大盖了，爷们儿，看最后一眼吧，想说点什么，快说。"

天青张了张嘴，喉头却似塞满砂石，始终发不出一丝声音。他长久地凝视着竹青的脸，轻轻挽起他的手，按在自己胸膛。他一定能听见，一定能听见自己心里对他说的话。

"约好了。来生容我，再做你的哥哥！"

"夫人醒来，夫人醒来！"

"猛然间睁开了昏花眼……"

戏里的一切，总是那么直接。一声呼唤就会醒，一声传令就会到，善恶到头终有报，只争来早与来迟，所有的诅咒都能应验，所有的盟誓都能实现，所有的冤魂都能小显，所有的才子都中状元。戏里头呈现的，不是人生，而是一个经过提炼和切割的，黑白分明的世界，是老百姓最淳朴也是最深切的心愿。

真实的人生，哪有那么简单。

天青每天不断地对着樱草呼唤她的名字，千遍万遍，直至半个多月后，才终于狂喜地见她醒来。但是陈少湖赶来检查一番，神情依然如当初的沉重。

"是有些进展，不过，这不算醒来。"

"怎么不算？你看，她睁开眼睛了，能看见我了！"天青这半个月来，脸上第一次露出笑意。

"她没看见你。"

天青困惑地低下头，又仔细看看樱草。她的眼睛睁开着，直视头顶天棚，偶尔眨动一下，确实是一副苏醒了的模样，但是神情漠然，对天青的言行话语，全然没有回应。

"这只是一些身体的本能反应，不是自主意识。距离真正的恢复，还差得太远。"陈少湖轻轻道，"作为朋友我希望能安慰你，不过我是医生，也有责任告诉你最坏的情形：只有不到一半的几率会在半年内恢复，大多数类似损伤的病人……永远都是这个状态。"

天青怔了片刻，握起樱草的手，摩挲着，望向窗外清冷的天空。

他们是在白家小院。已是立冬时分，院中丁香树只剩光秃秃的枝丫，上面挂了一层寒霜。天青自从上海回来后，没有再住在广盛楼的屋子里，而是搬来白喜祥家了。

"师父，您看怎么着好？我寻思过搬去小椿树胡同，好好照顾樱草，但是您最近身子这样，我也不放心，不若搬来与您同住，方便照顾您和樱草两个。"

白喜祥略为沉吟："我当然希望你搬过来，但是……你和樱草毕竟还未成礼，住在一块儿，多有不便。若要成礼吧，她这个情形，也不太好办……"

"师父，要正式成个礼，原也简单，宴个宾客，拜个天地，自然堵了众人悠悠之口，但是……"天青低下头，"我答应过樱草，要给她一个最圆满的婚礼，八抬大轿娶她过门，双手抱她入洞房……现在她根本无知无觉，做什么都成了给外人看，她自己完全不知道，如此成亲，是我终身之憾。我不想为了旁人感受，敷衍这些虚礼，还是留待她痊愈之后再办吧。我们已经是保过媒合过婚落过定的夫妻，我现在就陪在她身边，天经地义。"

"不是啊，天青，不是天经地义，是惊世骇俗啊。"白喜祥轻轻揉着额角，"没正式拜过天地，总归还差了那么一点儿。我觉着无论樱草有无知觉，成个礼总是对众人都有个交代，若她一直这么无知无觉下去，你允诺的那个婚礼，岂不是永远都办不成……"

"我要为她留着。若她始终醒不过来，不办也罢。"天青语气，平和而坚决，"师父，经过这件事，我更想明白了，世间太多虚华，想开了全是浮云，最重要的就是和自己心爱的人厮守在一块儿。别说我们已经按规矩行过那些礼节，就算是连媒都没保过，眼下这情形，我也要和她在一块儿。从今以后，我一天都不离开她，我不管众人怎样想。"

白喜祥抬头望着天青，脸上渐渐浮起微笑。他拍了一下椅子扶手：

"好！我师徒就一起惊世骇俗一下吧！你尽管搬过来住，咱爷儿仨好好过日子，不管别人怎样想！"……

天青的视线从窗外移回，望着坐在炕边的陈少湖：

"我已经很满足了。尽管她不认得我，但是现在还能吃，能喝，能这样在我照顾之下活着，还有希望能慢慢恢复着，已经是上天赐我的福分。"

他的平静反倒让陈少湖十分动容：

"我……真是敬佩你。常年照顾这样一个病人，不是容易事。"

天青站起身，背着手踱出房门，站在堂屋的条案前。那案上供着几个灵位，有他的爹和娘，樱草的娘，还有三姊，最新一座是竹青的，上面镶了一张照片，竹青的大光头青白闪亮，双眼圆睁着，笑嘻嘻凝视着他。他伸手在灵位上轻抚一下。

"只有失去过，才知道生命的存在，有多么宝贵。"

"靳老板！惊喜不惊喜？"

"顾，顾小姐？……"

喜倒还谈不上，惊可着实不小。天青站在院子门口，一时间目瞪口呆。眼前是位风尘仆仆的姑娘，小圆脸，充满愉悦的浓眉大眼，手里拿顶绒帽，身上裹一件毛色油滑的貂皮大衣，尖头小皮靴轻敲石板地面，嗒嗒作响，正是顾家三小姐雨橙。

"顾小姐来北京探亲？公干？"

雨橙满脸笑意，帽子在手中一掂一掂："专程来看您哪！我爸爸的案子了了，瞧他没事，我赶紧来北京转转，探望探望靳老板。上次天蟾一别，匆匆已有快一个月，我……很想念您！"她的脸色微红，仍鼓足勇气扬着头，凝视天青的脸。

"靳兄，我先……"陈少湖从南屋出来，见此情形，微微一愣。天青连忙介绍："少湖兄，这是我上海的朋友，顾小姐。顾小姐，这是敝友陈少湖先生，协和医院的医生。"

雨橙睁大了眼睛："哇，协和的医生！业界精英，如雷贯耳！幸会，陈先生！"

陈少湖笑着答礼。他了解天青品性，对这来得蹊跷的女客，并不多想，只对天青拱手作别："您有客，我先走了，改天再来探视。"

送走了陈少湖，天青将雨橙迎进堂屋坐下，为她沏上新茶。雨橙端着茶碗，环视四周，好奇地笑道："靳老板，您府上可真简朴！我原寻思着，如此好角儿的府第，怎么也得摆上满堂新奇玩意儿，或者古董什么的，没想到只有几幅字画。北平人的生活就是雅致呀，这屋子里的书香古韵，上海是拿不出来。"

　　天青笑笑："上海有上海的美……您怎么还没回英国呢？"

　　"不想回去了。我爸爸这案子，到了儿又是拿钱搞定的，我对学法律没了信心。"雨橙咕咚一口，将茶水喝去半碗，脸上堆满了慧黠，"靳老板，您不是说您已经成亲了么，烦请嫂夫人一见。"

　　天青怔住："她……她卧病在床，不太方便。"

　　"呦，真不巧。"雨橙四下望望，笑嘻嘻对天青点点头，"不妨事，反正我得在北平住一阵子，过几天再来，迟早都能见着，对吧。"

　　"她恐怕……一年内都不能见客。"

　　雨橙放声大笑，笑得几乎从椅子上仰翻过去，手中茶水都泼溅出来。她摸出手帕，用力擦着眼睛：

　　"靳老板，您这招数，也太那个了……我是不是在这儿住两年，嫂夫人也还是不出来见我呀？别硬撑了，瞧您这屋子哪像是有女主人的样儿？没娶亲就是没娶亲嘛，这都亲眼对证了，您可骗不了我。"她放下手帕，温柔地望着天青，"靳老板，我喜欢您，您别这么推搪我，给我个机会，好不好？我这次，打定了主意要在北平住一阵子，我对您……"

　　天青站起来，手扶在桌面上。

　　"顾小姐，您对我一片真心，我很感动。上次蒙您仗义相助，我不拿您当外人，这样吧，就请我妻子，与您见上一面，免得虚耗您的情意，我也过意不去。"

　　雨橙愣住了。她半信半疑地起身，随着天青进了南屋。

　　南屋不大，却窗明几净，正午阳光隔着一幅薄薄的刺绣窗帘射入，照得整个屋子里都是温暖的光斑。炕上躺了一个人，齐胸盖着棉被，一动不动。雨橙捂住嘴，慢慢走过去，只见是个年纪很轻的女人，和那幅结婚照片中的姑娘，有点像，又不太像：同样的小桃子脸，同样漂亮精致的五官，却瘦得两边脸颊全都凹陷进去，眼睛睁着，缓缓眨动，眼神却完全不似照片中那样灵慧，而是空空茫茫，一丝生机都没有，仿若一眼枯井一般。

　　"她是……"

　　"我妻子，林樱草。"天青轻声道，"我上次连夜赶回来，就是为着她。她受了严重的伤，昏迷了快一个月，刚能睁开眼睛。将来的情形还难讲，不过一年内肯定是不能见客，我没骗您。"

　　雨橙伶俐的小嘴，变得结结巴巴：

　　"对……对不起……"

　　炕上的樱草，微微张了张嘴。天青连忙迎上去，仔细端详她的脸，熟练地抱起她，取过炕边碗匙，为她喂水。樱草的嘴巴半张，有本能的吞咽，但是不太灵活，天青耐心地等着，将她的头枕在自己臂弯里，一匙匙慢慢喂进口中，一滴也没有流出来。

雨橙僵在炕边，一动不动。眼前的一切，远远超出她想象。她心思单纯，热情自信，全拟凭着一腔真情，总能打动心爱的人，没想到世间另有一种真情，绝无旁鹜，甚至不会为岁月流转风雨侵袭而改变。她，嫉妒这病重的女人！她看得到天青凝视她的眼神，纵然她根本无知无觉，病得形神俱废，天青眼中的温柔，仍当她如那照片中一样，是最聪敏最美丽的爱妻。若是可以，雨橙宁愿与她互换，性命也可以不要了，只要能让靳天青抱在怀中这样凝视一刻，此生也都心甘情愿……

泪水从她眼中流出来，不受控制地淌了满脸。

运气不好，没机会了，得不到这么好的男人的爱。从小在娇纵宠溺中长大，她拿得到她想要的任何东西，但是千辛万苦的努力，换不来心上人的垂青。当然了，若是他轻易地丢下这个女人，转而拜倒在她的石榴裙下，还值得她这样去爱吗？她顾雨橙毕竟也是有些眼光，喜欢上一个真正的好男儿！虽然不是她的人，但仍值得她尊重、敬爱，全心全意地对待……

天青将樱草抱回枕上，静静凝视着哭得稀里哗啦的雨橙。他不忍让这位善良热心的女孩子受伤，但在很多时候，不忍心反而是更大的伤害。与其拖泥带水，不如快刀斩乱麻，让她彻底绝了念头，短痛总比长痛好。眼前的雨橙，已经渐渐止了哭，猛力吸着鼻子，泪汪汪的大眼睛瞪视着他。

"您天天这样伺候她？"

"嗯。"

"她的家人呢？"

天青转过头，爱惜地握住樱草的手。

"她本是侯府嫡女，为了我，叛离了家门。她家人从此对她不闻不问，这次受伤的消息报过去，一点回音都没有。"

"您，这么大的角儿，怎么不请用人，您出去唱戏时怎么办？"

"这个病情不好照顾，我亲自来比较放心。出去唱戏也不过就一两个时辰，唱完马上赶回来，其他的应酬，都不去了。"

"这样吧，反正我在北平也没什么事儿，我帮您。您哪天出门不在家，告诉我，我来帮您照看她。"

天青又一次被这姑娘惊得瞠目结舌："这怎么成？这可不是您干的活儿。"

"您信不过我？"雨橙狠狠擦去眼泪，"您放心吧，靳老板，您是一等一的好男儿，一腔真情如此，我还有什么好说的，就此死心了，绝不再打扰您。但是也算相识一场，做个朋友，总还可以的吧？您家业两难，分身乏

术，帮您这点小忙，是朋友本分。我在英国，常去医院做义工，照顾病人很
在行的。"

"不行，顾小姐，您的心意我领了。"

雨橙眨眨眼睛："您是觉得与我来往不方便吗？要么这样，咱们也效法
《千里送京娘》，结为兄妹，以后亲如一家，不分彼此！来，靳老板，咱们去
院子里撮土为香。"

天青哭笑不得："顾小姐，那倒不必了……"

"也是，干吗要拘俗礼呢，不上香也一样，以后您就如我亲兄长一般，
容我叫一声大哥吧：靳大哥……"雨橙的眼泪又要落下来，拼命忍住，"小
妹随时来帮衬您！"

官帽胡同。玄青的家。

天青坐在堂屋里，和玄青隔桌相对。屋子里异样地冷，没坐一会儿茶水
已经凉了，玄青又长久地沉默着，低着头不知在想什么，诡异的气氛让天青
浑身上下都不舒服。

玄青居然能邀他来自己家做客，这实在是破天荒的奇事，内中缘由，完
全猜想不透。他已经很久没见着玄青了，这位师哥，在他去上海时，被师父
发现抽大烟，勒令回家戒烟，从此便在广盛楼绝了踪迹。如今时隔两月，大
烟不知戒没戒掉，人可瘦得飞快，方脸变了长脸，面色青白，眼周起着老大
的黑眼圈。他已经不大像天青童年时就认识的那个老成持重、自信满满的师
哥了，脸上多出一种特别的惶恐，老是有点一惊一乍的，说话时带着野兽一
般警惕的神情。

"师哥您前阵子出门了？"天青努力打破沉默，"竹青出事后，几次来找
您，府上一直挂锁。"

"嗯。去外地……找名医戒烟。"玄青的眼角不自禁地抽搐着，"竹青的
案子，还没头绪？"

天青黯然："没有。"

"樱草怎么样，听说很难醒过来了。"

"……大夫要我别抱太大希望。"

玄青发出一声悠长的喘息，转了话题：

"恭喜你啊，师弟，就快挑班了。"

"谢谢师哥。"

天青原没心情在这种境况下挑班，但是如今挑这个班，已经不是为了他
个人的荣耀，而是为了喜成社全社弟兄的生计。白喜祥的健康状况急转直

下，连月不能登台，竹青没了，天青忙于追踪竹青的案子、照顾樱草的病情，也没有经常贴戏，喜成社最能上座的几个台柱子塌了大半边。一个班社，红起来艰难，黑下去却极容易，广盛楼的卖座已经明显现出颓势，再这样下去，社里上百老少，吃饭都成问题。

"挑班吧，天青，樱草的病情操持得差不多了，你得做长久之计。"白喜祥劝他，"眼看快到年关，你现在开始筹办，邀角儿，起章程，报官批准，都需要个时间，赶到正式成立，也就是明年了。你邀几个好角儿，贴几台新戏，借你如今的声威，准能把这班子红红火火撑起来，我对这些老弟兄们，也算是有个交代。"

"是，师父。您老安心养病，社里有我，马上就去筹备。"

"嗯，我找几个行家，帮你攒几台新戏。挑班的好角儿，光唱老戏不成，得有自个儿的东西。你怎么打算呢？"

"师父，现在国难当头，国人当一致对外，我想多贴些抗击异族侵略的故事，也算不辜负为戏者高台教化之力。比如把岳飞事迹，从金翅大鹏转世开始，编到风波亭归天，可做连唱多天的连台本戏，名字就叫《精忠报国》，您看怎样？岳飞文武老生，早些年我唱不了，现在我觉得还成。"

"嗯，拿得动了。"

天青越说越带劲儿："我一直很喜欢于谦的故事，编成戏可以叫《德胜门》，正是咱北平自己的事儿。还有卫青、霍去病，这都是我武生本工，可以编一出唱念做打俱全的《破匈奴》。对了，其实马司令的事迹，也可以编成时装新戏呢，'神武将军天上来，浩然正气系兴衰，手抛日球归常轨，十二金牌召不回'，陶行知先生这首诗正好用在里头。不过马司令不像生行，得归工花脸……"他又想起了竹青，顿时住了口。

"都不错，都不错。"白喜祥欣慰地抚掌，"叫你多读书，真没白读。新编戏难着些，请大文人才做得了，《精忠报国》这样整合老本子的戏，咱们自己就能来。你一身功夫，好好用在里头，一贴出去，非爆满不可。唔，班社的名字你想好了吗？"

天青低下头："想动用师父的名讳，还望师父允准。"

"我的名讳？我可跟你说过，不能再用喜成社啦。"

"想叫承祥社。"

白喜祥半晌没出声，眼圈却渐渐地发红。他仰头望天，轻咳一声，笑道："我也是三生有幸，能收到你这个徒弟！……天青，为师还有几出拿手戏，趁这个契机，一并都传了你吧，《雪拥蓝关》《扫松下书》《千里走单骑》……"

天青微微一惊："师父，这些都是大身份戏啊。您不是说过，像《雪拥蓝关》这样的戏，年纪不到，阅历不够，唱不出戏里的情致。"

白喜祥深深凝视着他。

"天青，我不是因为你挑班才传你。为师看着你自小长大，这些年饱经患难，历尽风霜，见过生老病死，洞察世理人情，虽然年纪不到，但是心，已经到了……"他背转回身，黯然良久，道，"原本，是要传你师哥的。等了这些年，他离这戏，越来越远……"

眼下这师哥，就坐在自己对面，神情怪异，言辞闪烁，虽是跟天青说着话，眼睛却不看天青。天青揣摩不透他的心思，但对他成立新班社的祝贺，还是诚心诚意地致谢。玄青没有答话，过了半天，却又问起另一件事：

"挂牌的角儿都邀齐了？"

"袁四爷、裘三爷他们都答应了，叶四爷暂未回话。"

"你这邀得也太硬了。配角儿太硬，不怕影着你这挑班的？"

天青淡淡一笑："我觉着一个班社光是主角红，不是正道，要四梁八柱都硬整，才能提升整个班社的质素，对每个人都好，对戏也好。我巴不得把京城里各行当最好的角儿，都邀到咱们班里来呢。"

"全都这么硬，待不长久。尤其你还年轻，怎么弹压得住？"

"师父教导咱们，要以德服人。"

玄青摇摇头："当家老生你邀了谁？"

"想邀花富春花二爷，他在外地，近日回来再商量。"

"有我在，你还邀他干什么？"

天青一怔，望向玄青，玄青这时候终于正视他了，眼神无比热切，放射着渴求的光芒：

"我给你跨刀，你挂我二牌，不，挂三牌就成，我保证铆上，场场满宫满调，唱一出红一出。"

这回轮到天青沉默了。玄青已经"塌中"，嗓子变得沙哑暗沉，这倒还好说，最关键的是，他台风不正，动辄泡汤、阴人，行内声名狼藉，喜成社这一散班，只怕再没班社肯收他，难怪他着急。师兄弟一场，天青体恤他处境艰难，自己挑班之后，自然要包他生计，但是若想做当家老生，他的艺业实在差得太远，以现在的状况，做二路都不是十分够格。

"师哥，我肯定邀您，至于挂牌呢……"天青深知这位师哥自尊好强，自小受不得一丝一毫的指摘，几次欲言又止，终于还是说，"……恐怕不太方便。不过您放心，无论怎样，保证您收入宽裕，我会告诉黎爷，从我自己的戏份里，每场都扣一份补贴给您。"

"不用你那么体贴我，你给我挂牌，我自己能成！"玄青的眼睛烁烁闪亮，"我是你师哥，怎么还没资格挂牌吗？你去请花二爷干什么，那个糟老爷子，我红的时候，他已经过气了！"

"师哥……"天青字斟句酌，"挑班这回事，要对整个班社负责，不能只凭个人交情。花二爷的本事全行公认，岁数刚届天命，算得上正当盛年。您最近……嗓子不太舒服，请先耐心将养，待养好之后，我绝不会亏待您。"

豁啷一声，茶碗掷地，玄青满脸涨成紫红，狂跳起来：

"摆得好大的谱儿！给你跨刀还推三阻四！我他妈还不去了，好鞋不踩臭狗屎！你算个什么东西！仗着师父宠爱，踩到我头上来！这个班社，本来是我的！我才是那死老头子的正宗传人，他是老糊涂成了什么样儿，硬是交给了你！"

天青霍然而起：

"师哥！你对师父放尊重点！"

"怎样？你想怎样？要不要让我连你……"玄青话说到一半顿住，凶狠地瞪着天青，将他从头打量到脚，目光在他那青筋暴凸的拳头上盘旋良久，终于咽回了后半句话，挥手号叫道，"滚！王八日的，给我滚出去，不许再踏进我家半步！"

"师弟，让你受委屈了……"殷绣帘送了天青出门，在院门口，低声致歉，"玄青他最近身子不好，脾气是大了一点，望你大人大量，别跟他计较。"

"他居然对师父……"天青紧咬牙关，看了看一脸哀切的殷绣帘，终于没再说什么。玄青始终未曾向他介绍过殷绣帘，他不知该怎么称呼她，瞧着两人这情势，只好还是冒叫了一声："嫂嫂，也让您费心了，多看顾我师哥吧。"

"放心吧，这不是他本性，他本来……是个挺好的人。"

天青缓和了口气："还是难为您了。家里有什么事需要帮忙吗？师哥几个月没唱戏了，生计上有问题，尽管跟我说。"

"倒还好了，我有些积蓄。"殷绣帘凄然一笑，"多谢你还这样惦记……以后再难见面了，遇事还要请你多关照你师哥。祝你挑班顺利。"

天青望着这位弱质纤纤的嫂嫂，心头涌满了同情：

"多谢，您保重。"

殷绣帘目送天青走远，轻轻关上街门。回转身走进院子，却只见玄青站在堂屋门口，满脸的杀气。

"玄青……"殷绣帘后退一步。

“你跟他说了些什么？送得可远！”玄青一步步逼上来，眼中充满血丝。

“玄青，你又……”殷绣帘话音未落，砰的一声，一记鸡毛掸子当头击下，她闪避不及，猝然跌倒在院子中间。玄青跳上前，挥着掸子，照着她细瘦的身子，不管不顾地猛抽下去，口中狂暴地骂：

“那个王八日的，我只恨不能宰了他，要你这样对他！早知道你对他有意！我要是不在家，还不知你做出什么来！”

殷绣帘双手无助地遮挡着，哀叫道：“玄青，你疯了！”

“你才疯了，你们全疯了！合起来害我！”

“玄青，没人害你，是你自己害自己……”殷绣帘的长发披散下来，整个身体痛楚地瑟缩着，“玄青，你想想明白，一路都是你自己的心魔！你老觉得别人针对你、压制你，把你自己的才华本事都虚耗在算计别人身上了，其实一切都是你自己想出来的，你师父、师弟，都对你很好，关心你，帮着你，我更是全心全意对你……”她抬起头，望着玄青，眼中全是泪水，“醒醒吧，玄青，你现在回头，还来得及，戒了大烟，好好唱戏……”

“是我不想好好唱戏吗？”玄青哆哆嗦嗦地用掸子指着殷绣帘，“要不是为了戏，我会向他低头？我是下了多大决心，才向他央求这块台毯，你知道我有多难吗？若不是实在太想唱戏，我才……你听到他都说些什么？他宁愿请外社的老头子，都不肯请我这个师哥！”

“他说了愿意请你，只是不能挂牌，玄青，你扪心自问，现在这样子，怎么挂牌？”殷绣帘泪雨连绵，“你放开心胸，好吗，玄青，回到社里从头唱起，踏踏实实拼几年，将来一准儿还有机会。我不求你出人头地，不求你富贵荣华，就求你别这样挫磨自己，浪费了你的才情，你本来可以是个好角儿，硬是自己把自己弄到这般田地。前些日子你带着我出去找大夫戒烟，你知道我有多高兴吗？可是你，你到了外地，根本也没认真找大夫，整日躲在旅馆里，烟是越抽越大……”

玄青嘶声叫道：“闭嘴！再多嘴我打死你！”

殷绣帘慢慢坐起来，闭上了眼睛。

“玄青，你打死我算了，我不忍心看你这样堕落下去。”

玄青盯着她，手中不住哆嗦着，挥起掸子，举了片刻，终于向院中一丢，拔脚奔向堂屋。门帘起落，随即传来砰砰叭叭摔砸东西的声响。

院子里只剩殷绣帘一个人坐在地上，泥雕木塑一般。良久，她轻轻吟唱几句鼓书，声音低细，几不可闻。

我二人夜深私语到情浓处，你还说恩爱的夫妻世世同。

到如今，言犹在耳人何处，几度思量几恸情……

"来，今儿吃馄饨，过冬节了。"

雨橙喜气洋洋地接过碗筷："在北平生活真有趣！过个冬至也有这么多讲究儿。"

"冬节是大节，小时候很期待的。"天青笑着，哼起一支曲子：

> 冬至月，数九天，当头月儿圆。
> 风筝带风琴，锣鼓响连天，怕的是在空中抽咕冷子断了线。
> 踢毽抖空竹，琉璃喇叭欢。
> 手打太平鼓，口琴满街串。
> 买米的走马灯，点上滴流转……

雨橙听得呆了："靳大哥，您随便唱点什么，都这么好听。北平真好，要不是家里还有爸爸妈妈，我真想留下来，不回去啦。"

"有家还是要回啊。再有趣的节日，不能和亲人在一块儿，比平时日子还更凄凉。平时的日子呢，能和亲人在一块儿，天天都像过节一样。"天青坐到炕上，为樱草披了披被子，在她身边墙上贴起一张纸，纸上画着九宫格，每个格中又有九个圆圈。

"这是什么？"

"'九九消寒图'。从冬节开始数九，每天涂一个圈，九九八十一天涂满后，就开春了。上海的女孩子不画这么？樱草每年都画的。"天青将水笔放入樱草手心，握着她的手，轻轻在第一个格子下面的圈中点了一笔朱砂。

"为什么先涂下面的圈圈呢？"雨橙还真没画过这个。

"上点阴天下点晴，左风右雨雪当中。涂尽途中墨黑黑，便知郊外草青青。"

天青抱起樱草，指着图画给她看。樱草目光散乱，呆滞地面对着这鲜红的一点，但是天青丝毫不以为意，笑着指指窗外，凑在她耳边低声说了几句话："……很快就……之后……我们一起……"

雨橙也默默地望了望窗外。今天是个大晴天。前几天刚下的雪，融化后自屋顶滴落，结成一排排冰凌，被这当头的太阳晒得，滴滴答答淌着水珠，时不时有小段冰凌断裂，落在地上，极细极脆的微响，仿佛人内心最深处的一点悸动。

"少湖兄来了。"两个人同时望见。

陈少湖在院子里跟白喜祥鞠躬寒暄着，带着满身寒气走进东厢房。他日日常来，与天青和雨橙都很熟了，问安之后，毫不见外地搁下手中小皮箱，脱了帽子大衣，露出一身粗呢西装，摘下眼镜，取出手帕用力擦拭上面的水雾：

"今天怎么样？"

"没什么变化。"

陈少湖戴起眼镜，走到炕边，打开皮箱取出工具，细细诊查一番。

"继续努力吧。多和她说话，按摩肌肤，刺激感官，有利好转。"他埋头取出一堆盒子和纸包，"我把她最近几个月要用的药都拿来了，以后的事，拜托了我那脑科同事多看顾。"

"怎么，你……"天青和雨橙都吃了一惊。

"我已经自协和辞职，最近要去南方。"陈少湖平静地看看雨橙，又看看天青，脸上透着异乎寻常的刚毅，"二位都是朋友，我也不瞒你们：铁军上月在福建成立革命政府，反蒋抗日，急需民众支持。我前去投奔，希望铁军可以接纳我这手无缚鸡之力的书生。"

天青怔了半晌，眼中放射出激动的光芒：

"少湖兄！你一直还说佩服我，你才是最值得敬佩的人啊！十数载寒窗的协和医学博士，竟能一朝舍弃，奔赴战场……"

雨橙比他还要激动，直跳起来，坐到陈少湖面前：

"天哪，铁军！蒋光鼐总指挥，蔡廷锴军长，国民革命军十九路军，全上海谁不景仰这几个名字！去年冬天淞沪会战，十九路军将士奋勇抗敌，重创日军，整个中国最坚强最有战斗力的军队！我爸爸也组织过支援军需的募捐哪！若不是南京政府屡次下令阻挠，闸北大捷之后，不知道会把日本人打成什么样子！陈大哥，您去福建，能见着蒋蔡二公吗？他们肯定会重用您，您这一手妙手回春的医术，能救下铁军无数英勇将士！"

陈少湖抬头望望她，清秀的脸颊，倒有些红了：

"妙手回春不敢当，尽力而已矣。男儿当死于边野，以马革裹尸还葬耳，我堂堂中华被日本鬼子打成这个样子，一直退缩不抵抗，我本已对政府失望，现在总算有个报效国家的机会。"

天青刚要接话，忽然看见雨橙的神色，登时住口。雨橙的小脸满写着热切与仰慕，正目不转睛地盯住陈少湖。天青心中一动，不禁嘴角泛起笑容。

"少湖兄，您已近而立之年，一直专心事业，没有家室，是不是也有匈奴未灭何以家为之意？"

陈少湖的目光从樱草脸上掠过，低下了头："不瞒靳兄说，实是无缘而已……不过，也正是上天成全我报国之志，此番可以义无反顾投身前线，抛头颅洒热血在所不惜。"

"什么时候启程？"

"年前吧。"陈少湖站起身来，郑重对他施礼，"不一定再有余裕来了，今天先跟你道别。能结识靳兄这样的好男儿，也是生平幸事。若上天眷顾，在河山光复之后，希望还能回到北平与靳兄重聚，愿那时候樱草也已痊愈，咱们再度把酒吟诗，一畅胸怀。"

天青也起身还礼："也是我心头挚愿。少湖兄保重，我虽不能与你同行，但是从今以后日日为你祈祷平安。"

他将穿戴整齐的陈少湖送到院门口，回头对跟在身后的雨橙笑了笑，说："妹子，我不方便离开，你帮我送少湖兄一程吧。"

雨橙晕红了双颊。

第二十二章　雪拥蓝关

民国二十三年，正月初六，二十三岁的名武生靳天青挑班承祥社，假广盛楼开张营业。

纵是见惯梨园盛景的前门民众，也禁不住啧啧惊叹于承祥社的声威。开戏三天前，戏票已被抢光，当天下午一点钟开锣，直唱至午夜之后，座儿上从始至终满坑满谷，叫好声一浪接着一浪。论年纪，天青是京城所有班社头牌中最年轻的，但是成名早，技艺佳，性情仁厚仗义，行内早有盛名，前来捧场的方家极多，楼座包厢全被大角儿与名流占满，敬送的花篮牌匾沿着过道一望无际地铺叠开去，场面之隆，轰动梨园内外。

> 坐至在雕鞍把话论，大小三军听分明：
> 食王爵禄当把忠尽，报效国家舍死忘生。
> 两军阵，动刀兵，纵死阵前也有名。
> 三军与爷往前进，扫灭金人方称心！

头三天打炮戏，贴出的全是天青精擅的武生重工戏，极受赞誉，三天后开始贴新编连台本戏《精忠报国》，更是盛况空前。这出大戏囊括了名将岳飞生平最重要的事迹，既有整编过的经典折子，又有全新编写的新折子：《周侗教枪》《枪挑小梁王》《双巡营》《挑滑车》《小商河》《八大锤》《请宋灵》……一直唱至《风波亭》岳飞归天，高潮迭起，亮点纷呈，不少人都是看了一遍又一遍。每次看到金兵残害大宋子民，抗金名将为国捐躯，看客触及心头国仇家恨，一个个眼含热泪，高声叫好儿，更有甚者如乌老三，情绪一个激动，也忘了是他把兄弟的场子了，跳起来当众破口大骂：

"打！打！打死他个王八日的金兵，王八日的日本鬼子！我操他大爷，就得这么打！官老爷不打咱们打！他妈的再不打就亡国了呀！……"

弹压席的军警要把他架出去，其他看客反倒帮他说话：

"算了吧！这位爷说得在理儿！大伙儿都这么想的！……"

民心所向，在这短兵相接的戏台上下，体现得分外明显。台上唱戏的天青，也比平时加倍铆上，满腔豪气，都化作飞舞的枪花劲透八方。他在这出戏里一人赶多角，分饰岳飞、高宠、杨再兴、陆文龙等，各自活龙活现，戏界百年来擅文擅武的名家不少，但像他这样武能《挑滑车》，文能《风波亭》的全才却前所未见，不但座儿上赞不绝口，连报界也是一边倒的赞誉之声。

"连贴了一个月，场场满座！"黎茂财捧上账本，喜形于色，"天青，咱们这出新戏可算是戳住啦，不容易啊！"

"这出只是整编，下月《破匈奴》才是真正的新戏，希望也能满堂红。"天青专注地审视账目。他以前只管唱戏，不大关心这些后台事务，但是现在挑班做了社长，一百多人的生计在肩，里里外外都要亲自操持了，"嗯，盈余不少。月终给每个弟兄加发红包，挂牌的几位爷发双份。"

黎茂财一惊："啊？那可是一笔大开支。"

"戏唱得好，靠的是全社'一棵菜'。没有花二爷、裘三爷他们的玩意儿，座儿上能这么红火？"

承祥社班底之硬整，冠绝京师。惯常名角儿挑班，不爱请比自己声望更高的人物，怕的是压不住，影了自己作为头牌的威风，但是天青不管这个，坚持各个行当都请了顶尖的角儿，除了喜成社原来的二牌庄赤蓉外，新请来的花二爷、裘三爷他们，也都是具备挑班实力的名家，只因看重天青的人品艺业，甘愿搭班跨刀，堪称梨园美谈。当然了，天青没有亏待他们，开出的戏份极为丰厚，有些班社纵是头牌也望尘莫及。

"黎爷，药行请咱们去唱的这个行戏，怎么没有戏约呢？"

"呃……因为每年年节都来请，一场一千二百大洋，已成定例，就没另签戏约。"

"还是补签一个吧。账目清晰，凭据齐全，对大家都好。以后所有堂会、行戏，都单签戏约，收在柜上。"

天青把账本交还给黎茂财，微微一笑。他的神情明净、坦荡，并无他意，但眼中锐利的光芒，仍叫黎茂财暗暗冒了冷汗。黎茂财跟白喜祥这些年，欺他不理财务，在账目上打了不少秋丰，原以为天青一毛头小子更好唬弄，没想到他一上来就立规矩。

"黎爷，跟戏衣庄订的那份衣箱，什么时候到？"

"就这两天了。他们说因为加急，得另加一成工钱。"

天青的目光在他脸上扫了一扫：

"十一月四日订的，对吧？怎么还算加急？"

"是是是，我再去商谈。"

黎茂财再也控制不住汗水了，忙忙地掏出手帕按在额前。这小子，太精明！他得赶紧去重做账目，把多吞的那一成工钱退掉！

"九九消寒图"终于涂完了最后一个圈圈。满纸九九八十一点朱砂红，昭告春天的到来。风和了，日暖了，燕子飞去又飞回，在檐下筑起小小泥巢，清脆的鸟鸣，时时透入新糊的纸窗。

但是樱草，并没有醒过来。

好转还是有一点点，比方说她能坐住了，扶她靠在椅背上，可以呆呆地坐一整天，但是，也就是这样呆呆的，空空茫茫的，无知无觉，视而不见。有时候天青觉得她的眼睛里似乎有一闪而过的神情，但是细细查看，却又无迹可寻。有时候她的手脚略动，令天青喜出望外，但再守候下去，又没了下文，不知道那是她头脑的操控，还是只是无意识的一点悸动。

一点点的好转也是好，总好过更坏。

正午，日光晴和。天青关起厨房门窗，烧上大锅热水，搬来澡桶，为樱草擦身。风箱鼓动得灶头火红一片，满屋子蒸汽滚滚，天青赤着上身，只穿一条单裤，仍然操持得满头是汗。樱草呆呆地仰靠在木桶里，满桶温水将她的一头长发浮起，飘荡在赤裸的肩头。

自她受伤，一切不能自理，天青贴身照料，不得不侍奉所有的私密之事。天青始终记得第一次解开她的衣衫，目光触及她白腻的肌肤，鼻端嗅到奇异的微香，那份震动，如火如荼，直烧得他面红耳赤，良久不能继续。直至现在，每次接触她赤裸的身体，心头仍是一阵阵的胶结激荡，对他不亚于一场折磨，但这所有的一切，是他必须承受，甘愿承受。她是病人，伤患，是他相依为命的妻子，奉若拱璧的爱人。那婴儿一样纯净的面容，莹白的娇美的、因无知无觉的袒露而分外楚楚可怜的身体，让他强自按捺下所有的情欲之念。

他一边投着面巾，一边不住口地聊着家常。只因大夫叮嘱要常跟她聊天，这半年来他对她说的话，比他二十三年对所有人说的加一起还要多。

"……百代公司邀我灌了几面唱片，两面《破匈奴》，两面《连环套》，一面《霸王别姬》，等做完了，我也拿回来放给你听，就算我不在家，都有我的戏陪着你。等你再好一点，带你去广盛楼听我唱戏，那些听熟了的戏文，会不会帮你想起我？报上说福建政府失败了，蔡廷锴将军流亡香港，铁军已经解散，不知少湖兄是否平安。我那雨橙妹子也够血性，硬是随他一起去了福建，现在两人全都没了音讯，真叫人担忧……"

他轻轻扶起樱草的手臂，擦洗她的身体。她仰靠在他的胸前，柔滑的肌肤贴在他赤裸的胸膛，烧得他胸中一片滚烫。

"看我多有福气，能天天这样陪着你，就算你永远不醒来，一辈子能这样过下去，我也珍惜。当然啦，要是能恢复如初，那是最好，我想念你叫我天青哥，想念你对我笑，想念你认真做戏衣的样子，想念在台上看到你望着我的眼神……我说这些，你能听见吗？或许你已经能看见我、听见我，只是不能说出来？樱草，说句话好吗，一个字都好，我想念你的声音……"

他把脸埋在她的手心里。厨房里一片静寂，樱草呆滞的目光越过他的头顶，望向阳光迷离的窗外。

"没关系，不说也好，能有你在，就很好了。我只盼着竹青也在，什么情形都好，只要他还在。我是不是可能到了儿都不会知道，那晚到底发生了什么？他已经走了这么久，破案的希望，越来越渺茫……我把那屋子翻查了多少遍，特意去乡下找了刘师傅问讯，还问遍了社里当时救难的兄弟，寻不到一丝头绪……你快些醒过来，告诉我，好吗？是什么人把你们害成这样？那晚如果有我陪着你们，如果有我在……我再也不动《打店》这出戏了，那把攮子上头，有我兄弟的命……"

天青说不下去了，埋头半响，吸口气，站起来换了清水为樱草冲洗，仔细擦干。樱草全然似一个新生婴儿一般，任由天青搬弄她的手足，套上新衣衫，一颗颗扣好衣钮。天青将她横抱在怀里，爱惜地吻了吻她的额头。

"天底下还有哪家的媳妇，能有我媳妇这么听话……"

院子里微风习习，太阳温暖地照着地面，天青坐在檐廊下竹椅上，为樱草梳理长发。樱草伤后，头发一度脱落得很厉害，现在又变得浓密漆黑，阳光下亮泽如一匹丝缎。天青于梳头一道，可不怎么在行，笨拙地编了一个松松的辫子，还有不少碎发，轻轻飘拂在樱草的颈边耳畔。

"反正你怎么梳都好看……"天青端详她的小脸，"单辫子，双辫子，都好看，一点都不梳更好看，还记得那次你为我做盔头，头发也是这样刚刚洗完，披在肩上，好看得让我喘不过气！等我们成亲以后，我要每天都早早起床，看你梳头的样子……"

他抱起她，走进东厢房，喂了水和饭，将她好好安置在炕上，身下铺好垫子和枕头。

"我走啦，今儿晚上《战冀州》，三刻钟的戏，你耐心等我。"

他换上衣帽，夹起靴包，又回头望了望。樱草躺在窗下，脸上映着丝丝缕缕的阳光，略微偏向他，眼睛似看非看。他一时间不忍离开，站在那里凝视着她，直至最后慢慢移步走出房门，心头依然还映着那张神情似有似无的脸。

人心到底有多大？有的时候，能装下岁月风云，桑田沧海；有的时候，只能装下一个人。

端阳过后，暑气渐升。

北平的夏天不好过，是一种蒸笼般的闷热，俗话有云："晒化了锡拉幌子"。春天的漫天黄沙，到这时候全没了，整个城市无遮无拦地袒露在烈日下，火辣辣的空气晒得地上泥土都翻着白茬儿，仿佛是一个人爆裂的唇皮，看着就增焦渴之意。同样生活在酷暑中，每个人的甘苦又截然不同：皇帝老儿自有避暑行宫，富贵人家也多在西山八大处之类的胜地有消夏别墅，普通百姓呢，就只能在护城河长堤上借柳荫乘凉。

天青用轮椅车推着樱草，陪着白喜祥，行走在什刹海的堤上。这个地方在北城地安门外大街以西，广阔的一片水域，堤边遍植绿柳，水面满塘荷花，暑夏时分，游人如织，花醺马醉，水碧衣香，乃是京城"消夏四胜"之首。西堤盛大花市，主售荷花，粉白娇红赏心悦目；南堤冰窖，皇室取冰贮冰之所，附近又集聚了不少卖玩意儿的艺人，手制面人、纸蝴蝶、琉璃网、苇叶编的草虫廉价出售，最受小孩子喜欢。

"小时候带樱草来玩，说好了只买一只老琉璃，结果人家编了各式老琉璃十来种，她挑花眼，一会儿要红秦椒，一会儿要老膏药，一会儿说换成黑老婆儿，一会儿又要改成大纲儿……最后只好全给她买了，手里攥了一大把，花了两角钱，原说要吃的玫瑰枣都没吃上。"五颜六色的草虫摊子，勾起天青遥远的回忆。

"你一直宠她。"白喜祥笑道。两人一齐低头看看樱草。她梳了条松松的辫子，穿一身月白的夏布袄裤，倚坐在轮椅车上，愣愣地盯着草虫摊。

"最近终于能看了，我确定她能看见我。"天青喜滋滋地说，"以前就当我是透明的，无论怎么在她面前晃，眼珠都不带转一下的，最近能挺长时间地盯着我看。有时候给她讲故事，她听得那个专心劲儿，好像能听懂一样。"

天青花一枚铜板，买了只碧身粉腰的"老籽儿"，塞在樱草手里，轻轻团起她的手指，她也就愣愣地抓着。

"功夫不负有心人哪。"白喜祥轻叹一声。

师徒二人慢慢踱向北堤的茶棚。茶棚建在长堤两侧，木板搭成的棚屋直伸入水塘之内，四下全是碧叶清荷，风来暗香袭人，确是乘凉胜地。两人在临水的窗前坐下来，要了一壶香片，一碟冰镇河鲜儿：雪白的嫩藕、清脆的鲜菱角、剥皮洗净的核桃仁、杏仁、榛仁……悠然啜饮品尝。

"承祥社营业很好，果真不负众望。"

"还是承袭了师父打下来的坚牢底子。"天青为白喜祥斟满茶水，又斟了一盅喂给樱草，"时日越长，越感到操办一个班社着实不易，跟自己只管登台唱戏的轻省，那是一个天上一个地下。您当年白手起家，纯靠个人之力从头创建喜成社，那得是多大的辛苦。"

"也不算个人之力，有我师父三老爹点拨，还有你三叔他们一众老兄弟帮我。梨园就是这样代代传承，方能越来越健旺。唉，你现在还要分身照顾樱草和我，更加操劳，我看你整日忙的，就算人上床睡了，鞋子在床底下还喘气儿呢。要当心身子啊。我当年呢，虽然自己忙点，起码还有你师娘照顾家里，没有后顾之忧。"

"谢谢师父关心。"天青静默片刻，终于忍不住道，"师父，其实有件事儿，这么多年我一直想问的，只是太失礼了不能开口……"

白喜祥笑了："你想问我为什么一直不续弦。"

天青脸色微红，明澄的双眼中，仍带着点孩童般的稚气："您一猜就中！我听崔爷他们说，那些年，也有不少给您说亲的，您都推了，其中有些姑娘是特别的好，让崔爷他们提起来都替您惋惜。二十多年了，您始终不肯再娶，孤身一人，专心培育我们这三个徒弟长大，我心里感激您的恩情，但有时候也想，如果能有师娘照顾您，岂不是……"

白喜祥掂一枚桃仁吃了，沉吟良久，道：

"如果这次樱草没能救过来，你会不会另娶妻室。"

天青张口结舌：

"那，那当然是不会，但，但那是不一样的。樱草她跟我的情意，没第二个人能替代，真要是没了她，仿佛我也连命都没有了一般。您，您……呃……"

白喜祥笑了。

"你是不是觉得，老一辈就没有能过命的情意啊？"

他望向窗外，清风轻拂水塘，碧叶红花微微摇曳，犹如一幅精工巧绘的工笔长卷，直教人越看越痴。

"我一直都明白你对樱草的心思，正因我年轻时候，也和你是一式一样。你我这样的性情，一旦喜欢上一个人，她就和你自己的心，融在一起了，这一生一世，什么时候能放下自己，什么时候才能放下她。"

"那年冬天，我和你三叔闯出牡丹江，一起去南方搭班子。第三年春天，游荡到川湘一带，在一个村子里搭台唱戏。"

陷入回忆中的白喜祥，脸上每条皱纹都浮动着温暖的微笑。

"那村子依着一条河，河水在村头围起一大片石滩，滩头种着一棵不知几百年的老柳树，几人才能合抱，滩底下都是光亮的卵石。河水很清，日头照着底下的卵石，白闪闪的，当地人管它叫白水河，那个石滩，就叫白水滩。"

"白水滩？"天青惊喜地睁大眼睛。

"是啊，《白水滩》，十一郎和青面虎，你擅唱的戏。十一郎那条棍，要舞得水泄不透，当年也是我的拿手绝活，听了这个地界的名儿，觉得有趣，开台当晚，就唱了《白水滩》。村里的人都拥来看，喝了一夜的彩，完戏后管事的就来跟我们商量，留我们多唱些日子，别的戏码不论，就是每晚都要贴一出《白水滩》。

"我得了这个活计，顶高兴的，心里想着要越唱越好。第二天起了个大早，天刚蒙蒙亮，日头还没出来，我就到那个白水滩头去练功。河滩又大又平，空阔无人，真是个练功的好所在，我一条棍使开了，舞得呜呜作响，四下一团银光。后来日头升起，照得我一头的汗，我把小褂也脱了，就在那个滩头，翻来纵去，把整个《白水滩》演练了一遍。

"练完时，才发现老柳树底下坐了个人，也不知是什么时候来的。是个年纪很轻的女子，梳一条大辫子，戴着簪环，穿了件水红缎子夹袄，马面裙子，后面还跟个小丫环，捧一套妆盒。我连忙收起棍走了，没敢细看那女子的长相，只记得她有一双又大又黑的眼睛，离那么远，都看见她的眼睛里像河水上的日光一样发亮。"

天青按捺不住，忙忙问道：

"是师娘吗？一准儿就是师娘。"

白喜祥笑着，自管自说下去：

"那一天我都想着这女子，一时一瞬都不能忘怀。她端端正正坐在柳树底下那个样子，不像凡人，像戏里仙女一样。我想她肯定是村里的人，可能来看戏，晚上唱戏时，就着意留神一下台底下。果不其然，她就坐在前排，好像是村里那些乡绅的家眷，四周围着一大群仆人老妈子。她在台底下看着我，我敢肯定她一直就只看着我一个人，眼睛还是那么晶晶地发亮。

"第二天早上我又去白水滩，她不一会儿也来了，还是带着那个小丫环，一声不响地，坐在柳树底下，看我练功。

"第三天还是这样。

"第四天也还是这样。

"我们一直都没说话，每天都是我练我的功，她远远坐在树底下看。但是我心里有她了，我觉得她心里，也肯定有我。

"后来我跟你三叔说了。你三叔乐得不行，就好像人家马上就是他嫂子了似的，急着去打听那姑娘的消息。结果还真给他打听来了，村里人说，那是纪大善人的小女儿，名叫纪绡兰，今年十七岁。纪大善人自小就给她定了娃娃亲，要嫁给邻村贾家的少爷，早已下了定，过几个月就是婚期了。"

听到这儿，天青虽然已经知道师父和师娘终成眷属，也不由得发了呆："已经定了亲？"

"是啊。我一听也呆了，真如一盆冰水泼下，从头冷到了脚。

"我本来一门心思地觉得她喜欢我，但是到那时候，心里乱成一团，什么都不能确定了。我们根本就未交一言，人家喜欢听我的戏，喜欢看我练功，又怎样？还不是我一厢情愿地瞎想？……可是晚上唱戏，她还是坐在前排，还是那么眼睛晶亮亮地盯着我看，满场挂的灯，都不及她的目光晃眼。第二天早上去练功，她也还是在那里，坐在白水滩那个老柳树底下，静静地看着，不说一句话。

"后来我们唱完了约定的戏，就要走了。临走前一天，我最后一次，去白水滩练功。我知道晚上已经没有戏了，但还是，为她，把那出戏，认认真真地唱了一次。我全心全意地铆上了唱啊，一个字，一个腔，一个棍花，都没落下。唱完了，我转身就走，忽然那个小丫环追上来，递我一盒点心，说是小姐送的。

"我回了店房，打开点心来看。不知怎的，我觉得这点心里准有东西。翻来翻去，果不其然，一块酥饼的夹层里，有张纸条，上面有清清秀秀的字和画。她要我晚上去她家侧门那儿找她。怕我不认得，还仔细画了路径。

"晚上我去了。那天晚上月亮特别的亮，经过白水滩时候，只见那滩头整个儿亮光光的一片，镜子一样。她家在村子一角，老大的一个宅子，远远望着里头层层叠叠的屋檐，也不知有几进院子。我按照她画的路径，到了那个侧门，她果真在那儿等着。

"我现在也记得她当时的样子，一身水红袄子，月光那么一照，真如她的名字，像一丛淡雅的兰花。我这才看清她的模样，比平时远远望着，还要美不知多少倍，小小的瓜子脸，一双眼睛黑白分明，深潭一样，望你一眼，就让你觉得愿意把命都交给她。可是她说的事，还真让我踌躇。"

"什么事啊师父，您肯定答应了对不对？"天青急切地问。

白喜祥苦笑了一下："没有。"

时已过午，头顶的晴空，火伞高张，炎威四射，茶棚中却是阵阵水风送爽，叫人浑忘红尘。追溯着这几十年前的故事，天青直觉得比他唱过的所有戏文都更加动魄惊心。戏文纵有千出百出，道不尽人间无穷无尽的爱恨悲喜，人生，才是一场最大最精彩的戏。

"当地人说话都带着浓重的乡音，本不易懂，但是她说话却相当清楚，声音柔软，字正腔圆，竟是一口北平官话。后来我才知道她家里的私塾先生是来自京城。她对我说，那天早上白水滩头一见，就忘不掉我了，打听了我还没成亲，愿意把一辈子托付给我！她说，她心里也极乱，拖了这许多天，什么都不敢做，但是现在，眼看着我就要走了，她横下一条心，得告诉我。她说：你带我一起走，好吗？

"我听蒙了。一头吧，知道了她的心意，我这心里翻江倒海的，激荡得不得了；另一头呢，她好端端一个姑娘家，抛家舍业，逃了婚事，要跟我这江湖汉子一起走，这个压力太大，我真下不了决心。当地乡规极严，对这种事儿，律例是要浸猪笼，我一个外来人客，四周崇山峻岭的，哪有那么大把握能带她逃出去，一旦被捉住，岂不害惨了她？"

天青茫然问道："浸猪笼是什么？"

白喜祥叹了口气："就是把人锁在关猪的竹笼里，填上石头，沉到河里活活淹死。"

"逃婚就要淹死？她还没成亲啊！"

"就算是根本还没定亲，私自和男人相好，也一样要浸猪笼。现在年轻人有福气，年代不同了，又是北平这样的大地方，不用受这些旧俗的挫磨，但是你师娘那时候情境不同，她约我见这一面，也是甘冒生死大险，不过当时我还不太清楚。

"我站在她面前，犹豫了好长一阵子，心里头就像千军万马交战。一会儿冒出个声音说：不能带她走，根本逃不出去，会害死她！一会儿冒出个声音说：你舍得离开她吗？大不了和她一起死！……哎，我这辈子再没遇到过什么事，像当时那样让人难下决断。

"我对面的她，直盯盯地瞧着我，脸色也变来变去，一开始是极热烈的盼望，后来渐渐地，变成失望，到后来是彻骨的绝望。她低声说：你不愿意，是吗？

"我急忙说：不是！我是觉得风险太大，会害死你！

"她慢慢地说：我已经想清楚了，如果能跟着你，死也愿意。你若不带我走，才是真正害死我……遇见了你，我不可能再嫁别人了。"

白喜祥停了很久没有说下去，天青也静静地不做声。轮椅车上的樱草，更是愣愣地坐在那里，一动不动。

"她那么坚决、镇定，而我……后来的许多年里，我一想起当时情境，就觉得自己，简直不像个男人！她全心全意地托付给我，我却犹豫来犹豫去，拿不定主意。"白喜祥摇了摇头，仿佛要甩去记忆中的自己，"忽然院门被人推开了，一个灯笼照出来，有人叫唤：小姐！您怎么在这儿？接着看见了我，嗷的一声大喊起来：救命！救命！要杀人啦！

"她一声没吭，把我朝外一推，自己跨进院子，回手闩上了门。"

白喜祥伸出一只手，扶在额头上。

天青小心地问："师父，您肯定不会是，就这么走了吧？"

白喜祥苦笑道："走了。我得回去搬救兵。我找你三叔合计，说不知她家里会怎样责罚她，无论如何要保护她周全，你三叔说：你先躲着，我去打探消息。

"估计她家那个人也没看清我的模样，并没到戏班来闹。第二天戏班如常开拔，我找个由子，又折回来，会着了你三叔。他二话不说，拉我去村里祠堂。那地方每个村子都有祠堂，婚丧嫁娶，各种大事决断，都在祠堂操办。我俩悄悄跃上院墙，伏在墙头朝里看，只见院子里聚了一群人，是村里的族长、乡绅之属，其中也有纪大善人，我唱戏时都见过的。

"人群中间，横着一个竹笼，里面就是……她。只穿一件贴身小衣，给锁在竹笼里，头发披散着……但是，她的神色，还是那么平静，一点都不惊慌。

"族长问她：奸夫是谁？

"她不做声。

"族长反复问了几次，她都不说，后来她爹爹出来问她，声泪俱下地抱怨一通她不守妇道、有辱家门什么的，最后说：你老老实实地说出奸夫是谁，我跟族长求恳，不压笼石，留你一命。

"她开口了，说：我说过了，爹，女儿是清白的，没什么奸夫。我做过的事情，对得起我的心，死了也不后悔。

"院子里静了半响，那族长喝命：来人，压上笼石，拖去沉塘。

"我当时那一腔血气啊，直冲头顶，什么乱七八糟的顾忌都没了，眼里就剩下她一个人，这么柔弱的一个女子，为了我，死都不后悔。我都没想着院子里这么多人，要不要找个人少的时候再动手，嗖的一下直接就跳进去。

你三叔也跟着跳进去了。院子里的人，惊得一呆，我伸手就从一个家丁手里，夺了一根棍棒过来……"

天青猛地一拍桌子："有棍棒在手，师父肯定是无敌了！"

"呵呵，说实话，我比你的身手，可还差得远。多亏了有你三叔，真是势若猛虎，扑上去夺把长刀，砍了个噼里啪啦，院子里的人吓得四散奔逃。我挥着棍子冲到竹笼前，拽着那些竹篾，直接用手把竹笼扯碎了，真不知道哪儿来的那么大力气，"白喜祥摊开双手，那上面触目惊心，至今还留着横贯手掌的几道伤痕，"我拉起她，叫声：缃兰！跟我走！

"她后来说，当时完全就像做梦一样，满心里正想着我，忽然我就从空中跳下来，把她救走了。她一直都说我是天上派来的神，救她出了水火，可是我心里始终都有歉疚：都是因为我，才把她害成这样。不过总算福大命大，终究是带着她逃出来了。她受了家法，被打得走不了路，没几步就跌倒了，我背着她冲出了院子，你三叔殿后，嗬，那大刀片子舞得，滴溜溜一团雪花，任谁都不敢逼近，这身功夫不唱武花脸，真是可惜的啊。

"我们一口气逃出村子，奔了有十几里地吧，甩掉了追赶的人。我们没再回那个戏班子，一直往北走，搭了车子回北平了。"白喜祥脸露微笑，"以前我浪荡江湖无所谓，还觉得挺自在的，现在有了她，我要给她一个安稳的家呀。从此我就一直在北平搭班了。"

"然后哪，师父？"

"然后还能怎样哪，我和她成了亲呗。"

落日熔金，暮云合璧，满塘荷花都被镀上了火般暗红的边缘，与天边夕阳遥相辉映，仿若壮丽的史诗。白喜祥慢慢讲述着这尘封多年的故事，平静语气里蕴含着无尽心潮，多年岁月凝聚的皱纹，此刻全都舒展开来，眼神清亮、明净，整个人笼罩着一层淡淡的光晕。天青仿佛真的看到了年轻时的师父，那个二十三岁的俊朗青年，和他心爱的妻子一起，微笑着面对长相厮守的幸福日子。

"我已经很满足了。我们在一起过了神仙也不如的十七年。

"她是读书习字的大家闺秀，能写会画，尤其画得一笔好兰草，我写字画画，都是她手把手教的。"

"您，您，"天青惊叫出声，"我明白了，您卧房里挂的画，是师娘的手笔？"

白喜祥轻轻点了点头。

天青清楚地记得师父卧房里的几幅画，有兰草，有人物，其中一幅相当特异，是一男一女。那女子只是背影，坐在一棵柳树下的大石上，一条粗黑长辫直垂脚踝，穿一件水红夹袄，马面裙子，姿态纤薄而娴雅，上身微微前倾，呈关注之态；男子立在不远处的河边，只穿一件水衣，黑彩裤，薄底快靴，手中持一根长棍，正在亮相，神情端肃，眉目宛然便是师父白喜祥。这幅画他自小见惯，从未细想过其中含义，现在豁然开朗，不由得痴了。

"那是……那是白水滩。"

白喜祥的眼中浸出泪光。

"这些年来，我还是总能在画里，在梦里见着她……

"那十七年，美得不敢回头想。中途也有过不测风云：我师弟走'高毛'时摔在我身上，撞坏了我的腰，回来就瘫炕上了。唉，咱们唱武戏的，伤筋动骨乃是家常便饭，但那一次真是几乎要了我命，全靠你师娘连日连夜伺候，吃喝拉撒亲手照料，几年时间才调理过来。后来她生了个宝贝女儿丹丹，小小的瓜子脸，黑黑的大眼睛，跟她长得一式一样。我们一家三口，就在这九道湾的院子里，过着和和美美的日子。那时候我改工老生，渐渐地也唱出名气，自己挑了班，收入很好，满拟终于能给她们娘儿俩好日子过，想不到……想不到…………"

他吸一口气，艰难地说下去：

"那年爆发伤寒，她和丹丹都染上了，没多久的时间就……就……就都……她临走时候，拉着我的手，说了最后一句话：大哥，跟你这十七年，我没过够……"

泪水终于从白喜祥眼中滚落下来。

"你问我怎么不续弦，你说我怎么能续弦？我心里不会再有别人了，这辈子不会有，下辈子也不会有。我就等着她来世回来找我，我们还要在一起再过几辈子。这些年我再没跟任何人提起她，但是她一直都在我心里头。"

天青眼中泪光闪闪，低声道：

"对不住，师父，我不该勾起您的伤心事。"

"跟你说说也好，你我师徒有缘，境遇相仿，心志也是一般，彼此相知相照。旁的人，听了也不以为然。我师父三老爹就总说我为人太痴，戏唱得多了，有点疯魔了。他说，戏是假的，唱戏的是疯子，听戏的是傻子，真实生活中，哪有那么多至情至性的事。唱戏的人，反而要比一般人更加远离七情六欲，方能把握戏的分寸。我始终没能做到他说的这一点，所以戏品总归不是上乘。"

天青认真想了一下：

"师父，我觉得，为人就是要至情至性，方不枉来世间一场。您和师娘，还有我和樱草，虽然都经历不少血泪，遭遇不少离合悲欢，可是和心爱的人厮守在一起的时光，千金难换，再叫我重新经历一番，也不后悔。曾经沧海难为水，除却巫山不是云，您说得对，有过这样刻骨铭心的情意，此生心无二致，就算没了樱草，我的心里也没法容下旁人。戏是假的，情是真的，这两样儿都是不能改变的。"

他眼中满是温柔，回头望向樱草，突然之间，猛跳起来：

"师父！樱草……"

白喜祥抬眼望去，一时也呆在当地。

樱草的眼角，挂着两行泪。

"你哭了，樱草？你听见我们说话了？"天青急切地握住她的手。

她的小脸正对着天青，夕阳照在眸间，光芒闪耀，反射着天青的身影。她千真万确地是在看天青，眼中已经有了神情，迷惘而专注的，分分秒秒都不舍得移开视线的神情。她的手指在天青手中微颤，一下下轻触他的掌心，这不是无意识的悸动，是在努力地想握他的手。

"樱草！"天青不顾茶棚里众人瞩目，半跪在轮椅车前，颤声呼唤，"你醒了?!……"

樱草已经在茫茫大雾里跋涉了很久。

四下空空寂寂，伸手不见五指，天地间只剩了她一个人。不知道自己是怎么来的，也不知道该怎么出去，只是茫然地被白雾挟裹着，飘浮在无边无际的空中。

从未像现在这样意识到自己有一具躯体，因为那躯体上无处不痛，骨骼筋肉，仿佛都在翻滚挣扎着，一片一片撕裂开去，尤其是头上，时常涌起一阵难耐的剧痛，痛得脑海中一团痉挛，生不如死。她想挣扎，但是动弹不得，想喊叫，也完全发不出声音。

一直就这样飘浮下去吗？这样的痛苦，哪里才是止境？

"樱草，樱草！……"

不知从什么时候起，她的肌肤能感觉到一点点温度，一点点轻柔的触碰，让她的孤独和绞痛，都有暂时缓和。她的耳边，也渐渐能听到一点点语声，她不能听懂它的含意，但那语声是那样地熟悉、亲切，仿佛已经伴随过她几生几世。每当这语声在她身边响起，空茫的心里，就感觉到一片安然，周围紧裹着的浓雾，也如一道厚重的保护层一般。

"樱草……等你醒过来，我们就……丁香树又开花啦，你能闻到吗……今天的戏……"

　　她就在这听不懂内容的低语中，在那不知所以的香气中，反复地入睡和醒来。

　　入睡和醒来，渐渐有了区别，眼前的浓雾有些许的消散，让她能看到模糊闪动着的影子。是个很熟悉的影子，发着很熟悉的声音，连他的抚摸触碰，都那样地熟悉。他好像无时无刻不在，在她想到他的所有时候，都陪在她身边，一句句喃喃地说些她听不懂的话……不，有的话她渐渐能听懂了呢，比如说，樱草，这是在叫她的名字。

　　她恍惚记得似乎也知道他的名字。她应该叫他什么呢？每当细想，脑海中便是一阵剧痛。他的声音，常常让她心中有莫名的酸楚，不能控制的，发生在内心最深处的翻腾。这声音屡屡地让她想挣扎着起身，想抓住什么，抱住什么，想发出声音，想喊一个名字……

　　耳边听到的，眼前看到的，这所有碎片逐一拼起，渐渐让她想起更多事情。一条狭窄的胡同，一个方方正正的院子，丁香树，枣树，金鱼缸……她想起了鱼缸里漂浮的绿色茶叶，想起树下拴的小羊……想起一张张的笑脸，一个沉静的老人，一个胖胖的满脸麻子的女人，还有一个长得敦敦实实的大光头，圆溜溜笑眯眯的眼睛，老是在她面前飞快地晃来晃去，还有一张清朗的脸，眉宇轩昂，目光湛亮地望住她……为什么一想起这张脸，总是有什么东西在心底涌动着，仿佛随时要爆裂出来？

　　她能看到这张脸了，越来越清晰，越来越亲切，让她想起更多东西：一个高高的台子，五颜六色的华服，铿锵有致的旋律，灿烂华美的身姿……这叫什么？她慢慢想起：这就是那个声音一直在说的"戏"。他有时候会唱戏给她听，每一句都似乎有一段故事，在她脑海中久久回荡，搅起一些沉在最底层的碎片：

　　"常言道，人离乡间，似蛟龙离了沧海……"

　　天啊，这曲子一准儿跟她还有更深的关系，她得慢慢想，使劲把它想起来。

　　"这些年来，我还是总能在画里，在梦里见着她……"

　　"大哥，跟你这十七年，我没过够……"

　　"此生心无二致，就算没了樱草，我的心里也没法容下旁人……"

　　"戏是假的，情是真的，这两样儿都是不能改变的……"

　　这些似懂非懂的话，里头带了些她无法说清的东西，是那熟悉的声音还是那真切的情意，让她控制不住心头的颤动。一瞬间仿佛滔滔江水开了闸，那积聚已久的泪水，终于夺眶而出。她没有办法抬手擦掉它，还好，那双熟悉的手伸过来，帮她拭干了双颊。

"樱草，你醒了？樱草，你，你能看见我吗？"

她能看见他，他急切地注视着她的脸，目光中盛满了深深的爱惜。这个人，她准定知道他，他与她的生命中，有些什么至为紧密的、不可分割的联系。她努力地想握回他的手，以后一分一秒都不要分开，她的脑海中，逐渐地浮出他的名字来：

"天……"

想开口，但是嘴巴还是不听使唤。

"天……"

她凝视着他，眼中充满了希望也带着挣扎不出的绝望。她没有办法发出声音，但是她的目光似乎让他明白了，他抱住她的身子，脸贴在她的脸颊，滚滚泪水带着无尽的温暖和喜悦，一同传进她的心底：

"你醒了，樱草！我知道你会回来！"

"天青，社里出……出大事了！"

黎茂财气喘吁吁冲进白家小院时，天青正小心地挽着樱草练习走路。入秋以来，樱草状况大好，已经能被他牵着手走几步，能听懂几句简单的话，只是时常口唇微动却仍然发不出声音。现在的她，完全像一个懵懂孩童，眼神总是天真的单纯的充满困惑的，整日像刚出壳的小雏鸡一样紧跟着天青，目光只围着他转，寸步都不肯离开。

"慢慢说，黎爷。"天青安抚住慌得直跳脚的黎茂财。

"咱们被，被查封了！"

"什么？"

"说是戏码违禁，有碍社会秩序，勒令整顿……传您去局子呢……"黎茂财擦着汗，战战兢兢地递上传票。

天青真是做梦也没想到，自己此生，还会再次跟公安局扯上关系。不过这次在公安局里面对着的，不是威风凛凛的焦自诚局长，也不是阴毒险恶的焦德利，而是戴眼镜梳分头，看起来文质彬彬的一位风化科科长。

"敝姓叶，叶葱茏。说起来还是靳老板的戏迷呢，如今为了公事，不得不在这样的情形下相见，惭愧，惭愧。"叶葱茏双眼放光，客气得近乎毕恭毕敬，亲自为天青端茶倒水。

"不敢当。"天青起身施礼，"敢问叶科长，敝社因为什么缘故被查封？一直以来，经营上小心谨慎，戏码都经过反复斟酌，全以'亲爱精诚''礼义廉耻'为宗旨，绝对符合政府'新生活运动'精神，何来有碍社会秩序一说？"

"咳，靳老板还真是词锋锐利……"叶葱茏嘿嘿一笑，"这么说吧：'亲爱精诚'‘礼义廉耻’那都是没错的，但是承祥社贴了太多抗金抗清抗匈奴的戏码，却不符合政府‘攘外必先安内’之指示。"

天青眉头微蹙，默不做声。

"贵社新编大戏《精忠报国》《德胜门》《破匈奴》在社会上反响极大，南方也有搬演，连地方戏都在移植，对民心之动摇，不言而喻。您在台上一准儿也看着了，每次贴演，座儿上都是一片激愤，纷纷谴责政府对日军侵略之不作为，长此以往，国将不国。‘攘外必先安内’是政府经过周密论证后制定的国策，岂可如此公然针对？"

"叶科长，这我就不明白了：忠孝节义，保家卫国，乃是千古以来人伦至理，怎么到了开化文明的新时代反倒不能唱了？"

"非常时期，非常时期啊。诚心奉劝一句：这种敏感的政治问题，靳老板还是避而远之，明哲保身为妙。"叶葱茏莫测高深地推推眼镜，"说实话，还是我从中斡旋，才只是查封班社，免了靳老板的牢狱之灾。啧啧，单从戏本身来讲，《破匈奴》真是一出佳作呢，那段‘匈奴未灭何以家为’的西皮二六，可真是脍炙人口，家严每日都挂在嘴边。只可惜生不逢时，也只能道一声遗憾哪。"

"长官，长官，"黎茂财连连打躬作揖，"还要请您继续高抬贵手，解除禁令吧，社里百来位兄弟等饭吃，停业久了，难免也是社会之患。"

"那就要看贵社肯不肯悔改了。"

天青心中愤激，但是人在屋檐下，不得不低头，一个唱戏的班社，如何抵抗得了公安局的禁令？他沉声道："恭请叶科长指教一下，现在倒是什么戏能唱？"

"‘唐三千，宋八百，数不完的三列国’，能唱的戏那可多着哪。搁我说呢，您可以多排些剿匪的戏码。"叶葱茏的眼睛在镜片后闪着精明的光，"您知道，南方共匪作乱，清剿十分艰难，乃是党国心腹大患。您贴些《恶虎村》啦，《洗浮山》啦，号召民心支持政府剿匪安内，才是正道。黄天霸的‘八大拿’也都是靳老板拿手嘛。您把戏单改了，呈报上来，缴过罚金，指日可获解禁。"

"我……日寇侵略当头，我去唱不痛不痒的剿匪戏？"

叶葱茏脾气倒好：

"靳老板，识时务者为俊杰哪。"……

"天青啊，伶人和政治，最好还是不要扯起关系。既然政府禁令如此之严，那几出戏还是挂起来吧。"白家小院里，白喜祥沉吟道。

天青犹自愤愤："保家卫国都成了禁戏，这同前清的文字狱有什么两样？日本人打在家门口了还视而不见，倒和我们唱戏的较起劲来！社会上反响大，那是民心所向！凭这个责罚我们，我不服！"

"天青，你要为社里弟兄的衣食着想。"

天青闭上了眼睛。

"师父，难道真要按他们说的，去唱'攘外安内'的戏？这种做走狗的行径，我真是厌恶。自己的心胸信念一概抹杀，只跟着官府做些违心的事儿，我岂不是真的成了黄天霸？共产党什么的我不懂，但是少湖兄跟我提起时是很赞许的。"

白喜祥凝目远望："国家大事，原不是我们做伶人的能明白。你不愿意去唱黄天霸，那也由你，贴些别的戏码吧。"

"贴什么呢，师父，"天青强捺下心中不平，"'云横秦岭家何在，雪拥蓝关马不前'，我现在倒是很想贴《雪拥蓝关》……"

"《雪拥蓝关》……你只学了皮肉，还唱不到骨。"

"怎样才能到骨呢，师父。"

白喜祥凝视着他，轻轻摇了摇头：

"这就不是师父能教的了。"

　　直言进谏龙颜怒，谪贬潮阳！

暮色四合，夕阳已失去热力，冬日晚风阴寒彻骨，胡同小贩都比平日少了许多。白家院子里，天青穿一身练功褶子，未戴巾帽，只挂一副髯口，在庭院中间独自拉戏。

　　一步远一步，谪贬潮阳路。
　　金殿奏一本，只为进佛骨……

转身，捋髯，亮相。

髯口，也就是戏里的胡须，除了未成年的少年人或太监，所有男人都戴。它不是粘在上唇，而是用一副弓子挂在两耳，真人头发或是牦牛尾毛结成的长须顶在唇间。能这样半衔着髯口唱得透亮响堂，那也是伶人的一套本事。髯口有各种形制，依行当、年龄、性格、身份而各有不同，像《雪拥蓝关》韩愈，因是上了年纪的文人，挂灰白色的黪三绺髯。

天青本工武生，唱的大都是风华正盛的少年，髯口戏很少，黪三更是只有老生戏才戴，相应的种种工法做派，于他而言都要另下功夫。只见他弓身曲背，两肩松弛，挑髯、托髯、飘髯、点髯……根根髯丝，勾勒半百老者仪表风范。那韩愈官居刑部侍郎，却为西方奉进佛骨之事，进谏触怒皇上，贬为潮阳刺史。风雪崎岖的八千里谪贬路，怀着满腔郁愤，跋山涉水而行，一路上又遇到修仙成道的韩湘子安排的诸多考验，要怎样才能走到尽头？思前想后，只能自我开慰：

> 山上青松山下花，花说青松不如它。
> 有朝一日严霜打，只见青松不见花！

天青又捋一下髯口，怔怔望着前方的虚空。

他自己也觉得，唱得不到骨。论技巧，唱念做打，一招一式，全是白喜祥呕心沥血地亲授，单是抠这字音字韵，就不知花了多少功夫；但是，无论怎样尽心描摹，总还是跟师父差着那么一点点。角儿和普通伶人，差的就是这毫厘间的一点点，前头的千招万式都可以照搬，但是要想逾越这最后的一点点，没法靠师父教，甚至也没法靠自己学，靠的是天资、心劲儿，或者机缘。

> 越千山渡万水鞍马劳顿，频举鞭催宝驹未敢稍停……

天青吸一口气，顾不上稍歇片刻，又从头拉起戏来。天已黑透，四面灯火映在小院里，陪伴着他将这出早已唱得烂熟的戏，又唱上不知第几百几千遍。他努力地收起自己的心，进入到被谪贬万里的古人的身心中去，以那曲折悠扬的吐字行腔，或舒展或端凝的身段，唱出一段饱经磨难的旅途，一个震撼人心的情境，他得让座上不止看到角儿，看到戏，更看到戏里的韵致，戏外的世情……

> 张千、李万何在？我的宝马何在？……如今我只落得孤身一人，难道真要绝我于此吗？

小院一片静寂。天青闭目沉吟片刻，松开手中马鞭，静静环顾四周。这里真的只有他孤身一人，只看得到自己的影子。北屋书房亮着灯光，是白喜祥正在挑灯夜读。东厢房南屋也有隐约光亮，他走进去，借那小小的一星烛火，看了看炕上熟睡的樱草。她只有在睡着时，才像当年那个俏皮灵动的女孩子，长长睫毛盖住了迷惘的眼神，仿佛随时还能绽出阳光般灿烂的笑。走出南屋，立在墙边一排灵位前，光头闪亮的竹青，依然在方寸照片里笑嘻嘻望着他。天青凝视这笑容良久，头垂下来，抵在墙上。

"师弟，帮帮我……我好像走到死胡同里，不知道该怎么把戏唱下去。师父说得是，这出戏太难了，我抓不着戏里的骨，够不着韩昌黎的心，唱来唱去，只是把戏文唱出来而已……你知道我，我爱武生，武生戏我都能摸着门路，但是对老生行，总是欠缺一点心劲儿……但是，玄青师哥现在这样子，师父的戏眼看着没了传承，师父嘴上不说，我知道他心里惆怅，我得赶紧把他的戏学下来，唱出来，为他传下去……使心劲儿的事，真是越急越没用，'心里没有，身上白走'，我现在这心里，太多燥火，离《雪拥蓝关》的情致，是越来越远了……"

竹青始终笑嘻嘻地望着他，明亮的眼神，凝固在照片里。天青抬起头，长叹一口气，燃起香火，拜了一拜：

"或许上天嫌我磨难不够，是吗？还要怎样，我已经失去了你！"

他转回头，撩起衣襟，正待出门，忽然怔住。

下雪了。

茫茫大雪，铺天盖地地自空中飘洒下来。刚刚还一片空寂的小院，霎时间飘满鹅毛大的雪花。天青慢慢走出门，仰望天空，只见无边无际的穹顶，无边无际的漆黑，仿佛一直能望到世界的另一边去，而雪花就从那遥远的另一个时空飘落下来，纷纷扬扬，无声无息，落在他的脸上、心上。

他猛地回头，望向堂屋，竹青的照片仍在桌前，笑嘻嘻地与他对视。

他深吸一口气，闭上双眼，让心头的震荡，随着雪花飘落，渐渐平息。这个世界真的只剩了他自己，被这冷白的雪围拥着，被这苍凉的情怀席卷着，髯口无风自动，仿佛身周飘荡着一个个看不见的旋涡。他静静起舞，开腔，重新拉他的戏——

> 一封朝奏九重天，夕贬潮阳路八千。
> 欲为圣明除弊事，肯将衰朽惜残年。
> 云横秦岭家何在，雪拥蓝关马不前。
> 知汝远来应有意，好收吾骨瘴江边。

雪花随着他的步履颠簸，在身周盘旋飞舞，仿佛是无声的韵律，助他彻底地沉浸到戏的情境中去。多少时日的郁愤心绪，半生际遇的爱恨沧桑，一下子全涌到眼前，他唱的是一出戏的一字一句，看的是一个人的一生一世。生死有命，富贵在天，谪贬潮阳，路有八千，一个人的生命，在茫茫天地面前，不过是沧海一粟，数十寒暑禁得住几个弹指呢？得笑着面对的，是拥不完的雪，过不完的关，认定了而没法走通的路，相爱了却难以相守的人，紧握着而终于要放开的手，怀揣一生却永不能实现的梦……生命是一场风霜肆虐的倾轧，快乐只是磨难间隙的残喘。而每个人都终将在这磨难中走下去，或坚强或哀怨或静穆或昂然，将这一世的重担承担。

> 天苍苍雪茫茫人杳地广，风萧萧路漫漫满腹怆凉。
> 死宝驹丢跟差如失臂膀，茕茕身处荒原思念君王。
> 千里路病弱身并无他想，纵是跑断双腿，肌肤全伤，
> 踏烂双足，跌断脊梁，食尽野果，饮露餐霜，
> 鸟啄兽啮，老死他乡，变鬼魂我也要，赶至潮阳！

天青已然完全忘记了身周的雪，尽情，倾心，边唱边舞，音韵和雪花一起飞扬，最后一个亮相，犹在戏里，长久地立在院子中央未动，任鹅毛大雪静静铺洒在他的肩头。

啪，啪，啪。有人击掌。

天青霍然转身，却是白喜祥不知什么时候已经走出来，立在檐廊下，衣襟上落满了雪花。屋内灯火映在他的侧脸，只见他的眼中闪闪烁烁的不知是灯光还是泪光。

"天青。"他背起双手，微笑着望着自己的徒弟，"这出戏，你可以贴了。"

> 学君臣，学父子，学夫妇，学朋友，汇千古忠孝节义，重重演出，漫道逢场作戏；
> 或富贵，或贫贱，或喜怒，或哀乐，将一时离合悲欢，细细看来，管教拍案惊奇。

广盛楼戏台两侧台柱上，新漆的金字对联。

承祥社被查封了两个多月，修改了戏单，缴了一大笔罚金，总算重新开张。广盛楼倒是够义气，这两个月里并未接纳其他班社，而是趁机做了一次大规模的整修，四面墙粉刷一新，显得整个戏园整齐有序了许多。此番也终于取消了男女分席的旧例，女客也可以在楼下坐了，开张那天，依旧挤热羊似的全场爆满，楼上楼下男女老少间杂，人头汹汹中夹着衣香鬓影，也是广盛楼从未见过的奇观。

戏开锣了。

检场人举出大红水牌："靳天青，雪拥蓝关。"

人还未出场，台下已经爆彩一片。

《雪拥蓝关》本是徽班戏，自"红生鼻祖"三老爹改入皮黄，至今也是全唱徽调，唱做并重，极尽繁难，不仅考功力，更考身份、考气韵、考情致，等闲正工老生都拿不下来。三老爹去世之后，只有个别徒弟擅唱此戏，其中又要数白喜祥最得其中真味。到了天青这一代，能把这出戏唱好唱精的全付阙如，难怪戏单一出，已经憋了两个多月的戏迷狂喜过望，平素不到广盛楼看戏的城内方家都闻风而来。

> 常言道，人离乡间，似蛟龙离了沧海，
> 似猛虎离了山冈，似凤凰飞至在乌鸦群班……

幼时无意的哼唱，少年人强说愁的惆怅，盛年历经动荡的纷乱感怀，而今终于化成真正的戏，亮相于心系已久的氍毹之上。黝髯飘动的天青，俨然饱经沧桑的老者，一把嗓子高亢，苍凉，字字句句，直送听者心底：

> 昔日里有一位绝粮孔子，他也曾把麒麟叹。
> 况且圣人遭磨难，何况我韩愈谪边关。
> 唉呀，难挨，难挨，
> 生死有命，富贵在天，发配到潮阳，路有八千……

那名垂千古的大文豪韩昌黎，满怀郁愤，手持马鞭，顶风冒雪地登程。戏台之上，从无真车真马，两面车旗一举，就是车；一根马鞭一拿，就是马。诸般鞍上艰辛，旅途困顿，都靠这一根马鞭舞出来。戏台上也从不会有真雪飘降，雪在哪里？雪在角儿的唱念做打里，在那难描难画的气韵里，空荡荡的戏台之上，只以他一身功力，让这台上台下，四面八方，处处都拥塞着风雪。

> 望前看无有招商客店，望后看不见了李万张千。
> 马死，堪怜，它的两眼无光闪，四足朝天。
> 长安城四十八马站，百马不走，一马你当先。
> 老夫我遭谪贬，连累你受熬煎！
> 我的马啊，哭断咽喉也是枉然！

那心志坚决的老人，不接受神仙点化，任随从失踪，宝马身死，也依然咬定牙关奔赴潮阳。台上的天青，圆场、甩髯、滑跌、跪步……台步之工，声调之稳，无不丝丝入扣，落落大方，音韵苍凉厚重，唱尽胸中块垒；一招一式，全似在茫茫大雪中艰难前行。

偌大一个广盛楼，被这风雪席卷了。人人面前都似有烈风吹袭，雪花乱舞，力竭衣单，透骨冰寒。戏的至美，不在精致的行头里，不在悠扬的唱腔里，也不在华丽的技巧里，就在这由虚化实、由实入虚的情境里。小小的戏台，无山无水，无兵无马，但是一个好角儿，他能用四功五法，将宇宙万物、浩瀚天地，都送到你面前来。他能在虚里唱出实，从假里唱出真，唱风就有风，唱雪就有雪，唱真情就有真情，唱人生，就有人生。

> ……纵是跑断双腿，肌肤全伤，踏烂双足，跌断脊梁，
>
> 食尽野果，饮露餐霜，鸟啄兽啮，老死他乡，
>
> 变鬼魂我也要，赶至潮阳！

完戏了。天青在山呼海啸般的喊好儿声中回到后台，一直坐在台侧把场的白喜祥已经等在下场门口，师徒见面，相视一笑，白喜祥用力拍拍天青肩头，只说了一个字：

"好！"

天青心潮激荡，才待开言，后台传来崔福水急切的召唤："天青！你，你来看看樱草！"

"怎么？"天青的笑容凝结，顾不上与师父多讲，疾奔后台。最近樱草已经可以行动，所以天青唱戏时也把她带在身边，自己登台时，就留她在扮戏房里。眼下，崔福水从扮戏房里直冲出来，一向稳重的老师傅，竟也变得像黎茂财一样慌手慌脚：

"她，她说话了！"

他跟在天青身后，语无伦次地念叨着："刚才你唱'常言道人离乡间'那段，她开了口，哼哼呀呀的，跟着唱下来了！"

天青一把摘下髯口，塞到他手里，拥挤在过道里的承祥社弟兄纷纷让路，目送这满腔急切的社长直冲进扮戏房。人流分处，现出坐在轮椅车上的樱草，娇嫩的小脸仰视着他，眼中散发的，是前所未有的明亮光彩。

"天……"她口唇翕动，伸手向他，"天……"

天青双手颤抖，半跪下来，轻轻按住樱草的手，贴在自己脸颊上。

"你是在叫我吗，樱草？"

樱草的眼神，清澈如婴儿，亮晶晶凝视着他，眼底有渴望，有关切，有深深的不可名状的眷恋。

"天……青哥！"

天青忘了自己是身在哪里了，他什么都忘了，什么都不知道，只感觉有一块暖融融的东西，轻轻飘回心头的缺口，抚平所有的动荡与伤痛。他伸开双臂，将樱草整个人拥紧在怀里，樱草扑上他的肩头，一双小手就跟以前一样，温柔地环抱住他的腰。

人生，就是一场磨难。

但是总有些人有些事，让你甘愿经受这场磨难。

第二十三章　龙凤呈祥

民国二十四年正月，梨园公会按例举办盛大的"窝窝头会"。

所谓窝窝头会，就是为赈济贫困同行而举办的大义务戏，参与者不拿戏份，所有收入都由梨园公会分发给平素收入较少的配角、龙套之侪。历来在窝窝头会登台的，都是京师一等一的名角儿，戏份多寡、排序前后，都是身份象征，受邀者无不奋勇当先。

"今年在真光戏院，大轴是大反串《龙凤呈祥》。您看看您来哪个活儿？"办戏的"戏提调"殷勤询问天青。

反串，要唱非本工的活儿。天青本工武生，兼工老生，唱《龙凤呈祥》该来赵云或是刘备、诸葛亮、乔玄、鲁肃，反串的话，得来青衣孙尚香，老旦吴国太，丑角贾化、乔福，花脸孙权、张飞……

"来张飞吧。"

"好嘞您哪。"

《龙凤呈祥》，又名《回荆州》《美人计》，讲的是刘备甘露寺结亲，东吴赔了夫人又折兵的故事。张飞先与诸葛亮问计听琴，后扮为渔人，埋伏在芦花荡迎接刘备驾返荆州，这一场乃是全戏收束关目处，身段神情，均有繁复技巧。

> 草笠芒鞋渔父装，豹头环眼气轩昂。
> 胯下乌骓千里马，丈八蛇矛世无双！

天青勾黑十字门蝴蝶脸，戴草帽圈、甩发，穿快衣快裤，薄底靴，风风火火地登场。这位素来以脆帅美称雄梨园的大武生，此番完全变了个人：气度粗豪雄壮，身段干净细腻，神情尤为灵动可爱，一招一式，既有猛将威风，又不失扮渔人的草莽气，兼具架子花脸独有的妩媚味道。唱腔雄厚浑圆，如咬金嚼铁，乃是正宗郝派"架子花脸铜锤唱"的路子。短短几段戏，座儿上叫好不绝，连几声"喳喳喳"也全部得下好儿来。

后台，扮戏房，天青在蜂拥而来的赞誉声中，静静凝视镜中的自己。

他并不熟悉这个勾了张飞脸的自己，他是在看另一个人，遥远的阴阳相隔的却永远萦绕在他记忆中的人。这脸谱还是他手把手教着勾的，张飞的唱法，所有身段神情，都是跟他学的，他和他一起唱过多少次的《龙凤呈祥》，他赵云，他张飞，台上台下，都是过命的好兄弟，他几乎能从这出戏里，找到他的影子，感受到他寄托在这个人物上的灵魂……

"你托梦给我啊，竹青……"

一个个黑暗的夜里，他无声祈祷。但是入梦来的竹青，全是活泼爽朗笑嘻嘻的模样，从未跟他提起自己的冤情。或许这样也好，是不是昭示着他早已摆脱前世的血光和阴影，迎来快乐的今生呢？但是天青摆脱不掉，他急切地要找到凶手，为竹青为樱草，报此血仇。他没法想象那个晚上，这两个他今生至爱的人，到底遭受了什么样的痛苦，现场的种种细节，都冷冷地向他展示着极端的惨烈，在这一年半时间里，时时噬咬着他的心。

"能不能再去试一下，樱草？上次带你去那屋子，你什么都没想起来，晕在地上了，还记得吗？"

樱草茫然摇了摇头。

"我不愿意让你再去想，但是，只有你了……竹青只来得及留下一句话，是让刘师傅先去救你……"

樱草泪光盈盈，两手按住了额角。她已经恢复大半，能想起很多事情，从儿时种种，直到与天青的相知相恋，但是越到近日的记忆，越是模糊难寻。她完全不记得出事那天做了些什么，不记得去过广盛楼，不记得见过什么人，遇到什么事。大夫说，这可能是颅脑受损和严重身心刺激之后的应激反应，大脑为了保护身体免受进一步伤害，过滤了那段刺激过度的记忆。也许，再有相同情境发生的时候，可以重新回忆起来……

她毅然扬起头，咬咬嘴唇："天青哥，我们再去看一下。"

广盛楼那屋子依然留在那里，原封未动，只是门上挂了一把大锁。开门进去，霉气扑面，层层灰尘扑簌簌自门边落下来。地上的血已经清扫过，但是砖面上依然留有一点除不掉的棕黑色暗影。炕上凌乱的被子和衣物，都还是当时的情形。

天青扶着樱草手臂，紧张地凝视着她。樱草身体微微颤抖，目光四下扫视，从被子移到绦子，从炕上移到地下，反复看了一遍又一遍，最后停留在那片依稀的血迹上。她微眯着眼睛，怔怔地盯了良久，眉头越蹙越紧，又用两手按住了额角。

"怎样?"天青忙问。

"疼……"

"那，我们走吧……"

"不!"樱草用力捶了捶头，"我要想起来，一定要想起来，不能让竹青哥……"

她咬紧牙关，紧紧盯着那片血迹，拼命在脑海中搜寻。各种纷乱的碎片交缠冲撞，仿若一块块带着尖利刃口的玻璃，将原本脆弱的记忆重新割开、拼凑、捞取、绞接……脑后已经痊愈的伤口，仍然时时作痛，如今被这竭力的回忆撕扯着，越来越痛，大锤重击般的剧痛……

"樱草，樱草!"

天青急切的声音，飘飘渺渺地离她远去，她什么都看不到、听不到了，整个身体都在坠落，不能控制地坠入黑暗的深渊……

"是我不好，樱草，是我不好! 再也不要想了，忘掉就忘掉吧，是我不好!"

躺在炕头的樱草，气若游丝，天青伏在她身边，痛悔万分地用面巾替她擦脸。

"不怪你，天青哥，我也盼着能想起来……"

"不要再想了! 大夫也说过，因为太伤太痛，所以大脑不愿意想起，我们为什么还要把它召回来? 让你遭这样的罪!"

"若是我不能想起来，竹青哥岂不永远……"

天青紧紧握住她的手:

"不要想了，到此为止吧。'血海的冤仇终有报，且看来早与来迟'，相信这冤情总有水落石出的一天，我会竭力争取，但不能靠挫磨你来得到。我们还得朝前走啊，樱草，我只希望你平平安安过好下半辈子。"

樱草微微一笑:"天青哥，有你在身边，我会的。"

天青爱惜地擦拭她的额头:"看这一头一身的汗……我烧了水，给你洗个澡。"

他伸手来抱樱草，樱草却向后一缩:"我自己洗。"

"你自己怎么洗?"

樱草满脸涨红："我自己怎么不能洗！以前谁还不是自己洗。"

"你受伤了。"

"我好了。"

天青恍然醒悟，不由得也红了脸。

"你刚才那样子，我怎么能放心你自己洗？"

"现在好了！"

樱草奋力挪到炕边，穿起鞋子。意识清醒之后，她已经知道这一年半以来，一直都是天青贴身伺候，作为一个女孩子家，实在羞不可抑。以前半昏半醒也倒罢了，最近意识越来越明晰，再被他这样日日宽衣解带地服侍，心头之鹿撞，简直难以承受。其实就算没有肌肤相接，每晚望着天青睡在炕下，已经够让人不安的了，不知道有多少次她彻夜醒着，在摇曳的灯光里，长久凝视他沉睡的面容，清朗的眉眼，线条分明的下颌，一夜不刮便已经十分浓重的须根……

因为爱，所以更加爱惜这份明澄和清白。

她拿起面巾向外走去，却被天青拦在门口。他一只手横倚在门框上，高大的身躯将门洞堵了个严严实实，眼中有一种她不常见到的不容分说的神情。

"天青哥……"

"我们成亲吧。"他俯下身子直视着她，"我要你堂堂正正做我的妻。"

樱草一时间张口结舌。她和他的婚姻之约，一直是她心头最重要最让人安定的温暖，但是此时提起，却让她有点犹疑。

"怎么，不想嫁我啦？"天青扬起一条眉。

"……我的身子时好时坏，会拖累你。"

"我腿断了瘫在床上时，你有没有怕我拖累你哪？"

樱草答不上来。事情轮到自己身上，总是加倍地患得患失。

"你不嫁我，才是拖累我，给你洗个澡都不成……"天青一把将她横抱起来，转身迈出房门，向厨房走去，"没有病着那时候听话了！"

樱草踢蹬着两腿奋力挣扎："不成，就是不成！我都等了你那么久，等你双手抱我入洞房，你也得等等我，等我病好了，做个完美无缺的新娘子！"

"我不要再等了，樱草。我从你十五岁等到了二十一岁，六年的时光，我一生中，能有几个六年？"天青站住了，双臂一紧，将她深深拥在自己怀里，"我也曾想着要给你一个完美无缺的婚事，我们要完美无缺地在一起，完美无缺地入洞房，完美无缺地过日子……但经过这六年，我想明白了，世上没有完美无缺这回事，总是要有意外有不测，日子就是残缺的不美满的，我们得在这残缺中过出美满来。我不要再等了，樱草，我不想再浪费未来的日子，你现在就嫁给我，无论你病情好怀，无论遇着什么事，你就是我最完美无缺的新娘子。"

樱草终于低下头，两手环住他的脖颈，脸埋在他胸前。

"……天青哥，听你的。去选个好日子，我们成亲吧。"

天青整个人被喜悦填满了，兴奋地吻了吻樱草的脸颊："一言为定！来，洗澡去！"

樱草满面通红，翻身跳下，逃也似的奔进厨房上了门闩：

"这个还是不成！"

两股细细的丝线。

一盒妆粉。

"咱樱草姑娘这小脸盘儿，开了脸得多漂亮呀，跟鸡蛋清儿似的，瞧好儿吧！"

笑盈盈打量着樱草的，是崔福水的媳妇崔婶，天青请来的送亲太太。这送亲太太可不好找，得是上辈父母健在、下辈子女齐全、夫妻平安和美的所谓"全福人"，崔婶正占了个全，四方争相聘请，忙碌得很。念在崔家与白家以及天青的深厚交情，崔婶还是爽快地把靳林联姻之事揽了上身，几天之内，将各项筹备细节安排得妥妥帖帖，连开脸也亲自动手。

"劳烦您了，婶，我和天青都没了娘亲，这好些事儿……"

"别跟我客气啦，没什么可劳烦的，你们早就放过大定了，大半程子都叫乔三爷那两口子给办完啦。"说到乔三爷夫妇两个，崔婶的脸色不禁也暗了一暗，"唉，这世道，做人不容易啊。我也是看着你俩长大的，都是顶好的孩子，能帮点小忙儿，我心里乐和！"

她坐在樱草对面，给樱草脸上扑满粉，掎起两股丝线一捻，一头塞进口中咬着，一头绷在手里，紧贴着樱草的额头、鬓角、后脖颈，一道道地捋下来。樱草只觉得脸上微痒，偶有一点刺痛，所有细小汗毛，都被这两股丝线绞得精光。没过片刻，已然完工，崔婶一扬手：

"好啦，照照镜子，俊吧？"

镜中的樱草，跟以前有点不同。以前的小面孔像一颗水蜜桃，有一层细微的汗毛，阳光照耀下绒绒的充满稚气；现在呢，变成一颗溜光水滑的油桃，皮肤光洁白嫩，几近透明，处处反射着亮光。

樱草害羞地掩上了脸。

开了脸，就不再是姑娘家，从此成为小媳妇了。

"今儿正是你二十一岁生日，开个脸，多好的念相儿。再过七天，就是大喜之日啦，啧啧，宜嫁娶，宜出行，宜扫房，宜安家，大吉大利。喜帖启过啦，龙凤饼送好啦，嫁妆都备齐啦……"崔婶细心点算着，"白二爷说雇个十二抬，我看啊得雇二十四抬，他实在给你预备太多东西，得再早一天去，安妆都得安个大半天。那些箱子你看过了？春秋衣裳两箱，冬衣两箱，夏衣一箱，被褥一箱，帘帐一箱，毛皮一箱，衣料两箱，黄白首饰一箱，字画两箱，金座钟一个，银炉瓶一套，玉摆件一对，罩子盆景一对，瓷掸瓶一对，瓷帽筒一对，茶叶罐一对，帽镜一个，脸盆一对，地盆一对，香皂盒一对，面巾八条……"

这数不清的家当，现在都堆在西厢房，崭崭新，闪闪亮，满坑满谷。樱草第一眼看见时候，吓了一跳，跟白喜祥撒着娇嗔：

"爹爹，您宠坏我啦！我那自己的亲爹，也不会给我预备这么丰厚的嫁妆。"

"呵呵，和他可不能比，你要还是林府的五姑娘，他得陪送房子和地。"白喜祥爱怜地望着喜气洋洋的干女儿，"你跟着我，吃苦了，能为你做的也就这么一点儿。"

"足够多了，我一世都感激。爹爹，我和天青，还是很想请您一起搬去小椿树胡同住呢。"

"不啦，我这辈子，就守在九道湾这儿，不搬家。"

"那，我们在小椿树那儿住一程子，还搬回来陪着您。"

"好呀，我等着在这院子里抱外孙。"

"爹爹呀！"

白喜祥呵呵地笑了……

"对了，婶婶我还有个专门送给你的宝贝。"

崔婶瞄着四下无人，打开自己带来的包裹，神神秘秘地取了个红绸小包出来，略掀一角，里头是个描漆珐琅盒子，彩绘着一对对的裸身男女。樱草一眼瞥见个大概，便已经红了脸。

"别躲呀，来，好好学学，不然进了洞房可就麻爪啦。这本来是给我闺女预备的呢，先送你了。"

"谢谢婶……"

樱草深深埋了头，咻咻地笑。

她也曾好奇地问过天青："知道洞房是怎么回事么？"

天青白净的脸涨成赤红，老老实实地答："知道。"

"怎么知道的？"

"戏里有唱的。"

"唵？怎么唱的呢？"

天青犹豫一下，附在她耳边，轻轻唱了几句。樱草起初傻愣愣地听着，过了半天才回过味儿来，羞极无措，照着天青头上砸了两记：

"你就在台上唱这个！？"

天青连忙辩白："我没唱！武生不唱这个，只有花旦和小花脸唱。你还是看得不够多，这叫'粉戏'，座儿上那些爷们儿……咳……早前不接女客进场，也是有道理的。"

天青那一脸的无辜，至今犹在脑海，让樱草一想起来就笑，同时心中又不自禁地多了几分悸动……

门帘一响，有人进来，竟是天青。崔婶吃了一吓，慌忙将盒子塞进包裹："你怎么来啦？不是告诉你老老实实去新房守着，行礼前不要见新娘！"

天青躬身施了一礼，气色十分凝重。

"对不住，婶，有要紧事。"

他从衣袋里摸出一张报纸，递给樱草。

"林老爷子没了？"白喜祥大吃一惊。

天青担忧地望了望正攥着报纸发呆的樱草。

"是。我看到报道，就去了麻状元胡同打听，得知个大概。原来前些日子林府有点家务事，林老爷子指使手下打死了一个用人。他家据说拿下人不怎么当回事，打死打残都有过，凭借着势力大，总能摆平。现在情势不同了，苦主报了官，林家没能压住，越追越紧，警车直接去了府上拿人。林老爷子使了不少钱物，逃得一难，只拿了他手下谭五孙六两个下人。但是老爷子受此惊吓，一病不起，前天没了。"

"这……"白喜祥也望望樱草，"樱草，节哀顺变啊。"

樱草呆呆地没有出声。

白喜祥忽然想起了眼前的要紧事："啊呀，原本下周要成亲呢。礼俗你们懂的吧……"

天青脸色发白："懂的。父母亡故，守孝三年。"

"那……"

天青双唇一抿，转头看着樱草。

"……樱草，你别为难，该守的礼得守，我等你就是。"

樱草的手指，紧紧按在额角上。她自受伤至今，虽然大体痊愈，但是每当劳心费神之际，总会有些头疼。今天事出如此突然，更是让她疼得厉害。天青见状，紧张起来："你没事吧，樱草？不要太伤心，老人家没受什么罪，他……"

"……我没事。"樱草缓缓放下手，坐直了身体，"说来大逆不道，可我也不想矫情：虽是我亲生爹爹，但是他的亡故，我没什么可伤心的。"

天青握住了她的手。她轻轻说下去：

"从小到大，只见他一门心思求子，没给过我什么父亲的爱护，对我娘也很不好。我受伤几乎殒命之时，报信过去，他也置之未理。缘薄至此，哪还有什么父女情义好讲。他在府中作威作福，已然伤害了不少人，此番惹上官非，实是……算了，毕竟是我生身父亲。"

她望向天青，眼神有些苍凉，更多的是平静和坦荡：

"我想好了，天青哥，我不要为一段名存实亡的亲情遵守礼俗，只要你不介意，婚期不用改。我会回林府去为我爹爹发送，回来后，我们照旧成亲。你说得对，我们已经等得太久，不应再浪费未来的日子。"

"我当然不介意，樱草，我陪你一起回林府。"

"你不用去，天青哥，我那些家人亲戚，对你难免……又是一番折辱……"

天青坚定地摇摇头：

"我不放心你一个人回去！"……

自四年前离开家门之后，樱草还是第一次回到麻状元胡同，那熟悉而又陌生的感觉，恍若隔世。往日煊赫的朱漆大门，此时全用白布围起，门左贴着报丧条和挑纸钱，一列排开吹鼓手和大鼓锣架，一见有宾客来，就吹打奏乐迎接。樱草着一身粗白布的孝袍、孝帽、孝鞋，腰系麻绳，乃是孝子孝女装束，二门报事人见状大吃一惊，忙接了拜帖，匆匆递进门去。樱草立在门口，等了良久未见回报，不禁低声对天青道：

"这人面生，不认识我，里头可能忙乱，一时报不上。不若我们找找颜大爷？"

天青也穿了一身漂白布的孝袍子，陪在樱草身边，闻言一怔，忙道："啊，你不知道，颜大爷去年病重，回了老家，不在你家了。他临走前来看你来着，你那时还没醒来，他还哭了一场。"

樱草不禁怅然："不知他现在怎样了？合府就他对我最好……"

正说着，只见报事人匆匆赶回，神情略显尴尬，哈着腰说：

"林姑娘，靳爷，久候了。刚已回禀我家太太，太太传话说：老爷早没有林樱草这个女儿，五姑娘什么的，再也休提。林府受不起林姑娘和靳爷的拜祭，恐于门楣有辱，您二位请回吧。若是惦记着三爷名下家产，太太有老爷遗书在手，白纸黑字为凭，请姑娘趁早熄了此念……呃，太太命我原话原传，有得罪之处，还望林姑娘和靳爷见谅。"

天青伸手扶住樱草。他听得明白：太太一准儿就是当年的二姨娘，因生了三爷，扶了正，此番唯恐樱草借拜祭之机回府争夺家产，索性将她拒之门外。——樱草不过是念在生父养育之恩，硬是摒弃心头意气，亲身来送最后一程，何曾起过争夺家产之念？以当年被逐之身，披麻戴孝重回家门，已经是忍辱负重，不想又遭受如此凌辱，难免心神动荡……他关切地望了樱草一眼，只见她微微咬着嘴唇，雪白的小面孔上却是坚决而平静。

"樱草？"

樱草抬头望着他："天青哥。"

她感受得到天青扶在自己后腰的手，那掌心的温暖，直透她的全身。她的心里，对那深宅中的太太，禁不住涌满了同情：一辈子守在林府，对一个冷漠暴虐的丈夫卑躬屈膝，所能享有的，不过也就是这份家产，自然如惊弓之鸟，唯恐他人觊觎；而樱草，她已经拥有世上最为宝贵的财富，那是一颗纯良高贵的心，一个如此懂她爱她保护她，而且即将与她厮守终生的人。

她嘴角牵动，对天青轻轻一笑。转过身来，向紧张觑视着的报事人福了一福，然后郑重敛起裙角，双膝跪地，向前方遥不可见的灵堂磕下头去。天青随着她跪下，也认真拜了三拜。

"爹爹，一路走好。"

她站起身来，挽住天青的手，头也不回地出了府门。

官帽胡同，冷冷清清。

玄青毫没有想请天青进门的意思，只将门斜了一条缝，露出半边身子。

"又来干什么？"

天青怔在门外。好些日子没见过玄青了，他竟然瘦成这样，肩胛和锁骨都在长衫下嶙峋着，背略有些佝偻，面色青灰，双眼微眯，警惕地打量着天青，眼角不停地微微跳动。

一望可知，这位师哥不但没有戒烟，反倒抽得更厉害了。仪表落形，语声暗哑，早已不能上台，自幼学的一身本事，上佳资质，大好前程，就此荒废，虽然天青一直与他不睦，也禁不住地替他惋惜。前次被他无礼辱骂出门，而后再无往来，但是此次情形非同一般，还是亲自前来拜望。

"师哥，弟要成亲了，就在下周，恭请师哥赏面光临。"天青双手呈上喜帖。

玄青没有接，眯着眼睛瞄瞄喜帖，又盯回天青：

"和樱草？"

"是。"

"她……全好了?"

"挺好的。"

玄青仔细打量着他的神色，眼角跳了良久，才喘了口气，道："与我何干。"伸手便要关门。

天青一把顶住："师哥！你我兄弟之间，何必如此……"

玄青尖声道："谁是你的兄弟！"

天青顿了一顿，恳切地开腔："师哥，您对我有什么不称心不满意，恳请您讲在当面，小弟知错必改，还要感激师哥指正。咱们从小一起长大，我尊您如我的亲兄长，盼望着咱们能像一家人一样和和美美，到老都团圆融洽，为此处处竭力……"

玄青死死盯着他，想说些什么，又开不了口，只重重哼了一声：

"你竭力……竭力得过头了！"

天青眉头微蹙，仍耐心说下去："师哥，我生性鲁钝，脑筋简单，不明白师哥意旨，也是有的。此次成亲事小，咱们一家人借此团圆事大，竹青已经没了，师父只剩了咱们两个，他老人家身子越来越不好，您这么久都没去看过他，他心里头，得有多难过啊。樱草也是和咱们一起长大的，她自打醒过来，都还没有见过您……师哥，您真的要把过去二十年的情分一笔勾销吗？"

玄青的眼角跳得更厉害了。他抄过天青手中喜帖，一撕两半："我和你们，早没什么情分可言！"

天青咽下喉间恶气，再次拱手施礼："师哥，小弟求您，去见师父一面……"

砰的一声，门关上了。

天青站了好一会儿，缓缓转身，出了胡同。

时近早春，日光已经转暖，前门附近有不少人在放风筝，孩子们清脆的笑声飘荡在微风里。天青走过城门，走过护城河，恍然看到四个孩子正在城下奔跑欢呼：

"加把劲儿哇，就差一点点了！"

"飞呦！飞呦！病啊灾啊，都带走！好事儿都留下，不好的事儿，全带走了呦！"

满天的金鱼儿、沙燕儿、蜈蚣儿、美人儿……不再有他记忆中的窦尔敦。

回到广盛楼，离开戏还早，戏楼里空空荡荡，只有后台胡琴声远远回响。日光从狭小的天窗透下来，照得地面光点斑驳，零星浮尘在空气中飞舞。天青走进门口，仰望着黑洞洞的棚顶，静立良久，从怀里抽出另一张喜帖，在座间焚化了。火苗燎开册页，隐约可见零星字句：

"谨詹农历二月十二国历三月十六日为……"

"敬治喜筵恭候光临……"

"兄靳天青，鞠躬。"

"……两姓联姻，一堂缔约，良缘永结，匹配同称。看此日桃花灼灼，宜室宜家，卜他年瓜瓞绵绵；尔昌尔炽。谨以白头之约，书向鸿笺，好将红叶之盟，载明鸳谱。此证。"

一纸大红婚书，贴着印花，书有天青与樱草两人的名姓生辰，祝词殷切，善颂善祷。樱草看了又看，小心将它合起，双手按在胸前，嘴角忍不住地微微上翘。在她身边，那对粗大的描金龙凤喜烛正燃着炽烈的火苗，映得她窈窕的身影不停摇曳着，印在红罗床帐上，新糊的白墙上，窗棂间贴着的大红喜字上。

这是小椿树胡同的新房。从这里开始，从今天开始，林樱草与靳天青，就是名正言顺的一对夫妻。

她会永远记得这一天，记得这出聘之日的每个细节。这个日子完全跟她想象的一样美好，自早上起就是个晴朗得万里无云的天，太阳急不可耐地升起，日光驱尽初春晨雾，照得白家小院四处结挂的喜彩闪亮异常。崔婶头天晚上住在白家，天还没亮便起身为樱草梳妆打扮，樱草在华章戏衣庄里结交的一班绣娘姐妹也纷纷前来帮忙。

"改发髻喽，以后没得梳辫子喽。"崔婶像自己嫁女儿一样，言语间满是爱惜。

樱草笑盈盈低了头，雪白的牙齿咬住一点唇边，小脸在身上大红嫁衣与心中一片羞涩的辉映下，无须涂脂抹粉已是白里透红。崔婶细致地为她描眉、染唇、抹鬓角，一头黑油油的长发盘成一只漂亮的钗花髻，插戴上红绒花、水钻发钗、点翠凤挑，累累珠串摇曳着垂在脸侧，起坐之际，发出细碎微响，犹如轻颤的心弦。

"响房发轿啦！"小姐妹们飞跑进来，"马上就到了，快关门！"众人又笑又叫，手忙脚乱了一番，为樱草最后整理妆容，用大红盖头蒙住她的头脸。

眼前的世界，只剩下火红一片。樱草静静端坐在炕上，听得到自己心脏撞击胸膛的声音。外面人声鼎沸，鼓乐吹打声渐行渐近，喧闹的人群到了门口，一迭声地叫道："开门哪，新郎官前来迎娶！"院子里笑闹了好一会儿，才听得众人拥进房来，嘻嘻哈哈地在她身围成半圈，从盖头下望出去，只看见一双双穿着缎鞋绣鞋的脚。

忽然之间，人群安静了，有人排众而出，熟悉的脚步声，走到她面前。

"樱草，我来接你了。"

　　盖头盖着樱草的脸，盖住她的笑容，盖住她情不自禁涌出的泪花，盖住她心头的激荡。她缓缓起身，伸出手去，无需探看，自然落在天青那温暖坚实的手掌里。他扶着她的手站定，轻轻握了一握，引她一步步出了房门，送上停在门口的喜轿，掩好了轿帘。

　　"起轿！"

　　小椿树胡同与九道湾相距咫尺，但轿子张张扬扬地穿行了整条前门外大街，吹打之声响彻南城。到了新房街门，进了院子，轿帘一掀，崔婶上来接引：

　　"过火盆，红红火火，过马鞍，平平安安！"

　　虽然牵强附会，但是，多么纯朴又热切的心愿啊。樱草下轿，规规矩矩地过了这一重重关口进了新房，刚刚坐定，众人一窝蜂拥进来，不依不饶地追着闹："掀盖头，掀盖头！要看新娘子！"

　　盖头轻轻揭去，眼前一片光芒刺眼。樱草下意识地眨了眨眼睛，渐渐地看清周围拥挤得一层层的面孔：戏衣庄的姐妹，承祥社的弟兄叔伯，九道湾的街坊邻居……就在她面前，站着手持盖头的天青。

　　房间中安静了一瞬。众人瞪视着她，几乎齐声吸了一口冷气："嚯，这新娘子……"

　　天青脸上的微笑凝在那里，望向她的双眼之中，有震惊有狂喜，更有深深的眷恋与爱惜。今天的天青，英俊异常，让樱草也怔了片刻：一身崭新的绛紫缎袍，黑色织锦马褂，胸前斜扎红绸，挂了一朵火红的大花，整个人眉目如画，器宇轩昂，丰姿玉映，顾影无俦，比惯常在戏台上还要耀目三分。不知是那花还是灯火还是布置得红艳艳的房间映得，他的脸颊一片绯红，唯有一双眼睛还是黑白分明，视线定定地停在樱草脸上，久久不愿移开。

　　"看呆啦？"崔婶在旁笑道，"快吃了子孙饽饽长寿面，去拜天地，晚上有你看的时候！"

　　一片哄笑声中，天青与樱草更加地红了脸。

　　堂屋已经摆开桌椅锦垫，众人簇拥着白喜祥坐了上座，崔福水主婚，一对新人开始三拜九叩：

　　"一拜天地……"

　　"二拜高堂……"

　　白喜祥也是一身新衣，笑吟吟受了小夫妻三拜，接了奉上的香茶。樱草叫声"爹"，天青也红着脸，字正腔圆地叫了声："爹！"白喜祥呵呵笑了，慈爱地点了点头：

　　"天青啊，你在戏台上，不知叫了我几千几百声爹，要数今天这一声，叫得最挂味儿！"

众人哄笑声中，崔福水高叫道："夫妻对拜……"

天青和樱草转过身来，凝视着彼此。两人眼中都有泪光，却又同时微笑了一下，郑重地跪倒在地，交拜下去。

"礼成！"

洞房里的樱草，仍捧着那张婚书，在烛光下出着神，嘴角挂一丝不自禁的微笑。天青还没回来。今晚在煤市街泰丰楼宴开四十席款待宾朋，众多亲朋好友往贺，梨园行不少同仁及各方名流也都光降，新闻记者蜂拥而至，连围观的看客也挤了不少，泰丰楼几进院子拥得里三层外三层，四个多时辰觥筹未歇。樱草随着天青去拜过宾客，席散后由崔婶送了回来，天青却还在那里迎来送往脱不得身。

樱草收起婚书，轻轻走出卧房，站在堂屋门前。这间院子比九道湾那院子大一些，格局却是一模一样，连堂前树木的位置都一样，只是由丁香变成了紫藤。当初他俩也是看中这院子格局亲切，才毫不犹豫地买下来，如此深夜时分，望出去更是熟悉无比，虽是新居，却有回家的感觉。所有房间都经天青亲自监修过，墙壁糊得四白落地，家具雅净整洁，桌围椅帔都是新订的，胶月色缎面上绣着团花，嫩黄中带点绿意的小花朵……樱草心中一动，拉起桌围一角，低头细看。

果然，是樱草花。

她轻轻抚摸着这精致的小花朵，这一天的一幕幕在脑海中回荡，温暖与喜悦，充溢着整个身心……

当当两声，门环轻响，街门外传来天青字正腔圆的韵白：

"娘子开门来，娘子开门来！"

樱草忍俊不禁，笑着拉闩开门。天青迈进院子，月光下仍能看出脸上有明显的酒意，一双眼瞬也不瞬地望住樱草，却是比平日更加地湛然生光。他回手闩好门，扫视四周，轻轻拉过樱草的双手，贴在自己唇边：

"可算……只剩我们两个了，是么？"

"是。"樱草凝视着他闪闪发亮的眼神，低声回答。

天青吻了吻她的手，将她一把拉近，拦腰一抄，横抱在自己怀里。

"我的妻，今天让我双手抱你入洞房。"

樱草含羞低了头，埋首在他胸前。天青大步踏进卧房，走到覆着红罗纱帐的紫檀雕花大床前，掀开帐帘，却没有放下樱草，而是抱着她一起坐在床边。樱草伏在他温暖的臂弯中，心中如小鹿乱撞，更听得天青胸膛咚咚作响，那血脉偾张的心脏，跳得直如擂鼓一般。樱草悄然抬头，只见天青仍然目不转睛地凝视着自己，像是在瞻仰一件稀世异宝，目光中除了眷恋、爱惜，还有一点不能置信的惊异。

"干吗这么看我？"樱草含羞捶他一记。天青仿佛大梦初醒，浓眉一扬，仍然认真地凝视着她：

"你……太好看了，今天比平时还要好看一千倍。以后你每天都穿这身嫁衣，好吗？"

"哪有那么穿的？"樱草翘翘嘴巴，嗔道，"难道我不穿嫁衣就不好看了！"

"好看。"天青仍是一脸认真，目光始终舍不得离开她的脸，"你穿什么都好看，一直都好看，永远都好看。这二十年，我从没看够过，以后，我要一直守在你身边，每天都不错眼珠儿地看。"

樱草仰起头望着他。他的脸在烛光映照下，线条异常柔和，平素里轮廓分明的五官，此时都带着温柔的阴影，精短的黑发、湛亮的眼睛、挺直的鼻梁、清秀的唇角，全都那样明朗、纯净，好看得令人痛惜。她也是一样啊，她看不够这张脸，多少年魂里梦里牵挂着，整个身心铭刻着，他的一言一笑，一举一动，出现在她面前的每个瞬间……此生何幸，竟然终能与他长相厮守，此后相看两不厌，白首不分离，这份浓烈的爱悦，让她喉头都有些哽咽：

"天青哥……"

她感受得到他的震动。他对她的呼唤，总有异样的震动，仿佛灵魂深处，自然而然地起着应答。他一把捧住她的脸，俯下身来，热烈地吻上她的唇，唇齿中那充满男性气息的呼吸，让樱草心神迷醉，情不自禁地仰脸向他，承接他，回应他，一时间整个世界都已不复存在，只剩她与他，彼此渴切相就，紧紧缠结。他的指尖也如火般灼热，满怀情意地抚摸着她的脸颊、脖颈，忽然间，触到襟前盘扣，轻轻解开……

樱草身子颤动，有些微的瑟缩，天青附到她耳边，咬着她的耳垂，低语道：

"今晚，可不许说'不成'！"

樱草含羞一笑，娇艳的小脸更增光彩，喜烛照耀下明媚万端。天青整个身心都被火热的狂潮涨满了，他揽过她的脖颈，一口衔住耳畔金簪，扬头一拔，只见满头秀发散落，如云如瀑，披洒肩头。樱草一声不响，只是小脸微侧，嘴角盛满欢喜，听凭他一支支为她拔下钗环，那浓黑的长发，清丽的素颜，比满头珠翠更令他动容。

"樱草！再也不许离开我……"

"天青哥……"樱草面颊酡红，樱唇微张，双眼湿润得几乎滴出水来，

"我生生世世……都做你的妻。"

天青感觉自己轰然消失了，整个身心都已浸没在这双眼里，揉碎在这张笑脸里。他三下五除二地除去自己的袍褂，袒露出雄健的躯体，结实壮硕的肌肉在烛火映照下闪着铜铸一般的光。一床绣被，裹起他与樱草，他拥着她一起扑倒在枕上，樱草满面含羞，瑟缩得阵阵发抖，仍然顺从地任他一颗颗解开自己的纽扣，将那上下衣衫，层层剥落，直至娇嫩的身体，完全呈现在天青面前。

再也没有任何的阻碍，再也没有任何人任何事，能将他与她分开。他已经那么多次见过她雪白柔腻的裸身，但是此刻终得纵情之际，每一缕视线所及，每一下肌肤相触，每一抹微香扑鼻，都仍令他身心战栗。半生的等候，漫长的期盼，终于能够尽情地吻她，爱她，抚摸她，拥有她的一切，这份幸福，简直叫他痛彻心扉。双唇所触，手指所及，处处娇软起伏的是她的脖颈，她的肩，她的胸，她全部的身体，那份温暖那份细滑那份坚挺那份柔嫩，令他无法控制身心的勃动。到底该如何爱她，如何要她，如何给她？这样珍爱着痛惜着这柔弱躯体，却又不可遏制地爆发着最为原始的兽性，强悍地去攻占去征服……身下的樱草，在这势无可挡的进迫之下，微声呻吟着，宛转承接着，突然尖叫了一声：

"啊！……"

"怎么？"

天青慌张地停下来，却又于刹那之间明白了。他满脸红涨，自责地抱住樱草，拭去她眼角迸出的泪：

"是我不好！我……对不起你！"

樱草噗嗤一声轻笑，眼中挂着的泪珠，都化为无尽柔情：

"天青哥，我不怪你……我……要！……"

她伸开双臂，轻轻揽住他的脖颈，火热的身体贴向他的胸膛。

仿佛整台锣鼓都在耳边炸响，他再也无法自控，那员无敌猛将，挺枪纵马，勇武地开始了他的冲杀。他雄姿英发，龙精虎猛，攻城略地，所向披靡……樱草的喘息与呻吟，渐渐地转为嘤嘤低泣，身子轻颤，眼中泪花闪闪，神情中却满是深情的纵容。她的温柔宛转，更加激发他的强悍，身体深处那熊熊烈焰长久不熄，将他一次次烧得粉身碎骨又傲然重生，仿若凤凰辗转涅槃……

两只粗大的描金龙凤喜烛，渐渐也燃到了尽头，最后的微光一闪，房间中一片漆黑。迷离的暖意弥漫在空气里，长久不散。月华如练，静静映照着这间浓情满溢的小屋，黑暗之中，依稀传来天青的叹息：

"我前生是做了多少好事，今生让我遇见你！"

第二十四章　风波亭

晴空万里，鸽哨阵阵。

"大白，早上好，起身喽。瓦灰，早！红绛，瞧你弄得这个脏呀，罚你少吃点！雨点儿，你病了吗，怎么不吃东西？麒麟花，黑顶盖，乖，这边来，喝点水……"

晨光下，樱草打开院里鸽棚，清脆地跟小鸽子们打着招呼，逐个清扫鸽巢，喂食喂水。一只只黑鸽白鸽灰鸽花鸽，在巢中蹦跳着，咕咕咕挤上前来，仿佛在回应她的问候，闪着光泽的鸽羽，锃亮的小圆眼睛，充满灵性又带着点憨气，让樱草忍不住时时抱起一只来挨在脸前，撮起嘴唇亲上一亲。

这是九道湾白家小院，天青和樱草自小熟悉了的家园。成婚后没多久，因为白喜祥身体不好，小两口儿还是从小椿树胡同搬回来住了，两代三口，其乐融融。一日白喜祥偶然提起，当年他媳妇纪氏还在的时候，曾帮他养过一程子的鸽子，颇有乐趣，天青和樱草听在耳里记在心上，用了不少心思在院中搭起鸽棚，逐渐地也驯养起一批鸽子来。

"咕咕咕，小家伙们，慢慢吃！等我天青哥回来，陪你们玩！"

樱草笑盈盈扎起围裙进了厨房。虽然已为人妇，但她的身影仍如少女时一般窈窕，清削的双肩，柔细的腰，裹在这一身家常袄子里也是俏丽动人。黑发绾一只乌亮的圆髻盘在脑后，小桃子脸比当年更加圆润光洁，双眼中、嘴角上，永远挂着甜蜜的笑，昭告着心中敛藏不住的幸福。

幸福是什么呢，幸福的释义有很多种，其中准有一种，就是希望时光停驻，不要前行。

　　樱草就希望，每天都像现在这样，一模一样，重复千遍万遍，也都不会厌倦。未来的日子还能有更好吗？不会了，她已经拥有了最好，不再需要更多。

　　她希望每天都像现在这样，在天青的怀中醒来，迷离晨光中，看到他正凝视着自己，嘴角带着微笑……这人也真是，为什么每天都要那么一脸促狭地看着自己醒来呢？"你睡熟的样子像一只小猫，知道吗？刚醒的时候更像！"就为着看这一脸惺忪，他愿意每天都比她早醒一点。吻过这只小猫，他才笑眯眯地起身，陪着爹爹去坛根儿喊嗓，樱草则在家中收拾鸽巢，做好早点，等到他准时回来练功、放鸽、吃饭。

　　当一个人心中充满了爱，每天的每个瞬间，无时无刻不是满满的幸福呀。樱草享受这平凡日子中的一切，纵使普通如煮饭做菜，缝补衣衫，每个细碎活计里，也都满载着浓浓爱意。天青只要有空，就坐在一边陪着她，和她有说不完的话儿，或者只是静静地看着她，宠爱的目光追随着她，仿佛她的每分每秒每个侧面，都那样值得珍惜。从少年时候开始，他就一直那样看着她了，那种深深的被爱的感觉，伴随了她的成长；就像她从少年时候开始，就一直坐在檐廊下看他练那套千篇一律的功，从来没有看厌过，那英武的身形，矫健的姿态，认真的面容，还有脸上身上时常抛洒的汗水，永远都能让她怦然动心。

　　日子不要再变呀，每天就这样重复着，让她和他一起对坐桌前，一起吃饭，一起聊天，一起去广盛楼，他去唱他的戏，她坐在台下一角，仰望自己的爱人颠倒众生……戏台上的他，唱尽天下英雄，演绎世间阳刚至美，虽然每出戏她都已经听到烂熟，但是仍然忍不住每次都被震撼被感动。她比任何人都更懂得他在每个瞬间的所思所想，他是她的赵云她的武松，她的杨再兴她的高宠，她的十一郎她的陆文龙，她看得到在那浓墨重彩的涂抹下，锦衣华服的装扮下，他是如何地用自己的心为每一出戏赋得生命。

　　她也经常到后台去帮忙，现在的她，不是个只会旁观的看客了，她能帮着整理衣箱盔箱和梳头桌等，在很多事情上，懂行、快手，时有奇思妙想，承祥社人人都喜欢这个聪明能干又随和可爱的老板娘。社里的经营她并不插手，天青早已把一切安置得井井有条，她喜欢看他在后台指点江山号令群雄，人虽年轻，但气势沉雄，每句话都是众人的主心骨，叫每个人都心服口服。

　　到了晚上，完戏之后，夜深人静，回到温暖的小家里，那是他和她真正的大轴戏。平素对她奉若拱璧的天青，在这斗室之中，红罗帐内，变得有些不一样：有些强硬，有些狂野，有些顽皮，有些坏……他深深迷恋她的身体，夜夜横征暴敛，需索无穷，她也以最温柔最浓郁的爱来回应他，顺从他，纵容他……享受他。共赴巫山之后，他仍会长时间地缠绵不去，直至像个孩子般依偎在她身边睡熟，任月光在他脸上勾画出饱满的额头，挺直的鼻梁，轮廓分明的下巴和唇，还有浓密睫毛投下的阴影……这样的他简直让她不忍睡去，想一直爱抚着凝视着，直到斗转星移，地老天荒。

前世到底是做了多少好事，今生能得到这样的幸福？每当花开满院，月上西窗，每当清晨一起在屋中洒扫庭除，彼此相视莞尔，每当黄昏时分并肩走过前门外大街，远眺夕阳斜照，每当仲夏在河边柳荫漫步，严冬相携走过冰雪覆盖下的碧瓦红墙，每当对饮一碗精心熬制的汤，分享一把亲手抻制的面……幸福到了极致，简直让人生出敬畏之感。固然也曾经历了风霜雪雨的很多年，但每一次苦难都让他们更懂得珍惜懂得爱。或许真正的幸福也并不是前世注定，而都是靠今生这样的修炼，点点滴滴地赢来……

"樱草，我们回来啦！"

街门开了，人还未进，愉快的叫嚷声已经传进院子。天青挟着一阵风奔进厨房，从背后抱住樱草："做好了没有，我饿了！"

樱草嘟起了嘴："没你的饭吃！叫你前儿说我做的枣泥花糕是天底下最难吃的饭。"

"我错了！"天青可怜巴巴地用下巴蹭她，"昨儿一吃你做的萝卜丝饼，我就知道最难吃的还在后头呢……"

樱草噗嗤一笑，转身用锅铲打他的头，天青毫不闪避，大笑声中，反而将她抱得更紧。这个昂藏七尺的英武男儿，成婚之后，越来越像孩子了，在樱草面前，时常撒痴放赖。刚刚喊嗓回来的他，脸上还带着晨风的凉意，双眼却无比热切地盯着樱草，眼底光芒灿然，纵是在已经做了夫妻的如今，仍教樱草心如鹿撞。

"先放鸽子，再来吃饭！"

"是，娘子！"

天青一跃出门，提起系着红绸的长竿，在院中呼啸舞动。一队队鸽子随着他的指示，整齐地依序飞上天空，脚上拴的鸽哨顿时发出悠扬的长鸣。这鸽子身上可花了天青不少工夫，从两三对开始练起，逐渐练到现在的五十多对同飞同落，在空中盘旋起舞翻筋斗，完全听从他的号令。白喜祥也站在院子里，背着双手，饶有兴致地欣赏这美妙的鸽舞鸽哨。天青一边挥舞长竿，一边凑到他身边：

"爹，您说得一点没差儿，唱戏的人，应该养鸽子！我觉得自打养了鸽子之后，每天极目望远盯着它们四下翻飞，我这眼神儿真比以前灵动了好些。另外，这么粗这么长的竿子，连舞这一阵子，也是在练功呢，瞧我这膀子都更壮实啦，打把子一点都不费劲儿。"他憨憨地捋起衣袖，给白喜祥看自己的臂膀。

樱草走出厨房，倚在门边，含笑望着这爷儿俩的背影。旭日东升，阳光将两人的身形都镀上一道金边，天青喜悦地仰望着鸽群的侧脸，光洁、明朗，就像头顶的苍穹，万里无云，一尘不染。

生活不要再变，就这样下去，和心爱的他手牵着手，一起走完下半生。财富、权势、青春、美貌，都不如这平静温暖的日子，值得人去追求永生。

"爹爹没一起回来？"

"他去茶馆会会老兄弟，叫我先回家。"

民国二十六年，国历七月二十九日。盛夏已经来临，清晨就是一片暑热。九道湾院子里，樱草正在案前和面，模样有点心不在焉，一边搅着面粉，一边侧着小脸望着案上不知什么东西。天青凑上前来，好奇地扫视一番：

"咦，怎么还玩上了，想做'面人林'？"

面案上，除了屉布盖着的面团外，还有两个小面人，圆滚滚的煞是可爱，一个光头，穿长衫，另一个梳辫，着袄裙——还是一男一女。

"是你和我？"

"不是。你猜？"樱草俏皮地一笑，脸上却起了晕红。

"这可从何猜起，是戏出儿？"

樱草不答，轻轻将两个小面人掂在手里，一手一个，举在天青面前：

"若要养娃娃呢，你想要男娃，还是女娃？"

"男娃女娃都要。"

"只能挑一个呢？"

"那要个爷们儿吧，我教他唱武生！"

樱草歪着头，放下手中女娃，举起男娃看了看，伸手轻抚自己小腹，拉长声音道："哟，那要不是爷们儿，可怎么办呢？"

天青还待说话，忽然顿住。双眼转了一转，陡然精光大盛，伸手扳过樱草的脸："你……有了？"

樱草没说话，只垂下了眼帘，但嘴角那抑制不住的笑容，脸上充满喜悦的光彩，早已说明一切。一阵海潮般汹涌的狂喜，蓦然席卷了天青，他仰首望天，纵声大笑，一把将樱草横抱在怀里，在院子里转了几圈，不顾樱草手中面粉洒了两人一身一脸："我要当爹了，我要当爹了！"

樱草揽着他脖颈，嗔道："轻点儿，轻点儿！哎，面人儿掉地上啦……

得，要生闺女了！"

"闺女我也喜欢！希望和你长得一样儿一样儿的！你什么时候知道的，怎么不告诉我？"

"月事一直不来嘛，昨儿下午看大夫了。晚上没敢告诉你，怕你睡不着觉。"

"哎，你还跟我藏啊！我今晚可睡不着了！估摸什么时候生呢？"

"明年开春儿吧。"

"好媳妇，往后你什么活儿也不要干了，洗衣做饭，全都我来！早上你不要起来了，给我老实儿躺着……"

正笑闹间，街门一响，白喜祥回来。

"爹，天大的喜事，樱草有身子啦，您要抱外孙了呢！"

白喜祥微微一怔，笑了一下，但仍是满脸的愁云。

"怎么了，爹爹？"

白喜祥仿佛累得无力答对一样，缓缓走进堂屋，在圈椅上坐了，喝一口樱草奉上的热茶，又出神半晌，方慢慢说道：

"你们还不知道吧，二十九军撤走了。"

"什么？"

"走了，一夜之间撤空了，抛下了北平城，和二百万百姓！刚在城门那儿看到张自忠师长的告示，要民众各安其业，不要惊惶自扰。他现在是北平代理市长，在跟日本人和谈。"

天青和樱草如堕冰窟，两人全都做声不得。

二十九军，是平津长城，国家脊梁，百姓赖以安居乐业的靠山。他们自两年前驻入北平以来，北平人都感觉有了主心骨，尤其威名卓著的二十九军大刀队，在老百姓心目中犹如天兵天将一般，有他们在，必定占稳胜局，连月来城外日军的隆隆炮声，都未能使京城百姓动摇家国信心。昨日戏园里众人纷纷议论，也都传说战况更剧，城外全面开战，但是白喜祥与天青、樱草与所有人，依然坚信二十九军必然不负众望，十万雄兵，定能将小鬼子打得落花流水。没想到，这才一天不到，部队竟然弃城而去，都没给京城百姓一个反应的时间。

"张自忠那不是爱国名将吗，喜峰口率大刀队大败日本人的不是他？说'只要还有一兵一卒，决心与日寇血战到底'的不是他？跟日本人和谈？把军队都撤走了和谈？"樱草难以置信。

"闹了归齐，他才是最大的汉奸！"天青激愤地握紧了拳头。

白喜祥按着额角，眉头紧皱：

"天下大事，在我等布衣看来，都是一盘乱棋。北平这几十年，群雄逐鹿，翻云覆雨，简直没一刻安歇。要说以前那还都是自家人斗自家人，无论怎么打，都是中国地盘，如今这情势，可有亡国之危。莫非庚子年的惨况，如今又要重演了么？"

小院中一片静寂。

整个北平城都是一片静寂。

日本人进城了。

永定门外，靴声橐橐，一队队日本兵耀武扬威开进城内，坦克大炮，冷酷倾轧在这座千年古城的大道上。雕梁画栋的城楼，碧瓦红墙的皇宫，都和北平人一样，高大而谦卑，健壮而淳朴，默默忍受着这沉重的屈辱。永定门两侧，也有官方组织的欢迎队伍，一张张漠然的脸，呆滞地举着"恭迎皇军入城"的标语旗，但是大部分北平人，都将自己深深关在家里，希望一切没看到的事情都是不存在的。

天青再也不想出门了，他不想看到家门口挂着的太阳旗，那白惨惨的地儿，血一样的一团红，每看一眼都像在他心头插了一把刀。他也曾一把扯下旗子摔在门外，但是姜巡长，一直看着他长大、像自己父辈一样的姜巡长，苦口婆心地劝他：

"天青啊，且忍一时之气，不要为这等小事赔上自己性命。你看全城哪家敢不挂？那是灭门之祸啊。唉，在人屋檐下，怎能不低头，谁叫咱们……"他住了口，小心地四下望望，拾起地上旗子，尽力展平，重又挂在白家门前，"你们都别怪我，我也是没辙啊，不是我甘心为日本人做事，我得为全家大小讨口饭吃！"

黎茂财和崔福水战战兢兢地来了："天青，今儿还开戏吗？"

"不开。"

"那以后……"

"等日本人走了再说。"

"他们若是一直都……"

"能一直都不走了吗？"

"但是……百来号弟兄的衣食，就算只有十天半月不开戏，也难支撑。"

天青默然片刻。

"先不开。给每个弟兄支生活费用，柜上支完了从我账上支，能撑多久是多久。"

日本人到底会把这座城池凌虐多久？谁也没法估量。天青一想到六年前

沦陷的沈阳至今仍在中国版图之外，不由得就是一阵彻骨冰寒。他曾答应
栗大爷，等世道安稳了就去看望他，可六年来战火连绵，如今连北平亦已
不保，不知道巨流河畔那孤独的农舍，那善良热诚的老人，如今是否还能
安居……

"张自忠师长逃出北平了，他没做汉奸，还在坚持抗战。"樱草努力从报
纸上满篇为"皇军"歌功颂德的报道中分析出背后隐藏的讯息，"当时代理
市长和谈，应该只是为了保护二十九军撤退的缓兵之计吧。"

"会很快打回来吗？"天青抱着一线希望，"我们已经成了亡国奴，不希
望我的娃生下来也是小亡国奴！"他抚摸着樱草的小腹，"明年春天……准定
已经光复了，是吧？"

樱草捏紧报纸，半晌不语。

"不好说。战线在南移，国军节节失利……但是这回国民政府抗战立场
十分坚决，应该不会卖国投降。四万万中国人，胜过日本多少倍，只要肯
战，就有希望，虽然日寇一时猖獗，我大中华尚无亡国之忧。"

天青长叹一声，走到把子架前掂起一柄剑，风声飒飒，舞了一套剑花。
残阳斜照下，他凝望手中剑锋，怆然唱道：

> 叹英雄枉挂那三尺利剑！怎能够灭胡儿扫荡狼烟。
> 为五斗折腰在徐州为宦，为亲老与家贫无奈为官。
> 甘受那胡儿加白眼，忍见百姓遭凌残。
> 悯而受死苦无厌，生不逢辰谁可怜。
> 陈胜吴广今不见，世无英雄揭义竿。
> 苍天未遂男儿愿，全凭只手挽狂澜！……

太阳旗挂了下去，承祥社的戏，也继续唱了下去。

临时政府要求所有商家照常营业，学校照常开课，班社当然也得照常唱
戏，以便维持市面繁荣，营造"皇军"进驻后民生持续昌盛之象。梨园人自
幼耳濡目染全是忠君报国抵抗外侮，敌忾之心比寻常百姓还要更强三分，岂
愿在日寇铁蹄下歌舞升平？但情势难以格禁，却不是由人自主。

"天青啊，实在撑不下去啦，您不开戏却白给这一百多兄弟支着戏份，
已经两个月啦，账上亏空得太厉害。"黎茂财痛心疾首，"您若就是不想唱
了，索性报个散，把承祥社关了吧。还留得个有气节的好名声。"

天青黯然不语。

所谓挑班，就是全社百多人靠他吃饭，百多个家庭的衣食，在这挑班的

大角儿一人肩上。满心烦扰的天青，早已对这沦陷了的戏台起下抗拒之心，但是一旦散班，全社弟兄的生计都没了着落，在这样的年月，如何还有别路谋生，只怕人人都要流落街头。多半也因为同样原因，如今京城里，除个别名角儿托病归隐之外，大多数班社和戏园，还是忍气吞声地重新开张了。

"开戏吧，我唱。"

天青握紧了拳头。

重新登上广盛楼的戏台，情境与以往很不一样。作为伶人，戏比天大，当然无论如何都要尽力唱好，但看客再也没了当年的精神头儿，每日只坐个半满，彼此窃窃私语，神情凄恓惶惶。与其说是看戏，不如说是为了逃避可怕的现实，巴不得一头扎进这个与世隔绝的避难所吧。戏中那猛将一杆银枪刺翻强敌之际，稀稀拉拉的座儿上倒是总有些异样响亮的叫好，台上台下，都只能在这虚幻情境里寻找暂时慰藉。

"《精忠报国》《破匈奴》之类，当年咱们自个儿都给禁了，搁日本人手里当然更行不通。这出呢也不能唱了。这出呢，也有点险，唉，还是先挂起来吧……"白家堂屋里，崔福水坐在桌前，忧心忡忡地翻着戏单子，"二爷，您可给出出主意，到底该贴什么呢？警察局审得严哪。"

白喜祥一手支着额头，脸上深陷的皱纹，比从前又多了好些："有没有什么确定的标准哪？"

"有啊，律条上说不能贴的戏是：'有损东亚民族之尊严者，迹近提倡鼓吹共产主义者，违反一切法律行为者，妨碍国交者，妨碍公安及侮辱国体者，妨害善良风俗提倡迷信者……'"

白喜祥想了一会儿，不得要领，不由得长叹一声："北平变了北京，公安局变了警察局，变来变去，全都是跟咱们老百姓作对。最近他们可抓了不少伶人，唐爷那出《扫除日害》改了名字叫《尧舜禹汤鉴》，也还是被通缉了，听说就凭后羿射日那一场，'不除日害，国无宁日'，就够个砍头的罪名。"

"是啊，我听说，贯大爷前几天也犯了事，他唱《法门寺》那太监贾桂，问赵廉识不识字，赵廉说：'我乃二甲进士出身，焉有不识字的道理？'贯爷现挂了一句：'不是呀，我是怕你念惯了日语，把汉字都忘光啦。'座儿上这通解气的笑！结果一下台来就被拿了，关进了小日本的宪兵队。"

天青坐在一边，双眉紧蹙："听说郝二爷也差不点儿被拿了，他老人家一贯低调谨慎，能是犯了什么事儿？"

"咳，其实跟他自个儿都没什么相干，他唱那个番邦恶人，勾油黄脸，穿黄箭衣、马褂，警察局硬说他有影射皇军之嫌。"崔福水叹着气，小心地提着毛笔，在戏单上抹去一出又一出，"这世道，风声鹤唳，鸡犬不宁哪。

听说现在唱'粉戏'倒是很受鼓励，当局名义上管，其实全面开禁，卖座又好……"

"不行。"天青一言截住，"无非是想松懈民众斗志，巴不得大伙儿全都沉溺在温柔乡里，没了御敌之心。我以武生挑班，武戏才是承祥社的根基，这个决不能改变。烦崔爷还是排些保家卫国的戏码，尽量审慎着些，不犯着他们那些鬼规矩就是了。"

街门一响，黎茂财又是张张皇皇地进来，"天青，可找着你了！"他递上一张请帖，"怪事来了，警察局新上任的一个副局长请您去赴宴！"

天青一愣，接过请帖看了看，上面只写了时间地点，并无落款。

"这什么名堂？"

众人传看一番，都摸不清头脑。天青思忖片刻，随手将请帖丢在字纸篓里："最厌他们这班为虎作伥的家伙，不去！"

"您不去恐怕，恐怕就……"黎茂财紧张地擦着汗，"他们来送帖子时，抄去咱们一大批行头，衣箱装了整整一卡车啊，说得您亲自去拜会那个局长才有转机！"

一屋子人都坐直了身子："岂有此理，无缘无故地抄行头？"

"说是欠税。"

天青霍然而起："苛捐杂税全交齐了，哪还欠了什么？"

"停业税，歇了两个多月没开戏，要纳税。"黎茂财可怜巴巴地眨着小眼睛，"我没查到这个税种，不过既然人家这么说，有什么法子呢……一卡车行头啊，得好几万大洋！"他心疼地咂了咂嘴，小声道，"天青！您别一把死拿儿，还是……低一低头……"

正阳楼饭庄，京城"八大楼"之一，论规模，只是前门肉市街胡同口南一座小小的二层楼，不能跟那些拥有前后几进院落的大饭庄子相比，但是论名望，却是了不得的名店，尤其大螃蟹和涮羊肉两道拿手菜，再没别的饭庄能跟它比拼。就凭这两道菜，正阳楼独步京师近百年，小小店面里，不知会聚过多少各界名流乃至军政要人，摆国宴也屡见不鲜。

今天的正阳楼，楼上楼下都站满警察，气氛特异，不少平民见状，都悄悄地溜了开去，免得惹是生非。天青素有胆气，虽是孤身赴宴，却也没被这阵势吓倒，从容举步进门，撩起长衫走上二楼。长长的走廊两侧，十四个单间都已被肃空，只有里面最大一个单间门扇紧闭，门口有警察把守，如狼似虎地持枪盘查，连传菜伙计都要搜一搜身。

"局长，靳天青到。"

"请。"

里面不紧不慢地应道。

门开了，天青进得门来，门扇立即被外面警察关上。天青四下扫视一眼，只见这房间很大，装潢精致，却只摆了一个圆桌，相对而坐的两椅，窗前站了个穿一身黑色警官制服的男人，背着两手，状极悠闲地望着窗外。

他不出声，天青也静静地不做声。过了良久，那人咳了一声，转过身来，嘴角向上咧去，露出一个意味深长的笑容：

"靳老板，别来无恙啊？"

天青微微一怔，仔细看去：梳得油亮的分头，苍白得毫无血色的脸，极浓极黑的一对长眉，衬得一双眼睛格外阴气沉沉。这双眼睛正紧紧盯住天青，神情中有些冷酷，有些傲慢，有些饶有兴致，仿佛把玩自己到手猎物一般的得意洋洋。

"焦德利？"

天青握住了面前的椅背。

"靳老板不忘旧人，荣幸之至。"焦德利嘴角继续向上牵去，几乎要把一张长脸笑裂一般。

天青抿紧了唇，双目如电，凝视那张阴冷残忍的脸。怎能忘记这个人？曾那样险恶地陷害过他，折磨过他，在黑暗的刑讯室里桀桀怪笑着，欣赏他在铜头皮带抽击下一次次昏过去的惨状，串串血滴飞溅在背后的白墙……天青身上，至今还留有当年那场酷刑的伤痕！最深最狠地铭刻在他记忆中的，还是那夜的六国饭店，从二楼奋身跳下的樱草，倒在他怀里，大雨中惊恐地望向他，衣襟都被撕破了，嘴角带血，无助地含着泪的一双黑眼睛……

怎能忘记这个人？是凶手，是恶魔，是一条毒蛇！他父亲为免是非，送他留洋，天青原以为此生不会再见到这张阴冷的脸，没想到如今又与他面面相觑。但是此时的天青早已不是当年那个血气方刚的青年，他明白现下的处境：他只是一个伶人，肩负着一个家庭，祖孙三代，还有承祥社百余人的生计；而眼前的焦德利，是新任警察局副局长，掌握着对梨园乃至对全城民众的生杀大权，门外有荷枪实弹的一群走狗，头上还顶着日本主子的荫庇。

天青缓缓拉开椅子，坐下，昂然道：

"无谓的客套可以免了。此番用意何在，有话请当面讲。"

焦德利被他这一句话反客为主，一时倒有些讪然，停了片刻，也拉开椅子坐在天青对面，笑了一声：

"没别的用意，就是想请久违的靳老板吃顿饭。"

他将桌前唤人铃一按，两扇门打开，一桌佳肴流水价送将上来。其中自然少不了正阳楼的招牌菜大螃蟹，俗话说"七尖八团"，此时正是农历八月底，吃团蟹的好时节，伙计在焦德利和天青面前各摆上两只大团蟹，铺开正阳楼特备的蟹鼎、蟹锤和蟹钎。焦德利笑容满面地举起斟满上品黄酒的瓷杯：

"靳老板，为久别重逢。"

天青端坐不动，只冷冷盯住他。

焦德利自己呷了一口，放下酒杯：

"靳老板久居正阳门，大螃蟹可是吃腻了？我在日本那年，馋这口儿可馋得不行。要说北京本不算是螃蟹最佳产地，华北最好的螃蟹，还要数天津胜芳。可是您知道为什么只有北京正阳楼的螃蟹独步天下？"

他抓住一只螃蟹的甲盖，用力掀开，对着满腹热气腾腾的蟹黄蟹肉，啧啧两声，一块块蘸取姜醋，送进口中：

"因为正阳楼经营有道啊。他只要市场上最大最好的螃蟹，宁愿花两倍三倍高价收购。人家肯下这个本钱，卖家自然趋之若鹜，天津胜芳送来的鲜蟹，一到京城，都要先送正阳楼挑选；本地西河沿的螃蟹市场呢，那干脆是正阳楼不到就不能开市。所以说，靳老板啊，万事之道，都是一样，就是人往高处走，水往低处流。"

他捞起手巾把儿擦擦嘴巴，望着依然一言不发的天青：

"既然靳老板想知道我的来意，那我也不妨开门见山：你我都是久经江湖的成年人了，以前恩怨，一笔勾销，虽然您只是我管辖下的一名伶人，但是艺业出众，有口皆碑，姓焦的也不怕自降身价，愿与您携手合作，共同为大东亚文化繁荣出一份力。"

天青蹙起了眉。

焦德利自顾自说下去：

"戏曲有高台教化之功，集粹文明之力，一向最值得重视。只可惜国民政府腐败无能，战火连绵，百业停辍，民不聊生，文化破坏殆尽，实在令人痛心疾首，靳老板身在其中，想必更有感触吧？如今日本友军以枪炮破强敌，建立彪炳武勋，且高度重视东亚文明发展，致力于文化事业恢复。政府得此强援，如虎添翼，拟隆重成立戏曲协会，振兴戏曲艺术，发扬东方文化精神，为民众建立共存共荣的美好家园。这等盛事，怎少得了靳老板呢，我意邀您担任华北戏曲家协会副会长，为新一代艺人做一表率。"

天青耐着性子听他把这套长篇大论说完，站起身来："您愿意给日本人做走狗，我不意外。我可没这个兴趣。告辞了。"

"靳老板！"焦德利提高了声音，"不要敬酒不吃……"

天青一把拉开房门，迎面四支黑洞洞的枪口。

　　焦德利向椅背一靠，放缓语气道：

　　"靳老板，您这一根筋的硬脾气，经历这么多年，可是一点没改。急什么？有话慢慢聊嘛。我是看重您的才华和名望，因此不计前嫌，一力举荐，您别轻易辜负了我这一片拳拳之心。友军长官黑山亨少佐久仰中华文明，素慕皮黄艺术，一抵京城，便多次垂询您和承祥社的种种，您的前程，可光明得很哪。"他不自禁地歪了歪嘴巴，语气里带点酸味儿，"这职位说是副会长，其实主持会务，将来编办刊物，举办活动，赴日赴满交流，荣军演出，都是由您一手定夺，友军又如此全力支持，只怕比我这警察局副局长的位子还热门呢，您何必把肉包子往外推？"

　　天青只冷冷道：

　　"国难当头，我一介伶工，有心杀贼无力回天，只想唱好自己的戏罢了。"

　　"戏嘛，也有得唱。"焦德利的手指在桌上轻叩，"月内政府将组织使节团去'满洲国'举行亲善演出，选的都是一等一的名角儿，靳老板可是名列武生行之首啊。黑山少佐真心爱戏之人，也少不得办些联谊演出什么的，到时候都是靳老板大显身手的机会。对了，黑山少佐最爱看的是'老爷戏'，好像靳老板很拿手的吧？好好唱上一次，一旦获得少佐垂青……"

　　北京沦陷两个多月，天青见识过的大小汉奸也有不少了，但是奴颜婢膝到这个程度的还是第一次遇到，他简直有点无法置信，转过身来瞪视着焦德利：

　　"姓焦的，你还是中国人吗？赶紧回家买个铁圈把祖坟箍紧点儿，别让人骂裂了！"

　　焦德利终于阴下了脸：

　　"靳天青，你应该最清楚，得罪了我是什么下场！"他操起桌上蟹锤，将螃蟹搁在蟹鼎上，几锤把两只蟹螯打得粉碎，用蟹钎勾出蟹肉送进嘴里，"你知道我为什么请你来吃螃蟹？横行霸道一世，到了真正的强者手里，也逃不了一个粉身碎骨！"

　　天青倒也笑了：

　　"看来您早就忘了，人有头脑，有气节，不是虫豸能比。"

　　他转回头，不顾外面对准他的枪口，径自闯了出去，守门警察不敢开枪，都紧张地望向焦德利。焦德利放下蟹螯，扭曲着脸，叫了一声：

　　"靳天青，抄你的行头，全部充公！"

　　走廊里传来遥遥的一句：

　　"就此报散，我不唱了！"

东城，警察局的小楼。焦德利坐在宽大的办公桌前，将乌亮的手枪在指间轮转着，面色铁青。几个职员捧着文件在门外探头探脑，一时不敢进来。

堂堂北京特别市公署警察局副局长，被迫低声下气去宴请一个戏子，百般软语商议，就为着请他出山，结果不但横遭回绝，还被当着众多手下的面辱骂了几句，这份郁气，叫他如何排解？这时候谁再敢来惹他，手里的枪可不介意多记上几条人命。

窗外的天，灰蒙蒙的，眼见着又是一场秋雨。焦德利站起身来，背着手望向窗外，脑海中依然止不住地盘旋着靳天青的影子。七年不见，那个十九岁的毛头小子，已经长成一个高大轩昂的成熟男儿，名伶气度，不可逼视，进了房间冷冷一站，让焦德利事先准备好的一套威慑都难以出口。这七年来，焦德利顺风顺水，万事遂意，当年恩怨其实已经忘得差不多了，但是一见他那倨傲模样，那夜在六国饭店楼下被一通暴揍的仇恨又涌上心头，恨不得马上把他拿下狱里用尽酷刑一点点折磨至死，看看他的骨头到底有多硬……

但是时势比人强，他不能动他，他得忍。

想来也真是讽刺，少年时候一心向往父亲的权势，以为手握权柄便可为所欲为，如今历经多年熬炼和下了血本的疏通打点，终于坐上这个位置，才知其中甘苦，冷暖自知，就像现在，虽然把这豪横的小子恨到骨子里，却反而不如当年做少爷时自由，连拿他进来打一顿都做不到了。

原因很简单，因为日本人看中了他。

那精通中国文化的黑山少佐，担任主管华北驻屯军文化宣传的报道部部长之前，准定做过不少功课，一到北京，列了一张名伶的单子叫他逐一收服，其中赫然就有这个靳天青。焦德利自日本回国之后，一直在"满洲国"警务司做事，最近才回到北京，对北京伶界早已不甚了了，都不太明白黑山少佐为什么会看上这个人。

"你不要轻视伶人，"黑山少佐语气平缓，却有着不容置疑的威严，"戏曲是最有力的宣传武器，同时也是改良社会与辅导教育之最良工具，一百篇印在纸上的说教文章，一万句贴在墙上的宣传标语，给予民众之影响和效果，抵不上优秀伶人一次动人的演出。"

黑山少佐与焦德利年纪相仿，相貌相当英俊，充满了军人的精干气质，又带了些文人的优雅，只是眼中时时透出的寒光，教人望而生畏。他这职位，听起来不甚重要，却掌控着整个华北文化界的生杀大权，焦德利名义上贵为北京警察局首脑，其实只是他的一个喽啰而已。

"把握这种武器，来促进和平运动全面完成，是我们不能忽视的要务。

组建戏曲家协会，旨在动员华北戏曲界之总力，担负大东亚战争中文化战、思想战之任务，尽其至善至大之协力，一面促进大东亚战争之完遂，一面力谋中国文化之重建与发展，及东亚文化之融合与创造，进而贡献于新秩序之世界文化。"

焦德利恭敬地附和着这套之乎者也，频频点头道：

"是是是，我明白。但那靳天青只是毛头小子，何必如此重用？"

"你们警察局，身为戏曲界管理部门，没做过调查吗？靳天青乃年轻一代伶人中最具名望之人物，艺高服人，德厚生威，近年北京戏曲界大小活动，有他振臂一呼，应者云集，麾下承祥社成立三年来，以所谓保家卫国大武戏为号召，极受民众爱戴，卖座常年不堕，为北京戏曲界不可小觑之力量。在我看来，他比那些老伶工更具收拢价值，若要能诚心诚意归服我们，可发挥极大能量。"黑山少佐微眯起眼睛，目光仍然炯炯，寒气逼人地扫视着焦德利，"你不会连一个伶人都收服不了吧？"

"不会不会，当然不会。"

焦德利不敢表露自己与这位名伶的凤怨，只好唯唯诺诺。以他的经验来说，要想收服靳天青，恐怕还真不是一件易事。当年在炮局那样严刑拷打，将他置之死地，也未能逼他说一个服字，现在得拿出什么手段，才能让他配合日本人唱一出戏？真要是连一个伶人都收服不了，恐怕有损日本人对自己的信任吧？当然了，一旦靳天青投诚，当了这个什么戏曲家协会的首脑，以后有了日本人做靠山，只怕一指捺死他焦德利也是轻而易举……不过事实已经证明这种担心完全是多余的，那靳天青远比他记忆中还要冷硬，根本油盐不进，竟然硬顶着枪口，拂袖而去了……

"局长，"秘书敲门进来，小心地躬身肃立，"戏协筹委会的穆玄青求见。"

玄青很怕警察局，怕得要命，但为了前程，又不得不三天两头登门，心慌之下，拉上殷绣帘同行壮胆。殷绣帘送他到了警察局楼下，委婉劝说：

"既然不想来，何必勉强自己？这等杀气腾腾之处，本不是我们寻常人家该来的地方。你在家里歇着，我好好供养你，胜似在日本人鼻子底下讨饭吃。"

"真是妇人之见……"玄青努力站直身体，"我被逼迫得不能唱戏，又寻不到别的事做，在家里荒荒着，你当我心里舒服么？可算赶到改朝换代，有施展才华的机会，我不能轻易错过。你等着，待我手握梨园重权之际，要那些排挤我鄙弃我的人，个个都跪在脚底下舔我的鞋！"

殷绣帘蹙起一双秀眉，不再说什么。

玄青报名上楼，被那秘书引着，穿过高大肃穆的长廊，走向有警卫把守的副局长办公室。门开了，他舔舔嘴唇走进去，只见屋子里大白天的依然开着日光灯，照得坐在桌前的焦局长，脸色分外惨白可怖，倒是窗外萧萧秋雨下得一片漆黑。

"焦局长，我是戏协筹委会的穆玄青，蒙您接见，现将戏协筹备情况向您做个汇报。"

玄青打开抱在身边的公文包，取出一沓文件，毕恭毕敬地双手递上：

"这是上周进展。按您指示，名单上所有人都已经做了调查，这张表格第一栏是积极支持协会的人，有几位值得特别注意的角儿我给画了红圈；第二栏是态度不太积极，但是也同意入会的人；第三栏是百般推托，不想入会的人，理由都详细写在备注里了；第四栏是态度十分恶劣的人，这里头也有几位是有名望的角儿，需采取强制手段……"

焦德利心不在焉地看看表格，又看看玄青，听他说了一会儿，忽然道："你以前在广盛楼唱过戏吧？"

玄青正说得起劲，忽听此言，愣了一下："是，以前一直在广盛楼唱的。局长真是高人，连这都知道。"

"我看过你的戏。"焦德利眯起眼睛，"你好像是……好像和那个靳天青是师兄弟。"

"是，不过我们绝交好多年了。"

"为什么？"

"因为他……他不敬皇军，大逆不道。"

"皇军入城才三个月。"

玄青灰黄的脸上禁不住也起了尴尬的微红："他一直都……不敬皇军。九一八那时候，他从奉天回来，骂皇军骂得很厉害，我从那时候就疏远他了。"

焦德利牵牵嘴角，笑了一下："我又不是皇军，你犯不上在我面前强调这个。你为什么现在不唱戏了，到戏协来谋事做？"

"我受靳天青排挤，在梨园无法容身……我，我其实是看不惯他们的所作所为，所以弃暗投明。他们表面上支持皇军和新政府，背地里做了不少大逆不道的勾当，蒙您信任我，我一五一十向您汇报。"

说是汇报，却无话说，好一阵尴尬的沉默。玄青心头，泛起强烈的悔意：早知有这机会，应该多跟天青来往，才能掌握他的劣迹啊，现在可好，成年不打交道，他的所作所为，自己如何知道？一时语塞，不知如何圆下去才好，好在焦德利似乎也没想听：

"你若是能说服靳天青加入戏协，可是大功一件。"

　　玄青一呆，瞬间脑子里乱成一团：怎么回事？不但不去抓他的劣迹，反而大有提拔之意，这令他恨之入骨的师弟，可玩得越来越神了！且不说他深深了解天青的性情，那小子死巴得很，绝不是个能为日本人做事的人；就算他肯给玄青这个立功的机会，玄青也不敢自投罗网去说服他，竹青的事始终是悬在玄青头顶的一把利剑，玄青为此至今未敢再登天青的门……他当然不敢对焦德利说这些，只讷讷低下了头。

　　焦德利有些不耐烦地挪了挪身子：

　　"亏你还是他师哥，这点事都做不了。你们梨园行的规矩，师哥对师弟那不跟天一样？算了，有个事你总能办吧：黑山少佐爱看老爷戏，要找个出色当行的来，好好唱一台。当今老爷戏唱得最好的，得数'红生大王'白喜祥吧，好像是你师父？"

　　玄青的眼睛发光了：

　　"是啊，那是我师父！局长真有眼光，他的老爷戏那可真是传奇一般。他年轻时候，扮老爷只画眉眼不糅红，上场前喝一壶酒，一运气，落水袖亮相，顿时就满面赤红，凛凛生威，跟庙里老爷神像一模一样，台下齐刷刷地跪倒一大片，都说关圣显灵！后来官府不让他那么唱了，说扰乱民心……"

　　焦德利听得饶有兴致，笑道："得，就这么定了，你去叫你师父来，依样儿给黑山少佐唱一场。"

　　玄青又呆了，讷讷道："我……我可请不动我师父。"

　　焦德利大怒，将手中文件一把掼在桌上，"你还能干点什么！"他推开椅子，走到窗前，背对着玄青，"出去！没用的废物，以后少来见我！"

　　背后的玄青战战兢兢说了几句什么，退了出去，焦德利没有听清，也无心去听，他的注意力，被窗外马路对面站着的一个女子吸引了。此时雨过天晴，空气中尚弥漫着些许薄雾，那女子远远站在路灯下，纤薄娇弱，穿一身浅烟灰素缎夹袍，围一条颜色极淡的粉红披肩，衬得脸蛋白嫩无比，正朝警察局这边张望。虽然离得太远看不清五官，但是他焦某看女人的眼光极利，就凭这肤色这身形，必然是个上佳美女。

　　焦德利正动念要下楼搭讪，忽见玄青从楼里走出来，那女子立即小跑着迎上去，殷殷询问着什么，玄青大不耐烦的样子，甩甩手不做理会，那女子便静静地跟在他身后走了。

　　焦德利笑了。这几天头一回笑得这么开心。

　　"准备报散？"

　　"是。爹，我对不起您，喜成社二十二年的余荫，我只做了三年就……"

"这不怪你，天青。如今的北京，乱象横生，越是身心清白，越是难以成事。"白喜祥背着双手，在空荡荡的戏台上踱来踱去，"几个月来，你为社里这班兄弟花费的心血，承受的委屈，我看在眼里，疼在心上。你已尽全力，别再为难，报散就报散吧。"

天青肃立台角，深深垂着头："我原本是为着弟兄们着想，希望无论如何支撑到底，保证弟兄们一份衣食，但是现在我被那焦德利盯上了，此次虽然脱身，势必还有无穷后患，这样下去，难保大家不被我连累。不如马上散了班，将来再遇到什么事，我独力承担就是。"

白喜祥忧心忡忡地叹了口气："你……打算怎么办呢？"

"我不能再唱戏了。"

白喜祥没有出声，但是他的眼神，诉说了他的震动：

"不唱了？"

天青喉头哽住，抬头望向天棚。清晨的广盛楼，只有他们师徒二人，空阔的戏楼里，说话都带着回响。天窗透进的阳光，丝丝缕缕射在他们身上，在台毯上留下一条条阴影。

天青还记得自己第一次来广盛楼的情形。那已经是二十年前，他刚刚六岁，拜入白喜祥门下，跟着师父来长见识，一进大门，被戏楼的宏阔、人潮的汹涌，惊得目瞪口呆。他跟着白喜祥进了后台，看他化妆扮戏，粉墨登场，自己小小心灵里，一股强烈愿望激荡：我也要唱戏，也要登台，也要成角儿！……九岁，第一次登台，十一岁，第一次唱主戏，就在这戏楼里，台毯上，赢得了人生第一声喝彩……

二十六年生命里，点点滴滴，曲曲折折，都与这广盛楼、这台毯、这戏，息息相关。他如何舍得离开这戏台？但是现下这戏台已经不是伶人的天地，上面不仅有戏，更有血、有泪、有强权、有屈辱，有太多的阴影。天青心里明白，他只要站在这戏台上一天，焦德利那所谓为大东亚文化出力的无耻差使就纠缠他一天，将来可能还有无穷无尽的奴役要找上他，要想守住这点气节，唯一一条路，就是告别自己心爱的戏。

"你……走吧，天青。"白喜祥缓缓开口，"离开北京吧，南方还有自由天地。这几年，你在上海、武汉、重庆，都有红底子，去那儿唱几年……"

"我走不了，爹。"天青抬起头，脸上有一丝痛楚，"我已经被他们登记在册，是重点控制的伶人，日本人进城头一个月，就逼迫我们填过表格了。无论是火车站还是城门口，都布满密探，一露面就会被拿住。再说，我不能抛下您和樱草……"

"樱草有我照看。"

"不成，他们拿我不到，会连累您和樱草……"

想到樱草，一阵剧痛袭上天青心头，几乎令他立足不住。樱草已有四个多月身孕，小腹微隆，行动日渐不便，仍然勉力为他操持着家里家外。天青为免她烦忧，戏台上下这些纷扰只愿自己一肩承担，本不想对她多作言讲，但是那兰心蕙质的人，洞悉他的心思，婉转劝慰他、开导他，玲珑地抚平他心头所有的郁气所有的块垒所有的伤。天青自小生长在戏台，见惯戏中情爱，但是真正有爱侣相伴的感觉，根本不用那么多戏文来唱，那是什么感觉？那就是，纵使在茫茫黑夜里，有了她，就如有一道阳光将整个生命照亮。

"给孩子取个好名字？"她卧在他膝上，俏皮地仰视着他。

他轻轻抚摸她的小腹，那里面有他与她的骨肉，前半生拼尽风霜雪雨终于迎来的爱的结晶。这孩子似乎长得非常壮实，四个月的身子，看起来像五六个月一般。

"叫念竹吧。"

樱草眼里泛起泪光，但仍然笑着，郑重点点头，轻拍小腹，叫道："念竹，小竹子，好好长大，要做个像你爸爸和叔叔一样的好人呀！"

师父，樱草，念竹，比他自己的生命还要重要的，今生今世最割舍不下的牵挂。他真的走不了，他宁愿以自己的前途、自由，一切的一切，来换取这三个人的周全。

"爹，我这就去请黎爷召集大伙儿说个明白，打从明天开始，承祥社报散，大家各奔前程。我会给每个人厚厚发个红包，足够支撑一段时期的生活。至于咱们爷儿仨，关起门来好好过日子，不管世间闲事。只是您传授我一身艺业，从此荒废，太对不起您的心血。"

白喜祥微笑道："我的心血，一点都没白费。你不仅尽得我的戏艺，还学到我教你的为人根本，这些年来，看着你长大，一路行来，忠孝仁义礼智信，一个字都不曾做差。唉，不似你师哥……"提到玄青，白喜祥一脸笑容渐渐转为痛楚，手抚胸膛，咳了两声，背过了身子。

玄青自日军入城之后，投靠临时政府，主动为那个名为艺术雅集实为汉奸组织的戏协效力，在梨园行臭名远扬。虽然他与白喜祥的师徒关系早已名存实亡，但毕竟师出白门，众所周知，白喜祥视之为平生污点，每一提起便自悔课徒不力，伤痛万分。天青知道爹爹心事，赶忙劝道：

"爹爹，您对我们自幼耳提面命，教导忠孝仁义之道，一刻都不曾轻忽过的。我总抱着一线希望，盼着师哥能醒悟过来，浪子回头，还能跟咱们好好在一块儿。"

白喜祥长叹一声："天青，你宅心仁厚，对他一再容让，我看得明白。

不过那孩子心魔太重，早已无可挽救，恐怕迟早有一日自食其果。竹青资质上佳，人品又好，我本来寄予厚望，孰料又……还好有你，天青，得你为徒又为子，乃是我毕生之幸，纵在九泉之下，我都心安。如今这堂堂京师，已然容不下一个戏台，索性就照你说的，咱们爷儿仨，功名利禄一概抛下，回九道湾……"

突然之间，广盛楼一片喧嚷，一群荷枪实弹的警察从戏楼大门冲进来。

天青大惊，当即纵前一步，挡在白喜祥身前。承祥社弟兄此时已陆续聚集后台，闻声都拥在他们身周。警察一窝蜂围上，把狭小的戏台挤了个水泄不通，为首的竟还是个熟人。

"叶科长？"

后面有人讨好地纠正："是叶处长！"

叶葱茏脸色尴尬，微微侧过了头。天青知道原北平政府有不少职员留下来为临时政府效力，其中自有卖国求荣者，亦有为生计所迫者，这叶葱茏既然面有愧色，天青也未加讥讽，只昂然道："何必如此兴师动众？我自己的事自己担承，请勿连累无辜。"

"我们倒不是来请靳老板的，是来请白老板。"

天青这一惊可非同小可，与白喜祥对视一眼，回头道："请我爹做什么？"

"呃，出个堂会，唱出小戏而已。"

白喜祥微微地笑了："自古以来，没听说过请角儿出堂会要用枪的。"

叶葱茏犹豫一下，低声道："白老板，您是靳老板的师尊与老泰山，在下不敢失礼，不过这次受了严命，是非请您去不可，所以阵势大了些，请勿见怪。其实事情倒是简单，对白老板来说，小菜一碟，不过是去红楼唱一出老爷戏，戏码还是您自选呢。"

白喜祥长眉一轩："红楼？给日本人唱老爷戏？"

"黑山少佐跟其他日本人不一样，他很尊重中国文化，最敬关老爷忠义刚直，可算得上是老爷戏的知音。"

白喜祥冷笑道："双手沾满鲜血的刽子手，也配敬仰关老爷！"

"白老板，唱一出戏而已，何必较真呢？"

天青挡在白喜祥面前，对叶葱茏一抱拳："叶处长，您也是懂戏的人，应当听说过老爷戏的规矩。我们伶人敬老爷如神，唱戏诸多禁忌，怎肯听命日本鬼子，玷辱关圣神灵。我爹上了年纪，早已退隐，出堂会之事与他无干，您若难以交差，只管拿了我去便是。"

"靳老板，我很为难哪。上峰要的是白老板。别说白老板还好端端在这儿，就算缠绵病榻，这时候也得爬起来应差。"

"这是什么道理？前清老佛爷也没这么硬传过。"

"时势不同啊，靳老板。如若抗命不从……"叶葱茏态度恭敬，但语声严峻，隐隐带着一丝威胁，"只怕你承祥社，要有灭顶之灾。"

人群一阵愤怒的骚动，警察抬高了枪口。

天青还待说话，白喜祥伸手阻止了他。这位冠绝氍毹数十年的梨园宗师，虽然身材瘦小，举止却自有一番威势，只是略一扬手，周围顿时寂静下来。他缓缓抬头，向周围人群扫视一圈，最后回转身来，凝视着天青，静默了片刻。

"不必如此。我去就是。"

"爹！您……"

"天青，你一向听我的话。"

天青心中，一片冰寒。他深知白喜祥的性情，绝不做违心负义之事，此番一去，凶多吉少，不知抱下了什么样的心思。他急忙道："爹，我陪您一起去。"

"不，你留下来，还有人需要你照看。"白喜祥略整衣衫，缓步向台下走去。

"师父！"天青拦到白喜祥面前，扑通一声，双膝跪倒，"您得带着我！我是您的关平，我不能离开您！"

白喜祥微微地笑了。的确，十几年来，他唱老爷戏，一直是天青为他助演那生死同命的义子关平，《华容道》《水淹七军》《走麦城》……师徒父子，从未有片刻稍离。他伸手扶在天青肩头，爱惜地看着这个心爱的徒弟：

"天青，我不想和你一起封神。"

天青仰起头，眼中全是泪水：

"师父！我要陪着您，咱爷儿俩生死都在一起。"

白喜祥的手在天青肩头用力一按，笑了笑：

"'纲常万古，节义千秋，天地知我，家人无忧'。这出戏，我自己唱吧。"

红楼，汉花园大街十一号，本是北京大学校舍，通体红砖红瓦，故称"红楼"。十八年前的五月四日，这里曾有一队队青年学生举行爱国游行，激越的口号喊彻北平，喊彻全国，引发反帝爱国热潮；如今，这里却成为日本中国驻屯军宪兵队司令部，会聚着日本驻北京军宪特各系统的爪牙，连空气都散发着阴森可怖的味道。

这天夜晚，红楼少有地带了些轻松欢乐的气息，黑山少佐假大礼堂举办一次联欢活动，组织日军官兵、临时政府官员及社会各界代表参加，市公署警察局安排了一些名伶做荣军演出。警察局主管伶界的副局长焦德利亲自带队，于开戏前发表了殷勤无比的致辞：

"……大东亚战争勃发以来，友邦陆海军不惜巨大代价、任何牺牲，驰骋疆场，为东亚民族的解放而奋斗，使其脱离白种人之羁绊，达到东亚民族自卫之目的。政府为示慰劳，并与友邦驻军当局联欢起见，特派我等选拔优秀伶人进行荣军汇演，伶界群情踊跃，奋勇争先，可谓中日精诚团结之表征也……"

锣鼓三通，大戏开场。戏码无非是《红鬃烈马》《四郎探母》等，都是"番汉一体""民族调和"的关目，甚讨日方欢心，台下坐得整整齐齐的官员们致以热烈掌声。黑山亨然是个懂戏的行家，听得摇头晃脑，手指在膝头轻叩，若合符节，遇到精彩之处，高声叫好，连焦德利都不如他能抓准节儿。焦德利坐在他身边，谄媚地向他介绍各戏码及伶人的来历，似乎也还不如他掌握得更清楚。

"大轴是承祥社的白喜祥，这可是我们精选的'活老爷'，唱老爷戏独步京师，据说当年曾被台下误以为关圣显灵……"焦德利添油加酱地把玄青讲的轶事复述一番，"此次特别对他叮嘱，还要照着这个路子唱，咱们少佐那可是真正懂戏的人！白老板连连点头说准定铆上，唱一出他最拿手的老爷戏，对得起皇军对中国付出的一片苦心……"

黑山亨双眼发亮，含笑点头，看在焦德利眼里，无异于最高褒奖。

深夜，到了大轴。锣鼓停，唢呐起，上来一群布衣百姓，唱吹腔：

都只为金兵来犯境，害得我等好苦情。
多蒙了元帅把兵进，杀退金兵才得太平。
这朝中奸臣专权政，恐怕忠良遇祸星。
头顶着香盘鲜花献，单等元帅到来临。

焦德利怔住了。这戏他没听过。当然老爷戏总共数十出，肯定有他没听过的，但这唱词说什么也不像是三国剧情。

台后传来白喜祥高亮醇严的闷帘导板：

扬鞭催马往都城……

马童生龙活虎地翻上，白喜祥登场，俊扮，三绺髯，白盔白甲白马鞭。台下的日本官兵不知所以，一见这人精气神十足，气概过人，立即啪啪鼓掌，中方官员则犹疑着面面相觑，焦德利更是连脸都白了。他再不懂老爷戏，也知道关羽在哪出戏里也不可能是白盔白甲，这扮相绝不是关羽，看起来像是……

他语无伦次地对身边黑山少佐低语："他……他原本说好了唱老爷戏……"

黑山少佐神色不动："他没骗你，这是老爷戏。"

焦德利额头冒汗："关老爷怎会是……"

"你身为主管伶界之警察局首脑，功课做得大大不够。"黑山少佐斜睨着他，目光冷峻，带着浓厚的嘲讽，"中国戏曲之老爷戏有两种，一指关老爷，一指岳老爷。岳飞忠，关羽义，伶界奉若神明，表演上各有一套特别的讲究。这位白老板欺你外行，今天给我们唱了一出《风波亭》，呵呵，公然蔑视皇军，好大胆量。"

焦德利腮边扭曲，咬着牙关，一手按在腰间枪柄上："我，我毙了他！"

黑山少佐瞟他一眼，不置可否，半晌方道："既已开锣，何妨终场。"

台上去众百姓的伶人，心中何尝不知白喜祥此举无异于自戕，苦苦恳求的念白，全然发乎内心："现今奸臣当道，元帅进京，倘有差池，那时悔之晚矣！"

白喜祥双目如电，直盯在焦德利身上："想我岳飞，忠心报国，哪管什么奸臣弄权？列公休得拦阻！"

胡琴拉起过门，这位年已六十四岁的老人，一手戟指，一手按剑，拼尽全身之力，字字进血，高亮的唱腔直透红楼内外：

> 诸父老休得要纷纷争论，细听我岳飞说分明，
> 都只为金兵来犯此境，残害百姓涂炭生灵。
> 奉圣命领兵剿灭贼等，调动了众节度与贼大交兵，
> 那金兵败至在金牛岭，杀得他尸如山，血成海，兀术无处把
> 身存。
> 十二道金牌调我把京进，那钦使他言道，
> 为的是到都城，分功受赏把官升。
> 我若不把京都来进，违抗了朝廷命即算是不忠臣。
> 我岳飞为国家忠心耿耿，哪怕那专权秉政狗奸臣！……

他郑重地双手交叠，对着众百姓深深一揖：

> 话已讲明列位请，后会有期再叙乡情！

台下日军官兵欢然鼓掌，中方官员大半静默着，有的泪光闪闪，有的羞惭地低下了头，还有的发出明显带着激愤的异常响亮的叫好声。

一片喧哗中，枪响了。

白喜祥甚至没有伸手捂住伤口。他任鲜血自前胸迸流，径自站定，亮相，笔直地向后一倒，摔了一个完美无缺的硬僵尸。

第二十五章　恶虎村

寒云席卷北京城。青砖碧瓦，白塔红墙，都笼罩在一片暗灰中。时交立冬，便已飘雪，硕大的雪花一簇簇盘旋飞舞，和漫天飘散的纸钱一起，落向街边人群。

无数民众在这凄寒清晨走出家门，冒着肆虐的风雪，聚集在南城九道湾胡同口，人头涌涌，而彼此默默无言。城池沦陷之后，人人都习惯了沉默，敏感事件当头，更是闭紧嘴巴不发一语，但是源源不断会聚而来的人流，本身就若一句句呐喊，在灰暗的街道上，飘飞的冷雪里，拥挤的沉默中，彼此感受着跳动一致的脉搏。

九道湾胡同口亮着一份醒目的六十四杠大罩，五丈五尺长，一丈多高，罩片是红缎圈金彩绣的百寿图，上方挑着两尺多高的金箔罩漆大火焰，四角饰有精雕细刻的兽头龙口，衔着花穗，拴着荷叶帽、金葫芦和各个不同的花拍子。整份大杠，辉煌壮丽，灿烂非常，杠罩四边放置的红木执事架上，插了红蓝两色拨旗，写有"崇文门外广兴杠房"字样。广兴杠房自然是京城盛名有著的老字号，但气派如此之大的大杠，就连经历了前清的许多老辈儿都没见过。

"白圣人……"

"……可惜……"

"嘘……"

人群中依稀有些按捺不住的窃窃私语。

白家小院内，丧棚高搭，樱草身穿重孝，长跪灵前迎接致祭宾客，一张小脸，也跟四下张挂的纸钱一样雪白。

自从得知爹爹噩耗，仿若晴天霹雳将她的神智击溃，长久没犯过的头痛病又卷土重来，至恸之下，几度昏厥。在这世上，白喜祥才是她最亲最爱、最尊最敬、陪伴最久、施恩最深的长辈，比她自己的亲生爹爹，还要亲密不知多少倍，那慈爱的笑脸，一朝永诀，无处伸张的血海冤仇，如一把利刃，瞬间搅碎了她的心。连日来一次次哭倒在老人遗容前，一次次在天青怀抱中醒来，眼前一片昏黑，头痛如绞，前半生所有那些温暖片段，在这白家小院里度过的欢乐时光，此时都变成苦痛的牵绊，将她拉入无边无际的深渊。这凄苦人世，仅剩她与天青二人相依为命了，所有亲人都已离他们远去，以各个不同的方式诀别……天青面对爹爹的死，几乎像是整个人都被掏空，僵滞地接了爹爹遗体回家，僵滞地亲手为他装敛，僵滞地凝视他的遗容……他甚至一直没有流泪，一直惨白着脸，冷硬得如一块万古寒冰，只有一双眼睛泛着异样的血红。

白喜祥的死，本是众目睽睽凶手昭昭，但在这沦陷之城，血腥乱世，却全无申冤报仇之地，若不是天青甘冒大险登门认尸，几乎连遗体都无法保全。红楼刑场每日冤魂不知凡几，日本人对于在自己地盘死了个老伶工，毫不在意，焦德利更以肃清反日分子为由，视出手行凶为理所当然，反倒派人到白家威逼天青，丧事不得大操大办。

"停灵三天，赶紧起杠发引，'八个人，一杆尺，五个和尚一堆纸'，不准逾越此例。若敢违抗不从，当心你的小命。"几个挎枪的便衣指着天青鼻子叫嚷。

天青一言不发。待得便衣一走，他叫来黎茂财：

"帮我约崇文门外广兴杠房、地安门外大街帽儿胡同广合斋冥衣铺、右安门外丰台花厂、鼓楼西大街郭记家伙座铺、新街口夏记棚铺……一切都要最高品级，完活儿另给赏钱。马上贴丧条制孝衣，我亲自去磕报丧头。家里搭起脊大棚，挂彩活儿，准备酒席，门吹儿，停灵三十五天，每夜焰口，通知亲友同仁，接三送七，立冬次日大殡。"

整个京城都被震动了。

白喜祥的死因早已到处流传，人人皆知这位德高望重的"白圣人"因力抗日本人淫威而死，死得英勇，死得壮烈，任谁心里都要暗道一个"服"字，都在期盼能有一个表达敬仰、发泄郁愤的时机。此番大办丧事，正合民众心意，停灵期间，九道湾人满为患，川流不息的全都是前往白家致祭的人，鼓乐终日不绝，举哀声、丧歌声、诵经声，远播胡同内外。来祭拜的宾客，有梨园人士、商政名流、文人墨客、布衣百姓，有的是白喜祥的老兄弟、旧同仁、学生弟子，有些只是一面之交，有的曾受白喜祥善举之惠，亦有许多素不相识之人根本只是慕其义名而来，进门烧香跪拜，塞了帛金就走，天青和樱草连磕头拜谢都来不及。

"这笔款子，你可知道？"一位身穿孝服的陌生人，将一张单据出示给天青。天青接过一看，原来是一份欠条，写着白喜祥借取大洋五百块整。

"是上个月的，他说一位老兄弟有难，急用现大洋，他一时筹措不出，又不想惊扰你，因此在我家银铺赊取，言明年内本利归还。"陌生人道。

天青嘴角一颤，深深施了一礼："先父业已归仙，债务自然由我承担。请您稍待，我这就去……"

"我不是这个意思。"陌生人神情肃穆，"只是要你知道，这笔债务，不用还了。白老板高风亮节，大义大勇，我等景仰还来不及，哪有讨债的道理？能有缘助过他的一臂之力，是我毕生荣耀。"他举起手中单据，就在灵前蜡烛上焚化了，一撩袍角，恭恭敬敬跪拜下去。

堂前传来一声号哭，是黎茂财，跌跌撞撞奔过来，扑倒在灵前，磕头磕得砰砰山响：

"二爷啊！我对不住您，我不是人！我敢吞白圣人的钱，丧尽了良心，是猪狗不如的畜生！这些日子我只想一刀剁死我自个儿！这些年的黑钱，我马上都供出来还给承祥社，您大人大量，别再怪我！来世我愿给您做牛做马，只求您还容我好好伺候您！……"

伴宿之夜，发引前夕。樱草与天青整夜跪在堂屋，为白喜祥守灵，两代三人，共度这最后一夜。天青依然神情僵滞，手扶着樱草，眼睛只盯住灵桌上白喜祥的遗像。

"你当心身子，"他低声说，"这一个月，生受你了……"

"你也一样。"樱草抚摸小腹，仰望着天青满面于思的侧脸。她以带孕之身服丧行孝，固然损伤元气，但天青如此强行压抑心中至痛，长时间不得释放，更令她担心不已。她轻轻拉住天青的手，天青回握了一下，手指依然坚定，却有着异样的寒凉。樱草心头一痛，也回转头来，望着白喜祥的遗像：

"一切仍然像是做梦一样，好像明早醒来，又回到我四五岁时候，在爹爹面前撒娇，捣蛋，他总是那么笑眯眯的，一句狠话儿都没说过我……"

天青静默半晌，缓缓说：

"爹爹对我们能严厉些，但是一向都是为着我们好。"他望着灵前几炷香火，"那时候他拿香火头子教我练眼神儿，我笨，学不会，可挨了他不少骂，但是……"

"拿香火头子练眼神儿?"

"嗯,我小时候眼神呆,不亮堂,行内叫'没眼睛',但是爹爹说,能练出来。他把屋子关严,封得漆黑一团,四下挥着香火头子,叫我跟着转眼珠,那可真是个辛苦的练法,他比我还辛苦呢。现如今人人说我眼睛有神,一睁眼睛就能镇场,那不是天生的,是爹爹帮我练出来的。"

他膝行几步,跪到棺前,举起手臂,轻轻拂去棺上的灰尘:"这一生,爹爹给我太多,粉身碎骨,无以回报,但是我……我……"

他两手抱住棺首,脸贴在棺上,良久不语,樱草只看得见他的肩背微微抽动。

"天青哥……"

天青的声音喑哑,仿佛自地心幽深处传来:

"我怎么才能……去宰了那个焦德利和黑山?我,我恨我当年在六国饭店,没能直接打死了他!"

樱草无言以对。她只能上前抱住他,以自己温柔的抚摸,安慰这男儿无处抛洒的血泪。

"樱草,我该怎么办?原只想着竹青的冤情一直未明,所以才不能报仇,没想到如今纵然已经明知杀害爹爹的凶手,也还是没有法子报仇,一介小民,在这乱世之中,到底能做什么呢?我一直笃信戏里说的,'血海的冤仇终有报,且看来早与来迟','早'是不能指望了,'迟'呢,会迟到哪里,会真的来吗?"

灵堂之中,一片静寂。烛火飘摇,映照着两个悲恸的年轻人,握着彼此的手,拥紧彼此的肩,在这冰冷人间,分享仅存的一点温暖。

巳时已到,大殡开始,白喜祥的灵柩抬出白家小院,先在门口上了八杠的小请儿,到街外换升大杠。孝女林樱草身穿重孝,打着金钩龙凤引魂幡,在天青的陪伴和一众亲友簇拥下,捧着吉祥盆走在队首。一行人顶风冒雪,含悲带泣,堪堪出得街口,却见一队便衣赶到,横挡在大杠前,登时将发引队伍阻住。

"靳老板,您的胆子也忒大了点!"为首一个便衣走到天青面前,不耐烦地瞪着他,"上头的指示,您都当耳旁风么?"

天青认得此人,就是当日来威胁"不准逾越此例"的走狗。他伸手将樱草护在身后,沉声道:"尽孝行丧乃是天经地义,没违了任何律条。"

"别藏着乖的卖傻的!"便衣凑上一步,向四周拥挤的人群使个眼神,"声势搞这么大是想干什么?叫你停灵三天,你足停了一个月,还没闹够吗？赶紧散了人，不准上大杠，把这小请儿抬走，路上不准停留！"

天青一动不动，昂首望住他："先父德高望重，承蒙众亲友送行，乃是人心所向。'上头'不给我们活路，总不能连死路也不让走吧！"

话音刚落，周围早已愤懑不平的人群，顿时嗡嗡一片。天青身后，承祥社众兄弟高声呼喝："北京城千百年来上杠发引的老规矩，怎么改朝换代了就不成啦？""贪赃枉法的官府有过，阻着孝子发丧的官府倒是没见过！"……

那便衣目露凶光，手按在腰间挎着的枪盒子上，正待开腔，忽然人群一乱，又一队人马冲进来，个个身穿重孝，挤在便衣与发引队伍之间。为首的黑汉子朝天青施一大礼，吼道："兄弟！吉时已到，怎么还不请老太爷上路，一路上的祭棚都等着呢！"不由分说地冲杠头一挥手，"升杠！"

天青认得清楚，正是他那自封的结义兄弟乌老三。他带的一群弟兄，那都是打起架来不要命的主儿，此番一哄而上，顿时挟裹着几个杠夫将灵枢上了大杠。承祥社众兄弟也挤上前来，护卫在天青与樱草身周，几个便衣一时间显得势单力薄，手中虽然有枪，面对群情汹涌，也不敢轻举妄动，各自觑着情形，慢慢退后。樱草见状，当即在街口跪倒，照着一块沙板砖上摔了吉祥盆，泣叫一声：

"爹啊！"

鼓乐大作，发引队伍启程。

拥挤的人群让开一条大道，目送队伍在漫天大雪中走上前门外大街。一对"北京特别市梨园公会"的旗帜高擎，率先开道；开路鬼、打道鬼、喷钱兽、判官、钟馗、金童、玉女等纸活儿，松狮、松亭、松鹤、松鹿、松人等松活儿，迤逦随后，京彩局精制的十余座匾额亭随之上路，放置着各方敬致的匾额："广陵绝响""黄钟息焉""白雪谁赓""善容顿渺""惠及灾黎""硕望犹存"……红漆竹竿高高挑起数十幅挽联，各由两人擎举，浩浩荡荡的五半堂执事随后，锣九对、刀四对、枪八对……跟着是官鼓大乐一班，清音锣鼓一班，各种响器鼎力齐鸣，声震九霄。一丈多高的彩活影亭由三十二位杠夫抬出，上面供着巨大的白喜祥影身图，随有魂轿一乘，供有灵牌。此后是番经、道经、禅经各一班，上百位喇嘛、道士、和尚诵经念咒，喃喃有声……

京师百姓，多少年未见过如此声势浩大的发引队伍。繁盛的仪仗倒也罢了，最不得了的是后面执绋送殡的人群，绅商各界、生前友好，总共来了五六百位，梨园行不仅列齐了梨园公会的七行七科代表，更有名震京师的前辈名宿、新晋大角儿，一个个身穿孝服，肃然行进在队伍之中。围观人群矫舌不下，低声议论道：

"四大名旦，四大须生，都来了……"

"高老板已经多久不露面了？子侄挽着来……"

"到底是白圣人……"

"唉，世道人心啊……"

整个队伍，绵延数里，前行已出了永定门外，才轮到天青和樱草及承祥社全体弟兄，扶着灵柩自九道湾起杠。六十四位杠夫个个都是红缨帽、绿驾衣，满穿套裤和靴子，精心将这大杠扛得平平稳稳，遇有坑洼凸槛，都钻到杠下亲身背着过去。京城最有名的扬纸钱好手"一撮毛"带一班徒弟拥在杠前杠后，推了好几车的纸钱，沿途路口，烧纸活就火势，将大把纸钱直掼入云，高空中四下飞散，与茫茫大雪交杂着漫天飘舞，良久不落，凄清中带着几分壮烈，让人心头随着这片片飞白而激荡不已。

时过正午，往日繁华喧闹的前门外大街，一片肃穆，沿途各商号全部关门上板，门上贴白纸裹白布，门前搭了路祭桌棚，掌柜和伙计一字排开，深施大礼，连临街住户也都设了茶桌为这位义伶致祭。梨园公会、剧场公会等行会设的路祭大棚，极尽隆重，在发引队伍经过之时，请出遗像供在灵桌前，摆上祭筵，主祭人上香、献爵、焚帛，两侧僧道高声吟诵经咒，半晌方毕。天青一身重孝，逐桌磕头致谢。

焦德利派的警察和便衣，逡巡前门一带，随时准备喝止丧事，锁拿丧主，但是这场面实在大得异乎寻常，警察不敢造次，往来飞报局里，焦德利思忖再三，终也未敢逆着如此显明的民心向天青下手，只好命令属下维持治安，谨防群情汹涌将事态闹大。结果，满大街的警察倒成了为发引队伍保驾护航的保镖，紧守两侧街边不敢有片刻稍息。浩浩荡荡的队伍直走了大半日才全部出了永定门，围观人群又过了一个时辰才渐渐散尽，只剩下警察们三三两两地站在街头低声抱怨。

永定门外八里，是白喜祥的祖茔，他的亡妻纪缃兰、亡女白丹丹，都已经葬在这里。灵柩到此，亲友和仪仗陆续辞去，只剩了天青、樱草以及承祥社几位至亲至近之人。杠头的响尺声中，几位杠夫一齐摘肩落地，用大绳将灵柩稳稳地系入打好的穴内。

"老太爷的宝材已经脚登实啦！"杠头高声禀告。

鼓乐悲号，纸灰飞扬，一众亲友各持一抔黄土撒在灵柩之上。做活儿的举起铁锨，恭恭敬敬地合龙了坟土，天青与樱草在坟前含泪叩拜，长跪不起。暮色渐渐降临，大雪仍然未止，轻柔地覆盖了坟头，覆盖了周围的茫茫荒土，只有洁白的汉白玉石碑，皓然肃立在风雪中。

"玄青，我没听错吗，你在说什么？"

殷绣帘满脸惊恐，直勾勾盯住玄青。

玄青坐在床边，垂着头，额上全是细密的汗珠，嗫嚅了半天，方道："……也就是陪他们吃吃酒，聊聊天，唱些曲子。黑山少佐和焦局长都是文明人，不会难为你的。"

"一个是杀人如麻的日本军官，一个是臭名昭著的警察头子，他们刚害死你师父，手上还沾着你师父的血，全城都在恨他们骂他们，你，你忍心把我往虎口里送？"殷绣帘簌簌发抖，泪花飞溅，伸手拉住玄青手臂，"你去跟他们说，我是你妻子，不能做这样的事！"

玄青用力搓搓自己的脸："我有什么法子！焦局长说了，若是不肯送你过去，连我的命也难保。绣帘，你帮了我这么多年，这次就算再帮我一次，咱们过了这个坎，以后准定一帆风顺，我一辈子都记你的好。"

"我一弱女子，到了他们手里，能是什么下场？玄青，我不求你飞黄腾达，不求你荣华富贵，你打我骂我，我都不计较，只想跟你平平安安过日子，你不能就这样把我抛给一群狼……"

"那你要我怎么办？你说我能怎么办？"玄青咆哮起来，"黑洞洞枪口对着我，你说我能怎么办？你舍得我为你死？"

殷绣帘哀哀啜泣着，抓起针线篮里的剪刀："让我去死吧，玄青，你一刀杀了我，死在你手里，好过受那班禽兽污辱。"

"你死了他们也不会放过我！"玄青焦躁地起身，跺了跺脚，"怎么忽然做起贞节烈女来了？"

"玄青，你……"

"我怎么？"他恶狠狠地望向她，"你又不是没卖过！"

仿佛已经被一刀穿了心，殷绣帘的哭声忽然顿住，脸色变得惨白。她睁大了一双含泪的眼，不可置信地盯着玄青，手指握着剪刀，在刃上勒得出血也茫然不觉。玄青兀自说下去：

"就当是回莳芳馆接一次客，又怎样！"

他瞥一眼殷绣帘的脸色，缓下口气，咧嘴一笑，笑得嘴角的褶子一层层堆到一起：

"就这一次而已，下不为例，啊？这次的客人对我特别重要，还指望着你帮我吹吹风，如果能在戏协拿到首长位子，那以后我就是角儿们的角儿……"

殷绣帘什么也听不见了。她耳边只剩下一片哗啦啦的声响，似乎是什么的碎裂声，对，是自己的心在碎裂，整个人都在碎裂，碎成齑粉，碎成烟尘，飘散空中，不可收拾。她自己好像变成了一个虚无的灵魂，静静望向这个粉碎了的躯壳，心中没有痛苦，没有悔恨，只有无尽的嘲讽。

过去六年，自己以为的幸福日子，未来半生，热切期待的美好时光，全都这样碎掉了，一丝渣儿都不剩。她真的是未曾求过玄青什么，她全心全意地给予他，把一个女人最好的爱送给他，她不在意他败了嗓子唱不了戏，不在意他脾气暴躁动辄打骂，甚至不在意他投靠日本人，不在意他恶劣地对待他的师父师弟，只要他肯要她，就什么都好，在她的眼中，他始终是良善的好人，一切都是不得已，他心里爱她，只是不表达而已，她愿意就这样无怨无悔地伺候他一辈子，哪怕一直都没有个名分……

所有这一切，全都碎了，原来在他心里，始终只当她是个婊子。

他语气温柔下来，坐到她身边，轻声道："绣帘，想开点，过几天就回来了。这次我真的答应你，回来就和你成亲，八抬大轿娶你过门……"

殷绣帘怔怔地望着他的脸。方正的下巴，细长的眉眼，和记忆中那张脸，长得一模一样。但她终于明白了，他根本不是她的藕哥儿，这么多年来她爱的只是一个幻象，爱的是一个梦，是梦中的自己，是相爱的感觉，是情爱本身。她的藕哥儿，和她自己，早就死了，在她十四岁那个夏天，死在一起了，永远从这个世界消失，她再怎么拼命地去找，也不可能找回来。

血从她手指间流下来，滴在裙子上，床单上。她茫然坐在那里，全然没有知觉，仿佛要坐到地老天荒。

玄青焦躁地在堂屋里转来转去。

殷绣帘出门大半天，买了不少胭脂香粉什么的回来，把自己关在卧房里梳妆打扮，这么久还没弄好。

他是真的不舍得她，怎么会舍得呢，那么美，那么温柔，水一样，花一样，在这六年时光里，无止境地服侍他包容他，让他过得神仙一样舒服。他当然不情愿把这样一个女人送给焦德利和黑山亨，但是他也是真的没辙啊，他如何对付得了那两个人？

"口头上说了千百遍效忠，这回要看你的实际行动了。"局长办公室里，焦德利龇着牙，掩饰不住满脸兴奋，"你打哪儿弄到这么漂亮的女人？"

玄青满脸流汗，拼命鞠着躬："是个妓女而已，没资格服侍皇军……"

"少跟我来这个哩哏儿楞，有没有资格，我说了算。"焦德利得意地打个响指，"黑山少佐的口味可高得很哪，我正愁弄不到让他满意的女人，可巧你们送上门来。告诉你，你不要把这女人的出身到处乱讲，泄露出去，当心我拿你下狱。你们两个，都给我老老实实守口如瓶，焦某当然不会亏待你们。"他瞄瞄桌上的文件，"若能服侍得皇军满意，这戏协副会长的位子，我荐你去做。"

玄青舒了一口气，鞠躬也顿时轻快了："多谢焦局长栽培！我回去马上送人过来。"

"这才像话。你我都是为皇军服务的，要尽心尽力才好。我呢，也只是叫这女人来梳拢一下，教教她上流社会的规矩，再送去给黑山少佐享用……"

玄青根本不信他的话。他又不是傻子，明知这好色的焦局长接了殷绣帘去，势必要先据为己有，享用够了再献给皇军，怎可能雁过不拔毛？不过这份屈辱，也只能忍了，只要能握到戏协大权，从此整个平津伶界全是自己天下，以后何愁身边没有好女人。殷绣帘好是极好的，惜乎贱籍出身，总是没资格做他的正妻。

这么久了，还未梳妆完毕，真是慢得气人。但好不容易说服她去焦府献身，此时又不敢得罪，连催促也是不能。玄青心下存了戒备，怕殷绣帘真的打定主意装起贞节烈女来，一刀寻个自尽，那他的如意算盘可就全落空了，但一路仔细倾听，房中簪环叮当，并没什么可疑动静。他继续在堂屋里踱步，遥想着如果当上戏协会长，头一件事就是要拿靳天青开刀，他有办法叫他生不如死，报还半生所有仇怨……

卧房门开了，殷绣帘走出来。

饶是玄青已经和她同床共枕六年，一见此刻风姿，不由得也痴了。她梳着一只现在已经过时了、但是别有一番韵致的"平三套"发髻，一头秀发乌黑油亮，几朵绒花恰到好处地点缀其中，耳边两只硕大的珍珠耳珰映得整张脸都泛着幽幽的光。身上穿的，是当年在蒔芳馆初见她时穿的那种高领长袄，马面裙子，亮泽的宝蓝底子，绣着整套的牙白宝相花，光彩夺目，让人禁不住屏了呼吸。最震动人心的，还是她整个人脸上身上，仙子一般的神韵，虽是淡妆轻抹，却是艳丽不可方物，仿佛从头到脚，都笼罩着一层光晕。

玄青心里泛起深重的悔意：他不该献出这个女人！找个托词，说她有恶疾在身，或者和她乔装逃走，未见得不能在北京之外谋个好生活……但是转瞬之间，他又用力摇了摇头，把这些愚蠢幼稚的念头摇去：他，穆玄青，大好男儿，怎么能被女色所惑，放弃自己的身家前程？未来日子里，他能得到的一切，百倍于面前这个女人！

他一时还没太想好该怎么对她，是马上送走，还是软语安慰几句，是洒一点离别泪，还是……趁着情热享用一番……刚待开口，殷绣帘已经敛了敛裙角，轻轻一笑，把他所有的话，都堵回在嘴巴里：

"很久没为穆爷唱曲子了，今天容小奴家清歌一曲，给穆爷留念。"

玄青微微一愣，心里着急，却不敢催她，只好胡乱点点头，走到椅前坐下。殷绣帘不知从哪儿取出多年没用的鼓板，慢吞吞地摆好，樱唇微启，击鼓轻唱：

> 孟夏园林草木长，楼台倒影入池塘。
> 黛玉回到潇湘馆，一病恹恹不起床。
> 药儿也不服，参儿也不用，饭儿也不吃，粥儿也不尝。
> 白日里神魂颠倒情思倦，到晚来彻夜无眠恨漏长……

玄青焦躁地挪挪身子。这是一曲《黛玉焚稿》，当年在蕲芳馆听她唱过，老长的一曲，那时候听得悦耳怡情，巴不得越长越好，此时却没那个雅兴。但是有求于人，又能有何奈，只好耐心听她一句句唱下去：

> ……暗想到自古红颜多薄命，谁似我伶仃孤苦我还更堪伤。
> 才离襁褓就遭了不幸，椿萱俱丧弃了高堂。
> 既无兄弟和姐妹，只剩下一个孤鬼儿受凄凉。
> 可怜奴未出闺门一弱女，我是奔走了那多少天涯道路长……

殷绣帘眼中光芒闪烁，不知道是泪还是什么，玄青无心细看，只是不住地把两条腿颠来倒去。殷绣帘也并不看他，一双眼望向前方不可知的虚空，纤手轻敲鼓板，只管倾情歌唱：

> ……五美女绿珠配石崇，红拂配李靖，明妃配汉帝，西施配吴王，虞姬配项羽，自刎在黄罗帐。
> 这都是倾国倾城美貌女红妆，她们哪个有了下场。
> 现如今奴身不久归黄土，它也该一缕化火光。
> 又命紫鹃将诗帕取，见诗帕如见当初赠帕郎。
> 想此帕乃是宝玉随身带，暗与我珍重题诗写情肠。
> 无穷的心事都在二十八个字，围着字点点斑斑的俱是泪行。
> 这如今绫帕依然人心变，回思旧梦尽渺茫。
> 命紫鹃火炉之内多添炭，诗稿诗帕往炉内装。
> 紫鹃回答说可惜了啊，黛玉说痴丫头你怎知我的心肠。
> 想我这聪明依旧还天地。烦恼回头归上苍。
> 香奁佳句消除尽，不留下怨种愁根误闺房……

最后一句，余音袅袅，良久不歇。

殷绣帘慢慢将鼓板收起，珍重搁在堂屋八仙桌上，望了一会儿，这才缓缓转过身来，凝视玄青。她的神色，近乎一片空白，却又似满载千言万语，一时间让玄青无法直视，含羞带愧地低下了头。殷绣帘也并不说什么，站了许久，方敛敛裙角，深深福了一福：

"穆爷，我去了。"

冬风飒飒，裹着戒备森严的红楼，更增肃杀之意。

天青坐在桌前，两手半握成拳，撑在膝头，腰背笔挺，一动不动。

少年学艺时，白喜祥教他这个坐姿就教了许久，戏台上的一戳一站，行走坐立，全是学问，站如松坐如钟，坐也要坐出一个武人的轩昂器宇。那时的他，为练好这坐姿，一坐坐几个时辰，全身绷紧不能有片刻放松，时日长了，自成习惯，台下也永远挺拔端坐，一望可知是个武生。白喜祥也是这样，戏台下，生活中，终生带着艺业的印记。

一想到爹爹，天青的拳攥紧了，指甲深深陷入掌心。连日来他无法摆脱那剧烈的思念，日日清晨，走去永定门外那座新坟，为爹爹上上供，培培土，陪他说说话儿。死亡是如此残酷的一件事，一抔黄土，永隔阴阳，那慈爱的笑容，端严的教诲，沧桑的皱纹，温暖的手，从此都成绝响，二十年的相依相随，台上台下的倾情陪伴，一切都已经成为他生命中的一部分，如此赫然割离，留下一个血淋淋的红到暗黑的巨大伤口，永远无法痊愈。他早已不再哭泣，泪水都已被仇恨燃尽，胸中充塞着熊熊血气，只想拼尽全身之力，杀到那群奸贼中去，同归于尽，在所不惜……

此时的他，正在敌巢深处，屋中只有他一人，但门外密密层层都是士兵。一侧墙上有窗，封着铁栅，另一侧隔壁，就是正在举办宴会的厅堂，阵阵笑语喧哗清晰传来，与这屋子里的气氛格格不入。他穿着一件素白长衫，是孝服，是正在白喜祥坟前上祭，被一群如狼似虎的士兵追踪而至，不由分说地绑到这里……桌上搁着彩匣子，没打开。照着隔壁那些人的要求，他该化妆演戏的，但他没动。

门开了，一个穿黑色警官制服的人走进来，领口敞开着，酒意从脸一直泛到脖颈，手中一只半满的杯子晃来晃去，身子也有些立足不定：

"还没扮上？别给脸不兜着，靳老板！"

是焦德利。

天青缓缓站起来，手扶椅背，一双眼睛精光湛然，直盯在他脸上。

　　焦德利戒备地向后退了一步，瞄瞄天青的赤手空拳，又瞄瞄拥在自己身边的几个属下，放下心来，阴沉地歪了歪嘴角：

　　"黑山少佐对你的垂青，真够可以了啊。今晚的《恶虎村》是他点名要你来，说你的黄天霸'走边'是一绝，'飞天十响'神乎其技，他早有听闻，今儿个一定要见识见识。啧啧，你看人家黄天霸，当年也是江湖豪杰，识时务归顺朝廷，一身功夫有了用武之地，自然步步高升……"

　　话音未落，焦德利只觉一阵疾风劈面而至，那一直沉默着的靳天青，突然抡起手中坐椅，纵身向他砸来。椅子是一只红木交椅，相当沉重，被他这样一把抡起，声势极其猛恶，直吓得门口几个人全都呆了。焦德利慌乱之间，躲无可躲，只能双手抱头拼命侧身避去，终于还是被椅子砸到肩头。只听得喀啦一声大响，椅子碎成几块，焦德利长声惨呼，周围几个被飞散的木块扫到的警察也禁不住地一片怪叫。

　　"抓住他——！"

　　身后警察一拥而上，费了好一番功夫才架住势若猛虎的天青，用力拉开他手臂，将两只手都牢牢铐在窗户铁栅上。焦德利被他砸得，半边身子痛入骨髓，在左右扶持下才勉强站稳，抱住肩头龇牙咧嘴了片刻，暴跳着拔出手枪，奔到天青面前，用枪管顶紧他的下颌：

　　"奶奶个孙子的，你不想活了！"

　　天青一言不发，只炯炯盯住他。焦德利还待再骂，却只听风声又响，天青的腿已经扫到他耳边，砰的一声，正中太阳穴，将他狠狠踢翻在地。一个武生的腿，那是何等力道，虽然双手被铐，身手受了限制，这一记也踢得焦德利满脑袋钟鼓齐鸣，良久不息。左右上来扶持，他摆手甩开，痛得蜷在地上不敢稍动。

　　想宰了这个靳天青，想一枪崩了他，想一刀刀碎割了他……焦德利好不容易才坐起身，往日阴白的面孔这时候更是白得跟纸一样，心里蓬蓬勃勃的全是杀气。他举起手中的枪，几次瞄向靳天青，几次又颓然放倒——妈的！宰了他当然容易，但棘手的是，黑山少佐就在隔壁等着他唱戏，眼下别说要他的命，就算是动手让他挂点彩，等会儿扮不起戏上不得台，焦德利也担不起这个干系。谁叫自己有那么个主子呢？只能且忍一时之气，回头再来慢慢收拾他不迟。

　　"好样儿的，靳老板，还敢跟我动手！你，有本事今儿你就硬挺着不唱，给我看看下场。告诉你，这栋楼后头，就是皇军的刑场，拉过去方便得很，你听着狼狗叫声没？它们可都是精心训练的良犬，最擅长掏人心肝……"

　　一个警察匆匆走进，到焦德利身边打个立正，附耳低语。

焦德利满脸放光，顿时连疼痛也忘了，转头对天青狞笑道："靳老板！用西洋的话说，这可真是个惊喜，你睁开眼睛看看，谁来了？"

天青冷冷抬头，向门口一瞥，蓦然间大惊失色：

"樱草！！"

门外进来的，正是樱草。她全身缟素，鬓边簪着白花，脸色苍白，被身边一群警察和士兵挟持着，尤显得弱柳扶风娇怯难胜，一双黑眼睛定定地望着铐在窗前的天青，嘴唇紧抿，一声不吭。

焦德利爬起身来，摇摇晃晃走到门边，看看天青，又看看樱草，得意地放声大笑：

"真是意外之喜，合着靳夫人也是在下旧交。我倒差点忘了，当年靳老板与我不打不相识，就是为着密斯林。倒不想密斯林还真的委身下嫁，跟了个戏子，靳老板，你可得感谢我吧，那场大狱，坐得值啊！"他凑上去端详樱草，"这么多年过去，密斯林可更水灵了呢，跟着他这个粗人，可惜了了的。哟，这还有了身子！有点意思，带孕的女人我还没玩过。靳老板，是男娃还是女娃，想知道吗？等下我就帮你看看。"

他拖过樱草，伸手向她下巴捏去，樱草甩头挣开，飞奔着扑进天青怀中。焦德利连吃两次大亏，不敢再靠近天青，只站在门口狂笑：

"靳老板！我焦某大人大量，且放你们一马。皇军叫我请尊夫人过来，用意你是明白的，唱还是不唱，掂量着办，什么时候想通了要扮戏了，跟我求恩一声。啧啧，是遵皇军之命，让你老老实实把戏唱完从此青云直上呢；还是索性帮你硬撑到底，看皇军把你们夫妻结果了呢？倒真叫我难以决断。哈哈哈，今晚的好戏，越来越让人期待了！"

门关上了。

樱草用力拉住天青腕上镣铐，试图打开，但是钢铁之物在她纤弱的手指下，难以撼动分毫。她含泪抚摸他腕上被铐齿磨破的血痕，而天青恍然不觉，只急切问道：

"他们有没有伤到你？有没有？"

"没有，你呢，你没事吗？"她细细端详他的脸，打量他身上，投身在他怀中，紧紧抱住，"还以为再也……"

温热的身体在天青怀里，好似一簇烈焰熊熊燃烧。他想抱住她，但是双手都被铐在窗栅上无法挣脱，这渴望这期盼这分分秒秒都可能失去她的担忧，将他烧热、烧烫，烧到滚滚沸腾。没触碰过亡人的冰冷，就不知道这温热的身体有多么宝贵，它强大又脆弱，持久又短暂，触手可得，又稍纵即逝，无所不能，却又不堪一击。天青的人生，已经只剩了这一点点温热，他已经失去了娘，失去了爹，失去了竹青，失去了师父……他的世界里仅剩了樱草，最后的一点爱与希望。

"他们要你做什么，来唱堂会？"

"是。"

"你不会唱的。"

"我……"

天青忽然感觉到从未有过的软弱，心头所有壁垒都轰然消散，一切的意志、信念、坚持、忍耐，全都坍塌。樱草到来之前，他早已做好赴死的准备，为国尽忠，为师尽孝，宁死也不给那班奸贼唱堂会，开口一句，玷辱一生……但是，他，不能失去樱草。他可以坦然迎接一切凶险苦难，但不能让怀中这柔弱的身体，受到哪怕一点点的损伤。此生诸多磨难，一切风霜雪雨，只要为她，全是值得，他是她的靠山，她的庇佑，她的福星，她的保护神……他是她的丈夫，腹中娇儿的父亲。而此刻，却让她因为受自己连累，陷身在这险恶之地，眼看着就有性命之危……

他闭上了眼睛，隆隆心跳直冲脑海，震得全身一片轰鸣。他得保护她，用自己的生命，用自己的……一切……

樱草伏在他的怀里，悄然抬头，一双明亮的黑眼睛，静静凝视着他的脸。她听得到他的心跳，一个英武男儿的勃勃热血，涌动得又快又猛，几乎要跃出胸膛一般，咚咚咚咚，全是无言的心声。她爱惜这充满活力的心跳，爱惜这温暖的躯体，爱惜这相知相恋、相依相守的生命，但是，近二十年的携手成长，半生倾情爱恋，她太了解怀中的这颗心了，他是浸泡在忠孝仁义里长大的，家与国的情怀，忠与义的信念，刚直的品行，宁折不弯的个性，从未因阅尽世情而改变，他始终都是她初相识的那个少年，热血激荡，义无反顾，肯为自己信奉的、热爱的一切，做出任何牺牲。她爱的就是这个始终不肯成长的少年，就是这颗拒绝被时光被沧桑侵蚀的心，而这颗心如今就在她耳边咚咚地跳着，一声声都是他的纠结他的痛……

"你……去叫焦德利来，放开我……"天青艰难开口，额头汗水涔涔而下。樱草没有动，仍然静静望住他：

"你要唱？"

"我……"天青多少年来头一回不敢正视樱草的眼睛，他扫了一眼桌上的彩匣子，苦痛地扭过了头。樱草伸出手，如小时候那样，轻轻扳过他的脸：

"你愿意给他们唱？"

"只是一出戏而已，樱草，我不能为这一出戏，送上你们母子二人的性命!"天青控制不住地颤抖着,手上的镣铐,哗哗作响,"快去,叫他来,只要肯放你走,我马上扮戏,让我唱什么我都唱,快去!"

樱草摇了摇头,凝视他的眼睛:"今儿唱完了这一出,准定还有下一出。戏唱完了,准定还有别的关目。叫你去当那个什么戏协的会长,你也得去,叫你去临时政府做汉奸,你都不能拒绝。只要有我在,你就什么都得听他们的,是不是?天青哥,这是逼我效法《潞安州》《宁武关》么,让我一刀自尽,才能免你后顾之忧,做你自己想做的事?"

"不,不,樱草,你不能离开我……"天青的声音哽咽,汗水浸透了衣衫,"我要你活着,只要你活着……"

樱草摸出手帕,轻轻为他拭去汗水:"天青哥,我当然愿意活下去,这一生我过不够,我要跟你天长地久,白头到老永不分离,但我懂得你,生死事小,气节事大,这次若是为了救我,屈服于日本人的淫威,后半生你要怎么面对自己?我没法想象那时候你要受什么样的折磨,你心里一直只有忠孝节义……"

"樱草,我心里不仅有忠孝节义,还有你啊,樱草。"天青终于望住她,眼中透出无尽的痛苦与挣扎,"我不能为自己的忠孝节义,舍弃了你。什么《一捧雪》《九更天》《法场换子》《搜孤救孤》,那都不是我唱的戏,我绝不能像他们一样,让我的亲人为我牺牲……宁死不屈,当然是我心愿,但是若能救得你周全,我,我愿意担当一切,纵使此生身败名裂,我都甘心!"

"你甘心吗,你能做到吗?你唱了这出戏,回到家里,如何面对爹爹的灵牌?"

天青心头如被尖刀洞穿,猛然闭紧双眼,一声不出。樱草轻轻抚摸他轮廓分明的脸:

"天青哥,我知道,要你低头,比杀了你更艰难,你对我情深如此,我死了也知足。人生几十年,跟这茫茫尘世相比,不过是短短一刹那,多几年,少几年,并没有多大分别。你我能厮守这些年,已然胜过旁人几辈子,不需要奢求更多。今天他们将我们关在一起,正遂心愿,一家人得以团聚,世上再无牵挂,生死又有什么相干?天青哥,我爱你,我陪你一起死,跟你一起守住这份忠孝节义。"

天青手上的镣铐,哗哗微响,在这一片静寂的屋中,仿佛回荡着万语千言。他闭紧眼睛,良久良久,终于深吸一口气,缓缓抬头,凝视着樱草的脸。

"樱草……你是上天赐给我的福气。"

樱草温柔地抱住他:"你才是,天青哥。"

"别怪我刚才,一时糊涂……"

"你是太疼我。"

"我只怕……他们不会让我们痛快地死，若是对你……"天青语声微颤，无法继续。樱草轻轻掩住他的嘴：

"死都不怕，还有什么可怕？"

"你……你得答应我，只要还有生机，要好好活下去。"天青目不转睛地望住她，眼中充满深深的眷恋，"我已经难逃此劫，但是他们拿你来，是为了逼迫我，不见得真正为难你，你不要一心求死，答应我，努力活下去。你活着就是我活着，我纵然尸骨无存，一颗心也永远系在你的身上。劳你辛苦，把念竹养育成人，保家卫国，成我未竟之志。若是终于能迎来太平年月，教他学武生，唱好爹爹和我留下的戏。"

樱草强忍泪水："我答应你，天青哥，你也要一样。不怕死，不等于不珍惜生。"

"如此乱世……难为你了。"

樱草微微一笑："希望还能有机会让我们过完后半生的日子。若是就此没了机会，我会好好等待来世，与你再做夫妻。"

她为天青整理好衣衫，拭去额头汗水，裹好腕上伤口，安然抱住他的腰，贴紧在他胸膛。天青俯身轻吻，樱草仰脸相就，两人炽烈地吻在一起。成婚已经两年，腹内珠胎已结，但夫妻二人情深爱浓，从未有丝毫减淡，此刻心意相通，万事不惧，满室肃杀之气，倒都化作了平静的温情。

夜已很深，离大轴时间越来越近，小屋仍一片静寂，外面的宴会，却越来越喧闹。

越来越喧闹。

越来越喧闹。

焦德利早已忘了先前的挫败。肩头的伤，耳畔的痛，全都不在话下了，眼中只有酒，像白水一样灌下去，喝了一杯又一杯。

这辈子好像都没这么开心过，当上副局长，都没这么开心过。

黑山少佐对他献上的女人很满意，而他那死对头靳天青，终于山穷水尽，活不过今晚。

也算是老相识了，正面交锋这么多次，焦德利早已深知这姓靳的性情刚硬至极，绝不可能乖乖给皇军唱戏，但既然黑山少佐想看，自然也雷厉风行地将他拿来。果不其然，他宁死不唱，扮都不肯扮上，把他媳妇拿来恐吓，反倒让他胆气更壮。也好，待会儿到了大轴，且等着看好戏吧，如此赤裸裸地藐视皇军，黑山少佐会怎样处置他？希望不要直接毙了，最好还是能交给焦德利，带回去慢慢折磨，他会让他死得惨酷无比，叫他下辈子都不敢再得罪姓焦的。

他那个怀了孕的媳妇，还是那么美，清丽的少女气息犹存，又比当年多了些成熟的艳光，乍一见面，仍让焦德利有神魂颠倒之感。不过现在不是下手的时候，要先把靳天青收拾完了，再去对付她。最好黑山少佐能把这两个人都交给自己，那可就有戏可做了……惜乎黑山少佐不大可能放过她，这个日本人虽然外表精悍端严，其实是个大色魔，焦德利拼命搜罗女人都满足不了他的胃口，樱草这样的美女，只要被他看见，准没机会再从红楼离开。

现在的黑山少佐，正坐在自己身边，酒过三巡，仪态尽失，垂涎欲滴地盯着殷绣帘，交杯酒儿饮得正欢。殷绣帘眼帘低垂，目不斜视，一把轻柔的声音却让整桌人都遍体酥麻：

"再来一杯吧，黑山君。也敬我哥哥一杯……"

焦德利利用职务之便，调出她的户口大笔修改，抹去妓女身份，命她伪称是自己表妹，以便更好地讨得黑山少佐的欢心。她伏在他身下，顺从地应着，比他玩过的所有女人都更温柔更柔媚更知情识趣。哎，把这样一个绝代佳人拱手送给黑山，还真是个肉疼的事儿呀，但是一旦在黑山面前得宠，自然也少不了自己一份好处。至于那穆玄青，焦德利提也没提一句，回头赏他个什么边边角角的小差事做做，已算便宜了他。

看看袋中怀表，大轴就快到了，台上一个日本女人弹了半天的三弦，咿咿呀呀地终于唱罢下场，几位文武场面就座，架起胡琴锣鼓，等着开戏。焦德利又斟起满满一杯酒，端着杯子走到隔壁，守在门口的警察对他行个礼，摇了摇头。推门望去，只见靳天青依然铐在窗栅前，他那美貌媳妇伏于他怀中，两人相依相偎，根本不向门口看一眼。

焦德利阴森地磨了磨牙齿，将杯中酒一饮而尽。回转桌前，那黑山少佐与殷绣帘还在你一杯我一杯地喝着，焦德利好不容易觑个空当儿，凑了上去：

"少佐！您最看重的那位老板，他藐视……"

腹中一阵剧痛，忽然擎不住酒杯。焦德利不敢在皇军面前失态，强忍着坐回椅上，心中犯起嘀咕：喝多了？今儿个确实有点太开心……

酒桌上忽然静寂下来，每个人神色都有些怪异。黑山少佐也放下了酒杯，眉头紧皱，伸手揉搓小腹。另一个日本军官，按捺不住，哇的一声吐得满地。还有一个一直阿谀的翻译，这时候终于闭上了嘴，两眼翻白，唇边泛出层层白沫。

只有殷绣帘，神色不动，眼帘低垂，只凝视着指间的酒杯。

这一刻，终于来了，和她想要的，一模一样。

说来其实也很简单：那天下午，她假称去买胭脂香粉，拜访了大夫邓漆园。玄青曾得意洋洋地对她讲过，这姓邓的大夫是个洋钱脑袋，只要白花花的大洋呈上，什么丧良心的事儿都做得出来，果然，一试就灵，她用几卷大洋，换了一小瓶亮晶晶的药粉，邓漆园说，那叫氰化钾。

"外国来的化学药粉，贵重得很。"邓漆园点完手中大洋，小眼睛自眼镜上方射出邪恶的光，"挖一指甲，就能毒死一个壮汉，别看这一小瓶，够让满门绝户啦。千万别自己个儿用，死得可惨哪，呕吐、抽搐、剧痛、窒息，转瞬之间七窍流血而亡……"

她不在乎怎么死。她的七窍，早就浸满鲜血，五脏六腑，全都碎裂，不必再服任何毒药，也随时都会化为尘埃。只希望，别白死了，随便做点什么，让自己这惨淡凄凉的一生，起码终结得不那么无聊。她也不懂什么国仇家恨，民族大义，只知道玄青逼她献身的那警察局长和日本军官，都不是好人。她漠然忍受了焦德利三天的蹂躏，终于坐到这群奸毕集的桌前，刚刚才找到机会，将贴身带着的药粉，溶入酒壶之中。

她自己也喝了，若无其事地，一饮而尽，全桌的人，没一个疑心。邓漆园说得没错，毒发又烈又快，眼下这一桌宾主，东倒西歪，那黑山少佐勉力起身，面目狰狞地举起手中军刀，四下劈砍：

"谁？什么人？"

当的一声，军刀落地，黑山颓然翻倒，一阵剧烈抽搐，瘫在早已不动了的焦德利身上。周围官兵察觉情形有异，都惊恐地围过来，喝问着，叫嚷着，一支支长枪短枪胡乱瞄准着。

殷绣帘已经看不见这一切了，她眼前昏花一片，腹中剧痛，如同刀绞。她知道，自己的人生路，已经走到了尽头。死亡原来真的不可怕，很平静，很坦然，不紧张，不遗憾，脑海中慢慢浮起一幅幅的画面……嗯，这短暂空茫的一生，值得怀恋的事，值得告别的人，都不多呢，这些年也只有那个下午，那个叫靳天青的师弟，让她感受到一点人间真情，也不知道他在哪里，今生已经没有机会回报那份诚朴的关怀与温暖……

再就……只有……藕哥儿……

她微微地笑了，眼睛陡然睁大，闪闪发亮。她举起酒杯，向着面前虚空，轻轻示敬，将杯中最后一点酒倾进口中，身子一软，扑倒在桌面上。

第二十六章　长坂坡

冬日城郊，茫茫一片荒野，清晨薄雾笼罩，四下望出去都杳无人迹。天青一手提着一篮供品，一手扶着樱草，两人默默无言地走在小路上。数只寒鸦自他们头上飞过，呱呱叫了几声。

"三七也是大日子，按说应当由她亲人主持，好好做个法事啊。"天青惆怅地望着前方。

"我们自己尽心，也就是了。玄青师哥还是不肯过问？"

"他压根儿不肯开门……我对着门缝告诉他殷姑娘墓地所在，他明明就在院子里，却一声不出。问他到底出了什么事，更是不肯理我……"

樱草凝思良久，摇了摇头："想不明白的事太多了……"

三七二十一天前的那场宴会，全然来了个出乎意料的结尾。天青与樱草本已抱了必死之志，孰料没人再来管他唱不唱戏，只听得小屋外面一直乱到半夜，几个日本兵冲进来，将他们二人与一班伶人一起，没头没脑地拖进地下拘留所，没头没脑地关了三天，又没头没脑地放了。押出红楼路上，天青望见停在刑场的尸首，这三天他已听说，是在宴会中下了剧毒，与焦德利、黑山少佐同归于尽的女人。

他认得她。纵然她已面目扭曲，嘴角血迹斑斑，仍然不减那眉梢眼角的风流韵致，她就是深居于官帽胡同玄青家里，被天青冒叫过一声"嫂嫂"的殷姓女人。天青怎么也搞不懂，这女人为何会从天而降，在这样的生死关头以性命相救，不但解脱了他与樱草的危难，还为他报了杀师血仇；他只记得那个小院中的短暂相逢，石榴树下款款待客的她，宁静温婉，风华绝代，她深爱他的师哥，言辞间满是浓情蜜意，小院中岁月静好，远隔红尘……怎么突然有这样急转直下的结局？

崔福水死也不许天青去红楼认尸，急得嘴唇都白了："这次和白二爷那次不一样，这女人毒死三个日本军官，红楼正在满城抓捕同谋，你再上门，就是找死！"

"我不能任由她曝尸荒野！她于我有救命和报仇的双重恩……"

"那也不成！好不容易出了火坑，怎能又跳回去！再者说了，你怎么认尸，你是她什么人，知道她家乡何处，姓甚名谁？"

天青哑然。

这神秘女子，成了个解不开的谜。身藏的毒药被搜出后，日本人疯狂查勘她的来历，结果所有线索都指明她是焦德利的表妹，由焦德利带到酒宴中来。她与焦德利都已中毒身亡，了无对证，日本人把焦府搜了个底朝上，合家大小一一拿去讯问，也未得出个所以然。最后好不容易，顺藤摸瓜抓到邓漆园，拷打逼供，做成这桩大案的首犯，游街示众，押赴刑场枪决。殷绣帘呢，在红楼曝尸多日，无人认领，照以往惯例，用大卡车与其他无主尸首一起，拉去平则门外护城河边丢弃。

天青冒着冬日严寒，深夜潜藏在平则门外，寻到了死人堆中的殷绣帘。他背着她的尸首走了几里夜路，将她埋葬在梨园义地。这块地由梨园公会统一购置，葬的都是穷苦得买不起坟茔的梨园同侪，四下野寂荒凉，但是起码，是个魂灵安歇之处。没有棺木，没有随葬，没有法事，没有祭礼，什么都不能做，天青只能以一袭薄被，裹了殷绣帘尸身，埋在徒手挖出的土坑里。深冬寒夜，凄冷无匹，他燃起香火，恭恭敬敬跪倒，拜了三拜：

"姑娘深恩，终生不忘。往生之路好走，来世安居乐业，福寿双全。"……

梨园义地到了兵荒马乱的年月，墓园乏人修葺，更是荒芜一片。远远望去，遍地枯黄，荒坟中间，竟然有个熟悉的人影。

"师哥……"

玄青像一头受惊的狼一样从殷绣帘坟前跳开，恶狠狠地盯着天青与樱草。

玄青的世界，整个儿坍塌了。

他万没想到，殷绣帘竟然早萌死志，这一去再也没回来。他当然知道焦德利必将让她遭受一番非人蹂躏，但是殷绣帘是八大胡同出身，陪一次客，有那么重要吗？他穆玄青都不在意，硬是咽下心头怨气，将自己的女人送到别人手里，她怎么就不能忍耐这一回？居然拼上性命，真的做起了贞节烈女，不但自己死了，还毒死了堂堂的公安局副局长和几个日本人……讯息传来，只吓得玄青魂飞魄散，不知投奔哪里藏身的好：这若是被日本人查到殷绣帘的来历，他得是什么下场？

更没想到的是，这桩案子居然没有牵连到他，竟然从焦德利那里，直接扯去了邓漆园头上。玄青起先还庆幸自己福气好，后来才想明白：那是因为焦德利将这美女献给日本人的时候，根本没提他穆玄青的忠心！他又被骗了，总是这样被吃得死死的，所有人都欺他，骗他，害他！

失去了殷绣帘的家，变得阴沉惨淡，地狱一样凄清。再没人为他打理衣食，曲意奉迎，再没人娇语呢喃，软香温玉，宛转郎膝下，无处不可怜……这一个月来，玄青独居小院，日日暗风吹雨入寒窗，孤灯挑尽未成眠，凄惨得无以言表。到这时他才发现，自己的生活，早已和殷绣帘密不可分，这个身份低贱，始终没被他真正放在心里的女人，倾尽自己的一切来对待他，无怨无悔地守护他，他所有的舒适安稳都来自她，这世上唯一能让他顺心遂意的，只有她，她让他过了足足六年宛若深宫帝王般的日子，最后，被他拱手送给了别人……

深重的怨、恨、恼、悔，如熊熊烈火燃烧着玄青身心。焦德利死了，所有承诺都没兑现，戏协成立了，根本没有他的份儿……曾经企望过的前程与未来，一个接一个地破灭，能做的只有逛窑子、酗酒、抽大烟。失去了殷绣帘，他就快连抽大烟的好日子都没有了，已经没钱再去抽"公益厚"的上品烟膏，只能从小贩手里买些掺了灰的劣质烟土，味道辛辣，直冲喉咙，咳得五脏六腑全都翻转过来。他翻箱倒柜，把家里所有值钱东西都当掉，连这座寄托过未来梦想的小院，也给抵押掉……

那个冬夜，森寒透骨，抽足大烟的玄青，却感觉全身火热，宛若浮荡在一片蒸汽中似的飘飘然。他终于找到殷绣帘藏在抽屉深处的钥匙，打开了已经成年没进去过的南屋。灯火之下，这屋子也仿佛浮荡着一片烟雾，缥缥缈缈中，现出靠墙摞放的整排樟木箱。箱子里面，是他的行头，攒了二十年，全套的，金光灿烂，花团锦簇的戏衣盔帽：红龙蟒、蓝官衣、杏黄软靠、青素褶子、老斗衣、鹤氅、文阳、台顶、侯帽、鞑帽、高方巾、员外巾……

殷绣帘把它们收在这里，自他不唱戏后，再也不许他打开。这所有箱子加一起，起码值五六千大洋，玄青几次打过主意想当掉换钱，但是殷绣帘宁愿节衣缩食，把自己带出来的田契地契、珠宝首饰，一件件当掉，也不肯动他这行头一丝一线：

"总有一天，你还要上台的，我等着你把它们重新穿戴起来，仍是最好的角儿……"

玄青哆嗦着双手，翻出钥匙，一只只打开箱子。里面的戏衣盔帽，分门别类，叠放得整整齐齐。他已经很久没接触过这些东西了，手感都已生涩，但是一旦披了上身，仍立刻找回那熟悉的感觉。昏黄灯光下，他站在满地戏衣里，戴一顶王帽，裹一件黄龙帔，耳边响起隐约的丝竹锣鼓，一时间不知道是幻是真。他仿佛又回到广盛楼，台下万众瞩目，喊好儿声此起彼伏，而他傲立台毯当间儿，在那最醒目最亮堂的灯光下，唱一出圆满大戏，台下一排排充满仰慕的面孔里，他看到殷绣帘……

眼泪从他早已干涩的眼底，止不住地流出来。这本是他从小做到大的梦啊，人生唯一的、真正的梦想：唱戏，成角儿，师父的宠爱，兄弟的尊崇，万千戏迷的追随，心爱女人的仰慕……怎么一步步走到了今天的？是谁逼的他，谁害的他？失去的这一切，要怎样才能索回来？

天已经亮了，他迷迷茫茫地出了家门，往平则门方向走去。天青曾来告诉过他，殷绣帘葬在梨园义地东南角，木牌上写了姓氏。玄青怕受牵连，本打定主意一辈子不跟这座孤坟拉上干系，但这一片浑浑噩噩之中，仿佛有什么一直在牵扯、拉拽着他的脚步，让他控制不了自己的心……他都不知道是怎样走到坟前的，只见地上那么一小抔黄土，插着一个小小的木牌，只写了五个字："殷姑娘之墓"。

他的眼泪，又落下来了，转瞬间被寒风吹得干在脸颊。面对着这座坟茔，他恍然又觉得自己是在戏台上，受着台下痴恋的目光追随，他下意识地掂起衣袖，眼望空茫的前方，嘶哑着嗓子唱了两句：

劝梓童把此事休挂心上，劝梓童把此事付与了汪洋。
宫城女掌银灯引回罗帐，孤与你同偕老地久天长……

猛然间听背后似有人声。玄青如大梦初醒，仓皇转身，映入眼帘的，是他今生最不想见的两个人。

天青与樱草都怔住了。

要说这位师哥的偏执脾气，暴戾性情，满心里不可收拾的妒忌，天青自小儿跟他一起长大，岂能全无所知，然而毕竟师兄弟一场，为着一家和气，屡次一忍再忍。但是，日前师父惨亡，全城相送，仍不见玄青露面，是可忍孰不可忍？天青胸中努力维系的一点兄弟之情，至此终于熄灭得干干净净。去他门上告知殷姑娘墓地所在，那是看着殷姑娘面子，吃他一个老大的闭门羹，实也是意料之中，倒是眼下，忽见他出现在殷姑娘墓前，令天青诧异万分。

"师哥……"天青看到他脸上半干的泪痕，心中不禁涌起了同情，"你来祭拜殷姑娘？"

玄青向后退了两步，全身绷紧，一声不出。

"她怎么会跟日本人……"

"跟我不相干！"玄青惊跳起来，尖声叫道，"我送去时候……可没……"

天青胸中震荡，一时呆在当地："你……你把她送去？……"

玄青双手乱摇："不，不是我，我不认识她！"

樱草抓紧天青的手，两人对视一眼，心中都充满了震惊。虽不知到底发生什么，但得是何等凉薄心思，才能把陪伴多年的身边人送到日本人手里？……玄青在天青怒视下，仓皇又退一步，眼神中疯狂的光芒，在天青与樱草身上扫来扫去，盯着他的腿、两人相扶相牵的手，最后视线停在樱草已经高高隆起的小腹上，死死地盯了又盯。

"殷姑娘，今儿是三七之日，我们来看望您！"天青咽下心头郁气，径自拉着樱草走到殷绣帘坟前，两人一同跪下，拜了一拜。天青自篮中取出鲜花供果，一一陈设坟前，又取出香烛、洋取灯儿，在手中点燃……

忽然间，仿佛空气中有一记无声炸裂，震荡天青脑海，令他本能地回头。他看到的是一张无比狞恶的脸，手举着不知从哪座坟前拔来的一座蜡钎，长长铁尖正冲自己后脑刺落。天青不及反应，先一把推开身边樱草，回手向后一格，蜡钎刺在他手臂上，划出深深一道血痕。玄青一击不中，猛地扑向樱草，一只手勒住她脖颈，拼命向后拖去，另一只手，将带血的蜡钎抵在她下颌。

"师哥！你……干什么！"

"干什么？要你的命！"玄青目光灼灼，闪动着异样的兴奋，咧起的嘴巴露出整排白牙，"我什么都没了！你什么都有！凭什么！宰了你，宰了你媳妇，宰了你的小崽子！"

天青惊骇万分，全然无法相信自己的眼睛。眼前的玄青面目狰狞，势若疯狗，樱草被他勒在手臂中，痛苦地挣扎着，抵在颌下的蜡钎染满鲜血，不知是自己的，还是她……天青后退一步，哑声叫道："放开她，师哥！你要我做什么，尽管说！"

"哈哈哈，我要你做什么……"玄青嘶声大笑，"我要你死！给我血债血还，报仇雪恨！"

"你疯了，师哥，你我兄弟之间，哪有什么仇恨！"

"哪有什么仇恨？"玄青咬牙切齿，一字字仿佛都带着刀光迸出来，"你自小儿欺我害我，抢我的戏、我的戏份、我的头牌、我的班社、我的女人，逼得我没台可上、没戏可唱，行内行外瞧不起我，所有人都拿我当碎催，你问我有什么仇恨？"

天青咬紧了牙关。这师哥早已被嫉妒烧到疯狂，无可理喻，但如今樱草被他胁持，也只能竭力应对：

"你我之间都不是一个行当，完全可以各自打出一片天，何来抢夺之说？爹爹一心希望你承接他的衣钵，想方设法教诲你栽培你，只要你自己争气……"

玄青暴跳起来，抵在樱草喉间的蜡钎，危险地颤动着：

"靳天青，你从来不肯反省自己！我怎么争气？打擂台的是你，跑码头的是你，义务戏是你，堂会还是你，参加比赛赢取名利全是你，如今你红遍天下，富甲梨园，所有香的辣的都被你一个人吃了，什么各自打出一片天，你把我的天留在哪儿？"他的眼中充满疯狂的血红，放低蜡钎对准樱草小腹，"你挺有本事的，让你下高摔下来，也没摔死，把腿弄断了，还能接起来，抓着你的女人，还能被人救了……今儿她又落在我手里了，你猜我想怎么做？"

"啊……！"

被他勒在手臂中的樱草，忽然发出一声惨叫。天青大惊失色，连叫："樱草，樱草！"他本是虽万千人吾往矣的血性男儿，但是事关樱草，顿时缚手缚脚，眼看着那支蜡钎随时都能伤她母子，一时间投鼠忌器，无计可施。

玄青桀桀怪笑，得意地攥紧蜡钎：

"你寻思你什么都有，是不是？我叫你马上就没有！来，瞧好了，一尸两命，这是师哥我，送你们的一份大礼！"

仿佛一道炸雷直劈头顶，樱草刚刚已经乱成一团的脑海，瞬间恍如被直劈两半，痛得她整个人蜷下身去。这句话，这腔调，这如石块般尖锐冷硬的声音，这紧勒脖颈的手臂，终于割开心头一片长久笼罩着的迷雾，无数纷飞的碎片，旋风般翻腾到她的眼前：广盛楼的小屋，夜色中昏黄的灯火，站在门外的人影，一张泛着酒意的脸，血红的燃烧着的双眼……"要成亲了吗？可喜可贺啊，我送你们一份大礼！"黑暗、绝望、惊惧、苦痛，纠结在一起，割开她的头，刺穿她的心，撕碎她的身体……

"樱草！樱草！你怎么了？"

樱草顾不上回应天青的呼唤了，只拼命晃着头，试图减轻那剧烈的绞痛。脑后受伤多年，多少苦痛都已经痊愈，多少迷茫的记忆，在天青每日里不厌其烦的讲述下，逐渐地都已回归，但是有些事情，是他不知道的，没法子帮她重温的，比如那晚无助的挣扎中，有个嘹亮的声音，仿若一道闪电照亮黑暗：

"谁在里面？开门！"

她记得这个声音，记得自己拼尽全力循声而去，突然之间，眼前一片漆黑，整个人就此沉入无底深渊……

"是他……"樱草终于串联起这一切，她伸出颤抖的手，扳住玄青的手臂，"是他！"

玄青抓不住樱草了。这个原本身子笨重、走路都有些困难的孕妇，突然间全不顾那充满威胁的蜡钎，像头母狮一样激烈挣扎着，拼命踢他打他，撕他咬他，口中爆发出凄厉的号哭："竹青哥！竹青哥……"玄青手忙脚乱，扬起蜡钎正待用力刺下，天青已经纵身上前，抓住他的手腕一扭，玄青只觉陷身在捕兽钢夹里一般，痛得长声惨呼，当即松开樱草跪倒在地。

"樱草？"天青扭住玄青，眼睛急切地只盯着樱草。樱草扑跌在殷绣帏坟前，鬓发散乱，全身剧颤，只能吐出只言片语：

"他……竹青哥……广盛楼……"

玄青惊惧万状，整个人抖成一团。这是他最怕的几个词，最担心暴露的秘密，最恐惧揭开的谜底，不想躲藏了这么久，最终还是逃不开这图穷匕见的一刻。他疯狂挣扎着想要逃走，却被天青扭在手底动弹不得，一时间胸中塞满各种幻象，长久以来的心虚惧怕，仇恨怨毒，一件件想忘却忘不了的事，一个个想避却避不开的人，绞尽脑汁报不了的仇怨，越缠越紧解不开的死结，纷纷然将他攫紧……神思迸乱之下，厉声号叫起来：

"放开我！我是角儿！你敢这样……"

"师哥……是你？"天青的声音暗哑，仿佛隔着老远距离传来，"你，害了他们？"

"他，他们自己找死！你们自己找死……全都该死！"

"他为了报复你，想要对我……"倚在殷绣帏坟前的樱草，泣不成声，"被竹青哥撞见……"

天青的脑海中，一片轰鸣。那从小一起长大的三兄弟，一起学戏一起练功的身影，一起玩耍一起嬉戏的笑声，瞬间飞掠而过，竹青那张天真爽朗的圆脸，那双永远带着笑意的明亮眼睛，跟面前这张狰狞的面孔搅在一起，简直把他整个身心都割得粉碎。不能相信，不敢相信，却又不能不信，足呆了半晌未能开言，玄青拼命扭动着还想逃开，被他猛然一拳，打得向后跌出老远，撞在一块墓碑上。

"你，你为什么……"天青口唇颤动，语不成声。玄青两手徒劳地遮挡着，一迭声惨叫："别打我！我不是有意的！"

"不是有意的？你……害了竹青性命！"

"是他逼我太紧，我没法子……"玄青的叫声变得尖利刺耳，"饶了我吧，竹青，不要再来找我！我天天梦着你，我吓死了，求求你，放过我吧，我怕……"

天青无法再追问下去了，泪水已经哽住他的喉头，模糊他的双眼，他揪起玄青衣领，一记记铁拳左右开弓，带着刻骨的仇恨、极度的苍凉，暴雨般猛击下去：

"你，你怎么忍心下的手！他是我们的弟弟！你……你这畜生，害了他，害了樱草，害了殷姑娘，你还有人心吗?!……"

玄青满脸是血，咧嘴大哭起来："你敢这样对我……我是角儿，北京最红的角儿……"他用指甲在自己脸上猛力抓挠，挠出道道血痕，"瞧我扮起来有多俊，前三鼎甲，四大须生，全都要拜我为师！快喊好儿，还不喊好儿？……"

"少装疯卖傻，跟我去报官！给我弟弟偿命！你……死有余辜！"

玄青放声号哭，跪在地上连连磕头，随即将手一摆，有腔有调地唱了起来：

> 忽听一声推帐外，不由孤家泪悲哀。
> 悔不该药酒将君害，悔不该谋篡九龙台。
> 悔不该错把岑彭爱，怒恼湖阳将人才。
> 含悲忍泪云台瞧外，午时已到再投胎……

天青胸膛起伏，激愤地盯住他。这位被心魔纠缠半生的师哥，终于完全疯了，已经无视他的存在，用那被大烟毒哑了的喉咙，手舞足蹈地唱着幻想中的大戏：

> ……朱买臣提笔泪不干，一旦间拆散了好姻缘。
> 我的妻未曾把七出条犯，只为冷贫手无钱。
> 无奈何休妻为吃饭，可叹今日分离两边……

"天青哥，我……疼……"

坟边的樱草，已经坐不住身子，一只手扶着额角，发出痛楚的呻吟。天青见状，哪里还顾得上其他，急忙将她扶起，相搀相依地赶向城内。他们背后，墓地里回旋的冷风中，玄青还在载歌载舞，嘶声高唱：

　　　　叹人生如花草春夏茂盛，待等那秋风起日渐凋零。
　　　　为国家心焦愁身染重病，大限到阳寿终难保残生……

"死了？"

"嗯。"天青轻拥着樱草的肩头，"报官拿他，却不见他回家，原来还是在梨园义地里，死了好几天了。应该是犯了烟瘾，冻死在那儿了，都被野狗……看样子一直在殷姑娘坟边转圈子，大伙儿说，撞见'鬼打墙'了，我觉着，还是疯了吧。也或许，就是报应……"

樱草泪光莹然："只可惜了我竹青哥，死在这样一个奸贼手里！若是爹爹知道真情，不知道要伤心成什么样子。"

天青惨然不语。他起身走到堂屋灵位前，凝视着笑嘻嘻的竹青和安定慈祥的白喜祥照片，燃了香火拜上，肃立良久。窗外冬风肆虐，吹得门窗呱嗒作响，一声声仿佛叩在人的心上，教人心底分外纷杂错乱。他索性掀开门帘出了屋门，在院中缓缓踱步，寒风自他眼前呼啸着掠过，掠过墙根下已经被练功的脚步踏实了的泥土，掠过青砖上常年踢腿耗腿踹出的凹坑，掠过曾经挂满一件件小小水衣胖袄的檐廊，掠过自幼摸熟的插满刀枪剑戟的把子架……西厢房已经很久没住过人了，童年时三个光头小子挤在一铺的大炕，一直空在那里，炕沿被经年的蹿上蹿下磨得光可鉴人。天青走进去，手按在当年竹青睡过的炕头上，怔怔坐下来，一声不出。

樱草跟着进来，轻轻坐在他身边。天青摩挲着光滑的炕席，过了很久，才慢慢说：

"兄弟相残的关目，我以为只能戏里有，孰料一出活生生的《恶虎村》，就上演在自己身边。"

樱草点了点头："戏其实也不是假的，从真里来，往真里去，用虚构的故事，唱出真实的世情和人心。"

"嗯，所以就像爹爹说的，人到了一定年纪，有了一定阅历，才能唱出真正的戏情戏理。他说盼着我们永远不懂这些，但是人生在世，或迟或早，总要懂得这些，或许人来这世上一遭，就是为了懂得这些……"天青闭上眼睛，怆然道，"可我还是不懂得，师哥他，为什么这样？比起咱们，他是个全福人了，爹娘健在，家人安乐，自己天资好，有本钱，有台缘，师父一直尽心栽培他，我和竹青也都敬重他，殷姑娘那样全心全意地待他……怎么还是处处不顺意，要这样残害别人？"

樱草也轻叹一声：

"人心本是世上最难解的东西，名、利、贪、欲、妒，都是多少人一辈子化不开的结……"

天青抚摸着炕沿，眼中隐隐泛着泪光：

"戏唱砸了，回头琢磨琢磨，总能唱得更好；人这一辈子，一步走错了，再也没法重来。你说如果还能重活一遍多好，让我们弟兄三个，还好好地在一块儿，我要好好地看顾竹青，好好地帮我师哥……"

"你帮不了你师哥。"樱草静静望着他，"你和竹青哥都没走错，是玄青哥他自己个儿走错路，谁也帮不了他。现在回头想，他其实一直在跟你过不去，咱们没介意而已，孰料他在这自己结的罗网里头越陷越深，最终害人害己……"

"如果我好好劝劝他……"

"'好言语劝不醒蠢牛木马，把此贼好一比井底之蛙'，人的心性难改，自古皆然，哪是劝解得了的呢……"

屋子里凄冷阴寒，一片静寂。院中也只余北风呼啸，静悄悄地全然没有人声。

这院子已经只剩了他们两个人。

整个世界仿佛已经只剩了他们两个人。

北京城最寒冷的一个冬天。

年节快到了，往年这时候，早有大批商家和摊贩沿街叫卖，各种应节物资齐备，家家户户忙着置办，九城八条大街张灯结彩，气氛十足，欢然迎接全年最重要的一个节日。但是今年，城里一再地锁城、净街，动辄一群群宪兵啸叫着搜捕反日分子，大街小巷都有便衣特务游荡，不定什么时候拦下个什么人就是个杀头的罪名。城内居民不敢出门，城外农户不敢进城，商铺市场，冷冷清清，别说年货，就连往年一向丰足的新鲜蔬菜肉类全成了稀罕物。整个北京，近乎一座死城了，眼看着冬月已过，街上凄寒一片，岗哨比行人都多。

在这阴冷日子里，唯有人心之善意，成为生活中至大的温暖。

"五姑娘，靳爷，我们来看望您啦！"

"天哪，莺儿姐姐，玉鹞哥哥！前儿还正念着你们！"

天青和樱草怎么也没想到，阔别已近十年的黄莺和玉鹞，还能重现在他们面前。应门之际，两人的惊愕，简直难以言表，光降家门的这两位故人，从头到脚，面目全非，唯有一脸诚朴的笑容依旧：

"别怪我们这时候才来，早几年想来的，但是打听得老爷还在，怕他报官追究，不敢露面。现在世道虽乱，我们的事，倒应当是没人查问了，这才敢堂堂正正进城看您。听说城里吃的喝的都不富余，我们给您送了些土物儿来，看能用上不……哟，瞧您这身子！我的五姑娘终于也要当妈啦！"

乡下劳作多年，当年羞答答的少女黄莺，如今全然一副农妇模样，说起话来脆快爽利，樱草几乎难以插言。玉鹂则从一个清俊小子，变成一个留着络腮胡子的健壮汉子，憨笑着跟在黄莺背后，将肩上担子搁到院子里，掏出一包包白面、大米、干果、腊肉……

"这，这怎么带进来的？"天青惊得瞠目结舌，"这一担东西，如今城里可比黄金还贵重啊……"

"没啥，"玉鹂只笑笑，"跟着车队，混进来的。"

"下次可别送了！太危险，万一给日本人搜去……"

"不成，还得再送点，"黄莺拉着樱草的手，亲昵地不肯放开，"五姑娘这都快生产了，得好好补补。我不走了，留下来伺候您，这么多年没伺候过您，梦里都想您！"

"这怎么敢当呢，莺儿姐姐，您家里也有小娇儿了吧？"

"嘻嘻，已经一男两女啦。放心，都不小了，叫玉鹂回去照看就成，正好冬闲，也没什么农活儿可做，我留几个月，待您坐完月子再走。"

樱草泪盈于睫："莺儿姐姐，鹂子哥哥，你们这恩情，太大了！"

黄莺深深地将她抱在怀里："哪里比得上您当年救我们的恩情呢！对了，姑娘，您听说二爷的下落没，说是败光了自己那份家产，流落街头了？"

樱草噗地笑出声来，回头望望天青，天青也忍俊不禁。

"他啊，大丈夫能屈能伸……"

林郁苍自打被乌老三揍过一顿之后，不敢再登广盛楼院门，已经很久没跟天青和樱草照面了。前阵子重又在前门外大街遇见，情形之怪异，倒让天青夫妇都怔了一怔：他不再是提笼架鸟的少爷，而是杂在几个小混混中间，乖乖跟在乌老三屁股后头。

"他……拜了你做大哥？"天青诧异莫名。

乌老三豪迈地拍拍胸脯："兄弟我不计前嫌，救他一命！他没吃没喝，跪求我收留，我总不能见死不救不是？"

林郁苍比从前瘦了好些，布衣素服，远没从前的气派了，只是那副贼忒兮兮的神气儿未变，涎着脸凑到天青身边，连连打躬作揖："靳爷！靳大爷！妹子！我那亲亲好妹子！您公母俩安！靳爷，您是我大哥的兄弟，又是我妹丈，往后得多照看我！"

天青和樱草对视一眼，简直不知该怎么应对这个人。脸皮厚，翻得快，自己个儿大喇喇地将过去恩怨一笔勾销，祸害黄莺玉鹂、欺负樱草、纠缠筱妃红、折辱天青，仿佛都跟他不相干似的，理直气壮地凑上来卖好儿：

"……我这生计就靠您公母俩了，咱们可是血脉至亲，一家人，您不能不认！"

"甭介，"乌老三喝道，"你还好意思跟我兄弟攀至亲？告儿你，往后你离我兄弟家远远儿的，敢上门扰他一次，让你尝尝帮规的厉害！"

天青也撑不住笑了，伸手拍拍乌老三："兄弟，我这大舅子，往后就交给您了，可好好管束着，不能再祸害人。"

"这你尽管把心搁肚子里头！"乌老三把胸脯拍得咣咣作响，"我是靳老板他大哥，门下绝不能有祸害人的事儿！"

"您呐？"樱草瞧着林郁苍，"哥，您自个儿说呐？"

林郁苍春风满面：

"我是靳老板他大舅子，什么时候祸害过人？"

下雪了。

天青站在广盛楼后台门外，手握楼梯栏杆，仰望黑暗的夜空。硕大雪絮自遥不可知的天顶深处降下，静谧无声，若隐若现，连成一道屏绝红尘的帷幕，教人内心安详宁定。戏园内，夜戏已经开锣，胡琴声、锣鼓声、唱念声、叫好声，隐约自门后传来，到了这茫茫大雪落处，顿作空寂一片，仿佛忽然被吸尽了一般。

天青已经装束齐整，水衣胖袄，箭衣大靠，靠旗厚底，全部穿戴妥帖，只是还未勒头。今天是元旦，民国二十七年的第一场戏，大轴《长坂坡》接《汉津口》，天青一赶二，前去赵云后去关羽。天青至爱赵云这个角色，《磐河战》《回荆州》《截江夺斗》，都是他的拿手，每次在台上银枪飞舞，靠旗飘扬，纵横冲杀敌阵，仿若那盖世英雄附体，几乎感受得到那份忠肝义胆，满腔血气，听闻得到一声声跨越千古的呼吸。逢年过节，家家团聚为先，园子里看客一向不多，作为北京沦陷后的第一个元旦，座儿上更是稀落，但是天青照例打点起十二分精神投入戏里，老早扮起戏来，走到后台门外这空阔无人处，凝神，聚气。

从楼梯平台望出去，遥遥可见前门外大街的万家灯火，再寒冷的夜也掩不住那星星点点温暖而执着的光。这样的景致，教人忘记了失落的河山，沦陷的城池，家国仇，生死恨……恍若依然生活在太平年月，合家团圆的温馨情境里，耳边时时都会响起充满着年节气氛的叫卖声：

"活鲤鱼哟，年年有余的活鲤鱼哟……"

略一凝神，便知虚幻，眼前只有纷飞雪絮，肉市街上静悄悄的全无声息。无边无际的黑暗正笼罩着中华大地，举国战火连绵，首都南京已然沦陷，北京的日子也是一天不如一天，所幸人心未死，真情不熄，沉寂中也仍有勃勃跳动的血脉相连，宛若地下燃烧的烈火，共同烘点着这古城的生机与暖意。广盛楼仍在，承祥社仍在，天青施展全身解数，苦心筹划周旋，努力维持了营业，为百余弟兄谋得温饱，樱草马上就快临盆，在黄莺尽心照料下，身子十分结实，说不定在哪一天，她和他共同培育的新生命就将降临人世……生命是多么奇妙又多么美好的一件事啊，有泪水也有欢笑，有沉沦更有新生，令他纵然在这暗沉沉的黑夜里，心头都充满明快的喜悦。

"天青，该候场了。"米师傅掀开帘子。

"是。"

天青转过身，最后望了一眼寂静的后院。忽然间，他看到一个黑影，紧贴在戏楼墙根下。这一动不动的人影本来不易发现，但是眼下整个院子都铺满白雪，一瞥之间，便发觉异常。天青不动声色，顺着楼梯走下来，距离墙根数尺处站住，盯住那人被围巾蒙得严严实实的脸。

"什么人？"

那人被他一喝，猛然抬头，身子向后略缩，手按腰间，却没有逃走。他的眼睛，在一头黑发遮挡下依然透出炯炯光芒，从围巾上方，警惕地打量着天青的一身戏衣。

天青忽然觉得，这眼神极其熟悉。他不敢置信，又踏前一步，借着楼上射下的昏暗灯光，仔细辨认：

"少湖兄？"

那人猝不及防，几乎惊叫出声，刹那间右手一扬，拔出一支手枪对准天青。天青连忙张开双臂："少湖兄，是我！靳天青！"

天青脸上已经涂满粉墨丹朱，原本难认，但是陈少湖本是至交，细看一眼便已了然。他顾不上寒暄，只匆匆说了一句话：

"靳兄，鬼子在追我！"

天青毫不多问，一把抓住他的手臂，拉他飞奔上楼。

"座儿上藏不住，天青！"崔福水焦虑地搓着双手，"上次鬼子来搜捕复兴社，你也看着了，那是把整个园子圈起来，一个个查认的，今天拢共就这么点儿看客，他坐里头，用不了多会儿就查出来！"

"要，要是万一查出来了，咱，咱们可就……"黎茂财怕得结结巴巴，但是看到天青神色，禁不住又咽咽口水，把下半句话咽了回去。他摸出手帕擦擦满头的汗，鼓足勇气道："或，或者，把他藏到衣箱里，上面拿行头盖起来……"

"不行，鬼子挨个儿箱子拿刺刀捅的，上次把我爹留下的戏衣捅得一条条的口子。"天青紧拧眉头。

陈少湖倒是相当镇定。他已经摘去围巾，在扮戏房明亮灯光下，依稀又回到当年那清秀少年的模样。面色苍白，略显憔悴，但是仍带着无所畏惧的坚毅神情。

"靳兄，别太为难，投身革命那一天，我就做好死的准备。这里藏不住我，等下我就出去。很庆幸最后还能见到你……"

天青一摆手，止住他的话："你不能走。就在这儿。"

米师傅匆匆进来，催促天青："怎么还没勒头？压轴都上了！"

天青慢慢起身，看看米师傅，又看看陈少湖，眼中忽然凝聚起湛然光芒。崔福水跟他多年，深知他的心意，忙问："想着什么好主意了？"

"不一定是好主意，也只有试试看了。"天青略作沉吟，"台下藏不住，把他藏台上。"

"哎哟，这可真是好主意！"黎茂财来了精神，"给他勾个大花脸，扮个曹八将，往台上一站，鬼子准定认不出来。"

崔福水急了："这算什么好主意！能登台的人，哪个不得十年八年功夫，他一外行棒槌，身上根本不像，出场那一戳一站，就瞒不过座儿上！在鬼子眼皮底下来片倒好儿，那就全完了。"

天青顾不上理会他们，只问陈少湖："我记得你说过，小时候学过青衣？"

"学过一点点……"

黎茂财眨眨眼睛："天青，该不是想让他来糜夫人吧？那'跑箭'的圆场，'掩井'的抓帔，可都是硬功夫……"

天青转向崔福水：

"崔爷，叫炎凤坐台下去，他那个百姓的活儿给这位爷。马上带他去扮戏，请韩师傅亲自给扮，妆容浓一点儿。少湖兄，别打怵，百姓有六个，龙套而已，你跟着前头人走个过场就成。米师傅，咱们去扎靠。黎爷，您在这儿照应着，鬼子来了莫慌，该干什么干什么！"

《长坂坡》，长靠武生重头戏，讲的是名将赵云平生最英勇的一段事迹：乱军中七进七出，单骑救主，《龙凤呈祥》戏文有云："他四弟子龙常山将，盖世英雄冠九州。长坂坡，救阿斗，杀得曹兵个个愁……"就是这段典故了。这出大戏，剧情激烈，人物众多，生旦净丑皆有发挥，主角赵云更是威猛与儒雅兼具，唱念做打处处绝活儿，南北大武生均须擅演，大受看客欢迎。因此上，就算在这市面萧条的时分，由天青贴出来，也仍然颇有叫座力。

今天的《长坂坡》，气氛十分特异。开场没多久，曹操正在抑扬顿挫地念他的引子，戏园忽然被四下封锁，一群臂戴红字白箍的日本宪兵列队拥入，围在座席四周，枪上刺刀在戏台灯光照耀下，闪着森冷的寒光。北京人忠厚怕事，半年多来，见着日本兵必然远远绕道而行，如今忽然这般近距离面面相觑，哪还有心思看戏，登时一个个起身要走。为首的日本军官大声呼喝，身边一个戴眼镜的汉奸连忙跟着翻译，与台上仍然在唱着的戏文混成一团：

"都别动，坐下！"

> 令出阃外山摇动，权倾廊庙废三公……

"皇军抓捕犯人，不关良民的事！"

> 满朝文武皆心腹，乾坤只在掌握中……

"谁敢乱走乱动，立时枪毙！"

看客们一个个又坐下了，惊恐地觑着身边的日本兵。四个日本兵持枪围拥着一个留小胡子的中国人，从第一排开始，逐个辨认看客的面孔。

天青已经登场，多少年来头一遭，没有碰头彩。全场诡异地静寂着，任这位名角儿在台上施展全身解数：

> 主公，且免愁肠，保重要紧！

他对主公刘备深施一礼，眼角余光瞟向刘备身后。随从的重重将士中，有六个百姓，表示刘备从新野带出来的万千臣民，其中一位青衣，就是陈少湖。此时的他早已面目全非，眉眼高高吊起，斜飞入鬓，原本就十分清秀的五官，在精描细画之下，更显得明眸皓齿，粉颊朱唇，全然一派柔媚之态。额头和鬓角，贴了精致的片子，将他一张长方脸拢成圆润的瓜子形，满头插戴了银钉头面，身穿青衣素褶子、蓝边白素裙，腰系白色腰巾子，两手抄着水袖，静立戏台一角。

戏台上行走坐立，都有严格规范，在不在行，一目了然。外行唱戏，那叫"票友"，纵能拿下整台唱念做打，也跟坐过科的伶人颇有分别。陈少湖只在少年时候学过几天戏，此时让他上台，本是甘冒奇险，却不料他底子相当不错，姿容齐整，身上顺溜，跑过场又飘又稳，全然就是这里事儿。天青略放了心，眼神与他一对，两人未交一言，彼此心领神会。

"太君，都看过了……"台下那个小胡子，很快就把百来个看客认完，沮丧地擦着汗，回禀上去。那日本军官一挥手，一队人马蛮横地冲上戏台，将正在唱戏的伶人冲得七零八落，蜂拥着挤进后台，立时传来乒乒乓乓的翻箱倒柜之声。前台铿铿锵锵中，依稀可以听到黎茂财惶恐地叫着：

"哎，这位爷！这个不能踩啊！……这里只有几面旗子，等我拿出来给您看，哎，哎，等等啊！……"

还有崔福水的嘶吼："我几十岁的人哪，你打我！说没有就没有，谁也没来过！……"

天青咬紧牙关，依然硬撑着唱他的戏：

> 黑夜之间破曹阵，主公不见天已明。
> 赵云既然受重任，上天入地去找寻……

然而锣鼓丝竹终于也都停住了。

"停！停！皇军要点名了！"

天青强忍胸中之气，低声道："这位爷，自古以来，开了锣的戏没有停下来的道理。"

"叫你停你就停！你是什么人？"

"我是承祥社的社长，靳天青。今儿个各位爷光降，不知出了什么事，若是社内有什么不是，俱由我来承当。"

"把你前后台所有人都叫出来，点名！"

《长坂坡》是一出大戏，占人多，台上唱戏的，后台打点的，所有人加在一起足有六七十号，扎靠的，穿蟒的，长衫的，短褂的，挤挤挨挨站了满台。那眼镜汉奸调出班社花名册，命在场人等，一个个报上名来，在花名册中大笔勾抹一番：

"社长，靳天青。"

"领班，黎茂财。"

"管事，崔福水。"

"老生，花富春。"

"青衣，庄赤蓉。"……

小胡子一脸阴森，在队伍中慢慢走着，一个个盯着面孔看过去，不一会儿已然轮到陈少湖。陈少湖神色不动，不疾不徐地报名：

"青衣，沈炎凤。"

天青的掌心出了汗。纵使他知道戏妆一扮，面目全非，但他不清楚这小胡子到底有多熟识陈少湖，会不会自眉梢眼角的神情看出端倪，又会不会伸手抹去他脸上粉彩……台下坐着的正牌沈炎凤，也早已屏住呼吸，恐慌地盯着台上。黎茂财与崔福水站在天青身后，都深埋着头，唯恐被旁人听见自己急促的心跳。

"武生，秦月明。"……

小胡子没发现什么，自管自走过去，继续端详后面的伶人。天青这一口气还未松下来，忽见那日本军官推开众人，径直走到陈少湖面前。

"托太毛凯莱以！"

他拉长声音说。

背后这一众人，刹那间血都凝住。

暴露了！

天青一步站到那日本军官身后。他知道拳脚难敌枪弹，纵然一身武艺，也无法对付站满半个戏园子的荷枪实弹日本兵，此刻能做的，只有以言语打打马虎眼，争取蒙混过关，或者，挟持住这个日本军官……他发现了多少？为何化妆得连小胡子都未能认出的陈少湖，会被他一眼看出破绽！……天青脑筋急转，手中暗暗蓄劲儿，只待随时扑上前去，眼角一瞥，却见那日本军官面露微笑，脸上全无杀意。

"凯莱以得思耐。"

日本军官又说了一句，伸手掂起陈少湖的下巴，自己咂了咂嘴。

旁边汉奸赶紧上前，对陈少湖道："太君夸你漂亮！还不赶快谢恩！"

陈少湖低下头，不做声。这个貌似羞涩的反应倒更合了那日本军官的心意，一时间似乎忘了自己来意，站在陈少湖面前，双臂抱在胸前，口中赞叹不已。眼镜汉奸早已点完了名，站在他身后也不敢催促，就这样过了好一会儿，日本军官才猛然醒悟过来，回头望望四周，板起脸，一摆头，那汉奸连忙跟上：

"让开！皇军开路啦！"

他紧随着日本军官，带着大队人马穿过沉默的伶人们，拥向门口，一边走一边还不忘回头冲天青咆哮：

"若见着可疑人等，麻利儿地报上来，隐瞒不报，格杀勿论！"

第二十七章　挑滑车

"少湖兄，少湖兄，你病了吗？"

"快喝口热茶……"

天青的扮戏房内，陈少湖一脸苍白地倚在椅上，额头全是虚汗。他喝掉崔福水奉上的一杯热茶，勉力冲着周围这群热心人笑了笑：

"我没事，头勒得久了，有些晕。这苦处，外行人真是承受不住。"他郑重举手做个四方揖，"今晚全亏各位，救命大恩，粉身难报。"

"客气什么呢，没事就好。"崔福水宽慰地搓着手，完全忘了自己被日本兵打得一边眼窝青紫，"天青的朋友，就是咱们的朋友，更别说您如此境遇，肯定是个大忠大义的人。咱们能尽一点薄力，心里舒坦！"

"就是就是！"黎茂财用手帕擦着满头油汗，"吓人是吓人了点儿，可算都过去了。哎，下次再遇着这样事儿，可得叮嘱韩师傅别把您化那么俊，好险！"

"这位爷本钱太足，没辙啊！"

一片笑声中，天青充满感激地望着身边这几位长者。算起来他们应是天青的叔爷辈，当年跟着白喜祥打天下，承祥社成立之后，又都跟着天青，尽心尽力，辅佐他将这大班社操持得风生水起。他们的资历不同，性格各异，有的老成持重，有的急躁火暴，但多少年并肩奋战下来，全然如一家人般同心同德，就算是略显势利的黎茂财，如今也忠义当先，大关节面前毫不含糊。天青对他们，一向厚待，但是经历今晚患难，仍然觉得自己难以坦然承受这份盛恩。

"崔爷，黎爷，我……"

崔福水早知他的心意，笑着一挥手："天青，咱们自家人，更不必多言。今晚头功还是在你，胆气心计，真叫人对你这少年人又敬重三分。能跟着你做一番事业，是大伙儿的福气。你跟这位爷，还没好好叙旧吧，嘿，咱们这些老家伙，该回避了！"

陈少湖起身施礼，众人一一道安，长笑散去，房里只剩天青与陈少湖二人。这两个肝胆相照的年轻人，一般的高大俊朗，一般的英气勃勃，彼此微笑对视，热烈拥抱一下，相互拍了拍对方的肩。

"靳兄，长久不见，想不到一见面便是救命之恩！"

"说哪里话来，你救我可不止一回了。怎么样，今晚去我家，抵足而眠，讲讲你这些年的经历？樱草也念着你，我们常聊起你。她现在有了身子，就快生产了，你和雨橙呢，她还好吗？"

陈少湖眼中闪出激动的光芒，旋即又黯淡下来。他喘几口气，扶住椅背，重又坐下：

"靳兄，我不能去你家，就在这儿聊几句吧。等街上鬼子撤了，我还得赶紧离开，不然会连累你。"

天青连忙也坐下来："怎么？鬼子为什么追你？"

陈少湖沉吟片刻。

"靳兄，你我生死之交，我不瞒你。你知道'民先队'么？"

"'民族解放先锋队'？听说过，好像是学校里的抗日救亡团？"

陈少湖的眼神，明亮而镇定：

"对。我奉上级指示，指导民先队筹集军用物资。我利用我的专业知识和在协和的人脉，弄出医疗用品，由民先队运出城去，送到前线打鬼子。这几天组织中出了叛徒，就是那个小胡子，带鬼子去藏身之处拿我，幸好同事拼死示警，才逃到这里……"

天青听得脑中拥塞一片，惊诧地问："你一直在北京？从福建回来的吗？"

"这可说来话长了。福建的革命政府失败后，我护卫蔡廷锴将军退去漳州，之后蔡将军辗转经香港流亡海外，我回了广州，北上至武汉、南京、上海……"陈少湖扶扶眼镜，发出一声轻叹，"经历了这些动荡，我觉着，应该重新思考一下我的报国之路。在福建时，跟着蔡将军接触过一些共产党人，志趣十分相投，这回北上又和共产党打了一些交道，感觉终于找到了真正的理想，就正式加入了党组织。现在潜回北京，化名杨绿萍，指导民先队的抗日救亡活动。"

"啊……"天青恍然想起，"我在城门见过悬赏捉拿杨绿萍的告示，说是共产党什么华北委员会的首脑，想不到是你！"

"嗯，去年秋天被日本人查到线索，开始缉拿，这几个月来，真是险象环生。"

"一直没能逃出城吗？既然都能运货出去……"

陈少湖微微一笑："我若离开北京，协和这条线就彻底断了，损失太大，不能走。职责所在，义不容辞，死也要死在岗位上。"

天青敬佩地点点头，又道："我那雨橙妹子呢，没跟你在一起？"

陈少湖有些动容，摘下眼镜擦了擦：

"雨橙她……真是个奇女子。当年义无反顾跟我去南方，在蔡将军麾下做了翻译情报的文职，枪林弹雨之中，始终与我形影不离。我对她当然心仪，唉，自问年长她太多，处境又太危险，朝不保夕的，实非佳偶，本来一再推却，但她坚持不渝，一路痴心追随……后来，在蔡将军主持下，我二人……终成眷属。"

"呀，恭喜恭喜！怎能说不是佳偶，你们是天赐良缘！"

陈少湖难为情地笑笑："她跟着我，吃了太多苦啊。蔡将军失势后避往香港，我夫妻随行，雨橙在香港有了身子，不方便继续流亡，不得不留在那儿了。这一分别，就是四年，小女已经三岁了，我还未有机会见上一面呢。"

天青怔了良久，叹道："真叫人景仰！为了国家前程，掏出来的不仅是个人身心，还有合家幸福。少湖兄，我们在北京虽然也不易居，但跟你们相比，还是过着安宁平庸的日子罢了，像我堂堂七尺男儿，只能在戏台上耍刀弄枪，实在惭愧。"

"靳兄，您所做的一切，我也有听闻，另有一番意义，绝不是无为之举。"陈少湖的眼睛，在镜片后闪闪发光，"国难当头，那些身处社会上层的所谓鸿儒政客，早就抛下常挂嘴边的仁义道德，不知廉耻地投敌卖国，沦为日本侵略者的帮凶走狗，而社会地位低下，一向被人所轻贱的伶人，却能做到金银不动其心，威逼难移其志，这份骨气和尊严，对民心极有振奋作用，也是宣扬抗日、救亡图存的正道。靳兄，这些年来，你我虽然各行其是，却是殊途同归呢！"

"谢谢，少湖兄，我必当不辜负你这份抬举。你在北京这些日子，如果我还能为你们做些什么，随时找我，万死不辞。"

"靳兄，你已经帮了我大忙，今晚你是舍命全交，若没有你仗义出手，我此时不知在哪里飘魂呢。"陈少湖摸出怀表看了看，"时候不早，咱们就此分别吧。"

"你往哪里去？藏身之处已经暴露，这些日子怎么过来的？"

"居无定所，四处迁移呗，好在每次都能渡过难关。"陈少湖撑着身子站起来，忽然一阵眩晕，脚步踉跄，几乎跌在桌前。天青急忙扶住："少湖兄，你病了！"

陈少湖喘息良久，不得不重又坐下："不瞒你说，已经连续数周没能睡个整觉了，这几天被鬼子加紧缉拿，饭都没吃上一顿……"他望着天青的神色，停住口，笑了笑："别担心，我扛得住。别看长得单薄点儿，其实还挺结实的。"

"结实什么啊，瞧你这脸色，病得已然不轻。"天青蹙了蹙眉，霍然起身，"走，去我家藏几天，好好给你调养调养。"

"不成，我是全城通缉的要犯，一旦走漏风声，你一家人性命难保。"

"什么要犯不要犯的？你是我过命的弟兄，不要见外！安心歇息几天，养好身子，才能继续做你的大事业。不是我说，你这样出门去，不等鬼子抓着，自己随时就'倒卧'了！"

"我不能连累你！"陈少湖勉力起身，昂首向门外走去，"我没事儿，这些年什么都经历过了，这点小病，撂不倒我！"

他的手伸向门把，却没能握住，身子摇了一摇，一头栽倒在地上。

"当初暴露时，就该来找我们！"樱草从黄莺手中接过汤碗，小心地端给陈少湖，"这几个月要是给拿住，叫我们知道了，心里怎么过得去？"

陈少湖自炕上撑起身子，将汤药一饮而尽，满怀歉意地望着樱草。

几个月的水深火热，身心煎熬，全凭一股刚劲儿硬撑到现在，那晚广盛楼逃过一劫，这口气力一松，几乎没当场晕死过去，多亏天青甘冒大险，坚决把他藏到自己家中。经过几天调养将息，如今状况已经大好，面色恢复红润，双眼更添神采，行动也有力得多了。只是，每日叫一个临盆在即的孕妇来伺候自己，这心里实在过意不去。

"给你们添风险也就罢了，还带累你这样辛劳……"

"别再说这个，你是我们的朋友，还记得吗，永远都做常来的'今雨'？"樱草笑起来，晶亮的眼中反射着窗外阳光的异彩。她与多年前陈少湖临别时看到的那个昏迷不醒的病人，简直是天差地别了：一头乌发全部挽向脑后，盘成整齐的圆髻，露出整张莹白的小脸，脸颊丰满圆润，神情仍带着少女般的热情纯真，又多了一份成熟的果敢坚决。那双亮晶晶的黑眼睛深深凝视着他，嘴角弯弯翘起，带着俏皮的笑意：

"少湖，你自学生时代就志存高远，为苍生立命，如今弃医从戎走上革命道路，实在也在我意料之中。不过，革命者也一样有家人有朋友的啊，你可不能六亲不认。"

　　陈少湖微笑一下，心中却是一阵剧烈的刺痛。他的眼前浮现出另一张脸，也是一样的热情纯真，一样的果敢坚决，那矢志不渝追随千里的爱人，如今带着他们的小女儿，远在天涯尽头的香港，不知怎样地期盼着未来的团圆……他何尝不记得，革命者也有家人和朋友，但是这血雨腥风的世道，永远在头顶悬着死亡利剑的事业，却不容他们守护自己心爱的人。他们注定孤独，凭着心底那团热火，只身奔行在无边黑暗里，也许永远被吞噬在这深不见底的黑暗中……他痛苦，却从不后悔，雨橙也不后悔，他们共同守护着一份跨越千里的期待，为的是一个更美好更灿烂的明天……

　　"想你的媳妇和女儿了，是吗？"樱草温柔地替他掖掖被子，"我听天青哥说起过雨橙妹子，好姑娘，真跟你是天生一对儿。你好好保重，养好身子，天佑忠良，早日合家团圆。"

　　"谢谢你，樱草，我会努力。在你家这几天，蓄足了好几年的能量，我现在觉得全身都是劲儿，能出去好好地打几场硬仗，百战百胜，水火不侵。"

　　樱草笑不可抑，不得不用手按住高高隆起的肚子："我家有那么神？那你再多住几个月，养成齐天大圣孙悟空。"

　　陈少湖也笑了："不成，我明天必须走了。有一批重要的药品出城，很多事需要我去安排。"

　　"啊，这么急？那以后什么时候再来呢？"

　　"不能再来了。来一次，就把你们全家往火坑里推一次。"

　　"怎么，再不见面了吗？"

　　那张原本喜气洋洋的小脸上，霎时间写满了黯然，紧抿的嘴角有强忍的悲伤，也有坚定和理解。陈少湖熟悉她这个神情，虽然已为人妇，还即将为人母，但是在他心里，她永远是当年那个明朗、果敢，又带点倔强的小姑娘，永远能带给你希望和勇气，喜悦与阳光。他的眼前，恍然又出现了那个梳两条小辫子，穿一身制服袄裙的身影，在石舫船头，湖光山色之间，青春飞扬，曼声吟唱：

　　　　我是天空里的一片云，偶尔投影在你的波心。
　　　　你不必惊讶，更无须欢喜，在转瞬间消灭了踪影。
　　　　你我相逢在黑夜的海上，你有你的，我有我的，方向。
　　　　你记得也好，最好你忘掉，在这交会时互放的光亮。

　　久违的少年惆怅，轻轻掠过脑海，随即被静静涌起的温情取代，那是历经岁月辗转酝酿，历经心与心的交碰而酝酿出的，更加纯粹、更加深厚的温暖。他温和地笑了：

"樱草，别太挂怀。就算再也不能见面，但是同在这北京城里，志同道合，共此前途命运，也仿如当年常相聚首，时时临风明志，促膝畅谈一般。"他望望窗外，冬日暖阳高挂，映得室内一切都发着微光，他微笑着凝视樱草，她也正凝视着他，眼中温柔的关怀，比阳光还要明净坦荡。

"你和靳兄，不必惦记我。我是随时准备赴死的人，对个人的未来，并没有太多企愿，如能在牺牲前见到胜利的曙光，这一生就算圆满。很庆幸还能够遇到你们，让我在接下来的时光里，永远有用不完的力量。"

"他睡了？"

"嗯。"天青走到樱草身边坐下，"最后一晚了，希望他能睡个好觉。不知道他的日子都是怎么过的，总是睡到一半惊跳起来，随时从枕头底下拔枪。你是没看见，他身上到处是伤疤，有块特别吓人的，他说是在战场上自己开刀取弹片挖的。做他们这个事业，真是太不容易了，满心里想帮他的忙，都不知道从何帮起。"

"是啊。这几天我总是想，要从当年那个满口浪漫诗歌的文学青年变成这样一个钢铁战士，是什么样的力量。"樱草手里拿着做了一半的虎头小鞋，一时忘记继续缝下去，"想必是理想的力量，信念的力量。多亏了他们这些有志之士，才保得我中华纵然山河沦陷也始终奋战不屈，未至于亡国灭种。"

天青点点头，凝思半响，才道："和他相比，我真是惭愧，唱了这么多年的忠孝仁义，其实并不真正懂得国家大义，只是勉强地有点忠奸之分罢了。没有他那样改天换地的气魄，也做不出他那样轰轰烈烈的大事，我能做的，就是一些我自个儿觉得对的小事，我的理想信念，就是……保我身边人平安。"

樱草笑了，放下针线，轻轻合握住他的手："天青哥，所谓国家大义，我觉得，无非就是一个忠奸之分，心里头守定这个界限，无论大事小节，都能立定存身的根本。当今乱世，能做到这一点，已经十分不易了，你唱了半生的戏，唱得最好的，就是你自己这一出。"她俏皮地拍拍他的手，"也许世人不知道，但是为妻我看得分明，容我好好地为你喝个全彩儿。"

天青抬眼望着她，眼中溢满笑意，二话不说，伸手揽住她的脖颈，就在她唇上深深一吻。这樱唇温润如初绽的花瓣，历经多年至今，始终让他迷醉不已，一吻之下，情难自控，整个人俯身向她，双手捧住她的脸，一个个火热的吻，势不可挡地印入她的唇间。樱草被丈夫这般抚爱，不由得也全身酥软，手一松，小鞋掉落，身子向后仰倒，带得天青一起扑在炕上。天青捧定她的小脸，尽情亲吻厮磨，从脸颊，吻上脖颈，一手扯开她的衣襟，顺着敞开的领口，热切地亲吻下去……樱草双手绕住他肩头，柔声道：

"天青哥……"

天青满腔情意勃发，几乎令身心爆燃，但他爱惜即将生产的妻子，不敢跟她过分亲热，只能强抑着将这奔腾的烈焰压熄。他抱紧樱草，整张脸埋在她胸口，过了好一会儿，才抬起头来，将耳朵贴在樱草隆起的小腹上，静静倾听片刻，脸上一片情热，渐渐转为温和的笑容：

"他不高兴了，踹我！"

樱草双颊火红，良久未褪，微笑着凝视他："练功呢。这些日子，不光踢腿，还见天儿地跑圆场。"

天青伸手掠掠她的鬓发："他到底什么时候能来？我都等不及了。"

"莺儿姐姐说应当就是这几天的事儿。"

天青拾起小小的虎头鞋，在手中把玩着："等他来了，这日子得有多热闹。我一准儿把你们娘儿俩，都养得结结实实的。希望他能给咱们带来好福气，让日本人赶快滚蛋，咱们好好疼他，好好把他养大，过自个儿想过的日子，唱自个儿想唱的戏。"

樱草瞧着那只小鞋，圆圆胖胖的，几乎能看见塞在里头的小方馒头一样的胖脚丫。天青正努力把自己手指塞进去，神情充满了天真的专注，和那小鞋一样憨头憨脑，让樱草的心瞬间融化成柔软的一团。她柔声道：

"我也等不及了，想看着他快快降生长大，最好和你长得一模一样，我好想看看你遇着我以前是个什么样儿。"

天青笑道："不知道他能不能有他爹的福气，走在大街上就撞见自己命中注定的那个人？对了，算命的说咱们'子女两个生端正'，我觉着这也太少了，不够我喜欢的啊，起码男娃三个，女娃三个，怎么样，孩儿他娘？"他跃起身，凑到樱草脸前，低声道："你说下一个娃，什么时候能来，明年，后年？"

樱草脸上一热，一把抢回虎头鞋："你也太贪心了，这头胎还没生出来，都想到六胎去了！不如给你生二十个，各个行当都凑齐，将来咱们自己家戳一戏班子！"

"这主意不错啊！名儿都现成了：靳武生、靳老生、靳小生、靳红生、靳青衣、靳花旦、靳武旦、靳老旦、靳铜锤、靳架子、靳武花、靳文丑、靳武丑……"天青认真掰着指头数起来，"还缺七个，嗯，靳刀马、靳靠把、靳安工、靳衰派、靳摔打、靳扫边、靳零碎……啧啧，这名儿越来越不好听了，娃会埋怨咱们这当爹娘的……”

“埋怨你这当爹的！为娘我才不会给娃取这样的名字！”

天青笑得前仰后合，满脸孩童般稚气的光彩。他拉过樱草抱在怀里，轻轻抚摸她的肚子：

“叫什么名没什么紧要，是咱们的娃，就都是靳金珠靳珍宝。这些日子，我老是梦着他们，真想让他们都快些来，满院子跑来跑去，叫爹喊娘的，吵得咱们直捂耳朵……哎，到那时候，咱们俩早就耳聋眼花了吧，就坐在这丁香树底下，被一大帮儿子孙子围拥着，给他们讲戏里的故事：‘从前啊，有个天上来的仙姑，又聪明又漂亮，缝得一手好针线，能绣出满天的灿烂云霞，她的坐骑啊，是一头羊……’”

樱草噗嗤一声笑了。这个在世人面前永远英武、端严、神采轩昂的名角儿，唯独到了她身边，时常带着长不大的孩子气，如今马上将为人父，眼前这促狭的笑容，倒比二十年前在小院儿里一起嬉耍时还更稚气许多。她想起了那头穿行胡同的羊，想起那个陪她“骑大马”的小哥哥，中间二十年的时光，都飞去了哪里？好像从来都没有存在过，又好像一天天，一月月，一年年，都满满地盛在心里，终此一生也回味不尽……她举起手中小鞋，轻轻在他头上敲了一记，笑道：

“她的坐骑，是一个叫靳天青的大坏蛋！”

“岗哨还没撤？”

“嗯，就在胡同口外边，停着日本人的军车，铁丝栅栏横在街当间儿，好多日本兵把守，过往都要查证件。我出去时看见几个便衣凑那儿抽烟，带人去戏楼抓你的那个小胡子也在里头。他们这就是冲你来的，少湖兄，你绝对不能出门，再住些日子吧。”

陈少湖眉头紧锁，一言不发。樱草双手按在小腹，焦虑地望望他，又望望天青：

“怎么这么多天了还不撤？”

“他们在广盛楼追丢了我，知道我离不开前门一带。”陈少湖咬牙道，“不能再拖下去了，我必须在今天八点前赶到前门火车站。大街封锁了，我走胡同吧，从西河沿东口绕出去……”

“不成！”天青一言截住，他刚为陈少湖探路回来，还带着一身风尘仆仆的寒气，“到处都是便衣，你可能还没出胡同就给拿住了。少湖兄，你有为之身，怎能冒这样风险？鬼子这样不惜血本地拿你，一旦落到他们手里，哪里还能生还，听我的，再藏几天。”

陈少湖静默片刻，坦然一笑。

"靳兄，你爱护我的好意，我心领了。不是我自寻死路，而是没别的选择。有批急用药品必须今天出城，一切接应都安排妥当，我若藏起来不到场，同事们失却联络，必然连人带货暴露，鬼子封锁如此之严，只怕他们一个都逃不脱。我怎能为我一人安全，不顾那么多同事的性命？靳兄，樱草，天快亮了，时候已经不多，我们就此分别吧。"

天青不能再说什么了。他动容地抱住这位舍身赴险的挚友，拍了拍他的肩头：

"保重！……"

黎明前的夜空，星光分外明亮，清晰可见灿烂银河，宛若一条通往天庭之路。城中的一片黑暗，随着时辰推移，渐渐泛起一层薄薄亮色，将这古城勾画出依稀的轮廓来，白塔，城楼，紫禁城的朱柱红墙和七十二条脊的黄瓦角楼，此时都顶着白雪塑就的素冠，一座座琼楼玉宇，沉默地昭示着故都的尊严。生生不息的红尘烟火，自白雪覆盖的青砖碧瓦上袅袅升起，鸡鸣声，犬吠声，小贩们走街串巷的叫卖声，零星相闻。

九道湾一个街门打开，天青慢慢踏出门槛，向两边望了望。四下里静寂无人，只有迷离晨光照得窄长的胡同半明半昧。他回头示意，裹着围巾的陈少湖，悄然闪出门口。樱草在门内相送，彼此只轻轻点头，一声不出。天青目送着陈少湖向西走去，瘦弱而坚决的背影，消失在胡同拐弯处，忽然之间，胸中充满了忧虑、痛惜、种种不祥的预感。

"我去送送他。"他低声道。

樱草在他身边一起望着，也担忧地点了点头。

冬日冷风彻骨，胡同里更是森寒一片，零星行人全都缩在巾帽里默默无言，只听得见踩碎冻土的细脆声响。天青远远跟在陈少湖身后，望着他出了胡同口，拐而向北，再走不远就是西河沿，踏过冻得结结实实的河面，就可以一路奔东赶往前门火车站……遥远的东方，太阳正在逐渐升起，丝丝曙光射透苍穹，照得天青的视线一片模糊。

"喂，这位爷，站站！"

胡同口拐角，忽然闪出两个便衣特务，一胖一瘦，都穿对襟短褂，腰挎短枪，呢帽低低压在额前。陈少湖装作没听见，欲待硬闯过去，但那两人随即举起了枪：

"叫你呢！站住，有证件吗？"

跟在后面的天青，脑中轰的一声，整个身体不知沉去了哪里，只剩下隆隆心跳，猛烈撞击在耳边。他慢慢走上两步，听得陈少湖沉着应答：

"喏，证件。"

"叫什么名字？"

"徐劲草。"

"不是南城人吧？家住哪儿？"

"永定门外黄家坡。"

胖子便衣将证件丢还给他："大清早的到这儿干什么？"

"赶火车。"

"火车站在东边，你怎么往西走？"

"噢，是吗？得亏您老指路。"

陈少湖拱拱手，转身欲往回走，却被那瘦子拦住。他打量一下陈少湖的相貌，一把扯下他的围巾，晨光中细细端详他的脸。

"像不像那个姓杨的？"

他从怀里摸出一张照片，给胖子一看，那胖子的眼睛顿时放光了："呦，可像得很哪！"

瘦子飞快举高手中的枪，顶住陈少湖后心。

"劳烦您跟我们走一趟，到皇军那儿认个脸儿！"

人生一世，数十年，几百个月，成千上万日子，真正决定命运的，只有那么寥寥几个瞬间。

就在这一瞬间，天青决定，上前救场。

他心下雪亮：向前踏出这一步，是把自己送进了暴风眼；但若向后退一步，则把陈少湖留在了必死地。陈少湖虽然已经化装，乍看难以确认，但若带去细查，必定暴露无遗。这一去送上的不仅是这位挚友的性命，还有火车站那苦等着他去安排的药品，背后牵连的多少事多少人……天青唱戏二十年，早已救场无数次，无论同台伶人误场还是冒场，砍活还是蹲活，掉枪还是搽头，吃素还是奔瓜，只要有他在，总能挺身应变，将那场子补得风生水起，此刻纵然明知道事关生死，却又哪里能有其他选择？临场救戏，是行业操守；临危救人，是根本道义。

"劲草兄，怎么走这儿来了？"

两个特务闻声转身，定睛一看，认出了这位京师红伶。

"呦，这不靳老板么。"

"二位爷早。大清早儿的就有公干啊？"

胖子顿时吐起苦水来："这几天戒严拿人，我们奉命彻夜蹲守呢……合着这位爷是靳老板的弟兄？误会误会，得罪莫怪！"

瘦子依然用枪指着陈少湖，阴沉的目光不离他的脸：

"靳老板，他是您哪门子的弟兄？"

"表兄，乡下来的，去赶火车，不识方向乱走乱闯，给二位爷添麻烦了。"

"哼哼，别怪我们多事，您这表兄，长得可有点像一个要犯。"

"哦，是吗？见笑见笑。证件查过了吧，时候不早，还请二位爷行个方便。"

胖子才待开腔，瘦子冷笑一声，用枪顶了顶陈少湖，嘴巴一努：

"靳老板，得罪了。我们先带这位爷去皇军那儿，找个人指认一下，再放还给你。耽误了您二位的时间，那也只好赔个不是!"

天青叹了口气："唉，这是从哪里说起，长得像要犯……或者这样，在下小小奉敬，两位高抬贵手，放我们过去吧。到了皇军那儿，一时半会儿的准走不了，火车可就赶不上了。"他摸出身上带的几块大洋，客气地掩在袖底，递上前去。

胖子眉开眼笑地接了，瘦子却还是阴着脸：

"靳老板，那个要犯悬赏三千大洋，您这几块大洋，可不够我弟兄省这一回事的。"

"哟，还真不肯赏脸哪。"天青面色一沉，登时便有凛然之威，"那么二位爷便押了我兄弟去，到时候认明了不是，可想好了怎么送还给我!"

胖子瘦子对视一眼，两人都有些犹疑。靳天青虽然只是伶人，但是素有声望，在北京各界交游广阔，真要抓错了他兄弟，回头被他不依不饶起来，颇难收场；但是眼下这人实在太像那要犯，好不容易蹲守几夜才抓着，如此轻易放掉，可也真是不甘心。瘦子咳了一声，缓和了口气：

"靳老板，您怎么就这么怕您兄弟去见皇军？认个脸儿而已，费不了多少工夫。"

天青冷笑道："'皇军'那儿是什么舒坦地方？平白的当然不想沾染。"

胖子舔舔嘴唇，加倍堆起笑容：

"靳老板，我们也是职责所在……要不咱们这么着吧，您再给添点，让我们弟兄俩有口好酒饭，咱们就各走各的阳关道。"

那瘦子张了张嘴，却又顿住，没说什么。天青哼了一声：

"得，大伙儿都不容易。待我回家多取一点，犒劳二位。"

"呵呵，有劳了您哪。"

一行四人各怀心事地走回九道湾。天青与陈少湖轻松聊着家常，彼此目光中，却交换着无言的焦虑。天青知他身上有枪，此时被那瘦子用枪顶着，不敢稍动，等下万一走投无路，是不是只有开火，岗哨近在咫尺，却要如何脱身？如果能用钱来解决，天青何惜三千大洋，只是这两个特务也不是傻子，贸然掏得太多，只怕更令人生疑……人当此境，也只有随机应变了，天青手心捏满汗水，比唱任何一出大戏都更紧张。

转眼到了天青家门前，天青叫开门来，要樱草取四十大洋。樱草还一直在门边守望，见此情状，如遭雷殛，努力镇定着心神，取了钱送到天青手中：

"你们……都好好回来。"

天青深深凝视她一眼："关好门，别出来。"

门关上了。天青回身将四十大洋奉上，胖子喜笑颜开地接过，天青冲陈少湖招招手："多谢二位爷成全，劲草兄，咱们走吧！"

"慢着！"

那瘦子仍然用枪顶住陈少湖，一张狡猾的脸，在晨光中显得阴森异常：

"靳老板，不是我弟兄不卖您的面子，只是那要犯干系重大，实不能错过一丝儿机会。我琢磨了这么个主意：徐爷还是跟我们走一趟，有了您这四十大洋，我们保证精心伺候，待皇军认过了不是要犯，马上用队里的车子，把他全须全尾地送上火车，成吧？"话音一落，他挥挥手，和胖子两人又押着陈少湖转身，"就在胡同外头，快得很，走！"

已经不是钱能解决了。胡同外头满是日本宪兵，陈少湖这一出去，哪里还有生还之望！天青当机立断，走上一步，在两个特务背后喊道：

"二位爷，我有个更好的主意！"

"什么主……"

瘦子刚刚半转回身，说时迟那时快，天青飞起一腿踢去，正中他的手腕。这条腿上的功夫，常年苦练，又狠又准，瘦子怪叫一声，手枪脱手飞出，撞落在天青家门前。胖子见状大惊，举枪便打，陈少湖也飞快地拔出枪来，只听叭叭叭叭，胡同里一阵短促又响亮的枪声，在这寂静的黎明，像炸雷一样响。

樱草不顾一切地拉开了门。

眼前门槛下，渗着片片血泊，两个特务倒在当地，正垂死挣扎，天青倚在门侧，伸手指向陈少湖："快走！"他听见背后响动，转头望向樱草与跟在后面的黄莺，脸色苍白，目光中却如燃着火："黄姑娘，带樱草出城！"

在鬼子枪下也始终保持镇定的陈少湖，此时再也无法冷静了，一把拉住天青，语不成声地叫道："我背你……"

"别管我！我走不了了……"

樱草扶住门框，纷乱的视线落在天青身上，他的手紧紧按在腰间，正从指缝中涌出的，是源源不绝的……血。

鲜红的血。

樱草从没有见过这样汹涌的鲜血，红得刺眼，红得惊心，就在这转瞬间，已经浸透天青的半边衣襟。

"天青哥！……"

樱草摇摇晃晃走上前，抱住天青手臂，一张小脸惨白，双手不住颤抖，却异常坚决地，扶他走向门内："进来裹伤！"

天青拼命挣开："你离开这儿，鬼子马上来了！"

前门外大街已经传来喧嚷人声，不知有多少人马，正向这小小的胡同拥来。但樱草已经完全听不见了，她头疼欲裂，昏昏沉沉，一团团金星在脑中急剧飞舞，眼里只剩了面前这张亲爱的脸，一双眼瞬也不瞬地盯住她，眼中全是焦切与痛惜。她什么都不能再想了，什么鬼子，岗哨，生与死，安与危，都不如眼前这张脸重要，她要紧紧抱住他，死也不放开……

"天青哥……我们回家……"

"樱草，求你，走！……"

一生面临再多绝境，也不如此刻让人彻骨冰寒。耳边已听得喧嚣渐近，而眼前的樱草只专注凝望着他，一双大眼睛黑洞洞的，比生命更坚决，比死亡更幽深。这眼神将天青一颗心化为齑粉，满腔言语全部哽在喉间，一句都说不出来。

从没有这样清楚地意识到，这是最后一眼了。挨过多少秦岭的云、蓝关的雪，承受多少荒寒之途、困顿之境，终于还是换不回一个终身相守。联共反日的罪名已经锁定了他，身上的枪伤又拖住了他，他没机会走了，她若是也不能脱身，只有与他共同赴死这一条路！……他微颤着举起一只手，那手上染满鲜血，已经不能抱她，只能以臂弯揽住她肩头，在额头深深一吻，随即用力一挣，将她甩到一边：

"走！"

樱草摇晃着倒下去，两手依然伸向天青，神思已经昏乱，怆然眉目间，绝望与眷恋并存。陈少湖狠狠一咬牙关，放开天青的手，拉过樱草，和黄莺一起挟拽着她，飞快地向胡同西边奔去。天青倚在门边，直望着他们的背影，消失在下一个拐弯。

街门关上了。

天青按紧腰间伤口，拾起掉在门口的手枪，勉力踏进家门，将已经冲进胡同的喧嚣，全部关在门外。

他的臂弯里，还留着樱草的温度，这让他的一举一动，都有异样的触觉，仿佛还与那亲爱的人拥抱在一起，一起关门，上门，眼前那紧闭的街门上，似乎还留着樱草最后凝视他的脸。

从未想到，分别如此突然。

此生至大心愿，不过是陪她到老，但在这沦陷之城，生命早已不由自主，这最基本最卑微的愿望都没法子实现。一生对她软语温存，却在这最后分别里只余暴烈的呼喝；二十年早已习惯的双臂环护的姿态，在这最后时刻，变成了一把推开……天青心头绞痛，远甚于腰间伤口的痛楚，脑海中的牵挂，让他全然顾不上担忧自身。没机会再守护她了，没机会亲手养育念竹出生长大，未来的日子，她要如何度过？将她一个人留在这动荡时世上，要面对的，不知有多少艰辛……

但他没有选择了，他做了自己必须要做的事，此时只能祈愿将全部精魂都凝聚在一起，化为最后一道护佑，陪在她们母子身边……

喧嚣已经只隔着街门，狭窄胡同里满是橐橐皮靴声、枪械碰撞声、听不懂的日语呼喝声，还有远处呼啸而来的军车喇叭声，门外几声呼喝不见回应，砰砰地开始撞门。天青闭起眼睛，屏息静立。他不关心这门能撑多久，只希望感受到遥远的不知什么地方，一点平安的讯息。樱草和黄莺尚不在鬼子视线之内，此时出城，不会有什么阻隔，希望一路顺利，不要横生枝节。时辰已近七点，前门外大街的岗哨涌来了这里，少湖兄应当可以成功混进车站了吧？自己要在这院子里，多撑一会儿，让这些亲爱的人，都去得远一点……

腰间枪伤，血流如注，半边身体，都已失去知觉。天青拉下挂在檐廊下的练功大带，狠狠在腰间扎紧，伤口的剧痛，似有暂时减轻。手中那拾来的枪，已被他攥得温热，他举到眼前看了看，轻轻地摸了摸扳机。

不知道这枪里，还有多少子弹？如果弹无虚发的话，准还能取几条日本人的性命吧。希望至少有六颗，一颗为爹爹，一颗为三叔，一颗为三婶，一颗为殷姑娘，一颗为铭翠，一颗为吟香……要报的仇，数不胜数，自己能量有限，唯余尽力而已。这一生能做的，也不过是尽力二字。

他并不指望能在日本人手中生还。他宁愿站着死。

失血已经太多，他握紧手枪，努力平复脑中一阵阵的晕眩。门后墙角，有他惯常练功用的把子架，天青缓缓移步过去，随手拔出一杆枪来支撑身体，着手之处，觉着沉重，迷离晨光中定睛一看，原来是一柄金杆黑缨大枪。

这大枪乃是《挑滑车》高宠专用，比寻常银枪宽大，最显威猛。《挑滑车》也是一出天青喜爱的武生重工戏，那高王爷虽然战死疆场，但单人连挑十二辆滑车，大挫金兵锐气，美名万古流传。北京沦陷后，这出抗金戏已经不能唱了，天青只能在自家院子里，舞几次"大枪下场"聊以慰怀。此时他脑海中，又涌现了那盖世英雄临阵杀敌时的激越场面：

> 只见那番营蝼蚁似海潮，观不尽山头共荒郊，
> 又只见将士纷纷也那乱绕，队伍中马嘶兵喧闹吵。
> 只听得战鼓咚咚，只听得鼓咚咚，
> 明盔亮甲枪刀耀，高高下下飞腾也那声噪。
> 见一派旌旗翻招，见一派旗翻招，
> 风尘也那号呲哮，俺只待威风抖擞灭儿曹！

他长吸一口气，就用这杆大枪，拄在手里，站定在街门后。门扇就要被撞开了，已经看得见枪口伸进来乱扫，枪管上红白分明的太阳旗，凶狠地在空气中搅动……

天青以他临场登台的稳定细致，最后检视了手中的枪，扣准扳机，抬起头，望向天空。日头已经跃出东方，虽然隔着一层薄雾，光芒清冷，依然照得四下里一片澄明。北京冬日的晴空，万里无云如一块蓝玉，清湛地覆盖着整座城池，映照在古朴的小院里，映照在他俊朗的面容上。一群鸽子在院子上空盘旋飞舞，鸽哨阵阵鸣响，仿佛一首恋恋不绝的歌。

天青微笑了。他轻轻开口，无声地说了几个字：

"樱草，珍重！……"

剧痛。

无边无涯的剧痛。

樱草已经搞不清这剧痛是来自哪一处，是头，是肚腹，是哪一处的身体，还是虚幻不可触及的内心。她只能感觉到整个人都陷落在这深深的痛楚之中，半昏半醒地煎熬，挣扎，日日夜夜，时时刻刻，永无止息。

"五姑娘，可忍着点儿！就快了，就快了……"

"天青哥……"

黄莺的抽泣，隐隐传来：

"靳爷他……迟些儿就来……姑娘啊，您当心身子……"

樱草闭紧双眼，不愿睁开，不肯睁开。如果只要闭紧双眼，就可以回避这世界，她愿意终生都不再睁开。如果只要关闭大脑，就可以不再回忆不再思考，她愿意就此遁入失忆的深渊……

但是她得活着，得看，得听，得想，得在这茫茫人海，纷纭尘世，孤独

地挣扎。她感觉得到身体的撕裂，崩溃般的剧痛，以及生死交错的虚空之后，身下温暖的蠕动，响亮的啼哭，那是她和天青多少次期待过的场景，梦想过的声音……

"生了，生了！"

耳边依稀传来喜悦的呼唤，是黄莺，是玉鹂，还是什么陌生人？这遥远的声音只能让她更加真切地逼近心底的痛，痛得锥心刺骨，痛得意乱神迷。她辗转呻吟着，急促喘息着，模糊听着身边一阵阵的低语：

"男娃？"

"是双生，还有个女娃。"

"怪道身子这么重，可疼死五姑娘了。"

"只可怜这双儿女一出世就……"

"别哭，当心她听着。"

"还没有消息？"

"找不到。"

"确定是……"

"不会错。报纸都登了。"

"别给姑娘看见。"

"迟早……瞒不住她。北京城到处轰传……"

"靳爷真是汉子……"

"别说了……"

　

她听不见，也看不见了。世界只剩一片茫茫的黑暗。

又是一个黑沉沉的夜，不知是第几个了，整个天地都已熟睡，只剩樱草自己，静坐在一片空寂之中。昏黄烛光映在炕上，映在孩子们的脸上，圆胖的小脸，都是笔直的眉，清朗的眼，轮廓分明的唇，和她与他梦想中的，一模一样……

"给孩子取个好名字？"

"叫念竹吧。"

"女娃呢？"

没有应声。樱草嘴角含笑，歪头凝视着他，却见他的笑容渐渐淡去，依稀的人影，消逝在一片黑暗中。她急切地伸手拉他，却拉了个空，他又不见了，和这些日子以来，所有的情形一样，总是在那里，却总是在伸手触碰的时候，不见了……她相信他还在，准定还在，摇晃着起身下炕，追随那一点点的气息，走出屋门。她能感觉到他在身边，闭目可见，呼吸相闻，她看得到他那熟悉的眼神和微笑，甚至能感觉到他强有力的手，始终牵引着她的每一步……

"……答应我，努力活下去。你活着就是我活着，我纵然尸骨无存，一颗心也永远系在你的身上。劳你辛苦，把念竹养育成人，保家卫国，成我未竟之志。若是终于能迎来太平年月，教他学武生，唱好爹爹和我留下的戏。"

她含泪应答，仿佛也听到他轻声回应，循声而去，却被地上的磨盘绊了一下。一切都消逝了，他的声音和身影，都不见了，这不是她和他熟悉的院子，这是黄莺和玉鹃的家，永定河边的小村庄，宽敞的农家大院，摆着各种炊具农具……

她缓缓坐倒，手捂在心口，压住一阵阵控制不住的迸裂。衣襟之下，有个小小的东西，她拉出它，握紧，是个红绳拴着的铜牌，上面有着他的手泽，有着他和她一起抚摸过千百遍，早已铭刻在心的祝祷：

"如月之恒，如日之升"。

仰头向天，只见长空浩浩，无日无月，四下笼罩着仿佛直逼生命尽头的漆黑。一声喑哑的呼唤，从她心底最深处迸出，碎裂在这静无声息的虚空中：

"天青哥……我还有很多话，没跟你说啊……"

滔滔永定河水，日夜不息地向着北京城内奔流。临河老树下，常坐着一个清丽的女人，看顾着两个蹒跚学步的孩子，一双秀目，静静望向河水流去的方向。有时候她唇边轻轻哼着曲子，村里没人能听懂那是什么戏。

　　　　天苍苍雪茫茫人杳地广，风萧萧路漫漫满腹怆凉。
　　　　死宝驹丢跟差如失臂膀，茕茕身处荒原思念君王。
　　　　千里路病弱身并无他想，纵是跑断双腿，肌肤全伤，
　　　　踏烂双足，跌断脊梁，食尽野果，饮露餐霜，
　　　　鸟啄兽啮，老死他乡，变鬼魂我也要，赶至潮阳……

第二十八章 安天会

二〇一四年十二月二十九日。

北京。

曲嫣然驾着自己的小车子，行驶在北五环公路上。车窗之外，一片严寒，窗内的她，额前却出了微汗，一头飘逸的长发，粘了几缕发丝在绯红的脸颊边。这是周一上午，整个北京照例又成了一个大停车场，排排车道塞得水泄不通。嫣然还特地迟些出发，满拟错过上班高峰，结果仍然在路上堵了两个多小时，直到十一时整，离目的地回龙观还有三五公里，眼看要错过约定的采访时间。

"蠢哭了……应当坐地铁的!"

嫣然恨恨地拍了一下方向盘。明明十三号线可以直达的啊。图方便开什么车!

抵达回龙观之后的情形，又让她觉得开车这选择没什么错。回龙观太大了，近千万平方米的社区，她要找的那个楼盘"北京人家"，离地铁站好远，步行的话，得下午才能赶到。咳，这地方在解放前，根本就是乡下吧?十几年建设下来，也成了新北京的一部分。

此次远程奔袭，是受主编派遣，找一位京剧前辈做个采访。嫣然接到这个任务，还真为难:

"老大，我从没看过京剧，连生旦净丑是怎么回事都不懂，叫我去采，太坑爹吧?"

"先做点功课再去。文化版编辑怎能不会写京剧，国粹啊。"主编的语气，不容反驳，"看你资深才交给你！这次采访很重要，世纪老人，百年京剧史的见证，戏曲界人人都要尊她一声先生，懂吗？约见一面不容易。你好好找个角度，写篇有深度的稿子出来，放在新春特刊里。"

嫣然举起新买的iPhone 6，循着手机地图，在"北京人家"重重楼宇里寻找着，满脑子还回荡着车子里播放的丝竹锣鼓。她真是认真做了一些功课，但是戏曲这么博大精深的东西，岂是突击能懂？听了一大堆京昆唱腔CD，最让她有感觉的，反倒是电影《霸王别姬》的原声大碟，一个柔润的嗓音，婉转唱念：

"不到园林，怎知春色如许……"

京剧，也会是这样吗？

要找的人家，终于到了。这是一栋高耸入云的大厦，上班时间，四下静谧，只有几位大爷大妈在小区花园晒太阳。嫣然乘电梯到了十六楼，气喘吁吁地拉去颈上围巾，整整大衣衣领，按动了门铃。

门很快打开，一位老者出现在面前。嫣然愣了愣：她从未见过如此英挺的老人家，虽已鬓发斑白，却依然精气神十足，身姿雄健，面容清朗，五官轮廓鲜明，一双剑眉星目尤其吸引视线，整个人几乎散发着逼人光彩，比年轻人还更具风华。他和善地先开口：

"曲老师？"

嫣然已经知道梨园中习惯称人为老师，但是被一位年纪足可做自己祖父的前辈如此称呼出来，还是一时慌了手脚：

"是，哦不敢当，叫我小曲吧。这是林樱草先生家？"

"是。"那老者递上拖鞋，迎嫣然进门，边走边高声叫道，"妈，曲老师来了。"

"请进请进。"

客厅传来一声苍老的呼唤。

嫣然转过屏风，只见迎面露台窗下，坐着一位瘦小的老太太。她是这么的老，老得整个身子都如风干了一般，脸上、颈上、手上，皮肤全已松弛，但是腰背挺直，坐得端端正正，一身浅灰对襟丝棉袄，双手交叠着搁在膝前，言语描摹不出的一派娴雅。她微笑着望向嫣然，神情温婉、平和，满头白发整齐地梳向耳后，在冬日阳光下闪着丝丝银光。

"曲老师，午安。"

嫣然怎么也没想到，这个曾被自己视如畏途的访问，竟进行得如此顺利。原本以为，和一位百岁高龄的老寿星，能顺利沟通几句已经不错了，却不料林樱草耳聪目明，思维清晰，口齿便给，不但交流毫不费力，且有一颗极其通达而体贴的心，言谈之间，处处照顾对方心意，让人如沐春风。嫣然不知不觉地对她描述的梨园涌起浓厚兴趣，坐在她身边举着录音机，听得入了神，全然忘记时光飞逝。

"……您是说，在那个年代，人们听京剧，就像现在听流行歌曲一样的？"

"有过之而无不及。"樱草微笑道。她的声音低缓，充满慈爱：

"上至帝王将相，达官贵人，下至平民百姓，贩夫走卒，都爱听戏。京剧诞生二百多年，在漫长的中国历史中只是短短一瞬，但是它占尽天时地利人和，汇聚传统文化精华，把戏曲艺术提升到一个前所未有的高度，深入国人血脉之中。当然了，这也是一代一代京剧人，不断传承发展的结果，有一个艰辛的成长过程。"

"那为什么，到我们这个时代，它不再那么受欢迎了呢？"嫣然眨眨眼睛，热心地自问自答，"是因为它太古老了，与时代脱节了吧。我周围年轻人大都和我一样，从没看过京剧，觉得节奏太慢，老气横秋的，听不懂。我爸爸妈妈呢，只爱听样板戏。只有爷爷奶奶爱听京剧。"

樱草仍然笑着，温和地摇摇头：

"我不那么认为。传统艺术之美，永远不会过时，愈是古老，愈有价值。你说故宫美不美，唐寅的画美不美，汝窑瓷器美不美？我们都没资格去评论它是不是与时代脱节，永远只有时代去仰视它、追赶它的份儿。但你说的也是，现在的京剧，不那么受欢迎了。为什么呢，我觉得这跟一个特殊年代造成的文化断层有关系。"

"哪个年代？"

樱草转向坐在一边的儿子，唤了一声：

"念竹……"

那老者无须母亲多做吩咐，立即手脚麻利地提起水壶，为樱草与嫣然面前茶碗续上热水。嫣然哪里当得起，慌忙起身，毕恭毕敬地施礼致谢。她不太清楚这位老者的年纪，按说林樱草的儿子，今年起码七十多了，可是这言行，这相貌，哪里像是古稀老人？至多六十岁的样子。樱草接过儿子递来的茶碗，轻轻啜了一口，方缓缓道：

"京剧不比静止的文物，它需要表演，需要传承。剧目、演员、观众，都需要代代相传。我们的国家在发展中走了一段弯路，经历了十余年的浩劫，京剧在那个时代里，遭遇灭顶之灾，虽然后来做了不少抢救工作，生命力也大不如前。"

"我知道您在戏曲研究院工作这些年，致力于整理京剧资料，编撰了不少京剧唱腔、行头、剧本方面的书籍，就是为了抢救京剧吗？"

樱草停顿了一会儿，微微一笑：

"不完全是。"

"您自小儿就开始看戏了吗？"

"我算是看得比较晚，十五岁才第一次进戏园子。"

"看的第一出戏是什么，还记得吗？"

樱草这次答得飞快：

"《八大锤》。"

"哪位角儿唱的呢？"

樱草的脸上漾出一份特异的温柔，渐渐弥漫了每条皱纹深处。她轻轻开口，说出一个名字，给嫣然的感觉，仿佛在用唇边的呼吸，呵护一座举世无双的珍宝一般。

"靳天青。"

"那，那是您爱人啊！"嫣然意外地睁大了双眼，拼命在脑海中搜索自己所做的功课，"您爱人就是著名的靳老板，武生名家不是吗？不少梨园前辈和戏迷的回忆录里都提到他的名字，德艺双馨的大艺术家呀。您看的第一出是他的戏？您二位就此结缘吗？这么说，您是他的粉丝？粉丝与偶像终成眷属，哗……"她忽然醒悟自己的失态，"哎呀林先生，对不起，我太八卦了！"

樱草嘴角含笑，摇了摇头："我不介意，你们年轻人喜欢这样的故事。不过我们的故事，不是这样。"

"能说说看吗？我看过您写靳老板的书，《靳天青唱腔选》《靳天青剧本集》《靳天青艺术论谈》……全是讲他的艺术人生，总结他的戏艺，整理他的剧本，没怎么提起您自己的故事。"

樱草的目光望向露台外面，凝视着缀满云朵的天空：

"我自己的故事，不重要。我是为他而活着的，我所做的一切，都是为了延续他的生命。"

嫣然心中震动，不由得也静穆下来。她读过靳天青的生平，知道这位大武生盛年早逝，当时的林樱草，不过二十四岁妙龄。是什么让她在之后半个多世纪漫长时光里，一直坚守着这份爱，乃至于垂垂暮年提起，仍是恋恋深情溢于言表？内中情境，想来都觉荡气回肠。嫣然与他们隔着不止一个时代，三观早已大异，但是对爱情的感动，千古皆然。她很想听樱草继续说下去，可是事关隐私，当事人不想讲，外人绝不方便追寻探问，这份矛盾的心情，倒令她焦急地蹙起了眉头。

　　樱草的目光自窗外转回，看了看这位跃跃欲试的小姑娘，温和地笑了："你若问他，我愿意说。"

　　露台纱帘在轻风吹拂下缓缓飘动着，模糊了空间，带慢了时光。嫣然惊诧于这位百岁老人的记忆力与描述能力，她竟然将七八十年前的事情回忆得那样清楚，有关靳天青的各种细节，娓娓道来，足足讲了一个多小时，在嫣然心里，活灵活现地构架起一个旧时代名伶的风貌，令从来不了解梨园的她，都觉得高山仰止，目眩神迷。

　　"……百度说靳老板是为救革命志士而英勇献身的，是吗？他还那么年轻，一个艺人的鼎盛年华，真是太可惜了。"

　　"他救的不仅是革命志士，也是我们的朋友。在我们那个年代，舍生取义，仍是为人的至高道德。"樱草认真地望着她，"他不会因此而后悔。这也是我特别尊敬和珍惜他的地方。"

　　"听说他带伤抗敌，与追捕他的日本人同归于尽？那是北京沦陷时期最轰动的一件要案，不少原本已经麻木的民众，受他义勇感召，投身抗日救亡运动，影响深远啊。但似乎资料说法不一，有的传得神乎其神，说他一身武艺，万夫莫当，使完了手枪使大枪，最后时刻还……"

　　嫣然觉得没法再说下去了。面前的樱草，嘴角微微颤动，眼帘低垂，捧在手里的茶碗，都发出轻微的叮叮声响。嫣然毕竟只是记者，不是狗仔队，不能厚颜无耻地挖掘一个人内心深处的重创，她飞快地转了话题：

　　"靳老板救下来的那位志士，后来不知怎样了？"

　　樱草饮了一口茶，凝视着手中的茶碗：

　　"解放后我在资料中查到，少湖一直坚持斗争在北京最前线，为抗战做出卓越贡献。一九四三年他为掩护同伴而被捕，牺牲在鬼子枪下，没能看到抗战的最后胜利，但是他曾经对我说，只要能看到胜利的曙光，这一生就算圆满。"

　　她举起茶碗，向着虚空敬了一敬：

　　"虽然我们没能再见面，但是他的飞扬神采，少年意气，一直都在我心里。光复北京，击败侵略者，那不仅是飞机大炮原子弹打下来，更是千千万万个像少湖和天青这样的普通人，以热血以生命换来。您不知道，光复后我回到北京，放眼所及，每个普通的景致都让我落泪，每个花朵的盛开，每个儿童的笑脸，都让我心如刀剜，不经历过，你没法知道这一切有多么宝贵，'山河犹在，国泰民安'，这一句话背后，有多少默默无闻的英魂……"

　　嫣然眼中也泛了泪光，轻轻道：

"这百年来，您一定经历了无数苦难，得有多坚强，才能走到今天。"

"不是我一个人的苦难，是民族的苦难。"樱草的神情，依然平和，"个人在大时代中，身不由己，能改变的去改变，不能改变的，只能接受。坚强，是因为没有选择。"

"'文革'中您受到很大冲击吧？那时候您是戏曲研究院的专家，京剧院业务指导，剧装领域第一权威，逃脱不了被打成右派的命运。"

樱草淡淡一笑：

"都过去了。"

"我小时候就听说过靳天心的故事……"

一直陪在旁边的念竹突然开口：

"曲老师，我妹妹的事就不要提了。"

"对……对不起……"

"……没关系，念竹，记者老师也是职责所在。"樱草略摆了摆手，念竹不再做声。嫣然羞愧的沉默中，樱草也静了良久，那和缓的语声再度响起：

"生死传奇，总比艺术本身流传还广，这也是没法子的事。天心和念竹，本是双胞兄妹，光复后随我一起回到北京，坐科中华戏曲学校，念竹工武生，天心工青衣。北京梨园界同仁，念在与天青生前交谊，纷纷主动请缨，教他兄妹二人学戏，他们承蒙多方厚爱，自己也算是有些天资，少年时候已经崭露头角。天心十四岁那年拜入梅大爷门下，技艺更得精进，名列当时的四小坤旦之一，念竹秉承他父亲的路子，学综杨、尚两派，也是多方瞩目的武生新秀。建国之后，我们一家人，欢欣鼓舞，全身心投入新时代的舞台，本拟为京剧艺术更添异彩，谁知很快就被卷入政治风云……"

樱草的目光转向嫣然，一直以来的宁定之中，带了几分苍凉：

"刚才我们说了，那个年代，是京剧的灭顶之灾，多少梨园名宿都殒身其中，天心的遭遇，其实也只是沧海一粟。她性情天真纯良，不会掩饰内心，在座谈会上提出当时的京剧发展走向与艺术规律偏离，对传统剧目保护不够，对老艺术家重视不够，政治压制艺术，外行领导内行……这些积极认真的思考，后来成为置她于死地的罪状……"

念竹伸手握住母亲的手。樱草慢慢转头，怆然凝望着他：

"念竹的际遇也是相仿，被打入牛棚，一次次批斗，后来遭送到陕西劳动改造，在黄土高坡上荒废了自己的艺术青春。但是天心的个性更加激烈，她不肯离开戏台……"

嫣然低声道："我听说，是一次批斗会后，她独自一人回到戏院里，在舞台上，穿戴着全套行头，用《天女散花》的长绫……"

"没有那么浪漫……行头早都被收缴，她拿不到。戏，是在她心里，扮不扮起来，对她而言，不再重要。"

樱草垂下眼帘，很久没再开腔。念竹紧紧握着她的手，也一声不响。嫣然十分后悔引出这么沉重的话题，忙道：

"林先生，古人说得好：'美人自古如名将，不许人间见白头'，天心先生虽然走得太早，但是她将生命凝固在最美的年华里，成为世间永远的传奇，于她那样追求完美的天才而言，未尝不是一种理想的结局。就像靳老板，他在我们心目中，永远不会衰老了，照片上、脑海里，总是那位二十七岁大武生的神采，风华正茂，雄姿英发，比起那些历经岁月风霜，衰残得不忍卒睹的同辈名家，更让我们留恋与感念……"

樱草忽然抬起头，凝视着嫣然，眼中有一种微妙的神情，让嫣然开始觉得自己说错了话。她本是诚心安慰，满以为能让老人的心情得到舒解，没想到适得其反，一时间也想不出自己错在哪里，不由得尴尬地呆在当地。好在樱草非但没有生气，反而了解地微笑一下。

"曲老师，你们写文章的人，往往容易诗化生死，其实我觉得，您错解了那句诗的本意。死亡永远是最残酷的事，对任何人而言，都不会是理想结局。一个美好的人过早地离开我们，尤其地令人痛惜和遗憾。作为他们的亲人，我只希望我爱的人都能平安终老，有机会迎接时光的摧残，在我的心里，那比永远留在照片上的年轻面孔珍贵千倍万倍。多少次我梦见他们垂垂衰老的样子，看到他们熬过岁月风霜，拥有了白发和皱纹，您明白我的喜悦吗？那才是真正的美人与名将，不是任何传奇可以替代。"

嫣然整张脸都涨成赤红。的确，她以前从未想过，惯以臆想中的美感来评断生死，其实正是对生命的疏离，对死亡的冷漠，评断愈华丽，感受愈肤浅，眼下面对着这和善的老人，更觉着自己矫情做作，缺少一个媒体人应当具备的人文关怀。樱草仿若洞悉她的心思，缓缓叹息一声：

"您是好意，我了解，只是从未体会生死之痛，见解自与我们过来人不同，这也是幸事。有许多道理，我是在失去之后，用了数十年才慢慢想清楚，不能苛求你们年轻人。"

念竹为桌上茶碗斟满热水，三人默默地喝着，仿佛要冲淡空气中的凝重。忽然之间，楼道里传来橐橐靴声，打破了这片静寂，门锁响动，有人进来，一个快活的声音大叫：

"太，爷爷，我回来了！"

仿佛一片活泼泼的阳光照进房间，嫣然眼前一亮，情不自禁地站了起身。进来的是一个二十来岁的高大男生，穿一身皮夹克，牛仔裤，翻毛皮靴，在这样严寒的天气里，并没有戴帽子，黑发精短，双眸闪亮，白净的长脸上漾满笑意。不用介绍，嫣然也知道这一准儿是靳念竹的嫡孙，他家的遗传基因真是强悍，祖孙俩长得一式一样，五官轮廓，身架气派，全一样，连那个清朗的笑容都一样。沙发上的樱草，也喜悦地笑弯了眼睛，伸手招呼：

"胜蓝，过来，见过曲老师。"

靳胜蓝甩掉靴子，大方上前与嫣然握手，那剑眉星目中透出的光彩，只逼得嫣然几乎不敢正视。英俊的男孩子也见过不少，但眼前的靳胜蓝，有着一份异样的干净明朗，仿佛未经世事，全然不染俗尘。嫣然望着他湛亮的眼神，挺拔的身姿，忽然有几分明白了：

"您也是京剧演员，是不是？武生？"

胜蓝笑了，脸上更如洒满阳光：

"您怎么知道？"

"您和您祖父，都有一种特异的神采，与普通人不一样。"

"练功练久了，戏都带到身上了。"樱草笑道，慈爱地拉着胜蓝坐到身边，"今天怎么有空回来？"

"马上新年了，回来看看您。新年我们不放假，排新戏，期末汇报演出。太，您猜我们在排什么？《大闹天宫》！您猜谁的大圣？"

樱草与念竹对视一眼，都止不住地笑了："该不是你这只惫懒的猴儿吧？"

"我哪里惫懒啦？"胜蓝认真分辩，"老师说全系最勤奋的就数我了。能去大圣我太开心啦！特喜欢这个活儿。太，我太爷爷当年也唱过这戏吧？"

樱草含笑摇头：

"《大闹天宫》是建国后的新戏，你太爷爷没唱过。不过，它是自昆曲《安天会》衍变而来，你太爷爷当年的《安天会》，可是拿手好戏，大伙儿都说：人家的猴戏，是人演猴，你太爷爷那猴戏呢，是猴演人，唱活了神猴的灵气与仙气。你这两天若能在家，叫你爷爷给你归置归置，他的'偷桃盗丹'经不少名家指教过，也有独到之处……哎，曲老师在这儿采访呢，先别说你了。"

嫣然笑道："说说您也好。靳先生，你是在戏曲学院读书？"

"嗯，明年毕业了。"

"毕业后的去向，考虑了吗？"

"去北京京剧院。"

"这么早就定了？"

"九月初有个学京赛，我拿了金奖，所以……"

"呀，第二届全国戏曲院校京剧学生大奖赛？很轰动的啊，我还在央视戏曲频道看了一眼呢。嗯，金奖得主，赛后肯定有不少京剧院团去学校要您。"

胜蓝难为情地摸摸头：

"我喜欢北京京剧院。爷爷奶奶都在那儿工作过。"

"真好，家学渊源。您家这四代人都是武生？"

"没有，"樱草爱惜地拍着胜蓝宽厚的肩膀，"他父亲不是。'文革'出生的孩子，没条件学戏，飞雪虽也从小喜欢，但终归还是读了理工科，考了美国的博士，定居海外了。胜蓝呢，跟着他爷爷奶奶长大，爱戏爱得痴迷，四岁就操了小刀小枪自己练戏，到了年龄，不肯随父母去美国，拼了小命儿也要考北京的戏校。他原先的老师直说可惜，说他学习成绩那么优秀，应当好好地读大学考博士的。"

嫣然问胜蓝：

"您自己个儿是怎么想的？"

胜蓝憨憨一笑，只答了一句：

"我喜欢京剧。"

"现在京剧艺术不景气，演员境况惨淡，您世家出身，一定知道的吧？我听说靳老板那个年代，唱一出堂会的戏份儿，够买个四合院；现在呢，一个京剧演员几个月的工资，都不够在北京买上一平米。学戏又那么苦，全年到头练功，一刻不能放下，尤其武戏演员，伤筋动骨都是家常便饭……收入和付出根本不成正比，坦白讲，您有没有灰心过？"

"……有。"

"什么时候？"

"我师哥在京剧院工作好几年了，每年只有一两出主戏可唱，其余时间，只能偶尔给外国人和旅游团表演翻跟斗。他告诉我，练功苦不可怕，最可怕的是练功不知道为了什么。"

"那您为什么还要唱戏，以您的条件，改行从事影视什么的，肯定很容易成名。"

胜蓝笑了，露出满口雪白的牙齿，英俊的脸上，一派纯真明朗：

"总得有人唱啊。"

"可以不是您……"

这回他沉默了一会儿，轻声道：

"也许因为我骨子里，流淌着太爷爷的血脉吧。"

嫣然执着地追问下去："世家子弟也有不少改行……"

胜蓝扬起头，望向客厅墙壁，那上面挂有一排精心装裱的戏照，都是雄姿英发的靳天青。胜蓝的眼神中，充满敬慕景仰，那和戏照里生得一式一样的面孔，似乎也发散出一式一样的光彩来。

"我唱戏不是为着世家责任，而是为着对我太爷爷的崇拜。同龄人追星，追偶像，我偶像就是我太爷爷。从小听我太讲他的故事，我觉得他用这短短一生，唱出了戏的精髓，就是'忠孝仁义，简单纯粹'。这样的人可能在现今已经很少了，就像戏现今也快失传了一样，但他们不是过时，而是随着时光流逝，越来越珍稀。我庆幸自己身上有他的血脉，希望今生也能做他那样的人，唱出他那样的戏！"

他转过头，活泼地摇着樱草的手臂："太，你说，我像不像我太爷爷？有时候在台上唱着打着，觉着能体会到他的精气神儿。如今这年月，挂牌挑班是没指望了，我就想着能把他的戏传下来，太，你和爷爷，要多教我！"

樱草笑了："你太爷爷能戏三百多出，你能学个零头，太已经很满意啦。"

"急什么，我还有一辈子呀！"……

暮色四沉，华灯初上，家家户户窗前都闪耀着淡黄的灯光。嫣然已经告辞，在门口说了无数感激言语才去，胜蓝帮着购物回来的奶奶在厨房里操持，客厅露台前，只剩樱草一人静静坐在轮椅上。念竹悄悄走来，为她披起一件外套。

"妈，别在这儿坐着了，我推您回卧房吧。"

"一会儿再回。"

念竹留意到，母亲的一只手，紧紧握着胸前的铜牌牌。这牌牌他自小看到大，知是父亲遗物，不禁有些恻然：

"妈，我知道，今儿提到旧事，扰乱了您的心情。我记忆里头，您都几十年没这么动容过了。"

"也许是吧。很多事情，我以为自己都忘怀了，一旦提起，发觉它们都好端端藏在我心里，一下子翻涌出来，就像是昨天刚刚发生。我好像又回到六十多年前，光复后的北京，我带着你和天心回到九道湾，在院前院后找你父亲的踪迹，一切如旧，唯有他不见了，像是消失在时空里一样……我走遍中华大地，到他去过的所有地方找他，上海，天津，沈阳……其实我心里明白，他没能离开北京……"

"妈……"

樱草低下头，用满是皱纹的双手，蒙住了脸：

"好像又看到你第一次登台，在长安大戏院，我在台下仰头看着，你扮起来跟你父亲一模一样，虽然穿着他的行头还有点大，但是神气儿，工架，都宛若你父亲再生，你不知道，坐在我身边的黎爷、崔爷，哭得跟小孩子般……又好像回到那个深秋，咱们被赶出九道湾，住在小偏厦子里，你半夜里偷偷将你妹妹的遗体背回家，世界上仿佛只剩下我们母子二人，心肝断绝，又不敢出声哭泣……好像还是那年在火车站，终于和你们小两口儿一起，带着飞雪回了北京，小家伙长得酷似你小时候，倔倔地有点儿认生，见谁都不肯招呼……"

念竹扶住母亲瘦弱的肩头，轻拍她的脊背：

"妈，这么多年，您受了太多的苦。人人都羡慕您百岁高寿，殊不知您饱经患难，这一个世纪过得有多不容易。"

樱草握住儿子的手，缓缓吸了一口气，平复眼中闪耀的泪光：

"'云横秦岭家何在，雪拥蓝关马不前'，生于世间，就是注定要承受一场磨难。所幸我这一生，得以遇到你父亲，不枉我一切的付出。虽然我们陪伴在一起的时间并不长，但是他的人间遗爱，也足以支撑我的后半生。这些年我时时刻刻都感觉到他仍然在我身边，大事小情，只要我心头默念，便能得到他的鼓舞与关照……"

她抬头望着高大的儿子：

"我也很庆幸有子如你，念竹，你知道我们为什么给你取这个名字，你也正如我和你父亲期望的一样，身上有你父亲和你叔叔的一切优点：明朗，刚正，坚韧，聪敏，虽然遭遇那十几年浩劫，依然不改赤子之心。如今古稀之年，仍然教课授徒，为祖师爷传道，为梨园开枝散叶，也是一份宝贵的功德。你妹妹虽然走得早，但她是为了心目中一份不可亵渎的至爱而逝，冰清玉洁，令人敬仰。飞雪事业有成，虽远在异国他乡，也足以告慰。胜蓝小小年纪已经崭露头角，纵是现在京剧大环境不景气，难得他能甘于寂寞，投入全部身心于京剧舞台，那正是当年你父亲最希望的，有后人承继他的事业，弘扬他最爱的戏……回首我这一生，了无遗憾，九泉之下，也都安心。"

"妈，您说哪里话来，您还康健得很，起码再活个十几二十年。"

"念竹啊，你始终能找话儿宽慰我。我寿数已到，自己清楚。最近这些日子，觉得身体从内往外地冷，你明白吗，挡不住的彻骨冰寒，那是生命正从我身子骨儿里一丝丝地离开。"樱草望着念竹的神情，温和地笑了笑，"你也七十多岁人了，怎么连这还看不开。我已经遵从你父亲的嘱咐，好好地活完了自己的一辈子，该去跟他会合了。在我现在的心里头，生和死并没有什么明显区别。"

她望向露台外，那里已经漆黑一片，只余夜空中点点星光，像是一双双静静闪耀的眼睛。她嘴角微翘，轻声道：

"茫茫尘世，浩浩河山，在这百年之后回头看去，所有周折起伏，都早已被岁月的长河抚平，一切都可以忘记，却又一切都值得珍惜。念竹，我原以为我已经万事不萦于怀，今天才发现，还有一个心愿未了。"

念竹在她背后，悄悄拭去自己眼中泪花，俯身问道：

"妈，您想做什么，尽管跟儿子说。"

樱草微笑了。

"你带我回城里，看一看。"

二〇一四年的最后一天，大雪初霁，干冷而晴朗，连月不散的雾霾仿佛忽然被风雪一扫而空，让出北京城难得的蓝天来。元旦和春节双节将至，整个首都洋溢着一片喜庆气氛，招展的花灯挂了满路，各大景点装饰得异彩纷呈，商家更是卖力地打着各种打折让利的广告，轰炸着街道上汹涌的人流。那可真是全国最汹涌也最复杂的人流啊：中国的，外国的，城里的，城外的，本地的，暂住的，旅游的，度假的，求学的，北漂的，跑官的，上访的……

念竹与胜蓝祖孙二人，小心翼翼地推着轮椅，照顾着裹得严严实实的樱草，出了前门地铁站。胜蓝倒还经常在北京城内奔走，念竹与樱草呢，常年只住在回龙观，已经很久没有进城来了。尤其樱草，自打多年前中风后坐了轮椅，进城与出国便几乎没了区别，大部分时间，这近在咫尺的生身故乡，只在电视与报纸上得见。

"若我能多挣点钱，买个三环以内的房子就好了，"胜蓝感叹道，"让我太和我爷爷，常在熟悉的地方转转，散散心……"

念竹豁达地笑笑："已经知足啦。北京这房价，怎么买得起？若不是动迁，连回龙观都没得住。人也永远追不上时代的变化，就算还在前门，也不再是熟悉的地方……"

樱草怔怔不语，只从帽子和围巾的缝隙里，凝望着街道对面的高大建筑。

那是前门与箭楼。

两座壮丽的门楼，宛若双生兄弟，威武雄健地盘踞在北京城的中心，天子脚下，皇城入口，数百年的风雨未曾磨灭它，朝代变迁的战火未曾摧毁它，历经精心修葺之后，那雕梁画栋精美如新，反射着正午阳光的灰墙碧瓦，比樱草记忆中还要整齐灿烂。百年人生里，多少次从它脚下经过，多少宝贵回忆与它相关，青春时代的那片金色夕阳，仿佛静静飘回眼前，天青温厚的声音，回响在她的耳边：

"……没见过外面的天空，就不知道它有多尊贵。这么高大，这么壮观，这么威严，这么有力量，就像一个特别让人安心的父辈，默默屹立在那里，守护着北京城。这座城池，天下再不会有别的城可以比拟了，它有着一股子特别厚重的，我说不上来的什么味儿。戏里都唱'忠君爱国'，什么是国呢，在我眼里，北平就是国，前门就是国……"

樱草闭上了眼睛。她听不见眼下的市声喧哗，商家的叫卖，旅游团的喇叭，她只听见一个人的声音，仿佛就在此时此地，郑重地，爱惜地，只说给她一个人：

"樱草，我们成亲，好吗？残生太短，我不舍得浪费能陪着你的时间……"

一切都已改变，一切又仿佛全然未变。自箭楼向南，竟然依旧有当当车的轨道，有横跨整条前门外大街的五牌楼，不过这牌楼是新建的了，当当车也不再是普通的交通工具，而是旅游景点的小噱头，二十块钱只跑到珠市口大街。前门东边的火车站居然一直在那里，已经改成了中国铁道博物馆，钟楼自站左挪到了站右，站牌倒还保持着原状，一列十个大字："京奉铁路正阳门火车站"。

樱草禁不住笑了。她仿佛看到那活泼的竹青，自街上一路大笑着向车站走来，两只手都高高举向天空：

"哈哈，哈哈，哈哈哈哈哈哈！……"

有那么多似曾相识的踪迹啊，在她脑海中，飘忽来去，无尽熟悉，又无尽新鲜。立在街口向南遥望，月盛斋、天福号、全聚德……一个个熟悉的招牌，依然拥挤在街道两侧，一座座两三层小楼，努力还原着故都风情。背后推着轮椅的胜蓝，好奇地问这问那：

"太，您小时候，是这样的吗？这快一百年了，一直是这样？"

"这都是新建的，形还在，神已逝，只剩商业味道了。我小时候的东西，有多少能留到现在，又哪里可能有这么新……哎，大北，大北怎么在这儿？"

念竹和胜蓝都循她视线望去，只见街口一座崭新的中式木楼上，悬挂着一个"大北照相馆"的金字牌匾。

"它不一直在这儿么？"

"不是的，它以前在石头胡同。是分店么，能上去看看不？当年去它家照相，印象可挺深的。"

这个崭新的"大北"，与樱草记忆中完全不同。现在的它，虽然外表复古，内里却是个时尚气息十足的所在：透亮的玻璃大门，宽敞明净的大厅，大理石地面光洁而略显冰冷，服务员个个身穿制服，彬彬有礼却又保持着客气的距离。樱草当然深知，不能指望再有殷勤的长衫店伙计来送往，但那记忆深刻的留影地变得如此面目全非，仍然让人略感惆怅。

"太，您看，那儿有个展示区，都是老家具，老摄影机，"胜蓝伸手指着大堂深处，"喔，还有老照片。"

念竹推动轮椅，向着展示区走去："就说嘛，这百多年历史的老馆子，怎么也该有点历史积淀，不能全是新玩意儿。估计也是经历'文革'之后，老物件都给折腾光了，以前照过的相片儿，也没存下什么底儿来。"

"这些相片儿，没准儿是赵掌柜的手笔呢，"樱草一一细看玻璃柜中的展示，微笑道，"瞧这年代，正是他发家时候。这女子的装束，可是当时最流行的，哟，这是大北最拿手的戏装照，城里城外的角儿和票友们，都……"

她突然住口，念竹也停下了轮椅，母子二人，僵在当地。

胜蓝惘然不明所以，兀自追问："都怎么，太？这些穿戏装的角儿，有您认识的吗？啊，这婚纱照……咦？"

玻璃柜中陈列的几张戏装照之后，有一张青年男女的合影。虽然年代久远，已经泛着茶褐色，但相中人物，依然清晰异常。那男人穿着笔挺的黑色燕尾服，白衬衫，黑领结，肩宽膀阔，姿容雄健，五官英俊如画；女人披一袭新娘白纱，桃心形的小脸半藏半露，明眸皓齿，明艳动人。两人都幸福地微笑着，眼中的温柔，嘴角的甜蜜，甚至那一点点天真的羞怯，隔着这蒙蒙的岁月薄雾，丝毫未减，仿佛已经在时光中永远凝存。

那是樱草与天青。

樱草几乎如雷轰顶，颤抖着嘴唇，半晌说不出话。这张照片，她早已没有了。当年天青赴上海前照的那批戏照，大部分都交给剧院印发宣传广告，铺天盖地散至全上海全北平，尽管历经"文革"劫难，也依然能够在各处搜集得到，唯独这张婚纱合影，未曾交给外人。世间多少东西就是这样，越是珍惜，越是容易失去：他们只做了一个大相框，挂在卧室，以及小照数张，珍爱地随身携带，怎肯如戏装照一般到处散发？北京一别，仓乱恓惶，随身之物根本没来得及携走，这张照片就此不见，数十年来，一直只留在樱草的记忆中。

"这……这是你太和太爷爷……"

念竹也错愕难言。他没见过这张照片，但是知道母亲与父亲年轻时的模样，此刻居然在照相馆展示厅里见到一张如此珍贵的合影，实在教人不敢置信。他低头望望母亲的神情，知道自己没有看错，急忙示意胜蓝奔去前厅，向服务员询问。

"是我祖上留下的一辑民国老照片，不久前刚发现的，"闻声赶来的一位经理，神情警惕地解释，"我姓赵，这家照相馆，原是先人产业，解放后才归国营。这些照片是我曾祖父赵烟晨亲手拍的，有底片，有版权！内容有什么不妥吗？……"

"不是，不是，"樱草两行热泪，潸然而下，"这两个人，是我，和先夫……"

赵经理惊诧地看看她布满皱纹的脸，又看看照片里的俏丽女郎：

"这……这……老人家呀，这可真是太巧了！说真格的，大北创立百年，拍过照片无数，各行各业，各个时代，原本都有存证，但是这些年时代动荡，你懂的，大半都湮失啦。这一辑呢，可能是先曾祖精选的十几张特别钟爱的作品，珍重收藏在铁盒子里，喏，裹着层层油布和封蜡，埋在我家地下，若不是前阵子翻修老屋，还在地底下睡大觉呢。洗印出来一看，完好无损，那个时代的技术呀，真有独到之处。照片都没有标注，也不知相中人姓甚名谁，我们大伙儿觉得最美的，也就是这一张了，都说民国时候的人太有气质，这容貌这风度，现在哪个天王巨星也比不上……"

樱草没有仔细倾听他的赞美，只含泪直盯着柜中照片。念竹懂得母亲心意，低声对赵经理道：

"这张照片，能请您给我们洗印一份吗？价格随您。先父去世七十余年，我母亲一直在找这张照片。"

赵经理一愣，不由得耸然动容：

"啊，老辈人的长情，真令人感动……"

他思索片刻，昂然一拍胸脯："柜里这张大相，连框一起送您！请老人家留个地址，改天小相连同底片，一起送到府上！只请您允许我们继续在展厅里展出这张照片，附上相中人的故事，可以吗？"

樱草颤巍巍道：

"这份礼物，太厚重了……"

"老人家！"赵经理雷厉风行地打开展柜，取出相框塞进樱草手里，"摄影的终极目的，就是留住时光。能替您保存这份珍贵的回忆，先曾祖泉下有知，也会欣慰的！"

日光已经西斜，仿佛听得见新年奔近的脚步。繁华的前门商业区早早张灯结彩，星星点点的霓虹光辉中，各式招揽生意的吆喝与音乐震耳欲聋。念竹和胜蓝推着轮椅，穿过前门外大街，走向西边九道湾胡同。

樱草紧紧抱着相框，将相中那两个年轻的爱侣，深埋在自己的怀抱之中。她的泪水已经擦了又擦，但仍止不住心头激荡：在如此岁月风尘中，竟然还能找到这瞬间影像，谁能置信？原本以为自己早已百炼成钢，百毒不侵，再强烈的冲击也能承受，却不想在年轻的自己与爱人温柔的视线中，数十年砌就的坚实堤防，瞬间溃不成军。她不再是那个平和的世纪老人，看淡人生的百岁寿星，她仿佛又回到情怀恋恋的少女时代，痴缠在爱人宽厚的臂膀之中……

"太，您冷吗？都哆嗦了。"胜蓝关切地脱下自己的外套，围在樱草身前，"要不咱们回去，改天再来？您刚才太激动，对身子不好。"

"不，走完吧，我没多少日子了。"

胜蓝还待说话，被念竹以眼神阻住。

樱草伸手按在胸前，感受那个铜牌牌的形状。七十余年，她一直还戴在颈上，牌牌磨得锃亮，上面的字迹，已略有模糊，但始终如烙印一般，深刻在她的心底。"如月之恒，如日之升"，这世间其实并没有多少东西是恒久的，月有圆缺，日亦有升落，真正永恒不变的不是事物，而是一颗倾诚相守的心。

九道湾，会和那照片一样，还在吗？

它还在，却也不在。

九道湾胡同，已经改名叫弓字胡同，取的仍是那曲曲弯弯的形意吧。原本长长的十三道弯，被加长的煤市街截去两道，建起一排崭新的大厦，那消失在大厦拔起之处的第二道弯，恰恰就是樱草的家。

祖孙三人，无奈地走进剩余的半条胡同。胡同仍是那么狭窄深邃，曲径通幽处，倒是几乎完全隔绝了市声。樱草依稀还记得自己骑着羊跑过的几家门口，如今都换成了崭新的红色木门，亮堂得都不太真实，紧闭着的门扇两侧，装着可视门铃。胜蓝跃跃欲试地想要按铃打探，樱草轻轻摆了摆手。

"算了，都不是原先的邻居。"

"若能进去看一眼，或许还记得当年的样子……"

"不必了，我记得的。"

她从不用努力去唤起那份记忆，一切都牢牢铭刻在她的心里，每一寸的青砖、土地，头顶的晴空万里，可能在空气中留存的笑声与呼吸……近一世纪前的那个冬日，大雪初霁后的清晨，那个稚气未脱的小哥哥自拐子手中救她出来，一路跌跌撞撞背着她进了那个街门，自此之后，她的一生道路，与那院子息息相关。那院中的一草一木，丁香，枣树，金鱼缸，全有她和亲人的手泽，院中每一个屋子，印满她一个个至爱之人的足迹，终此一生，只要她想，就会在霎时间穿越千里时空，回到那个院子，看见威严而慈爱的爹爹，一身青袍，在院中背手沉吟，看见吹胡子瞪眼睛的三叔，笑得满脸每一颗麻子都放光的三婶，看见永远欢快明朗的竹青，和她追逐打闹着穿过院子："我宁愿吃掉你做的盏头，也不愿意吃你做的饭！"……

静谧的胡同里，樱草微闭着眼睛，思绪飞过一扇扇街门，一堵堵院墙，重新飞临那二十年陪伴成长的，欢笑与泪水凝聚之地。她看见童年的天青，坐在她枕边，握着她的小手，哼唱《雪拥蓝关》；看见少年的天青，腰扎板带，飒爽地舞动手中的把子；她看见他从堂屋里飞奔出来，冲到街门外轿子边，将心爱的小铜牌塞到她的手里；她看见他喊嗓回来走进院子，惊愕地凝视着多年不见的她，眼中满是关切与爱惜；她看见自己拎着两瓶酒扑进街门，望见天青哥已经平安归来，回头向她微笑，满院丁香花的香气，也盖不住她的心花怒放；她看见厢房里灯火摇曳，天青在铺满盔头饰件的小桌边，深深吻她的唇；她看见一个个无声的日夜，天青为无知无觉昏迷着的她盖上被子；看见满院张灯结彩，屋檐下簇拥着的张张笑脸，见证她与他的终身姻缘……

如果那院子还在，会是什么样子呢？是什么样子，其实也不重要了，它早已完整地留在她心里，点点滴滴，都留在她心里，随着她来，也必将随着她去。

樱草缓缓睁开双眼，抱紧了手中的相框。

"去广盛楼吧。"

"妈，时候太晚了……"

"去吧。"

胜蓝愕然地望着四周。

"太，这是条死胡同。"

"怎么会呢，街口广盛楼招牌还在。"

"广盛楼早就拆啦，您知道的呀。"

樱草表露出一个老年人的执拗："我要看看原址。"

"真进不去。前面有道铁门，挂着锁呢。"

整条肉市街，都被这道铁门封住了，只余街口牌楼，上书三个大字："广盛楼"。这座原本醒目的牌楼，在如今各式辉煌建筑的映衬下，变得毫不起眼，甚至被旁边蜡像馆的广告遮去了一小半。牌楼内的街口，昏暗无人，百年前人声喧嚷的大戏园子已经毫无踪迹，只余一股刺鼻气味回荡，似乎已经成了路人便溺之所。

"嘿，这几位爷，干什么呢？"

怀旧的惆怅忽然被一声喝问打断，只见一位五六十岁年纪的老爷子背着手踱过来，眯眼打量这形迹可疑的祖孙三人。念竹忙道：

"我们老北京，以前住这附近的，回来看看旧地。肉市街怎么封了，里头的广盛楼呢?"

老爷子看了看坐在轮椅上的樱草,神情和善的念竹,还有满脸纯真的胜蓝,缓和了口气:

"这里头盖个新商业区,还没完工呢,自然是闲人免进。广盛楼嘛,原址复建,上个月才盖成,也还没收拾利索。您几位要想看戏,明年夏天再来,估摸弄个大概其了。"

樱草微微有些气喘,急切地开口:"复建了,好啊。您在这儿打更么?"

"是啊。"

"我这把年纪,不见得能挨到明年夏天了,今儿能给我们看一眼么?"

"就是个光秃秃的戏园子,有什么可看的。"

樱草无奈,翻开怀中相框,指了一指:"先夫是当时广盛楼挑梁的角儿,承祥社社长,与这个戏园子,有极深的渊源,我……"

老爷子望见相框中素颜的天青,并没有认出来,耳听得"承祥社的社长",却吃了一惊:

"哎,您老说的是靳老板吗,靳天青?啊呀,您几位是靳老板的家人?我们全家可都是靳老板的戏迷!"他忽然之间神色大变,激动万分,"我爷爷奶奶,当年迷靳老板迷得不行,是看他的戏时候结缘的,成婚时候靳老板还给凑了份子呢!他可真是个好人哪!我家到现在还留着他在百代公司灌的那几面唱片,曜,我从小就跟着我老爹听,《破匈奴》《连环套》《霸王别姬》,多好的夯儿,多好的角儿!现在的京剧演员,全装麻袋里头砸碎喽,再捏成一个整人儿,都及不上靳老板。可惜走得太早,没留下录像,不过就凭那些戏照……"

念竹看了看天色,略有些着急:

"这位爷,您老,能麻烦您让我母亲进去看一眼不,快掌灯了,再晚了大伙儿都不方便……"

"成,成!"老爷子容光焕发,积极地拽过腰间一大把钥匙掏摸着打开铁门,"这可真是有缘,正赶着我在这儿!我领你们去广盛楼,慢些走,不然非掉坑儿里不可。那里头内部装修还没做,清水楼一座,看个意思吧。唉,什么时代发展啊,全都是折腾,好端端的旧楼拆了不要,过了这些年,又盖个山寨版的假货出来,整个前门一带全是这样,都什么事儿啊。老玩意儿啊,都这么折腾没了,世道人心,也都这么坏了……"

老爷子唠唠叨叨地领着祖孙三人绕过大片工地,走向广盛楼。天色渐晚,这片寂静无人的工地,直如一座鬼城一般,到处都是完工和半完工的仿古建筑,仿佛穿越了时空,或是踏进了梦境。樱草已经全然认不清方向,直到跟着老爷子左拐右拐，来到一座大院前。

"瞧，还认得吗?"

真的是原址复建。这一大片阡陌交错的工地，终于在这原汁原味地在原址建起的戏楼中找到了焦点，樱草的视线沿着它铺展开去，四面八方的场景逐渐复原：院门左边是估衣铺、馄饨摊，右边走出去是街口，有爆肚挑子；眼前这门楼进去，是一面砖影壁，绕过它，穿过一片空地，才是二层戏楼；绕过这个二层楼再向里面走，是个小院，墙下小屋，是曾经住过天青的小仓库，戏楼后身小楼梯下，还有个供祖师爷的柜房，沿着楼梯上去，掀开门帘，就进了后台……

梦中走过了多少遍的场景，如今重回眼前，简直有些疑幻疑真。樱草压抑住内心激荡，抱紧怀中相框，示意念竹和胜蓝，推她进了院子。院中的戏楼，全然遵循原状，只是院角的小仓库和楼梯下的柜房不复存在。樱草望着那小仓库的位置，想到竹青，不禁肃然低首，双手合十。

"妈，去后台吗?"念竹仰望着小楼梯上方的入口，也有些心动神驰，"小时候您带我和天心来过，那时候承祥社早已报散，父亲的老兄弟却都还在，每次我们到后台玩，他们都特宠我们，送很多好吃好玩的给我们，别的孩子都没这待遇。有几位大爷大叔，一见到我和天心，总是盯上半天，又叹气又流泪的，小时候我不懂，后来长大了，知道那都是父亲结下的情谊。"

樱草凝神道：

"去看看吧。广盛楼每寸土地，都有你父亲的印记。"

打更老爷子连忙阻拦：

"哎，老太太哎，后台不能去。楼板还没完全搭好，一不留神踩空了掉下来，我可担待不起。您呐，就在前台转转吧!"

踏进戏楼的一刻，樱草只觉得全身都在颤抖。

打更老爷子说得没错，这只是个"光秃秃的戏园子"。只盖好了骨架，软硬装修都尚未完工，离广盛楼的原貌，还差得太远，但此刻暮色已经笼罩四周，在这半明半暗的黄昏里，楼中一切，全然模糊了过去与现实的分界。于樱草眼中看出去，只见高大深远的天花，广阔的厅堂，依稀便是当年自己初来广盛楼见到的模样，那正前方的戏台，台前两根圆柱，台后出将入相的两个场门，台下四面八方的池座、前廊、包厢，都与她记忆中相吻，几乎只差满场观众，在屏息静气地等着锣鼓三通。

樱草心潮激荡，泪盈满睫，两手按住轮椅扶手，昏昏然想站起身。念竹和胜蓝连忙扶住：

"当心……"

　　念竹看看母亲的神色，觉得不妥，轻声道："妈，您出来这大半天，想必已经累了，咱们回去吧。"

　　"不。"

　　"妈，不能再听您的了，胜蓝，咱们送你太回去。"

　　"不！"樱草睁大双眼，眼眶中饱含泪光，"你们让我……在这儿坐坐。不用管我，我想一个人静一会儿。念竹，胜蓝，你们过会儿再来，放心，我哪儿也不去，我就坐在这儿。"

　　念竹从不违拗母亲之命，心中也体察她此刻心情，只能暗叹一声，示意胜蓝和那位打更老爷子，一起退开。老爷子见樱草一人留在这空荡荡的戏楼里，不怎么放心，热情建议道：

　　"老太太哎，我帮您把灯打开吧？看清楚点儿。"

　　"不用了，谢谢，"樱草轻声回答，"我不需要看清楚。"

　　"这儿乌漆墨黑的，再待会儿就什么都看不见啦。我帮您开个小灯吧。"

　　老爷子不由分说，跑去门边，开了盏小灯，才放心地和念竹、胜蓝一起出了楼门。

　　这盏灯在戏台正上方，昏黄地亮着，小小的光圈，只照到台子当间儿一块方寸之地。茫茫黑暗中，这灯光显得整个戏台的气氛，更加逼真，几乎就要有一位全身披挂的角儿，在这灯光中亮相。四周一切，已经全部陷入黑暗里，正如那真正开了场的戏，无需看到台下的细节。

　　静静坐在台前的樱草，泪水终于流下脸颊。

　　阔别数十年的广盛楼，此刻原封不动地回到她的眼前，风流韵致，一如当年。她看到戏台背后挂起大缎彩绣的巨幅"守旧"，中央摆出铺好桌围椅帔的一桌二椅，文武场面一一就位，胡琴、锣鼓、铙钹，安然等待开场；她看到台下客似云集，喧嚷着聊天、饮茶，要手巾把儿，一双双热烈的眼睛齐盯着上场门儿，满心里酝酿着一个碰头彩；她看到戏台上方的大匾："盛世元音"，台前红漆大柱上，也醒目地镶着一副对联，字字句句，多年来无数次涌过她的脑海：

　　　　学君臣，学父子，学夫妇，学朋友，汇千古忠孝节义，重重演出，漫道逢场作戏；
　　　　或富贵，或贫贱，或喜怒，或哀乐，将一时离合悲欢，细细看来，管教拍案惊奇。

　　她真的置身在一出戏里了，耳边听得到锣鼓丝竹奏响，满台欢声雷动，戏台中央那簇灯光里，一名白盔白靠的武将，手握银枪，威猛亮相。她认得这盔头，认得这靠，认得这张亲爱的脸，尽管遍施粉墨，但她记得这重彩下每一个细致的轮廓，记得自己的手指抚摸过，双唇轻吻过的感觉：宽广的额，浓密的眉，秀长而不失阳刚气魄的黑眼睛，挺而直的鼻梁，轮廓分明的唇，刀砍斧削一样的下颌……这张脸的每一丝线条都深刻她心底，七十六年来，无时或忘……

"天青哥……"

她轻轻伸手向前，在虚空中爱抚着，任由自己的呼唤消失在如山崩如海潮一般的喝彩声里。台上的他，看见她了，如同每次看他的戏一样，只用眼角余光扫过她，神色并不稍动，然而她知道他心里有她。她微笑着闭上眼睛，倾听他高亢嘹亮的唱腔，用他的戏，他的心，他的美，穿透这戏园中每一个角落，抚慰每一个听者的灵魂。

"樱草！"

她的手被握住，那样有力，那样温暖，那样熟悉。她睁开双眼，他已经蹲在她面前。一袭青色长衫，素净整洁，精短的黑发，根根竖立，更显得明朗的面容，干净无比。他正凝视着她，眼中有喜悦的笑意，更有炽烈的光芒。

"樱草，你来了。"

樱草有些困惑，一时不知道身在何方。但是何方并不重要，重要的是，她终于握到天青的手。这么多年，魂里梦里，就是期待着留恋着这一双手，对那力度那温暖的渴望，几乎令她五内俱焚。她不顾一切地拉住他，扑进他的怀抱，那怀抱也依然宽厚，火热，熟悉得令她流泪。她仰起头，轻轻抚摸他的脸颊，吻上他的双唇，他俯身就她，唇间的温暖，融化她整个身心。

"天青哥，这是在哪儿，你怎么回来了？你知道吗，我等你很久了……"

他痛惜地抱紧她的肩头，低声道：

"我知道，我什么都知道。我时时刻刻都在你身边。"

她恍然转过头，望着自己身边。她的身后，有位极老的妇人，端坐在轮椅上，紧抱着一个相框，双眼半闭，呼吸已经停止，只是嘴角还挂着满足的微笑。她再低头，望望自己，只见白袜黑鞋，月白短袄玲珑地掩过百褶黑裙，两条辫子垂在胸前，面前天青明亮的双眸里，映出自己年轻娇嫩的脸。

"那是我吗……"她指指背后的老妇，又握了握天青的手，他的手那样结实有力，温暖干燥，一如从前，"这是你吗？"

"那都不重要，重要的是，我们终于又在一起了。"

天青拉过她的手，深深地拥她入怀。樱草埋头在他宽厚的臂膀中，不再思量周围的一切。两人拥抱良久，抬起头来，彼此喜悦地凝视着，心头都被幸福与丰足填满，无论过去，现在，还是将来。

"我们走吧，天青哥。"

"是啊，还有很长的路。"

两人紧紧拉着手，走出广盛楼，走过摊贩云集的肉市街，来到车水马龙的前门外。夜色已深，灯火依然辉煌，男人女人们穿着长衫、短褂、袄裙、学生装，流连在街市之中。多么熟悉，多么亲切，多么美好的景致啊！樱草与天青相视一笑，携手走进人流。大街上轻声笑语，阵阵飞扬，与市声交杂在一起，飞向壮丽的五牌楼，飞向高大宏伟的前门，飞向整个古都的青砖碧瓦之上……

大雪，在黑暗中飘落，茫茫覆盖了北京城。

鸣　谢

感谢我认识的京剧圈朋友，尤其大连京剧院的各位老师与兄弟姐妹们，感谢众多素未谋面的京剧前辈和已故大师，这部书中到处都是你们的影子，是我由衷的欣赏与致敬。感谢命运让我与京剧这么美好的事物结缘。

感谢一路陪伴我走来的新朋故友，感谢关注这部书的读者朋友们，感谢提出宝贵修改意见的一众好友：编哥、雪舞、常安花、萧白白、花满满、糖酥饼……篇幅所限恕不能一一具名。特别感谢凌珂、杨程、岳峰、韩亚男等演员老师对专业内容的认真斧正，感谢八股档、反客生几位老师提供重要参考资料。感谢未再、遍地胭脂冷等朋友对出版工作的无私帮助。

感谢张国荣先生。我之所以能够做到这样是因为曾经遇见你。

感谢一直支持我爱护我的家人，感谢让我享受最完美幸福的儿子、爱人、妹妹、爸爸，感谢我最亲爱的妈妈。天地茫茫，人生漫漫，我们永远在一起。

图书在版编目（CIP）数据

雪拥蓝关 / 的灰 著. -- 北京 ：作家出版社，2015. 10
ISBN 978-7-5063-8142-0

Ⅰ. ①雪… Ⅱ. ①的… Ⅲ. ①长篇小说－中国－当代
Ⅳ. ①I247.5

中国版本图书馆CIP数据核字（2015）第161275号

雪拥蓝关

作　　者：的 灰
责任编辑：丁文梅
特约策划：宋迎秋　黄　静
装帧设计：弘果文化传媒
封面绘画：夏小茶Melody
内文版式：悦　越
出 品 方：北京中作华文数字传媒股份有限公司
出版发行：作家出版社
社　　址：北京农展馆南里10号　　　邮　　编：100125
电话传真：86-10-65930756（出版发行部）
　　　　　86-10-65004079（总编室）
　　　　　86-10-65015116（邮购部）
E-mail:zuojia@zuojia.net.cn
http://www.haozuojia.com（作家在线）
印　　刷：三河市鑫利来印装有限公司
成品尺寸：148×230
字　　数：650千
印　　张：34.75
版　　次：2015年10月第1版
印　　次：2015年12月第2次印刷
ISBN　　 978-7-5063-8142-0
定　　价：56.00元（全二册）